BASTEI LÜBBE JÖRG KASTNER IM TASCHENBUCH-PROGRAMM

13 717 Thorag oder Die Rückkehr des Germanen
13 838 Der Adler des Germanicus
13 922 Marbod oder Die Zwietracht der Germanen
14 139 Anno 1074

JÖRG KASTNER
DIE FLÜGEL DES POSEIDON

HISTORISCHER ROMAN ÜBER KAISER NEROS OLYMPIADE

BASTEI LÜBBE TASCHENBUCH
Band 14 176

Erste Auflage: Januar 1999

© Copyright 1996 by Rütten & Loening Verlag, Berlin
All rights reserved
Taschenbuch-Lizenzausgabe
© Copyright 1998 by
Bastei-Verlag Gustav H. Lübbe GmbH & Co.,
Bergisch Gladbach
Titelbild: Archiv für Kunst und Geschichte, Berlin
Umschlaggestaltung: Agentur Karl Kochlowski, Köln
Satz: KCS GmbH, Buchholz/Hamburg
Druck und Verarbeitung: 44714
Groupe Hérissey, Évreux, Frankreich
Printed in France
ISBN 3-404-14176-8

Der Preis dieses Bandes versteht sich einschließlich der gesetzlichen Mehrwertsteuer

*Für meinen Freund Manfred,
der schon in der Schule
vom Sport soviel hielt wie ich.*

*Mein Dank gehört meinem Lektor Reinhard Rohn
für sorgfältige Lektüre und fundierte Kritik
sowie meiner Frau Corinna
für Rat, Unterstützung und Verständnis.*

Inhalt

Die Personen des Romans 9

Prolog 11
Erster Teil: ELIS 13
I. Der Löwe von Paros 15
II. Die Stadt der Elier 36
III. Die Hetäre 50
IV. Die Dunkle Stadt 69
V. Der Löwentöter 86
VI. Der Pfeil des Apollon 95
VII. Das Angebot 107
VIII. Die erste Lektion 127
IX. Der schwarze Kerberos 138
X. Die Tochter des Syrers 147
XI. Myrons Augapfel 159
XII. Das geflügelte Pferd 183
XIII. Die Höhle der Götter 195
XIV. Neros goldener Kranz 210
XV. Melissa 221
XVI. Achilleus und die Schildkröte 229
XVII. Die Hochzeit 245

Zweiter Teil: OLYMPIA 255
XVIII. Der Zorn des Zeus 257
IXX. Das Geschenk des Caesars 273
XX. Die Sehnsucht und der Tod 292
XXI. Der Haß und der Tod 303
XXII. Der Zufall und der Tod 319
XXIII. Die Rache der Götter 336
XXIV. Die Marathon-Entscheidung 365
XXV. Das Urteil 380

Dritter Teil: ROM 393
XXVI. Das leere Haus 395
XXVII. Der Rächer 405
XXVIII. Der Tod eines Künstlers 418

Epilog 423

Anhang 427
Von Eliern, Eleern und Elisern –
über Echtes und Erfindung 429
Glossar 433
Zeittafel 442

DIE PERSONEN DES ROMANS

Anmerkung: Historische Personen sind hinter ihrem Namen mit einem (H) gekennzeichnet.

Die Gesandtschaft von Paros
Jason von Eläos – Schweinehirte und Athlet
Kreugas – Gesandtschaftsführer
Xenophanes – Alipt
Eupolos – Pharmakopole und Haarscherer
Zopyra – Hetäre
Koroibos – streitsüchtiger Athlet
Amykos – feinfühliger Athlet
Hippias – arroganter Athlet
Kleomenes – seltsamer Athlet
Gerenos – kahlköpfiger Athlet
Ikkos – dürrer Athlet
Megillos – rotschöpfiger Athlet
Phanas – stämmiger Athlet
Simias – grauhaariger Athlet

Elis
Alopex – Schuhmacher und Untervermieter
Agis – sein Sohn
Bias – Herr der tausend Freuden
Perses – sein fetter Handlanger
Hyperides – Untersuchungsbeamter
Kallikles – Offizier der Wache
Myron – Theorodoke und Steinbruchbesitzer
Melissa – seine Tochter
Kyniska – ihre Dienerin
Pontikos – Leiter von Myrons Rennstall und Wagenlenker

Tranion – Kaufmann aus Kyllene
Lysikles – sein Sohn

Olympia
Melesias – erster Oberpriester
Adeimantos – zweiter Oberpriester
Sosandros – dritter Oberpriester
Hedeia – angenehme Schaustellerin

Römer
Nero Claudius Caesar (H) – Kaiser und Künstler
Statilia Messalina (H) – seine dritte Frau
Sporus (H) – Geschlechtsumgewandelter
Epaphroditus (H) – Neros Sekretär
Cluvius Rufus (H) – Neros Zeremonienmeister
Ofonius Tigellinus (H) – Prätorianerpräfekt
Titus Valerius Maximus – Neros Favorit im Faustkampf
Turpilius – wüster Prätorianer

Sowie eine Menge weiterer Griechen und Römer, ein Hund namens Niko und ein trinkfreudiger Kapitän.

Prolog

Auf der Peloponnes, genauer: auf dem Gebiet des Staates Elis befand sich das Zeusheiligtum von Olympia, wo schon seit vielen Jahrhunderten Feierlichkeiten begangen wurden, die Zeus, dem höchsten Gott, geweiht waren. Die zeremoniellen Wettkämpfe, die alle vier Jahre stattfanden, finden sich zum ersten Mal für das Jahr 776 v. Chr. nachgewiesen, wurden aber offensichtlich schon vorher ausgetragen. Im Laufe der Zeit jedoch nahm gegenüber der religiösen die sportliche Seite der Veranstaltung einen immer größeren Raum ein. Die Olympischen Spiele entwickelten sich dabei zu den wichtigsten der vier großen panhellenischen Spiele; die anderen drei waren die Pythien von Delphi, die Isthmien von Korinth und die Nemeen von Nemea. Daneben entstand eine Vielzahl größerer und kleinerer Sportwettbewerbe, bei denen zunächst im Gegensatz zu den vier panhellenischen Spielen – beachtlicher materieller Gewinn winkte.

Das änderte sich, als Griechenland im zweiten Jahrhundert v. Chr. unter römische Herrschaft geriet. Im großen Stile schlossen sich die Römer der Sportbegeisterung an und gründeten eigene Spiele. Auch die panhellenischen Spiele wurden in ihrer Ausrichtung materieller, Rom setzte sogar eine jährliche Pension für die Sieger aus, was ihnen zuvor höchstens von seiten der Stadtstaaten, aus denen sie jeweils stammten, vergönnt wurde.

Nachdem schon Tiberius und Germanicus in Olympia an den Wagenrennen teilgenommen hatten, zog es auch Nero, den ehrgeizigen und gefallsüchtigen, kunst- und wettkampfbesessenen Kaiser des römischen Reiches nach Griechenland. Im Jahre 66 n. Chr. brach er mit großem Gefolge zu seiner Reise und künstlerischen Tournee auf. Eigens für ihn wurden die Termine der großen Spiele verlegt; auch die 211. Olympischen Spiele wurden vom Jahr 65 n. Chr. auf das Jahr 67 n. Chr. verschoben. –

Das alles erfahren wir aus den historischen Quellen: Die Überlieferung hat es aufbewahrt und trägt es uns über die Zeiten zu. Was sie uns, fixiert auf die großen und bizarren Gestalten der Weltgeschichte, verschweigt, ist die Geschichte des Schweinehirten Jason aus den zerklüfteten epirischen Bergen, der zur selben Zeit wie Nero unterwegs nach Olympia war. Ihn trieb nicht die Aussicht auf Ruhm, sondern ein dunkles Geheimnis, das er im Schatten Olympias zu ergründen hoffte. Aber er stieß nicht nur auf die Hintergründe dieses Geheimnisses, sondern auch auf Nero ...

Erster Teil
Elis

1
Der Löwe von Paros

> Dies ist ein zweiter Herakles.
> *Plutarch*

Jason von Eläos war ein guter Schweinehirte. Seine Herde war noch immer zahlreich angesichts der vielen Wochen und der noch größeren Zahl an Meilen, die nun schon hinter ihm lagen. Sorgsam hatte er die Tiere gehütet, und nur wenige waren ihm auf der Strecke geblieben, ohne daß er einen entsprechenden Gegenwert für sie erhalten hätte. Wohlbehalten hatte er sie durch die zerklüfteten Schluchten von Epirus geführt, sie trotz eines Unwetters über den stark angeschwollenen Fluß Thyamis gebracht und nur ein Jungtier an die Wolfsrudel verloren, die vor Phylake durch die Wälder streiften. Niko, Jasons zotteliger großer Hund, hatte den wilden Räubern getrotzt, wie es kein anderer vermocht hätte. Drei Tage mußte Jason rasten, um Nikos zahlreiche Wunden so weit zu pflegen, daß der arg Zugerichtete wieder einigermaßen laufen konnte. Die Spuren des großen Bären in den Agraeischen Bergen hatte Jason dagegen rechtzeitig genug entdeckt, um seine Herde umzuleiten. Das war eine gute Entscheidung gewesen. Wie Jason später hörte, hatte der Bär, ein böser alter Einzelgänger, schon zwei Ziegen, ein Schaf und eine alte Frau geschlagen.

Trotz dieser Fährnisse und Widrigkeiten, trotz Müdigkeit und der Schmerzen seiner überanspruchten Glieder, hatte Jason nicht ein einziges Mal seinen Entschluß bereut, nach Elis aufzubrechen. Das bloße Unterwegssein stellte ihn zufrieden. Wenn seine muskulösen Beine ausgreifen konnten, wenn er die Luft der Berge und Wälder tief in seine Lungen sog, fühlte er sich für alle Pein entschädigt.

So war es schon in seiner Kindheit gewesen, wenn er mit der Herde hinausging. Er genoß Freiheit und Ungebundenheit, wurde eins mit der Natur. Sein Körper schien sich aus ihr zu erneuern. Und auch seine Gedanken eilten freier dahin und beschäftigten sich mit Dingen, die sonst von den Alltagssorgen verdrängt wurden. Auf seiner langen Wanderschaft zur Peloponnes hatte Jason genug Gelegenheit zum Nachdenken gehabt; einer Lösung des Rätsels um Aelian war er dadurch freilich nicht näher gekommen ...

Die erste unerwartete Schwierigkeit stellte sich ihm erst in den Weg, als er die Peloponnes fast erreicht zu haben glaubte. Daß er dem Kapitän des Ploions, das ihn von Naupaktus nach Erineus übersetzte, fünf Schweine – ein Viertel seiner Herde – als Bezahlung überlassen mußte, war zwar höchst ärgerlich, aber nicht zu vermeiden gewesen. Überdies war es nicht Jasons Schuld. Niemand hatte ihm gesagt, daß das Festland südlich von Aetolia plötzlich aufhörte. Er hatte davon ebensowenig Kenntnis besessen wie von der Größe des Landes, das er zu durchmessen hatte. Wer hätte ihn darauf auch hinweisen können?

So empfand Jason keinen Stolz auf sich, nur Zufriedenheit darüber, daß es ihm gelungen war, bis jetzt so weit gekommen zu sein. Die Götter hatten ihm seine Mühen bis jetzt gelohnt. Besonders Pan, der gehörnte Schutzgott der Hirten.

Vor seinem Aufbruch war Jason zu der Lichtung im Fichtenwald gegangen, in deren Mitte eine alte, verwitterte Steineiche stand, die – so nahm man an – fast bis zu den Höhen des Olymps hinaufreichte. Ihre ausladenden Äste breitete sie weit wie ein schützendes Dach aus. Dieser Platz wurde von den Menschen aus Jasons Dorf und der Umgegend als Ort und natürlicher Tempel des Pan verehrt, denn Fichte und Steineiche waren die heiligen Bäume des Bocksgottes. Dort hatte Jason den kräftigsten

Eber seiner Herde geopfert und Pan für die lange Reise um Beistand gebeten, von der viel mehr abhing als der Verkauf möglichst vieler Schweine in Elis.

Jetzt aber, kurz vor dem Ziel, sah es urplötzlich so aus, als seien alle Mühen und das Opfer selbst des prachtvollsten Ebers vergebens gewesen. Jason trieb seine Herde eine karge Anhöhe hinauf, die, lediglich von einigen verbrannten Kräutern bestanden, den Tieren wenig verlockend erschien. Müde trotteten sie einher. Plötzlich aber schüttelten sie ihre Lethargie wie auf einen geheimen Befehl ab und begannen, den Hügel mit so ungewohnter Geschwindigkeit zu erklimmen, als gälte es, einen olympischen Wettkampf zu gewinnen. Jason bezweifelte allerdings, daß seine Schweine von der bloßen Aussicht auf den Olivenzweig des Siegers angetrieben wurden. Der junge Hirte rief den davonstiebenden Tieren beruhigend zu – sie ließen sich nicht beirren. Hastig zog Jason die Syrinx aus dem großen Leinenbeutel, der an seiner Seite hing, aber der schrille Klang der Schilfrohrflöte verfehlte diesmal seine Wirkung.

Niko jagte den Schweinen nach, sprang wild um sie herum und versuchte sie knurrend und laut bellend einzuschüchtern, doch die aufgeregten Tiere ignorierten ihn und rannten flink bergan. Als die Herde über die Hügelkuppe verschwunden war, blieb Niko stehen. Unschlüssig blickte er zwischen den entschwindenden Schweinen und seinem Herrn hin und her, der sich hastig mühte, den Hügel zu erklimmen. Früher hätte Niko die Verfolgung wohl nicht so schnell aufgegeben, aber seit dem Kampf mit den Wölfen war sein rechter Hinterlauf lädiert, was ihn offenbar behinderte. Außerdem litt er, wie sein Herr und wie auch die Schweine, unter der Hitze und sengenden Trockenheit, da sie seit über einem Tag gänzlich ohne Wasser waren.

Mit einem Mal, Jason hatte die Hügelkuppe noch nicht

ganz erreicht, schien neue Kraft in Niko zu fahren. Wieder drehte er den Kopf dorthin, wo die Schweine verschwunden waren, dann jaulte er hoch auf und entschwand mit gewohnt vollendeter Leichtigkeit hinter dem Hügel hinab.

»Mein braver Niko, auf dich ist doch immer Verlaß«, keuchte Jason und verharrte außer Atem auf der Hügelkuppe, um sich zu orientieren. Er mußte die flache Rechte vor die breite Filzkrempe seines Petasos legen, weil das alles überstrahlende Licht der an ihrem höchsten Punkt stehenden Sonne ihm jegliche Sicht nahm.

Als er die breite Straße unter sich sah, die sich zwischen den Hügeln hindurchwand, wollte er es erst kaum glauben. Konnte es wirklich sein, daß Elis so nah war, nach all den vielen Tagen, endlich? Es mußte so sein. Denn welches andere Ziel als Elis sollte in diesen Tagen der lange Zug von Wagen, Tieren und Menschen haben, der die Straße bevölkerte? Die Wagen waren groß, oft vierrädrig, und prächtig verziert. Prunkvoll wirkten auch die Decken der Reitpferde: gleißend reflektierten die Gold- und Silberfäden, mit denen sie durchwirkt waren, das Sonnenlicht. Lang war dieser Zug. Ihm gehörten viel mehr Menschen an, als in Jasons Dorf lebten.

Dies alles überschaute Jason in einem Augenblick. Zu längerer Betrachtung blieb keine Zeit, da seine Schweine inzwischen angekommen waren und sogleich gewaltige Aufregung unter die Fremden brachten. Die halb verdursteten Tiere hatten nämlich dasselbe Ziel wie die Menschen, die am Rande der Straße angehalten hatten: ein kleiner See, ein anheimelnder blauer Sprenkel inmitten der sonnenverbrannten Hügel. Im Gegensatz zu den Menschen kannten die Schweine nicht die geringste Zurückhaltung. Der Durst machte ihnen so zu schaffen, daß sie ihre Scheu angesichts der vielen Fremden vollkommen vergaßen. Ohne viel Federlesens rannten sie mitten durch die rastende Gruppe hindurch. Einige sprangen noch rasch beiseite, andere freilich wurden umgerissen und nicht wenigen, die sich schon am Ufer des Sees aufhielten und sich nur etwas erfrischen wollten, verhalfen die außer Rand und Band dahinstürmenden Schweine zu einem unfreiwilligen Bad.

Niko versuchte ersichtlich noch immer, die Herde zurückzutreiben. Er rannte aufgeregt hin und her und sorgte durch sein unablässiges Gekläff für zusätzliche Verwirrung, so daß einige der Pferde unruhig wurden und mit ihren Wagen durchzugehen drohten. Die Szene entbehrte wahrhaftig nicht der Komik. Aber Jason verging die Lust zu lachen bereits, als er den Hügel hinuntersprang. Ein paar der Männer, deren einfache Kleidung darauf schließen ließ, daß es sich um Diener oder Sklaven handelte, vergalten das ungestüm sich äußernde Bedürfnis der Schweine mit mörderischer Gewalt: Mit langen spitzigen Messern beendeten sie das Leben aller Tiere, derer sie habhaft werden konnten.

»Hört auf damit!« schrie Jason laut und entsetzt – da steigerte ein anderer Anblick noch seinen Schrecken.

Ein wahrer Turm von einem Mann, bekleidet mit einem blau-goldenen Chiton und mit Lederstiefeln, die mit Goldornamenten verziert waren, packte Niko und riß ihn vom Boden, als sei der große Hund nur ein Iltis, wie ihn sich die Stadtmenschen zur Mäusejagd hielten. Nikos wütendes Bellen wurde binnen weniger Sekunden zu einem kraftlosen Winseln, als die ungeschlachten Hände des Mannes ihm die Kehle zudrückten.

Jason war sich nicht bewußt, daß er schrie, laut und sinnverstörend, als er auf den schwarzhaarigen Fremden zusprang, der über die Kräfte eines Bären verfügen mußte. Der muskelbepackte Mann, der mit unförmiger Miene auf den sterbenden Hund starrte, zeigte überdies keine Regung, daß er etwas vernommen habe. Erst als Jason ihn fast erreicht hatte, ließ er das kraftlose Tier fallen und fragte: »Was willst du, Hirte?« Das letzte Wort sprach er mit abschätziger Verachtung aus. Er wischte die von Nikos Speichel besudelten Hände achtlos am teuren Leinen seines kurzen Chitons ab.

Jason kniete sich vor dem Hirtenhund auf den Boden und untersuchte ihn mit äußerster Behutsamkeit. Sein schwerer Körper strahlte noch einen Rest Lebenswärme aus, aber der Kopf ließ sich ohne Anstrengung in alle Richtungen bewegen, und die kleinen, unter Fellbüscheln versteckten Augen blickten schon glanzlos auf, ohne das blendende Licht der Mittagssonne zu scheuen: Der Mann im blau-goldenen Chiton hatte sich nicht damit begnügt, Niko die Luft zum Atmen abzuschnüren, sondern hatte mit voller Absicht das Genick des Hundes gebrochen.

»Elender Lump!« stieß Jason mit Tränen in den Augen hervor, während er sich langsam erhob und zu dem Fremden aufsah. Ja, der durchaus hochgewachsene Hirte mußte tatsächlich den Kopf in den Nacken legen, um in das unförmige Gesicht zu blicken, dessen dunkel-schiefliegende Augen boshaft in ein einziges zusammenflossen und Jason an die Kyklopen denken ließ, von denen seine Mutter ihm früher erzählt hatte.

Ehe er sich's versah, schossen die Pranken dieses Zyklopenmenschen auf ihn zu und schleuderten ihn, unvorbereitet und abgelenkt, wie er war, auf den Boden, der hier am Seeufer mit noch grünem Gras bewachsen war. Jason erholte sich rechtzeitig von der Überraschung und milderte die Härte des Aufpralls durch eine Drehung gerade noch ab.

Der Kyklop machte einen Schritt auf Jason zu, spuckte ihn an und knurrte mit Bärenstimme: »Du widerlicher kleiner Schweinehirte wagst es, mich, Koroibos von Paros, einen elenden Lumpen zu nennen? Du sagst das, der stinkt und in zerrissenen Fetzen durchs Land zieht, der barfuß läuft wie ein Spartaner, der angibt und groß tun will?« Tatsächlich war Jason durch den Wassermangel der letzten

Tage gezwungen gewesen, die spärlichen Vorräte in seinem Ziegenlederschlauch nicht zum Waschen zu verschwenden, und roch durchdringend nach Schwein und Mensch. Sein wollener Chiton hatte auf der Reise ziemlich gelitten, war an vielen Stellen eingerissen und hatte seine ursprüngliche Farbe längst verloren: Aus dem kräftigen Blau des Heidelbeersaftes, mit dem seine Mutter das Hemd gefärbt hatte, war über die Jahre ein verblichenes Grau geworden. Schuhe allerdings vermißte Jason nicht. Er war daran gewöhnt, barfuß zu laufen, und war geradezu darauf angewiesen, den Boden unmittelbar unter den Füßen zu spüren. In unwegsamen Gegenden suchten die Zehen einen Halt, und die Feuchtigkeit einer verborgenen Wasserstelle spürte er mit der bloßen Haut, nicht aber mit dicken Sohlen aus Leder, Kork oder Flechtwerk.

Zusammengekauert am Boden, sah Jason einen gewaltigen Stiefel auf sich zukommen, und er hörte die Bärenstimme weit über sich brüllen: »Ich werde dich zertreten wie eine Wanze, Schweinehirte!« Beiläufig, im Bruchteil eines Augenblicks, registrierte Jason die Goldornamente auf dem Leder: fein ziselierte Abbildungen eines sprungbereiten Löwen. Das drohende Funkeln in den Augen der Raubtiere kam aus winzigen Rubinen. Im gleichen Augenblick packte er zu, umklammerte den preziösen Stiefel und drehte ihn dann mit einer ruckartigen Bewegung beider Arme herum. Für einen Augenblick hing Koroibos von Paros in der Luft, ungelenk wie ein junger Vogel auf seinem ersten Flug. Ein äußerst ungeschlachter Vogel allerdings, wie der riesenhafte Rok, der, wie Jason sich von ungefähr erinnerte, früher im Land der Perser lebte. Plump stürzte er zu Boden und stieß ein schmerzerfülltes Grunzen aus. Als er sich aufrappeln wollte und sich unter wütendem Keuchen auf die Knie stemmte, stand Jason schon über ihm und spuckte ihm mitten zwischen die beiden schief ineinander verschwimmenden Augen.

»Ich mag ein Schweinehirte sein, ich mag stinken, und meine Kleider mögen Lumpen sein, aber ich töte keine Tiere, die zum Wasser laufen, nur weil der Durst sie halb wahnsinnig macht. Und ich töte keinen Hund, der versucht, seine Pflicht zu tun. Ich mag nur ein schmutziger Schweinehirte sein, aber du bist der Lump!« Unbeherrscht schrie Jason die Worte in das formlose Gesicht hinein.

»Dreckiger Schweinehirte!« knurrte der am Boden kniende Mann nur, während er sämtliche Muskeln anspannte.

Jason beobachtete ihn genau. Er wußte, daß sein Gegner, der eben noch ein ungeschickter Vogel gewesen war, sich nun in ein Raubtier verwandelte, im Begriff, zum tödlichen Sprung anzusetzen. Als der Sprung dieses Mal erfolgte, war der Eläer vorbereitet und wich gewandt zur Seite aus. Koroibos verfehlte sein Ziel und stürzte, von seinem eigenen Schwung mitgerissen, erneut zu Boden. Jason drehte sich herum, beugte sich leicht vor und versenkte seinen Blick in die Augen des Gegners, wie er es von Lysias gelernt hatte. Es waren dunkle Augen, schwarz wie das Haar des Riesen. Ihr Blick war böse und haßerfüllt. Als ein Glitzern über die dunklen Seen zog, wußte Jason, daß Koroibos zum nächsten Angriff ansetzte.

Diesmal war er so schnell, daß er Jason zu überrumpeln vermochte. Er hatte dem massigen Körper eine solche Wendigkeit gar nicht zugetraut und seine Ausweichdrehung erst zur Hälfte vollführt, als ihn Koroibos packte, seinen Kopf herunterriß und zwischen Oberarm und Brustkasten verkeilte. Und wieder schossen ihm Gedanken durch den Kopf, die seiner Lage unangemessen schienen und ihn momentweise von ihr entfernten: Das Leinen des blau-goldenen Chitons, gegen das seine Wange gepreßt wurde, fühlte sich sanft an wie die Hand von Jasons Mutter, wenn sie früher zärtlich über das Gesicht ihres kranken Kindes streichelte. Und der Geruch, den Koroibos verströmte, war nicht die strenge Ausdünstung eines schwitzenden Kämpfers, sondern süßlich und schwer, wie Jason sich das Parfüm edler Damen vorstellte.

Jason ließ plötzlich die Luft aus sich heraus; gleichzeitig stieß er sich, so gut er konnte, mit beiden Händen vom Körper des Giganten ab. Er entkam, verlor aber beim Zurücktaumeln das Gleichgewicht. Noch zu geschwächt, um den Sturz abzufangen, prallte er mit dem Rücken gegen einen kleinen Felsen. Er verlor einige Augenblicke den Atem. Er konnte sich nicht bewegen, lag erstarrt am Seeufer und sah den Riesen auf sich zukommen. Er riß Jason vom Boden und preßte ihn an die massige, blau-gold überspannte Brust. Immer fester drückten die gewaltigen Arme zu und preßten das Leben aus dem jungen Hirten heraus. *Genauso hat er es bei Niko gemacht!* schoß es durch Jasons Kopf. Der Gedanke an den erbärmlichen Tod seines Weggefährten entfachte mit der Wut seine verlöschenden Lebensgeister. Er dachte an das, was Lysias ihm beigebracht hatte: riß sein rechtes Knie hoch, ruckartig, mit aller ihm noch zur Verfügung stehenden Kraft. Er traf Koroibos zwischen den Beinen, genau dort, wo es einen Mann am meisten schmerzt. Der getroffene Gigant stieß einen spitzen, hohen Schrei aus und lockerte seinen Griff so weit, daß Jason sich ihm durch eine schlangengleiche Bewegung entwinden konnte. »Stich zu wie ein Skorpion und winde dich wie eine Schlange!« hatte Lysias diese Übung genannt.

Die Männer standen sich gegenüber, lauernd, aufmerksam und in gewisser Weise sogar froh über die kleine Verschnaufpause. Bisher hatte Jason nur Augen für seinen ungestalten Gegner gehabt. Zum erstenmal wurde ihm jetzt bewußt, daß sie beide im Mittelpunkt des allgemeinen Interesses standen. Koroibos' Begleiter hatten einen weiten, aber dichten Kreis um sie gebildet und verfolgten gebannt jede ihrer Bewegungen, wobei sie Rufe des

Erstaunens und der Anfeuerung ausstießen. Obwohl das Blut in seinen Ohren dröhnend wie ein Schmiedehammer schlug, glaubte Jason zu vernehmen, daß einige sogar Wetten auf den Sieger abschlossen.

Obwohl Jasons ganze Aufmerksamkeit eigentlich dem Gegner hätte gelten müssen, wurde sein Blick für einen langen Moment vom Antlitz einer der wenigen anwesenden Frauen gebannt. Die meisten Frauen hier machten in Kleidung und Aussehen einen einfachen Eindruck, wie Sklavinnen oder Freigelassene. Diese Frau aber war anders. So stellte Jason sich eine Dame von edler Herkunft vor. Das Gesicht mit den hohen Wangenknochen und den leicht schrägstehenden, mandelförmigen Augen strahlte einen fremd-orientalischen Zauber aus, den der dunkle Schimmer der Haut und das zu einer kunstvollen Frisur aufgetürmte schwarze Haar bestätigten. Sie war zweifellos kein junges Mädchen mehr, sondern bestimmt ein paar Jahre älter als Jason, irgendwo in den Zwanzigern. Der eng anliegende, den Körper wie eine zweite Haut umschließende Peplos, noch edler bestickt als Koroibos' Chiton, war beim Gehen wohl eher hinderlich, unterstrich aber gerade deswegen die Attraktivität der fremden Dame. Sie faszinierte Jason – gerne hätte er ihr mehr Aufmerksamkeit gewidmet.

Der unter lautem Gebrüll wie ein Stier heranstürmende Gigant ließ ihm keine Zeit dazu. Die erfreuliche Ablenkung hatte ihren Preis: schmerzhaft stieß er mit dem Mann aus Paros zusammen, der den Hirten offenbar über den Haufen rennen wollte. – Doch wie hatte Lysias gesagt? »Bist du der Kraft des Gegners nicht gewachsen, dann sieh zu, daß der Gegner selbst es auch nicht ist!« Eingedenk dieser Worte klammerte sich Jason an Koroibos fest und hing wie ein umgeschnürtes Bündel an ihm. Der Gigant stolperte, ging zu Boden und riß den Jüngling mit sich. Sie rollten ineinander verkrallt durch das Gras, hin und her, bis ein Felsblock sie aufhielt. Jeder krampfte seine Hände um den Hals des anderen und versuchte, ihm die Luft zu nehmen.

Wie du es mit Niko getan hast, du verdammter Lump! dachte Jason. Gern hätte er es laut gesagt, dem anderen ins Gesicht geschrien, doch dazu reichte sein Atem bei weitem nicht mehr. Der Griff des Giganten war eisern und wurde immer fester. Aber der junge Eläer ließ nicht los und hob nicht die Hand, um sich zu ergeben. Nicht nur, weil er das Gefühl hatte, dies würde angesichts des wütenden Riesen ein aussichtsloses Unterfangen sein. Sondern auch, weil er an Niko dachte und es seinem Mörder mit gleicher Münze heimzahlen wollte. In diesen Augenblicken hatte Jason den Grund seiner Reise vollständig vergessen und war bereit, die Rache für Nikos Tod mit seinem eigenen Leben zu bezahlen.

Die nachlassenden Kräfte seines Körpers schwächten auch Jasons Sinne. Das häßliche, unförmig verunstaltete Gesicht seines Gegners, dessen Knoblauchatem ihm betäubend entgegenschlug, begann zu verschwimmen. Bis etwas hart und spitz gegen Jasons Brust stieß. Gleichzeitig spürte er kräftige fremde Hände, die seine eigenen von Koroibos' Hals rissen, den sie halb bewußtlos umklammert hielten. Der Hirte war zu schwach, sich dagegen zu wehren.

Erst als sein Blick sich aufklärte, wurde ihm richtig bewußt, daß auch die Gigantenhände nicht mehr um seinen Hals lagen. Männer aus Koroibos' Begleitung hatten die Kämpfer voneinander getrennt. Der harte, spitze Gegenstand, den Jason gespürt hatte, war das Ende eines gegabelten Stocks gewesen, wie ihn auch Lysias benutzt hatte, das Werkzeug eines Paidotriben oder Alipten.

Es gehörte einem großen, hageren Mann in einem purpurnen, gefalteten langen Chiton. Der Bart, der Mund und Kinn eines länglichen Gesichts umrahmte, mußte, wie auch sein krauses Haar, einmal tiefschwarz gewesen sein, war jetzt aber von vielen grauen Strähnen durchzogen. Grau war das richtige Wort für dieses Gesicht. Es wirkte älter, als es mutmaßlich war; denn noch lag viel Kraft in den auf eine herbe Art schönen Zügen. Vielleicht gründete sich der Eindruck auch vor allem auf die grauen Augen des Mannes, die Jason sonderbar interessiert musterten. Die Augen saßen über tief in das Antlitz gegrabenen Ringen.

Mit diesem Mann ging es Jason wie mit der eleganten Frau: Er faszinierte den Hirten vom ersten Augenblick an.

Unterdes hatte Koroibos die fremden Hände unwirsch von sich abgeschüttelt, richtete sich schwankend auf und fuhr den Bärtigen an: »Was mischst du dich in diesen Kampf ein, Xenophanes? Wir stehen hier nicht in der Palaistra. Dieser stinkende Schweinehirte hat mich beleidigt. Er hat den Tod verdient und wird ihn von meiner Hand erhalten!«

»Oder du ihn von seiner Hand«, erwiderte der Mann mit dem gegabelten Stab in einem gelassenen Ton, begleitet von einem spöttischen Zucken um die Mundwinkel.

Koroibos' dunkle Augen funkelten ihn böse an, doch der Gigant hielt sich zurück. Er schien vor dem Bärtigen wesentlich mehr Respekt zu haben als vor Jason. »Was willst du damit sagen, Xenophanes?«

»Daß ich nicht weiß, ob meine Helfer eben den Hirten oder dich vor dem Tod bewahrt haben, Koroibos. Und die anderen scheinen es auch nicht zu wissen. Erst wollte niemand gegen dich wetten, aber je länger der Kampf andauerte, desto mehr Wagemutige fanden sich.« Xenophanes senkte seinen Blick auf Jason, der mit dem Rücken gegen den Felsen gelehnt saß und die Luft genoß, die wieder ungehindert durch seine Lungen strömte. »Und ich muß sagen, sie fanden sich zu Recht.«

Seine Worte stießen bei Koroibos nicht gerade auf

Bewunderung. Er schnaubte wie ein gereizter Stier, und sein häßlicher Schädel pendelte unschlüssig zwischen Xenophanes und Jason hin und her. Schließlich preßte der Gigant mit mühsam verhaltener Wut hervor: »Ich respektiere dein Wort in der Palaistra, Xenophanes. Hier aber hast du mir nichts zu sagen. Dieser lächerliche Schweinehirte hat mich gereizt. Ich habe seinen Tod beschlossen und werde diesen Beschluß vollstrecken!«

Obwohl der Gigant Jasons Todesurteil aussprach, fühlte sich der, dem es galt, davon ganz unberührt. Vielleicht lag es an der Erschöpfung, die ihn gegenüber seinem eigenen Schicksal teilnahmslos machte, vielleicht auch an dem Gefühl der Sicherheit, das ihm Xenophanes einflößte. Dieser legte seine hohe Stirn in Falten, und die buschigen Brauen aus dunklem Grau überschatteten die Augen. »Willst du deine Hände mit dem Blut eines Menschen besudeln, Koroibos, hier, auf dem Weg nach Olympia?«

Die absonderliche Verformung, die sich auf Koroibos' unförmigem Antlitz abzeichnete, sollte wohl ein angestrengtes Grinsen bedeuten. »Wir sind noch nicht auf dem Weg nach Olympia, sondern nach Elis.« Er blickte die Straße in Marschrichtung der Kolonne entlang.

»Das ist Haarspalterei!« sagte Xenophanes mit zunehmendem Zorn. »Du weißt so gut wie ich, daß die Ekecheiria für alle Reisenden gilt, die unterwegs nach Olympia sind, auch wenn ihr Weg sie über Elis führt. Alle Besucher der Spiele stehen unter dem Schutz der Waffenruhe.«

»Der ein Besucher der Spiele?« krächzte Koroibos und blickte erneut mit unverhohlener Verachtung auf Jason nieder. »Das ist doch nur ein Schweinehirte!«

»Das eine schließt das andere nicht aus«, erwiderte der Bärtige und wandte sich an Jason: »Wie ist dein Name?«

»Jason von Eläos.«

»Was ist dein Ziel, Jason von Eläos?«

»Elis.«

»Nicht Olympia?«

»Ich weiß nicht ... vielleicht auch ...« Es hing davon ab, was Jason in Elis in Erfahrung brachte. Wie konnte er etwas beantworten, das für ihn selbst im dunkeln lag?

»Da hast du es, Xenophanes!« triumphierte der Gigant. »Der Schweinehirte will gar nicht nach Olympia. Also steht seine Reise auch nicht unter dem Schutz der Ekecheiria. Und jetzt hör auf, ihm weitere Antworten in den Mund zu legen!«

Er warf einen bösen Blick auf den Bärtigen, dann machte er einen Schritt auf Jason zu und baute sich breitbeinig vor ihm auf. Der Jüngling spannte sämtliche Muskeln an und machte sich bereit zur Fortsetzung des Kampfes, auch wenn er sich noch ausgesprochen schwach fühlte.

Da trat die elegante, schöne Frau vor, die Jason kurz bewundert hatte. Sie legte eine schlanke Hand auf den muskulösen Arm des Giganten und sagte: »Koroibos, hör einmal: Willst du dich wirklich mit einem Schweinehirten prügeln wie ein gemeiner Bauer?«

Der verquollene Kopf ruckte zur Seite, und seine schiefen Augen musterten skeptisch die Frau. »Was willst du damit sagen, Zopyra?«

»Gar nichts. Ich frage mich nur, ob es deiner Würde entspricht, dich mit diesem Hirten im Dreck zu wälzen. Koroibos, der Löwe von Paros, verschwendet sein Talent und seine Kraft mit einem Bauernlümmel. Ich weiß nicht, ob es deinem Ruf zuträglich ist, wenn dies in Elis und Olympia die Runde macht.«

»Meinst du?« fragte Koroibos unvermutet nachdenklich. Zopyra nickte. »Aber wer sollte es erzählen?«

Zopyra wies in einer kreisförmigen Bewegung auf die Umstehenden. »Sie alle werden es mit Begeisterung erzählen, wenn erst der Wein sie gesprächig macht. Und Wein wird viel fließen in Elis, gerade in diesen Tagen.«

»Da hast du wohl recht«, brummte der Gigant, blickte

angestrengt überlegend auf Jason hinab und wandte sich dann wieder der Frau zu: »Was aber soll ich tun? Ich habe diesem Wechselbalg den Tod verkündet!«

Die schöne Zopyra stellte sich auf die Zehenspitzen und flüsterte ihm etwas in sein breit wucherndes Blumenkohlohr.

Ein zufriedener Zug glitt über das Gesicht des Giganten. Er nickte und wandte sich dann mit herablassender Miene wieder an Jason: »Hör zu, Schweinehirte aus Eläos, was ich dir zu sagen habe. Du hast den Tod verdient durch die unverschämten Worte, die du mir gabst. Und ich könnte dich mit der Leichtigkeit töten, mit der ein Löwe die Gazelle schlägt. Aber ich, Koroibos, der Löwe von Paros, bin nicht nur für meine Kraft und meine Unbesiegbarkeit bekannt, sondern auch für meinen unendlichen Großmut. Deshalb schenke ich dir dein unwürdiges Leben. Mögen die Götter sich noch einige Zeit an deiner nichtigen Existenz erfreuen, die Menschen werden es sicher nicht.« Der Riese wandte sich zum Gehen, drehte sich aber noch einmal um und knurrte: »Aber hüte dich davor, meinen Weg ein weiteres Mal zu kreuzen, Bursche! Der Löwe von Paros zieht seine Pranken nur einmal zurück!«

Koroibos marschierte davon, ohne Jason noch eines Blickes zu würdigen, einen Arm um Zopyras schlanke Taille gelegt. Als die Frau an dem Bärtigen vorbeiging, glaubte Jason ein Zwinkern ihrer Mandelaugen zu erkennen, das Xenophanes galt.

»Da hast du noch mal Glück gehabt, Jason. Die Tage in seinem nicht ganz kurzen Leben, an denen Koroibos Großmut gezeigt hat, lassen sich bestimmt an den Fingern einer Hand abzählen.« Die Stimme gehörte einem blondgelockten Burschen: einem von denen, die Jason von seinem Gegner weggezerrt hatten. Er schien nur wenig älter als der Schweinehirte. Seine blaßblauen Augen ruhten teilnahmsvoll auf Jason, von fast zärtlicher Besorgnis erfüllt. Ein

Blick, den der Jüngling aus Eläos bisher nur von seiner Mutter kannte. »Ich bin Amykos von Paros und freue mich sehr, daß dieser Kampf nicht dein Leben gekostet hat. Wie fühlst du dich?«

»Nicht gut.« Jason war verwirrt, daß seine Antwort einen Heiterkeitsausbruch bei Amykos auslöste.

»Nicht gut«, wiederholte der und schüttelte sich vor Lachen. »Das ist wirklich köstlich!«

»Was findest du daran lachhaft?« fragte Jason, dem nach allem eher zumute war als nach Heiterkeit und Spott.

»Verzeih mir, Jason. Ich wollte dich nicht kränken. Ich finde es durchaus nicht lachhaft, aber höchst belustigend. Koroibos ist vielleicht der größte Kämpfer, den die panhellenischen Spiele jemals gesehen haben.« Amykos senkte seine Stimme: »Zumindest hält er sich dafür.« Und wieder lauter: »Es ist eine Seltenheit, daß einer seiner Gegner auf seinen Beinen den Kampfplatz verläßt. Vielen von ihnen ist es unmöglich, sich jemals wieder zum Zweikampf zu stellen. Und das einzige, was du, ein Schweinehirte, nach einem Kampf mit dem Löwen von Paros zu sagen hast, ist, daß du dich nicht gut fühlst.«

»Vielleicht, weil er nicht bloß ein Schweinehirte ist«, bemerkte Xenophanes, der neben sie getreten war und den größten Teil von Amykos' Rede mit angehört hatte. »Was sind deine Absichten in Elis, Jason?«

»Ich will meine Herde verkaufen – oder das, was von ihr jetzt noch übrig ist«, sagte Jason und blickte besorgt nach seinen Schweinen, von denen er nur noch einige wenige zwischen den Wagen, Tieren und Menschen dieser Reisegesellschaft sah.

Xenophanes blickte ungläubig. »Du machst die weite Reise von Eläos, nur um deine Herde hier zu verkaufen? Dafür hätte es auf deiner Reise vielfach Gelegenheit gegeben, an hundert Orten, die deiner Heimat näher sind als Elis.«

»Ich lebe von den Schweinen«, sagte Jason wie zu seiner Verteidigung. Denn er hatte das Gefühl, sich verteidigen zu müssen, obwohl der bärtige Mann ihn nicht angeklagt hatte und auch gar nicht das Recht dazu besaß. In den Worten hatte etwas Aufforderndes mitgeschwungen, das nach Erklärung verlangte. »Ich wollte sie nicht verkaufen, bevor ich mein Ziel erreicht habe.«

Ein überlegener Schimmer zog über die grauen Augen des Bärtigen. »Also wolltest du aus anderem Grund nach Elis! Die Schweine waren nicht der Grund, nur das Mittel.«

Jason hatte sich unversehens verraten. Xenophanes' rasche Schlußfolgerung machte es ihm bewußt. Offenbar war er von wachem, scharfem Geist. Jason nahm sich vor, vorsichtiger zu sein.

»Meine Mutter starb vor kurzem. Ich bin allein und wußte nicht, wohin ich mich wenden sollte. Lysias hat mir viel erzählt von Elis und den Olympischen Spielen. Ich wollte es mir selbst ansehen.«

Das alles war die Wahrheit, aber nicht die ganze. Jason zögerte, den Fremden von Aelian zu erzählen. Zwar war er nach Elis aufgebrochen, um die Wolken zu vertreiben, die über Aelians Schicksal lagen. Doch solange er nichts Genaueres wußte, wollte er lieber vorsichtig mit seinen Nachforschungen sein.

»Wer ist Lysias?« fragte Xenophanes, dessen Interesse an Jasons Person den Schweinehirten mehr und mehr verwirrte.

»Ein Paidotribe aus Eläos. Bei ihm habe ich gelernt, wie man kämpft.«

»Er muß ein guter Paidotribe gewesen sein, ein sehr guter«, sagte Xenophanes und streckte seine rechte Hand vor, um auf Jason zu zeigen. »Denn du bist ein sehr guter Kämpfer!«

Jason erschrak über das, was er vor sich sah. Bisher war die rechte Hand des Bärtigen in den Falten seines grünen

Himations verborgen gewesen, das einen augenfälligen Kontrast zu dem purpurnen Chiton bot und ganz entgegen dem Brauch über die rechte Schulter geschlungen war. Nun erhob er sie; das aber war keine Hand. Aber es hätte mit ihr verwechselt werden können, wäre es nicht aus braunem Leder gewesen. Tot und regungslos starrten die fein nachgebildeten Finger Jason entgegen. Xenophanes bemerkte Jasons Stutzen, überging es aber und fuhr fort: »Wie kommt es, daß ich von diesem Lysias nie etwas gehört habe? Ein so guter Paidotribe muß Männer ausgebildet haben, die bei den Spielen in ganz Hellas Preise holen. Warum höre ich keine Lobgesänge über diesen Lysias? Weshalb ist er nur ein Paidotribe und nicht, wie ich, ein Alipt?«

»Lysias ... ist tot, schon seit ein paar Jahren«, antwortete Jason ausweichend und überlegte, wieviel er dem Fremden verraten sollte. Er sagte sich, daß er nur dann etwas über Aelian herausfinden konnte, wenn er Fragen stellte. Wenn dieser Xenophanes, wie es den Anschein hatte, ein olympiaerfahrener Alipt war, konnte er Jason vielleicht Auskunft geben. Jason brauchte ihm ja nicht mitzuteilen, was ihn mit Aelian verband.

»Lysias hat einmal einen Athleten aus meinem Dorf ausgebildet, der nach Olympia zu den Spielen gegangen ist. Sein Name war Aelian.«

»Aelian?« Xenophanes legte den Kopf schief und schien den Worten seiner Erinnerung zu lauschen. »Nein, den Namen kenne ich nicht. Und ich kenne so gut wie alle Namen der Olympioniken.«

»Vielleicht hat Aelian keinen Preis gewonnen«, mutmaßte Jason.

»Dann wäre Lysias doch kein so guter Alipt gewesen, wie ich dachte«, meinte Xenophanes. »Wann hat dieser Aelian an den Spielen teilgenommen?«

»Vor vier Olympiaden.« Jasons Antwort kam ohne Zögern.

Diese Zahl würde er niemals vergessen. »Aber ich weiß nicht, ob er daran teilnahm. Er verließ Eläos mit der Absicht, den Zweig des Ölbaums zu erringen, doch niemand in unserer Gegend hörte jemals wieder etwas von ihm.«

»Vor sechzehn ... achtzehn Jahren also«, murmelte Xenophanes mit leichtem Kopfnicken. Er hatte sich gerade noch daran erinnert, daß die diesjährigen Spiele in Olympia eigentlich schon vor zwei Jahren hätten stattfinden müssen, wären sie nicht auf höchstpersönlichen Wunsch Neros verlegt worden. »Damals war ich nicht in Olympia. Dieser Aelian könnte mir also entgangen sein.«

Jason versuchte, seine Enttäuschung zu verbergen. Doch eigentlich hatte er gar keinen Grund, enttäuscht zu sein. So schnell etwas über Aelians Schicksal herauszufinden, durfte er nicht erwarten.

Amykos kehrte vom Seeufer zurück, in den Händen ein nasses Tuch, das er auswrang. Er ließ sich wieder neben Jason auf die Knie nieder und begann, dessen zahlreiche Schürfwunden vom Schmutz zu reinigen. Jason war erstaunt über die Sanftheit, die der blonde Jüngling dabei an den Tag legte. Wieder fühlte sich Jason an seine Mutter erinnert. Tatsächlich erweckte Amykos durch seine weichen Züge und den schmal-zierlichen Körperbau Eindruck. Er machte seine Sache gut. Jason fühlte sich bei ihm sicher aufgehoben, fast wohlig.

»Einige Wunden sind doch recht tief«, bemerkte Amykos mehr zu Xenophanes als zu Jason. » Eupolos sollte sie mit einer seiner Wundertinkturen bestreichen.«

»Ein guter Vorschlag«, fand der Alipt. »Holst du ihn?«

»Eupolos ist unser Pharmakopole«, erklärte Xenophanes. »Er bringt die Athleten unserer Abordnung mit seinen unschätzbaren Künsten auf die Beine, auch wenn sie noch so erschöpft sind.«

Der korpulente, fast kahlköpfige Mann, der kurz darauf

in Amykos' Begleitung zu Jason und Xenophanes trat, warf nur einen kurzen Blick auf den Schweinehirten. Dann ließ er sich ächzend auf die Knie nieder, öffnete die Ledertasche, die um seine Schulter gehangen hatte, und entnahm ihr einen tönernen Lekythos sowie einen fingerlangen Pinsel. Mit den Zähnen entkorkte er das Tongefäß, tauchte den Pinsel hinein und bestrich Jasons Wunden mit einer öligen gelben Flüssigkeit, die einen penetranten Geruch verbreitete.

»Das stinkt wie das Wasser, das meine Schweine lassen«, entfuhr es Jason.

»Du hast eine gute Nase«, sagte der Pharmakopole. »Der Urin von Schweinen ist ein wichtiger Bestandteil dieser Essenz.« Als er fertig war, pfropfte er den Korken wieder auf den schlanken Hals des Lekythos und sagte zu seinem Patienten: »Wasch dich heute nicht mehr, dann werden die Wunden morgen verheilt sein.«

Sehnsüchtig sah Jason zum nahen See und dachte an das Bad, das er zu nehmen gedacht hatte.

Dann ging alles sehr schnell. Die Leute aus Paros nahmen die getränkten Ochsen und Maultiere wieder ins Joch, kletterten auf die Wagen oder bestiegen die Pferde. Die einfacheren Angehörigen der über hundertköpfigen Olympia-Abordnung, wohl zumeist Sklaven, gingen zu Fuß.

»Es geht weiter«, sagte Xenophanes und richtete seinen seltsam interessierten Blick zum letztenmal auf den Schweinehirten. »Der Kampf, den ich sah, war vorzüglich, allemal besser als die Umstände unserer Begegnung. Mögen unsere Pfade, sollten sie sich noch einmal kreuzen, von freundlicherem Licht beschienen werden. Lebwohl, Jason von Eläos!« Er hob zum Gruß die Linke mit dem langen Stock und ging zu einem der schweren, vierrädrigen Ochsenkarren, auf den ihm ein paar kräftige Sklavenhände halfen.

Amykos blickte Jason ein wenig traurig an. »Auch ich bedaure, daß wir uns unter so häßlichen Umständen kennenlernten, Jason. Fast noch mehr bin ich darüber traurig, daß wir uns nach so kurzer Zeit wieder trennen müssen. Ich hoffe sehr, daß wir uns in Elis wiedersehen!«

»Ja«, sagte der Schweinehirte, über diese Erklärung ein wenig verwirrt. »Vielleicht treffen wir uns dort.«

Amykos strich sanft über Jasons Arm, wandte sich dann abrupt um und lief zu der aufbrechenden Kolonne.

Bald verschwand sie hinter einer Biegung. Jason sah nur noch den aufgewirbelten Staub, hörte noch leise die Flüche und Anfeuerungsrufe der Kutscher und Viehtreiber.

Dann war er ganz allein mit den restlichen Tieren seiner Herde, die er mühsam zusammentrieb. Neun Schweine waren ihm geblieben, nachdem er zwei zwar noch lebenden, aber schwer verletzten Tieren mit seinem Messer die Halsschlagader geöffnet hatte. Er hatte lange damit zu tun, den toten Tieren die Haut abzuziehen. Die Häute konnte er in der Stadt an einen Ledermacher verkaufen. Das Fleisch hätte er gern auch noch mitgenommen, aber er konnte es nicht tragen. Vielleicht würden die Götter es als Opfer nehmen oder die Geier als willkommenen Festschmaus – vermutlich beides.

Am schmerzlichsten war der Abschied von Niko, dem er am Ufer des Sees ein Grab aushob. Jason fühlte sich miserabel, weil er den treuen Begleiter seiner langen, einsamen Reise nicht hatte retten können. Mit einem traurigen Lied, das er seiner Syrinx entlockte, verabschiedete sich Jason von Niko.

Die Sonne neigte sich weit dem Abend zu, als der Hirte seine kärglich zusammengeschmolzene Herde endlich weitertrieb, die gewundene Straße entlang. Sein Ziel hieß Elis, und er begehrte Aufklärung über Aelians Schicksal.

2
Die Stadt der Elier

Ein Leben ohne Feste ist ein langer Weg ohne Gasthäuser.
Demokrit

Der lange Weg, der sich um die Ausläufer der Hügel herum nach Süden wand, gab Jason, der einsam dahintrieb, was ihm von seiner Herde geblieben war, viel Gelegenheit zum Nachdenken. Ein Punkt, der ihn sehr verwirrte, war der Reiseweg der parischen Gesandtschaft.

Paros war eine Insel im Ägäischen Meer, soviel wußte sogar ein einfacher Junge aus Eläos. Jason zweifelte keinen Augenblick, daß die Leute aus Paros per Schiff um die Südspitze der Peloponnes herum angereist waren. Erst per Schiff zur Westküste der Insel des Pelops zu fahren und die Reise dann zu Fuß über Land fortzusetzen wäre viel zu umständlich gewesen. Aber weshalb reiste die Gesandtschaft nun doch über Land nach Elis? Die Stadt der Elier lag direkt an dem großen Fluß Peneios, der wiederum ins Ionische Meer floß. Jason verstand nicht, weshalb die Gesandtschaft nicht auf dem Wasserweg gekommen war; es wäre schneller und bequemer gewesen.

Aber er war eben nur ein unwissender Schweinehirte: Wieder einmal bedauerte er es, zu arm gewesen zu sein, um einen Lehrer zu bezahlen. Lysias hatte ihm einiges beizubringen versucht. Doch hatten sie die meiste Zeit für Übungen im Wettkampf verwandt. Schließlich war Lysias trotz seines Könnens ein verhältnismäßig einfacher Mann gewesen, ein Paidotribe, kein Paidagoge und schon gar kein Grammatist.

Jason verlor sich in Erinnerungen. So kam es, daß er die belebte Straße vor sich erst bemerkte, als der gewundene Weg sich schon fast mit ihr vereinigt hatte. Kleine, größere und große Gruppen von Menschen, Tieren und Wagen zogen die gut befestigte Straße entlang, fast ausnahmslos in südlicher Richtung, nach Elis: ein buntes Völkchen aus Besuchern, Wettkämpfern und ihren Begleitern. Aus der ganzen hellenistischen Welt waren sie gekommen und auch aus der römischen, seitdem Hellas ein Teil der letzteren geworden war. Was natürlich nicht fehlte, waren die Händler, Gaukler, Rhapsoden und Vagabunden, die sich gute Geschäfte von der Feststimmung der vieltausendköpfigen Masse erhofften.

Sie alle strömten nach Elis im Schutz der Ekecheiria, den die Spondophoren überall verkündet hatten. Natürlich war es nur ein frommes Märchen für Gutgläubige, daß sich wirklich jedermann an die Waffenruhe hielt, die für die Dauer der Spiele zu Ehren des Zeus ausgerufen wurde. In gewisser Weise nahm die Gefahr auf den Straßen sogar zu. Denn gerade die zahlreichen und zum Teil vom Gelde schweren Reisenden – Händler und Kaufleute mit ihrem übergroßen Warenangebot, Abordnungen größerer und kleinerer Städte, die wertvolle Weihegeschenke und Opfergaben mit sich führten – zogen das Gesindel an und verlockten es, sich heimtückisch an den Reisenden zu vergreifen, die sich im Schutz der Ekecheiria sicher wähnten. Aber hier, so kurz vor Elis, bestand die Gefahr nicht mehr. Zu viele Menschen waren hier unterwegs, und die elischen Stadtwachen waren nicht weit. So waren alle Reisenden höchst ausgelassen und sahen schwatzend und laut lachend dem nahen Ziel entgegen.

Jason reihte sich mit seiner bescheidenen Herde in den Menschenstrom ein und war enttäuscht, als er das erblickte, was er anfangs für Elis hielt: eine riesige, ungeordnete Ansammlung von Zelten und windschiefen Hütten, die einem starken Sturm nicht standgehalten hätten. Dazwischen immer wieder Plätze mit Marktständen und Darbietungen der Gaukler. Das sollte die hochberühmte

Stadt sein, die seit jeher die Ehre genoß, die Heiligen Zeus-Spiele in Olympia auszurichten?

Verwirrt schritt Jason die Straße entlang, zu deren beiden Seiten sich die unübersichtliche Zeltstadt erstreckte, bis er hinter einem Hügel die Mauern einer Burg auftauchen sah. Er erkannte seinen Irrtum. Die Zeitstadt wuchs für die Dauer der Spiele aus dem Boden, da Elis viel zu klein war, um alle Besucher aufzunehmen. Dort hinten bei der Burg lag die wahre Stadt mit ihren im Laufe der Jahrhunderte entstandenen Gebäuden aus festem Stein.

Nur die Burg, vor mehr als dreihundert Jahren von einem Admiral des Königs Antigonos erbaut, war von Mauern umgeben, die Stadt selbst bot sich einem möglichen Angreifer schutzlos dar. Sie konnte es sich leisten, denn Elis war in allen Kriegen neutral. Niemand hatte es je gewagt, sich an der Ausrichterin der panhellenischen Zeus-Spiele zu vergreifen. Denn wer das getan hätte, wäre Gefahr gelaufen, sich alle anderen Städte Griechenlands zum Feind zu machen. So stand Elis ungesichert im Sonnenlicht und genoß einen unsichtbaren Schutz, der stärker war, als es die dicksten Mauern hätten sein können.

Wo die Zeltstadt in die Stadt aus Stein überging, standen einige bewaffnete Wächter, die die Ankömmlinge mit kritischen Blicken musterten. Als Jason sich näherte, richteten sich die Eisenspitzen zweier Speere gegen seine Brust.

»Wohin willst du?« fragte einer der Wächter unfreundlich. Verdrossen blickte das grobporige Gesicht unter dem Pilos auf den Hirten.

»In die Stadt«, antwortete Jason.

»Wie heißt du?«

»Jason.«

»Bist du ein Bürger der Stadt Elis, Jason?«

Der Schweinehirte schüttelte den Kopf. »Ich komme aus der Gegend von Eläos.«

»Hast du in der Stadt ein Quartier?«

Wieder ein Kopfschütteln Jasons. »Ich komme gerade erst an und will mir ein Quartier suchen.«

»Das geht nicht!«

»Warum nicht?« fragte Jason verdutzt.

Hinter ihm wurden ungeduldige Rufe laut, weil seine Schweine einen Gutteil der Straße versperrten.

Der Wächter mit dem grobporigen Gesicht zeigte auf Jasons Herde. »Darum nicht. Du kannst die Schweine nicht einfach irgendwo in Elis herumlaufen lassen. Die Stadt ist so voll wie die Ägäischen Inseln seit der Verschwörung gegen den Caesar.«

»Sprichst du von Nero?«

»Haben wir noch einen Caesar?«

»Nein«, erwiderte Jason zögernd. »Nicht, daß ich wüßte.«

»Wenn die Verschwörung in Rom Erfolg gehabt hätte, hätten wir zumindest einen anderen«, knurrte der Wächter, und seiner Miene war anzusehen, daß ihm diese Vorstellung gefiel. »Wahrscheinlich einen, der nicht unsere Tempel ausraubt und die Heiligen Spiele verlegen läßt, wie es ihm in den Kram paßt.«

»Was hat das mit den Ägäischen Inseln zu tun?« erkundigte sich Jason, von Neugier erfaßt, während die Reisenden hinter ihm lauter und lauter murrten.

»Nero konnte nicht alle Verschwörer umbringen lassen. Politische Rücksichtnahme, verstehst du? Also ließ er die Verschwörer und ihre Familien auf die Inseln im Ägäischen Meer verbannen. Es müssen viele Verschwörer gewesen sein, und sie müssen allesamt große Familien haben. Oder der Caesar hat nicht so genau hingesehen, als es darum ging, die Besitztümer der Verbannten zu beschlagnahmen. Jedenfalls erzählen die Reisenden aus der Ägäis, daß es dort fast mehr Römer gibt als Hellenen.« Der Wächter schnaubte verächtlich. »Ihr Eläer scheint wirklich sehr abgeschieden zu leben, daß ihr davon nichts gehört habt.«

»Ich komme nicht direkt aus Eläos, sondern aus einem Dorf in den Bergen, wo ich Schweine gezüchtet habe.«

»Ach ja, die Schweine.« Der Wächter richtete die Speerspitze auf die Tiere. »Schaff sie hier weg, schnell, sie versperren den Weg! Ich sage es zum letztenmal: Ohne feste Unterkunft darfst du nicht mit den Tieren in die Stadt.«

»Der Eläer hat eine Unterkunft«, verkündete zu Jasons Überraschung eine helle Stimme in seinem Rücken.

Ein Blick über seine Schulter zeigte dem Hirten einen halbwüchsigen Jungen, vierzehn oder fünfzehn, mit bis auf die Schulter fallendem rötlichem Haar und Sommersprossen im Gesicht. Er kämpfte sich durch die ungeduldige Menge, bis er inmitten der Schweineherde stand, beugte sich hinunter und streichelte ein paar der Tiere.

»Wer bist du nun wieder?« raunzte der Wächter mit dem grobporigen Gesicht den Jungen an.

»Ich bin Agis, Sohn des Schuhmachers Alopex. Und ich sage, daß der Eläer im Hause meines Vaters unterkommt.«

Der Blick des Wächters ruhte überaus skeptisch auf dem Jungen, und der Bewaffnete grunzte: »Seltsam nur, daß der Fremde selbst es nicht zu wissen scheint.«

Der Junge richtete sich zu seiner ganzen Größe auf und wirkte dennoch nicht erwachsen. Aber er schaute dem Wächter frech ins grobe Gesicht und erwiderte: »Jetzt weiß er es!«

Unschlüssig sah der Wächter von Agis zu Jason, von diesem auf die Schweine und dann auf die Reisenden hinter der Herde, die Mühe hatten, sich an den Tieren vorbeizuwinden. Für die breiten Lastkarren war es ein hoffnungsloses Unterfangen. Immer länger wurde die Reihe der sich aufstauenden Fahrzeuge und immer lauter die wütenden Rufe der Männer. Nach einem kurzen Blickaustausch mit seinem Kameraden zog der Wächter den Speer zurück. »Also gut, ich will dir glauben, Agis. Aber komme ich dahinter, daß du uns angelogen hast, wirst du dir wünschen, dein Hintern wäre aus Elfenbein wie die Schulter des Pelops!«

»Das habe ich mir schon oft gewünscht«, grinste Agis und legte eine Hand auf Jasons Arm. »Komm, Freund, die Menge meutert gleich.« Und er half dem Eläer, die Herde in die Stadt zu treiben.

»Danke«, sagte Jason, als die Wächter hinter ihnen lagen. »Warum hast du mir geholfen?«

»Mein Vater hat heute mittag einen säumigen Untermieter vor die Tür gesetzt, einen Kitharaspieler aus Messene. Entweder spielte er so schlecht, daß er kein Geld verdiente, um die Miete zu bezahlen. Oder er kam nachts so spät heim, weil er sein Geld in der Dunklen Stadt ließ.«

»Die Dunkle Stadt?«

Der Junge zeigte nach rechts, wo sich eine breite Holzbrücke in einem sanften Bogen über den Peneios schwang. »Das ist die Schildkrötenbrücke.«

»Sie ist tatsächlich gebogen wie der Panzer einer Schildkröte«, bemerkte Jason.

Agis nickte. »Wenn du dort über den Fluß gehst, gelangst du in die Dunkle Stadt. Der Bezirk heißt so, weil er erst nach Einbruch der Dunkelheit zum Leben erwacht. Dort werden einem Mann all die Vergnügungen geboten, für die ich angeblich zu jung bin. Letzteres behauptet zumindest mein Vater.«

»Aber du kennst dich ganz gut aus, wie?«

»Man kommt halt herum.« Agis zuckte mit den Schultern. »Doch sei gewarnt. Gerade jetzt brodelt es in der Dunklen Stadt. Auch Bias feiert das Fest der Heiligen Spiele – auf seine Weise. Ihm ist es egal, wie er an das Geld der Menschen kommt. Wenn sie es nicht freiwillig in seinen Häusern lassen, hilft er auch schon mal nach. Das erzählt man sich jedenfalls.«

»Wer ist nun wieder Bias?«

»Ihm gehört die Hälfte der Dunklen Stadt. Vielleicht auch zwei Drittel oder mehr. So genau weiß das niemand. Genau weiß auch niemand, wo Bias zu finden ist. Wenn die Behörden das wüßten, müßten sie ihn festnehmen.«

»Wieso?«

»Nun, Bias war ein berühmter Athlet. Aber vor vier Olympiaden hat ihm ein Gegner beim Pankration das zerquetscht, was einen Mann ausmacht, und ihn zum Wallach verstümpert.« Agis grinste Jason an. »Du verstehst, was ich meine, Eläer?«

»Ich denke schon.«

»Bias war darüber verständlicherweise nicht sehr erfreut. Und da er sehr rachsüchtig ist, hat er seinem Gegner nachts aufgelauert, ihn niedergeschlagen und dasselbe abgeschnitten, was bei ihm selbst fehlte. Der Entmannte ist elend verblutet. Pech für Bias, daß der Olympionike der Sohn eines angesehen elischen Theorodoken war. Offiziell muß Elis alles daransetzen, Bias zu fangen und ihn zu bestrafen.«

»Offiziell?«

»Man sagt, in Bias' Häusern verkehren viele Demiurgen. Und daß Bias eine Menge über diese Männer weiß. Dinge, die andere nicht wissen sollten.«

»Dieser Bias scheint ja mit allen Wassern gewaschen zu sein«, meinte Jason.

»Ja, das ist er«, sagte Agis fröhlich und mit einem Anflug von Bewunderung.

Immer wieder mußten Jason und sein Begleiter die Schweine zusammentreiben, um sie in dem Gedränge nicht zu verlieren. Jetzt verstand der Hirte aus Eläos, weshalb die Wächter eine Herde nicht ohne den Nachweis eines Unterstands in die Stadt lassen durften.

Auf allen Plätzen und bis zu den engsten, dafür gar nicht vorgesehenen Gassen hatten einheimische und fremde

Händler ihre Stände aufgebaut, krakeelten mit sich überschlagender Stimme und priesen aus voller Brust die Vorzüge ihrer Waren an. Und es schien keine Ware in ganz Hellas und dem römischen Imperium zu geben, die hier nicht vertreten war. Köstlicher Wein von Chios, Lesbos, Rhodos und Thassos. Feingearbeitete Vasen und Töpferarbeiten aus Athen und Korinth. Der einzigartige attische Honig. Die edlen Stoffe von Kos. Sogar die berühmten Möbel aus Milet, die in ganzen Schiffsladungen nach Elis gebracht worden waren. Kretischer Purpur. Feinste Elfenbeinschnitzereien aus Numidien und Holzarbeiten aus Illyrien. Hier und dort wurden die hochberühmten Pferde aus Thrakien angepriesen. Weltläufig blickende Menschenhändler boten Sklaven der unterschiedlichsten Hautfarben feil. Überall standen die berühmten Fuhrwerke herum, die ursprünglich aus Pylos stammten, inzwischen aber mit ihren charakteristischen Farben vielerorts nachgebaut wurden: scharlachrot mit gelben Rädern, blauen Felgen und roten Zügeln.

Kurz, man konnte in der Stadt einfach alles kaufen – falls man das nötige Geld besaß. Denn die Preise waren gesalzen: Wer zu den Spielen nach Elis kam, hatte normalerweise die Taschen voller klingender Münzen.

Jason sah seinen neuen Bekannten an und fragte: »Woher willst du wissen, daß ich die Unterkunft bei deinem Vater bezahlen kann, Agis?«

»Wenn du kein Geld hast, hast du die Schweine. Die sind genauso gut.«

»Und warum hast du mir geholfen?«

»Ich mag Schweine«, antwortete Agis und streichelte als Bestätigung über das dunkle Fell eines fast ausgewachsenen Ferkels. »Außerdem könntest du mir einen großen Dienst erweisen, Jason. Ich habe ein paar Stiefel in der Zeltstadt ausgeliefert und dann die Zeit vergessen. Vielleicht könntest du meinem Vater bestätigen, daß die Zugänge zur Stadt wegen eines Volksauflaufes verstopft waren?«

Agis grinste zu Jason hinüber. »Ich meine, so falsch wäre das wohl nicht.«

»Allerdings.« Jason grinste zurück. »Sofern das die einzige Lüge ist, zu der du mich anhalten willst, bin ich einverstanden.«

Agis freute sich. »Du mußt nämlich wissen: Das mit dem Hintern aus Elfenbein war durchaus kein Scherz von mir. Vater kann sehr barsch sein, wenn er sich aufregt. Und ich habe ihm versprochen, heute nachmittag in der Werkstatt zu helfen. Denn im Moment gibt es so viel zu tun wie schon lange nicht mehr. Die Wanderer, die zu den Spielen kommen, haben ziemlich kaputtes Schuhwerk. So läuft das Geschäft meines Vaters glänzend; für mich bedeutet es, daß ich ihm zur Hand gehen muß, wo ich kann.« Der Junge blickte an Jason hinab und ließ seinen Blick auf den nackten Füßen des Hirten verharren. »Sind deine Schuhe auch kaputt, Jason?«

»Ja«, sagte der Schweinehirte einfach, um sich langwierige Erklärungen zu ersparen.

»Vater wird dir einen guten Preis für neue machen, dafür sorge ich schon.«

Jason nickte. Vielleicht wären Schuhe wirklich nicht schlecht, zumindest hier in der Stadt. Es war weit unangenehmer, barfuß durch den Unrat und die stinkenden Abfälle von Menschen und Tieren zu stolpern, der die Straßen bedeckte, als über Bergwege zu wandern.

»Ich habe eine Idee«, plapperte Agis auch schon weiter, während sie eine Gruppe von Komödianten passierten, die auf einer provisorischen Holzbühne »berühmte Szenen aus berühmten Komödien« spielten, wie sie es selbst nannten. »Wir sagen Vater, die Gesandtschaft aus Paros sei an der Verzögerung schuld. Das ist nah an der Wahrheit. Ich habe mir ihren Durchzug tatsächlich angesehen. Ich wollte nämlich den berühmten Koroibos sehen, den Löwen von Paros.«

»Koroibos?«

»Ja, kennst du ihn?«

Jasons Antwort bestand nur aus einem undeutlichen Brummen. Er verspürte gegenwärtig kein Verlangen, sich das Geschehen am See in Erinnerung zu rufen.

»Natürlich kennst du ihn«, zog Agis seinen eigenen Schluß aus Jasons undeutlicher Äußerung. »Wer kennt den berühmten Kämpfer nicht! Wußtest du, daß Koroibos noch niemals besiegt wurde, in keiner Kampfart und auch nicht im Fünfkampf?«

»Ich hörte so etwas.«

»Niemand kommt ihm gleich. Wenn ich groß bin, möchte ich so werden wie er!«

»Das ist ein schwieriges Ziel«, meinte Jason. »Wohnt die parische Gesandtschaft hier in der Stadt?«

»Nein, sie zog nur durch. Sie ist auf Myrons Anwesen untergebracht.«

»Wer ist Myron?«

»Myron gehört zu den Theorodoken, die sich um die olympischen Gesandtschaften kümmern. Er ist einer der reichsten Männer hier in Elis, vielleicht der reichste – nach Bias. Es gibt kaum ein Geschäft, mit dem er nicht zu tun hat. Er besitzt ein großes Landgut mit einer berühmten Pferdezucht im Osten der Stadt, und er hält Anteile an einer Waffenschmiede, an einer Großtischlerei und an einer Handelsflotte. Vater befürchtet schon, daß er auch groß ins Schuhmachergeschäft einsteigen will. Das meiste Geld aber macht Myron mit seinem Steinbruch. In Olympia muß dauernd etwas ausgebessert werden. Aber seit feststeht, daß Nero an diesen Spielen teilnimmt, haben sie auf der Altis und drum herum gebaut wie verrückt. Tag und Nacht hat Myron seine Steine abgebaut und hinübergeschafft. Es muß das Geschäft seines Lebens gewesen sein.« Der Junge machte eine Geste, die Jason noch nie gesehen hatte: Er rieb Daumen und Zeigefinger der rechten Hand aneinander. »Eigentlich müßte er dem Caesar Provision zahlen.«

»Dem Caesar? Was hat er damit zu tun?«

»Na, für ihn haben sie doch halb Olympia umgebaut. Eine prunkvolle Villa für den Caesar, neue Gästehäuser, Thermen und so weiter. Sogar eine neue Umfassungsmauer um den ganzen Bezirk mit fünf Toren, eins davon ein Triumphtor für Neros Einzug.« Agis seufzte. »Steinbruchbesitzer müßte man sein.«

»Vielleicht läßt Nero für sein Gefolge auch noch Schuhe anfertigen«, lachte Jason.

»Vater würde vergiftete Nägel in die Sohlen schlagen«, sagte Agis in einem Tonfall, in dem sich leichtherziger Scherz und tiefer Ernst vermischten. »Er hat schon einmal so etwas gesagt. Allerdings hatte er da fast eine ganze Amphore süßen Weins gekippt.«

Jason bedachte ihn mit einem fragenden Blick.

»Vater hält nicht viel davon, daß wegen Nero die ganzen Spiele auf den Kopf gestellt werden. Er sagt, es sei eine Gotteslästerung, die Heiligen Zeus-Spiele, die seit uralten Zeiten alle vier Jahre stattfinden, einfach um zwei Jahre nach hinten zu verschieben, nur weil das besser in den Reiseplan des Caesars paßt.«

»Vielleicht hat er sich auch geärgert, daß er zwei Jahre länger auf das gute Geschäft warten mußte«, meinte Jason.

Agis lachte. »Ja, vielleicht. Jedenfalls geht es nicht nur meinem Vater so. Eine Menge Leute haben sich über Nero geärgert.«

»Sie sollten es nicht so laut tun«, meinte Jason. »Der Wächter vorhin hat mir erzählt, der Caesar sei leicht damit bei der Hand, Leute, die ihm unliebsam sind, zu verbannen.«

»Das stimmt«, sagte Agis ungewöhnlich ernst. Für einen Augenblick wirkte er nicht wie der unbekümmerte Junge, den Jason kennengelernt hatte, sondern höchst überlegt wie ein Mann erfahreneren Alters. Aber der Augenblick ging schnell vorüber. Seine Miene hellte sich auf, und er sagte: »Wir sind da!«

Das Haus, auf das er wies, stand in einer schmalen Straße und machte auf den ersten Blick einen wunderlichen Eindruck. Es wirkte bei weitem nicht so planvoll wie die meisten anderen Häuser, die Jason auf seinem Weg durch die Stadt gesehen hatte, dafür aber für das Haus eines einfachen Schusters ungewöhnlich groß. Bei näherem Hinsehen kam der junge Eläer dem Grund seines Eindrucks auf die Spur: Der Schuhmacher hatte immer wieder kleinere Segmente an das ursprüngliche Gebäude gesetzt und auf diese wiederum unregelmäßige Aufbauten gepackt. Das Kernstück des ursprünglichen Hauses hatte feste Mauern und ein ziegelgedecktes Dach. Der Rest sah nicht so vertrauenerweckend aus: eilig hochgezogene, dünne Wände, zum Teil aus Holz und mehr schief als gerade, gedeckt mit einem Gemisch aus Stroh und Erde.

»Vater hat ordentlich angebaut, um Zimmer an Reisende vermieten zu können«, erklärte Agis.

»Das sieht man. Was ist mit meinen Tieren?«

»Wir haben einen Innenhof, der teilweise überdacht ist. Das müßte ausreichen. Ich nehme an, du willst die Tiere bald verkaufen?«

»Ja.«

Es war eine Handwerkerstraße. Überall vor den Häusern sah Jason offene Ladenverschläge, wo Töpfer, Tischler, Schmiede, Steinmetze und Weber ihrer Arbeit nachgingen. Und der Schuhmacher Alopex, der gerade damit beschäftigt war, einer edel gekleideten Dame, die ihren Fuß auf einen Schemel gestellt hatte, Ledersohlen zuzuschneiden. Eine dunkelhäutige Sklavin schaute interessiert zu und begleitete ihre Herrin aus der Gasse, als Alopex mit seiner Arbeit fertig war und versprochen hatte, die Schuhe noch an diesem Abend herzustellen.

Der graubärtige kleine Schuster mit dem von der Arbeit leicht gekrümmten Rücken trat auf seinen Sohn und Jason zu. Die winzigen Augen, die aus dem faltigen Gesicht blinzelten, funkelten Agis böse an. »Du mißratener Bengel hast mir seit dem Tod deiner Mutter keine Freude mehr gemacht. Die Arbeit wird mehr und mehr, aber du treibst dich lieber herum!« Schon erhob Alopex die knotige Rechte zum Schlag.

»Ich wurde aufgehalten«, sagte Agis schnell. Der Schlag erfolgte dennoch, traf den geschickt wegtauchenden Jungen aber nicht.

Er könnte tatsächlich ein guter Faustkämpfer werden, dachte Jason und sagte laut: »Es stimmt, Schuster, die Eingänge der Stadt waren durch den Einzug der parischen Gesandtschaft verstopft.«

Jetzt erst schien Alopex den Schweinehirten zu bemerken. Agis stellte ihn als neuen Untermieter vor.

»Hat er Geld?« fragte der Schuster mißtrauisch, wohl in Erinnerung an den zahlungsunfähigen Vorgänger.

»Nicht viel«, gestand Jason ein. »Eigentlich so gut wie nichts. Aber wenn ich meine Schweine verkauft habe, werde ich genug Geld besitzen, um die Unterkunft zu bezahlen.«

»Das genügt mir nicht. Ich verlange als Sicherheit die Miete für fünf Tage im voraus.«

»Du hast doch die Schweine als Sicherheit, Vater.«

»Die können in der Nacht gestohlen werden.«

Jason war für einen Augenblick so ratlos wie Agis. Aber dann nahm der Hirte das streng riechende Bündel von seinem Rücken, die Häute der am See gestorbenen Schweine. »Vielleicht akzeptierst du das als Anzahlung für meine Unterkunft und ein wenig Speise, Alopex. Ich habe die Schweine heute erst gehäutet.«

Der Schuster untersuchte die Häute kurz und sah plötzlich sehr zufrieden aus. »Gutes Schuhleder, einverstanden.«

Agis zeigte Jason seine Unterkunft. Eigentlich war es nur ein mit Stroh und zwei groben Wolldecken ausgelegter Verschlag, aber das störte den jungen Eläer nicht. Der kleine, niedrige Raum hatte feste Wände, was in diesem Haus schon viel war, und lag zu ebener Erde am Innenhof, so daß Jason seine Tiere beaufsichtigen konnte. Was hätte er sich mehr wünschen sollen?

Als die Sonne nicht mehr zu sehen war und alle Gebäude lange Schatten warfen, die bald zum riesigen Schatten der Nacht verschmelzen würden, brachte Agis dem Hirten eine Schale mit Gerstenbrei. Jason aß in Ruhe und schlüpfte dann zwischen die Decken.

Der Tag war lang und anstrengend gewesen. Trotzdem dauerte es eine Weile, bis er in den Schlaf sank. Er hörte überall in den Straßen das Lärmen: Gesang und Gegröle, Musik und Lachen. Ganz Elis schien sich in einen riesigen Festplatz verwandelt zu haben.

Aber es waren nicht die Feiernden, die Jason nicht einschlafen ließen. Er dachte an Niko, den er am Ufer des Sees begraben hatte. Und er dachte daran, wie er vor kurzem erst seine Mutter beerdigt hatte.

3
Die Hetäre

Ein nie aussterbendes notwendiges Übel ist die Frau.
Philemon

Vielleicht war es das Licht, das den Schlafenden auf einmal irritierte. Er brauchte kein Licht und die Gestalten seiner Träume auch nicht. Aber die Frau hielt ein Licht vor sich, das ihr Gesicht beschien. Es war nicht das von einem Leben voller Arbeit gezeichnete Gesicht seiner Mutter, die soeben noch seinen Traum beherrscht hatte. Es war jünger, glatter, schöner, gepflegter. Die mandelförmigen Augen über den hohen Wangenknochen blickten in einer Mischung aus Erwartung und Angst auf Jason.

»Ich grüße dich, Jason von Eläos«, sagte ihre leise Stimme. »Es tut mir leid, wenn ich deinen wohlverdienten Schlaf störe.«

Der Verschlag war erfüllt von betörendem Duft. Schwer lag er über dem Hirten. Er erinnerte Jason an den süßen Geruch, den der Löwe von Paros verströmt hatte.

Jason erkannte Zopyra. Er blickte in ihr schönes Gesicht, umhüllt von einem Zipfel ihres dunklen, schmucklosen Mantels und erhellt von der tanzenden Flamme einer bronzenen Öllampe in ihrer Hand. Die schöne Frau aus der Gesandtschaft von Paros war mit Jason allein in dem Verschlag, die dicke Matte aus Flechtwerk hatte sie wieder vor den Eingang gezogen. Durch die einzige Öffnung, ein kleines, ungleichmäßiges Loch neben dem Eingang, drang schwach das Licht der Gestirne herein.

Jason stützte sich mit dem Unterarm ab und richtete den Oberkörper auf, unter ihm raschelte das Stroh. Suchend blickte sich Zopyra um und stellte die Öllampe auf einen Platz am Boden, der von Stroh unbedeckt geblieben war.

Sie hockte sich dicht neben den Hirten, und ihr Duft hüllte ihn gänzlich in sich ein. Gebannt, dachte er an nichts als an die überraschende Nähe der Frau. Ihr Mantel klaffte auf, als sie die Kapuze vom Kopf zog. Sie trug nicht mehr den hautengen Peplos, sondern ein weiteres Gewand, das unter der Brust durch einen bestickten Gürtel gebauscht wurde. Ihre Füße steckten in Sandalen aus fein gegerbtem Leder.

»Wie geht es deinen Wunden, Jason?«

»Gut.« Das Mittel des Pharmakopolen Eupolos hatte so hervorragend angeschlagen, daß Jason kaum noch Schmerzen spürte. Schon im Laufe des vorigen Tages hatte er die Wunden fast vergessen. »Dieser Eupolos scheint ein wahrer Zauberer zu sein.«

»Das ist er. Mit seinen Mitteln kann Eupolos einen Menschen innerhalb von Augenblicken gesund machen oder umbringen. Die parischen Athleten haben die besten Betreuer, damit sie als beste Wettstreiter in ihre Heimat zurückkehren und den Ruhm von Paros mehren.«

»Koroibos wird den Ruhm seiner Heimatstadt bestimmt mehren«, knurrte Jason unwillig und dachte an den unförmigen Giganten. »Welche Frau aus Paros ihn auch zur Welt gebracht haben mag, ob Sklavin oder Edle, das Volk von Paros wird ihr ein Denkmal setzen, bestimmt aber ihrem Sohn.«

»Dem Sohn schon, der Mutter kaum. Koroibos stammt nicht von Paros, sondern von der Nachbarinsel Naxos.«

»Und doch tritt er für die Insel Paros bei den Spielen an?« fragte Jason kopfschüttelnd. »Das verstehe ich nicht.«

»Was gibt es daran nicht zu verstehen? Koroibos hat bei einer Reihe von Spielen als Stier von Naxos die Siegespreise davongetragen. Paros, das mit Naxos schon seit langem im Wettstreit um Ruhm und Ehre liegt, hat Koroibos ein gutes Angebot gemacht, und seitdem ist er der Löwe von Paros.«

»Ein gutes Angebot?«

»Geld«, erklärte die Frau. »Dazu ein eigenes Landgut sowie ein prunkvolles Stadthaus. Nicht zu vergessen eine Menge Sklaven und völlige Steuerfreiheit. Das war ein harter Schlag für Naxos.«

»Und das geht?« fragte Jason ungläubig. »Obwohl Koroibos ein Sohn der Insel Naxos ist, kann er jetzt für die Insel Paros bei den Olympischen Spielen antreten?«

»Natürlich geht das, jetzt ist er ein Bürger von Paros. In den alten Zeiten war es vielleicht anders, aber jetzt sind nur noch die wenigsten Athleten in der Stadt geboren, zu deren Ruhm sie antreten. Wer am besten zahlt, bekommt die besten Wettstreiter.« Als Jason nichts erwiderte, fuhr Zopyra fort: »Was ist mit dir, Jason? Du siehst betreten aus. Habe ich dir eine Illusion geraubt?«

»Ich hatte eine andere Vorstellung von den Heiligen Spielen.«

Zopyra zuckte mit den Schultern. »Den Menschen gefällt es und den Göttern scheinbar auch. Da ist es doch egal, welcher Athlet für welche Stadt antritt.«

»Aber machen die Spiele dann noch einen Sinn?«

»Die Priester von Olympia erhalten viele wertvolle Weihegeschenke. Das Volk von Elis verdient gut an den vielen tausend Menschen, die zu den Spielen in ihr Land kommen. Die Städte der Olympioniken ernten den Ruhm und auch Einnahmen, denn Olympioniken ziehen bei den stadteigenen Spielen ein großes Publikum an. Macht das keinen Sinn?«

»Auf gewisse Weise schon«, gestand Jason zögernd ein. »Aber wenn es nur um den Gewinn geht, was hat dann der Athlet davon? Er bekommt als Preis des Sieges nur einen Kranz vom Ölbaum.«

»Von den Veranstaltern schon. Und wenn er nicht der Erste ist, erntet er nichts weiter als Hohn und Spott. Aber wenn er siegreich ist, wird er von seiner Heimatstadt reicher belohnt, als er es je mit eigener Hände Arbeit auf dem Feld oder in der Werkstatt schaffen könnte. Nimm Koroibos, er ist das beste Beispiel.«

»Ja, Koroibos«, seufzte Jason. Sein Blick verschleierte sich bei dem Gedanken an Nikos Tod.

»Seinetwegen bin ich gekommen.« Zopyra griff unter ihren Mantel und zog einen Lederbeutel hervor, den sie ins Licht der Öllampe hielt. »Ich möchte wiedergutmachen, was er dir angetan hat. Vielleicht kann dich das ein wenig entschädigen für die Schweine und den Hund.«

»Niko ...«, brachte Jason heraus und schluckte. »Das kann man nicht wiedergutmachen.«

Er griff nicht nach dem Lederbeutel, starrte ihn nur an. Die goldene Stickerei, die ihn verzierte, entsprach der Verzierung der Stiefel, mit denen er während des Kampfes so nah in Berührung gekommen war: ein Löwe mit feurigen Augen aus kleinen Rubinen. Schon allein der Beutel mußte wertvoll sein, und er schien prall gefüllt.

»So nimm es nicht als Entschädigung, sondern als Versuch der Entschuldigung.« Zopyra streckte die Hand mit dem Beutel vor.

Noch immer griff Jason nicht zu, sagte nur: »Mißt man Niko und den Schweinen nur den Wert von Münzen bei, ist es viel zuviel, was Koroibos mir sendet. Ich bin überrascht, in jeder Hinsicht. Von ihm hätte ich eine solche Geste niemals erwartet. Schämt er sich dessen so sehr, daß er dich schickt, statt selbst zu kommen?«

»Koroibos sendet mich nicht, und er schickt auch das Geld nicht. Ich habe es genommen, während er schlief, um es dir zu bringen.«

»Was hast du?«

Zopyra wiederholte, was sie gesagt hatte. Trotz ihrer Ruhe glaubte Jason ein leichtes Zittern in ihrer Stimme wahrzunehmen.

»Heißt das, du hast es ihm gestohlen?«

»So würde er es wohl bezeichnen«, seufzte die Frau und schloß kurz die Augen. Die Lider und die Wimpern waren tiefschwarz, mit Asche oder Antimonpuder geschminkt, wie es die Römer eingeführt hatten.

Jason vergaß kurz die Tat, die Zopyra ihm gerade offenbart hatte, und versenkte sich in das schöne Gesicht mit den lebensvollen Lippen, die rot leuchteten mit der Hilfe von Weinhefe, Ocker oder Bienenharz.

Zopyra öffnete die Augen wieder und fuhr in entschiedenem Ton fort: »Ich bin der Meinung, daß Koroibos uns das Geld schuldet!«

»Uns?«

»Dir, Jason, und mir. Dir für das, was er deinem Hund angetan hat. Und mir dafür, was er mir angetan hat.«

»Das verstehe ich nicht. Was hat er mit dir gemacht?«

»Soll ich es dir zeigen, Jason?«

»Ja«, sagte er und wußte nicht, was Zopyra meinte. Die Frau legte den wertvollen Beutel achtlos auf den Boden, ließ ihren Mantel darüberfallen und löste den Gürtel, der ihr Gewand bauschte.

»Was ... tust du?«

»Ich ziehe mich aus«, antwortete Zopyra ruhig und wickelte sich aus dem weiten Peplos.

»Warum?«

»Um dir zu zeigen, was du wissen wolltest – und zu wissen verdienst, Jason von Eläos.«

Der Peplos war jetzt nur noch ein dünner Ring aus feinem Stoff, der sich um Zopyras Füße kräuselte. Sie trug darunter einen kurzen Chiton aus so durchsichtigem Gewebe, daß er ihren schlanken, wohlgeformten Körper kaum vor Jasons erstaunten Blicken verhüllte. Auch diesen Chiton streifte sie fast achtlos ab und hatte jetzt nur noch ihren reichen Schmuck am schönen Leib: goldene Ohrringe mit winzigen Skulpturen als Anhänger, in denen Jason bei näherem Hinsehen Löwen erkannte; eine Halskette mit vielen winzigen Rubinen und einem großen Smaragd, der fast im Tal zwischen ihren festen, vollen Brüsten lag; Fingerringe mit bunt glitzernden Edelsteinen; goldene Reifen, die leise um Arm- und Fußknöchel klirrten.

Jasons Mund wurde trocken, als sein Blick den wunderschönen Körper verschlang, den Zopyra ihm ohne jede Scheu darbot. So etwas war ihm noch nie vorgekommen; der Anblick war fremd und vertraut zugleich. Er und die anderen Jungen aus seinem Dorf hatten sich oft heimlich an den Fluß geschlichen, um die jungen Mädchen beim Baden zu beobachten.

Aber vergleichsweise harmlose Szenen waren das gewesen. Jason wußte natürlich auch, wie eine erwachsene, reife Frau unbekleidet aussah. In der kleinen Hütte, in der er und seine Mutter gewohnt hatten, wäre es gar nicht möglich gewesen, ihre Körper voreinander verborgen zu halten.

Aber dies hier war etwas anderes. Zopyra war eine fremde, ihm unbekannte Frau, die Gattin eines anderen – und noch dazu eine sehr begehrenswerte Erscheinung. Es war unschicklich, daß sie sich ihm darbot. Sie aber zeigte nicht den kleinsten Anflug von Scham, sondern handelte mit einer für Jason verwirrenden Selbstverständlichkeit.

Er wandte den Kopf nicht zur Seite und schlug die Augen nicht nieder. Die Frau wollte, daß der Jüngling sie ansah. Und er wollte es auch.

Aber nicht nur Schönheit bot sie dem Hirten dar, auch sinnverwirrend Häßliches, Entstellungen, auf die ihre Hände zeigten: Wunden überall, an Beinen, am Leib und sogar an den wohlgeformten Brüsten, manche alt und fast vernarbt, andere so frisch, als seien sie nur wenige Stunden alt.

»Das ist es, was Koroibos mit mir gemacht hat und immer wieder macht, fast in jeder Nacht.«

»Er mißhandelt seine Frau?« fragte Jason fassungslos.

Zopyra stieß ein schrilles Lachen aus, brach aber schnell wieder ab, als sie daran dachte, daß man sie hören könnte. »Ich bin nicht seine Frau. Koroibos ist nicht verheiratet, und das ist wohl besser für die arme Kreatur, die sonst sein Leben teilen müßte.«

»Was bist du dann?«

»Ich bin ein Teil des guten Angebots, das die Bürger von Paros dem ehemaligen Stier von Naxos gemacht haben.«

»Dann bist du eine Sklavin?«

»Ich ziehe es vor, mich als Hetäre zu bezeichnen. Aber im Grunde ist das nichts anderes, nur auf einer anderen Ebene. Was meine rechtliche Lage betrifft, bin ich tatsächlich nur eine Sklavin, abhängig von den Launen eines gewalttätigen Mannes, den sie als Löwen von Paros verehren.« Trauer schwang in ihrer Stimme mit, und ihr Blick war auf den Boden gerichtet. Ein dunkles Feuer trat in ihre Augen, als sie wieder den jungen Hirten ansah. »Aber ich bin es leid, von Koroibos mißhandelt zu werden!« Sie zeigte auf die frischen Wunden an ihren Schenkeln, blutige Furchen. »Mit einem Feuerhaken hat er mich heute gequält!«

»Warum?«

»Weil ich ihn davon abhielt, dich zu töten, Jason. Wir kamen im Haus des Edlen Myron unter, und er gab eine große Feier zu unseren Ehren. Koroibos trank, wie üblich, Unmengen von Wein. In unserem Quartier fiel er über mich her und nannte mich die verfluchte Hure eines stinkenden Schweinehirten.«

Ihre Stimme zitterte wieder, stärker als zuvor, und das Zittern übertrug sich auf den ganzen Körper. Ihre Augen, deren dunkle Glut gleichwohl erhalten blieb, füllten sich langsam mit Tränen, und einige rannen die Wangen hinunter.

Jason dachte an nichts anderes als daran, Zopyra zu trösten, ihr auf alle Weise die Wärme zu geben, die Koroibos' kaltes, grausames Verhalten ihr entzogen hatte. Er stand auf, schlang seine Arme um sie und zog ihren zitternden, warmen, duftenden Körper dicht an sich heran. Jegliche Anspannung schien auf einmal von Zopyra abzufallen. Sie stand kaum noch auf ihren eigenen Beinen, ruhte nur noch in den kräftigen Armen des hochgewachsenen Jünglings, der die Situation nur halb begriff. Seine Gedanken flogen in wirrer Unordnung dahin. Heute mittag noch, draußen am kleinen See, war ihm diese Frau so unerreichbar wie die Sterne erschienen, und auf einmal hielt er sie in den Armen, als sei sie seine Frau.

Sie sanken auf sein Lager, gewiß das ärmlichste, auf dem Zopyra seit langer Zeit lag. Trotzdem störte sie sich nicht daran. Ihre Hände wanderten an Jasons Körper entlang, und ihr roter, weicher Mund bedeckte sein Gesicht mit Küssen.

Als Zopyra ihre schlanken Beine um seinen Unterleib schlang und Jason enger an sich zog, erschauerte er. Noch mehr, als die Hände der Hetäre seinen Chiton hochschoben und den Teil seines Unterleibs entblößten, der durch den Anblick der nackten Frau und durch die Berührung mit ihr gehörig zugelegt hatte und jetzt steif hervorragte.

Jason kannte den Vorgang von früher, wenn er mit den anderen Jungen im Gebüsch gesteckt und die badenden Mädchen des Dorfes beobachtet hatte. Und von den Nächten, in denen er an die nackten Mädchen gedacht hatte. Besonders an die schöne, hellhaarige Neaira, die er begehrt hatte, die aber von ihrem Vater mit dem Sohn eines wohlhabenden Töpfers aus der Stadt Eläos verheiratet worden war.

Jetzt schämte sich Jason, daß Zopyra seinen Zustand sah. Ruckartig zog er sich von ihr zurück.

»Was hast du?« fragte sie überrascht und begriff dann. »Bist du etwa noch nie mit einer Frau zusammengewesen?«

»Nicht auf diese Art.«

»Du brauchst keine Angst davor zu haben.« Zopyra lächelte. »Es ist gewiß nicht die schlechteste Art. Laß mich nur machen, Jason.«

Während sie sprach, strich eine ihrer schlanken Hände sanft über Jasons Stirn und seine Wange. Zopyras Berührung, ihre Nacktheit und das Verlangen, das er verspürte, ließen ihn erschauern. Als ihre Hand an seinem Körper hinunterwanderte und sein steifes Glied umschloß, wich er kein zweites Mal zurück. Im Gegenteil, er genoß die Berührung, die seine Begierde verstärkte. Obwohl schon sehr groß, wuchs sein Fleisch noch in der Hand der Hetäre.

»So ein Prachtexemplar – das hat nicht mal Koroibos«, staunte Zopyra und starrte gebannt auf Jasons Glied, das sich in ihrer Hand vor und zurück bewegte, langsam erst, dann immer heftiger. Der Eläer konnte nicht anders. Er hatte das Gefühl, nicht mehr Herr seines Körpers zu sein. Die Hetäre hatte ihn im wahrsten Sinn des Wortes in der Hand.

»Koroibos bildet sich wer weiß was auf sein Ding ein«, fuhr Zopyra fort, während ihre Zungenspitze verlangend über ihre Oberlippe glitt. »Wenn er das hier sehen könnte, hätte er noch einen Grund mehr, auf dich zornig zu sein. Pan will dir wohl, daß er dich so bestückte. Sag, Jason, sind alle Hirten so stattlich versehen wie du?«

»Ich ... ich weiß nicht«, stammelte er verwirrt.

»Ist ja auch gleichgültig«, lächelte sie. »Hauptsache, du bist ein wahrer Mann. Daß du es bist, hast du schon beim Kampf gegen Koroibos bewiesen. Jetzt beweise es noch einmal!«

Sie kniete sich auf das Stroh und senkte ihren Kopf, bis ihr kunstvoll frisiertes Haar seinen Bauch und seine Lenden kitzelte. Aber da war noch etwas, warm, weich und feucht: Zopyras Lippen und ihre Zunge. Die Hetäre bedeckte sein Glied mit Küssen, sanft erst, dann fordernd.

Und dann umschlangen ihre Lippen sein begehrendes Fleisch.

Viel zu schnell zog sie ihren Mund wieder zurück. Gerade, als er beginnen wollte, sein Glied tiefer hineinzustoßen.

»Nicht so hastig, mein prächtiger Hirte«, sagte Zopyra im ermahnenden, aber spielerischen Ton. »Dies ist kein olympischer Wettlauf, bei dem es darauf ankommt, möglichst schnell zu sein. Schon eher darauf, sehr lange dabei zu sein. Leg dich hin!«

Jason kam der Aufforderung nach. Während er Zopyras Anweisung folgte und sich auf den Rücken legte, streifte sie seinen Chiton vollends ab. Sie setzte sich rittlings auf seinen Oberkörper und beugte sich zu ihm vor, um sein Gesicht mit Küssen zu bedecken.

Ihre vollen Brüste strichen über seine Haut, und die mächtigen Warzen waren hart. Als sie sich wieder aufrichtete, griff er nach den herrlich-warmen Liebesfrüchten und massierte sie kräftig. Zopyras wohliges Schnurren zeigte, wie sehr ihr das gefiel.

»Oh, du verwöhnst mich, Jason. Lange schon hat mich nicht mehr ein Mann so behandelt.«

»Koroibos ...«, begann der Eläer, wurde aber von der Frau unterbrochen.

»Koroibos ist ein Tier, und genauso fällt er über mich her.« Zopyras Stimme und ihre Miene drückten Abscheu und Verachtung aus. »Er kümmert sich nicht um das Vergnügen der Frauen, mit denen er schläft. Er kennt nur seine eigene Befriedigung. Und die besteht hauptsächlich aus Grausamkeiten. Der Rest geht bei ihm sehr schnell und ohne Gefühl. Niemals würde er mir gestatten, die beherrschende Stellung einzunehmen.«

Sie rutschte nach hinten, bis sie auf Jasons Unterleib saß. Sie umfaßte sein Glied mit beiden Händen, rieb es liebevoll und führte es dann in die rote Grotte zwischen ihren

Schenkeln. Im Gegensatz zu allen anderen Frauen, die Jason unbekleidet gesehen hatte, war Zopyra dort nicht behaart. Die Wogen der Lust, die ihn überschwemmten, ließen ihn vergessen, die Hetäre danach zu fragen.

Zopyra bestimmte den gemeinsamen Rhythmus ihrer vereinigten Körper. Sie bewegte sich sehr langsam, weil sie den seltenen Genuß so lange wie möglich hinauszögern wollte. Fasziniert beobachtete Jason, wie sein Fleisch in ihrem Unterleib verschwand, wieder ein Stück hervorkam und erneut verschwand – ganz nach Zopyras Belieben. Der Tanz der beiden Körper wurde von Lauten der Lust begleitet: Zopyra schnurrte wieder wie eine Katze, und Jason stöhnte leise.

Er genoß das Gefühl, das ihn wie ein Taumel erfaßte. Zunächst sachte, dann immer heftiger, wie ein reißender Fluß, der ihn obenauf mitführte, wie ein stürmender Vogel Rok, der ihn ins Weite trug. Es war ein wenig mit dem Rausch des Laufens vergleichbar. Wenn Jason lief, flossen seine Gedanken freier und schneller dahin, so daß er Mühe hatte, ihnen zu folgen. Aber jetzt schienen sie einfach davonzufliegen. Was blieb, war der Gedanke an Körper und Lust, die ihm die Vereinigung mit der Frau bereitete.

Alles strömte aus ihm heraus, nicht nur die Gedanken. Zopyras schlanker Leib schien das Leben selbst aus ihm herauszuziehen. Sein Körper erbebte, immer und immer wieder. Bis Jason sich so matt fühlte, daß er zu nichts anderem mehr fähig war als einfach nur dazuliegen. Sein Atem ging stoßweise und rasselte. Zopyra, zuvor ebenfalls von Krämpfen geschüttelt, war über ihm zusammengebrochen und lag jetzt neben ihm. Auch sie schien von dem Ritt überaus mitgenommen.

Verstört starrte der Eläer auf sein schlaffes Glied. Er konnte sich kaum vorstellen, daß es eben noch so groß und stark gewesen war. Die ganze Situation erschien ihm plötzlich vollkommen unwirklich. Die schöne Zopyra, die elegante Kleider und teuren Schmuck trug – sie lag neben ihm, dem einfachen Schweinehirten, in einem schäbigen Verschlag auf schmutzigen Decken und altem Stroh! Aber er lieh seiner Ratlosigkeit keine Worte. Solange wie möglich wollte er den Zauber des Augenblicks genießen. Dies hätte die Ewigkeit sein können.

Zopyra durchbrach den Zauber. »Nimmst du mich mit?« fragte sie.

Jasons Antwort war ein verständnisloser Blick.

»Ich möchte mit dir gehen, Jason von Eläos. Als deine Sklavin, wenn du willst, oder als deine Frau.«

Sein Erstaunen war grenzenlos. Eine an den Luxus gewöhnte Frau wie Zopyra wollte mit einem Schweinehirten gehen, mit einem Habenichts? Viele Fragen schwirrten durch seinen Kopf. Er bündelte sie in einem einzigen Wort: »Wohin?«

»Das weiß ich nicht. Nur müssen wir Elis schnell verlassen, noch in dieser Nacht. Wenn Koroibos merkt, daß sein Geld fehlt, bin ich verloren! Bist du einverstanden?«

Mit Jasons ruhiger Zufriedenheit war es nun erst recht aus. Sprunghaft verwandelte sie sich in ein aufgeregtes Hin und Her widerstreitender Gefühle. Natürlich erfüllte Zopyras Ansinnen ihn mit Glück und Stolz, aber gleichzeitig wurde er sich bewußt, daß er Aelian wohl nie finden würde, wenn er wie ein Dieb aus Elis flöh. Und im Grunde war er das dann auch, ein Dieb. Deshalb zögerte er.

»Mache ich dich nicht glücklich, Jason?«

»Doch, das ist es nicht.«

»Was dann? Liebst du eine andere, ist es das?«

Er schüttelte den Kopf. Neaira war nur noch eine Erinnerung, ein schöner Gedanke in schlaflosen Nächten, mehr Traum als Wirklichkeit. Ihn hielt etwas anderes. »Ich habe hier in Elis eine Mission zu erfüllen. Ich suche jemanden und kann hier nicht weg, ehe ich ihn nicht gefunden habe.«

»Wen suchst du?«

»Einen Athleten, der vor vier Olympiaden nach Elis zog. Er heißt Aelian. Hast du von ihm gehört?«

»Nein«, antwortete sie nach kurzem Überlegen. »An den Namen erinnere ich mich nicht. Was willst du von ihm?«

»Ich muß ihn sprechen«, wich Jason aus.

Zopyra machte ein kühles Gesicht. Dann löste sie sich von ihm, suchte ihre Sachen zusammen und zog sich an.

»Was mich betrifft, so kann ich hier nicht bleiben, nicht bei dir und nicht in Elis. Wenn die Sonne aufgeht, muß ich die Stadt verlassen haben.« Sie bückte sich, hob umständlich den Mantel auf und verhüllte damit ihre Gestalt, bis nur noch ein Teil des Gesichts zu sehen war. »Ich erwarte dich in zwei Stunden an der Schildkrötenbrücke. Kennst du die?«

»Ja«, antwortete Jason und erinnerte sich an seinen Marsch durch die Stadt, den er heute mit Agis unternommen hatte.

»Wenn du kommst und mit mir gehst, werde ich sehr glücklich sein, Jason. Wenn nicht, werde ich trotzdem gehen. Dann wünsche ich dir, daß die Götter über deine Wege wachen mögen.« Sie wandte sich zum Ausgang.

»Warte!« rief Jason.

Zopyra drehte sich langsam um, einen Schimmer von Hoffnung in ihrem Blick. »Ja?«

»Das hast du vergessen«, sagte Jason und zeigte auf die Öllampe.

Sie zögerte. »Die brauche ich nicht mehr«, erwiderte sie zurückhaltend. »Der Junge, der mich zu dir führte, hat sie mir gegeben.«

»Welcher Junge?«

»Agis hieß er, glaube ich.«

»Ein sehr hilfreicher Bursche.«

»Ja«, sagte Zopyra und verließ die Kammer.

Zurück blieben die bronzene Lampe, der schwere Duft des Orients und Jasons Erinnerung an ein ungeahntes Glück.

Keine zwei Stunden später durcheilte Jason die Straßen und Gassen der nächtlichen Stadt.

Hatte ihn Zopyra so sehr verwirrt, oder arbeitete sein natürlicher, in Gebirgen und Wäldern erprobter Orientierungssinn nicht innerhalb der von Menschen geschaffenen Welt aus Stein, Ton und Holz, daß er sich mehrmals verlief? Er befürchtete schon, zu spät zur Schildkrötenbrücke zu kommen und Zopyra nicht mehr vorzufinden. Mehrmals fragte er Männer, denen er begegnete, nach dem Weg, doch er geriet stets an wüst lallende Zecher, die schon seit Stunden nicht mehr wußten, in welcher Straße ihrer Heimatstadt sie sich befanden, oder an Ortsfremde, die nicht weniger betrunken durch die Straßen schwankten, brummten und lallten und den Hirten in eine Wolke aus Weindunst tauchten. Also rannte er weiter durch die unbekannte Finsternis, mit keuchendem Atem und klopfendem Herzen.

Bis er auf einem freien Platz vor einer überlebensgroßen Statue aus weißem Marmor stand. Auf dem Sockel erhoben sich Aphrodite und Pan, über denen ein geflügelter Eros schwebte. Pan bemühte sich um die nackte Schöne und griff nach ihrer Hand, die sie mehr zufällig als schamhaft vor ihren Unterleib hielt. Jason erkannte den Ort wieder, hatte ihn heute mit Agis passiert: der Tempelbezirk. Nur hatte Jason am Nachmittag das Standbild von hinten erblickt. Froh rannte er an Aphrodites ansehnlichem Hinterteil vorbei. Jetzt wußte er, daß er rechtzeitig zur Schildkrötenbrücke kommen würde, wenn es auch knapp war. An den prächtigen Tempeln eilte er vorbei, ohne sie zu beachten.

Nein, er wollte nicht mit Zopyra gehen. Aber er wollte ihr wenigstens erklären, weshalb sein Verbleiben in der Stadt der Elier für ihn so wichtig war. Er hatte noch niemals zu Fremden über Aelian gesprochen. Doch Zopyra war keine Fremde mehr für ihn, nicht nach dieser Nacht. Sie bedeutete ihm viel. Nur war das stärker, was ihn mit Aelian verband.

Als die steinernen Mauern der Häuser zurückwichen und dem breiten Bogen der Holzbrücke Platz machten, blieb Jason erschöpft stehen, beugte den Oberkörper vor und holte mit auf die Knie gestützten Händen tief Luft. Sonst war er ein besserer Läufer. Die Sorge, Zopyra zu verpassen, hatte ihn die Atemtechnik vergessen lassen, die Lysias ihm beigebracht hatte. Jetzt erinnerte er sich daran und kam rasch wieder zu Kräften.

Jason sah sich um, doch er suchte Zopyra vergebens. Er trat aus dem Schatten der Häuser auf die Brücke zu, die genauso belebt schien wie am Tag. Vielleicht noch belebter, denn zwischen der Dunklen Stadt und den Vierteln der ehrbaren Bürger herrschte emsiger Verkehr.

War er zu spät gekommen? Sein Zeitgefühl, das ihn bisher noch nie im Stich gelassen hatte, schloß diese Möglichkeit eigentlich aus. Dann fiel ihm jedoch ein, daß Zopyra ihm nicht gesagt hatte, an welchem Ufer des Flusses sie auf ihn wartete. Er war wie selbstverständlich davon ausgegangen, daß sie dieses Ufer gemeint hatte. Aber war es für sie, die vielleicht schon als Diebin gesucht wurde, nicht sicherer, Elis durch die Straßen der Dunklen Stadt zu verlassen? Sosehr Jason sich auch bemühte, er konnte die Gestalten am anderen Flußufer nicht erkennen. Zu finster war die Nacht und zu breit der ruhig dahinfließende Peneios.

Zögernd betrat er die Brücke. Was war, wenn Zopyra ihn hier suchte, während er drüben war? Er konnte es nicht ändern, er mußte das Risiko eingehen. Mit eiligen Schritten ging er über die dicken, hohl klingenden Bohlen und blickte forschend in jedes Gesicht, das ihm entgegenkam. Keine Zopyra, auch nicht, als er am anderen Ufer die Brücke verließ. Sollte er umkehren oder hier warten? Oder hatte die schöne Hetäre Elis längst den Rücken zugekehrt?

Während er noch überlegte, drang ein leiser Ruf, fast nur ein Flüstern, an sein Ohr: »Jason!«

Es kam aus seinem Rücken. Erleichtert drehte er sich um und hielt Ausschau nach der Hetäre – wieder vergebens. Doch dann bemerkte er eine dunkle Gestalt, tief in ihren Mantel gehüllt, die ihm aus einer engen Gasse zuwinkte. Er konnte ihr Gesicht nicht sehen, nur die Umrisse.

»Zopyra?«

Er rief es ebenso leise wie zuvor die andere Stimme. Aber er erhielt keine Antwort. Noch einmal winkte die Gestalt, dann verschwand sie zwischen hohen Mauern in der Gasse. Es waren die Mauern von Lagerhäusern, die zu den Ausläufern des nahen Hafens gehörten.

Jason trat auf die Gasse zu. Er hatte keinerlei Zweifel, daß die Gestalt Zopyra gewesen war. Denn nur die Hetäre konnte ihn hier erwarten. Daß sie sich im Verborgenen hielt, ließ, so folgerte Jason, nur einen Schluß zu: Sie wurde bereits gesucht!

Die dunkel verhüllte Gestalt erwartete Jason am Ende der Gasse. Es war eine Sackgasse, die an die Rückwand eines dritten Lagerhauses mündete und sich dort zu einem kleinen, rechteckigen Platz erweiterte, vollgestellt mit großen Tonnen, Kisten und Amphoren. Die Schatten der Lagerhäuser entzogen das Gesicht der Frau dem blassen Licht der Gestirne, das schwach genug zwischen die hohen Mauern fiel.

»Was ist los?« fragte Jason, als ihn nur noch drei Schritte von Zopyra trennten. »Hat Koroibos dir die Häscher auf den Hals gehetzt?«

Zopyra löste sich aus den Schatten, trat zögernd vor und

zog den Zipfel des dunklen Mantels beiseite, mit dem sie ihr Gesicht bedeckt hielt ...

Ein von großen, häßlichen Furunkeln entstelltes Gesicht! Nur dort, wo Kinn und Hals von dunklen Bartstoppeln bedeckt waren, sah man den schwärenden Ausschlag nicht. Erschrocken wich Jason zurück, bis er unvermutet gegen einen Kistenstapel in seinem Rücken stieß.

Der Mann, den Jason fälschlich für Zopyra gehalten hatte, öffnete die dünnen Lippen zu einem fast zahnlosen Lächeln. »Hast dir deine Süße wohl anders vorgestellt, Bauer?« höhnte er. Während er noch sprach, streifte er den Mantel ganz ab, und seine Rechte, die einen dicken Knüppel hielt, sauste in einem Halbkreis durch die Luft. Mit einem kräftigen Satz sprang der Fremde auf Jason zu.

Lysias' Unterricht zeigte seine Wirkung: Schnell schüttelte Jason sein Erschrecken ab, sprang zur Seite und duckte sich. Er spürte einen scharfen Luftzug, als der Knüppel seinen Kopf knapp verfehlte. Nun bemerkte er auch die anderen Männer, die sich jetzt hinter Kisten, Tonnen und Amphoren erhoben, vier oder fünf an der Zahl und sämtlich bewaffnet. In ihren Händen sah Jason einen Knüppel, eine Axt und sogar ein Schwert. Er trug am Gürtel nur das alte Messer mit dem Holzgriff, in den er Tierszenen geschnitzt hatte. Es war verboten, die Stadt der Elier mit Waffen zu betreten; das Messer als Werkzeug fiel nicht darunter.

Ein fetter Kerl sprang hinter einer großen Holzkiste hervor und wirbelte die mächtige Eisenaxt knurrend durch die Luft. Der Eläer sprang auf den Dickwanst zu, zog in der Bewegung sein Messer und rammte es mit Wucht in die den Chiton weich ausbeulende Wampe. Das wütende Knurren erstarb in einem gurgelnden Laut, und die Axt fiel unter Geklirr zu Boden. Verwundert blickte der Wanst an sich hinunter, auf seinen Bauch, in den das Messer bis zum Heft eingedrungen war. Ein dunkler Fleck zeichnete sich auf dem schmutzigen Stoff des Chitons ab und wurde schnell größer.

Der Mann knickte ein und fiel vor Jasons Füße. So schnell, daß der Eläer das Messer nicht mehr herausziehen konnte. Er war waffenlos.

Er fuhr deshalb herum und wollte sich nach der Axt bücken, da sah er den Schatten des Furunkulösen über sich. Diesmal war Jason nicht schnell genug. Der Knüppel traf seinen Hinterkopf hart und schmerzhaft. Der rasende Schmerz vermischte sich mit einer Woge von Übelkeit, und in beiden ging das Bewußtsein des Eläers unter.

Vier Männer umstanden den reglos hingestreckten Schweinehirten, ihre Waffen einsatzbereit in den Händen. Der fünfte Mann, der axtschwingende Dickwanst, wälzte sich ächzend hin und her.

Ein weiterer Mann trat aus der dunklen Ecke zwischen zwei Hauswänden, die ihn bislang verborgen hatte. Er war groß und noch massiger als der Wanst. Die anderen blickten ihn respektvoll, ja unterwürfig an und wichen aus, um ihn durchzulassen.

Er blickte auf Jason hinab und befahl mit hoher Fistelstimme: »Umdrehen!«

Sofort bückten sich zwei der Angreifer und drehten Jason auf den Rücken. Die Sterne beleuchteten sein blasses Gesicht, das der Massige eine ganze Weile betrachtete.

»Ist er das?« fragte der von Furunkeln entstellte Mann.

»Sieht so aus.« Die helle Stimme stand tatsächlich in einem grotesken Verhältnis zu dem gewaltigen Körper, aber niemand wagte, darüber zu lachen. Ihr Anführer war augenscheinlich ein Mann, der Spaß nur dann verstand, wenn er selbst ihn veranstaltete.

Er schien ein harter, gefährlicher Mann. Doch jetzt lag ein seltsam gefühlvoller Zug in seinem aufgeschwemmten

Gesicht, das noch immer auf den bewußtlosen Hirten gerichtet war. Mit einer Wendigkeit, die angesichts der Körperfülle überraschte, ging der Massige neben dem Ohnmächtigen in die Knie und betrachtete ihn aus der Nähe. Mit einer fast scheuen Zärtlichkeit strichen dicke Finger über Jasons Gesicht.

»Ein ungewöhnlich schöner Bursche«, murmelte der Anführer mit seiner Fistelstimme. »Wirklich ein Prachtexemplar!«

»Sollen wir ihn zu dem anderen bringen?« fragte der Mann mit dem Ausschlag.

»Nein«, entschied der Massige nach kurzem Überlegen. »Für dieses Schicksal ist der Junge viel zu schade. Bringt ihn zu mir!«

»Aber unser Auftrag ...«

Der Anführer erhob sich schnell und fuhr herum. »Wer erteilt hier die Aufträge?« Die Stimme klang noch immer unpassend hoch; was ihren schneidenden Charakter aber eher noch verstärkte.

»Du natürlich«, versicherte der häßliche Mann schnell. Aus seinem Gesicht war jeglicher Respekt verflogen, ängstlich wich er zurück.

»Gut!«

Mehr brauchte der Massige nicht zu sagen. Der Häßliche und ein anderer hoben Jason auf und trugen ihn aus der Gasse hinaus. Die beiden anderen Attentäter kümmerten sich um ihren verletzten Komplizen.

Als letzter verließ der Massige mit der hellen Stimme die Gasse. Sein breit aufgedunsenes Gesicht glänzte vor Zufriedenheit – ein Widerschein sadistischer Vorfreude.

4
Die Dunkle Stadt

Eunuchen bekommen weder die Gicht noch eine Glatze.
Hippokrates

Erst roch und hörte Jason nur. Der Geruch war schwer und vernebelte die Sinne. Er ließ den Hirten sofort an Zopyra denken. Aber nein, vielleicht täuschte er sich, es war ein etwas anderer Geruch, herber und doch süß, wie mit der Essenz von Mandeln angereichert.

Seine Ohren nahmen zweierlei auf. Zunächst Lachen, Schreie und Musik, ganz von fern, wie aus einer anderen Welt. Das andere Geräusch war gleichmäßig, ganz nah und doch nicht viel lauter: der Atem eines Menschen. Zopyra? War sie endlich gekommen, den Irrtum aufzuklären? Oder war alles nur ein Alptraum gewesen? Ja, das mußte die Antwort sein. Er lag in seiner Hütte in den eläischen Bergen und träumte. Aber nein, nicht in Eläos, in der Stadt Elis war er, in der Kammer des Schuhmachers Alopex ...

Als Jason die Augen aufschlug, erkannte er, daß auch dies ein Irrtum gewesen war. Der Raum war groß und mit überschwenglichem Luxus ausgestattet, wie Jason es niemals zuvor gesehen hatte. An den Wänden hingen glänzende Stoffe, schwer mit Gold und Silber bestickt. Wo die Wände nackt waren, bestanden sie aus in kräftigen Farben aufgetragenen Fresken, die freizügige Szenen mit Männern und willigen Frauen zeigten, die Jason nunmehr unschwer als Hetären erkannte. Ihre Bereitwilligkeit, in allen nur denkbaren Positionen mit einem Mann oder auch mit mehreren zu verkehren, machte es offensichtlich. Die Geschlechtsmerkmale waren überdeutlich hervorgehoben, was Jason noch nie so gesehen hatte. Auch die Decke, auf die der rücklings liegende Eläer blickte, war über ihre ganze Fläche bemalt. Die Szene zeigte den Überfall der Kentauren auf die Hochzeitsgesellschaft des Lapithenkönigs Peirithoos. Die entfesselten Pferdemenschen fielen über Lapithinnen her und rissen ihnen die Kleider vom Leib. Hier nahm man, im Gegensatz zu anderen Darstellungen dieser Geschichte, vor allem die überdimensionierten Geschlechtsteile an den Pferdekörpern der Kentauren wahr, und auch die Frauen waren höchst üppig gemalt. Eine von ihnen wand sich auf allen vieren am Boden, das Gesicht vor Schmerzen verzerrt, während ein Kentaur auf ihr hockte und von hinten in sie eindrang.

»Gefallen dir die Darstellungen?«

Als die helle Stimme ertönte, dachte Jason im ersten Augenblick an Zopyra. Aber schnell erkannte er seinen Irrtum. Diese Stimme war rauher, ungleichmäßiger und besaß die Kraft eines Mannes, wenngleich auch die Höhenlage einer Frau.

Jason wollte sich aufrichten, um sich nach der Person umzusehen, die den Raum mit ihm teilte. Es ging nicht. Der Hirte lag auf dem Rücken, völlig nackt, die Hand- und Fußgelenke mit eisernen Fesseln an eine große hölzerne Liege gekettet. Das erkannte er, als er seinen Kopf hob. Augenblicklich durchraste ein wahnsinniger Schmerz seinen Schädel. Erschöpft ließ er den Kopf zurück auf das harte Holz sinken. Ihm fiel der Kampf am Fluß ein. Ein Knüppel mußte seinen Schädel getroffen haben. Er erinnerte sich der Gestalt, die er fälschlicherweise für Zopyra gehalten hatte – der häßliche, eiterwunde Mann, der ihn attackiert hatte. Warum bloß? Und wo war Zopyra? Leise flüsterte er ihren Namen.

»Die Hetäre ist nicht hier«, sagte die fremde Stimme. »Du mußt dich schon mit mir begnügen. Und ich mich mit dir.«

Dem letzten Satz folgte ein glucksendes Kichern, das Jason nicht gefiel. Was immer man mit ihm vorhatte, es konnte nichts Gutes sein. – Die Stimme kam von rechts. Jason drehte den Kopf zur Seite, trotz der hämmernden Schmerzen, die ihm jede Bewegung verursachte, Dann sah er die Gestalt, wenn auch nur undeutlich. Er vermochte nicht recht zu entscheiden, ob es ein Mann oder eine Frau war. Sein oder ihr helles Haar war dünn und fiel in weichen Wellen auf die breiten Schultern. Das Gesicht erinnerte eher an einen Mann, war aber glattrasiert und besaß die Weichheit, die man gewöhnlich einem Frauenantlitz zuzuschreiben pflegt. In ein schimmerndes Gewand gehüllt, ruhte der beleibte Körper auf einer großen, gepolsterten Liege. Er führte einen Strunk dunkler Weintrauben zum Mund, die schmalen Lippen öffneten sich ein wenig und verschlangen die Trauben mit wohligem Schmatzen. Die Gestalt rülpste tief und erhob sich lässig, ungeachtet ihrer Körperfülle ohne Mühe.

»Gefällt es dir hier, Jason von Eläos?« fragte die Gestalt und trat vor die Liege, um in einer seltsamen Mischung aus Boshaftigkeit und Zärtlichkeit auf den Gefesselten hinabzublicken. »Ich hoffe es, denn du wirst dieses Haus nicht mehr verlassen. Nicht lebend. Ob du am Leben bleibst, das liegt von nun an bei dir. Du bist sehr schön, mußt du wissen, sonst wärst du längst schon tot.«

Große, dicke, kräftige Hände fuhren über Jasons breite Brust, tasteten den Hirten überall ab und wanderten dabei langsam tiefer. Zwischen seinen Oberschenkeln verharrten sie und streichelten ihn dort.

Jason fühlte sich wie in einem der plötzlichen Kälteeinbrüche, die zuweilen die epirischen Berge heimsuchten. Sein ganzer Körper gefror und verkrampfte sich vor Widerwillen. Das genaue Gegenteil davon, wie Jason auf Zopyras zärtliche Berührungen reagiert hatte. Auch die feisten Hände, die ihn jetzt betasteten, waren zärtlich, aber auf eine andere Art. Jason ahnte, daß die Zärtlichkeit jederzeit in Gewalttätigkeit umschlagen konnte.

»Was hast du?« Das aufgeschwemmte Gesicht mit den am Rand sich überlappenden Fettwülsten blickte Jason ein wenig verärgert an. »Gefällt es dir nicht, in meinen Händen zu sein?« Eine der dicken Hände zeigte in einer weit ausholenden Bewegung auf die Fresken. »Schau dir das an, erregt es dich nicht? Du solltest dir ein bißchen mehr Mühe geben, wenn du am Leben bleiben willst! Und du solltest den Göttern dankbar sein für deine Schönheit und deine männliche Pracht. Nicht jeder hat das Glück, über so etwas zu verfügen.«

Bei diesen Worten zog die unförmige Gestalt das seltsam schimmernde Gewand auseinander, unter dem sie völlig nackt war. Jetzt sah Jason, daß er einen Mann vor sich hatte – vielmehr das, was davon übrig war. Seine Geschlechtsteile waren traurige, verformte kleine Fleischzipfel, die zwischen den säulenstarken Oberschenkeln wie die saftlosen Reste ausgepreßter Zitronen wirkten.

»Bias!« entfuhr es Jason.

Der Angeredete verzog die schmalen Lippen zu einem gekünstelten Lächeln. Ohne sein fremdartiges Gewand wieder zu schließen, sagte er mit hoher Stimme: »Du hast von mir gehört? Ich fühle mich geschmeichelt. Dann dürftest du aber wissen, daß es keinen Sinn hat, sich mir zu widersetzen. Wie ich bereits sagte: Lebend wirst du dieses Haus nicht wieder verlassen. Aber wenn du tust, was ich von dir erwarte, kannst du hier gut leben.«

Jason sah sich wieder um und stellte fest, daß es keine Fensteröffnungen gab. Für die Beleuchtung sorgten Kerzen und Lampen. Die Lampen sowie die Lampen- und Kerzenständer waren kostbare Arbeiten aus Gold oder Silber und zeigten Motive, die in Themenwahl und Gestaltung mit den Fresken nur zu deutlich harmonierten. Der silberne Kerzenständer, der Jasons Liege am nächsten stand, besaß das Aussehen eines Satyrs mit mächtigem, vorgerecktem Glied; darunter war eine Schale angebracht, in die sich eine helle Flüssigkeit ergoß – das Wachs der abbrennenden Kerze. Jason hatte keine Ahnung, an welch seltsamem Ort er sich befand.

»Dieses Haus, wo steht es?«

»Im Herzen der Dunklen Stadt, mein Sohn. Ich nenne es das Haus der tausend Freuden, wie man mich den Herrn der tausend Freuden nennt. Manch einer sagt, es seien protzige Namen. Aber ich protze nicht. Wenn es ein Verlangen auf dieser Welt gibt, das sich hier nicht bis zur Erschöpfung von Körper und Geist befriedigen läßt, will ich mich höchstpersönlich den Behörden ausliefern.« Er lachte schrill. »Aber das wird nicht passieren. Keiner meiner Gäste verläßt dieses Haus der tausend Freuden, ohne im Übermaß bekommen zu haben, wonach ihm gelüstete – sofern seine Barschaft ein solches Übermaß verkraften kann.« Wieder tätschelte er Jasons Geschlechtsteile, was dem jungen Hirten einen weiteren Schauer über den Rücken jagte. »Du hast das Zeug dazu, eine Attraktion in meinem Haus zu werden, Sohn.«

»Eine Attraktion?«

Bias nickte eifrig. »Ja doch! Du bist kräftig und, wie ich höre, ein guter Athlet. Das ist genau, was die Männer haben wollen, die zu den Spielen nach Elis kommen.« Der Massige seufzte ein wenig mitleidig und ließ seine Hände über Jasons Oberschenkel streichen. »Es ist halt nicht jedermanns Sache, sich nur an den rosigen Schenkeln scheuer Knaben zu reiben und sich damit zu bescheiden, als höchsten Genuß das Geschlecht des Angebeteten zu berühren. Ja, es gibt eine Menge Männer, für die die Knabenliebe, erlaubt und durch uralten Brauch gerechtfertigt, nur ein fader, höchst unvollkommener Ersatz für das Eigentliche und Unerlaubte der Männerliebe ist. Gerade dann, wenn ein Knabe die Reife des Mannes erreicht hat und in ihm selber das Begehren wächst, steht er seinem sich vor Lust verzehrenden Liebhaber nicht mehr zur Verfügung. An diesem Punkt komme ich ins Spiel und biete den Enttäuschten das, was sie jenseits der Dunklen Stadt nicht finden können.«

Allmählich verstand Jason, was Bias meinte. Es war aber alles andere als geeignet, seinen aufgewühlten Verstand zu beruhigen. Er wußte, daß die reichen Männer in den großen Städten ihr Lager mit halbwüchsigen Knaben teilten und diese dafür mit Geld und Geschenken überhäuften. Und Jason hatte auch davon gehört, daß die Liebe unter Männern im Gegensatz zu der Liebe zwischen Mann und Knabe vom Gesetz verboten war.

»Ich möchte dich einer Probe unterziehen, Jason von Eläos. Es ist sehr schwer, mir Lust zu bereiten – so, wie es jetzt um mich steht.« Bias blickte an seinem verstümmelten Fleisch hinunter. Ein Anflug von Trauer huschte über sein Gesicht. »Wenn du das schaffst, hast du das Zeug zu einer Attraktion in meinem Haus. Ich werde dann gut für dich sorgen. Willst du es versuchen?«

»Ja«, sagte Jason ohne Zögern. Solange er gefesselt war, hatte er keine Möglichkeit zu entkommen. Nur wenn er so tat, als gehe er auf Bias' Verlangen ein, konnte er das Haus der tausend Freuden vielleicht verlassen – lebend!

»Wirklich?« Bias wirkte überrascht, und aus Überraschung wurde Skepsis: Jason hatte denn doch etwas zu prompt geantwortet. »Du willst mich auch nicht hereinlegen wie meinen armen Perses?«

»Wer ist Perses?«

»Der Mann, dem du das Eisen deines Messers zu schmecken gegeben hast.«

»Ist er ... tot?«

Bias schüttelte den Kopf. »Bis jetzt noch nicht. Sein Fett verhinderte, daß dein Messer allzu tief eindrang. Vielleicht übersteht er es.« Er beugte sich vor und blickte tief in Jasons Augen. »Ich möchte nicht, daß es mir ähnlich ergeht!«

»Ich bin nackt, gefesselt und ohne Waffe. Allerdings weiß ich nicht, wie ich dir zu Diensten sein soll, wenn ich mich kaum bewegen kann.«

»Wie wahr.« Bias wandte sich ab und ging zu einem Tisch aus kunstvoll geschnitztem Elfenbein. Der Tisch wurde von einer Afrikanerin gebildet, die auf allen vieren – den Tischbeinen – hockte und ihren ansehnlichen Hintern dem Betrachter darbot. Der massige Mann kehrte mit einem goldenen Schlüssel zurück, der an einer kurzen Silberkette hing. »Das ist der Schlüssel zu unserem Glück.«

Mit dem Schlüssel öffnete er erst die eine Handfessel, ging dann um die Liege herum und befreite auch die andere Hand. Voller Spannung wartete Jason darauf, daß sich auch die Eisen der Fußfesseln lösten. Zu seiner Enttäuschung ging Bias am Fußende der Liege vorbei und hängte die Schlüsselkette an die Verzierung eines silbernen Öllampenständers, der sich dort fast mannshoch erhob. Diese Verzierung war das steife Glied eines Mannes, wie jede der zahlreichen Verzierungen an dem Ständer das Geschlechtsteil eines Mannes oder einer Frau war.

»Außerhalb deiner Reichweite«, grinste Bias, als er sich zu Jason umdrehte. »Falls du mir etwas zuleide tun solltest, wird niemand dich befreien können. Du selbst dich am allerwenigsten. Also sei lieb zu mir, wenn du nicht einen zweiten Tantalos aus dir machen willst.« Er streifte das schimmernde Gewand ganz ab und ließ es zu Boden sinken, als er zum Kopfende der Liege trat.

»Was ist das?« fragte Jason rasch, bevor Bias ein Verlangen äußern konnte, das zu erfüllen dem Hirten unmöglich erschien.

»Was?«

Jason zeigte auf das Gewand des Massigen. »Dieses schimmernde Material, ich habe so etwas noch nie gesehen. Es sieht so weich aus.«

»Das ist es auch. Es ist dünn, hält den Körper in der

Nacht trotzdem warm und kühlt ihn am Tag. Es heißt Seide und kommt aus dem fernen Sina. In dieser Qualität ist es teurer als Gold. Möchtest du es an deinem Körper spüren?«

»Ja, bitte!«

Bias lächelte, erfreut über Jasons Verlangen, und bückte sich nach dem Gewand. Gleichzeitig bog Jason seinen Oberkörper zur Seite, ohne auf den Schmerz in seinem Kopf zu achten, der sich zur hämmernden Unerträglichkeit verstärkte. Seine Arme umschlangen die Fleischringe von Bias' kaum vorhandenem Hals und drückten fest zu.

»Also doch ...«, keuchte Bias in der ersten Überraschung. »Du Hund!«

Dann machte er sich plötzlich schwer und ließ sich fallen, um durch sein volles Gewicht die Umklammerung zu sprengen. Aber Jasons Zwinge hielt. Er hatte mit einem solchen Manöver gerechnet, wußte er doch von Agis, daß Bias ein erfahrener Pankrat war.

Bias stöhnte und schnaufte und unternahm alle möglichen Anstrengungen, dem harten Griff zu entkommen. Jasons Armmuskeln schmerzten wie niemals zuvor, aber sie hielten dem Druck stand. Er wußte, daß er keine zweite Gelegenheit haben würde. Auch den Versuch, um Hilfe zu schreien, erstickte er, und aus dem verunglückten Schrei des Eunuchen wurde ein heiseres, schnell ersterbendes Röcheln.

Als Bias' Kräfte erlahmten, widerstand Jason der Versuchung, den Druck sofort zu mindern und seine Armmuskeln zu entspannen. Bias war ungeheuer stark und das Erschlaffen seines Körpers möglicherweise nicht so vollkommen, wie es den Anschein hatte. Vielleicht war es auch nur eine Finte. Erst als sich der Herr der tausend Freuden seit einer ganzen Weile nicht mehr rührte, schwächte Jason den Druck ab, hielt den augenscheinlich Verblichenen aber weiterhin in seinen Armen gefangen. Jetzt kam der schwierigste Teil des Unternehmens, das dem Hirten die Freiheit wiederbringen sollte.

Jason hatte sich zuvor an ein Spiel seiner Kindheit erinnert: Wenn er mit den Schweinen im Wald war, hatte er sich mit dem Rücken an den Stamm einer großen Eiche gesetzt und den kühlen Schatten des mächtigen Baums genossen. Nicht weit entfernt hatte ein Birnbaum gestanden, dessen Äste weit bis zu ihm herüber reichten. Jason legte sich einen Haufen zusammengesuchter Steine zurecht und warf sie so geschickt gegen die Äste des Birnbaums, daß dessen Früchte ihm fast in den Schoß fielen. Mit der Zeit hatte er eine gewisse Meisterschaft darin entwickelt. Und seine Mutter hatte sich über die vielen Birnen gefreut, die ihr Sohn heimbrachte.

Doch es war kein Spiel, als Jason den Herrn der tausend Freuden losließ und zum Fußende der Liege schleuderte. Diesmal hatte er nur einen Versuch – und von dem hing sein Leben ab.

Wie ein nasser Sack ging die unbändige Menge Fleisch zu Boden, rollte noch ein kleines Stück weiter und stieß dabei gegen den Lampenständer, an dem der Schlüssel hing. So hatte es Jason geplant. Seine Augen hingen gebannt an der üppig verzierten Silberstange, die zu wackeln begann. Die drei männlichen Genitalien nachempfundenen Füße hoben abwechselnd vom Boden ab, der in römischer Manier aus einem riesigen Mosaik bestand und ein feuchtfröhliches Symposion zeigte, bei dem Wein und Gesang, vor allem aber nackte Frauen und Jünglinge die Teilnehmer erfreuten. Der obszöne Lampenständer schien tanzen zu wollen zur imaginären Musik der drei nackten Hetären auf dem Mosaik, die das Barbiton, den Aulos und das Tympanon spielten. Die goldene Lampe in der Form einer weiblichen Brust rutschte vom Silberständer und fiel scheppernd zu Boden. Das Öl lief aus, fing Feuer und ergoß sich als flammendes Bad über die musizierenden Hetären. Jason spürte die plötzliche Hitze an seinen Füßen.

Das Feuer schien die Tanzlust des Lampenständers noch anzustacheln. Er beugte sich in Richtung der Liege – und die Schlüsselkette rutschte herunter, fiel zu Jasons Füßen auf die hölzerne Pritsche. Dann verlor der Silberständer endgültig das Gleichgewicht und schlug krachend auf den Boden.

Jasons Herz hüpfte vor Freude, als er die Schlüsselkette auf die Pritsche fallen sah – sein Plan war gelungen! Aber sofort machte die Freude der Ernüchterung Platz, weil die Kette am unteren Rand der langen Pritsche lag. Für den Gefesselten unerreichbar!

Wirklich? Jason erhob sich und beugte seinen Körper mit Gewalt nach vorn, streckte die Arme weit aus – und fiel in einem plötzlichen Taumel aus Schmerz und Übelkeit hart auf das Holz zurück. Er hatte die Auswirkungen des Knüppelschlags auf seinen Kopf unterschätzt. Jetzt schien sein Schädel von innen auseinanderzubersten. Unwillkürlich preßte er die Hände dagegen, um seinen Kopf in einem Stück zu halten. Das gelang, aber der Schmerz, der Jason an den Rand der Besinnungslosigkeit brachte, ebbte nur ganz langsam ab.

Der dunkle Schleier, der seinen Blick verhüllt hatte, lichtete sich. Jason sah auf seine Füße und auf die Silberkette mit dem goldenen Schlüssel dahinter. Und er sah auf Bias, der sich zu bewegen begann. Vielleicht war es die Hitze des auf ihn zukriechenden Ölfeuers, die seine Lebensgeister geweckt hatte. Der gewaltige Eunuch stöhnte laut, hob seinen Kopf und starrte aus glasigen Augen auf die Liege. Ein dumpfes Erinnern blitzte in seinen Augen auf.

Jason wußte, daß er jetzt keine Zeit mehr verlieren durfte. Und trotzdem ging er es langsam an, um einen erneuten Rückschlag zu vermeiden. Ganz vorsichtig beugte er seinen Oberkörper mit ausgestreckten Armen nach vorn, während er Bias beobachtete, der auf allen vieren zur Liege kroch. Es war ein quälend langsamer Wettlauf, und der Preis war Jasons Freiheit – mehr noch: sein Leben.

Die Gelenke des Jünglings schmerzten fast mehr als sein Kopf, während er sich vorneigte, um mit den ausgestreckten Fingern die Schlüsselkette zu erreichen. Sie lag zu weit entfernt – lächerliche, unüberwindliche drei Fingerbreit zu weit.

Bias kniete vor dem Fußende der Liege, versuchte sich vergeblich aufzurichten und streckte dann mühsam eine Hand nach der Holzpritsche aus.

Jasons Rechte zitterte, als die Kuppe seines Mittelfingers die Silberkette streifte.

Gleichzeitig sah er die andere Hand. Die schwammige Rechte des Herrn der tausend Freuden, die sich auf der Pritsche festkrallte. Keuchend legte Bias auch die andere Hand um das Holz und versuchte, sich hochzuziehen.

Eine letzte Anstrengung, und Jasons Mittelfinger lag auf der Kette, zog sie näher zu sich heran.

Er hatte sie!

Seine Hände zitterten so stark, daß es ihm unmöglich war, den schmalen Schlüssel in die kleine Aussparung an der eisernen Fußfessel zu stecken. Immer wieder rutschte der Schlüssel ab, während Bias' aufgeschwemmter Kopf über dem Rand der Pritsche erschien.

Jason holte tief Luft – und schaffte es endlich! Mit einem Klicken sprang die Fessel auf, und sein rechter Fuß war frei. Jetzt der andere!

»Verdammter Sohn eines Ebers und einer eläischen Hure!« brüllte Bias und stemmte sich an der Pritsche hoch. »Ich werde dich töten, so langsam und qualvoll, wie noch nie ein Mensch gestorben ist!«

Seine Rechte griff nach Jason, wollte ihm die Schlüsselkette entreißen. Der Hirte stieß seinen freien Fuß mitten in das fette, häßliche Gesicht. Mit einem dumpfen Gurgeln taumelte Bias nach hinten, ruderte hilflos mit den Armen und stürzte rückwärts in das sich immer eiliger ausbreitende Feuer. Es hatte bereits eines der Wandgehänge erfaßt und fraß sich gierig in den reich bestickten Stoff hinein. Bias' Keuchen verwandelte sich in lautes Geschrei, als er mitten in die Lohe fiel und die Flammen sofort nach seinen langen Haaren griffen.

Jason öffnete auch die zweite Fußfessel. Er war frei! Er richtete sich auf, ein wenig zu schwungvoll, so daß er sich nochmals einige Augenblicke ausruhen mußte, um den Schwindel zu bekämpfen. Hinzu kam die unerträgliche Hitze, die ihm den Atem zu rauben drohte. Das Feuer hatte schon den halben Raum erfaßt.

Bias wälzte sich unter Qualen, laut wimmernd und schreiend, am Boden herum und versuchte vergebens, die gierig züngelnden Flammen an seinem Körper zu löschen. Durch das Herumwälzen hatte er sich eher geschadet, denn sein massiger Leib war überall mit dem brennenden Öl der Lampe bedeckt worden.

Der junge Hirte stieß sich von der Liege ab, stand frei und taumelte mehr, als daß er lief, auf die breite Tür zu, die von purpurnen Wandgehängen umrahmt war. Als er atemlos durchs Feuer lief, glitt er auf dem Öl aus. Kurz vor der Tür schlug er lang hin. Sein Schädel drohte wieder zu explodieren.

Die Flammen, gegen die der panisch schreiende Bias ankämpfte, fraßen sich auch auf Jason zu. Der Eläer streckte die Hände aus und zog sich an einem der Wandvorhänge hoch.

Als er auf seinen zittrigen Beinen stand, hielt er den abgerissenen Vorhang in den Händen. Er wickelte ihn wie ein lässig umgelegtes Himation um Schulter und Leib, um seinen nackten Körper zu bedecken, stieß die Tür auf und rannte hinaus. Ein letztes Mal wandte er sich um: Verzweifelt ertrank Bias in den Flammen. Seine blonde Haarpracht hatte das Feuer bereits geschluckt, der kahle Schädel steigerte noch die verformte Häßlichkeit.

Der Gang war ebenfalls mit Stoffen und Wandmalereien reich verziert, aber das nahm Jason nur halb wahr. Eine Menge Türen und Nebengänge zweigten nach beiden Seiten ab. Da der flüchtende Jüngling sich nicht auskannte, hielt er es zunächst für das beste, auf dem Hauptgang zu bleiben. Aber binnen kurzem kamen ihm hastige Schritte und erregte Stimmen entgegen und ließen ihn seinen Entschluß ändern. Er sprang in den nächsten Seitengang und duckte sich hinter einen Wasserspender in Gestalt einer nackten Nymphe aus grünem Marmor. Ein dünner Wasserstrahl ergoß sich aus ihrem Mund und wurde in ihrem Schoß aufgefangen, wo er sich zwischen den Schenkeln sammelte. Kaum hatte Jason das Versteck erreicht, liefen auch schon ein paar Männer den Gang entlang auf Bias' Zimmer zu und riefen laut den Namen des fetten Mannes. Jason konnte nicht erkennen, ob es die Männer waren, die ihm am Fluß aufgelauert hatten.

Einer kehrte schnell zurück und schrie immer wieder: »Feuer! Alarm! Feuer! Bringt Wasser!«

In kürzester Zeit verwandelte sich das Gebäude in ein Tollhaus. Jede Tür spie ein Rudel verstörter Menschen aus, die in ihrer Verwirrung laut herumschrien und dadurch das allgemeine Durcheinander noch steigerten. Die meisten von ihnen, Männer und Frauen aller Altersstufen, waren nackt oder nur mit dem Wenigsten bekleidet. Eine Reihe von Männern kam mit großen Krügen und Amphoren angelaufen, um Wasser auf die Flammen zu gießen.

Jason erhob sich aus seinem Versteck und wurde unversehens ein Teil der panischen Masse. Niemand beachtete ihn. Die verängstigte Menschenmenge riß den Hirten mit sich fort, durch Gänge und über Treppen, die er sich nicht einprägen konnte. Zu verwirrend war der große Bau, zu hektisch das Geschiebe der Fliehenden, zu rasend der Schmerz in seinem Kopf.

Und plötzlich stand Jason im Freien. Atmete frische Luft und blickte in das Rosarot des anbrechenden Tages. Er setzte seine Füße in Bewegung, um von dem schrecklichen Ort fortzukommen.

Zwei Lichtquellen sorgten dafür, daß die Dunkle Stadt gar nicht mehr so dunkel wirkte: die sich über die Hausdächer wälzende Sonnenscheibe und das Feuer, das sich mittlerweile knatternd durch das Dach des Hauses fraß. Die Sonne und die Flammen tauchten die Dunkle Stadt in einen roten Schein.

Zwei dampfende Ströme aus Leibern, Schreien, offenen Mündern und aufgerissenen Augen ergossen sich in Gegenrichtung durch die Straßen. Der eine bestand aus den Fliehenden, die verzweifelt vor den Flammen Schutz suchten oder sich davonmachten, um nicht als Besucher im Haus der tausend Freuden erkannt zu werden. Den anderen füllten die Neugierigen, die sich von der Sensation, und insbesondere von fremdem Unglück angezogen fühlten. Jason schwamm mit dem ersten Strom, der immer wieder mit dem zweiten zu schreienden, keifenden Strudeln zusammenfloß. Allmählich löste er sich auf, Straßen und Gassen verschluckten immer wieder einen Teil der Flüchtenden.

So fand sich Jason schließlich allein in einer engen Gasse mit windschiefen Häusern wieder, die in ihrer Armseligkeit den Namen der Dunklen Stadt rechtfertigten. Sie standen so eng beieinander, daß die aufgehende Sonne noch nicht den schmutzigen, mit Abfällen und Unrat übersäten Boden erreichte. Hier stank es wie in einem Schweinestall, der niemals ausgemistet worden war – nein, eigentlich noch schlimmer.

Aber hier, in dieser grauenvollen Unterwelt, lebten auch Menschen. Jason hatte nicht gewußt, daß es so etwas geben konnte. Gräßliche Kreaturen, die auf den Jüngling gewartet zu haben schienen und jetzt in unübersehbarer Zahl aus den schäbigen Hütten quollen. Abgerissene, ausgemergelte, alte, durch fehlende Gliedmaßen oder offene Geschwüre verunstaltete Wesen, deren Anblick die Augen, deren Gestank die Nase und deren Kreischen die Ohren zu betäuben drohten.

»Ein paar Münzen!« forderte ein zahnloser Alter, dessen einzige Hand sich in Jasons behelfsmäßigem Gewand festzukrallen versuchte. »Nur ein paar Münzen für einen hungrigen alten Mann ohne Arbeit und Brot!«

»Komm zu mir, Süßer!« verlangte eine ausgetrocknete Vettel und entblößte ihre Brüste, die traurig und schlaff an ihr herunterhingen wie leere Wasserschläuche. »Was die jungen Nymphen im Haus der tausend Freuden können, kann ich schon lang und zehnmal besser!«

»Hab Mitleid, Herr!« An Jasons Beinen klammerte sich ein verstümmeltes Wesen fest, das unterhalb des Rumpfes endete. »Hab Mitleid mit einem Unglücklichen!«

Jason hatte Mitleid, aber größer noch waren seine Verwirrung und die Panik, die ihn angesichts dieser Kreaturen überwältigten. Er schüttelte den beinlosen Bettler wie einen lästigen Käfer von sich ab, stieß einen stinkenden Körper nach dem anderen beiseite und erreichte endlich das Ende der unterweltlichen Gasse. Hinter ihm wurde das enttäuschte Kreischen der Unglückseligen allmählich leiser.

Eine ganze Weile lief er orientierungslos durch schmutzige Straßen, in denen Huren und Nauhupfer jeder Altersstufe und jedes nur vorstellbaren körperlichen Zustandes ihre Dienste anboten. Viele standen kaum oder gar nicht bekleidet vor ihren Häusern, boten ihm ihre Vorzüge feil und reckten ihm auffordernd ihre Geschlechtsteile entgegen.

»He, junger Athlet!« schrie ein pralles Weib mit nackten

Brüsten wie überreife Melonen. »Versuch doch mal, mich bis zur Erschöpfung zu stoßen, dann schaffst du jeden Gegner im Ring!«

Jason rannte weiter, begleitet vom schrillen Gelächter der Hure. Immer mehr ging ihm auf, daß die Olympischen Spiele bedeutend anders verliefen, als er es sich vorgestellt hatte. Offensichtlich übten die Wettkämpfer auch nachts ihre Muskeln – wenn auch anders, als es den Alipten und Hellanodiken gefiel.

Daß er irgendwann am Ufer des Peneios stand, war mehr ein Zufall als der Erfolg seines Suchens nach einem Ausweg aus dem finsteren, erschreckenden Labyrinth. Er mußte die meiste Zeit kreuz und quer durch die Dunkle Stadt gelaufen sein. Das erkannte er an der schwarzen Rauchsäule, die über dem Viertel in den tiefblauen Morgenhimmel stieg und noch recht nah war. Der Masse des Rauches nach zu urteilen, mußte Bias' Lusttempel gänzlich in Flammen stehen.

Jason war im Frachthafen gelandet und konnte in der Ferne den großen Bogen der Schildkrötenbrücke sehen. Zopyra kehrte in seine Gedanken zurück und mit ihr die Frage, ob sie heil aus der Stadt gekommen war. Hatte sie die Stadt überhaupt verlassen? Oder hatte sie ihn in eine Falle gelockt?

Die Fragen wirbelten ungelöst in seinem Kopf herum, so sehr, daß Übelkeit und Verwirrung mit ungeahnter Macht erneut in ihm aufstiegen, Jason fiel auf die Knie, beugte sich nach vorn und erbrach sich.

»Wohl zuviel ungemischten Wein genossen, was?« lachte eine dröhnende Stimme. Jason blickte sich um und sah einen muskulösen Schauermann, der mit einer schweren Kiste auf dem gebeugten Kreuz von einem am Ufer vertäuten Ploion getreten war. »Ihr Athleten seid doch alle gleich. Kaum kommt ihr zu den Spielen nach Elis, nutzt ihr die Abwesenheit von euren Familien, um euch vollaufen zu lassen und den Huren und Nauhupfern die Ärsche zu tätscheln.« Mit einem abfälligen Lachen trottete der Schauermann davon.

Verwundert darüber, von allen für einen Athleten gehalten zu werden, schleppte sich Jason zum Fluß, streifte das Purpurtuch ab, wusch sich unter Schmerzen und füllte seinen ausgedörrten Mund mit Wasser. Es schmeckte scheußlich, brackig und nach Unrat. Er hütete sich, es hinunterzuschlucken, und begnügte sich damit, den Mund auszuspülen, um den schlechten Geschmack nach Erbrochenem zu beseitigen.

Er streifte das behelfsmäßige Himation wieder über und ging langsam zur Schildkrötenbrücke. Vorsichtig sah er sich um und blickte in jede Gasse, bevor er sie passierte. Falls Bias ihn abzufangen versuchte, würde er ihm hier auflauern, wie schon einmal. Aber wahrscheinlich hatte der Herr der tausend Freuden jetzt eher tausend Sorgen, dachte Jason beim erneuten Blick auf den schwarzen Rauch, der jetzt wolkenartig über der Stadt des Vergnügens und der Laster hing. Falls der Entmannte dem Feuer überhaupt entkommen war.

Jason stieß weder auf Bias' Schläger noch auf Zopyra. Letzteres enttäuschte ihn, wenn es auch nicht anders zu erwarten gewesen war. Der Zeitpunkt ihrer Verabredung lag schon Stunden zurück.

Mit einem Seufzer betrat er die Schildkrötenbrücke, überquerte die dicken Bohlen mit schnellen Schritten und ließ die Dunkle Stadt wie einen Alptraum, aus dem er erwacht war, hinter sich zurück.

5
Der Löwentöter

> Mensch sein: ein ausreichender Grund,
> ins Unglück zu kommen.
>
> *Menander*

Die erwachende Stadt füllte sich zunehmend mit Menschen. Die heißen Strahlen der rotgelben Sommersonne lockte sie aus den engen, stickigen Häusern, die in diesen Tagen vor den Heiligen Spielen bis in den letzten Winkel mit Gästen vollgestopft waren. Sie quollen heraus wie Gerste aus einem aufgeschlitzten Sack, unförmig und zahlreich. Jason ging langsam durch die Straßen, um den richtigen Weg zu der Handwerkergasse mit Alopex' Haus nicht zu verfehlen. Aber er hätte sowieso nicht schneller gehen können: Schmerzen und Übelkeit standen jeder übermäßigen Bewegung im Weg.

In dieser Zeit vor den Spielen war jeden Tag Markt in den Straßen von Elis, von Sonnenauf- bis Sonnenuntergang. Wer herkam, wollte seine Geschäfte machen, als Händler von Waren, als Schausteller, als Rhapsode, als Kitharöde oder als Aöde. Straßen und Plätze füllten sie mit ihren Ständen aus Brettern und Weidengeflecht, mit Anpreisungen, Deklamationen, Klängen und Gesängen. Manches war nicht schön, aber alles war laut.

Wie sich in der Dunklen Stadt die Huren und Nauhupfer aufdringlich angeboten hatten, griffen auch hier Hände vielfach nach Jason, grelle Stimmen riefen nach dem Jüngling, um seine Aufmerksamkeit zu wecken und ihn zu verlocken, seine vermeintlichen Reichtümer unter sie zu bringen. Alle wollten an den bevorstehenden Spielen verdienen. Auch die Stadt Elis selbst, deren Marktaufseher Mühe hatten, die Übersicht zu behalten und von jedem Händler und Schausteller die Tagesgebühr einzuziehen, kam nicht schlecht dabei weg.

Der Schweinehirte zwängte sich an farbigbunten Stoffen, glänzend lasierten Töpferwaren und den kitzelnden Delikatessen vorbei, die die Gassen säumten, ließ Homers Heldengesänge und eine Reihe selbstgedichtete Ergüsse hinter sich über den Köpfen der bunten Menge verklingen und atmete erleichtert auf, als er die gesuchte Gasse erreichte. Auch hier herrschte schon große Geschäftigkeit, vor und in den Häusern sowie auf den kleinen Innenhöfen. Alopex' großes, ungleichmäßiges Gebäude, das sich wie ein einsamer Fels über die Ebene der Hausdächer reckte, bedeutete für Jason eine Zuflucht. Dort lag die Kammer, in der er ein wenig ausruhen konnte. Und auf Alopex' Hof warteten die Schweine darauf, von dem Eläer endlich zum Verkauf gebracht zu werden, sobald er sich von den Anstrengungen der Nacht ein wenig erholt hatte. Bei den Unmengen an Fleisch, die auf den Märkten die Besitzer wechselten, sah der Hirte für den Absatz seiner Tiere keine Schwierigkeiten.

Aber die Schweine waren nicht da! Er vermißte schon ihr Grunzen, als er an der Schusterwerkstatt vorbei auf den Innenhof zusteuerte. Das beschäftigte ihn so, daß er nicht die seltsamen Blicke bemerkte, die der Schuhmacher und sein Sohn dem Gast zuwarfen. Kaum war Jason an der Werkstatt vorüber, ließ Alopex die Ahle und den halbfertigen Stiefel fallen und flüsterte seinem Sprößling etwas zu. Agis, der vor einem hölzernen Block stand und ein Stück Schweinsleder durch kräftiges Ziehen nach beiden Seiten weich und geschmeidig machte, nickte, stellte augenblicklich seine Arbeit ein, verließ die Werkstatt und lief mit einer Eilfertigkeit durch die vollen Straßen von Elis, als aspirierte er auf die Teilnahme an den bevorstehenden Laufwettbewerben.

Verwirrt stand Jason auf dem Hof und blickte sich

um, aber er sah kein einziges seiner Schweine. Nur ihre streng riechenden Hinterlassenschaften. Die Tiere konnten noch nicht lange fort sein. Schritte ließen den Eläer herumfahren. Es war der graubärtige Schuhmacher, der auf den Hof trat, in der Rechten einen schweren Hammer.

»Alopex, wo ist meine Herde?«

»Das ist eine schwierige Geschichte«, brummte der kleine Mann und verdrehte dabei seine Äuglein, während er langsam auf Jason zutrat. »Nicht so leicht zu erklären.«

»Versuch es!« rief der Eläer aufgebracht. »Und fang damit an, wo meine Tiere jetzt sind!«

»Fortgeschafft«, seufzte der Schuster.

»Fortgeschafft?« Jason schrie es fast, weil seine Geduld nach den Erlebnissen in der Nacht nicht mehr sehr groß war. »Von wem?«

»Von einigen Männern«, lautete die Antwort des Schusters, der jetzt zwei Schritte vor seinem Gast anhielt und einen zögernden, unentschlossenen Eindruck machte. Er wußte, wie wenig die Antwort Jason befriedigen konnte und fühlte sich sichtlich unwohl in seiner runzligen Haut. »Sie kamen im Morgengrauen und sagten, sie müßten die Herde mitnehmen.«

»Das verstehe ich nicht.« Der junge Eläer schüttelte den Kopf, hörte damit aber sofort wieder auf, als es in seinem Schädel wieder heftig zu pochen begann. »Wer waren diese Männer? Welche Begründung gaben sie an?«

Alopex nagte mit dunklen Zähnen an seiner rissigen Unterlippe, blickte mit gerunzelter Stirn zu Boden und dann endlich wieder sein Gegenüber an. »Es waren Wachen, die der Stadtrat geschickt hat. Sie ... sie hatten den Auftrag, alle herrenlosen Tiere zusammenzutreiben, damit sie nicht die überfüllte Stadt verstopfen.«

»Aber die Schweine sind nicht herrenlos, sie gehören mir!«

»Du warst nicht aufzufinden, Jason. Niemand wußte, wo du steckst!«

Das stimmte nicht. Alopex hatte zu lange gebraucht, um seinem Gast diese einfache Erklärung zu geben. Jason war sich sicher, daß der Schuster sie selbst erst kannte, seitdem er sie ausgesprochen hatte.

»Rück mit der Wahrheit raus, Alopex!« Jason machte einen Schritt auf ihn zu und sah ihn finster an. »Was ist wirklich geschehen?«

Hilflos blickten Alopex' Augen den anderen an, leuchteten dann aber erleichtert auf, als sie etwas im Rücken des Hirten erspähten.

Jason wandte den Kopf um und sah sie kommen, langsam, schleichend, wie nächtliche Mauerbrecher. Und ihre Absicht war ebenso unfreundlich, das verrieten ihre düsteren Blicke und ihre Werkzeuge, die sie wie Waffen hielten: der Schmied und der Steinmetz – wie auch Alopex – ihre Hämmer, der Töpfer ein schweres Formeisen, der Tischler ein nicht minder schweres Stemmeisen und der Weber einen langen Weberkamm, den er fast wie ein Schwert vor sich hielt.

Alopex wollte Jasons Unaufmerksamkeit ausnutzen, um die Sache mit einem Schlag seines Hammers gegen den Kopf des Hirten zu bereinigen. Der Eläer sah den Angriff aus den Augenwinkeln und blockte ihn mit seinem rasch hochgerissenen Unterarm ab. Er riß den Hammer aus der knotigen Hand des Schusters und stieß ihn rücklings in den Schweinekot.

Jason fuhr herum, aber nicht mehr rechtzeitig. Die Nachbarn des Schuhmachers waren bereits über ihm, und ihre Nachbarschaftshilfe war sehr schmerzhaft für den Eläer. Die langen Zähne des Weberkamms zerrissen Jasons behelfsmäßiges Gewand an seiner linken Seite und schürften die Haut darunter auf. Dem Schlag des Töpfers konnte er nur halb ausweichen, so daß das gebogene Formeisen nicht seinen Kopf, sondern nur seine Schulter traf; aber auch das tat höllisch weh. Dann traf ihn der Schmied mit seinem Hammer am Kopf. Schmerz und Übelkeit überfielen ihn wieder und begruben ihn unter sich. Steif fiel er neben Alopex in den Dreck.

Jason sammelte alle Kräfte und kämpfte dagegen an, abermals das Bewußtsein zu verlieren. Dazu reichte es wohl, aber nicht zu mehr. Die Männer, die sich auf ihn stürzten wie hungrige Schweine auf das Futter, drückten ihn zu Boden, nagelten ihn förmlich dort fest. Aufgeregt schrien sie durcheinander.

»I-Ich habe ihn«, stotterte der Weber aufgeregt. »H-holt doch Seile, um ihn zu binden!«

»Laß ihn nicht los!« forderte Alopex schwer atmend, über und über mit Unrat bedeckt. »Ich hab' Agis nach den Wachen geschickt. Sie müssen gleich hier sein.«

»Seid vorsichtig!« ermahnte der Tischler die anderen. »Den Löwentöter darf man nicht unterschätzen.«

Den Löwentöter? – Jason begriff nicht. Noch nie hatte er einen Löwen getötet, nur vor Phylake einen der hungrigen Wölfe, der sich durch Jasons Steinwürfe und Nikos Gebell nicht verscheuchen ließ. Aber Löwentöter?

Alopex verschwand und kehrte mit einem Bündel von Lederriemen zurück. Jason wurde derart verschnürt, daß er kaum noch einen Muskel bewegen konnte. Schmerzhaft schnitten die schmalen Riemen in sein Fleisch.

Die Männer waren noch nicht lange damit fertig, als ein Trupp Bewaffneter, an der Spitze der flinke Agis, auf den Hof stürmte. Ihm folgten vier einfache Krieger mit Speeren und Kurzschwertern und ein Lochage, der nur das gezogene Schwert führte. Die Handwerker, die trotz der Lederfesseln ängstlich auf Jason hockten und ihm die Luft zum Atmen nahmen, ließen erleichtert von ihm ab. Die eisernen Spitzen der Speere, die sich auf den hilflos Gefesselten richteten, waren kaum erfreulicher. Agis blickte ein wenig erschrocken auf Jason, fast entschuldigend.

»Du bist der Schweinehirte Jason von Eläos, der gestern in unsere Stadt gekommen ist?«, fragte der grobschlächtige, vollbärtige Lochage und sah Jason abschätzig an.

»Ja.« Er stöhnte.

»Dann bist du verhaftet nach den Gesetzen dieser Stadt, erlassen im großen Rat ihrer Bürger.«

»Verhaftet?« Jason bemühte sich, seiner Stimme einen festen Klang zu geben; angesichts seiner Lage wollte ihm das nicht so recht gelingen. »Aus welchem Grund?«

»Weil du des Mordes an einem freien Bürger beschuldigt wirst.«

»Ich habe keinen Bürger dieser Stadt ermordet«, verteidigte sich Jason und bekam im selben Augenblick ein schlechtes Gewissen, als er an Perses dachte, den Mann, dem er am Fluß sein Messer in den fetten Leib gerammt hatte. Aber das war Notwehr gewesen, und Perses hatte es nach Bias' Auskunft überlebt. War er inzwischen gestorben? Oder waren die Bewaffneten hier, um den Tod von Bias zu sühnen? Der aber war doch selbst geachtet und ausgestoßen von der Stadt!

»Das wird dir auch nicht angelastet, Eläer«, erwiderte der Lochage zu Jasons Überraschung. »Der Mann, den du getötet hast, war kein Bürger von Elis, sondern von Paros. Er kam als Athlet zu den Heiligen Spielen und stand unter dem Schutz der Ekecheiria, was dein Tun besonders verwerflich macht.«

»Ein Bürger von ... Paros?« wiederholte Jason stockend. »Wie heißt er?«

Der Lochage runzelte die niedrige Stirn unter dem in der Sonne blitzenden Helm, dessen Goldbezug wie der sich längs darüber erstreckende rote Federkamm seinen höheren Rang verkündeten. »Das mußt du doch am besten wissen, Eläer!«

»Ich weiß es nicht, weil ... ich unschuldig bin.«

»So jammern sie alle, wenn sie erwischt werden«, lachte der Lochage. »Das ist weder besonders ehrenhaft noch geistreich.«

»Aber ich bin wirklich unschuldig!«

»Wie alle anderen auch.«

Der Lochage steckte mit seinem abfälligen Lachen erst seine Untergebenen und dann auch die Handwerker an. Nur Agis blieb ernst.

»Nenn mir den Namen des Mannes, den ich ermordet haben soll!« schrie Jason das Gelächter nieder.

»Wenn du darauf bestehst«, seufzte der Lochage. »Dein Opfer ist der berühmte Athlet Koroibos, der Löwe von Paros.«

Jason schluckte. Plötzlich wußte er, weshalb sie ihn Löwentöter genannt hatten. Aber alles andere blieb unklar. Es mochte sein, daß er in den vergangenen Stunden einen Menschen getötet hatte, vielleicht sogar zwei, Bias und seinen Handlanger Perses. Aber nicht Koroibos, den er seit der Begegnung am See nicht mehr gesehen hatte!

»Koroibos ...« Jason murmelte den Namen fast beschwörend, wie einen Zauberspruch, als könne er den ungeschlachten Athleten mit seinem unförmigen, von zahlreichen Kämpfen verunstalteten Gesicht, in dem die Augen so sonderbar zusammenschwammen, herbeirufen und dadurch den schweren Vorwurf widerlegen.

»Ja, Koroibos«, nickte der Lochage. »Gib es ruhig zu!«

Jason starrte ihn empört an. »Ich gebe es nicht zu! Ich bin unschuldig!«

»Schluß jetzt!« Der Offizier hob drohend sein Schwert. »Steh auf und komm mit uns, Jason von Eläos!«

»Aufstehen?« Jason blickte an sich hinunter auf die Lederriemen, die Alopex eigentlich für die Herstellung von Sandalen zurechtgeschnitten hatte. »Wie?«

Der Lochage erkannte das Problem und wies die Handwerker an, Jasons Füße freizumachen und ihm beim Aufstehen zu helfen. Als der Schweinehirte schwankend auf die Füße kam, drehte sich der Hof mitsamt den Männern um ihn herum. Jason kämpfte dagegen an, indem er seinen Blick auf einen bestimmten Punkt fixierte, auf das sommersprossige Gesicht des Jungen. Er blickte unsicher und fühlte sich in der Rolle des Verräters ersichtlich nicht wohl. Nur kurz trafen sich ihre Blicke, dann trieben die Bewaffneten den Gefangenen vom Hof auf die Straße.

Alopex lief der Gruppe nach und schloß zu dem vorangehenden Lochagen auf. »He, was ist mit meiner Belohnung?«

Der Offizier zog die Brauen hoch. »Was für eine Belohnung?«

»Fünfhundert römische Denare!« kreischte der krummrückige Schuhmacher. »Das ist die Belohnung für die Ergreifung des Mörders.«

»Die Stadt Elis hat keine Belohnung ausgesetzt.«

»Nein, aber die Gesandtschaft von Paros!«

»Dann wende dich mit deiner Forderung an die Gesandtschaft von Paros«, beschied der Lochage kühl dem Handwerker.

Alopex blieb stehen und blickte der Gruppe aus aufgerissenen Augen nach, enttäuscht und wütend.

Der Marsch durch die vollen Straßen erregte weniger Aufmerksamkeit, als Jason erwartet hatte. Offenbar kam es bei der gegenwärtigen Anhäufung von Menschen so häufig zu Rechtsbrüchen, daß die Gefangennahme eines einzelnen Mannes kein besonderes Ereignis war.

Bis ein einäugiger Verkäufer von Olivenöl mit ausgestrecktem Finger auf Jason zeigte und rief. »Schaut, sie haben den Löwentöter gefangen!«

Von da an wurde der Marsch von den neugierigen

Blicken und den aufgeregten Rufen der Menge begleitet, durch die sich die Bewaffneten mit Mühe ihren Weg bahnten. Immer wieder hörte Jason den Ruf: »Seht doch, der Löwentöter!«

6
Der Pfeil des Apollon

Kreter sind immer Lügner, böse Tiere, faule Bäuche.
Epimenides

Das runde Verwaltungsgebäude mit dem Kerker bedeckte eine bewaldete Erhebung, die am Rand der Agora von Elis lag, aber das hatte Jason nur auf dem Weg hierher bemerkt. Der enge Kerkerraum, in den ihn die Bewaffneten gesteckt hatten, war fensterlos und wäre völlig dunkel gewesen, hätte die schwere Bohlentür nicht ein viereckiges, vergittertes Loch besessen, durch das etwas Licht vom Gang hereinfiel. Nicht ausreichend zum Erhellen der Zelle, nur dazu, Jason die beklemmende Finsternis bewußt zu machen.

Nach seinem Gefühl waren Stunden vergangen, als er Schritte hörte. Als die Zellentür geöffnet wurde, überflutete ihn, der sich ans Düstere gewöhnt hatte, ein blendender Lichtschwall. Der Lochage, der ihn verhaftet hatte, brachte ihn jetzt zum Verhör in einen großen Raum, der vom hellen Tageslicht erleuchtet wurde. Als Jason durch eine der Fensteröffnungen hinaus auf den noch nicht sehr hohen Stand der Sonne sah, wurde ihm bewußt, wie quälend langsam die Zeit im endlosen Einerlei des Kerkers verstrich. Nicht mehrere Stunden waren vergangen, sondern höchstens eine.

Der helle Raum war eher karg eingerichtet. Die Wände waren ohne jegliche Verzierung. Einziger Schmuck war die Stuckfigur des Apollon zwischen den beiden größten Fensteröffnungen. Mit gespanntem Bogen zielte der Zeussohn und Schutzherr der Wahrhaftigkeit in den Raum, als wollte er jeden mit dem Pfeil durchbohren, der sich gegen die Wahrheit verging.

Jason und seine Bewacher wurden von zwei Männern erwartet, die hinter einem großen Eichenholztisch saßen, der mit Schreibgerät und Papyrusrollen übersät war. Weitere Papyrusrollen steckten in Wandnischen, die bis zur Decke reichten. Die obersten waren nur über kleine Steintreppen zu erreichen, die in regelmäßigen Abständen an den Wänden angebracht waren.

Nur einer der Männer war seinem Aussehen nach ein Grieche, feingliedrig und weißhaarig, wiewohl noch gar nicht so alt, wenn man sein glattes Gesicht betrachtete. Der gefältete lange Chiton und das darüber drapierte Himation waren schlicht und gerade mit einigen durchlaufenden Goldfäden bestickt, die die Schlichtheit eher noch unterstrichen. Vor ihm stand ein großer Kasten aus dunklem Holz auf dem Tisch.

Der Mann, der neben ihm saß und eifrig damit beschäftigt war, die Wachsflächen aneinandergehefteter Schreibtafeln mit einem hölzernen Schaber zu glätten, war von sehr dunkler Haut und fremdländischem Gesichtsschnitt. Sein einfaches, schmuckloses Gewand, eine dunkle Tunika römischen Zuschnitts, verstärkte Jasons Vermutung, daß der Schreiber ein Sklave oder ein Freigelassener war, vielleicht syrischer oder ägyptischer Herkunft.

»Das ist der Demiurg Hyperides«, erklärte der Lochage mit einem Fingerzeig auf den Weißhaarigen. »Er leitet die Untersuchung und wird dich befragen, Jason, um die Berechtigung deiner Inhaftierung festzustellen.«

Er versetzte Jason einen starken Stoß ins Kreuz, der ihn in Richtung des Tisches stolpern ließ. Es hätte nicht viel gefehlt, und er wäre vor Hyperides auf die Knie gefallen.

Der Demiurg bedachte den Offizier mit einem mißbilligenden Blick. »Ich denke wohl, der Gefangene kann auch ohne deine Hilfe gehen, Kallikles.«

»Wie du meinst, Hyperides«, murrte der Angeredete, der die Zurechtweisung verstand.

»Ich danke dir für deine freundliche Zustimmung, Kallikles.« Das dünne Lächeln des Demiurgen machte ernstem Interesse Platz, als er sich dem Gefangenen zuwandte. »Nenn mir deinen Namen!«

»Jason von Eläos.«

Sobald Jason geantwortet hatte, kratzte der Schreiber mit einem Elfenbeingriffel über das Wachs der vordersten Tafel. Jason konnte nur vermuten, daß er die Antwort mitschrieb. Der Eläer hatte niemals die Schrift gelernt, die dieser Fremde offenbar mühelos beherrschte.

»Der Schweinehirte Jason von Eläos?« fragte Hyperides weiter.

»Ja, Herr. Wo du es erwähnst – kannst du mir nicht sagen, wo meine Schweine sind?«

Der Lochage blies einen Schwall schlechten Atems, ein dichtes Gemisch aus Fisch und Zwiebeln, in Jasons Gesicht. »Du hast hier keine Fragen zu stellen, sondern nur die Fragen zu beantworten, die man dir stellt!«

Der Demiurg seufzte: »Noch einmal, Kallikles, und diesmal etwas deutlicher: Sobald ich der Meinung bin, deine Unterstützung oder dein Eingreifen zu benötigen, lasse ich es dich wissen!«

Der Gescholtene kniff die Lippen zusammen, was den Vorteil hatte, daß er die penetrante Ausdünstung eines vor kurzem genossenen Zwiebelgarums bei sich behielt.

»Was deine Schweine angeht, Jason, so wurden sie vom Stadtrat gepfändet und auf dem Markt zum Verkauf gebracht«, teilte Hyperides mit.

»Warum?«

»Um die Kosten oder wenigstens einen Teil der Kosten des Gerichtsverfahrens und der möglicherweise gegen dich erhobenen Ersatzansprüche zu begleichen. So wollen es die Gesetze dieser Stadt. Sollten sich die gegen dich erhobenen Vorwürfe als unbegründet erweisen, wird der Erlös des Verkaufs dir übergeben werden – was ich allerdings nicht glaube.« Der Weißhaarige blickte auf und senkte seinen Blick tief in Jasons braune Augen. »Du weißt, welchen Vorwurf man dir macht?«

Jason schluckte und sagte stockend: »Ich soll ... Koroibos von Paros ... getötet haben.«

Der Demiurg nickte. »Und was sagst du dazu?«

»Was ich auch schon dem Lochagen gesagt habe: Ich bin unschuldig!«

»Kreter sind immer Lügner, böse Tiere, faule Bäuche«, lachte Kallikles. »Und Eläer anscheinend auch. Jedenfalls die Mörder unter ihnen.«

»Noch steht nicht fest, daß der Beschuldigte die Tat auch begangen hat«, sagte Hyperides mit einem mehr als unwilligen Blick auf den Offizier. »Um das zu klären, sind wir hier zusammengekommen.« Er wandte sich wieder Jason zu. »Wir wissen, daß du in der Nacht nicht in deiner Kammer warst, Eläer. Wo also bist du gewesen?«

»Ich wurde niedergeschlagen, bei der Schildkrötenbrücke.«

»Niedergeschlagen? Von wem?«

»Die Männer gehörten zu einem gewissen Bias.«

»Bias?« fragte der Lochage, laut und ungläubig. »Pah, wir wissen doch alle, daß er nicht mehr lebt oder unsere Stadt schon seit vielen Jahren verlassen hat. Sonst hätten wir ihn längst gefangen.«

»Vielleicht lebt er tatsächlich nicht mehr«, meinte Jason. »Aber dann erst seit dieser Nacht – seit er nämlich in den Flammen umgekommen ist, die das Haus der tausend Freuden gefressen haben.«

»Das Haus der tausend Freuden?« Hyperides beugte sich interessiert vor. »Was weißt du von dem Brand, Jason?«

»Ich habe ihn gelegt.«

Die wäßrigblauen Augen des Demiurgen verengten sich. »Bist du dir dessen sicher und der Tragweite deiner Worte bewußt?«

Jason nickte zögernd. »Ja.«

»Dann machst du dir selbst einen schweren Vorwurf, Jason von Eläos. Das Haus der tausend Freuden ist bis auf die Grundmauern niedergebrannt. Sein Eigentümer hat Anzeige gegen den unbekannten Brandstifter erstattet – also gegen dich!«

»Sein Eigentümer?« fragte Jason. »Also lebt Bias noch?«

»Nicht Bias ist sein Name, sondern Gorgias.«

»Nein, der Eigentümer ist der Eunuch Bias! Er hielt mich gefangen. Bei dem Versuch, mich zu befreien, steckte ich das Haus in Brand. Es ging nicht anders.«

Hyperides schüttelte mißbilligend den Kopf, aber diesmal galt die Mißbilligung nicht dem Offizier, sondern dem Gefangenen. »Du solltest meine Bereitschaft, dir unvoreingenommen gegenüberzutreten, nicht so mißbrauchen, Jason von Eläos. Jeder Elier weiß, daß Gorgias der Eigentümer des Hauses der tausend Freuden und einiger anderer – äh – Vergnügungsstätten ist. Er ist als Eigentümer eingetragen, und er zahlt die Steuern für die Gewerbe. Meinst du, das würde er tun, wenn ihm die Häuser nicht gehörten?«

»Ich weiß nicht ...«, stammelte Jason verwirrt.

Der Demiurg wandte sich an den Dunkelhäutigen. »Notiere bitte, daß der Beschuldigte seine offenkundigen Falschbehauptungen über den Eigentümer des Hauses der tausend Freuden nicht aufrechterhält.« Eifrig stanzte der Schreiber seine Zeichen in die Wachsbeschichtung der Holztafeln, während Hyperides zu Jason fortfuhr: »Der ehemalige Athlet und gesuchte Mörder Bias, von dem du sprichst, Jason, ist schon seit Jahren nicht mehr in Elis gesehen worden. Er ist hier verfemt, vogelfrei. Überleg dir also, was du in Zukunft zu deiner Verteidigung vorträgst. Lügen untergraben deine Glaubhaftigkeit.« Der Weißhaarige blickte die Bewaffneten an: »Führt den Zeugen Xenophanes herein!«

Einer der Wächter verließ den Raum und kehrte kurz darauf in Begleitung des hageren Alipten zurück. Die Lederhand hielt er unter dem grünen Himation verborgen. Als sich Jasons Blicke mit den seinen kreuzten, versuchte der Eläer, in den grauen Augen eine Antwort auf alles zu finden. Es gab keinen Grund dafür, aber irgendwie hatte Jason das Gefühl, daß Xenophanes Licht auf die düstere Anklage hätte werfen können. Doch das längliche Gesicht des Alipten blieb so unbewegt wie der Ausdruck seiner Augen.

»Du bist Xenophanes von Paros, der oberste Alipt der olympischen Gesandtschaft von Paros?« fragte Hyperides, und des Schreibers Hand mit dem Elfenbeingriffel schwebte über einer neuen, noch unbeschriebenen Tafel.

»Fast stimmt es«, antwortete der Mann mit dem schwarzgrauen Bart. »Zwar bin ich jetzt Bürger von Paros, doch ich heiße Xenophanes von Letoa, weil ich von dort stamme.«

»Von der kleinen Insel im Süden Kretas?« vergewisserte sich der Demiurg.

»So ist es.«

Jason wunderte sich. Er hatte ein recht genaues Ohr für Sprachen und Dialekte, und Xenophanes' Zunge klang in vielem dem Dialekt ähnlich, der in Jasons Heimat gesprochen wurde. Den lernte man bestimmt nicht im Süden der weit entfernten Insel Kreta!

Wie hatte der Lochage doch eben mit einem bekannten Sprichwort über Jason gesagt: »Kreter sind Lügner, böse Tiere, faule Bäuche.« Wenn es stimmte, traf es dann auf alle Kreter zu, auch auf Xenophanes? Obwohl er seinem Dialekt nach gar kein Kreter war, sondern eher ein Eläer oder zumindest jemand aus der Gegend von Epiros? Verwirrende Gedanken, denen Jasons pochender Kopf nicht weiter nachgehen wollte. Der junge Eläer fand es schon anstrengend genug, den Fragen und Ausführungen des Demiurgen zu folgen.

Von Hyperides aufgefordert, das Geschehen am See zu schildern, gab Xenophanes einen wahrheitsgetreuen Bericht, was Jason auf eine Frage des Demiurgen bestätigte.

Der Untersuchungsbeamte wandte sich wieder an den Alipten: »Schieden also Koroibos und Jason in Freundschaft voneinander oder wenigstens ausgesöhnt?«

Xenophanes schüttelte ein wenig traurig den Kopf, so daß seine schwarzgrauen Locken wehten. »Der Löwe von Paros war immer noch sehr erbost auf den Schweinehirten und warnte ihn davor, seinen Weg noch einmal zu kreuzen. Denn ein zweites Mal, so Koroibos, würde der Löwe seine Krallen nicht einziehen.«

Ein kurzer Blick des Demiurgen, und der Schreiber steckte die Griffelspitze wieder in das Wachs, um die Antwort des Alipten festzuhalten.

»So war das also«, sagte der Demiurg und warf einen finsteren Blick auf Jason. »Du kamst in die Stadt, bist Koroibos begegnet oder hast ihm in deinem Zorn gar aufgelauert, und dann hast du ihn getötet!«

»Das ist nicht wahr!« schrie der Eläer und wollte in verzweifelter Wut auf den Tisch zustürzen, hinter dem Hyperides saß. Aber ein kurzer Faustschlag in den Nacken, den Kallikles ohne Zögern ausführte, streckte ihn zu Boden. Wieder wollte der rasende Schmerz Jason übermannen, aber er wehrte sich dagegen und stammelte: »Ich habe ... Koroibos ... nicht wiedergetroffen!«

Der Demiurg nahm etwas aus dem großen Holzkasten und hielt es hoch. »Erkennst du das, Jason?«

Der Gefangene zog sich am Tisch nach oben und beugte sich vor, um den Gegenstand trotz des Schleiers zu erkennen, der seine Sicht versperren wollte. Der Fausthieb des Lochagen hatte seinen schlechten Zustand noch um einiges verschlimmert. Der Gegenstand in der Hand des Demiurgen war ein langes Messer mit eiserner Klinge und verwittertem Holzgriff, der mit Tierschnitzereien verziert war. Jason erkannte sie: es waren seine eigenen. »Das ist mein Messer!« sagte er überrascht.

»Du gibst es also endlich zu«, seufzte Hyperides.

»Was?«

»Der Mörder des Athleten Koroibos zu sein. Bei seiner Leiche wurde das Messer gefunden, genauer gesagt: in seiner Brust.«

»Das kann nicht sein! Ich habe auf einen anderen Mann mit dem Messer eingestochen, aber nur, um mich zu verteidigen. Er heißt Perses und arbeitet für Bias.«

Der Demiurg reckte seinen kleinen Kopf wie ein Raubvogel verdrossen vor. »Fängst du nun schon wieder mit Bias an?«

»Ich kann nur sagen, wie es wirklich war!«

Jason wußte, daß seine Verteidigung auf schwachen Füßen stand. In Hyperides' abweisender Miene las er, daß der Untersuchungsbeamte ihm nicht glaubte.

»Wie kommt es eigentlich, daß du dieses kostbare Gewand trägst?« fragte der Demiurg und zeigte auf den mit Gold- und Silberstickereien verzierten Wandvorhang, den Jason sich als behelfsmäßiges Himation umgelegt hatte.

Als Jason etwas hilflos die Wahrheit zu erklären versuchte, lachte der Lochage neben ihm laut auf. »Der Schweinehirte denkt sich immer neue Geschichten aus. Er weiß genau, daß das Haus der tausend Freuden abgebrannt ist und wir nicht mehr überprüfen können, ob sein Gewand aus diesem Haus stammt.«

»Eine richtige Überlegung«, sagte der Demiurg und fixierte wieder den Eläer. »Gehen wir einmal davon aus, daß dein Himation nicht aus dem Haus der tausend Freuden stammt, dann hättest du kaum das Geld für ein solch teures Gewand gehabt. Nach Aussage des Schusters Alopex hattest du kein Geld, als du in die Stadt kamst, und deine Schweine hast du in der kurzen Zeit auch nicht verkaufen können. Stimmt das, Jason?«

»Ja, das stimmt. Aber ich brauchte das Himation auch nicht zu kaufen, wie ich schon sagte, weil ...«

»Du versicherst also, kein Geld zu haben?« fuhr Hyperides fort.

»So ist es, Herr.«

»Und was ist das?« Hyperides zog noch etwas aus dem Holzkasten: einen Lederbeutel, verziert mit Goldstickerei und zwei winzigen Rubinen: das Bild eines Löwen mit funkelnden Augen.

Jason war zu überrascht, um ans Leugnen zu denken. »Das ist ... Koroibos' Börse.«

»Ah, du erkennst sie also«, stellte der Demiurg zufrieden fest und gab dem Schreiber ein Zeichen, seinen Griffel zu schwingen. »Das mußt du wohl auch, haben wir die Börse doch unter dem Stroh deiner Kammer gefunden.«

»Nein«, sagte Jason nur und wußte immer weniger, was er von der Sache halten sollte. Zopyra hatte die Börse doch mitgenommen!

Hatte sie das wirklich? Plötzlich erinnerte er sich daran, wie sie beim Anziehen umständlich auf dem Boden nach ihrer Kleidung gesucht hatte. Dabei hätte sie den Lederbeutel ohne weiteres unter dem Stroh verstecken können. Aber weshalb?

»Nun, Jason, hast du uns etwas zu sagen?« fragte der Weißhaarige.

Der Eläer nickte. »Nicht ich habe Koroibos die Börse gestohlen, Zopyra war es.« Und er erzählte von ihrem nächtlichen Besuch, verschwieg nur, daß sie sich ihm hingegeben hatte.

»Ich neige dazu, Kallikles zu glauben«, sagte der Demiurg mit offensichtlicher Mißbilligung. »Du bist einfallsreich und denkst dir immer etwas Neues aus, Jason, aber es ist dein Pech, daß es nicht so recht zueinander paßt. Warum hast du uns nicht eher von Zopyras angeblichem Besuch berichtet?«

»Weil ich sie nicht bloßstellen wollte. Leider hat sie die Stadt verlassen, sonst würde sie meine Aussage gewiß bestätigen.«

»Meinst du wirklich?« fragte der Demiurg mit skeptisch hochgezogenen Brauen und gab dann den Wächtern einen Wink.

Einer der Bewaffneten verließ den Raum und kehrte mit einer Frau zurück. Es war Zopyra. Die Hetäre trug den engen Peplos, der die Formvollendetheit ihres Körpers schon bei ihrer ersten Begegnung mit Jason unterstrichen hatte. Die kleinen Schritte, die sie darin nur machen konnte, unterstrichen noch ihre Weiblichkeit.

»Zopyra!« stieß Jason völlig verwirrt hervor. »Wie kommt es, daß du hier bist?«

»Wovon sprichst du?« erwiderte sie kalt.

Ihr stark überschminktes Gesicht war ausdruckslos, und der Blick ihrer Mandelaugen streifte Jason wie einen Fremden. Kein Zeichen der Unterstützung oder Zuneigung – ein vollendetes Desinteresse. Fast schien es dem Eläer, als sei die Frau, die ihn in der vergangenen Nacht in die Freuden der Liebe eingeweiht hatte, eine vollkommen andere gewesen.

Hyperides faßte Jasons Aussage über ihre nächtliche Begegnung für sie noch einmal zusammen und fragte: »War es so, wie der Eläer sagt?«

Sie sprach flüssig. »Nein – ich habe ihn nur einmal in meinem Leben getroffen, gestern mittag am See vor der Stadt. Ich habe unser Quartier im Haus des Bürgers Myron die ganze Nacht nicht verlassen, und das Haus dieses Schuhmachers kenne ich überhaupt nicht.«

Jason war zutiefst enttäuscht und verwirrter denn je.

Weshalb log Zopyra? Aus Angst vor Xenophanes und den anderen aus der parischen Gesandtschaft? Oder aus Angst vor dem Demiurgen?

»Was ist, Jason von Eläos?« drang die Stimme des Demiurgen wie durch einen dichten Nebel zu ihm. »Du bist auf einmal so schweigsam geworden. Siehst du ein, daß weiteres Leugnen sinnlos ist?«

Noch einmal suchte Jason Blickkontakt zu Zopyra in der Hoffnung, sie möge ihre Aussage berichtigen. Aber die Augen in dem schönen Gesicht der Hetäre sahen den Eläer so kalt an, als sei er eine leblose Statue. Er dachte einen Moment lang an das Bildnis des Apollon in seinem Rücken.

Hatte diese Frau sich ihm hingegeben, ihn angefleht, mit ihr zu gehen? War das alles eine Einbildung? Oder war es eine Lüge der Hetäre gewesen, Teil eines absurden Spiels, dessen Regeln Jason unbekannt waren und in dem er nichts anderes darstellte als eine Figur, die von den Spielern nach ihrem Belieben hin und her geschoben wurde?

Als Jason in dem Gesicht der Hetäre nur Kälte und Ablehnung fand, sagte er mutlos: »Es hat keinen Sinn, noch länger gegen die Vorwürfe anzureden.«

»Na, endlich!« freute sich der Demiurg. »Also bekennst du deine Schuld?«

»Nein, Herr. Aber ich habe nichts mehr zu den Vorwürfen zu sagen.«

»Dann muß festgehalten werden, daß das Ergebnis dieser Voruntersuchung zu deinen Ungunsten ausfällt, Jason von Eläos.« Das Kratzen des Griffels verriet, daß der Schreiber dies festhielt. »Du bleibst in Haft bis zur Hauptverhandlung vor dem Bürgerrat der Elier. Aber laß dir gesagt sein, daß der Tod dir sicher ist, wenn du dich dann nicht besser verteidigen kannst als heute!«

Die Wachen packten den Gefangenen und führten ihn

aus dem Raum, vorbei an Xenophanes und Zopyra. Jasons letzter Blick, bevor er den Raum verließ, fiel auf die Statue zwischen den Fenstern. Er fühlte sich, als hätte der Pfeil des Apollon sein Herz durchbohrt.

7
Das Angebot

Der Genuß starken Weins beseitigt den Hunger.
Hippokrates

Nach einiger Zeit im Kerker wußte Jason nur noch, daß Tage vergangen sein mußten, aber er kannte nicht deren Zahl. Das Licht der Öllampen auf dem Gang, das durch die kleine Öffnung in der Tür seine Zelle erleuchtete, erlaubte genausowenig eine Unterscheidung zwischen Tag und Nacht wie die armseligen Mahlzeiten, die ihm die maulfaulen Wärter in unregelmäßigen Abständen in die Zelle stellten. Eine kleine Schale mit Gerstenbrei oder Garum, ein Stück trockenes Gerstenbrot, vielleicht einmal eine halb verschimmelte Käseecke. Dazu abgestandenes Wasser. Selbst in den schlechtesten Tagen seiner langen Wanderung von den Bergen im Norden zur Peloponnes hatte Jason mehr und besser zu essen gehabt.

Wenn er schlief, weil es seiner Meinung nach Nacht war – meist überkam ihn einfach die Müdigkeit –, träumte er manchmal von der Wanderung, von seiner Herde und von Niko, der fröhlich um die Füße seines Herrn sprang, unermüdet und auf ein kleines Spiel hoffend. Auch in den mühsamsten Tagen der Wanderung hatte Niko ihm zur Seite gestanden. Und jetzt schien es so, als sei alles vergeblich gewesen: der lange, gefahrvolle Weg und Nikos grausamer Tod.

Jason war zwar bis nach Elis gekommen, seinem Ziel, aber über Aelians Schicksal hatte er nichts in Erfahrung gebracht. Und er würde darüber auch nichts in Erfahrung bringen, wie es aussah. Der Bürgerrat der Elier würde ihn zum Tode verurteilen, und einer der mundfaulen Wärter würde ihm den Schierlingsbecher bringen – oder welche Todesart sie hier in Elis als Strafe für Mord bevorzugten.

Er hatte sich niemals darüber Gedanken gemacht, wie er, einmal in Elis angekommen, vorgehen wollte. Überhaupt dorthin zu gelangen, war ihm bei der Weite des Weges als die bei weitem größte Schwierigkeit erschienen. Wenn er erst mal in der Stadt am Peneios war, so Jasons Überlegung vor seinem Aufbruch, würde sich schon alles finden. Wenn Aelian wirklich ein so guter Athlet gewesen war, wie es Jasons Mutter und vor allem Lysias immer wieder behauptet hatten, mußten die Menschen hier doch von ihm gehört haben!

Wieder und wieder kreisten Jasons Gedanken um diesen Hauptpunkt seiner Reise. Sein naher Tod, der ihm so gut wie sicher erschien, beunruhigte ihn weniger als der Umstand, daß er das Geheimnis, das Aelian umgab, wohl niemals würde lüften können. Dabei hatte er geschworen, das zu tun, als er am Grab seiner Mutter stand. Auch wenn dieser Schwur mehr sich selbst gegolten hatte als der Mutter, die schließlich nichts mehr von seiner Erfüllung hatte.

Er hatte viel Zeit zum Nachdenken in dieser endlosen, eintönigen Dunkelheit, und trotzdem fiel es ihm schwer. Sein Kopf pochte wild und stach. Das alles behinderte sein Denken, und viele Stunden dämmerte er stumpf vor sich hin. Dann schrak er auf und kam wieder ins Grübeln. Denn eines war klar: Die gegen ihn erhobenen Vorwürfe standen auf tönernen Füßen. Das Problem war nur, sie zu widerlegen. Denn seine Verteidigung stand bisher auf gar keinen Füßen. Sein eigenes Vorbringen zählte nicht, denn alles, was er sagte, wurde durch den Augenschein oder die Zeugenaussagen widerlegt. Falls Zopyra bei ihrer Lüge blieb, würde es im Hauptprozeß nicht anders sein.

Ein kurzer Hoffnungsschimmer erhellte Jasons finstere Gedanken, als er an eine Bemerkung dachte, die Zopyra bei ihrem Besuch im Haus des Schusters gemacht hatte. Es ging um die Öllampe, die sie bei sich gehabt und die ihr Agis gegeben hatte. Also mußte der Sohn des Schuhmachers bezeugen können, daß die Hetäre bei Jason gewesen war! Sogleich fiel ihm jedoch ein, daß Agis die Stadtwachen geholt hatte und daß Alopex auf die fünfhundert Denare Belohnung versessen war. Der Schuster würde seinem Sohn kaum gestatten, die Wahrheit zu sagen. Und wenn – würde das Gericht einem Halbwüchsigen glauben?

Selbst dann blieb aber noch die Sache mit dem Messer. Es war unnütz, aber Jason konnte nicht aufhören, sich darüber den Kopf zu zermartern: Er konnte sich nicht erklären, wie es in den Körper des toten Athleten gekommen war. In nicht weniger mysteriösem Licht erschien die Sache mit Bias, von dem er nicht wußte, ob er in den Flammen umgekommen war. Hyperides und Kallikles zufolge gehörte dem fetten Eunuchen das abgebrannte Haus gar nicht. Jasons Erlebnis in der Nacht schien aber das Gegenteil zu bezeugen. Hatte der verstümmelte Herr der tausend Freuden seine Existenz so vollkommen zu verdunkeln gewußt, daß der Demiurg und der Lochage nichts von ihr wußten? Oder hatte Bias gegen sie etwas in der Hand, wie es nach Agis' Worten bei vielen hochstehenden Einwohnern von Elis der Fall war?

Irgendwann hörte Jason endgültig auf, über diese Dinge nachzusinnen. Es brachte ihm nichts weiter ein als neue Kopfschmerzen. Er fühlte sich schwach und müde und döste vor sich hin, ganz in sein Schicksal ergeben. Er träumte von dem bevorstehenden Prozeß und von der Voruntersuchung durch den Demiurgen Hyperides. So wirklichkeitsnah, daß er sogar das Kratzen hörte, wenn der Elfenbeingriffel des dunkelhäutigen Schreibers das Wachs auf der Holztafel zerteilte.

Bis er aus dem Dämmerschlaf schreckte – aber das Kratzen hörte nicht auf. Er hielt den Atem an und lauschte. Das

Geräusch kam nicht aus Jasons Träumen, sondern aus seiner Zelle.

Es war ganz nah bei ihm, wie die kleinen Punkte, die ihn aus der Finsternis anstarrten – Augen! Er fühlte sich an die Rubinaugen der Löwen erinnert, die Stiefel und Geldbörse des Athleten Koroibos verziert hatten.

Dann erkannte er sie: Ratten! Hungrige Ratten, die unruhig um ihn herumstrichen. Vielleicht wurden sie von den Essensresten angelockt. Oder von dem Gefangenen selbst, der schon den Geruch des Todes verströmte? Jedenfalls schienen die dunkelbehaarten Nager es auf ihn abgesehen zu haben. Mehrmals mußte Jason sie mit Stößen und Tritten verscheuchen, um zu verhindern, daß sie ihre Zähne in sein Fleisch schlugen. Er lehnte sich mit dem Rücken an die kalte Steinwand, zog die Beine an, beobachtete die glimmenden Augen und wagte lange Zeit nicht mehr zu schlafen.

Aber später überkam ihn Erschöpfung, und die Ratten verloren ihre Bedeutung. Warum sollte er sie fürchten, wenn er auf jeden Fall sterben mußte? Also legte er sich auf den Boden und schloß die Augen.

Ein stechender Schmerz in seiner Seite weckte Jason. Fraßen sich die Ratten schon in seinen Leib?

»Steh endlich auf, Kerl!«

Die rauhe, barsche Stimme kam Jason bekannt vor. Obwohl das Licht, das durch die offene Tür in die Zelle drang, nur schwach war, blendete es die Augen des Gefangenen. Er blinzelte in ein breites, vollbärtiges Gesicht. Es war Kallikles. Hoch stand er über ihm und blickte verächtlich auf ihn herab. Neben ihm lehnten zwei Bewaffnete. Der eine hatte das stumpfe Ende seines Speerschafts in Jasons Seite gestoßen, um ihn aufzuwecken.

»Mach schon, Schweinehirt!« brummte der Lochage.

»Sonst wird mir noch übel von diesem stinkenden Loch!«

»Wozu die Eile?« krächzte Jason mit einer Stimme, die nicht mehr ans Sprechen gewöhnt war. »Wartet der Bürgerrat auf mich – oder schon der Henker?«

»Hyperides will dich sprechen.«

»Warum?«

»Das wirst du schon sehen.«

Das helle Tageslicht, das von den weißen Wänden des Verwaltungsgebäudes reflektiert wurde, tat seinen Augen weh. Über eine breite Treppe, die er zuvor nicht wahrgenommen hatte, verließen sie den unterirdischen Kerker. In dem bekannten Raum mit den Wänden voller Schriftrollen traf Jason nicht nur auf den Demiurgen Hyperides und den dunkelhäutigen Schreiber, sondern auch auf den Alipten Xenophanes.

Zu Jasons großer Überraschung lächelten ihn Hyperides und Xenophanes freundlich an. Nur der Schreiber gab sich teilnahmslos und war damit beschäftigt, mehrere Schreibtafeln zwischen zwei Bronzedeckel zu binden. Kallikles' Miene dagegen war gewohnt abweisend; offenbar hielt der Lochage nichts von dem, was sich hier ereignete.

»Wie geht es dir, Jason von Eläos?« fragte Hyperides so unbefangen, als begrüße er einen alten Freund zum Abendessen.

Der Eläer konnte nicht anders, er lachte heiser, wollte gar nicht mehr aufhören. Die eben noch freundlichen Blicke des Demiurgen und des Alipten wichen einem befremdet-sorgenvollen Ausdruck.

»Wie soll es mir gehen, der tage- und nächtelang im finsteren Kerker auf seine Hinrichtung gewartet hat?« gab Jason an, als er sich wieder gefangen hatte. »Ich war allein mit meinen Gedanken und hatte keine andere Gesellschaft als die Ratten, die bereits an mir nagten.«

Hyperides setzte eine betrübte Miene auf und nickte schwer. »Ich sehe ein, daß man dir großes Unrecht angetan hat, Eläer. Wir müssen uns bei dir entschuldigen. Aber vielleicht tröstet es dich ein wenig, daß du ab sofort auf freiem Fuß bist.«

Schwindel packte Jason, und der Raum begann sich zu drehen. Er wäre vielleicht gestürzt, wenn ihn nicht die Hand des Alipten gestützt hätte; die gesunde Hand, nicht das lederne Ding.

»Frei?« Jason begriff nicht. »Wieso denn? Ich denke, ihr alle haltet mich für einen Mörder! Ihr habt doch die angeblichen Beweise: mein Messer und die Börse.«

Der Demiurg wirkte zerknirscht: »Es hat sich als Irrtum herausgestellt.«

Jason schüttelte ungläubig den Kopf. »Wer hat sich geirrt?«

»Sagen wir, es war eine Irreführung des Gerichts«, brummte Hyperides. »Schuld hat diese Hetäre.«

»Zopyra?« fragte Jason.

»Ja, Zopyra. Sie hat eingestanden, Koroibos' Geld gestohlen zu haben. Dann ließ sie es in deiner Kammer, weil sie plötzlich Angst bekam und nicht als Diebin dastehen wollte. Sie kehrte in das Quartier der parischen Gesandtschaft in der Hoffnung zurück, niemand habe etwas bemerkt. Sie hat bei der Voruntersuchung vor drei Tagen deiner Aussage aus Angst vor Strafe widersprochen. Aber inzwischen hat sie ihre Tat bereut. Xenophanes von Letoa kam heute her, um die Wahrheit klarzustellen. Du kannst dich bei ihm dafür bedanken, Jason.«

Der Schweinehirte schenkte dem Alipten nur ein flüchtiges Nicken. Er war noch zu verwirrt von der überraschenden Entwicklung der Dinge. Als Kallikles ihn aus der Zelle holte, hatte er mit dem Verlust seines Lebens gerechnet, statt dessen sollte er die Freiheit erhalten! Das schien ihm so unglaublich, daß er mißtrauisch war und befürchtete, dies sei eine neue Falle.

Jason wandte sich wieder an Hyperides. »Wenn der

Diebstahl der Geldbörse geklärt ist, was ist dann mit meinem Messer? Wieso wurde Koroibos mit meiner Klinge getötet?«

Der Demiurg antwortete mit einer Gegenfrage: »Sagtest du nicht, du hättest einen Attentäter in der Nacht mit deinem Messer abgewehrt, Jason?«

»Das sagte ich, und so war es.«

»Dann ist das die Erklärung, wie das Messer in die Hände des Mörders gekommen ist. Du hast zugegeben, das Haus der tausend Freuden angesteckt zu haben. Niemand bezichtigt sich leichtfertig als Brandstifter. Die geänderte Aussage der Hetäre Zopyra wirft ein neues Licht auf den Fall. Nun glaube ich dir, daß du am Fluß überfallen wurdest und dabei dein Messer verloren hast.«

»Und Bias?« hakte der Eläer nach.

»Bias«, murmelte der Untersuchungsbeamte, und sein eben noch freundliches Gesicht wurde abweisend. »Das mußt du dir wohl eingebildet haben, mein Freund. Vielleicht war es ein Fiebertraum, ausgelöst durch die erlittenen Mißhandlungen. Oder jemand hat sich einen üblen Streich mit dir erlaubt. Ja, möglicherweise hat sich der wahre Übeltäter als Bias ausgegeben, um den Verdacht von sich abzulenken.«

»So wird es wohl gewesen sein«, sagte ganz überraschend Xenophanes und starrte Jason mit durchdringendem Blick an, als wolle er den Eläer beschwören, Hyperides nicht zu widersprechen.

»Vielleicht«, stimmte Jason zögernd zu, ohne es wirklich zu glauben. Doch es schien ihm das beste, sich der allgemeinen Verleugnung des Eunuchen anzuschließen, um seine wiedergewonnene Freiheit nicht zu gefährden. Es war offensichtlich, daß dem Demiurgen die Vorstellung nicht behagte, der Herr der tausend Freuden herrsche über die Dunkle Stadt. Die Gründe kannte Jason nicht, aber im Augenblick waren sie belanglos.

Hyperides lehnte sich entspannt zurück und lächelte wieder. »Dann wäre ja alles geklärt.«

»Nicht alles«, widersprach Jason. »Das Geld für den Verkauf meiner Schweine. Ich sollte es erhalten, wenn meine Unschuld geklärt ist.«

»Gorgias, dessen Freudenhaus du abgebrannt hast, hat Ersatzansprüche gegen dich gestellt, Jason. Ein Teil davon wird mit dem Betrag beglichen, den der Verkauf der Schweine eingebracht hat, ein *kleiner* Teil. Der Restbetrag wäre groß genug, um dich zu seiner Sicherung in Verwahrung zu behalten. Aber du hast Glück, die Insel Paros hat sich für die Summe verbürgt.«

Schon wieder Neuigkeiten! In den wenigen Tagen, die Jason in Elis verbrachte, schien das Schicksal ihm mehr Überraschungen bieten zu wollen als in seinem ganzen bisherigen Leben.

»Wem immer das Haus der tausend Freuden gehört, er kann keine Ersatzansprüche gegen mich haben. Ich wurde dort gefangengehalten und mußte das Feuer legen, um mich zu befreien.«

»Gorgias hat etwas anderes ausgesagt. Männer, die für ihn arbeiten, fanden dich bewußtlos in der Dunklen Stadt und brachten dich ins Haus der tausend Freuden. Du hast in deinen Träumen wild phantasiert. Wahrscheinlich hast du das Feuer im Fieberwahn gelegt.«

Wieder empfing Jason den durchdringenden Blick des Alipten, der so eindeutig war wie ein gesprochenes Wort und den Eläer beschwor, sich dem Demiurgen auf keinen Fall zu widersetzen. Einen Augenblick lang hielt Jason dem Blick stand, dann fügte er sich. Die Kerkerhaft hatte zu sehr an seinen Kräften gezerrt. Er fühlte sich nicht in der Lage noch willens, länger hier zu stehen und mit Hyperides zu diskutieren.

Eine letzte Frage brachte der Eläer noch vor: »Weshalb bürgt die Insel Paros für mich?«

Der Demiurg lächelte unverbindlich. »Das fragst du am besten Xenophanes.«

»Begleite mich nach draußen, Jason von Eläos«, sagte der Alipt. »Ich werde dir alles bei einem guten Essen erklären. Ich nehme an, du hast ein wenig Hunger?«

»Ein wenig?« Jason grinste. »Das ist ein wenig untertrieben.«

Schweigend verließ Jason mit Xenophanes das Verwaltungsgebäude. Als sie die von Pinien und Zypressen gesäumten Stufen hinabstiegen, die von dem ruhigen Tholos hinunter zur lärmenden Agora von Elis führten, sog Jason die frische Luft in tiefen Zügen in sich ein. Das war die Luft, die er kannte und brauchte, anders als die Verwesungsatmosphäre des Kerkers. Seine Betäubung fiel von ihm ab. Von außen sah das helle Verwaltungsgebäude, das in malerischer Erhabenheit über die Stadt blickte, bei weitem nicht so bedrohlich aus, wie sich zumindest sein unterirdischer Teil erwiesen hatte.

Unten erwartete Jason eine weitere Überraschung: das strahlende, von blonden Locken umrahmte Gesicht von Amykos. Sein Strahlen wirkte offen und ehrlich, anders als das verhaltene Lächeln im bärtigen Gesicht des Alipten, dem etwas Berechnendes anhaftete. Der Jüngling aus Paros hielt drei edle Pferde an den Zügeln, Reittiere, für die Arbeit auf dem Feld oder zum Ziehen von Wagen viel zu schade.

»Myron hat uns seine schnellsten Pferde geliehen, damit wir dich rasch aus dem Kerker holen konnten«, lächelte der Blonde und legte sanft eine zierliche Hand auf Jasons Schulter. »Ich freue mich, daß wir uns wiedersehen, Jason. Es tut mir nur leid, daß es unter so unschönen Umständen geschieht.« Plötzlich rümpfte Amykos die Nase und zog die Stirn kraus. »Verzeih, Eläer, aber du riechst so schrecklich, wie du aussiehst. Die Kerkermeister von Elis scheinen es nicht gut mit den ihnen Anvertrauten zu meinen.«

»Amykos hat recht«, bemerkte Xenophanes, und es klang fast ein wenig entschuldigend. »Du könntest wirklich ein heißes Bad vertragen, Jason. Hättest du etwas dagegen, vor dem Essen ein Badehaus aufzusuchen?«

»Grundsätzlich nicht. Aber ich habe kein Geld, nicht mal genug, um das Waschen meiner Füße zu bezahlen, geschweige denn den Rest.«

»Betrachte dich als eingeladen«, erwiderte der Alipt. »Schließlich sind wir Männer von Paros an deiner Zwangslage nicht ganz unschuldig.«

Sie durchschritten die mit Menschen vollgestopfte Agora, verfolgt von den Anpreisungen der Händler und den Darbietungen der Rhapsoden und Aöden.

Amykos deutete auf einen Leinenbeutel, der auf den Rücken eines Pferdes geschnallt war. »Deine Sachen, Jason. Wir haben sie aus Alopex' Haus geholt, ehe der Schuster sie veräußern konnte. Wir mußten sie ihm doch tatsächlich bezahlen, obwohl sie ihm gar nicht gehören!«

»Hat er auch die Belohnung bekommen?«

»Nein«, antwortete Xenophanes. »Denn du bist ja nicht der Mörder. Alopex vertritt zwar den Standpunkt, die Belohnung sei konkret für deine Ergreifung ausgesetzt gewesen und nicht allgemein für die von Koroibos' Mörder, aber damit wird er bei Hyperides nicht durchkommen.«

Die Bestimmtheit, mit der Xenophanes das sagte, ließ Jason vermuten, daß die Männer aus Paros diesen Punkt bereits mit dem Demiurgen geregelt hatten. Zwischen Xenophanes und Hyperides hatte heute ein irritierendes Einverständnis geherrscht. Hatten sich die Männer von Paros vielleicht die Methoden des ominösen Bias zu eigen gemacht und den Demiurgen mit Mitteln beeinflußt, die außerhalb der Gesetze lagen? Die unbürokratische Raschheit, mit der Jason auf freien Fuß gesetzt worden war, ließ ein solches Vorgehen zumindest möglich erscheinen. Er unterdrückte den Drang, Xenophanes direkt danach zu fragen, um seine frisch gewonnene Freiheit nicht zu gefährden. Im Augenblick konnte er sich kaum etwas Abscheulicheres vorstellen, als in den Kerker zurückzukehren – zu den Ratten.

Die drei Männer fanden am Rand des großen Marktplatzes ein gut besuchtes Badehaus.

Xenophanes blieb vor dem Eingang stehen. »Amykos wird dir helfen, Jason. Ich besorge dir derweil auf dem Markt neue Kleider. Dein Himation macht zwar einen ziemlich ausgefallenen Eindruck, doch der Schmutz, der es besudelt, paßt nicht ganz dazu.«

Amykos drückte dem Bademeister einen Sesterz in die Hand, wofür der spitzbärtige Mann ihnen eine der hölzernen Wannen zuwies, aus der sich gerade ein speckbäuchiger Mann erhob.

»Soll sich mein Freund in dem schmutzigen Wasser baden?« fuhr Amykos mit einer für ihn ungewohnten Strenge den Bademeister an.

»Frisches Wasser kostet die doppelte Badegebühr«, erwiderte der Spitzbart ungerührt. »Dann sind allerdings alle Öle im Preis inbegriffen.« Er wies auf ein hölzernes Bord, auf dem eine Unzahl von Ölgefäßen stand.

»Sag das doch gleich, Mann aus Elis«, seufzte Amykos, griff erneut in seinen kleinen Lederbeutel und verdoppelte den Betrag.

Die vom vielen Wasser verschrumpelte Hand des Bademeisters ließ die Messingmünze mit dem Abbild eines hochstehenden, Jason gänzlich unbekannten Römers in einem großen Lederbeutel verschwinden. »Ich bin kein Elier, mein Freund, in bin ein Metöke aus Boiotien.«

»Soll mir auch recht sein«, grinste Amykos und begann mit Jason die dichten Wasserdampfschwaden zu durchpflügen, die den Raum einnebelten.

Auf ein lautes Händeklatschen des Metöken eilten zwei

dunkelhäutige Halbwüchsige herbei, hoben die Wanne an und ließen das verschmutzte Wasser in eine Rinne laufen, die zwischen den Steinplatten des Bodens zu dem von einem Gitterrost bedeckten Abfluß führte. Die dunkelhäutigen Sklaven schleppten große Amphoren mit heißem Wasser heran, das sich in Sturzbächen in die Wanne ergoß. Das Wasser wurde in einem riesigen Bronzekessel über einem Holzkohlefeuer erhitzt.

Als Jason sich in der Wanne niederließ, glaubte er im ersten Augenblick zu verbrennen. Zu Hause hatte er nur in dem Fluß gebadet, an dem sein Dorf lag, niemals heiß in einem Badehaus. Gerade hatte er sich einigermaßen daran gewöhnt, als sich ein Schwall dampfenden Wassers über seinen Kopf ergoß und ihm für einige Augenblicke die Luft zum Atmen raubte.

»Das mußte sein«, grinste Amykos, der die letzte Amphore über Jason ausgeleert hatte. »Im Kerker haben sich bestimmt eine Menge Flöhe und Läuse bei dir eingenistet.« Er wies auf Jasons langes Haar, das vorher in sanften Wellen auf seine Schultern gefallen war, jetzt aber platt am Kopf klebte. »Nun dürften sie alle tot sein.«

»Ja«, grunzte der Eläer. »Elendig verbrannt wie ich selbst!«

Amykos lachte laut, aber es klang nicht aufdringlich. »Für einen Schweinehirten aus den nördlichen Bergen bist du wirklich schlagfertig.«

»So was Ähnliches hat meine Mutter auch immer gesagt, wenn ich ihr frech kam. Sie war dann allerdings auch sehr schlagfertig, auf ihre Art.«

Amykos lachte erneut und nahm den großen Bronzeschaber auf, der neben einem Schwamm auf dem flachen Holzbänkchen lag, das als Hilfe zum Ein- und Aussteigen für den Badenden gedacht war. Mit energischen Bewegungen schabte er den Schmutz herunter. Aber er ging dabei mit einer Vorsicht und Einfühlsamkeit zu Werke, die

Jason, wie schon bei ihrer ersten Begegnung, an die Hand seiner Mutter denken ließen. Amykos nahm jetzt den Schwamm und wusch Jason mit fast liebevoller Zärtlichkeit noch einmal ab.

Als Jason aus der Wanne stieg und nach dem weichen Tuch griff, das einer der Sklaven bereitgelegt hatte, ging Amykos zu der Wand mit dem großen Bord und kehrte mit einem bronzenen Lekythos zurück. Nachdem der Eläer sich abgetrocknet hatte, goß Amykos etwas von der stark duftenden Essenz aus dem Lekythos in seine Handflächen und begann, Jason am ganzen Körper mit dem Öl einzureiben. Dem Hirten war es ein wenig peinlich, wie der andere ihn umsorgte, aber für Amykos schien es vollkommen natürlich zu sein. Also schob Jason seine Bedenken beiseite und genoß die zärtlichen Hände und den ihm unbekannten Duft.

Als Amykos das Ölgefäß zurückgestellt hatte, trat auch schon Xenophanes ein, Kleider über dem Arm und ein Paar Sandalen in der Hand. Eine kluge Entscheidung, fand Jason, denn das Laufen ohne Schuhe war vielleicht auf dem Land angemessen, aber nicht in der Stadt mit ihren scharfkantigen Steinen und Haufen von Unrat. Die Kleider bestanden aus einem kurzen blauen Chiton und einer roten Chlamys, beides schlicht, aber nicht schmucklos. Am auffälligsten war die vergoldete Spange, mit der die Chlamys über der rechten Schulter zusammengehalten wurde; eine in sie eingeritzte Miniatur zeigte eine Eule, die auf einem Ast saß. Jason schloß daraus, daß Xenophanes die Kleidung bei einem Händler aus Athen gekauft hatte; denn er wußte, daß die Eule das Symboltier der Göttin Athene war, der Schutzgöttin Athens.

Vor dem Badehaus banden sie die Pferde los und führten sie zu einem der vielen einfachen Gasthäuser, die die Gassen säumten. Jetzt, um die Mittagszeit, war es gut besucht. Sie hatten Glück und ergatterten den letzten freien Tisch, in einer dunklen, etwas stilleren Ecke des von Stimmen und Küchengerüchen erfüllten Schankraums. Der schmerbäuchige Wirt kam und fragte nach ihren Wünschen.

»Was kannst du empfehlen?« erwiderte der Alipt.

»Ich bin bekannt für mein Garum, Herr.«

Jason brauchte gar nichts zu sagen, schon sein Blick genügte, um Xenophanes bemerken zu lassen: »Ich glaube, mein junger Freund wurde in letzter Zeit überreichlich mit Garum verwöhnt.«

»Auch meine anderen Fischgerichte sind sehr gut.«

»Kein Fleisch?« fragte der Alipt.

»Doch, Herr. Aber Fleisch ist teuer, in diesen Tagen besonders.«

Der Blick des Alipten verdüsterte sich. »Betrachte uns genau, Wirt, und dann sag, ob wir wie Männer aussehen, die sich kein anständiges Essen leisten können!«

»Oh, ihr seht natürlich wie vornehme und wohlhabende Herren aus«, erwiderte der Wirt schnell. »Ich habe frisches Schweinefleisch hereinbekommen.«

Das erinnerte Jason an seine verlorene Herde: seine Miene war entsprechend.

»Schweinefleisch ist wohl nicht ganz das Richtige«, sagte Xenophanes. »Hast du Wild?«

»Frisches Reh, Herr, heute erst erlegt. Aber das ist freilich sehr selten und ...«

»Und wird nicht umsonst zu haben sein, ich weiß!«, fuhr Xenophanes dem Wirt in die Rede. »Trag es auf und zwar schnell! Und dazu Wein, aber einen guten süßen, nicht so ein Zeug wie der traurige attische Fusel!«

Erfreut über so zahlungswillige Kundschaft trollte sich der Wirt und kehrte kurz darauf mit einem halbwüchsigen Mädchen zurück, um die Getränke aufzutragen. Xenophanes kostete den Wein zunächst, bevor er sich mit ihm einverstanden erklärte. Nach den Anweisungen des Alipten schüttete Amykos einen Teil des Inhalts aus der Wein- und aus der Wasserkaraffe in den tönernden Krater und mischte beides gut durch, bevor er die Schöpfkelle nahm und die schmucklosen Bronzebecher füllte.

Xenophanes hob seinen Becher und sagte: »Trinken wir auf unseren neuen Freund, Jason von Eläos!«

Die Bezeichnung als Freund kam für den Eläer etwas überraschend, aber er wagte nicht, dem Alipten zu widersprechen. Als die beiden anderen Männer ihre Becher auf einen Zug leerten, tat Jason es ihnen nach. Der Wein war tatsächlich sehr süß, schmeckte aber nicht aufdringlich. Jason hatte noch nie so guten Wein genossen. Und obwohl er mit Wasser vermischt war, stieg er Jason schnell zu Kopf, was der Eläer seinem mitgenommenen Zustand zuschrieb.

»Ah«, machte Xenophanes zufrieden, leckte sich die Lippen und stellte den Becher auf das grobe Holz des Tisches. »Schenk nach, Amykos, wir haben wahrhaft Grund zum Feiern!«

»Was feiern wir?« fragte Jason schnell, bevor der hagere Alipt einen neuen Trinkspruch ausbringen konnte.

»Dich, Jason. Deine wiedergewonnene Freiheit und – hoffentlich – die Tatsache, daß du die Insel Paros bei den Olympischen Spielen vertreten wirst.«

Jason starrte ihn mit offenem Mund an. »Daß ich ... was?«

Xenophanes wiederholte seinen letzten Halbsatz und fuhr fort: »Koroibos' Tod ist schmerzlich. Nicht nur, weil ein Mensch ermordet wurde. Auch, weil er der stärkste Kämpfer war, den Paros aufzubieten hatte. Die Bürger von Paros rechnen fest mit mehr als einem Ölbaumkranz. Jetzt ruhen ihre Hoffnungen auf dir, Jason.«

Der Schweinehirte schüttelte ungläubig den Kopf. »Aber ich bin kein Athlet! Und ... ich bin noch nie auf Paros gewesen.«

»Dieser Lysias, von dem du erzähltest, hat deine natürlichen Anlagen auf hervorragende Weise gefördert, Jason. Ich konnte es sehen, als du gegen Koroibos gekämpft hast. Bis zu den Spielen haben wir noch sechs Wochen, in denen ich deine Fähigkeiten weiter ausbauen kann. Mein Ruf als Alipt ist nicht der schlechteste.«

»Bestimmt nicht, sondern der beste!« Amykos lachte auf und nahm einen tiefen Schluck Wein, was eine neue Trinkrunde einläutete.

Je stärker ihm süß verlangend der Wein zu Kopfe stieg, desto mehr freundete Jason sich mit dem Gedanken an: Als Athlet bei den Olympischen Spielen konnte er vielleicht Dinge über Aelian erfahren, die ihm sonst verborgen blieben. Jedoch blieb das Problem, daß er Paros nur dem Namen nach kannte. Daran erinnerte er seine Tischgenossen.

»Auch das läßt sich lösen«, meinte Xenophanes. »Kreugas, der Führer unserer Gesandtschaft, nimmt eine hohe Position im Rat von Paros ein. Er hat das Recht, Fremden die Bürgerschaft zu verleihen.« Der Alipt senkte seine Stimme und sah Jason verschwörerisch an. »Außerdem mußt du niemandem auf die Nase binden, daß dir die Ägäis so fremd ist wie Persien oder Rom.«

»Dann ist es also eigentlich nicht erlaubt, als Fremder für eine Gesandtschaft bei den Spielen anzutreten?«

»Erlaubt?« Xenophanes zuckte mit den Schultern. »Was heißt das schon! Ein erfolgreicher Athlet nimmt das Angebot der Stadt an, die ihm am meisten bietet, das weiß jeder hier.«

»Es redet nur nicht jeder darüber«, meinte Amykos.

Jason blickte den blondgelockten Jüngling über den Rand seines Bechers fragend an. »Warst du etwa auch noch nie auf Paros, Amykos?«

Amykos lachte amüsiert auf. »Ich gehöre wahrscheinlich zu der Minderzahl von Agonisten, die sogar in der Stadt geboren sind, für die sie bei den Spielen antreten.«

»Ich konnte mir das auch nicht anders vorstellen«, sagte Jason. »Du hast so etwas Ehrliches an dir.«

»Der Fluch des Ehrlichen ist die Armut, hat mein Vater immer gesagt«, seufzte Amykos und trank den dritten Becher Wein.

»Du hast wohl keinen Grund, dich zu beschweren, Amykos«, bemerkte Xenophanes im leicht tadelnden Tonfall. »Ich kenne kaum eine Stadt, die so gut für ihre Agonisten sorgt wie Paros.«

»Paros muß ja auch mehr Ölbaumkränze gewinnen als Naxos, um nicht sich, sondern die Nachbarinsel bloßzustellen.«

Der blonde Athlet ließ wieder sein helles, reines Lachen erklingen. »Welch ein kindischer Streit!«

»Aus dem wir alle unseren Gewinn ziehen«, erwiderte der Alipt und warf Amykos einen ernsten Blick zu.

Sofort erstarb das Lachen, und der Jüngling aus Paros nickte pflichtschuldig.

Der Wirt und das Mädchen kamen, um das Essen aufzutischen. Der Rehbraten duftete herrlich. Dazu gab es Bohnen und Zwiebeln, beides geschmort, sowie frisch aufgebackenes Weizenbrot. Alle drei ließen es sich schmecken. Xenophanes langte genauso gut und häufig zu wie die beiden anderen. Mit seinem Lederhandschuh hielt er den Bronzeteller wie mit einer richtigen Hand. Fein gearbeitete Einschnitte zwischen den Lederfingern ermöglichten diesen festen Griff. Die fünfzinkige Bronzegabel hielt er in der Linken.

Jason fragte Amykos nach seinen Wettkampfarten. »Verzeih die Neugier, aber du siehst nicht aus wie ein Faustkämpfer, ein Ringer oder gar ein Pankrat.«

»Dafür eben benötigen wir dich, Jason«, antwortete der Alipt anstelle des Gefragten. »Amykos ist ein Läufer, sowohl auf kurzen wie auf langen Strecken. Gerade letzteres ist besonders wichtig: für den neuen Wettkampf, den

Kaiser Nero anläßlich seiner Teilnahme an den Spielen eingeführt hat.«

»Welchen neuen Wettkampf?«

Xenophanes blickte den Hirten prüfend an. »Ist die Kunde davon wirklich noch nicht bis in die eläischen Berge gedrungen?«

»Jedenfalls nicht bis zu mir.«

»Neben den deklamatorischen Wettstreiten, die Nero wahrscheinlich deshalb eingeführt hat, weil er dabei selbst als Agonist auftritt, gibt es am letzten Tag der Spiele auch einen neuen Wettlauf über achtundzwanzig Meilen. Er findet direkt vor der Siegerehrung statt, und dem Sieger will Nero persönlich einen vergoldeten Ölbaumkranz aufs Haupt setzen. Der Caesar nennt diesen Wettstreit Marathonlauf, und er soll zu Ehren der tapferen Athener stattfinden, die bei Marathon die Perser geschlagen haben, wie unser geliebter Herrscher sagt. Die Strecke, über die der Marathonlauf geht, entspricht der Entfernung zwischen Marathon und Athen.« Xenophanes schaute auf, in Jasons Gesicht. »Du bist doch bestimmt ein guter Läufer, Jason, bei dem weiten Weg, den du von Eläos nach Elis zurückgelegt hast?«

»Mir macht es nichts aus, den ganzen Tag zu marschieren. Ob ich auf eine weite Strecke auch schnell laufen kann, weiß ich nicht.«

»Wir werden es ausprobieren.«

Jason fiel auf, daß in den Worten des Alipten über die Einführung des Marathonlaufs ein abwertender, fast schon geringschätziger Unterton mitschwang. Er fragte den hageren Mann nach dem Grund.

»Richtig bemerkt, Jason. Ich halte nicht viel davon, daß die Heiligen Spiele, die dem Zeus geweiht sind, von einem Römer wie diesem nach Gutdünken umgestaltet werden, auch wenn es nach außen den Ruhm der Hellenen vermehrt. Beziehungsweise den der Athener, die ja offiziell keine Untertanen der Römer sind, sondern deren Bündnispartner, so daß Nero ihnen mit seiner neuen Disziplin vielleicht politisch schmeicheln wollte.«

Xenophanes nahm einen großen Schluck Wein. »Weißt du, wie die vornehmen Römer uns Hellenen nennen, Jason?«

Jason schüttelte den Kopf und sah den Alipten neugierig an.

»*Graeculi*, so verspotten sie uns!«

»Und was heißt das?«

»Griechlein!« Widerwillig sprach es der Bärtige aus und schnitt eine Grimasse. Dann aber entspannte er sich wieder: schlagartig hellte sich seine Miene auf, und er hielt Amykos seinen Becher hin. »Laßt uns fröhlich sein Freunde. Mehr Wein, Amykos!«

Obwohl keiner der drei es schaffte, seinen Teller ganz zu leeren, selbst der halb ausgehungerte Jason nicht, bestellte Xenophanes noch mit Honig beträufelte Küchlein. »Etwas Süßes zum Ausgleich für den Magen«, sagte er dazu. Nach Verzehr des Nachtisches winkte er den Wirt zu sich heran, um zu bezahlen.

»Das macht neunzehn Asse«, sagte der Wirt. Als ihm der Alipt einen finsteren Blick zuwarf, jammerte er halbtriumphierend: »Herr, ich habe dir gleich gesagt, dieses Essen kommt nicht billig. Und daß ihr es nicht aufgegessen habt, ist nicht meine Schuld. Es war mit aller erdenklichen Mühe zubereitet.«

»Mir geht es nicht um den Preis, sondern um die Währung, die du verlangst. Alles ist römisch geworden, sogar unser Geld!«

Der Wirt zuckte mit den Schultern. »Dafür kann ich nichts, Herr.«

Xenophanes murmelte etwas, löste widerstrebend seine Börse vom Gürtel und gab sie dem blonden Läufer. »Hier, bezahl du, Amykos. Ich mag das Römergeld jetzt nicht anfassen.« Es war offenkundig, daß der Alipt dem Wein ein wenig zu heftig zugesprochen hatte.

Amykos entnahm der Börse einen silbernen Denar und drei bronzene Asse, die der Wirt dankbar einstrich.

»Laßt uns endlich gehen!« verlangte Xenophanes mit belegter Stimme und ging voran.

»Was hat er denn auf einmal?« fragte Jason leise den Läufer.

»Mach dir nichts draus. Xenophanes bekommt manchmal seine Launen, die man besser über sich ergehen läßt. Besonders, wenn er zuviel getrunken hat. Ansonsten ist er der beste Alipt, den man sich nur wünschen kann.«

Sie traten vor die Tür und gingen auf den Hof. Die Pferde waren unter einem löchrigen Dach aus Weidengeflecht weitgehend vor der heißen Sonne geschützt und schlürften Wasser aus einer Zisterne.

»Kommst du mit uns, Jason?« erkundigte sich Amykos leise, während er und der Eläer dem Alipten zu den Pferden folgten.

Jason dachte an den Mann, den er suchte und den er als Athlet möglicherweise leichter fand. Schließlich war auch Aelian als Athlet nach Elis gezogen. Der junge Hirte dachte auch an das sagenhafte Heiligtum von Olympia und an Kaiser Nero, der die Welt beherrschte. Beides zu sehen waren zwei gute Gründe, das Angebot der Gesandtschaft von Paros anzunehmen.

»Ich komme mit.«

Amykos lächelte. Mit großer Geste zeigte er auf die drei Pferde, zwei Braune, hell der eine und ziemlich dunkel der andere, und ein Schimmel. »Der Dunkle ist für dich.« Es war der Hengst, der den Beutel mit Jasons wenigen Habseligkeiten trug. »Du kannst doch reiten?«

»Bisher habe ich nur auf Schweinen und Eseln gesessen.«

Amykos grinste. »Dann kannst du sicher reiten.«

8
Die erste Lektion

> Wer nicht geschunden wird, wird nicht erzogen.
> *Menander*

Was Amykos gesagt hatte, traf so schlecht und recht zu. Wenn Jason sich auch längst nicht so sicher auf dem Rücken des dunklen Hengstes hielt wie die beiden anderen, immerhin fiel er nicht hinunter und schaffte es sogar, mit dem vorausreitenden Alipten mitzuhalten. Hin und wieder rief Amykos ihm einen Ratschlag zu.

Ab und zu sahen die Menschen von der Feldarbeit zu den drei Reitern hoch, aber in der Regel nur beiläufig und ohne sich bei der Arbeit zu unterbrechen. In diesen Wochen waren Fremde ein gewohnter Anblick, weit zahlreicher und häufiger zu sehen als einheimische Bürger. So war es den Arbeitern wichtiger, die Sommerernte an Gerste und Weizen baldigst einzubringen. Wegen der heißen Sonne oft nur mit einem um die Hüften gewickelten Tuch und mit einem breiten Hut aus Filz oder Stroh bekleidet, gingen sie die Felder auf und ab und schwangen unermüdlich die Sensen.

Bewegung und frische Luft taten Jason gut. Der Weinnebel verzog sich langsam, und seine Gedanken klärten sich. Er fragte sich, ob er das Richtige getan hatte, als er Xenophanes' Angebot annahm. Der Eläer hatte es nicht unüberlegt getan, und doch hatte ihn der Überschwang des reichlich genossenen schweren Weins mitgerissen. Der Gedanke war nicht von der Hand zu weisen, daß eben dies die Absicht des Alipten gewesen sein könnte, als er den Wein bestellte.

Er warf dem voranreitenden Xenophanes forschende Blicke zu. Jason wurde nicht schlau aus dem Mann, der von Letoa zu stammen behauptete und doch die Zunge der epirischen Berge nicht ganz verleugnen konnte. Mal blickte das längliche Gesicht lebhaft, offen und freundlich, dann wieder wurde es grau und verschlossen, so daß Jason das Gefühl hatte, der freundliche Ausdruck sei nur eine Maske, die der Alipt sich nach Belieben aufsetzen konnte.

Ganz wurde Jason das Gefühl nicht los, durch seine Zusage in eine neue Falle getappt zu sein, weitaus weitreichender und hinterhältiger als die an der Schildkrötenbrücke und die auf dem Hof des Schusters. Aber dieser Gedanke ließ sich nicht fassen und entglitt hartnäckig seinem Bemühen, ihm Sprache zu leihen. Er war flüchtig, wie ein Windhauch in der Mittagszeit, der eine Sekunde Erleichterung schafft, den man sich aber Augenblicke später, für immer eingeschlossen in der schweißtreibenden Hitze, bereits nicht mehr vorstellen kann.

Die Landschaft wurde belebter und lenkte Jasons Gedanken ab. Er sah Schaf-, Ziegen- und Schweineherden. Wenn er einen Hirtenhund erblickte, wurde sein Gesicht dunkel.

Die Reiter folgten einem kleinen Fluß, der aus den vor ihnen liegenden Hügeln silbrig hervorsprang und sich wohl in den Peneios ergoß. Immer wieder kamen sie an kleinen Gutshöfen vorbei, auf denen rege Betriebsamkeit herrschte. Karrenweise wurden die Ähren auf die Höfe geschoben und abgeladen. Anderswo hatte man die Ernte bereits eingefahren, und die Bauern trieben Esel und Maultiere im Kreis um einen starken Pflock herum, an den die Tiere mit einem langen Seil gefesselt waren. Unter den Tieren lag die Ernte, und die Hufe traten die Getreidekörner aus den Ähren. Grobe Hände warfen das gedroschene Korn in die Luft, damit der leichte, in der Hitze kaum spürbare Wind die Spreu fortwehte.

Als Jason, der langsam ungeduldig wurde, sich nach dem Hof von Myron erkundigte, brach Amykos in sein schallendes Lachen aus. »Das alles, Jason, sind Myrons Höfe. Das Land, durch das wir seit fast einer halben Stunde reiten, gehört ihm allein. Die Menschen, die darauf arbeiten, sind seine Sklaven oder Freigelassene, die Höfe und Felder von ihm gepachtet haben.«

»Dann muß Myron wirklich reich sein«, nickte Jason anerkennend.

»Sagen wir lieber, er ist *stein*reich, das trifft es wohl genau. Obwohl er seine Hände in vielen Geschäften hat, hat sich sein Steinbruch in den letzten Jahren als wahre Goldgrube erwiesen. Die Neubauten, die in Olympia zu Ehren Neros hochgezogen wurden, waren für ihn ein Geschenk der Götter.«

»Ja, ich hörte davon«, erwiderte Jason und dachte an das Gespräch mit Agis.

Sie durchquerten einen kleinen Tannenwald und ritten auf ein Gebäude zu, das Jason auch ohne Amykos' Bemerkung sofort erkannte.

»*Das* ist Myrons Haus.« Der Blondgelockte zeigte nach vorn. »Falls man es noch ein Haus nennen kann.«

»So stelle ich mir einen Palast vor«, staunte Jason.

»Dann wirst du ab jetzt die Ehre haben, in einem Palast zu wohnen.«

Je näher sie dem ausgedehnten Bauwerk kamen, desto deutlicher enthüllte es seine Pracht. Jason nahm wahr, daß es eigentlich mehrere Gebäude waren, durch überdachte Säulengänge miteinander verbunden. Hinter ihnen waren schattige grüne Innenhöfe mit Statuen und Springbrunnen zu erkennen. Das Haupthaus war drei Stockwerke hoch.

Sie zügelten die Tiere vor einem der langgestreckten Nebengebäude. Sofort eilten Sklaven herbei, um die Pferde zu halten und ihnen beim Absteigen zu helfen.

»Ich werde Kreugas von unserer Rückkehr benachrichtigen«, sagte Xenophanes zu Amykos. »Zeige du unserem Neuankömmling sein Quartier.«

Amykos legte einen Arm um Jason und sagte: »Komm mit mir, Freund. Ich habe es so eingerichtet, daß wir uns ein Zimmer teilen.«

Und was für ein Zimmer das war! Niemals zuvor hatte Jason in einer so luxuriösen Unterkunft gewohnt. Der Raum erinnerte mit seinen bestickten Vorhängen und Wandmalereien ein wenig an Bias' großes Zimmer im Haus der tausend Freuden, war aber viel heller und freundlicher und wirkte längst nicht so überladen.

Die Fensteröffnung des im oberen Stockwerk gelegenen Zimmers zeigte zu einem der Innenhöfe des Langhauses und ließ sich, wenn es zu kalt wurde, durch eine drehbare Glasscheibe verschließen. Jason hatte so etwas noch nie von nahem gesehen. Eine ganze Welle stand er fasziniert vor dem grünlichen Glas, das in einen bronzenen Rahmen gefaßt war. Nicht nur, daß die Scheibe das Auge nach draußen blicken ließ, sie zeigte auch noch die eingeschliffene Darstellung eines Wagenlenkers, der mit geschwungener Peitsche seine Quadriga in rasender Fahrt lenkte.

Amykos trat neben den Eläer. »Der gute Myron hat wirklich eine Menge Geld. Das Glas hat er aus Alexandria kommen lassen. Es wurde dort nach seinen Angaben geschliffen. Er ist ein großer Pferdenarr und wird seine besten Gespanne nach Olympia schicken.«

»Ich habe noch nie in einem Haus gewohnt, dessen Fenster gläserne Scheiben hatten.«

»Ja«, seufzte der Blonde. »Es ist ganz nett, aber bei dieser Hitze eher unnötig.«

Die Tür wurde geöffnet, und ein hagerer Mann trat herein, gegen den Xenophanes geradezu stattlich wirkte. Der dunkelblaue lange Chiton und das hellrote Himation, beide überreich mit Goldstickerei versehen, verrieten, daß Jason es wohl nicht mit einem Bediensteten zu tun hatte. Auf den ersten Blick wirkte sein Gesicht bärtig; bis Jason erkannte, daß tiefe, bläuliche Schatten auf den eingefallenen Wangen diesen Effekt hervorriefen. Die Augen über der krummen Raubvogelnase lagen ganz dicht beisammen. Die schwarzen, buschig zusammengewachsenen Brauen verliehen dem Antlitz einen bedrohlichen Eindruck.

»Ich bin Kreugas von Paros und heiße dich willkommen, Jason«, begann er ohne Umschweife und blickte dann Amykos an. »Du hast sicher noch zu üben, Athlet.«

»Sicher.« Amykos warf Jason hinter Kreugas' Rücken einen verschwörerischen Blick zu, bevor er die Tür hinter sich schloß.

»Xenophanes sagte mir, daß du unser Angebot annehmen willst«, fuhr der Gesandtschaftsführer fort. »Das freut mich sehr, und dein Schaden soll es bestimmt nicht sein. Da wir gerade davon sprechen: Falls du bereit bist, Bürger von Paros zu werden, werden wir selbstverständlich für die Ersatzansprüche aufkommen, die der Eigentümer dieses abgebrannten Hauses gegen dich erhoben hat.«

»Dann bleibt mir wohl nichts anderes übrig«, sagte Jason trocken.

»So ist es.« Die kratzige Stimme des Architheoren drückte Befriedigung aus, aber das Raubvogelgesicht blieb ausdruckslos. »Schön, daß du einverstanden bist. Ich werde unserem Schreiber sagen, er soll die Urkunde aufsetzen. Du kannst sie heute abend unterschreiben.«

»Aber ... ich kann nicht schreiben!«

»Nicht?« Die buschigen Brauen hoben sich, und die schmalen Augen musterten Jason wie einen Sklaven oder ein Stück Vieh. »Na ja, als Athlet muß man nicht den Griffel oder die Feder führen können.«

»Wie soll ich dann unterschreiben?«

Kreugas lachte; es klang mehr wie ein hohles Meckern. »Das soll unser geringstes Problem sein. Hauptsache, du erfüllst deine Aufgabe gut. Paros verlangt mehr als einen

Ölbaumzweig von dir, Jason. Xenophanes erwartet dich schon zur ersten Übungsstunde.« Fr bedachte Jason mit einem knappen Nicken. »Wir sehen uns noch.«

Der Eläer starrte noch eine ganze Weile, nachdem Kreugas das Zimmer verlassen hatte, auf die Stelle, wo der klapperdürre Mann gestanden hatte. Ein seltsamer Mensch und alles andere als sympathisch. Im Vergleich zu ihm war Xenophanes ein Ausbund an Freundlichkeit und Heiterkeit.

Jason fand den Alipten auf dem Innenhof, wo sich mehrere Athleten unter seiner Aufsicht im Ringen und Faustkampf übten. Amykos hockte auf dem Sockel einer Poseidon-Statue und schaute den nackten, ölglänzenden Körpern gebannt zu.

»Bist du bereit zur ersten Lektion im Pankration, Jason?« fragte Xenophanes, auf den gegabelten Stock des Lehrers gestützt.

»Ja.« Jason begann, sich zu entkleiden. »Gegen wen soll ich antreten, etwa gegen Amykos?«

»Du willst doch wohl nicht meinem besten Läufer die Knochen brechen!« erwiderte der Alipt kopfschüttelnd. »Ich selbst werde bei deiner ersten Übung dein Gegner sein.«

»Du?« Zweifelnd starrte Jason auf das Lederding, das die rechte Hand des Alipten ersetzte.

»Meinst du, ich wäre kein würdiger Gegner für dich, weil ich nur eine Hand habe?«

»Ich will dich nicht beleidigen, Xenophanes, aber der Gedanke liegt nahe.«

»Wollen wir es nicht einfach ausprobieren?« fragte der Alipt mit leicht schiefgelegtem Kopf.

Auch er entkleidete sich. Während Jason seinen Körper allein mit Öl einrieb, mußte Xenophanes sich von Amykos helfen lassen. Die Lederhand vermochte wohl so einiges, aber einen Lekythos konnte sie nicht halten.

Es erschien dem Eläer sehr zweifelhaft, daß ein Mann, der sich nicht einmal selbst mit Öl bestreichen konnte, gegen ihn im Allkampf, der härtesten und gnadenlosesten aller Kampfarten, bestehen wollte. Außer Beißen und Graben, womit das Stechen mit dem Finger in die Körperöffnungen gemeint war, war bei dieser Mischform aus Faustkampf und Ringen schlichtweg alles erlaubt. Der Kampf endete erst, wenn der Gegner aufgab – oder sich nicht mehr rührte.

Als sich Jason und Xenophanes lauernd umkreisten, machte der Alipt keineswegs einen schwächlichen Eindruck. Jason war muskulöser, aber der Körper des älteren Mannes wirkte zäh und wies keinen Obolos Fett zuviel auf. Wäre das Lederding am rechten Unterarm nicht gewesen, hätte man den Alipten für einen gealterten, aber dennoch vollwertigen Kämpfer halten können.

Die übrigen Athleten stellten ihre Übungen ein und bildeten einen gespannten Kreis um Jason und Xenophanes. Ihre anfeuernden Rufe galten Xenophanes. Nur der treue Amykos wagte es, sich für den neuen Freund einzusetzen.

Als Jason von dem vorsichtigen Umkreisen genug hatte, stürmte er vor und breitete die Arme aus, um Xenophanes zu Boden zu werfen. Erst schien es so, als sei der Ältere viel zu langsam, um dem plötzlichen Ansturm auszuweichen. Aber als der Eläer zupacken wollte, tauchte der Alipt mit der Schnelligkeit eines Wiesels unter ihm weg. Jason lief ins Leere und spürte einen schmerzhaften Tritt in seinem verlängerten Rücken, der ihn bäuchlings zu Boden streckte. Rasch stand er wieder auf, um dem Nachsetzen des Gegners zuvorzukommen.

Aber daran schien der Alipt gar nicht zu denken. Er stand ein paar Schritte entfernt und lachte. »Einem lahmen Esel muß man einen ordentlichen Tritt versetzen, damit er in Schwung kommt. Mehr Glück beim nächsten Versuch, Schweinehirte!«

Alle Zuschauer, außer Amykos, antworteten auf diese Bemerkung mit lautem Lachen. Der Spott schmerzte fast stärker als Jasons mißhandeltes Hinterteil.

Langsam ging der Eläer auf Xenophanes zu, der ihn ungerührt erwartete. Auf den letzten Schritten verwandelte sich Jasons langsames Gehen übergangslos in einen schnellen Sprung – und wieder landete er im Schmutz. Wo der Alipt eben noch gestanden hatte, war nur noch Leere.

»Du bist so lahm wie meine Großmutter«, höhnte Xenophanes, »nach ihrem Tod!«

Das tobende Gelächter der anderen trieb Jason zur Weißglut. Aber er unterdrückte den Drang, auf den anderen geradewegs loszustürmen. Solch unüberlegtes Handeln war genau das, was der Alipt mit seinen Bemerkungen erreichen wollte. Ganz langsam näherte sich Jason dem Gegner und ließ ihn nicht aus den Augen. Sobald der Alipt einen Muskel bewegte, würde Jason reagieren.

Dann ging es schnell, zu schnell für Jasons Augen. Xenophanes sprang nach vorn – aber nicht auf den Gegner zu, sondern an ihm vorbei! Der Eläer wirbelte herum. Zu spät. Schon spürte er den schmerzhaften Ruck, der von seiner Kopfhaut ausging. Die gesunde Hand des Alipten hatte sich in seinem langen Haar verkrallt und zerrte mit solcher Kraft daran, daß Jason in die Knie ging. Er hatte das Gefühl, sonst würde ihm der Kopf abgerissen werden.

Das linke Knie des Älteren schoß nach oben und traf hart Jasons Kinn. Ein brennender Schmerz verbreitete sich in seiner Mundhöhle. Er rang nach Luft. Einen entsetzlichen Moment lang glaubte der Getroffene, seine Zunge verschluckt zu haben.

Endlich konnte er wieder atmen, aber Xenophanes gönnte ihm keine Ruhepause. Während seine Linke weiterhin Jasons Haarschopf gepackt hielt, nahm der Alipt den Gegner mit dem rechten Arm in einen gnadenlosen Griff. Immer enger zog sich die Zwinge um Jasons Kopf zu. Wieder blieb dem Eläer die Luft weg. Er versuchte alle Tricks, die Lysias ihm beigebracht hatte, um sich aus der Klemme zu befreien. Vergebens. Wenn es nötig war, blieb Xenophanes ungerührt stehen. Wenn nicht, gab er geschickt nach und ließ Jasons Anstrengungen ins Leere laufen. Nie bot er dem Jüngeren einen Ansatzpunkt, ihn von den Beinen zu reißen.

»Gib auf!« hörte Jason die schneidende Stimme des anderen, die das laute Pochen in seinem Kopf überlagerte. »Gib auf, oder ich erwürge dich!«

Jason gab nicht auf und hoffte, daß Xenophanes sich seines neuen Athleten nicht gleich in der ersten Übungsstunde entledigen wollte. Aber genau das schien der Alipt vorzuhaben. Als alles um ihn herum dunkel zu werden begann, hob Jason doch die zitternde Rechte – das Zeichen, daß er seine Niederlage eingestand.

Sofort ließ der Druck nach. Jason war frei und sackte erschöpft zu Boden. Er brauchte einige Zeit, bis er in der Lage war, sich zu erheben.

Xenophanes zeigte in theatralischer Geste auf ihn und verkündete laut: »Sehen wir einmal von dem unglücklichen Koroibos ab, dann ist dieser junge Eläer der beste Pankrat, gegen den ich jemals angetreten bin.«

»Du hast mir gezeigt, ein wie schlechter Kämpfer ich bin, Xenophanes«, sagte Jason beschämt, und seine Stimme bebte. »Ist es nötig, mich auch noch zu verspotten?«

»Ich verspotte dich nicht, Jason. Ich sage nur, wie es ist.«

»Aber du hast mich niedergerungen, so leicht, wie ein kräftiger Eber ein Ferkel umwirft.«

»Es sah vielleicht einfach aus, aber das war es nicht. Wäre es leicht gewesen, hätte ich dich schon bei deinem ersten Angriff erledigt. Du bist schnell und wachsam. Und was das Wichtigste ist, du hast dich nicht von mir reizen lassen!«

»Aber ich habe erbärmlich verloren«, sagte Jason matt.

»Ja, das hast du unbestreitbar. Weil du zwei Fehler gemacht hast. Kannst du sie benennen?«

»Ich habe dich unterschätzt, Xenophanes. Ich schloß von deiner Hand auf den ganzen Mann. Aber nicht die Hand macht den Mann aus, sondern der Mann bestimmt, wozu seine Hand in der Lage ist.«

»Sehr gut!« lobte Xenophanes. Er schien angetan. »Und der zweite Fehler?«

Jason überlegte, aber er kam nicht darauf.

Der Alipt zog spielerisch und doch ein wenig schmerzhaft an Jasons Haaren. »Es ist nicht unbedingt ein Fehler, da du bisher nichts davon wußtest, daß dir die Laufbahn eines Athleten bestimmt ist. Aber du hast dein Haar viel zu lang wachsen lassen, Eläer. Auch ein weniger geschickter Mann als ich hätte sich in der Löwenmähne verkrallt. Wenn ich nicht Alipt wäre, sondern ein Kämpfer, würde ich mir sogar den Bart abnehmen lassen.«

»Meine Mutter hat mein langes Haar immer gemocht«, erklärte Jason.

Xenophanes schnitt eine mißlaunige Grimasse. »Sehe ich aus wie deine Mutter?«

Jason schüttelte den Kopf. »Sie hatte niemals einen Bart.«

Wieder lachten die Athleten.

»Und du hast bald keine langen Haare mehr«, sagte der Alipt. »Geh zu Eupolos und sag ihm, er soll dir die Haare so kurz schneiden wie einem Neugeborenen.«

»Zu Eupolos, dem Pharmakopolen?«

Xenophanes nickte. »Zu Eupolos, unserem Pharmakopolen und Haarscherer.«

»Schade um die schönen Haare«, seufzte Amykos.

»Hier geht es nicht um einen Schönheitswettbewerb,

sondern um den Sieg im Kampf«, belehrte ihn der Alipt streng. »Willst du Jason begleiten?«

»Gern.«

»Fein.« Xenophanes lächelte hintergründig. »Dann sag Eupolos doch, er soll auch deine Locken zwischen seine Scheren nehmen.«

»Meine Locken?« Amykos starrte den Alipten entsetzt an. »Aber warum? Ich bin weder Ringer noch Pankrat. Mein Haar behindert mich nicht beim Laufen.«

»Doch, es bietet der Luft zuviel Widerstand.«

»Zuviel ... Widerstand?« Amykos war kurz davor, wieder loszulachen. »Davon habe ich noch nie gehört.«

»Jetzt hast du es!«

Jason sammelte seine Sachen auf und ging mit Amykos zum nächsten Brunnen, um seinen Körper von Schmutz und Öl zu reinigen. Das Gelächter der anderen Athleten verfolgte sie und verstummte abrupt, als Xenophanes sich ihnen zuwandte und sie zurück an ihre Übungen scheuchte.

9
Der schwarze Kerberos

> Wenn der Tod naht, will keiner sterben.
> *Euripides*

»Da ist Eupolos' Giftküche«, sagte Amykos und blieb vor einer Tür im Erdgeschoß eines Gebäudes stehen, das dem genau gegenüberlag, in dem die beiden Athleten untergebracht waren. Es schien ein Wirtschaftsgebäude zu sein, worauf die im Vergleich zu dem anderen Haus eher karge Ausstattung hinwies. Der Läufer strich liebevoll über seine blonden Locken. »Wenn die Anordnung nicht von Xenophanes stammte, würde ich mich weigern, Aber so bleibt uns keine Wahl. Es ist nicht ratsam, unseren obersten Alipten zu erzürnen.«

Seufzend zog er die Tür auf. Ein betäubend scharfer Gestank schlug den beiden Athleten entgegen, der ihnen die Tränen in die Augen trieb. Jasons erste Reaktion war, den Atem anzuhalten und einen Schritt zurückzugehen.

»Eupolos braut anscheinend ein ganz besonderes Wundermittel zusammen«, bemerkte Amykos. »Wenn man vom Gestank auf die Wirkung schließt, muß es einfach phänomenal sein.«

Sie betraten den unübersichtlichen großen Raum. Auf mehreren langen Tischen standen Gefäße der unterschiedlichsten Größen und Formen: Töpfe, Terrinen, Mörser, Hydrien, Amphoren, Krüge, Lekythen, Krater und viele andere. Die Mixturen, Öle und Tinkturen, die der Pharmakopole in ihnen aufbewahrte, durchdrangen den Raum mit einer Vielzahl vollkommen unterschiedlicher Gerüche. Sie vermischten sich zu der dumpfigen Schärfe, die Jason anfangs hatte zurückweichen lassen. Über einer Feuerstelle hing ein großer Kessel mit einer blubbernden Flüssigkeit. Dicke Dampfschwaden stiegen aus den platzenden Blasen empor und machten den beiden Athleten das Atmen nicht gerade leichter. Um das Maß voll zu machen, hatte Eupolos alle drei Fenster fest verschlossen.

»Wo ist Eupolos?« fragte Jason und versuchte vergeblich, den Pharmakopolen in der dampfenden Sudküche zu entdecken. Auch Amykos sah sich suchend um.

»Tür zu!« zischte sie eine Stimme von der Seite an.

»Was war das?« fragte Jason.

»Das klang wie Eupolos«, antwortete Amykos.

»Tür zu, habe ich gesagt!« erscholl die Stimme wieder. »Zieht endlich die Tür zu, bei allen Göttern!«

Zögernd kam Amykos der Aufforderung nach. Jason entdeckte derweil den korpulenten Pharmakopolen, der auf allen vieren hinter einem Tisch hervorkroch. In dieser Haltung, mit den wenigen dünnen Haaren, die ihm noch verblieben waren, sah er aus wie ein riesig aufgeschwemmter Säugling, der seine ersten Fortbewegungsversuche unternahm. Zaghaft tastend bewegte sich Eupolos über den Steinboden, den er, ebenso wie die Tischbeine, genau mit den Augen untersuchte, bevor er seinen seltsamen Weg fortsetzte.

»Ist die Luft dort unten besser, Eupolos?« fragte spöttisch der Läufer, der den Pharmakopolen inzwischen auch gesehen hatte. »Wenn ja, werden wir uns zu dir hinunterbemühen, bevor wir hier oben ersticken. Es wäre allerdings einfacher, die Fenster zu öffnen.«

»Untersteh dich, Bursche!« fuhr ihn der Arzt an, ohne irgendwelche Anstalten zu treffen, sich aus seiner lächerlichen Lage zu erheben. »Wenn einer von euch die Fenster auch nur anrührt, erwürge ich ihn mit meinen eigenen Händen. Am besten, ihr beide …«

Der Pharmakopole verschluckte den Rest seines Satzes. Er starrte auf die Füße der Athleten, und seine Augen quollen ihm fast aus den Höhlen. Auf dem feisten Gesicht zeichnete sich höchste Anspannung ab.

Amykos warf Jason einen zweifelnden Blick zu. »Ich glaube, die Dämpfe haben ihn etwas mitgenommen. Sein Geist ist benebelter als der von Xenophanes, wenn er wieder zuviel süßen Wein genossen hat. Wir sollten besser ein andermal wiederkommen.«

Er drehte sich zur Tür um und wollte den Eläer mit sich ziehen.

»Stehenbleiben!« zischte Eupolos beschwörend. »Bewegt euch bloß nicht, rührt euch nicht vom Fleck!«

Amykos hatte recht, dachte Jason. Eupolos' Verstand mußte unter den betäubenden Dämpfen ziemlich gelitten haben. Noch immer kauerte er auf Händen und Knien, eine groteske Mischung zwischen spielendem Kleinkind und einer fetten, aber sprungbereiten Katze. Vielleicht war es wirklich ratsam, die Giftküche schnellstens zu verlassen, ehe die Dämpfe auch noch ihnen beiden zusetzten.

»Was soll dieses Spiel, Eupolos?« fragte Amykos mit unwilliger Stimme und gerunzelter Stirn. »Willst du dich über uns lustig machen?«

»Das ist kein Spiel. Ich will euch vor dem Tod bewahren«, antwortete der Pharmakopole leise. »Seht einmal vor euch auf den Boden, aber erschreckt euch nicht, bei Zeus, und macht keine Bewegung!«

Langsam senkten Amykos und Jason ihre Blicke, und Amykos stöhnte auf. Dicke Tropfen sammelten sich auf seiner Stirn.

»Nicht ... erschrecken«, stammelte er leise. »Wie ist das möglich, Eupolos!«

Jason war ebenso entsetzt wie Amykos. Gebannt starrte er auf das Tier zwischen ihren Füßen, das sich offenbar nicht entscheiden konnte, welchem von ihnen es sich zuwenden sollte. Lange konnte es nicht mehr dauern, bis die Entscheidung fiel und einem von ihnen den Tod brachte.

Es war der widerwärtigste Skorpion, den Jason je gesehen hatte. Auf seinen Wanderungen war er immer wieder auf dieses Ungeziefer gestoßen; das waren kleine, oft nur fingerlange braune Tiere, die sich nachts aus dem Sand wühlten, in den sie sich eingegraben hatten. Ihr Stich schmerzte, war aber nicht weiter gefährlich. Dieser hier war gewaltiger, als er es sich jemals hätte vorstellen können: fast so groß wie der Fuß eines Mannes. Und glänzend schwarz war er, schwarz vom Kopf mit den großen Scheren bis zu dem langen Schwanz, der in dem Giftstachel fein auslief.

»So ist es gut«, flüsterte Eupolos, der sich an einem der Holztische hochzog. »Bewegt euch nicht! Und paßt auf, daß ihr nicht auf Kerberos tretet! Ich brauche ihn noch.«

»Ist das Kerberos?« fragte Amykos entgeistert, während er angewidert und zu Tode erschrocken auf das schwarze Tier hinabsah, dessen Schwanz mit dem erhobenen Stachel zwischen den beiden Jünglingen pendelte.

»Ja«, antwortete Eupolos, richtete sich halb auf und nahm einen Bronzetopf vom Tisch.

»Ein passender Name.« Amykos schluckte den Kloß hinunter, der seine Kehle zu verstopfen drohte. »Ich glaube fast, der dreiköpfige Höllenhund wäre mir lieber als dieses Vieh!«

»Es steht ihm an Gefährlichkeit nichts nach«, nickte Eupolos und trat ganz langsam auf die Athleten zu. »Kerberos kommt aus Ägypten, aber ich glaube, selbst die Ägypter führen die Sorte aus den Urwäldern im Landesinnern ein.«

»Sie führen diese ... Viecher ein?« ächzte der schweißnasse Läufer. »Wozu denn bloß? Ich wäre froh, wenn es solche Kreaturen in meinem Land nicht gäbe!«

»Das Gift tötet einen Menschen innerhalb weniger Stunden, manchmal auch in weniger als einer Stunde. Aber in der richtigen Verdünnung und Mischung mit anderen Mitteln kann es sehr gesund sein. Es ist wie bei Asklepios, der das Blut der Gorgo als Gift und als Arznei gebrauchte, wenn es auch, glaube ich, aus zwei verschiedenen Venen kam. Ich verabreiche einen Extrakt aus dem Gift des Riesenskorpions den erschöpften Athleten. Es regt ihre Körperfunktionen ungemein an. Gerade wollte ich Kerberos melken, da ist er mir entwischt.«

»Melken ... wie eine Ziege?« Amykos verdrehte bei diesem entsetzlichen Gedanken die Augen. Ihm wurde übel. Er schwankte, wäre fast umgefallen und konnte sich gerade noch an einem Tisch festhalten.

Aber das Schwanken seines Körpers hatte genügt, die Aufmerksamkeit des Riesenskorpions auf ihn zu lenken. Schon senkte sich der Stachel in Richtung seiner nackten Beine, da traf Jasons vorschnellender Fuß den harten schwarzen Körper und schleuderte ihn durch den Raum. Der Skorpion flog gegen eine Tischkante, dann auf den Boden. Seine großen Scheren und der Schwanz mit dem Stachel wackelten erregt hin und her, die acht Beine zitterten heftig.

Im Nu war Eupolos bei ihm und stülpte ihm den Topf über. Er holte eine flache Bronzescheibe, in die winzige Löcher gestanzt waren, und schob sie vorsichtig unter die Öffnung des Topfes. Die Scheibe paßte in eine dafür vorgesehene Halterung und saß als fester Verschluß auf dem Topf. Mit einer blitzschnellen Bewegung drehte er das Ganze um und stellte es auf einen Tisch.

»Puh«, machte er erleichtert. »Den Göttern sei Dank, Kerberos ist nichts passiert.«

»Kerberos ...«, stöhnte Amykos. Er war aschfahl. »Und was ist mit uns? Fast hätte er mich gestochen. Wäre Jason nicht gewesen, dann ...« Plötzlich begann er zu würgen und hielt die Hand vor den Mund. Aber es nutzte nichts. Er krümmte sich zusammen und erbrach sich auf den Boden, während Jason ihn stützte.

Der Eläer konnte gut nachfühlen, was in Amykos vorging. Auch Jason hatte entsetzliche Angst ausgestanden. Der Tritt nach dem Skorpion war instinktiv, ohne jede Überlegung erfolgt. Bei dem Gedanken, wie leicht er dabei hätte gestochen werden können, drohte ihm die Luft wegzubleiben. Nachträglich spürte er den Stachel sich tief in sein Fleisch bohren.

Eupolos stieß die Fenster auf und näherte sich den Jünglingen mit einer tönernen Kylix. »Trink das, Amykos, dann vergeht die Übelkeit.«

Mißtrauisch starrte der Läufer auf die hellgrüne Flüssigkeit. »Da ist doch nicht etwa das Gift von diesem Untier drin?«

»Nein, aber das wäre auch ein gutes Mittel.«

»Dann nehme ich lieber das hier.« Amykos riß dem Pharmakopolen fast die Schale aus der Hand und stürzte die Flüssigkeit in einem Zug hinunter. Er verschluckte sich dabei, und das Würgen überfiel ihn von neuem.

Als er sich beruhigt hatte, fragte Eupolos nach dem Grund ihres Besuches.

»Der ist ganz unwichtig«, sagte Amykos, der sich mühte, seine Fassung wiederzugewinnen. »Du sollst uns bloß die Haare schneiden.«

Jason und Amykos gingen von der Giftküche des Pharmakopolen und Haarscherers über den mit Ziersträuchern bepflanzten Innenhof zurück zu ihrer Unterkunft. Der Läufer war immer noch etwas wacklig auf den Beinen. Eupolos hatte es für das beste gehalten, wenn Jason den Freund aufs Zimmer brachte, damit dieser sich vom Schreck erholte.

Das ovale Gesicht, das Jason aus der grünen Glasscheibe an der Außenfront des Hauses entgegenstarrte, kam ihm fremd vor. Er benötigte einige Augenblicke zu der Erkenntnis, daß es sein eigenes war. Ja, es waren seine ebenmäßigen Züge mit der geraden, vielleicht ein wenig zu langen Nase, über die Lysias immer gesagt hatte. »Wenn sie dir ein Faustkämpfer eines Tages gebrochen hat, wird sie deinem Gesicht erst den richtigen Schliff verleihen, Jason.«

Jetzt hatte sich sein Gesicht genug verändert – auch ohne einen solch drastischen Eingriff. Eupolos hatte wirklich ganze Arbeit geleistet und Xenophanes' Anweisung, ihm die Frisur eines Neugeborenen zu verschaffen, sozusagen bis aufs Haar befolgt. Jasons Kopf war nicht kahl, aber das Haar doch so kurz, daß man überall die Kopfhaut durchschimmern sah.

Ein zweites Gesicht tauchte neben dem Jasons in der spiegelnden Scheibe auf. Die Haare waren heller, aber ebenso kurz. Traurig blickte Amykos sein Spiegelbild an. »Bin ich das, oder ist es mein Geist?« fragte der blonde Läufer und stieß einen tiefen Seufzer aus. »Meine Locken!«

»Das Haar wird nachwachsen«, versuchte Jason ihn zu trösten.

»Das Haar schon, aber auch die Locken?«

Hinter sich hörten sie jemanden lachen. Gleichzeitig vermischte sich ein drittes Gesicht mit den beiden Spiegelbildern in der grünen Scheibe. Ein junges, schönes Gesicht mit langem Haar, das in kunstvoll frisierten Locken auf die Schultern fiel; in die Locken waren geringelte Bänder eingeflochten. »Ist das die neue Haarmode für diesen Sommer?« kicherte eine helle Stimme.

»Wenn es so sein sollte, Herrin, dann bin ich froh, kein Mann zu sein«, antwortete eine zweite Frauenstimme und begann ebenfalls leise zu lachen.

Jason und Amykos drehten sich ruckartig um und blickten verschämt zu den beiden Mädchen hinüber, die auf dem Weg zum Haupthaus angehalten hatten, offenbar Herrin und Sklavin oder Dienerin.

Das hellere Gesicht, das sich in der Fensterscheibe gespiegelt hatte, war das der Herrin. Jason fand es noch viel bezaubernder als das Spiegelbild. Trotz seiner noch etwas kindlichen Züge – Jason schätzte das Mädchen auf zwei oder drei Jahre jünger als sich selbst – wohnte ihm bereits die Ausdrucksfähigkeit eines erwachsenen Menschen inne. Vom ersten Augenblick an war Jason von ihm und von dem ganzen Wesen in den Bann geschlagen. Es war für ein Mädchen ungewöhnlich groß, nur einen halben Kopf kleiner als Jason. Die schlanke Gestalt steckte in einem fliederfarbenen Peplos, der kaum verziert war, aber gleichwohl, aufgrund seines Schnitts, vornehm wirkte. Vielleicht rief auch nur die natürliche Eleganz des Mädchens diesen Eindruck hervor.

Die andere Frau war etwa in Jasons Alter, durchaus auch eine Augenweide, aber mit ihrer Herrin nicht zu vergleichen – fand Jason. Sie hatte eine dunklere Haut, war kleiner als das schöne Mädchen und trug einen schlichten langen Chiton.

Jasons Blick streifte die Dienerin nur kurz, um dann wieder in dem bezaubernden Gesicht zu verharren. Ganz kurz erwiderte das Mädchen seinen Blick, und Jason glaubte darin einen Moment lang seine eigene Faszination gespiegelt zu sehen. Dann wandte das Mädchen den Kopf ab und flüsterte der Dienerin etwas ins Ohr. Beide lachten und liefen davon. Jason sah ihnen nach, bis sie unter dem säulengestützten Vordach des Haupthauses verschwunden waren.

»Da hast du es«, seufzte Amykos. »Selbst die Mädchen lachen über uns!«

»Wer war das?«

»Melissa, Myrons Augapfel. Sein einziges Kind, soviel ich weiß. Die Dienerin heißt Kyniska, glaube ich.«

Den zweiten Namen hörte Jason kaum, so wie er das dazugehörige Gesicht fast schon wieder vergessen hatte.

Aber Melissa! Das hieß Biene, und süß wie Honig erschien ihm Myrons Tochter. Er wußte, daß er diesen Namen und dieses Gesicht niemals vergessen würde.

Leaina, seine Mutter, hatte oft darüber gelacht, wenn im Heimatdorf die jungen Burschen und Mädchen miteinander tändelten. »Liebe auf den ersten Blick gibt es nicht«, hatte sie gesagt. »Nur Verliebtheit, und die vergeht beim Kochen und Waschen.« Noch deutlich hörte Jason den bitteren Unterton in der Stimme seiner Mutter, dessen Grund er wußte: Aelian!

Lebte Leaina noch, hätte sie jetzt über ihn lachen können. Obwohl er Melissa nur für kurze Zeit in die Augen gesehen hatte, obwohl sie kein einziges Wort miteinander gewechselt hatten, war sich Jason sicher, daß er sie liebte. Und er glaubte auch zu wissen, daß es Liebe war, keine Verliebtheit. Er spürte eine tiefe Verbundenheit, als hätten er und Melissa sich schon ihr ganzes Leben gekannt. Aber seine Mutter, die hätte darüber ganz bestimmt gelacht – ihr bitteres, trauriges Lachen.

»He, Jason, du bist ja wie von Sinnen! – Amykos rüttelte an der Schulter des Eläers. »Nimm es nicht so schwer, Freund. Du hast ja recht, das Haar wird nachwachsen.«

Jason starrte den anderen verwirrt an. »Welches Haar?«

10
Die Tochter des Syrers

> Kein Sterblicher ist frei.
> *Euripides*

Am Abend gab es ein großes Symposion in Myrons Haus, die offizielle Willkommensfeier, die der reiche Großgrundbesitzer für seine Gäste ausrichtete. Das Fest hatte schon vor drei Abenden stattfinden sollen, aber der Mord an Koroibos hatte es verhindert. Deswegen die Feier ganz ausfallen zu lassen, hatten Myron und Kreugas zwar erwogen, es aber verworfen. Das Leben ging weiter. Noch einmal sollten die Athleten soviel essen und trinken, wie sie wollten und konnten, bevor sie sich den strengen Regeln der Vorbereitung auf die Olympischen Spiele unterwarfen. Dies war die letzte Gelegenheit für viele Wochen, sich den Bauch nach Herzenslust vollzuschlagen.

Und Myron ließ sich wahrlich nicht lumpen. Die Weinsorten waren fast so zahlreich wie die Gerichte, und alles war von erster Wahl. Selbst das Garum hatten die Köche so verfeinert, daß aus der Speise des armen Mannes eine Delikatesse geworden war. Dazu gab es Musik, Spiele und Tänze mit Hetären und Knaben, die man eigens für die Feier aus Elis geholt hatte.

Leider nahm Melissa nicht an der Feier teil. Denn den Frauen eines Hauses war es verboten, fremden Männern bei einem Symposion Gesellschaft zu leisten. Dafür gab es die Hetären, die keine Würde und keine Ehre zu verlieren hatten.

Melissas Vater dagegen schien sich gut zu vergnügen. Seine Liege stand gleich neben der von Kreugas, auf der eine Frau hockte, die beide Männer abwechselnd mit Käsestückchen fütterte: Zopyra.

Mehrmals suchte Jason, dessen Liege sich ein gutes Stück entfernt befand, den Blickkontakt zu der schönen Hetäre. Doch jedesmal, wenn es ihm gelang, schlug sie die Augen nieder.

Während Jason noch darüber nachdachte, stand Myron auf und breitete in einer beschwichtigenden Geste die Arme über die Menschen aus. Sofort verstummten die Auloi, die Krotalons und die Kymbala, mit deren Klängen ein paar musizierende Hetären die Gesellschaft unterhielten.

Myron war eine beeindruckende Erscheinung, groß und stattlich, mit langem dunklen Haar und einem Vollbart, der ihm tief auf die Brust fiel. Erste graue Fäden mischten sich hinein, aber längst nicht in so starkem Maß wie bei Xenophanes. Bei Myron sah es eher aus wie dünne silberne Bänder, die in das dunkle Haar geflochten waren, um dessen eigentliche Farbe zu unterstreichen. Das goldbestickte Himation, sein einziges Kleidungsstück, wirkte nicht protzig, sondern unterstrich die natürliche Würde, die er ausstrahlte.

Die tiefe, volltönende Stimme paßte zu ihm. Er begrüßte die Gäste aus Paros, lobte die Insel und ihre Bürger, mit denen er gute Handelsbeziehungen unterhielt, und vergaß auch nicht, die Vorzüge und früheren Erfolge der Agonisten aus Paros zu würdigen. »Ich wünsche den Männern von Paros den großen Erfolg, den sie zweifellos haben werden«, schloß er mit einem Augenzwinkern. »Auch wenn meine Pferdegespanne natürlich besser sind als die aus Paros.«

Jubel und Gelächter, Beifall und ein paar Pfiffe waren die Folge.

Kaum hatte sich der Redner gesetzt, da stand Kreugas auf, bedankte sich artig für die Gastfreundschaft, lobte Myron, seinen in ganz Hellas und darüber hinaus leuchtenden Ruf als Handelspartner und seine Pferde, um mit der Bemerkung zu schließen: »So hervorragend die von Myron gezüchteten Pferde auch sein mögen, gegen die Gespanne aus Paros können sie natürlich nicht gewinnen.«

Dem folgten wieder Beifall und Pfiffe, wobei der Beifall überwog, da hauptsächlich Männer von der Insel Paros an dem Symposion teilnahmen.

Myron erhob sich erneut und fragte mit Blick auf Kreugas: »Wie wäre es, wenn wir morgen ausprobieren, wessen Gespanne besser sind?«

»Du meinst ein Wettrennen?«

Myron nickte. »Beschränken wir es, damit es nicht zu langwierig ist, auf die Fohlen.«

»Einverstanden«, sagte Kreugas. »Um welchen Preis?«

»Um den höchsten, die Ehre!«

Die Leute johlten und waren allgemein von der Wette begeistert.

Während Kreugas und Myron die Einzelheiten des für den morgigen Vormittag angesetzten Rennens besprachen, stahl sich Zopyra davon und stand auf einmal neben Jasons Liege. »Willst du mit mir sprechen, Jason?«

Er hatte ihr Kommen nicht bemerkt und starrte sie überrascht an. Sie war so schön, wie er sie in Erinnerung hatte, und trug einmal mehr einen sehr engen Peplos, der jede verlockende Rundung ihres verführerischen Körpers unterstrich. Das grüngolden glitzernde Gewand, dessen Schimmer sich mit jeder Bewegung des Körpers veränderte, wirkte an ihr, als dürfe eine Frau nichts anderes tragen, um ihrer natürlichen Schönheit nicht zu schaden.

Unwillkürlich stellte Jason in Gedanken einen Vergleich zwischen Zopyra und Melissa an. Die schwarzhaarige Hetäre mit dem dunkelglänzenden Hautschimmer und dem orientalischen Gesicht; die hellhäutige Tochter des reichen Myron – was hatten sie gemeinsam, außer daß sie schlank und schön waren. Zopyra hatte dennoch ihren Zauber ein wenig eingebüßt. Vielleicht lag es daran, daß er sich von ihr verraten fühlte. Vielleicht lag es aber auch an der Begegnung mit Melissa.

»Wenn du möchtest, daß ich dich in Ruhe lasse, Jason, sage es nur!«

Jetzt erst wurde ihm bewußt, daß er Zopyras Frage noch nicht beantwortet hatte. »Doch, laß uns reden«, sagte er. »Aber nicht hier. Gehen wir hinaus in den Hof.«

Er stand auf und verließ mit Zopyra das große Megaron, verfolgt von Amykos' bohrenden Blicken. Selbst als die beiden nicht mehr zu sehen waren, starrte der blonde Athlet noch mit argwöhnischem Gesicht auf den Durchgang, in dem sie verschwunden waren.

In dem Säulengang, der den großen Innenhof des Haupthauses umschloß, waren Jason und Zopyra allein. Die vielen Gesichter, die sie anstarrten, wirkten lebensecht, waren aber nur aus bunt bemaltem Marmor. Gesichter großer Heroen wie Odysseus, Aias und Achilleus, die im vollen Waffenschmuck die mächtigen Säulen der Kolonnade bildeten. Die wieder einsetzende Musik drang nur sehr gedämpft aus dem Megaron heraus.

Zopyra blieb stehen und drehte sich zu Jason um. Sie öffnete halb die Lippen, brachte aber kein Wort hervor. Ihre schlanken, ringgeschmückten Hände rangen miteinander und verrieten ihre Unsicherheit. »Ich weiß nicht, womit ich beginnen soll.«

»Vielleicht mit der Erklärung, weshalb du mich zur Schildkrötenbrücke bestellt hast, obwohl du beschlossen hattest, zu Koroibos zurückzukehren.«

»Ich ... ich weiß es selbst nicht genau. Auf einmal bekam ich Angst. Angst vor Koroibos, aber auch vor dir.«

»Vor mir?« Jason starrte Zopyra ungläubig an. »Dazu hattest du keinen Grund!«

»Mag sein. Aber die Angst war da. Ich wußte nicht, wie du reagieren würdest, wenn ich dir sagte, daß ich zu Koroibos zurückwolle.«

»Aber das Geld! Warum hast du es in meiner Kammer versteckt? Du hättest es doch zurückbringen können, und niemand hätte den Diebstahl bemerkt!«

»Und wenn er bereits entdeckt gewesen wäre? Wenn man mir aufgelauert und mich durchsucht hätte?«

Das leuchtete Jason ein. Dennoch blieb das ungläubige Gefühl, das ihn bei dem Gedanken an jene Nacht beschlich. Etwas stimmte nicht mit Zopyras Geschichte, aber er kam einfach nicht dahinter.

»Wieso hast du das gestohlene Geld bei mir gelassen? Du hättest es unterwegs verschwinden lassen können. Wenn du es in den Peneios geworfen hättest, wäre es vielleicht nie wieder aufgetaucht.«

»Als mir das einfiel, war es schon zu spät – ich war längst auf dem Rückweg. Ich folgte einer plötzlichen Eingebung, als ich es unter deinem Stroh versteckte. Verzeih mir, Jason, ich wollte dich nicht belasten!« Ihre Hände ergriffen seine, drückten sie sanft und fest zugleich. Ihr Gesicht war ganz nah, und ihr betörender schwerer Duft umhüllte den Eläer. »Du mußt mir glauben, daß ich dich nicht absichtlich beschuldigt habe, Jason! Ich war so verwirrt in jener Nacht. Die Schmerzen, die Koroibos mir zugefügt hatte, die Angst vor größeren Schmerzen und meine Gefühle für dich. All das ließ mich nicht mehr klar denken!«

In seinem Kopf herrschte ein Chaos widerstreitender Empfindungen und Überlegungen. Zopyras Nähe, der flehende Blick ihrer Augen und der süße Duft ihres Körpers machten es nicht einfacher. Er zwang seine Gedanken zur Ordnung und stellte die Frage, die am meisten auf seiner Seele brannte: »Weshalb hast du vor dem Demiurgen gelogen, Zopyra? Warum hast du mich nicht entlastet, als du die Gelegenheit hattest?«

»Auch aus Angst. Koroibos war tot, ermordet. Hätte ich meine nächtliche Abwesenheit und den Diebstahl des Geldes zugegeben, wäre ich leicht in den Verdacht geraten, in den Mord verwickelt zu sein. Man hätte gesagt: Ganz einfach, die Hetäre wollte den Mann loswerden, der sie peinigte. Es war ein Fehler, ich hätte dir sofort beistehen sollen. Aber ich war feige.«

Jason nickte langsam, aber ganz waren die Zweifel, die an ihm nagten, nicht ausgeräumt. »Später hast du deine Aussage widerrufen, Zopyra. Warum? Hattest du da keine Angst mehr um dich?«

»Die Angst um mich war nicht mehr so groß wie meine Angst um dich, Jason. Erst hatte ich gehofft, deine Unschuld würde sich ohne mein Zutun herausstellen. Leider war es nicht so. Dann hörte ich, daß Kreugas verzweifelt nach einem Ersatz für Koroibos suchte. Ich brachte deinen Namen ins Spiel.«

»Du warst das also!«

»Ja. Es war die Gelegenheit, dich aus dem Kerker zu holen und in deiner Nähe zu sein.«

»Aber du selbst brachtest dich durch die Änderung der Aussage in Gefahr.«

»Die Gefahr war nicht mehr so groß. Als ich Kreugas alles gestand ...« Sie stockte, blickte Jason ängstlich an und fuhr dann fort: »... teilte ich schon sein Lager. Ich wußte, daß ich Kreugas sehr gefiel. Und ich behielt recht: Er glaubte mir.«

Jason erwiderte nichts. Mit düsterer Miene starrte er in den Garten hinaus.

»Was hast du?« fragte die Frau. »Bist du enttäuscht, weil ich vor dem Demiurgen log?«

Jason schüttelte den Kopf. »Das ist es nicht. Es geht um dich und mich. Wenn du Kreugas' Geliebte bist, frage ich mich, wie du so unbefangen von deinen Gefühlen für mich sprechen kannst.«

Ein abweisender Zug kam in ihre Miene. »Du verstehst das nicht, Jason.«

»Was?«

»Daß ich eine Hetäre bin. Ich habe nicht die Rechte einer verheirateten Frau. Kein Mann beschützt mich, wenn ich nicht so für ihn da bin, wie er es erwartet. Als Kreugas nach Koroibos' Tod an mich herantrat, hatte ich keine Wahl.«

»Du hättest die parische Gesandtschaft verlassen können.«

»Nein.« Zopyra sprach mit Gewißheit, aber ihre Stimme klang leise, schwach, zitternd. »Kreugas kennt meine Vergangenheit. Ein Wort von ihm genügt, und ich muß sterben.«

»Ist das jetzt wieder eine Geschichte, die du dir ausgedacht hast, um meine Bedenken zu zerstreuen? So falsch wie die Geschichte, die du dem Demiurgen erzählt hast?«

»Ich wäre froh, wenn es nicht die Wahrheit wäre. Aber leider ist es so, ob du mir glaubst oder nicht.«

»Erzähl mir die Geschichte«, verlangte Jason. »Dann entscheide ich, ob ich dir glaube.«

Zopyra sah sich sorgsam nach allen Seiten um. »Laß uns hinaus auf den Hof gehen, Jason! Die Säulen sind nah; hinter ihnen könnten Ohren stecken.«

Sie verließen die Kolonnade und gingen zwischen sorgfältig gestutzten Mandelbäumen und Heckenrosen zu einem großen Springbrunnen in Gestalt eines Beckens, in dessen Mitte eine Naiade auf einem Felsen hockte und versonnen zu den Sternen hinaufsah. Aus ihrem Mund spritzte die Wasserfontäne ins Becken.

»Hier ist es besser«, stellte Zopyra aufatmend fest und ließ sich auf einer Bank am Rande des Brunnens nieder. »Das Plätschern übertönt unsere Worte.«

Jason nahm ebenfalls auf der Holzbank Platz, aber er vermied es, zu nah bei der Frau zu sitzen. Er befürchtete, ihre Nähe könnte ihn keinen klaren Gedanken fassen lassen. »Weshalb hast du solche Angst davor, daß uns jemand belauscht?«

»Was ich dir erzähle, muß nicht jeder wissen. Kreugas hat mich in der Hand wie schon Koroibos. Es müssen nicht noch mehr werden.«

»Und mir willst du es anvertrauen?«

»Ja, ich vertraue dir. Ich möchte, daß du erfährst, weshalb ich mich Kreugas hingeben muß. Denn glaube nicht, daß er mir gefällt.«

»Es gibt bestimmt nicht viele Menschen, denen Kreugas gefällt.«

Zopyra nickte und begann. Gleichmäßig und etwas tonlos floß ihre Stimme dahin. »Ich bin die Tochter eines aus Syrien stammenden Sklaven. Meine Eltern, mein jüngerer Bruder Nabis und ich bewirtschafteten auf eigene Verantwortung einen kleinen Hof an der Ostküste der Peloponnes, nahe der Hafenstadt Kyphanta. Wir lebten dort fast wie Freie, mußten unserem Herrn Polybios nur nach jeder Ernte den Tribut bringen. Eines Abends ging Nabis hinaus auf den Hof, um die Hühner in den Stall zu treiben. Dabei machte er stets einigen Lärm, um die Tiere zu scheuchen. Aber dieser eine Schrei, der mir noch in den Ohren nachklingt, war anders. So grell, so schrecklich – und dann erstarb er ganz plötzlich. Vater, Mutter und ich waren wie erstarrt. Dann griff Vater nach dem Messer, mit dem er Leder am Tisch zurechtschnitt, sprang auf und rannte vor die Tür. Mutter und ich hörten einen weiteren Schrei, kurz nur, und danach war wieder Ruhe. Wir starrten zur Tür, aber wer hereinkam, war nicht Vater und nicht Nabis, sondern ein junger Mann mit einem blutigen Schwert in der Hand. Es war Kreon.«

»Kreon?«

Zopyra schluckte einen Kloß hinunter. »Kreon war der Sohn unseres Herrn Polybios. Ich hatte wohl bemerkt, daß Kreon mich in jüngster Zeit mit gierigen Augen ansah, hatte das aber nicht weiter beachtet. Ich fühlte mich sicher im Haus meines Vaters und unter Polybios' Schutz. Es war ein Irrtum, wie ich bei Kreons Anblick erkannte. Ich wußte sofort, daß er meinetwegen da war. Mutter muß auch gewußt oder gespürt haben, warum Kreon gekommen war. Sie stand auf, trat auf ihn zu, beschwor ihn zu gehen, bettelte um mein Leben, nicht um ihres. Kreon nahm es ihr, indem er sie mit seiner Klinge durchbohrte, einfach so, ohne ein Wort zu sagen, die Augen dabei auf mich gerichtet. Ich glaube, ich habe laut geschrien und bin aus dem Haus gerannt. Genau erinnere ich mich nicht. Ich weiß nur noch, wie ich auf dem Hof lag, zwischen den Hühnern und zwei Leichen – mein Vater und mein Bruder. Kreon lag auf mir, schwitzte und keuchte und behandelte mich wie ein Tier. Er tat Dinge mit mir, von denen ich niemals geglaubt hätte, daß Menschen sie einander antun können. Irgendwann überwältigte mich der Schmerz, und ich fiel in Ohnmacht.«

Zopyra blickte, wie die Naiade im Brunnen, lange zum Sternenhimmel hinauf. »Ich weiß nicht, weshalb Kreon mich am Leben ließ«, fuhr Zopyra unvermittelt fort. »Das Flehen meiner Mutter wird es kaum gewesen sein. Unser alter Hahn weckte mich mit dem heiseren Gekrähe, mit dem er den Sonnenaufgang wie jeden Tag begrüßte. Kreon war fort. Meine Mutter lag im Hauseingang, mit gebrochenen Augen. Die Leichen meines Vaters und meines Bruders lagen im Hof. Ich ging zur Zisterne und wusch mich den halben Morgen. Ich hörte erst damit auf, als ich mich vor Erschöpfung nicht mehr halten konnte. Ich hatte keinen Hunger, nicht den geringsten, aber ich aß, weil ich wußte, daß ich Kräfte benötigte für das, was vor mir lag. Es war lange nach Mittag, als ich die unter die Erde gebracht hatte, die einen Tag zuvor noch meine Familie gewesen waren. Dann brach ich auf zum Haus von Polybios. Ich ließ mich nicht von der Tür weisen und verlangte, Kreon zu sprechen. Als er schließlich kam und mich verwundert ansah, stieß ich ihm das Ledermesser meines

Vaters ins Herz, ohne ein Wort zu sagen, so wie Kreon es mit meiner Mutter getan hatte. Dann lief ich fort.«

Wieder starrte sie mit ausdruckslosem Gesicht in den Nachthimmel und schien zu lauschen. Leise Musik und Gelächter drangen aus dem Haus, eine Eule rief irgendwo im Wald.

Jason fragte: »Wie ging es weiter? Wurdest du nicht verfolgt?«

»Natürlich wurde ich das. Sie hetzten mich zu Fuß, zu Pferd und mit Bluthunden. Ich weiß selbst nicht, wieso sie mich nicht erwischten. Ich hielt mich in den Wäldern auf und ernährte mich von eßbaren Pflanzen und vom Wasser der Wildbäche. Ich hielt mich östlich und wollte zur Küste. Unterwegs traf ich einen fahrenden Händler, der mich aufnahm, mir zu essen und frische Kleidung gab. Dafür wollte er das, was Kreon sich schon genommen hatte. Ich gab es ihm, denn es war mir gleichgültig geworden. Und er war bei weitem nicht so brutal wie Kreon. Außerdem hatte ich keine Wahl, der Händler kannte meine Geschichte und glaubte das Lügenmärchen nicht, das ich ihm auftischte. Er brachte mich tatsächlich zur Küste und verkaufte mich in Kyphanta an einen Sklavenhändler, der mich zu einer erfahrenen Hetäre in die Lehre schickte. Als meine Ausbildung beendet war, schiffte sich mein neuer Herr mit seinen Sklaven nach Paros ein, um auf dem großen Markt anläßlich der alljährlichen Spiele ein gutes Geschäft zu machen. Ich glaube, mit mir machte er ein sehr gutes Geschäft, als mich die Stadt Paros kaufte, um mich dem umworbenen Athleten Koroibos zu verehren.«

»Jetzt verstehe ich«, sagte Jason leise.

Zopyra schaute ihm ins Gesicht. »Du verstehst mich, aber du liebst mich nicht.«

»Die Nacht, in der du zu mir kamst, war wunderschön. Doch seitdem ist soviel geschehen.«

»Wärst du denn mit mir gekommen, Jason, hätte ich an der Schildkrötenbrücke auf dich gewartet?«

»Nein. Aber ich wollte es dir erklären und ging deshalb zur Brücke.«

»Würdest du jetzt mit mir kommen?«

»Ich habe mich verpflichtet, als Athlet für die Insel Paros bei den Olympischen Spielen anzutreten. Kreugas hat mir heute das Bürgerrecht von Paros verliehen.« Jason dachte daran, wie der dürre Gesandtschaftsführer seine Hand mit der Feder geführt hatte, als der Eläer vor Beginn des Symposions seinen Namen auf den Papyrus setzte. Er hatte sich schlecht dabei gefühlt, wie ein Verräter – an seiner Heimat vielleicht oder Zeus, zu dessen Ehren die Olympischen Spiele eigentlich stattfanden. Doch Jason hatte es tun müssen, um die Freiheit zu haben, weiter nach Aelian zu forschen. »Ich habe noch andere Gründe, in Elis zu bleiben.«

»Ich nehme an, du sprichst von diesem Athleten, Aelian.«

Jason nickte.

»Wenn du ihn fändest, könntest du dann mit mir kommen?«

»Ich ... weiß nicht.«

Ruckartig stand Zopyra von der Bank auf. »Ich werde mich umhören nach Aelian.« Sie wandte ihr Gesicht ab und verließ den Innenhof mit hastigen Schritten, so schnell es ihr der enge Peplos erlaubte. Sie ging zurück zum Megaron.

Jason überlegte lange, ob er sie rufen, sie zurückhalten, ihr alles erklären sollte, bis sie vom Schatten der Kolonnade verschluckt worden war. Aber er wußte nicht recht, was er ihr hätte sagen wollen.

Selbst wenn er Aelian fand, wenn ihn Kreugas aus seiner Pflicht entließ, für Paros in Olympia anzutreten, dann blieb noch dieses Gesicht, das sich in Jasons Gedanken immer wieder vor Zopyras Antlitz geschoben hatte. Das helle, junge, schöne, bezaubernde Gesicht von Myrons Tochter – Melissa.

11
Myrons Augapfel

Was ist es, sprich, was bei den Menschen Liebe heißt?
Euripides

Der private Hippodrom, den sich der Pferdenarr und Gestütsbesitzer Myron hatte bauen lassen, war dem großen Steinbruch vorgelagert, dessen blendende Nacktheit einen krassen Gegensatz zu dem üppigen Grün bot, das Myrons nur eine halbe Fußstunde entferntes Anwesen umgab. Auch der Hippodrom war einmal ein Teil des Steinbruchs gewesen und, nachdem sich kein verwertbares Gestein mehr aus ihm gewinnen ließ, zur Pferderennbahn umgestaltet worden. Der Boden war mit Sand gefüllt, die den Talkessel umgebenden Hänge durch den Arbeitseinsatz von Sklaven und Theten in natürliche Sitzplätze für das Publikum umgestaltet.

An diesem Morgen drängten sich nach Jasons Schätzung mehr als fünftausend Menschen zusammen, um dem Wettrennen zwischen Myrons Pferden und denen aus Paros beizuwohnen. Die Kunde hatte sich in Elis wie ein Lauffeuer verbreitet und die Menschenmassen angelockt. Selbst ein paar der Bauern und Landarbeiter waren gekommen und nahmen das Ereignis so wichtig, daß sie die drängende Erntearbeit verschoben. Ein erkleklicher Teil des Publikums wurde von den Sklaven aus Myrons Steinbruch gebildet, die sowieso bis zum Ende der Olympischen Spiele frei hatten. Da er an den Bauarbeiten für die Erweiterungen Olympias so glänzend verdient hatte, konnte sich Myron dies offenbar leisten. Außerdem stand der Steinbruch dadurch den Athleten aus Paros als Trainingsgelände zur Verfügung.

»Die Rennbahn ist zwei Stadien lang, genauso wie die

in Olympia«, sagte Xenophanes, der zu Jasons Rechten saß, während Amykos links Platz genommen hatte. Ihre Plätze lagen ziemlich weit unten auf der natürlichen Zuschauertribüne, in der Nähe des Startplatzes. Der Alipt zog die buschigen Brauen über den Augen zusammen und fuhr weniger begeistert fort: »Ein idealer Übungsplatz für Myrons Gespanne. Offenbar will unser Gastgeber um jeden Preis gewinnen, zum Ruhm der Stadt Elis – und natürlich seiner eigenen Pferdezucht.«

»Du scheinst darüber nicht gerade erfreut zu sein, Xenophanes«, stellte Jason fest. »Gönnst du unserem Gastgeber die Siegerkränze nicht?«

»Ich gönne sie ihm, noch mehr natürlich unseren eigenen Gespannen. Aber das ist es ja gerade, nicht die Kunst und Kraft des Menschen ist beim Pferde- und Wagenrennen gefragt, sondern die der Tiere. In mir sträubt sich alles dagegen, dies als Wettkampf der Menschen zu Ehren der Götter anzusehen.«

»Aber Menschen reiten die Pferde und lenken die Wagen!«

Jasons Einwand rief bei Xenophanes ein abschätziges Lächeln hervor. »Doch nicht die Reiter und Wagenlenker werden als Sieger ausgezeichnet, sondern die Gestütsbesitzer, selbst wenn sie niemals in ihrem Leben das Fell eines Pferdes auch nur berührt haben. So kann sich jeder zum Athleten und Olympioniken aufschwingen, wenn nur sein Geldbeutel groß genug ist, gute Pferde zu züchten oder zu kaufen.«

Jason ging nicht weiter darauf ein. Er gewöhnte sich allmählich an die jähen Stimmungswechsel des Alipten, der in einem Augenblick hellauf begeistert von einer Sache schwärmen und im nächsten zornig über eine andere schimpfen konnte.

Der Eläer schaute nach rechts, wo Kreugas und sein Wettpartner Myron miteinander plauderten. Neben dem

Gesandtschaftsführer saß Zopyra, und immer wieder tätschelte der dürre Mann die schöne Hetäre wie beiläufig. Zopyra ließ es sich gefallen, ohne zu zeigen, ob es ihr gefiel. Als sich Jasons Blick mit ihrem traf, senkte sie schnell den Kopf. Es wirkte nicht schamhaft, sondern als ob sie erkannt hätte, daß sie von ihm nichts mehr zu erwarten hatte.

Jason hatte gehofft, Melissa beim Wettrennen zu sehen. Doch anscheinend gehörte Myron zu den strengen Vätern, die ihre Töchter vor allen fremden Blicken abschotteten und bis zur Hochzeit ins Gynaikon verbannten.

Das Redengeschwirr, das die Luft summend erfüllte, verstummte, als das Geschmetter einer Salpinx durchs Tal zog. Neben dem Bläser, der eine Tunika römischen Zuschnitts trug, stand ein kräftiger Mann in einem langen Chiton.

»Das ist Pontikos, er leitet Myrons Rennstall«, erklärte Xenophanes.

Pontikos begrüßte die Zuschauer im Namen seines Herrn und erläuterte die Wette, die Myron und Kreugas auf dem gestrigen Symposion abgeschlossen hatten. »Wenn auch unter dem Einfluß des Weins entstanden, so soll die Erfüllung der Wette doch die Wahrheit zeigen, welche Pferde die besseren sind, Myrons oder die von Paros. Denn sagen nicht die Römer, im Wein liege die Wahrheit?« Er erntete einige Lacher und zustimmende Rufe und fuhr danach fort: »Die Wettkämpfe finden in den Disziplinen statt, die auch in diesem Jahr bei den Heiligen Spielen in Olympia vertreten sind, jedoch beschränkt auf die Fohlen: das Rennen der Tiere und das Wagenrennen mit Zwei- und Viergespannen sowie erstmals das Wagenrennen mit den Zehngespannen zu Ehren des Kaisers Nero. Um der heiligen Gerechtigkeit willen geht jede Seite mit derselben Anzahl von Pferden und Gespannen an den Start, nämlich drei. Beim Rennen mit Zehngespannen wird jede Seite nur mit einem Gespann vertreten sein.«

»Für viel mehr dürfte auch nicht Platz sein bei zehn Pferden pro Gespann«, überschrie Xenophanes den Applaus des Publikums. »Wieder so eine Unsitte aus dem römischen Circus, den Nero nach Hellas importiert hat, nur weil er sich als begnadeten Lenker von Zehngespannen ansieht. Dabei ist es in einem Rennen schon schwierig genug, vier Pferde unter Kontrolle zu halten.«

»Du schimpfst immer wieder auf Nero«, stellte Jason fest. »Wen magst du nicht, den Kaiser oder die Römer?«

»Beide. Römer sollten Römer bleiben und sich nicht als Hellenen verkleiden, um bei den Spielen die Siegerkränze einzuheimsen. Was Nero aber auf seiner Reise durch Hellas treibt, ist eine regelrechte Verhöhnung der Götter!«

»Das stimmt«, pflichtete Amykos ungewöhnlich ernst bei. »Wenn die Römer schon ihre Soldaten nach Hellas schicken, können sie wenigstens ihre Athleten für sich behalten. Wobei es im Fall von Nero wohl kaum gerechtfertigt ist, von einem Athleten zu sprechen. Wahrscheinlich würde er im Allkampf gegen Jason nur wenige Augenblicke bestehen und im Wettlauf gegen mich aussehen wie eine Schildkröte gegen ein Rennpferd.«

Amykos lachte und war jetzt wieder der leichtherzige Jüngling, den Jason kannte. Der Eläer bemerkte einen langen, nachdenklichen Blick, den Xenophanes dem Läufer zuwarf.

Ein erneutes Signal der Salpinx lenkte seine Aufmerksamkeit wieder auf das Geschehen unten bei den keilförmig gestaffelten Startkästen. Pontikos kündigte als erstes Wettrennen den Lauf der Fohlen an, und durch einen in den Fels gehauenen Durchlaß ritten die sechs Wettstreiter ein. Zur besseren Unterscheidbarkeit trugen die Reiter aus Paros rote Chitons, Myrons Männer dagegen weiße.

Männer? Jason riß, wie die meisten der Zuschauer, die Augen auf, sowie er Melissa als einen der weißen Reiter erkannte. Melissa, Myrons Augapfel, eine Frau, ein Mädchen fast noch, als Wettkämpferin?

»Eine Frau auf der Rennbahn, das gibt es sonst nur in Sparta und in Rom«, lachte Xenophanes mit rauher Stimme und ohne wirkliche Belustigung, wobei er heftig den Kopf schüttelte. »Es wirkt wie ein schlechter Scherz. Aber wie ich Myron kenne, ist es das nicht.«

Nein, ein Scherz schien es wirklich nicht zu sein. Melissa saß mit der gleichen Sicherheit auf dem Rücken ihres weißen Fohlens wie die männlichen Wettstreiter.

Xenophanes hörte nicht mit dem Kopfschütteln auf. »Myron muß es sehr bedauern, nur der Vater einer Tochter, nicht der eines Sohnes zu sein, daß er diesem Mädchen erlaubt, Rennen zu reiten und sich der Öffentlichkeit mit nackten Beinen zu präsentieren wie eine Hetäre.«

»Warum hat er keinen Sohn?« fragte Amykos.

»Weil Myrons Frau nach Melissas Geburt nie wieder ein Kind bekommen konnte«, antwortete der Alipt. »Und als Melissas Mutter starb, nahm Myron sich keine neue Frau, weil er die erste nicht vergessen konnte. So blieb sein drängender Wunsch nach einem Sohn unerfüllt.«

Unten erhob Pontikos wieder die Stimme: »Die Reiter mögen sich jetzt in die Startkammern begeben. Und vergeßt nicht, daß der Lauf über sechs Stadien geht. Sieger ist, wer zuerst beide Wendemarken umkreist hat und dann wieder die hintere Wendemarke erreicht.«

Die sechs Reiter lenkten die Pferde in die Startkästen. Pontikos und der Bläser traten beiseite, um die Rennbahn zu räumen. Pontikos hob langsam den rechten Arm und senkte ihn ruckartig. Wieder schmetterte die Salpinx, und der von einem Diener betätigte Startmechanismus, der die Kammern öffnete, ließ die Pferde frei.

Eine Staubwolke hüllte die sechs Reiter ein, die unter den Beifallsrufen des Publikums fast gleichzeitig aus den Holzkästen auf die Anlaufstrecke preschten, die weit über ein Stadion lang war und nicht zur eigentlichen Rennstrecke zählte. Die Begeisterung legte sich ein wenig, zumindest unter den Eliern, als sie sahen, daß sich ein roter Reiter aus dem Feld absetzte und sein nachtschwarzes Fohlen mit zwei Pferdelängen Abstand an die Spitze setzte. Dann erst folgte ein weißer Reiter – nein, eine Reiterin, Melissa!

Fasziniert hingen Jasons Augen an der schlanken Gestalt, die tief über den Hals ihres Schimmels gebeugt hing. Er bildete sich ein, daß Melissas Herz nicht schneller klopfen konnte als sein eigenes. Er fieberte rastlos mit Myrons Tochter, ängstigte sich um sie bei dem gefährlichen Ritt und bewunderte sie zugleich. Sie machte eine bessere Figur als die anderen fünf Reiter, das lag seiner Meinung nach auf der Hand. Ihr Haar hatte sie hinten mit weißen Bändern zusammengebunden, so daß es ihr nicht störend ins Gesicht fiel. Es hatte einen wilden, fast maskenhaften Ausdruck. Ihre schlanken Beine waren leicht gebräunt: ersichtlich verbrachte sie ihre Zeit nicht nur im Gynaikon. Ja, sie ritt fabelhaft. Schon beim Passieren der ersten Wendemarke, wo die eigentliche Rennstrecke begann, hatte sie eine halbe Pferdelänge zu dem Reiter aus Paros aufgeschlossen. Die vier anderen Reiter schienen hoffnungslos abgeschlagen.

Der rote Reiter trieb sein Tier mit leichten Schlägen an, nicht so Melissa. Sie beugte sich noch weiter vor, und es schien so, als flüstere sie dem Schimmel etwas ins Ohr. Vielleicht war das eine Täuschung, jedenfalls griffen die Beine von Melissas Tier noch weiter aus, gestreckt flog es über die Bahn, und nach der Umkreisung der äußeren Wendemarke waren das schwarze und das weiße Fohlen nur noch eine Pferdelänge voneinander entfernt.

Das Wettfieber, unter den Zuschauern schon vorher ausgebrochen, erreichte einen neuen Höhepunkt. Wenn Myron und Kreugas auch nur um die Ehre stritten, die Menschen auf den Rängen nutzten die Gelegenheit, einen

Schnitt zu machen und riefen sich handfeste Beträge zu. Jason vermochte nicht zu sagen, ob die Mehrzahl auf den roten Reiter oder auf Melissa setzte.

Der Rote baute seinen Vorsprung wieder aus, indem er noch heftiger auf sein Tier einschlug. Jason erkannte den Reiter, einen ungestümen Jüngling namens Hippias, der dem Eläer durch seine siegesgewisse Prahlerei unangenehm aufgefallen war. Hippias war mit Abstand der Beste unter den Reitern und Wagenlenkern von Paros; nur stellte er es selbst immer wieder so heraus. Mehrmals hatte er sich damit gebrüstet, er würde selbst Nero beim Wagenrennen mit Leichtigkeit schlagen – was zwar möglich, aber alles andere als ratsam war.

Schmerz und die Furcht vor weiteren Schlägen trieben das schwarze Fohlen noch einmal voran und brachten Paros einen Vorsprung von eineinhalb Pferdelängen ein. Der aber schmolz schnell wieder zusammen. Weitere Schläge führten zu keinem sichtbaren Erfolg. Als es zum zweitenmal auf die äußere Wendemarke zuging, einen mit Rennmotiven verzierten Obelisken, lag Hippias nur noch eine halbe Pferdelänge vorn. Sein Tier war sichtlich erschöpft, aber Melissas Schimmel lief noch mit der gleichen Leichtigkeit wie zu Beginn des Rennens. Jeder Schritt brachte das weiße Fohlen näher an das schwarze heran.

Kurz vor der äußeren Wendemarke hatte Melissa den Gegner eingeholt und wollte vor ihm das Tier herumreißen. Aber der Rote drängte sie rücksichtslos beiseite. Fast sah es so aus, als hätte er Melissa mit der Hand weggestoßen. Die Reiter waren zu weit von Jasons Platz entfernt und außerdem von einer Staubwolke eingehüllt, so daß er es nicht genau sehen konnte. Melissa schwankte auf dem Pferderücken, fing sich wieder und beugte sich so tief über den Schimmel, daß ihr kurzer, weißer Chiton mit dem Fell fast verschmolz. Die Reiterin schien nicht mehr zu existieren, so leichtfüßig griff ihr Tier jetzt aus. Auf dem letzten

Plethron zog es mühelos an dem schwarzen Rivalen vorbei und ging als erstes durchs Ziel, mit mehr als einer Pferdelänge Vorsprung.

Die Hochrufe auf Melissa und Myron wollten kein Ende nehmen. Nur wenige Menschen jubelten nicht: die Leute aus Paros und die anderen, die auf Hippias Geld gesetzt hatten. Jason auch nicht. Er war ganz einfach froh, daß Melissa das Rennen heil überstanden hatte.

Während die Reiter von den Pferden stiegen und ihre Tiere durch den Felsdurchlaß zu den Stallungen führten, traten Pontikos und der Bläser wieder vor. Ein Signalstoß verschaffte dem Leiter von Myrons Rennstall Gehör. Er lobte die Leistungen beider Seiten, vergaß aber nicht, Melissas Sieg und damit auch den Triumph ihres Vaters Myron herauszustreichen. Dann kündigte er den nächsten Wettkampf an, das Rennen der Fohlen-Zweigespanne über achtzehn Stadien. Jason war kaum noch erstaunt, als er unter den weißgekleideten Lenkern von Myrons Bigen wiederum Melissa entdeckte. Wenn er sich auch fragte, woher eine Frau die nötige Kraft nehmen konnte, eine Biga in voller Fahrt heil um die Wendemarke zu bringen.

Zumindest Melissa hatte diese Kraft, wie sie unter dem Jubel der Zuschauer eindrucksvoll bewies. Sie beherrschte die Biga mit spielerischer Leichtigkeit, als ob die beiden Pferde von allein wüßten, was sie wann zu tun hatten. Aber diesmal wurde sie nur zweite und unterlag Hippias, der wie ein Besessener auf seine Fohlen einpeitschte und Myrons Augapfel auf den letzten beiden Stadien weit hinter sich zurückließ. Die Leute von der Insel Paros jubelten so laut, daß darin fast das Signal der Salpinx unterging, nach dem Pontikos das Rennen der Fohlen-Quadrigen ankündigte.

Erneut waren Melissa und Hippias unter den Wagenlenkern, und erneut entschied sich zwischen ihnen das Rennen. Jetzt war das Glück wieder auf Melissas Seite, die den Konkurrenten mit einer deutliche Wagenlänge Vorsprung schlug.

»Das Mädchen ist wirklich gut«, gestand Xenophanes widerwillig ein. »Schade nur für Myron, daß keine weiblichen Wagenlenker bei den Olympischen Spielen zugelassen sind.«

»Ich bin gespannt, wer Myrons Zehngespann fährt«, meinte Amykos. »Bestimmt nicht seine Tochter. Eine Frau kann niemals zehn ungestüme Fohlen unter Kontrolle halten.«

Pontikos kündigte das mit besonderer Spannung erwartete Rennen der Zehngespanne an, das über achtzig Stadien gehen sollte, was zwanzig Runden im Hippodrom entsprach. Für die wettkampfgewöhnten Zuschauer waren Pferde- und Wagenrennen nichts besonderes, Jason bildete da eine Ausnahme. Aber mehr als vier Pferde vor einen Rennwagen zu spannen, das fanden die Menschen sehr ungewöhnlich. Schon vier Pferde waren schwer zu lenken, wenn die Wagen in rasender Fahrt in engen Kurven um die Wendemarken gebracht werden mußten. Aber zehn! Das grenzte an Tollkühnheit und brachte Nero, der bei den Heiligen Spielen selbst ein Zehngespann steuern wollte, einiges an Bewunderung ein.

Der aufbrandende Applaus galt den beiden Wagenlenkern, die dem Ruf der Salpinx folgten und in den Hippodrom einfuhren. Zuerst kam Hippias, und die Leute aus Paros brachen erneut in Begeisterungsstürme aus.

»Hippias wird es Myron schon zeigen!« jubelte auch Amykos.

»Ja«, nickte Xenophanes. »Ehrgeizig, wie er ist, wird er die zweimalige Niederlage nicht auf sich sitzen lassen.«

»Immerhin wurde Hippias beim Ritt und beim Rennen der Bigen Zweiter«, wandte Jason ein.

Die beiden Köpfe rechts und links von ihm ruckten herum.

»Zweiter zu sein bedeutet überhaupt nichts«, belehrte Xenophanes ihn von oben herab. »Nur der Sieg zählt! Wer nicht Erster bei den olympischen Agonen wird und nicht als Olympionike mit dem Ölbaumkranz in die Heimat zurückkehrt, sollte sich besser nicht in der Öffentlichkeit zeigen. Und er ist hier auch fehl am Platz. Ich bilde Sieger aus, keine Versager!«

Nun bewegte sich Myrons Wagen zum Startplatz. Ein Raunen ging durch die Menge, als sie den Lenker im weißen Chiton erkannte. Melissas Name erscholl immer wieder, und eifrig wurden Wetten abgeschlossen. Melissa lenkte den Wagen ebenso geschickt in die von Pontikos bezeichnete Startposition wie Hippias. Denn die Startkammern konnten nicht benutzt werden; sie waren viel zu eng für die breiten Zehngespanne.

Jasons Gefühle schwankten zwischen Bewunderung und Sorge, als er die junge Frau unter sich betrachtete. Sie schien dem bevorstehenden Rennen ohne die geringste Aufregung entgegenzusehen. Aufrecht, aber nicht steif, stand sie in dem Wagen, der angesichts der zehn vorgespannten Fohlen lächerlich klein wirkte, klein und zerbrechlich. Die langen Zügel hatte sie nach Sitte der Rennfahrer um die Taille geschlungen und hielt deren Enden in der einen, die Peitsche in der anderen Hand. In den umgebundenen Zügeln steckte ein Messer, mit dem sich Melissa bei Gefahr – dem Umstürzen des Wagens – von den Zügeln befreien konnte. Jeder Wagenlenker trug solch ein Messer bei sich.

Das flaue Gefühl in Jasons Magen verstärkte sich, als die Salpinx ertönte und Pontikos als sichtbares Startzeichen zugleich ein großes weißes Tuch zu Boden fallen ließ.

»Jetzt lassen sie zum Start schon Tücher fallen, wie im römischen Circus«, sagte Xenophanes mißbilligend.

Die Peitschen durchschnitten pfeifend die Luft und knallten trocken über den Ohren der Fohlen, die unruhig die Köpfe warfen und laut wieherten. Das Gewieher wurde von den Anfeuerungsrufen der Wagenlenker übertönt. Die großen Gespanne ruckten an, zogen mächtige Staubfahnen hinter sich her und wurden immer schneller, je näher sie der ersten Säule und damit dem eigentlichen Beginn der Rennbahn kamen. Mit leichtem Vorsprung erreichte Hippias die Säule zuerst und ließ sie hinter sich. Die erste der zwanzig Runden hatte begonnen.

Diesmal schlug Hippias von Anfang an wie ein Besessener auf die Rücken der Fohlen ein und baute seinen Vorsprung schnell aus. Melissa lag an der zweiten Wendemarke deutlich hinter ihm und mußte den Staub schlucken, den das um die Steinsäule preschende Gespann aus Paros aufwirbelte. Offenbar sah sie deshalb schlecht, denn ihr Gespann fuhr einen unnötig weiten Bogen, der es noch mehr ins Hintertreffen brachte. Eine ganze Gespannlänge lag zwischen den beiden Wagen, als Melissa endlich die Säule umfahren hatte und die Geschwindigkeit ihres Zehnspänners auf der Geraden wieder steigerte.

Wer jetzt noch wettete, setzte auf den Jüngling aus Paros und bekam dafür keine guten Konditionen. Der Verlauf des Rennens schien den Wettenden recht zu geben. Hippias hielt seinen Vorsprung, ja, er baute ihn von Runde zu Runde stets noch ein bißchen aus. Jedesmal, wenn sein Gespann die erste Wendesäule umfuhr und einer von Myrons Bediensteten als Zeichen einer abgelaufenen Runde eine Mechanik betätigte, die ein silbern glänzendes Pferd an einer langen Holzstange über den Startkammern nach oben schnellen ließ, war die Distanz zwischen den Gespannen um ein paar Fuß größer geworden.

Ein Silberpferdchen nach dem anderen blinkte über den Startkammern im hellen Licht der immer weiter nach oben kletternden Sonne. Beim zehnten dachte Jason daran, daß die Hälfte des Rennens vorüber war. Und Melissa lag weiter zurück denn je. Das elfte Silberpferd erhob sich, das zwölfte.

»Gut so, Hippias!« fiel Xenophanes in den allgemeinen Jubelchor der Leute aus Paros ein. »Mach die Schande wieder gut, zeig es diesem Mädchen!«

Jason überlegte, worin der Alipt die Schande sehen mochte. Darin, daß Hippias und damit die Insel Paros zweimal geschlagen worden waren? Oder darin, daß eine Frau die Siegerin geworden war?

Mit einem Mal hatte sich das Bild unten im Sand des Hippodroms geändert. Es war nicht recht zu sagen, wie das eigentlich zugegangen war. Aber als das siebzehnte Silberpferd hinaufschnellte, betrug die Distanz zwischen den Gespannen weniger als eine Wagenlänge. Hippias, der jetzt immer öfter aufgeregt über die Schulter zu dem Verfolgergespann blickte, schwang seine Peitsche durch die Luft, als wolle er die Pferde bei lebendigem Leib in Stücke hauen. Aber Jason sah jetzt ganz deutlich, daß das von Anfang an sein Fehler gewesen war. Er hatte die Tiere zu sehr gehetzt. Darum waren sie jetzt erschöpft, während Melissas Fohlen noch über Reserven verfügen mochten.

Das achtzehnte Silberpferd stieg in die Luft. Melissa nutzte die folgende Gerade, um zu Hippias aufzuschließen. Die Köpfe ihrer Tiere befanden sich jetzt auf einer Höhe mit dem anderen Wagen. An der Wendemarke konnte Hippias sich noch einmal von dem Verfolgergespann lösen, doch auf der anschließenden Geraden holte Melissa ihn endgültig ein. Kopf an Kopf rannten die Tiere auf die Wendemarke am Start zu. Das neunzehnte Silberpferd sah Hippias nur deshalb ein kleines Stück vorn, weil sein Gespann näher an der Säule wenden konnte.

Hippias schnitt die Kurve so scharf, daß sein Wagen an dem anderen Gefährt entlangsschrammte. Funken stoben auf, als die Radnaben einander berührten. Dann lösten sie sich wieder voneinander, ohne daß etwas geschehen war.

Melissa zeigte sich von dem waghalsigen Manöver des Rivalen unbeeindruckt. Es sah so aus, als sollte erst in dieser letzten Runde die Entscheidung fallen. Ja, tatsächlich überholte das Mädchen den Mann aus Paros, der in wütender Erschöpfung seine Peitsche schwang. Aber es nützte ihm nichts mehr, Melissa ließ ihn hinter sich zurück und ging unter dem Jubel der Einheimischen als erste in die Kurve an der zweiten Wendemarke. Der Jubel verwandelte sich in aufgeregtes Geschrei, als Hippias sein Gespann plötzlich nach links zog, um Melissa an der Säule zu schneiden. Er wollte sein Gespann offenbar zwischen Myrons Pferden und der Säule hindurchzwängen.

Jason sprang, wie die meisten Zuschauer, von seinem Platz auf, konnte es nicht fassen. Um ihren Vorsprung auszubauen, war die junge Elierin bei ihrer Wende eng an die Säule herangefahren. Nein, es war und war nicht genug Platz zwischen ihrem Gespann und der Säule, das konnte jeder sehen. Jason war sich sicher, daß es Hippias in diesem Augenblick nicht mehr um den Sieg ging, sondern nur noch darum, nicht zu verlieren. Dann stießen die Wagen krachend zusammen und stürzten um. Die Gespanne verkeilten und verhedderten sich ineinander und schleiften die Wagen in einer gigantischen Staubwolke hinter sich her. Als die Tiere merkten, daß etwas nicht stimmte, blieben sie stehen. Alles war ganz von Staub verhüllt.

»Melissa…«, stieß Jason hervor, fast tonlos vor Erschrecken. Dann sprang er über die Steinbänke nach unten in den aufgewühlten Sand der Rennbahn. Während er über die Strecke lief, auf der eben noch die Gespanne in irrer Fahrt um den Sieg gerungen hatten, sah er, wie aus allen Richtungen die Menschen von den unteren Plätzen zum Unglücksort rannten.

Allmählich verzog sich die schwere Staubwolke. Aus ihr löste sich eine Gestalt, die sich taumelnd und hustend zwischen den Trümmern der zerbrochenen Wagen erhoben hatte. Sie trug einen roten Chiton und hielt ein Messer in der Rechten. Hippias hatte es geschafft, sich zu befreien. Er hatte mehrere Schrammen am Körper, das Gewand war zerrissen, aber er schien nicht schwer verletzt zu sein.

Und Melissa? Von ihr war nichts zu sehen. Jason kämpfte sich durch die immer dichter werdende Menge, die die zerstörten Wagen in einem dichten Kreis umstand. Als er die Trümmer erreichte, hoben gerade ein paar Männer einen reglosen Körper in einem blutfleckigen, völlig zerfetzten Chiton aus den Wracks. Vorsichtig betteten die Helfer das Mädchen in den Sand des Hippodroms.

»Was ist mit ihr?« keuchte Jason.

»Sie konnte sich nicht mehr rechtzeitig losschneiden«, antwortete einer der Männer. »Ein großer Holzsplitter hat sich in ihre Brust gebohrt.«

»Ist sie ...« Jason brach ab. Die Vorstellung war zu schrecklich, um sie auszusprechen.

»Sie lebt«, verkündete der Mann zu Jasons großer Erleichterung. »Aber sie atmet nur sehr flach.«

»Laßt mich nach ihr sehen!« Jemand kämpfte sich durch die Menge und schob die Schaulustigen rücksichtslos zur Seite – Xenophanes. Er kniete sich neben Melissa in den Sand, fühlte ihren Puls, ihren Herzschlag und hob ihre Lider, um in ihre Augen zu sehen. Dann untersuchte er die große Wunde in ihrer Brust. Schließlich blickte er auf und sagte ruhig: »Sie kann durchkommen. Wenn sie richtig behandelt und versorgt wird, besteht Hoffnung.«

»Verstehst du etwas davon?« fragte Jason zweifelnd.

»Ein guter Alipt ist stets auch ein brauchbarer Arzt.« Xenophanes grinste, was Jason angesichts der Situation höchst abstoßend fand. »Ich bin übrigens beeindruckt von dir, Jason. Du bist schneller als alle anderen zur Unglücksstelle gerannt. Selbst Amykos konnte kaum mit dir Schritt halten. Morgen werde ich deine Fähigkeiten im Laufen erproben!« Jason blickte stumpf durch ihn hindurch.

Pontikos erklärte den Wettkampf aufgrund des schweren Unfalls für vorzeitig beendet, aber seine Worte gingen in dem allgemeinen Aufruhr unter. Melissa wurde vorsichtig auf einen vierrädrigen Karren gebettet, der von zwei Maultieren zu Myrons Anwesen gezogen wurde. Xenophanes hockte auf dem Karren und kümmerte sich um Myrons Augapfel. Jason ging ganz vorn in der langen Prozession, die dem Karren folgte, begleitet von Amykos. Der blonde Läufer versuchte immer wieder, ein Gespräch mit dem Eläer anzufangen, aber dessen einsilbige Antworten ließen ihn schließlich aufgeben.

Kräftige Diener trugen Melissa in das Haus ihres Vaters. Xenophanes ging mit hinein und kurz darauf auch Eupolos, der seinen großen, mit Leder überzogenen Arztkasten ächzend hinter sich schleppte. Am liebsten wäre er mit ins Haus gegangen, aber als Fremder durfte er das Gynaikon nicht betreten. Er wartete vor dem Gebäude, so sehr in Sorge um Melissa, daß er gar nicht auf die pralle Sonne achtete, die auf ihn herabschien.

Es fiel ihm erst auf, als Amykos ihn in den Schatten einer Kolonnade zog und sagte: »Die Sonne versengt dir noch das Hirn. Melissas Unfall geht dir wohl sehr nahe?«

»Ja«, antwortete Jason geistesabwesend und versank wieder in sein dumpfes Brüten, die Augen unverwandt auf Myrons prächtiges Haus gerichtet. Als die schwere, mit Bronzeverzierungen beschlagene Holztür geöffnet wurde, sprang er vom Boden auf und blickte mit aufgerissenen Augen hinüber. Zu seiner Überraschung trat Hippias heraus, um den erhobenen Kopf einen dicken Verband und weitere Verbände an Armen und Beinen. Jason verließ den Schatten der Kolonnade und ging ihm entgegen, um ihn nach Melissas Befinden zu fragen.

»Melissa?« Der untersetzte Jüngling blieb stehen und sah Jason mißlaunig an, die aufgeworfenen Lippen verächtlich nach unten gezogen. »Wie soll es ihr schon gehen? Gut, nehme ich an. Jedenfalls hat sie die Operation lebend überstanden und wird umsorgt, als sei sie die Frau des Kaisers und nicht die Tochter eines Mannes, der es versäumt hat, sein Kind richtig zu erziehen.«

»Was soll das heißen?«

»Frauen sollten keine Pferde reiten und keine Wagen lenken. Du hast ja gesehen, was dabei herauskommt, Eläer.«

Als Hippias weitergehen wollte, stellte sich Jason ihm in den Weg.

»Was soll das?« schnaubte Hippias. »Mach Platz, Mensch! Ich habe keine Lust, länger in der prallen Sonne zu stehen. Mein Schädel brummt noch von dem Unfall, in den mich dieses Weib verwickelt hat.«

»Bevor ich Platz mache, muß ich noch etwas richtigstellen«, zischte Jason scharf. »Nicht Melissa hat dich in den Unfall verwickelt, Hippias, sondern du sie. Du hattest keine Aussicht mehr auf den Sieg, aber du hast es Myrons Tochter geneidet, dich ein drittes Mal zu schlagen. Deshalb hast du mit voller Absicht den Unfall herbeigeführt und dabei riskiert, Melissa zu töten!«

Die Augen des Wagenlenkers, für gewöhnlich zusammengekniffene Schlitze, öffneten sich weit und wurden kugelrund.

Seine Mundwinkel zuckten, als er laut erwiderte: »Was fällt dir ein, so mit mir zu sprechen, du dreckiger Schweinehirte? Du bist nicht der Mensch, dem ich Rechenschaft schulde. Und überhaupt, was geht dich Myrons Tochter an? Oder hat sich der Schweinehirt in ein Mädchen verguckt, die in aller Öffentlichkeit ihre nackten Beine zeigt wie die billigsten unter den Hetären?«

Das war zuviel für Jason. Nicht, daß er beleidigt wurde, sondern die abfälligen Worte über Melissa ließen ihn die Kontrolle über sich verlieren. Er versetzte dem anderen einen heftigen Stoß, und der Wagenlenker landete mit dem Hinterteil im Staub.

Die Überraschung auf seinem Gesicht wich schnell dem Zorn. »Du wagst es, mich anzufassen, Schweinehirte?« Hippias sprang auf, und als er stand, hielt er das Messer in der Rechten, mit dem er sich im Hippodrom von den Zügeln befreit hatte. Mit einem raschen Satz sprang er auf den Eläer zu, und seine Klinge zerteilte die Luft vor Jasons zurückzuckendem Gesicht.

Jason war von dem blitzschnellen Angriff überrascht worden. Jetzt taumelte er nach hinten, verlor das Gleichgewicht und landete, wie zuvor Hippias, hart im Staub. Mit dem Messer in der ausgestreckten Faust stürzte Hippias auf ihn zu. Jemand sprang vor und stellte sich schützend zwischen ihn und Jason – Amykos.

»Hört endlich auf damit!« rief der Läufer. »Ihr seid beide erhitzt und solltet euch beruhigen, bevor etwas Schlimmes passiert!«

»Geh mir aus dem Weg!« fauchte Hippias und wischte den Blonden mit dem linken Arm beiseite. »Ich rede nur mit ganzen Männern, nicht mit Nauhupfern und Schweinehirten. Ich werde euch schon zeigen, daß man mich nicht ungestraft verhöhnt!«

Mit hochrotem Kopf und ängstlichem Blick verfolgte Amykos, wie Hippias sich mit erhobenem Messer dem Eläer näherte. Jason wartete, bis der Gegner heran war, stützte sich auf den Ellbogen und schloß seine Unterschenkel um die Beine des anderen. Diese Bewegung hatte Jason als Pankrat hundertmal geübt, aber für Hippias war es eine böse Überraschung. Der Wagenlenker ging neben dem Eläer zu Boden. Jason warf sich auf ihn und drosch wütend mit den geballten Fäusten auf ihn ein. Einen Gegenangriff mit dem Messer blockierte Jason schon im Ansatz, indem er Hippias' Schulter mit einem Knie auf den Boden preßte. Der Wagenlenker stöhnte vor Schmerzen.

Jason entwand ihm das Messer und schleuderte es fort. Dann schlug er wieder auf das Gesicht des jungen Edlen ein, das keine Arroganz mehr zeigte, sondern, zerschunden und blutverschmiert, nur noch klägliche Hilflosigkeit. Er hätte den Kampf längst abbrechen können, aber der Dünkel des Wagenlenkers, verbunden mit dem nicht ganz unberechtigten Spott, hatten ihn zu sehr aufgewühlt.

Jasons zum Schlag erhobener Arm wurde plötzlich festgehalten. Mit äußerster Gewalt wurde er hochgerissen. Jason sah auf und blickte in das wütende Gesicht des obersten Alipten. Dann traf auch schon die Lederhand Jasons Kopf, mit solcher Wucht, daß der Getroffene mit dem Gesicht im Staub landete. Benommen drehte er sich um, da saß Xenophanes auch schon auf ihm und schlug wie von Sinnen auf Jasons Gesicht ein, mit der richtigen Hand und mit der ledernen, immer abwechselnd. Jason kam gar nicht dazu, sich zu wehren.

Als Xenophanes endlich damit aufhörte, stand Amykos neben ihm und erklärte ihm mit sich überschlagender Stimme, was sich ereignet hatte. »Jason hat sich nur verteidigt, als Hippias mit dem Messer auf ihn losging.«

»Ich sehe hier kein Messer!«

»Jason hat es ihm weggenommen. Es liegt dort, beim Säulengang.«

Ächzend erhob sich Xenophanes und blickte mit versteinertem Gesicht auf Jason hinab. »Steh endlich auf, Kerl! Ich sehe es nicht gern, wenn meine Athleten im Schmutz herumkriechen.«

»Du hast mich immerhin dahingebracht, Alipt«, keuchte Jason vorwurfsvoll. Er konnte nicht richtig sprechen, geschwollene Lippen hinderten ihn daran. In seinem Mund war ein seltsam süßlicher Geschmack, sein eigenes Blut. Sein Gesicht schmerzte, als steckten tausend kleine Nadeln in der Haut. Auch in seinem Kopf hämmerte es wieder.

Xenophanes maß ihn. »Du sollst einmal sehen, wie man sich fühlt, wenn man wehrlos solchen Schlägen ausgesetzt ist, wie du sie Hippias verabreicht hast.«

»Hippias verdient es«, erwiderte Jason langsam, die Worte mühsam formend, mit Blick auf den im Dreck kauernden Wagenlenker. Hippias schien noch zu schwach zum Aufstehen zu sein. Aber seine schmalen Augen lebten und sahen haßerfüllt zu Jason hinüber.

»Das mag sein. Aber es ist Sache des Alipten, seine Athleten zu bestrafen, nicht Sache der Athleten selbst. Wenn einer von euch eine Beschwerde hat, soll er damit zu mir kommen. Außerdem ist Jähzorn ein schlechter Ratgeber, besonders für einen Mann wie dich, Jason, der ein ausgebildeter Faustkämpfer, Ringer und Pankrat ist. Merk dir das gut und halte deine Wut künftig im Zaum, es sei denn, du stehst in Olympia deinen Gegnern gegenüber.«

Jason nickte nur. Er wollte nicht mehr als nötig sprechen, um Schmerzen zu vermeiden.

»Und du, im Schmutze kriechender stolzer Hippias«, wandte sich Xenophanes dem zerschundenen Wagenlenker zu, »merk dir meine Worte ebenfalls. Gehst du noch einmal auf einen meiner Athleten mit dem Messer los, ramme ich es persönlich in deinen Leib. Jetzt gehst du am besten zurück zu Eupolos, zu einer zweiten Behandlung. Du hast sie wahrlich nötig!«

»Jason auch«, sagte Amykos. »Ich bringe ihn hin.«

»Das ist vertane Zeit«, schüttelte Xenophanes den Kopf. »Auf Jason warten harte Stunden. Er wird sich im Faustkampf üben, im *richtigen* Faustkampf, wohlgemerkt. Danach erst wird sich die Behandlung für ihn lohnen.«

Jason setzte zum Sprechen an, aber Blut floß ihm aus dem Mundwinkel. Er wischte es mit dem Handrücken fort und fragte dann: »Wie geht es Melissa? Wird ... sie es schaffen?«

»Das wird sie«, antwortete Xenophanes mit einer

Bestimmtheit, die ungeheure Erleichterung in Jason auslöste. »Ein paar Tage Ruhe, und sie kann wieder Wagen lenken. Der Holzsplitter ist nicht so tief in ihren Leib gedrungen, wie es erst aussah. Melissas Schmerzen werden nichts sein im Vergleich zu denen, die du am Ende dieses Tages verspüren wirst, Jason.«

Dem mochte sein wie es wollte: Im Augenblick war Jason so glücklich über Melissas Befinden, daß er alle Schmerzen vergaß.

Abends mußte Jason eingestehen, daß Xenophanes wahr gesprochen hatte. Immer wieder hatte der Alipt ihn in den Kampf geschickt und ihm keine Pause gegönnt. Die anderen Faustkämpfer konnten sich ausruhen, Jason nicht. Seine Glieder wurden bald schwer wie wassergefüllte Amphoren, und er mußte immer öfter harte Treffer einstecken. Irgendwann hörte Jason auf zu denken und arbeitete nur noch wie ein Tier. Aufgepeitscht von den Klängen eines Flötenspielers, flogen seine Fäuste gegen die Köpfe und Körper der wechselnden Gegner, aber auch sie trafen ihn, und die Lederriemen, mit denen ihre Fäuste und Unterarme umwickelt waren, rissen seine Haut auf. Daß Xenophanes sich am Abend sehr zufrieden über Jason äußerte, konnte ihn nicht mehr freuen, so erschöpft war er.

Als Jason sein vor Schmerzen brennendes Gesicht in einer großen Bronzeschüssel waschen wollte, erstarrte er beim Anblick des Spiegelbildes im Wasser. Das sollte er sein? Was ihm da entgegenstarrte, sah eher aus wie die Theatermaske eines Schauspielers, ein Gesicht aus einer schrecklichen, blutigen Tragödie. Er sah schon fast so verunstaltet aus wie Koroibos.

Nachdem Eupolos sich um Jason gekümmert hatte, ging es ihm ein wenig besser. Er fragte Eupolos nach

Melissa, und der Pharmakopole wiederholte, was Xenophanes schon zu Jason gesagt hatte.

Für Jason war es ein kleiner Trost, daß Hippias noch übler aussah als er. Der Messerheld saß beim gemeinsamen Abendessen der Athleten mit den anderen Wagenlenkern und Reitern beisammen, lachte immer wieder laut auf und blickte dabei zu Jason und Amykos hinüber. Hippias' Begleiter fielen in sein Lachen ein. Amykos bekam ein rotes Gesicht.

»Gib nichts darauf«, sagte Jason zu ihm. »Sie sind wie Ferkel, die sich nur im Rudel mutig fühlen.«

Trotz des anstrengenden Tages, der hinter ihm lag, verspürte Jason wenig Hunger. Er verließ das Megaron bald, holte die Syrinx aus seinem Zimmer und ging in den kleinen Innenhof des Haupthauses, von dem er annahm, daß er am Gynaikon lag. Er hatte sich das Haus genau angesehen, dabei alles erwogen, was er über das Gebäude wußte, und war zu der Überlegung gekommen, daß sich hier die Frauengemächer befinden mußten.

Der mit Obstbäumen und kleinen Blumenbeeten bepflanzte Hof schien seine Schlußfolgerung zu bestätigen. An den starken Ästen eines weit ausladenden Kirschbaums hing eine Schaukel, und ein über einen Stein gelegtes Holzbrett bildete eine Wippe. Die halbhohen Steinfiguren auf den kleinen Sockeln zeigten Pan, der vor einer friedlich grasenden Ziege im Gras hockte und die Syrinx blies, eine bogenbewehrte Artemis, zu der vertrauensvoll eine Hirschkuh aufblickte, und eine nackte Aphrodite, auf deren Hand eine Taube hockte. Alles wirkte wie für Kinder hergerichtet. Vielleicht für ein spezielles Kind, Myrons Augapfel – eine Melissa, klein, wie sie vor vielen Jahren gewesen war.

Jason setzte sich auf den Steinsockel der Panfigur, blickte zu dem schwach erleuchteten Fenster hinauf, von dem er sich einbildete, daß dahinter Melissas Zimmer lag, und begann zu spielen. Die langsamen, sanften Weisen, mit denen er oft seine Schweine beruhigt hatte. Jetzt sollten sie helfen, daß Melissa eine ruhige Nacht und einen Schlaf mit Träumen fand, in denen die Götter ihr Heilung und Linderung brachten. Immer wieder sah Jason zu dem bewußten Fenster hinauf, obwohl er nicht sicher war, ob er mit seiner Vermutung richtig lag.

Eine Gestalt erschien in dem Säulengang, der sich rings um den Hof zog. Jason spielte weiter und versuchte, sie zu erkennen.

Melissa? Nein, das konnte nicht sein. Myrons Tochter war gewiß noch nicht stark genug zum Aufstehen. Oder Zopyra? Aber es war ein Mann, Amykos, der vor Jason trat. Dieser sah dem Gesicht des Läufers an, daß Amykos etwas auf dem Herzen hatte. Der Eläer ließ das Lied ausklingen und setzte die Schilfrohrflöte ab.

»Du spielst schön, Jason. Es tut mir leid, wenn ich dich unterbreche. Aber ich muß dich sprechen, und es ist wichtig für mich.«

»Setz dich«, sagte Jason und rutschte ein Stück, damit Amykos neben ihm einen Platz auf dem Steinsockel fand.

Der Läufer folgte der Aufforderung und hub mehrmals zu sprechen an, bevor er endlich sagte: »Es geht darum, wie Hippias mich heute bezeichnet hat. Das stimmt nicht, ich bin kein Nauhupfer! Ich biete mich nicht Männern an, nicht gegen Geld und auch nicht, um Vorteile zu erringen. Glaubst du mir das, Jason?«

»Natürlich glaube ich dir«, entgegnete Jason.

»Es ist nur so, daß ich mir nichts aus Frauen mache. Ich fühle mich allein zu Männern hingezogen. Aber nicht zu allen Männern, nur zu ganz besonderen.« Amykos hob den Kopf und blickte den Eläer mit einer Zärtlichkeit an, die Jason niemals zuvor in den Augen eines Mannes gesehen hatte. Ganz langsam streckte Amykos die Hand nach

Jason aus und streichelte sanft seinen Arm. »Du bist der Mann, zu dem ich mich hingezogen fühle. Ich wußte es, vom ersten Augenblick an. Und ich habe gelitten, als es zeitweilig so aussah, als würde Koroibos dich töten. Ich weiß nicht, wie du darüber denkst. Aber ich mußte es dir einfach sagen, Jason.«

Im seinem Blick sah Jason Liebe, Wärme, Hoffnung und Furcht. Er mochte Amykos sehr; er war für ihn ein guter Freund, fast wie der Bruder, den Jason sich manchmal gewünscht hatte. Der Gedanke war schmerzlich, ihn enttäuschen zu müssen. »Amykos ... deine Gefühle sind nicht die meinen. Ich weiß es. Und ich weiß, daß sie es niemals werden.«

Die blaßblauen Augen ruhten weiterhin auf Jason, aber der Blick war jetzt anders, gebrochen und trüb. »Ist es wegen einer Frau?«

Jason nickte.

»Melissa? Ich habe bemerkt, wie du von ihrem Unfall mitgenommen wurdest. Und dann dein Eintreten für sie gegen Hippias...«

»Ich weiß, es ist verrückt, Melissa zu lieben. Ich habe sie gestern zum erstenmal gesehen, habe kein Wort mit ihr gewechselt und bin nur ein mittelloser Schweinehirte. Und doch kann ich nicht anders. Mein Herz fühlt nicht so, wie der Kopf denkt.«

»Also Melissa«, sagte Amykos leise. »Erst dachte ich an Zopyra.« Er seufzte und stand auf. »Ich verstehe deine Gefühle, Jason. Ich verstehe, daß man einen Menschen liebt, obwohl man weiß, wie aussichtslos es ist.«

Blaß wandte er sich ab und ging zurück zur Kolonnade. Plötzlich blieb er stehen und drehte sich noch einmal um. »Ich habe eine Bitte, Jason. Erzähl niemandem, was ich dir eben sagte. Nicht, daß ich mich meiner Gefühle schäme, aber Xenophanes hat etwas dagegen, wenn seine Athleten miteinander liebäugeln. Das gehört zu den Dingen, die seiner Meinung nach die Konzentration auf den Wettkampf schwächen.«

»Auch wenn ich nicht wie du fühle, Amykos, ich bin dein Freund und kein Verräter.«

»Danke.« Amykos verließ den Hof und wurde von den Schatten der Säulen verschluckt.

Aber Jason sah ihn noch vor sich und die Trauer in seinen Augen. Er fühlte sich elend und von seinen eigenen Gefühlen verwirrt. Er setzte wieder die Syrinx an die Lippen. Das Lied, das in den warmen Sommerabend hinauswehte, war genauso traurig wie Amykos' gebrochener Blick.

12
Das geflügelte Pferd

Wen die Götter lieben, der stirbt jung.
Menander

Die Athleten aus Paros frühstückten zusammen mit ihren Alipten und Paidotriben im Megaron eines der ihnen zugeteilten Gebäude, kaum daß die Sonne ihre ersten Strahlen über die Hügel um Myrons Anwesen schickte. Hinter Jason lag eine unruhige, fast schlaflose Nacht, in der er sich große Sorgen um Amykos gemacht hatte. Denn als der Eläer auf sein Zimmer kam, war der blonde Läufer nicht da gewesen. Vergeblich hatte Jason auf den Freund gewartet.

Als Jason ins Megaron trat, saß Amykos schon an einer der langen Tafeln und löffelte lustlos eine kalte Suppe aus verdünntem Wein, Ziegenkäse und Honig. Er grüßte Jason nicht unfreundlich, aber knapp. Auf Jasons Nachfragen sagte Amykos, er habe unter freiem Himmel übernachtet, weil ihm danach gewesen sei. Die ganze Wahrheit war wohl, daß er es nicht über sich gebracht hatte, mit Jason in einem Zimmer zu schlafen. Jason verstand das, und doch schmerzte es ihn.

Amykos blieb wortkarg, während des Frühstücks und auf dem Weg zum Steinbruch, wo Jason heute mit ihm und den anderen Läufern üben sollte. Unterwegs setzten sich die Reiter und Wagenlenker mit ihren Betreuern vom Troß ab, um im Hippodrom ihre Runden zu drehen. Hippias war nicht unter ihnen. Ihm war ein Tag des Ruhens verordnet, um seine Wunden zu pflegen, wie Xenophanes dem Eläer vorwurfsvoll mitteilte.

Obwohl Myrons Leute schon seit einigen Tagen nicht mehr im Steinbruch arbeiteten, sah es zwischen den schroffen, abgetragenen Felswänden so aus, als hätten sie ihr Werk eben erst beendet. Überall standen einsatzbereite Geräte: Gleitwinden, Kräne, Flaschenzüge und die mächtigen behauenen Steinquader, die bereits zum Abtransport hergerichtet waren. Offenbar hatte man sie dann nicht mehr für die Bauarbeiten in Olympia benötigt. Es gab Karren mit mehr als mannshohen Rädern, unter das einfache Wagengestell waren Steinquader gebunden. Niemand hatte sich die Mühe gemacht, die schweren Steine zur Entlastung der Karren zu entfernen. Noch beeindruckender war das Verfahren zum Transport der größten Quader, die selbst für die Riesenkarren zu schwer waren. Die Arbeiter hatten einfach um jeden der Quader herum zwei Räder gebaut, jedes Rad doppelt so hoch wie ein großgewachsener Mann. Überall standen diese rollbaren Quader herum, doch Jason suchte vergeblich nach einer Erklärung, wie sie zu bewegen waren.

Die Männer aus Paros stolperten immer wieder über herumliegendes Werkzeug. Als Jason sich beim Entkleiden den Fuß an einem schweren Hammer stieß, nahm er ihn wütend auf und schleuderte ihn im hohen Bogen fort.

»Sehr gut!« Xenophanes nickte anerkennend. »Schade nur, daß der Hammerwurf keine olympische Disziplin ist, wir hätten in dir bestimmt einen Olympioniken, Jason.«

Die Athleten ölten sich ein und rieben das helle Pulver auf die Haut, das Eupolos nach eigenem Rezept herstellte. Es war noch feiner als der üblicherweise benutzte Sand. Sand oder Pulver banden das Öl und verschlossen die Poren, was die Haut vor dem schnellen Auskühlen bewahrte. Zweifelnd hob Jason den Kopf und blickte in die grelle Sonne, ein Auskühlen war hier wohl kaum zu befürchten.

Nach den von Xenophanes geleiteten Aufwärmübungen begaben sich die ersten vier der insgesamt acht Kurzstreckenläufer an den Start, um sich im Stadionlauf zu erproben. Unter ihnen Jason und Amykos, die sich beide sowohl im Kurz- wie im Langstreckenlauf versuchen sollten. Amykos war in beiden Laufarten gut, bei Jason wollte Xenophanes es erst herausfinden.

Die vier Läufer drückten ihre Zehen in die Ablaufschwelle, die aus von den Arbeitern nicht verwerteten Steinresten bestand, streckten beide Arme auf Schulterhöhe nach vorn, neigten die Oberkörper leicht vor und warteten darauf, daß Xenophanes den erhobenen Stock senkte: das Startzeichen. Jasons Bahn lag dem Alipten am nächsten. Links neben ihm stand Amykos, dann kamen der dürre Ikkos und der für einen Kurzstreckenläufer ungewöhnlich stämmige Phanas mit dicken Säulenbeinen. Jason nahm die drei anderen nur aus dem Augenwinkel wahr, sein Blick war fest auf Xenophanes gerichtet, um das Startsignal keinen Augenblick zu spät zu bemerken.

Da, ein Zucken lief durch Xenophanes' heilen Arm, der den Stock hielt. Jason drückte sich mit den Zehen ab und schnellte los, den Oberkörper dabei waagrecht haltend, wie er es von Lysias gelernt hatte. Er spürte einen brennenden Schmerz auf dem Rücken, als der Stock des Alipten über seine Haut fuhr. Der Eläer, der als einziger die Ablaufschwelle verlassen hatte, blieb stehen und drehte sich zögernd um.

»Frühstart«, knurrte Xenophanes, und seine grauen Augen funkelten den Athleten an. »Blick nicht auf mich, sondern nur auf den Stock!«

Jason nickte, fühlte sich wie ein geprügelter Hund und schlich auch wie ein solcher zurück. Ein paar der umstehenden Zuschauer, Athleten und Betreuer, feixten. Jeder der Läufer hatte schon den Stock des Alipten gespürt, mehr als einmal. Es war nur gerecht, daß es Jason traf, und gehörte dazu, um aus ihm einen richtigen Athleten zu machen.

Als Jason wieder an der Schwelle stand, nahm er sich

fest vor, diesmal nicht zu früh loszulaufen. Zu fest! Als er sich endlich abstieß, war der Stock längst gesunken und die drei anderen gestartet. Ikkos mit seinen langen Beinen nahm sofort die Führung ein, und die dünnen Arme ruderten wie wild in der Luft herum, während er davonjagte. Ihm dicht auf den Fersen folgte Amykos, dann Phanas.

Xenophanes' wütende Blicke trafen den zu spät gestarteten Eläer und stachelten ihn an. Jason ließ seine Beine fliegen und holte den stämmigen Phanas auf halber Strecke ein. Amykos hatte inzwischen zu Ikkos aufgeschlossen, obgleich der Laufstil des Blonden weit weniger aufwendig wirkte als der des herumfuchtelnden Dürren. Jason ließ Phanas hinter sich zurück, wie Ikkos hinter Amykos zurückblieb.

Nur noch ein Plethron bis zu den Holzpflöcken, die im Stadionlauf das Ziel und bei längeren Läufen die Wendepunkte markierten. Ikkos fiel plötzlich zurück. Jason überholte ihn, spürte den Luftzug seiner rudernden Arme – und fühlte sich maßlos enttäuscht, als er sah, wie Amykos an seinem Zielpfahl vorbeischoß und allmählich auslief. Jason wurde nur zweiter vor Ikkos und Phanas. Aber seine Enttäuschung verflog schnell, und er gratulierte Amykos, der kurz nickte und ansonsten den Kontakt mit Jason mied.

Sie trabten zu Xenophanes zurück, der Amykos mit Lob bedachte und dann zu Jason sagte: »Du warst sehr gut, Eläer. Hättest du nicht das Startzeichen verschlafen, hättest du den Lauf gewinnen können.«

»Ich wollte keinen Fehler begehen, Alipt, nicht schon wieder.«

»Der Gedanke war richtig, aber falsch war, was aus ihm erwuchs. Du darfst Aufmerksamkeit nicht mit Zaudern verwechseln, Jason. Bist du vertraut mit den Werken des großen Herodot?«

»Nein, solch einen Mann kenne ich nicht.«

»Das kannst du auch nicht, er ist nämlich schon seit fünfhundert Jahren tot. Aber was er einst für die Nachwelt niederschrieb, solltest du dir merken: Der Erfolg bietet sich denen, die kühn handeln, aber nicht denen, die alles wägen und nichts wagen möchten.«

Jason merkte es sich und versuchte es besser zu machen. Einmal gelang es ihm sogar, Amykos im Stadionlauf zu schlagen. Auch in den anderen Läufen belegte der Eläer erste Plätze: einmal beim Diaulos, der über zwei Stadien ging, und zweimal bei dem gleichlangen Hoplites, der genauso lang war, bei dem die Läufer aber den schweren Hoplitenschild am Arm tragen mußten. Beim Dolichos über zwanzig Stadien kam er jedoch nicht an Amykos vorbei, der es auf kaum glaubliche Weise schaffte, seine Geschwindigkeit bis zum Ende des langen Laufes zu halten. Zweimal versuchte Jason es, und zweimal belegte er nur den zweiten Platz.

Xenophanes zeigte sich gleichwohl zufrieden mit dem Eläer und sagte: »Bis zu den Heiligen Spielen sind es noch fast sechs Wochen, mein Sohn. In dieser Zeit mache ich aus dir einen erstklassigen Läufer!«

Nach einer kurzen Mittagspause und einem kargen Mahl, das aus mitgebrachten Resten der zum Frühstück angerichteten Kaltsuppe bestand, rief Xenophanes die Langstreckenläufer unter den Athleten zusammen und sagte: »Macht euch bereit, es ist Zeit für den Marathonlauf!«

»Jetzt?« fragte ungläubig der Läufer Gerenos, der trotz seiner Jugend fast kahlköpfig war. »Sieh nach oben, Xenophanes! Die Sonne steht im Zenit, soll sie uns die Schädel verbrennen?«

Der Alipt sah nicht nach oben, sondern nur mißbilligend, fast verächtlich auf den Athleten. »Für die Sonne kann ich nichts, mein Freund, und die Hellanodiken bei den Heiligen Spielen werden auf sie auch keine Rücksicht nehmen. Ebensowenig kann ich für deinen kahlen Schädel. Hättest du dir vor lauter Lamentieren nicht so oft die Haare gerauft, hättest du jetzt Schutz vor der Sonne.«

Allgemeines Gelächter war die Folge, in das auch Jason einfiel. Ernst blieben nur Gerenos und Amykos.

»Aber wir sind erschöpft, Alipt«, versuchte es der Kahlköpfige noch einmal. »Der Vormittag war lang und anstrengend. Die meisten werden den Marathonlauf unter diesen Umständen nicht durchstehen.«

»Das eben will ich herausfinden«, erwiderte Xenophanes mitleidslos und blickte seine Läufer mit zusammengekniffenen Augen an, einen nach dem anderen. Der Blick war prüfend, hart, wie ein Käufer auf dem Markt Vieh oder Sklaven beschaut. »Was wollt ihr sein, stolze Olympioniken oder jammernde Verlierer?«

Das genügte, um die sechs Männer an den Startplatz zu bringen, auch wenn Gerenos dabei heftig murrte. Die anderen waren Jason, Amykos, Phanas, ein älterer und schon grauhaariger Athlet namens Simias und ein grobfüßiger Rotschopf, der auf den Namen Megillos hörte.

»Die Strecke führt viermal durch den Steinbruch und um ihn herum«, erklärte Xenophanes. »Und wenn die Sonne eure Gehirne nicht ganz austrocknet, müßt ihr nicht fürchten, euch in den Hügeln zu verlaufen. In regelmäßigen Abständen sind an den Felsen rote Pfeile angebracht, denen ihr nur zu folgen braucht.«

Der Alipt hob seinen Stock und ließ ihn wieder sinken. Sechs Paar nackter Füße rannten über den steinigen Boden: obwohl er hart und uneben war, hatte der Alipt darauf bestanden, daß die Agonisten barfuß liefen, zur Abhärtung. Denn so mußten sie auch bei den Heiligen Spielen antreten.

Als sie außer Hörweite des Alipten waren, murrte Gerenos: »Verdammte Schinderei! Das tut Xenophanes bloß, um uns zu quälen! Er weiß genau, daß Amykos in einem so langen Lauf unschlagbar ist.«

Anfangs blieben die sechs Läufer dicht beisammen, weil alle ihre Kräfte schonten. Achtundzwanzig Meilen in der brütenden Hitze und nach dem anstrengenden Vormittag, da hatte Gerenos recht, mußten höllisch anstrengend werden. Aber schon als die Läufer den Steinbruch hinter sich ließen, zeichnete sich eine Aufteilung in zwei Felder ab. Amykos, Gerenos und Jason hielten ihre Geschwindigkeit. Die drei anderen fielen deutlich zurück, immer weiter, je länger sie durch die felsigen Hügel liefen.

Phanas bekam Angst, den Anschluß zu verpassen. Keuchend und schnaufend, den Mund zum besseren Atmen weit aufgerissen, arbeitete er sich an die drei führenden Läufer heran und holte sie kurz vor dem Ende der ersten Runde wieder ein. Aber als die Läufer den Steinbruch durchquerten, sackte er zusammen und fiel wie ein lebloses Bündel zu Boden. Ein über ihn geleerter Wasserschlauch vermochte ihn genausowenig zur Fortsetzung des Laufes zu veranlassen wie Xenophanes' Beschimpfungen und Stockhiebe.

Megillos gab beim zweiten Durchqueren des Steinbruchs auf und Simias kurz darauf. Aber das erfuhr Jason erst später. Die beiden waren schon zu weit abgeschlagen, außerhalb seiner Sicht. Das Rennen schien sich zwischen ihm, Amykos und Gerenos zu entscheiden. Aber irgendwann blieb der Kahlköpfige einfach stehen und schaute den beiden anderen traurig nach. Dann ließ er sich auf einen Felsen sinken und vergrub den Kopf in seinen Händen.

Auch Jason spürte, daß die Stimme in ihm übermächtig wurde, die ihn zum Aufgeben bewegen wollte. Die Sonne schien ihn zu verbrennen, von außen wie von innen. Ja, auch von innen. Er fühlte sich vollkommen ausgetrocknet. Die Zunge lag wie etwas Fremdes in seinem Mund, einem Stück Leder ähnlich. Er war versucht, sie auszuspucken. Füße und Beine schmerzten. Das Stechen in seinen Lungen strahlte auf den ganzen Leib aus.

Amykos hatte einen Vorsprung von fast einem halben Stadion herausgeschlagen. Der Anblick des sich Entfernenden trieb Jason an. Er hatte das Gefühl, den Freund gestern abend allein gelassen zu haben. Heute sollte das nicht geschehen!

Und dann ereignete sich das, was Jason häufig fühlte, wenn er die Natur durchstreifte: Er vergaß seinen Körper mit allen Schmerzen und wurde eins mit seinen Gedanken. Worte fielen ihm ein, die er dem vor ihm laufenden Freund sagen wollte. Seine Füße wurden so leicht wie seine Gedanken, und er verringerte den Abstand zu Amykos zusehends. Kurz vor dem Ende der dritten Runde, der Steinbruch lag schon deutlich vor ihnen, hatte Jason ihn eingeholt.

»Ich bin dein Freund«, brachte der Eläer stoßweise hervor. »Und ich will, daß du weiterhin der meinige bist.«

»Nicht reden«, keuchte Amykos. »Laufen!«

»Wir haben lange genug nicht miteinander geredet.« Jason schwieg, um neuen Atem zu schöpfen, und fuhr dann fort: »Sag mir, was ich tun kann, um die Betrübnis von dir zu nehmen, Amykos!«

»Es liegt nicht an dir Jason.« Amykos' Atem rasselte. »Nicht nur ...«

»Woran dann?«

»Nicht jetzt ... Laß uns später reden!«

»Aber ...«

Weiter kam Jason aus zwei Gründen nicht. Amykos beschleunigte seine Schritte, zog ihm davon und tauchte in die kaum kühlenden Schatten des von der Sonne aufgeheizten Steinbruchs ein. Zugleich legte sich ein Flimmern vor Jasons Augen, und die Beine versagten ihm den Dienst. Er wollte es nicht, aber er sackte zusammen und fand sich auf allen vieren wieder.

Er hob den Kopf, um dem Freund nachzublicken. Was er sah, raubte ihm das letzte bißchen an Atemluft, das durch seine stechenden Lungen drang. Von einer Anhöhe am Rand des Steinbruchs rollte etwas herunter und zog eine Staubfahne hinter sich her. Amykos konnte es nicht sehen, weil es in seinem Rücken war.

Jason rief nach dem Freund, schrie seinen Namen mit allen ihm verbliebenen Kräften. Vergeblich. Amykos hörte ihn nicht oder tat zumindest so. Schlimmer war, daß er sich nicht umdrehte und den gigantischen, zwischen zwei Riesenräder gesetzten Steinquader erblickte, der genau auf ihn zuschoß. Immer schneller drehten sich die Holzräder, jetzt schon mit der Geschwindigkeit eines Rennwagens im Hippodrom.

Der Eläer stemmte sich hoch und wollte dem Freund nachlaufen, aber er konnte nur noch taumeln. Wieder flimmerte es vor seinen Augen. Amykos war schon zu weit entfernt, etwa zwei Stadien.

Der rollende Steinquader erreichte die Rennstrecke und konnte zwischen den eng zusammenstehenden Felsen gar nicht anders, als Amykos zu folgen. Jason hoffte inständig, die Holzräder würden an den Felsen zerschellen. Die Hoffnung erfüllte sich nicht: Sie schleiften zwar am Stein entlang und versprühten Funken, aber die ungewöhnliche Konstruktion hielt.

Wie konnte sich das Ding nur in Bewegung gesetzt haben? Jason blickte kurz den sanften Hang hinauf, von dem es gekommen war. Rührte sich dort oben, zwischen den Felsen nicht etwas? Oder war es nur das Flimmern, das seine Sicht beeinträchtigte?

Da, plötzlich drehte sich Amykos um. Wahrscheinlich hatte er das Rumpeln des heranrasenden Quaders gehört. Er blieb erschrocken stehen und suchte nach einem Ausweg, aber den gab es zwischen den engen Felswänden nicht. Dann verschwand er in der Staubwolke des Steinquaders, der über ihn hinwegrollte.

Jason rannte los, taumelte, stürzte, raffte sich auf,

wankte weiter – und erreichte den Freund erst, als sich die Staubwolke fast verzogen hatte. Endlich, viel zu spät, prallte der rollende Quader unter lautem Getöse gegen einen Felsen und kam zum Stillstand, als eines der hölzernen Riesenräder zersplitterte.

Die scharfen Kanten des Quaders hatten Amykos furchtbar zugerichtet. Überall war die Haut aufgerissen. Die blanken Knochen standen heraus. Um ihn herum eine klebrige Lache, die sich unablässig vergrößerte – rot. Und doch lebte er, arbeitete das Gehirn in dem zum Teil zertrümmerten Schädel noch. Er schlug die Augen auf und schien Jason zu erkennen. Als Amykos die Lippen bewegte, kniete Jason schon im Blut des Freundes.

»Nicht sprechen, Amykos!« forderte er leise, aber eindringlich. »Du darfst dich jetzt nicht anstrengen.«

Doch die Lippen bewegten sich und stießen Worte ohne Ton hervor. Jason hielt sein Ohr ganz dicht an Amykos' Mund und hörte: »Poseidon ... die Flügel ...« Mehr nicht. Mehr würde Jason niemals mehr aus dem Mund des Freundes hören. Amykos' Blick war in den Himmel gerichtet, in die schwindelnden Höhen des Olymp, für immer.

Jetzt erst bemerkte Jason die Männer, die ihn umstanden: Athleten, Betreuer und Xenophanes. »Wie konnte das passieren?« fragte der Alipt.

Jason deutete auf den Hügel, wo der Quader zuvor gestanden hatte. »Es war ein Mord. Jemand hat den Quader in Bewegung gesetzt, um Amykos zu töten.«

»Mord?« Xenophanes musterte den Eläer genau. »Bist du dir ganz sicher, Jason?«

»Sicher?« Jason zuckte hilflos mit den Schultern. »Ich habe dort oben auf dem Hügel etwas gesehen, Menschen glaube ich, wenn auch nur schattenhaft. Ich war zu erschöpft, und meine Augen flimmerten.«

Xenophanes benannte ein paar der Umstehenden mit Namen und sandte sie auf den Hügel, um nachzusehen.

Der Alipt selbst untersuchte Amykos lange und sagte schließlich leise: »Er ist tot.«

»Ich weiß«, erwiderte Jason und starrte dem zurückkehrenden Suchtrupp entgegen.

Die Männer hatten nichts Verdächtiges entdeckt, weder Menschen noch Spuren von ihnen.

»Also war es kein Mord, sondern ein Unfall«, stellte Xenophanes fest.

»Ein Unfall?« wiederholte Jason zweifelnd und zeigte auf den Quader, der quer im Hohlweg lag. »Wie soll sich das schwere Ding von allein in Bewegung gesetzt haben?«

»Durch einen Erdrutsch.«

Jason mußte zugeben, daß diese Erklärung nicht von der Hand zu weisen war. Und doch ging er dann selbst auf den Hügel, um sich zu überzeugen. Er mußte etwas tun, um gegen die stumpfe Traurigkeit anzukämpfen, die ihn zu überwältigen drohte. Auf der Anhöhe waren weit und breit keine Menschen zu sehen. Aber war das ein Beweis? In seinen Augen ebenso wenig wie das Fehlen von Spuren. Der Boden hier war nackter Fels. Niemand hätte hier Spuren hinterlassen.

Als Jason vom Hügel stieg, hatten die anderen Amykos in ein Tuch gehüllt und vom Ort seines Todes weggeschafft, Jason starrte auf die rote Pfütze, plötzlich entdeckte er es und ging in die Knie. Es war eine Zeichnung. Der sterbende Amykos mußte sie mit dem Finger in den Dreck gemalt haben. Jetzt hatten sich die Rillen mit Blut gefüllt. Die Zeichnung war undeutlich, aber als Jason an die letzten Worte des Sterbenden dachte, erkannte er es: ein geflügeltes Pferd.

»Pegasos«, murmelte Jason, als er sich an eine der alten Geschichten seiner Mutter erinnerte.

»Was sagst du da, Jason?« Xenophanes war hinter ihn getreten, von dem in Gedanken versunkenen Eläer unbemerkt.

Jason wies ihn auf die Zeichnung hin und berichtete ihm von den letzten Worten des toten Läufers. »Was meinte er damit? Ich weiß von meiner Mutter, daß Pegasos das geflügelte Pferd der Götter ist. Aber Amykos sagte nicht Pegasos, sondern Poseidon, da bin ich mir sicher.«

»Das ist kein Widerspruch, Sohn. Poseidon ist der Vater aller Pferde und auch des geflügelten Rosses Pegasos. Die Mutter des Pegasos war die Gorgo, die von Perseus enthauptet wurde. Im Augenblick ihres Todes entsprang Pegasos ihrem Leib.«

»Ja, so hat es Mutter mir erzählt, vor vielen Jahren.« Jason zog die Stirn in Falten und suchte verzweifelt nach einem Sinn. »Aber warum sprach Amykos von Pegasos, als er starb?«

»Vielleicht hatten die Schatten des nahen Todes schon seine Sinne verdunkelt.«

»Das glaube ich nicht. Ich hatte den Eindruck, er wußte genau, was er sagte.«

Das Gesicht des Alipten hellte sich auf. »Ich weiß, weshalb Amykos das geflügelte Roß des Poseidon anrief. Pegasos, der sich aus dem sterbenden Leib der Gorgo erhob, gilt als Verkörperung der Unsterblichkeit. Amykos hat den Beistand des Pegasos bei seiner Reise in die Totenwelt erfleht, damit seine Seele unsterblich werde.«

»So könnte es sein«, gab Jason nach längerem Überlegen zu. Die Vorstellung, daß Amykos auf dem Rücken des geflügelten Pferdes ungefährdet über den Höllenfluß Styx ritt, außer Reichweite des dreiköpfigen Kerberos, hatte zweifellos etwas Tröstendes an sich. Aber der Trost war nicht stark genug, um die Trauer in Jasons Herz zu ersticken.

13
Die Höhle der Götter

> Eines Schatten Traum – der Mensch.
> *Pindar*

Am nächsten Morgen trugen die Männer aus Paros den Läufer Amykos zu Grabe, noch bevor die Sonne aufging, damit das leuchtende Gestirn nicht Zeuge des unreinen Schauspiels wurde. In sein bestes Gewand gehüllt, wurde Amykos auf einen Karren gelegt, der von zwei prächtigen Hengsten gezogen wurde. Der junge Athlet sah nicht mehr ganz so zugerichtet aus wie kurz nach seinem Tod. Eupolos und seine Helfer hatten ihn für das Begräbnis mit allem Aufwand hergerichtet. Fast schien der Tote zu leben, als durch das Ruckeln des Karrens der Kopf in Bewegung geriet. Für Jason, der gleich hinter dem Karren ging, sah es wie ein unheimlich freundschaftliches Nicken aus.

Myrons Friedhof lag in einem kleinen Zypressenhain und Amykos' Grab neben einem anderen, das noch recht frisch war: die letzte Ruhestätte des Löwen von Paros. Der steinerne Sarkophag, in den Amykos gelegt wurde, war Myrons Grabgabe. Ansonsten fielen die Gaben, die der Tote für seine Reise ins Jenseits erhielt, eher bescheiden aus. Einfache Gegenstände wie ein Kamm oder ein Messer, nur wenige Lekythen mit Salböl oder Wein. Amykos hatte offenbar nicht viele Freunde unter den Athleten und Betreuern gehabt.

Und Jason besaß nicht viel, was er dem toten Freund auf seiner Reise in den Hades mitgeben konnte. Er hatte an die Syrinx gedacht, entschied sich dann aber für ein Kissen aus weichem Leder, das seine Mutter ihm genäht und mit Gänsefedern gefüllt hatte, für die Nächte, die ihr Sohn mit der

Schweineherde in den Wäldern verbrachte. Sanft legte Jason es unter den Kopf des Freundes.

Kreugas trat vor, dem es als Führer der Gesandtschaft oblag, die Grabrede zu halten. Er rief mit kratziger Stimme Gott Dionysos an, der Seele des Verstorbenen neues Leben zu schenken, wie es auch dem Gott selbst und den ihm heiligen Rebstöcken alljährlich widerfuhr, und schloß mit den Worten: »Und so sei hiermit gegrüßt, traubenumrankter Dionysos, laß uns glücklich zum nächsten Jahr gelangen und von diesem zu vielen anderen Jahren, wie es auch der Seele des Amykos von Paros geschehen möge!«

Der dünne Mann beugte sich zum Grab hinunter und legte ein paar Münzen so in den Mund des Toten, daß sie fest zwischen Zunge und Unterkiefer lagen. »Dies ist der Obolos, den Amykos von Paros mit sich bringt. Nimm ihn, Fährmann Charon, Diener des mächtigen Hades, und lasse den Toten deinen Kahn besteigen, damit seine Seele sicher ins jenseitige Reich gelangt und nicht ruhelos umherwandern muß an den nebligen Ufern des Styx!«

Ein paar helfende Hände verschlossen den steinernen Sarg. Der Architheore nahm die Schaufel zur Hand und ließ etwas Erde auf den Toten fallen, die anderen folgten, zuletzt Jason, der lange am Grab des Freundes verharrte. Als die Sonne sich über den Hügeln erhob, war das Grab geschlossen, und die Trauerprozession kehrte zu Myrons Anwesen zurück.

Dort traf zur selben Zeit ein Reiter ein, ein junger Mann aus gutem Haus, wie sein edles Pferd und seine teure Kleidung verrieten. Er sprang vom Rücken des Rappen, ehe dieser noch ganz stand, und eilte der Prozession entgegen, aus der sich Myron löste. Kurz vor Myron blieb der Fremde stehen und fragte mit besorgtem Ausdruck auf dem ebenmäßigen, sehr weichen Gesicht: »Wie geht es Melissa? Verzeih, daß ich dich frage, ohne dich vorher zu grüßen, Myron, aber die Sorge läßt mich unhöflich sein. Ich bestieg sofort das Pferd, nachdem mich dein Bote erreichte.«

»Es geht ihr mit jedem Tag der Ruhe besser, Lysikles.« Der ältere Mann legte eine Hand auf die Schulter des jüngeren. »Im übrigen ist es nicht unhöflich, wenn sich ein Mann um die Frau sorgt, die er liebt. Ganz im Gegenteil, es zeugt von der Aufrichtigkeit deiner Gefühle. Ich freue mich, daß du gekommen bist, und hoffe, du bleibst eine Weile. Deine Nähe wird Melissa guttun.« Myron stellte den Neuankömmling als Lysikles, Sohn des Kaufmannes Tranion aus Kyllene, vor.

Den Vorschlag des Theorodoken, am Leichenmahl teilzunehmen und sich dabei von den Strapazen des langen Ritts zu erholen, lehnte der Jüngling ab. »Ich weiß, daß es sich für einen Fremden nicht geziemt, das Gynaikon deines Hauses zu betreten, Edler Myron. Und doch möchte ich um diese Gunst bitten, damit ich Melissa in meine Arme schließen kann.«

Trotz des Vollbarts sah Jason das sanfte Lächeln, das Myrons Lippen umspielte. »Geh nur, mein Sohn. Die Ungeduld der Jugend und das Feuer der Liebe würden verhindern, daß du auch nur einen Bissen mit Genuß ißt.«

Lysikles bedankte sich und eilte ins Haus, während einer von Myrons Dienern seinen Rappen in Gewahrsam nahm.

Die Ankunft des Lysikles von Kyllene hätte Jason einen Schock versetzen müssen. Was konnte er, ein armer Schweinehirte, gegen einen Nebenbuhler ausrichten, Sohn eines reichen Kaufmannes? Aber er fühlte sich kaum davon berührt. Zu schwer lastete der Verlust des Freundes auf ihm und verdrängte alle anderen Gedanken. Die Trauer um Amykos war dafür verantwortlich, daß Jason kaum etwas aß und daß er bei den Übungen am Nachmittag öfter unterlag, als es seinen Fähigkeiten im Faustkampf, Ringen und Pankration entsprach. Jedenfalls sagte er sich das.

Am Abend setzte er sich mit der Syrinx in den kleinen Hof unter Melissas Gemächer und spielte die sanften Weisen, die ihm früher seine Mutter zum Einschlafen vorgesummt hatte. Aber er spielte nicht für Melissa, sondern für Amykos. Den Ort hatte Jason nur ausgewählt, weil er ihn mit seinem Freund verband und weil er hier ganz allein sein konnte. Jedenfalls sagte er sich das.

Am nächsten Tag befahl Xenophanes dem Eläer weitere Übungen in den Kampfarten, weil Jason am Vortag so versagt hatte. Aber er konnte sich kaum auf die Gegner konzentrieren. Immer wieder kreisten seine Gedanken um Amykos und um den seltsamen, schrecklichen Unfall. Falls es denn ein Unfall gewesen war. Jason konnte die Schatten nicht vergessen, die er auf der Anhöhe gesehen hatte. Er fragte sich, ob es wirklich nur Zerrbilder seiner Erschöpfung gewesen waren. Und er fragte sich, ob Xenophanes' Deutung des von Amykos gezeichneten geflügelten Pferdes der Wahrheit entsprach. Es klang einleuchtend, und doch nagte tief in Jason ein Zweifel, ohne daß er ihn begründen konnte.

Vor seinem geistigen Auge sah Jason den toten Freund, und er achtete kaum auf die ihm gegenüberstehenden Athleten. So kam es, daß er immer wieder getroffen wurde, daß ihm die lederumwickelten Hände der anderen Faustkämpfer die Haut aufrissen, daß ihn andere Ringer und Pankraten öfter zu Boden warfen als er sie. Als ihm Xenophanes mit düsterem Gesicht vor dem Megaron entgegentrat, wo Jason das Abendessen einnehmen wollte, wunderte der Eläer sich nicht. Der Alipt fragte nach dem Grund für Jasons schlechte Kämpfe, und der Athlet erklärte es ihm.

Der hagere Mann stand eine ganze Weile stumm und versteinert auf dem Hof. Plötzlich sagte er: »Dein Abendessen fällt aus, Jason. Wie ich die Sache einschätze, bekommst du sowieso kaum etwas hinunter. Warte hier auf mich!«

»Aber ...«

»Warte!« schnarrte der Alipt in einem Ton, der keinen Widerspruch duldete. Er verschwand im Haus und kehrte kurz darauf mit einem großen Lederbeutel und einer Lampe zurück. »Trage das und folge mir!«

Zögernd hängte Jason den schweren Beutel um und betrachtete die Lampe, deren Feuer entzündet war, obwohl die Sonne noch reichlich Licht spendete. Die Bronzelampe war oben mit einem Tragegriff versehen, und die Ölflamme wurde durch einen Zylinder aus leicht grünlichem Glas, der in die Bronzefassung eingelassen war, vor dem Wind geschützt.

»Was ist das für ein Ding?« erkundigte sich der Eläer.

»Eine Laterne. Sei vorsichtig damit. Diese Glasdinger sind verflucht teuer. Myron wäre sicher nicht erfreut, wenn das Glas zersplitterte und er es durch Horn oder Leinwand ersetzen müßte.«

»Es leuchtet so stark, und doch ist die Flamme geschützt«, staunte Jason und betastete das Glas. Mit einem Aufschrei zog er die verbrannten Finger zurück und hätte das Ding – die Laterne – fast fallen gelassen.

»Ich sagte dir doch, du sollst vorsichtig sein!« knurrte Xenophanes. »Und jetzt komm endlich!«

»Wohin?«

»Dorthin, wo wir deinem Verdacht über Amykos' Tod auf den Grund gehen werden.«

»Aber wozu diese ... Laterne? Es ist hell genug.«

»Jetzt schon, später aber nicht mehr.«

Offenbar war der Alipt nicht gewillt, weitere Erklärungen zu geben. Also folgte Jason ihm schweigend und fand einmal mehr, daß der Mann, der angeblich von der Insel Letoa kam, voller Überraschungen steckte. Sie marschierten in die Hügel, ließen den Hippodrom hinter sich und kamen endlich zum Steinbruch. Jason hatte sich schon gedacht, daß dies das Ziel ihres schweigsamen Marsches war, und doch traf es ihn wie ein Schock, wieder an dem Ort zu sein, an dem Amykos gestorben war.

Zwischen den steilen, hoch aufragenden Felsen hatten die Schatten der beginnenden Nacht das Tageslicht bereits verdrängt. Jetzt erwies sich die Laterne als sehr hilfreich, um zu verhindern, daß die beiden Männer in eine Felsspalte rutschten oder über eines der herumliegenden Werkzeuge stolperten. Die Schatten wirkten bedrohlich, als hätten die Toten den Styx überwunden, um Jason und Xenophanes hier aufzulauern. Ja, so ungefähr mußte das Totenreich aussehen. Amykos, den sie am Morgen des vergangenen Tages begraben hatten, schien hier überall gegenwärtig zu sein.

Xenophanes führte Jason einen steilen Weg hinauf, und aus dem Gehen wurde streckenweise ein Klettern. Endlich erreichten sie eine Höhle, die ihnen im Schein der Laterne ihr bizarres Innenleben enthüllte. In unübersehbarer Zahl und vielfältigen Formen hingen Felsnadeln von der Decke oder wuchsen aus dem Boden, bildeten Figuren und Muster und vereinigten sich oft mit anderen Nadeln.

»Die Höhle der Götter«, sagte Xenophanes. »Sie wurde bei den Arbeiten im Steinbruch entdeckt und so belassen, wie sie ist, um die Götter nicht zu erzürnen.«

»Die Götter?« fragte Jason verständnislos.

»Natürlich, sie haben sich hier ihre Abbilder geschaffen. Sieh nur genau hin!«

Xenophanes zeigte auf einen krummen Felsen mit zahlreichen Auswüchsen. »Da, sieht das nicht aus wie der mißgestaltete Hephaistos, der mürrisch in seiner Schmiede sitzt und den Hammer schwingt?«

Ein anderer Felsen erinnerte an einen sitzenden Mann, der auf einer Kithara spielte. »Und hier musiziert Apollon.«

Der Alipt machte ihn auf weitere Felsformationen aufmerksam, auf Götter, Helden und Ungeheuer, bis sie vor einem mächtigen Steinblock standen, der sich nach oben verjüngte und in zwei Nadeln auslief. »Und dort thront der Göttervater selbst, der mächtige Zeus, auf seiner linken Schulter der Adler, in der Rechten den tödlichen Blitz zum Schleudern bereit.« Xenophanes sah Jason an. »Findest du nicht, daß dies aussieht wie ein Tempel des Olymps?«

»Ja«, antwortete Jason nur und sah sich mit ehrfürchtigem Staunen um. Jetzt erst fiel ihm auf, wie weit sie in die Höhle eingedrungen waren. Der Eingang war gar nicht mehr zu sehen.

»Würdest du den Weg zurück noch finden, Jason?«

»Ich weiß nicht.«

»Würdest du?«

»Nein, ich glaube es nicht.«

Xenophanes' Gesicht drückte zu Jasons Verwunderung Zufriedenheit aus. Der Alipt zeigte auf den Boden, wo zwei Felsnadeln im Abstand von etwa zwei Fuß aus dem Boden wuchsen und sich nach oben hin immer mehr verästelten. »Setz dich, Eläer, mit dem Gesicht in die Höhle hinein, zum Thron des Zeus gewandt.«

»Aber warum soll ich mich setz ...«

»Tu einfach, was dein Alipt dir befiehlt!«

Zögernd gehorchte Jason. Das war wohl der einfachste Weg, um herauszufinden, was Xenophanes vorhatte. Außerdem mußte ein Athlet seinem Paidotriben oder Alipten bedingungslos gehorchen, das hatte Jason schon bei Lysias gelernt.

Der Alipt nahm Jason die Laterne ab und stellte sie ein gutes Stück zum Ausgang hin auf den Boden. Dann öffnete

Xenophanes den Lederbeutel und zog dicke Hanfstricke heraus. »Streck deine Arme aus, Jason, so daß die Hände die Felsnadeln umfassen!«

Kaum war der Eläer dem nachgekommen, da band Xenophanes auch schon den einen Arm am Felsen an. Trotz der Lederhand arbeitete der Alipt schnell und zog den Strick so fest, daß er schmerzhaft in Jasons Fleisch schnitt. Jason nahm den anderen Arm herunter und fing sich dafür einen Schlag der Lederklaue mitten ins Gesicht ein.

»Das habe ich dir nicht erlaubt. Den Arm zurück!«

Jason befolgte den Befehl, und auch sein zweiter Arm wurde gefesselt. Seine Beine folgten, und er konnte nur noch den Kopf bewegen. Dem Eläer war bereits ziemlich mulmig, aber richtige Angst stieg in ihm auf, als Xenophanes eine Schlinge um seinen Hals legte.

»Was soll das?« stieß Jason erregt hervor. »Willst du mich erwürgen, Xenophanes?«

»Genau das wird mit dir passieren, wenn du versuchst, den Kopf nach hinten zu drehen.«

Während er sprach, knotete der Alipt den in der Schlinge auslaufenden Strick an einer der Felsnadeln fest. Sofort spürte Jason den Druck an seinem Hals.

»Beweg den Kopf nicht!« ermahnte ihn Xenophanes. »Mit jeder Bewegung wird die Schlinge enger.«

»Was hat das alles zu bedeuten?« krächzte Jason. Die enge Schlinge behinderte ihn beim Sprechen.

Er hörte keine Antwort, nur die sich entfernenden Schritte des Alipten, dessen länglicher Schatten im Licht der Laterne kurz auf den Felsen tanzte. Jason rief Xenophanes' Namen, so laut, wie es ihm die Schlinge erlaubte. Doch der Alipt blieb nicht stehen, antwortete nicht. Mit seinen Schritten verschwand auch sein Schatten.

Jason war allein. Nur die Laterne blieb hinter ihm zurück. War er wirklich allein? Nein, überall um ihn herum waren die Götter und sagenhaften Wesen, vom Lichtschein der Laterne aus der Finsternis der Höhle gerissen, und starrten ihn an. Und die Ungeheuer!

Da hockte lauernd eine Harpyie auf einem Felsen, entfaltete die Flügel und bereitete sich darauf vor, sich auf den hilflosen Eläer zu stürzen.

Gleich daneben kauerte sprungbereit die dreiköpfige Chimäre, den hornbewehrten Ziegenkopf gesenkt, den schuppigen Drachenkopf siegesgewiß erhoben und das Löwenmaul mit den großen Zähnen weit aufgerissen.

In der anderen Ecke wand sich eine Lampe mit halb aufgerecktem Schlangenleib auf Jason zu, den Frauenkopf erhoben, den großen Mund schief geöffnet, begierig, das Blut aus seinen Adern zu saugen.

Nein, es waren nur Trugbilder! Jason hämmerte es sich ein: Das alles war nur lebloser Stein, unfähig, sich zu rühren und dem einsamen Jüngling zu schaden.

Sein Blick fiel auf den vor ihm thronenden Zeus, und es sah so aus, als wolle der Gott den Blitz auf den Menschen schleudern. Wenn es stimmte, daß die Höhle ein Werk der Götter war, dann konnte Jason sich nicht sicher sein, es nur mit leblosem Stein zu tun zu haben. Je länger Jason die Ungeheuer anstarrte, desto sicherer wurde er sich, daß sie langsam auf ihn zukrochen.

Er schloß die Augen, um das schreckliche Bild zu verbannen. Aber die Ungewißheit über das, was um ihn herum geschah, ließ ihn nur kurz so verharren. Waren die Ungeheuer nicht schon wieder näher gekommen? Weit riß es ihm die Augen auf. Ja, sie kamen von allen Seiten.

Hinter sich hörte er sogar Schritte. Erst dachte er an Xenophanes. Aber es waren andere Schritte, nicht die energischen des Alipten. Sie waren langsam, schlurfend, klangen mächtig schwer. Ein schweres Atmen, fast ein Schnaufen begleitete sie.

Ein Schauer lief über Jasons Rücken. Er wollte den Kopf

wenden, um das Untier zu sehen, das sich in seinem Rücken auf ihn zubewegte. Der brennende Schmerz in seinem Hals, der ihm fast die Luft zum Atmen raubte, erinnerte ihn an das Seil. Die Schlinge zog sich so eng zusammen, daß ihm beinah die Sinne schwanden. Jason kämpfte dagegen an. Vielleicht wäre es eine Erlösung gewesen, dem Untier bewußtlos in die Hände zu fallen – falls es überhaupt Hände besaß. Aber Jason wollte wissen, was auf ihn zukam.

Warum hatte Xenophanes die Schlinge um seinen Hals gelegt? Wollte er ihn umbringen? Und wenn ja, war es eine zusätzliche Grausamkeit oder eine letzte Gnade, die Jason davor bewahren sollte, das Grauen zu *sehen*, dessen Nähe er fühlte?

Jason verwarf den Gedanken, um Hilfe zu rufen. Xenophanes war endgültig gegangen. Falls sich der Alipt noch in der Nähe der Höhle aufhielt, würde er Jason bestimmt nicht helfen. Schließlich hatte er seinen Athleten dem Untier ausgeliefert. Und außerdem – die enge Schlinge erlaubte dem Gefesselten kein Sprechen und schon gar kein Rufen.

Die Geräusche kamen näher: das schwere Schnaufen und die lauten, schlurfenden Schritte. Das Wesen mußte sehr groß und kräftig sein. Kräftig genug, den Steinquader zu bewegen, der Amykos getötet hatte? Vielleicht konnte der tote Freund ihm die Antwort geben. Jason war sich sicher, bald bei ihm zu sein, im Reich der Toten.

Er sah jetzt den unförmigen Schatten des Wesens, den die Laterne an die Felswände warf. Verwachsen, groß, mit langen Klauen, die es nach Jason ausstreckte. Und er spürte den heißen Atem in seinem Nacken.

Mach schon! dachte Jason und widerstand der Versuchung, die Augen zu schließen. *Fall endlich über mich her! Bereite der Qual ein Ende!*

Und das Wesen berührte ihn ...

»Was ist denn?« fragte Xenophanes grinsend. »Du zitterst ja am ganzen Leib, Eläer.«

Er hielt ein Messer und durchtrennte rasch den Strick, der die Halsschlinge mit dem Felsen verband. Ein zweiter Schnitt nahm die Schlinge von Jasons Hals. Jasons Atem ging stoßweise, heftig. Gierig saugte er die Luft in sich hinein, während Xenophanes ihn von den anderen Fesseln befreite. Ihm fielen die Füße des Alipten auf, die in großen Lederbeuteln steckten, die wiederum mit etwas Schwerem gefüllt waren, mit Steinen wohl.

»Deshalb also die schweren Schritte«, murmelte Jason.

»Ist mir die Täuschung gelungen?« Xenophanes feixte wie ein kleines Kind, das sich über einen geglückten Streich freute. Er krümmte seinen Leib und streckte die Arme so aus, daß sein Schatten im Laternenlicht zu dem eines unförmigen, klauenbewehrten Ungeheuers wurde.

»Das kann man wohl sagen«, knurrte Jason wütend. »Was sollte dieses Spiel?«

»Es war kein Spiel, sondern ein Experiment. Für wen oder was hast du mich gehalten, als ich in die Höhle zurückkam?« Als Jason aus Scham nicht antwortete, fragte der Alipt: »Für ein Ungeheuer?«

Jason nickte.

»Was hast du gefühlt, gedacht?« fragte der hagere Mann weiter, die grauen Augen forschend auf das schweißgebadete Gesicht des Jünglings gerichtet.

»Nicht viel, nur daß ich sterben müßte.«

In den Zügen des Alipten zeichnete sich Befriedigung ab. »Zerfetzt von den Klauen eines Ungeheuers?«

»Ja.«

»Wie sicher warst du dir dessen, Jason?«

»Ziemlich sicher«, gab der Eläer widerwillig zu.

»So sicher, wie du dir bist, daß du bei Amykos' Tod jemanden oder etwas auf der Anhöhe gesehen hast, Jason?«

»Ich weiß nicht ...«

»Oder warst du dir deines Todes in den Klauen eines schrecklichen Ungeheuers am Ende noch sicherer?«

Der feste Blick von Xenophanes' Augen zwang Jason zur Antwort: »Wahrscheinlich war ich das. Es schien alles so wirklich!«

»Und doch waren es nur Schatten, ein Trugbild, eine Einbildung, hervorgerufen durch deine Phantasie, deine überreizten Sinne.« Xenophanes zog die seltsamen Schuhe aus und schüttelte die Steine aus den Lederbeuteln. »Vielleicht hat Platons Höhle dir die Augen geöffnet, Jason, ich hoffe es.«

»Platons Höhle?«

Xenophanes nickte. »Kennst du Platon nicht?« Er seufzte. »Nein, wahrscheinlich nicht.«

»Doch!« verteidigte sich der Eläer. »Ich habe schon von ihm gehört. Lysias erzählte von ihm. Er war ein Philosoph, nicht wahr?«

»Ja.« Der Alipt lächelte. »Was weißt du noch von ihm?«

»Nichts«, gestand Jason ein.

»Es gab und gibt viele Philosophen, aber Platon war einer der Klügsten unter ihnen. Von ihm stammt die Idee mit der Höhle.«

»Aber ... ist er nicht schon lange tot?«

»Stimmt, seit vierhundert Jahren. Daß die Idee trotzdem noch lebt, spricht für sie. Man nennt sie das Höhlengleichnis. Es geht folgendermaßen: Wenn Menschen von der Geburt an festgebunden in einer Höhle sitzen, mit dem Rücken zum Licht, unfähig, sich umzuwenden, dann sehen sie nur die Schatten dessen, was sich hinter ihnen tut. Und weil sie nichts anderes kennen, halten sie diese Schatten für die Wirklichkeit, so wie du eben den scheinbaren Schatten eines Ungeheuers für die Wirklichkeit hieltest. Kannst du mir folgen, Jason?«

»Ja. Aber ich weiß nicht, was ...«

»Es geht noch weiter«, fuhr ihm der Alipt dazwischen. »Wer von diesen Höhlenmenschen nun losgebunden und gezwungen würde, in das Licht zu blicken, wäre davon geblendet. Nur unter Schmerzen würde er lernen, das Licht auszuhalten, aber er würde es schaffen und dann die wahren Dinge erkennen. Dann würde er versuchen, seine Gefährten über ihren Irrtum aufzuklären. Was würden sie tun, gesetzt den Fall, sie könnten sich nicht umwenden und ins Licht sehen?«

»Nun, ich denke, sie würden dem anderen nicht glauben. Sie kennen ja nichts anderes.«

»Genauso ist es! Sie würden die Wahrheit verlachen, weil die Schatten ihr Leben sind.« Eben noch lag ein resigniertes Lächeln auf dem länglichen Gesicht, dann blickte der Alipt ganz ernst auf Jason hinab. »Das ist es, was ich dir sagen will: Verrenn dich nicht in die Schatten, die deinen Geist verwirren!«

»Deshalb der ganze Aufwand?« fragte Jason ungläubig und blickte auf die zerschundenen Stellen an seinen Armen und Beinen, wo die Fesseln in die Haut geschnitten hatten.

»Ja, deshalb. Es ist wichtig, daß dein Geist klar ist. Falls du so weitermachst wie gestern und heute, wirst du zu den Spielen gar nicht erst zugelassen werden. Wenn die Hellanodiken deine Übungen begutachten, werden sie dich auslachen und zurückweisen.«

»Wieso werden sie meine Übungen begutachten?«

»Dreißig Tage vor Beginn der Spiele werden alle Athleten offiziell bei den Hellanodiken angemeldet. Und dann müssen sie unter ihren Augen beweisen, daß sie der Heiligen Spiele würdig sind. Auch zu Myrons Anwesen werden die Kampfrichter kommen, um die Agonisten von Paros zu begutachten. Bist du bereit, dich den harten Übungen zu unterwerfen und deinen Geist nur darauf zu konzentrieren, den Ölbaumkranz zu erringen, am besten mehrere?«

»Ich will es versuchen«, versprach Jason.

»Dann nimm die Laterne auf und folge mir. Wir haben die Götter lange genug mit unserer Anwesenheit belästigt.«

Sie verließen die Höhle, und draußen atmete Jason erleichtert auf. Er hatte sich unwohl gefühlt in Anwesenheit der Steinfiguren, als hätten sie doch noch zum Leben erwachen können.

Xenophanes blickte ihn streng an. »Ich sehe es in deinen Augen, du bist noch nicht davon überzeugt, daß Amykos durch einen Unfall starb.«

»Selbst wenn mir meine Augen einen Streich spielten, als ich auf die Anhöhe sah, da sind so viele Dinge, die meinem Geist zu schaffen machen.«

»Welche Dinge?«

»Der Streit, den Amykos und ich mit Hippias hatten. Hippias ist stolz und in seinem Stolz leicht verletzbar, wie ich beim Rennen im Hippodrom gesehen habe. An dem Tag, als Amykos starb, nahm Hippias nicht an den Übungen teil, blieb unbeaufsichtigt zurück.«

»Und könnte das ausgenutzt haben, um den verhaßten *Nauhupfer* zu töten. Willst du das sagen, Jason?«

»Ja.«

»Oder wollte er vielleicht den verhaßten Schweinehirten töten, der ihn, den Hochgeborenen, zusammengeschlagen hat?«

Der Eläer schluckte. Daran hatte er noch gar nicht gedacht. »Das ... das wäre möglich.«

»Wäre es, wenn ich mich nicht längst danach erkundigt hätte, was Hippias an dem Tag tat. Es gibt Zeugen, die ihn im Haus gesehen haben. Er hatte keine Gelegenheit, sich davonzustehlen, zum Steinbruch zu gehen und einen Anschlag auszuführen. Ganz zu schweigen davon, daß ein einzelner, noch dazu geschwächter Mann den schweren Quader niemals hätte bewegen können. Und seine

Freunde, die Wagenlenker und Reiter, waren im Hippodrom beschäftigt. Siehst du ein, daß du dich gerade eben schon wieder in etwas verrannt hast, Jason?«

»Das habe ich wohl.«

»Dann versprich mir, nicht mehr an diese unsinnige Mordgeschichte zu denken. Ich gebe zu, es war ein schreckliches Unglück und dazu ein seltsamer Zufall, daß sich der Stein gerade in dem Augenblick löste, als Amykos an der Anhöhe vorbeilief. Aber es war ein Unfall!«

Jason versprach es zögernd.

»Gut«, seufzte der Alipt erleichtert und legte den gesunden Arm um Jasons Rücken. »Dann komm, mein Sohn, ich habe mächtigen Hunger.«

Jason war froh, den dunklen, bedrohlichen Steinbruch verlassen zu können. Aber die Höhle der Götter ging ihm nicht aus dem Kopf. Hatten sich die steinernen Figuren nicht doch bewegt?

14
Neros goldener Kranz

> Nimmer verlöschenden Ruhm besitzt,
> wer deine strahlende Krone trägt.
> *Pindar*

Früh, noch bevor die Sonne aufging, brachen die Läufer am nächsten Morgen unter der Führung des obersten Alipten zum Steinbruch auf. Die Reiter und Wagenlenker teilten sich mit Myrons eigenen Männern, Pferden und Gespannen den Hippodrom. Die übrigen Athleten aus Paros blieben auf dem Anwesen zurück und stählten sich dort unter der Anleitung von Xenophanes' Helfern.

An diesem Tag teilte der Alipt Jason nicht zu den Übungen im Kurzstreckenlauf ein. Gleich zu Beginn sollte der Marathonlauf geübt werden, der durch Kaiser Nero zum wichtigsten Wettkampf der Heiligen Spiele erhoben worden war. Der stämmige Phanas, der kahlköpfige Gerenos, der grauhaarige Simias und der rotschopfige Megellos gingen wieder mit Jason an den Start – nur Amykos fehlte.

Anfangs lag Jason vorn, fühlte sich angespornt von dem Gedanken, die Stelle des toten Freundes einnehmen zu müssen. Diese Gedanken zogen andere flüssig nach sich, wie stets, wenn er sich frei bewegen konnte.

Nein, Xenophanes hatte seine Zweifel an dem angeblichen Unfall nicht ausgeräumt. Das Erlebnis in der Höhle der Götter war beeindruckend gewesen, so beeindruckend, daß Jason unruhig geschlafen und viel von Harpyien, Lamien, der Chimäre und anderen Ungeheuern geträumt hatte. Dennoch blieben Jasons Bedenken bestehen, besonders, als er an der Stelle vorbeilief, wo Amykos gestorben war. Das Blut klebte noch am Boden, und der riesige Quader mit dem zersplitterten Rad lag in der Nähe.

Erst zog Gerenos an Jason vorbei, dann Simias und schließlich, kurz vor dem Ziel, auch noch Megillos. Nur Phanas nicht, der in der letzten Runde erschöpft aufgab und im schleppenden Gang in den Steinbruch zurückkehrte. Xenophanes war gar nicht zufrieden mit Jason und zeigte das, indem er kaum mit dem Eläer sprach.

Als die Läufer und ihre Betreuer auf dem Rückmarsch am Hippodrom vorbeikamen, fegten die Vierspänner durch den Sand. Peitschen knallten, Männer schrien, Pferde wieherten, und Staubwolken hingen in der Luft.

»Es ist doch sonderbar, daß Myron uns den Hippodrom zur Verfügung stellt«, bemerkte Jason zu dem neben ihm gehenden Simias. »Man sollte meinen, daß er die Rennbahn für seine eigenen Gespanne braucht, um sie auf die Spiele vorzubereiten.«

»Wir teilen uns die Bahn. Außerdem konnten Myrons Männer und Pferde schon vor unserer Ankunft üben. Und schließlich ist Myron ein guter Handelspartner der Stadt Paros. Er will es sich wohl nicht mit Kreugas verderben.«

Jason beobachtete, mit welcher Leichtigkeit die Wagenlenker die schweren Gespanne um die Wendesäulen führten. Er dachte an die weite Reise von der Insel Paros im Ägäischen Meer bis hierher. »Ein ganz schöner Aufwand, die Wagen, die Pferde und das Futter nach Elis zu schaffen. Weshalb seid ihr über Land angereist? Die Schiffe hätten den Peneios hinauf bis zur Stadt der Elier fahren können.«

»Wir sind bis zur Küstenstadt Kyllene gefahren, auch der Handelsbeziehungen wegen. Paros und Kyllene stehen in engen Geschäftsverbindungen. Um sie wieder aufzufrischen, verbrachte unsere Gesandtschaft dort ein paar Tage. In Kyllene erhielten wir auch Wagen und Verpflegung für die Weiterreise.«

»Ich verstehe«, murmelte Jason, aber in Wahrheit waren seine Gedanken schon woanders.

Kyllene! Die Stadt, aus der Lysikles kam. Sollte er Melissa an Lysikles verlieren, bevor er sie noch gewonnen hatte? Bevor er überhaupt die Gelegenheit hatte, ihr zu sagen, was er für sie empfand?

Solchen Gedanken ging Jason nach, als er nach dem gemeinsamen Abendmahl der Athleten in dem kleinen Innenhof saß und seiner Syrinx traurige Klänge entlockte. So sehr war er versunken, daß er die Frau erst bemerkte, als ihre schlanke Gestalt vor ihm stand.

»Melissa?« Er unterbrach das Lied und sah auf, in ein schönes, orientalisch angehauchtes Gesicht, das von einem Schatten überzogen wurde.

»Hast du Myrons Tochter erwartet?« Zopyra verdrängte den Schatten von ihrem Antlitz, das daraufhin einer schönen Maske glich. »Dann verzeih, daß ich störe.« Sie wandte sich um, wollte gehen.

»Nein ... bleib bitte! Ich habe niemanden erwartet.«

Die Hetäre lächelte, aber aus dem Lächeln sprach weder Glück noch Frohsinn. »Wenn du sie nicht erwartet hast und mich doch für sie hieltest, müssen deine Gedanken nur um so fester bei ihr gewesen sein.«

Jason mußte vor sich selbst zugeben, daß Zopyra recht hatte. In Wahrheit saß er hier, unter den Fenstern des Gynaikons, weil er sich nach Melissa sehnte. Er schämte sich dafür, fühlte sich wie ein Verräter an dem Toten.

»Ich dachte, du trauerst um Amykos«, fuhr die Hetäre fort. »Deshalb kam ich. Deine Lieder klangen so schwermütig. Ich wollte fragen, ob ich dir helfen, dich trösten kann. Aber vielleicht suchst du den Trost lieber nicht bei mir.« Sie blickte hinauf zu den Fenstern, hinter denen Melissa lag.

»Was immer ich dort auch suche, ich werde es nicht finden«, sagte Jason leise, fast mehr zu sich selbst. »Ich bin nicht der, dem Melissa versprochen ist und dem wohl ihr Herz gehört.« Er hob den Kopf und verspürte wieder den fremdartigen Zauber, den er schon in Alopex' Haus bemerkt hatte, als er in Zopyras Mandelaugen sah. »Setz dich zu mir, Zopyra, vielleicht kannst du mir helfen.«

»Wobei?« fragte sie, als sie Jasons Aufforderung zögernd befolgte.

»Bei der Klärung der Frage, ob Amykos durch einen Unfall starb oder ob er, wie Koroibos, ermordet wurde.«

Die Hetäre warf ihm einen überraschten, fast erschrockenen Blick zu. »Wie meinst du das, Jason. Weshalb sprichst du von Mord?«

Er berichtete ihr von seinem Verdacht. Er mußte einfach mit jemandem darüber reden. Xenophanes verlachte ihn nur, wie ihm das Erlebnis in der Götterhöhle zeigte. Und zu Melissa konnte Jason nicht sprechen. Blieb nur Zopyra, auch wenn er noch immer Zweifel hatte, welche Rolle sie wirklich spielte.

»Ich wäre dir dankbar, wenn du Xenophanes nichts von all dem sagst«, schloß der Eläer. »Er schätzt es nicht, daß ich mich mit dieser Frage beschäftige, weil es mich, wie er meint, von den Wettkämpfen ablenkt.« Jason dachte daran, wie er heute beim Marathonlauf abgeschnitten hatte und seufzte: »Vermutlich hat er sogar recht.«

»Ich werde nichts verraten«, versprach Zopyra. »Ich werde meine Ohren offenhalten. Bis jetzt habe ich nur einen unbestimmten Verdacht gehabt, aber auch ich bin der Meinung, daß hier etwas nicht stimmt.«

»Was?« fragte Jason überrascht.

»Ich weiß noch nichts Genaues.« Die Hetäre schüttelte den Kopf und stand auf. »Sobald ich etwas erfahre, sage ich es dir.« Sie ließ ihren Blick über den Hof schweifen. »Ich weiß ja, wo ich dich finde.«

Jason nickte und fragte: »Hast du dich schon wegen Aelian umgehört?«

»Umgehört ja, aber nichts herausgefunden. Gräm dich nicht. Ich werde auch in dieser Sache meine Ohren weiter offenhalten.«

»Weshalb tust du das für mich, Zopyra?«

»Wer weiß«, seufzte die Hetäre, lächelte ihm knapp zu, drehte sich um und verließ den Hof in Richtung des Säulengangs.

Die nächsten Tage vergingen eintönig wie die Abende, an denen er in dem kleinen Hof saß und für den verlorenen Amykos spielte. Und für die geliebte Melissa, die für ihn weiter unsichtbar blieb. Tagsüber beanspruchten ihn die harten Übungen unter Anleitung des unerbittlichen Alipten Xenophanes bis an die Grenze seiner Kräfte. Abwechselnd übte sich Jason im Laufen, in den Kampfarten Faustkampf, Ringen und Pankration sowie in den einzelnen Sparten des Fünfkampfes.

Hier schnitt Jason im Diskus- und Speerwurf recht gut ab, ebenso im Stadionlauf und beim Ringen. Für den Weitsprung mußte er jedoch hart an sich arbeiten. Natürlich war er es als Sproß zerklüfteter Berge von Kindheit an gewohnt, mit weiten Sätzen über Wildbäche und Felsspalten zu setzen. Aber da konnte er Anlauf nehmen und mußte nicht die hinderlichen Gewichte in Händen halten. Den fünffachen Sprung aus dem Stand, den er für die Heiligen Spiele übte, fand er eher lächerlich und in keiner Weise hilfreich. Zu Hause in den Bergen nutzte eine solche Fähigkeit nichts.

Aber wie sagte Xenophanes doch, wenn Jason wieder einmal nicht das gesteckte Ziel erreichte: »Du übst hier nicht für dich, sondern für Paros und den Ölbaumkranz!« Und dann setzte es häufig einen beißenden Rutenhieb auf Jasons Rücken oder seine Beine.

Bei allen drei Einzelkampfarten kam Jason gut zurecht

und ging immer öfter als Sieger hervor. Seine Gegner landeten beim Ringen auf dem Rücken, holten sich beim Faustkampf blutige Gesichter und hoben beim Pankration erschöpft die Hände als Zeichen der Aufgabe.

»Hart wie ein Spartaner«, nickte Xenophanes dem Eläer dann anerkennend zu und fragte einmal: »Weißt du übrigens, daß ausgerechnet die Spartaner nicht zum Faustkampf und zum Pankration antreten?«

»Nein, Alipt. Ich dachte, sie seien die besten Kämpfer.«

»Eben drum.« Der Hagere grinste. »Damit die anderen Hellenen das auch weiterhin denken, untersagt ihnen ein Gesetz die Teilnahme am Faustkampf und am Allkampf. Hier muß sich der Verlierer ergeben, wenn er dazu noch die Kraft hat, und ein Spartaner ergibt sich nicht.« Xenophanes wurde wieder ernst. »Ich hoffe, du ergibst dich auch nicht, Jason!«

Beim Laufen erzielte Jason unterschiedliche Ergebnisse. Je länger die Strecke wurde, desto schlechter schnitt er ab. Im Diaulos war er so gut wie im Stadionlauf, und auch im Hoplites waren seine Leistungen sehr zufriedenstellend, obwohl er kein ans Schildtragen gewohnter Soldat war. Der Dolichos dagegen sah ihn nur selten als Sieger durchs Ziel gehen, wenn er auch niemals Letzter wurde.

Beim Marathonlauf jedoch traf er in der vierten Runde stets weit hinter Gerenos und Simias im Steinbruch ein, manchmal auch hinter Megillos und einmal sogar noch hinter Phanas, der im Gegensatz zu Jason immer besser wurde, je öfter er die lange Strecke übte. Das beste Ergebnis im Marathonlauf hatte Jason noch beim erstenmal erzielt, als er zusammen mit Amykos gelaufen war. Daran dachte er jetzt jedesmal, wenn er um den Steinbruch durch die Hügel lief – an Amykos, an den tödlichen Quader und an das geflügelte Pferd.

Xenophanes war natürlich gar nicht mit Jasons Leistung im Marathonlauf zufrieden, aber auch nicht mit den anderen Langstreckenläufern. Zwar lobte er hin und wieder Gerenos und Simias, doch dann seufzte er gleich: »Ihr seid zwar gut, aber nicht gut genug. Ich kenne viele Läufer, die besser sind als ihr. An Amykos reicht ihr nicht heran. Er war unsere ganze Hoffnung. Schade, daß er so enden mußte!«

Kreugas erschien fast jedesmal, wenn die Athleten die Marathonstrecke liefen, und immer schimpfte er lauthals, mal mit den Läufern, mal mit ihrem Alipten. Einmal bebte sein hohlwangiges Gesicht, während die erschöpften Läufer sich um ihn und Xenophanes versammelten, und die Kratzstimme krähte: »Du weißt, Xenophanes, daß der Marathonlauf der wichtigste Wettkampf dieser Heiligen Spiele ist. Wer aus Neros Hand den vergoldeten Ölbaumkranz empfängt, wird als größter Olympionike dieser Spiele gefeiert werden. Sein Ruhm und der seiner Stadt werden unermeßlich sein!«

»Vielleicht nicht nur der Ruhm«, knurrte der Alipt unwillig.

Kreugas legte den Kopf schief und starrte den anderen mißtrauisch an. »Wie meinst du das, Xenophanes?«

»Es heißt, daß der Caesar sich bei den Hellenen für die Gastfreundschaft bedanken will, indem er dem Land, das die Römer hochnäsig die Provinz Achaia nennen, die Freiheit schenkt.«

»Na und?« schnarrte Kreugas, indem er den Mund kaum bewegte. »Was wäre daran schlecht, wieder ein freies Land mit freien Städten zu sein?«

»Es wäre keine wirkliche Freiheit. Die Römer würden ihre Macht behalten und ihren Einfluß. Die Freiheit wäre nur geliehen.«

»Wie auch immer, sie brächte uns einige Vorteile, zum Beispiel die Befreiung von der Steuerlast gegenüber den Römern.«

»Ja«, seufzte der Alipt grimmig. »Die Römer befreien

uns von dem, was sie uns erst aufgezwungen haben, und erwarten dafür unsere Dankbarkeit. Und wer den vergoldeten Ölbaumkranz errringt, dessen Stadt soll von Nero mit reichen Geschenken bedacht werden, heißt es.«

»Ja, so heißt es«, wiederholte der dürre Gesandtschaftsführer im scharfen Tonfall. »Und was findest du daran auszusetzen, Alipt?«

»Daß Nero uns wieder nur das schenkt, was er uns zuvor genommen hat. Weißt du nicht, daß er überall, wo er auf seiner Reise durch Hellas hinkommt, die wertvollsten Güter stiehlt? Statuen unserer Götter und Heroen, prachtvolle Säulen, als Götteropfer geweihte Kostbarkeiten, all das läßt er verladen und nach Rom schaffen, um seinen neuen Palast damit auszustaffieren, den er nach dem großen Feuer bauen ließ.« Xenophanes hatte sich in Wut geredet.

»Und wenn schon«, zischte Kreugas. »Was geht es uns an? Nach Paros kommt der Caesar nicht und wird unserer Stadt also nichts nehmen. Wir können nur gewinnen!«

Xenophanes sagte nichts mehr, blickte den Gesandtschaftsführer nurmehr verachtungsvoll an. Seine Augen wirkten leicht vergrößert und hatten einen matten Glanz. Die Nasenflügel zitterten etwas.

Das erwähnte Feuer erweckte Jasons Interesse. Er hatte schon einige Gerüchte darüber gehört, aber all das erschien ihm so unglaubwürdig. Er sah den Alipten an und fragte: »Stimmt es, daß Nero selbst Rom niederbrennen ließ, um die Stadt besser und schöner wieder aufzubauen?«

»Man sagt es, aber Nero selbst hört das nicht gern. Tausende Männer und Frauen dieser jüdischen Sekte, die sich Christen nennen, mußten ihr Leben als Brandstifter lassen.«

»Was soll das Gerede über Nero als Brandstifter?« fauchte Kreugas ungehalten. »Das alles ist doch Altweibergewäsch. Niemand von uns kennt die Wahrheit, weil wir nicht dabei waren, als Rom brannte. Der Caesar beruft sich sogar darauf, bei den Löscharbeiten geholfen zu haben.«

»Wenn du mich fragst, schließt das eine das andere nicht aus«, mischte sich Xenophanes wieder ein. »Zumindest soll es stimmen, daß Nero beim Anblick des gewaltigen Feuers zur Kithara griff und sich von den Flammen zu einer Ode inspirieren ließ. Wie paßt das zu seinem angeblichen Einsatz als Brandlöscher?«

Kreugas zögerte mit der Antwort. Man sah es der in Falten gelegten Stirn über den dicht zusammenliegenden Augen an, wie es hinter ihr arbeitete. Aber er schien keine passende Erwiderung zu finden und schnaubte schließlich: »Du und deine Athleten, ihr solltet euch nicht das Maul über unseren Kaiser zerreißen, Xenophanes! Manch einer, der den Mund nicht halten konnte, erhielt als Belohnung eine Reise nach Rom, wo er als Futter für die Löwen im Circus dient oder, wenn er Glück hat, als Gladiator bis zum Tod kämpfen darf. Kümmert euch lieber darum, eure Leistungen zu verbessern, damit wir gewinnen!«

»Amykos war unser bester Langstreckenläufer«, entgegnete der Alipt beharrlich. »Sein Verlust läßt sich nicht so einfach ersetzen. Meine Männer geben sich jede Mühe, aber sie können nicht mehr geben, als in ihnen steckt.«

»Dann sind es die falschen Männer!« rief der Gesandtschaftsführer wütend. »Ich werde nach besseren suchen.« Er drehte sich um und ging grußlos zu den wartenden Sklaven mit der Sänfte, die ihn zum Steinbruch gebracht hatten.

Drei Tage später hatte Kreugas seinen besseren Mann gefunden. Er hieß Kleomenes und war, wie Jason annahm, einer aus der großen Schar wenig Begüterter, die zu den Heiligen Spielen nach Elis kamen, um hier eine Möglichkeit zu finden, ihr Glück oder zumindest viel Geld zu machen.

Wie Kreugas auf ihn aufmerksam geworden war, entzog sich Jasons Kenntnis, aber der neue Läufer schien das zu halten, was sich der Gesandtschaftsführer von ihm versprach. Kein Marathonlauf, bei dem der schlanke, mittelgroße Athlet mit dem schulterlangen schwarzen, durch ein breites Lederband zusammengehaltenes Lockenhaar in der vierten Runde nicht mit Abstand als Erster im Steinbruch eintraf. Gerenos und Simias schafften es trotz aller Anstrengungen nicht, den Sieg zu erringen, Megillos, Phanas und Jason schon gar nicht.

Dabei hatten die Athleten noch Glück, daß Xenophanes den neuen Mann auf Anweisung des Architheoren ausschließlich für den Marathonlauf üben ließ. Kleomenes sollte seine Kräfte für den wichtigen Kampf um den goldenen Ölbaumkranz aufsparen. So teilten sich die übrigen Langstreckenläufer den Sieg beim Dolichos. Jason fand es reichlich seltsam, daß Kleomenes nicht einmal bei diesem Zwanzig-Stadien-Lauf antrat. Wenn er auf langen Strecken gut war, mußte er es doch auch beim Dolichos sein. Aber wie Simias einmal auf eine diesbezügliche Bemerkung des Eläers antwortete: »Wer kann schon sagen, was in den Köpfen von Architheoren und Alipten vorgeht!«

Es gab Gründe genug, sich über Kleomenes zu wundern. Zum einen war da sein uneinheitlicher Laufstil. Manchmal startete er den Marathonlauf mit einem Spurt und zog allen anderen gleich auf den ersten Stadien davon. Dann wieder begann er sehr langsam, lief hinter den anderen her und nahm die Führung erst während der letzten zwei Runden ein. Jedenfalls schien er dann am besten zu sein, wenn er für sich lief, außer Sichtweite der übrigen Läufer.

Er war offenbar ein Einzelgänger, Jason hatte erwartet, daß er den freigewordenen Platz in seinem Zimmer belegen würde. Aber Jason blieb allein, weil Kleomenes eine eigene Unterkunft erhielt. Der Eläer sah das Zimmer nie von innen und die anderen Athleten wohl auch nicht, aber gerade deshalb kursierten unter ihnen die wildesten Gerüchte, Kleomenes lebe im größten Luxus und werde bewirtet wie ein König.

Der neue Läufer selbst zeigte sich sehr mundfaul. Jason vermutete, daß er nicht besonders schlau war. Ein paarmal versuchte er, mit Kleomenes ins Gespräch zu kommen, und oft hatte er den Eindruck, daß dieser abends nicht mehr wußte, über was sie sich morgens unterhalten hatten.

Dann aber gelangte Jason zu dem Schluß, daß Kleomenes ihn und die anderen Athleten verhöhnte. Der Neue hatte sich beim Laufen den linken Fuß verstaucht und wurde sofort eingehend von Xenophanes und Eupolos behandelt. Als sie am nächsten Morgen zum Steinbruch marschierten, ließ sich Kleomenes nichts anmerken. Von Jason darauf angesprochen, daß die Verstauchung doch ziemlich stark gewesen sei, begann der Neue plötzlich leicht zu humpeln – mit dem rechten Bein!

Nach dieser Erfahrung kümmerte sich Jason nicht mehr um Kleomenes. Es schien aussichtslos, seine Freundschaft erringen zu wollen. Amykos konnte er sowieso nicht ersetzen.

15
Melissa

> Ein Freund ist eine Seele in zwei Körpern.
> *Aristoteles*

Die Trauer um Amykos ließ erst etwas nach, als Melissa in Jasons Leben zurückkehrte. Es war an einem besonders lauen Abend, in dem der Duft der elischen Blütenpracht die Luft schwängerte. Bienen flogen von Blüte zu Blüte, und erst hielt Jason es für ihr Gesumme. Aber dann erkannte er in dem Summen die von ihm gespielte Melodie, und er sah die hell gewandete Gestalt zwischen den Säulen der Kolonnade. Nur kurz dachte er an Zopyra, die mit Nachrichten über Aelian und Amykos' Tod auf sich warten ließ. Nein, es war nicht die schwarzhaarige Hetäre. Das Haar der jungen Frau, die seinem Flötenspiel lauschte, war heller, die Frisur natürlicher, nicht derart auf Wirkung bedacht wie bei der Tochter des Syrers. Das Lockenhaar fiel spielerisch auf die Schultern und unterstrich das Jugendliche, Unbekümmerte in dem schönen Gesicht.

»Warum hörst du auf zu spielen, Jason?« fragte Melissa und trat aus dem Schatten der Säulen. »Die Melodie hat mir gut gefallen.«

Erst jetzt bemerkte Jason, daß er die Schilfrohrflöte von den Lippen genommen hatte. Sein Blick hing unverwandt an der jungen Frau, die langsam näher trat, ein Lächeln auf den vollen Lippen. Sie trug einen weißen Chiton, der bis auf den Boden fiel.

Vor dem Eläer blieb sie stehen und bat: »Spiel doch weiter, Jason!«

»Du ... du kennst meinen Namen?«

Sie nickte und lachte. »Wie du hörst.«

»Aber woher?«

»Kyniska, meine Dienerin, hat ihn für mich in Erfahrung gebracht. Ich wollte wissen, wer jeden Abend diese schönen, traurigen Lieder unter meinem Fenster spielt.«

»Ich wollte dich nicht stören. Dieser Platz schien verlassen. Er ist so schön ruhig, friedlich.«

»Ich liebe ihn auch.« Melissa setzte sich neben Jason auf den Sockel der Pan-Statue, wo auch Amykos an jenem Abend gesessen hatte. »Schon als Kind habe ich diesen Garten geliebt. Damals schien mir der Hof so riesengroß, daß er die ganze Welt bedeutete. Heute komme ich manchmal hierher, wenn mir die Welt zu groß ist.« Bevor Jason nachforschen konnte, was sie damit meinte, fuhr sie fort: »Du hast mich nicht gestört, Jason, im Gegenteil. Die Tage und Abende, die ich nach dem Unfall ruhen mußte, waren sehr lang, und ich freute mich immer auf deine Lieder. Heute kam ich, um dir zu danken.«

»Das mußt du nicht, Melissa. Ich habe es gern getan, wollte dir so gern helfen.«

»Warum?«

»Dein Unfall ...«, begann Jason zögernd. »Mir blieb das Herz fast stehen, als ich die Wagen umstürzen sah. Wenn dir etwas zugestoßen wäre, ich meine Schlimmeres als die Verletzung, ich hätte nicht gewußt, ob ich hätte weiterleben wollen.«

»Das klingt, als bedeutete ich dir viel.«

Er sah fest in ihre Augen und sagte: »So ist es.«

»Aber du kennst mich doch kaum, eigentlich gar nicht!«

»Ich weiß es und fühle doch ganz anders. Als wären wir ein Leben lang verbunden, als wäre dein Leben ein Teil von meinem und meines ein Teil von deinem.« Jason schüttelte plötzlich den Kopf, als er sich der Bedeutung seiner Worte bewußt wurde. »Verzeih, was ich eben sagte, Melissa. Ich bin Gast im Hause deines Vaters und habe kein Recht dazu. Es war falsch ...«

Ihr Zeigefinger legte sich auf seine Lippen und verschloß den Mund. »Nichts war falsch, Jason. Wenn zwei Menschen dasselbe füreinander empfinden, kann es niemals falsch sein, die Wahrheit zu sagen.«

Er benötigte einige Zeit, bis er begriff, was ihre Worte bedeuteten. Wärme durchflutete ihn, eine Welle des Glücks; Gefühle, die er nie zuvor empfunden hatte, nicht bei Zopyra und nicht bei Neaira. Neaira war eine jugendliche Schwärmerei gewesen, die nur in Erinnerung blieb, weil es das erste Mal gewesen war, daß er sich verliebt hatte. Die Glücksmomente mit Zopyra beruhten vor allem auf der Liebeskunst der erfahrenen Hetäre, die Jasons Körper zu den Höhenflügen einer ungeahnten Lust geführt hatte. Aber was Jason jetzt empfand, schien schon immer in ihm gesteckt zu haben, hatte dort geschlummert und darauf gewartet, erweckt zu werden. Nicht durch einen Zufall oder durch einen beliebigen Menschen. Es war Melissa, auf die Jason sein ganzes Leben lang gewartet zu haben glaubte. Sie trat vor ihn als verschollener Teil seines Lebens.

Ein düsterer Gedanke durchdrang den Zauber, der Jason ergriffen hatte. »Dieser Lysikles, du und er, was ...«

Wieder verschloß ihr Finger seinen Mund. »Morgen, Jason. Morgen hier im Hof. Ich muß gehen, sonst werden Vater und Lysikles unruhig.«

Melissa verschwand im Säulengang und ließ Jason beglückt zurück. Ihre wenigen Worte hatten genügt, um ihm zu zeigen, daß sie so für ihn empfand wie er für sie.

Am nächsten Abend aß Jason wenig, verließ das Megaron frühzeitig und schlich sich auf den kleinen Hof. Melissa war noch nicht da, aber auch sie kam zeitig, setzte sich neben ihn vor die Pan-Statue, legte ihre Hände in seine und senkte ihren Blick in seinen. So verharrten sie eine ganze Weile, schwiegen und blickten sich einfach nur an.

Ohne daß er etwas gesagt oder sich auch nur gerührt

hätte, begann sie schließlich: »Du hast gestern nach Lysikles gefragt. Was willst du wissen?«

Jason schluckte. »Wirst du ... seine Frau?«

»Mein Vater wünscht es, Lysikles wünscht es, und sein Vater Tranion wünscht es auch.«

»Und du, Melissa, wünschst du es auch?« Jason fragte ruhig, aber sein Puls raste atemlos, und sein Herz schlug ihm bis zum Hals.

»Ich glaubte, daß ich es wünschte ... bis ich dich traf, Jason.«

»Warum glaubtest du es vorher? Was wurde anders durch unsere Begegnung?«

»Anders wurde nichts, ich erkannte nur meinen Irrtum.« Jason brauchte nichts zu sagen, sein fragender Blick genügte, und Melissa fuhr fort: »Ich wollte Lysikles heiraten, ohne ihn zu lieben.«

»Das verstehe ich nicht.«

»Ist es bei euch in den epirischen Bergen anders? Lieben sich da Mann und Frau, wenn sie heiraten?«

»Ja, natürlich. Warum sollten sie sonst heiraten?«

»Weil es ihre Väter beschlossen haben. So ist das bei uns, Jason. Als ich Lysikles versprochen wurde, waren wir beide noch Kinder, kannten uns noch nicht einmal. Aber mein Vater und Tranion standen schon in guter Geschäftsbeziehung zueinander. Tranion verfügt über einige Schiffe und gute Verbindungen zu anderen Schiffseignern, die meines Vaters Waren über die Insel des Pelops hinausbringen. Um diese Geschäftsverbindung zu festigen, beschlossen Myron und Tranion, daß jeder der Schwiegervater von des anderen Kind werden möge.«

»Aber das kann man doch nicht machen, Menschen gegen ihren Willen zu verheiraten!«

»Bei uns ist es so Brauch und Gesetz«, erwiderte Melissa leise, traurig. »Ich unterstehe dem Wort meines Vaters, bis ich heirate und dem Wort meines Gatten folgen muß.«

»Das kann doch nicht sein!« rief Jason und schüttelte den Kopf. Aus seinem Blick und seinen Worten sprachen Verzweiflung. »Es darf nicht sein!«

»Psst!« Wieder legte sich Melissas Finger auf seinen Mund. »Nicht so laut, Jason. Laut sein nützt nichts, nur Geduld und leise Töne helfen uns weiter.«

»Wie meinst du das?«

»Ich weiß nicht, ob jeder Vater seine Tochter liebt. Mein Vater jedenfalls liebt mich, das weiß ich genau. Vielleicht, weil meine Mutter in mir weiterlebt, wie er es einmal zu mir sagte. Ich glaube nicht, daß er mich unglücklich sehen will. Aber er kann auch sehr starrköpfig sein. Deshalb bringe ich es ihm besser ganz langsam bei, daß ich Lysikles zwar nett finde, ihn aber nicht heiraten will.«

Jason lächelte, und spürte eine lustige, glucksende Leichtigkeit sich in ihm verbreiten. »Und wen willst du dann heiraten, Melissa?«

»Hm, ich weiß noch nicht«, sagte sie spielerisch, mit verschmitztem Lächeln. »Vielleicht einen einfachen Schweinehirten? Oder einen strahlenden Olympioniken?«

Als Melissa am dritten Abend kam, fragte Jason sofort, ob sie mit ihrem Vater über ihn und Lysikles gesprochen hatte.

»Ich hatte noch keine Gelegenheit. Mein Vater war den ganzen Tag im Hippodrom, um den Pferden zuzusehen. Man darf ihn mit solchen Dingen nicht überfahren. Ich muß ihn in der richtigen Stimmung antreffen, dann gelingt es. Vertrau mir, Jason!«

Er nickte nur, aber er konnte seine Enttäuschung nicht verheimlichen.

»Auf einen Tag kommt es nicht an«, versuchte Melissa ihn aufzumuntern. »Väter sind nun einmal schwierig. Deiner etwa nicht?«

Melissa konnte nicht wissen, welche Flut von Gefühlen und Gedanken sie mit dieser Frage in Jason auslöste. Er brauchte lange, bis er antwortete: »Ich weiß nicht, wie mein Vater ist ... oder war. Um das herauszufinden, bin ich nach Elis gekommen.«

Ihre schönen Augen in der eigentümlichen Mischung aus sanftem Braun und leuchtendem Grün verengten sich. »Heute ist es umgekehrt, und ich verstehe dich nicht, Jason.«

»Ich habe meinen Vater nicht gekannt. Das Wenige, was ich von ihm weiß, hat meine Mutter mir erzählt. Leaina sprach nur gut über ihn, und ich glaube, sie hat ihn sehr geliebt.«

»Und dein Vater, hat er deine Mutter auch geliebt?«

»Leaina sagte, sie hätten aus Liebe geheiratet. Aber wieso ist mein Vater dann nicht zurückgekehrt?«

»Was ist geschehen?«

»In Eläos lebte ein Paidotribe, Lysias. Er war in die Verbannung geschickt worden. Den Grund habe ich nie erfahren, nur daß er von einer Insel im Agäischen Meer kam und in seiner Heimat ein berühmter Alipt gewesen ist. Ich weiß auch nicht, wie er Aelian traf. Aelian ist der Name meines Vaters. Jedenfalls erkannte Lysias Aelians ungeheure Kraft und seine athletische Begabung. Also bildete er meinen Vater aus, ohne Bezahlung, nur zu seinem Vergnügen. Aelian machte sich und gewann viele Wettkämpfe in Eläos und der näheren Umgebung. Lysias räumte ihm gute Aussichten auf einen Sieg bei den großen Spielen in Olympia, Pythia, Isthmia oder Nemea ein. Die Sache hatte nur einen Haken: Ein kleiner Bauer aus den epirischen Bergen hat kaum Gelegenheit, sich als Agonist bei den Heiligen Spielen zu versuchen. Aelian hatte ja auch eine Frau, für die er sorgen mußte. Er sah keine Möglichkeit, die lange Reise zur Insel des Pelops auf sich zu nehmen.«

»Aber er hat es dann doch getan, nicht wahr?« fragte Melissa.

»Ja, vor vier Olympiaden brach er nach Süden auf, um an den Olympischen Spielen teilzunehmen. Mutter bemerkte, daß er von Tag zu Tag immer verdrossener und unglücklicher wurde. Schließlich sagte sie ihm, er solle gehen. Er ging und kehrte niemals zurück. Wir hörten nie wieder von Aelian aus Eläos.«

»Ihm muß etwas zugestoßen sein. Ein Mann läßt seinen Sohn und die Frau, die er liebt, nicht einfach so zurück.«

»Von mir wußte er nichts. Mutter schon, als er ging, aber sie verschwieg es ihm, um ihm den Abschied nicht zu erschweren. Vielleicht hat sie es später bereut ...«

»Deinem Vater ist bestimmt etwas zugestoßen«, wiederholte Melissa. »Auch ohne, daß er von dir wußte, hätte er seine Frau gewiß nicht im Stich gelassen, das glaube ich nicht.«

»Das eben will ich herausfinden!«

»Warum erst jetzt?«

»Mutter wollte nicht, daß ich ein Athlet werde, daß ich auch zu den Spielen gehe. Ich mußte es ihr versprechen. Ich ging aber heimlich zu Lysias und ließ mich ausbilden, so gut es ging. Er tat es gern und sah in mir wohl so etwas wie eine zweite Verkörperung Aelians. Dann starb er und vor kurzem auch Mutter. Ich war frei und tat, was mich schon immer bewegte.«

»Ich verstehe.«

Melissa saß eine ganze Weile stumm neben Jason, ihren Kopf auf seine Schulter gelegt. Ihre Wärme und ihr Duft waren schöner als alles, was der Eläer sich vorstellen konnte. Die Vertrautheit, die Jason in ihrer Nähe empfand, hatte sein Herz geöffnet. Niemals zuvor hatte er einem Fremden die Geschichte von Aelian erzählt.

Auch Melissa hing ihren Gedanken nach. Nach einiger

Zeit fragte sie: »Hast du in Elis schon eine Spur von deinem Vater gefunden?«

»Leider noch nicht. Aber vielleicht habe ich in Olympia mehr Glück.«

»Und vielleicht kann ich dir helfen. Mein Vater nimmt mit seinen Pferden und Gespannen an allen Olympischen Spielen teil. Wenn Aelian einen Ölbaumkranz errungen hat, müßte Myron es wissen. Ich werde ihn danach fragen.«

»Das wäre lieb, Melissa. Aber noch lieber wäre mir, du fragst ihn nach uns!«

»Ich bin dir wichtiger als die Suche nach Aelian?«

»Ja«, antwortete Jason und brauchte nicht zu überlegen. Aelians Bedeutung lag in der Vergangenheit. Aber wichtiger als die Vergangenheit war die Zukunft. Und Jasons Zukunft hieß Melissa.

16
Achilleus und die Schildkröte

>Aber kurz ist die Zeit der Freuden für einen Menschen.
>*Pindar*

Am vierten Abend hatte sich Jason gerade auf den Sockel der Pan-Statue gesetzt, als er die Gestalt in der Kolonnade bemerkte. So früh war Melissa noch nie gekommen. Sein Herz schlug schneller. Hatte sie es so eilig, weil sie Jason eine gute Nachricht zu verkünden hatte? Über Aelian? Oder, noch besser, über ihre gemeinsame Zukunft?

Als die Gestalt in den vom allmählich verlöschenden Abendlicht erhellten Hof trat, verwandelten sich Jasons Hoffnungen in Zweifel. Dann erkannte er, daß da kein junges Mädchen einherschritt, sondern ein stattlicher Mann, dessen dunkler Bart tief auf seine Brust fiel und einen Teil des gelben Chitons sowie des darüber geschlungenen blauen Himations bedeckte. Der Mann ging langsam, aber mit festem Schritt, die dunkelbraunen Augen unverwandt auf den jungen Athleten gerichtet. Es war der durchdringende Blick Melissas, und es war das Braun ihrer Augen, das Jason bei ihrem Vater erkannte. Nur den winzigen Stich ins Grüne vermißte er, er war wohl ein Erbteil der Mutter.

Zwei Schritte vor der Pan-Statue blieb Myron stehen und sah mit einem sonderbaren Blick ruhig auf Jason hinab, den dieser sich nicht recht zu deuten vermochte. Aber Freude sprach keinesfalls aus ihm.

»Du also bist Jason von Eläos, der Schweinehirte aus den Bergen, der es wagt, meine Tochter zu entehren.« Es war eine Feststellung, keine Frage.

»Ich habe Melissa nicht entehrt!« erwiderte Jason, wütend über diese Unterstellung. »Ich habe nichts getan, was Schande über sie bringen könnte.«

Die Stirn des Älteren umwölkte sich noch mehr, sein breiter Brustkasten hob und senkte sich im raschen Wechsel, die großen Hände krampften sich zusammen. »Hast du dich nicht hier mit ihr getroffen, heimlich an den letzten Abenden, abgeschieden vor aller Welt, wie es nur Männer und Frauen tun, die schändliche Gedanken hegen?«

»Unsere Gedanken waren nicht schändlich, weder Melissas noch meine!«

»Habt ihr euch hier getroffen?« Myron schrie es fast.

»Das haben wir. Aber es geschah nicht heimlich, um ...«

»In deinen Bergen ist es wohl Sitte, daß sich ein junger Mann und ein Mädchen ohne Aufsicht treffen, aber hier ist das anders!« fuhr der aufgebrachte Theorodoke ihm in die Rede. »Hier gilt es als Schande für eine Frau, sich allein mit einem Mann zu treffen, der nicht ihr Vater oder ihr Gemahl ist.«

»Ich wollte keine Schande über Melissa bringen.«

»Vielleicht bin ich selbst nicht ganz unschuldig daran«, seufzte der Ältere in einem weniger harten Tonfall. »Ich habe Melissa viel zu viele Freiheiten gelassen, weil ich in ihr nicht nur die Tochter sehen wollte, sondern auch den Sohn, der mir versagt geblieben ist.« Seine Stimme wurde leiser und klang wieder hart. »Aber das soll jetzt anders werden. Ich habe Melissa verboten und verbiete auch dir hiermit, daß ihr euch weiterhin trefft. Wärst du nicht Gast in diesem Haus, ich würde dich eigenhändig hinausprügeln, Eläer. Merk dir, daß du Melissa nicht wiedersiehst bis zum Tag ihrer Hochzeit!«

»Hochzeit?« Die Stimme versagte Jason fast, als er das Wort wiederholte.

Myron nickte heftig. »Melissa wird Lysikles heiraten, in einigen Tagen schon, sobald die Vorbereitungen abgeschlossen sind und Tranion, dem ich einen Boten nach Kyllene sandte, hier eingetroffen ist. Es ist mein ausdrücklicher Wunsch und der von Lysikles. Es wird auch im Sinne

Tranions sein. Eines Tages wird sogar Melissa erkennen, daß es so richtig ist.« In den Blick des Bärtigen trat ein Anflug von Mitgefühl, als die Augen sich erneut auf den jungen Athleten richteten. »Selbst du wirst es vielleicht irgendwann einsehen, Jason.«

»Nein!« rief dieser. »Niemals! Warum die Hochzeit und warum so schnell? Melissa liebt Lysikles nicht, sie liebt mich!«

»Liebe ist ein Gefühl des Augenblicks. Es vergeht, und was bleibt, ist die Enttäuschung. Du und Melissa, für euch gibt es keine Zukunft. Ihr lebt in verschiedenen Welten. Die Götter billigen eine solche Verbindung so wenig wie die Menschen. Euer scheinbares Glück würde sich schnell in Unglück verwandeln. Vor diesem Unglück will ich Melissa bewahren und auch dich, Jason von Eläos. Die Hochzeit ist das beste Mittel dazu. Wenn Melissa erst einmal in Kyllene lebt, wird sie dich schnell vergessen haben.«

Jason sprang ruckartig auf, ließ die Syrinx fallen, auf der er für Melissa hatte spielen wollen, und schrie mit erhobenen Fäusten: »Ich werde das nicht dulden! Hörst du, Myron? Ich werde Melissa mit mir nehmen und zu meiner Frau machen!«

Der Schlag, der Jason ins Gesicht traf, war hart. Ein schneller Fausthieb, den der Eläer in seiner Erregung nicht kommen gesehen hatte. Ein wuchtiger Hieb, der einem olympischen Faustkämpfer zur Ehre gereicht hätte. Jason taumelte rückwärts, prallte gegen den Steinsockel, auf dem er gesessen hatte, verlor das Gleichgewicht und stürzte über die Statue des Hirtengottes, der ungerührt auf der Flöte spielte und Jason spöttisch anzublicken schien. Ebenso die steinerne Ziege, die hinter Pan graste. Auch sie verzog sichtlich das Maul – wie ein belustigtes Grinsen sah das aus. Wollten sie alle ihn verspotten, sich an seiner Trauer weiden?

Jason stieß sich von der nackten Schulter und dem fellbedeckten Knie des Hirtengottes ab und schoß mit gesenktem Kopf auf Myron zu. Sein Schädel schlug in den Bauch des Älteren ein. Melissas Vater stöhnte auf und krümmte sich zusammen. Jason schlang einen Arm um Myrons Kopf und riß den sich heftig wehrenden Theorodoken zu Boden. Jeder hielt den anderen umschlungen, während sie sich durch ein Blumenbeet wälzten und die bunte Pracht zerdrückten. Beide Männer spannten ihre Muskeln an, und beider Atem rasselte heftig. Keiner von ihnen gab nach.

Jason staunte über Myrons gewaltige Kraft. Gewiß, er machte äußerlich einen robusten Eindruck und war ebenso groß wie der Eläer. Aber er war mehr als doppelt so alt wie Jason und kein trainierter Athlet.

Schließlich gelang es dem Jüngeren doch, die Oberhand zu gewinnen. Er hockte auf Myron und nagelte ihn mit seinen Knien, die sich schmerzhaft in die Schultern des Älteren bohrten, an den Boden. Jasons Hände unklammerten Myrons Hals und drückten ihn zusammen. Der Theorodoke keuchte, schnappte nach Luft, und sein Gesicht lief blau an. Aber er bat nicht um Schonung. Seine braunen Augen blickten nur den Sieger an, mit einem sonderbaren Ausdruck: fast schien er Jason um Verzeihung bitten zu wollen.

Als Jason bewußt wurde, daß er Melissas Vater an den Rand des Todes brachte, riß er seine Hände weg und sprang auf. Jetzt erst merkte er, wie sehr er sich angestrengt hatte, um Myron zu besiegen. Jasons Knie waren weich, und seine Lungen schmerzten bei jedem Atemzug.

Myron ging es noch viel schlechter. Fast reglos lag er zwischen den zerdrückten Blumen, das lange Haar und den Bart mit abgerissenen Blüten übersät. Sein Blick war in den Himmel gerichtet, und er atmete nur flach. Angst befiel Jason. Angst, daß Myron sterben könnte. Es war freilich weniger die Furcht vor Strafe als die, der Geliebten den Vater genommen zu haben.

Jason ging neben Myron in die Knie und fragte mit ehrlicher Besorgnis: »Wie geht es dir? Soll ich einen Arzt rufen? Vielleicht kann Xenophanes dir helfen. Oder Eupolos.«

»Nicht nötig«, krächzte Myron mit einer Stimme, die sich fast anhörte wie die des dürren Kreugas. Melissas Vater drehte sich langsam auf die Seite und richtete sich mit zittrigen Bewegungen halb auf, um den Eläer anzusehen. »Geh endlich, Jason. Laß mich allein. Mich und Melissa!«

Jason drehte sich wortlos um und stapfte mit hängenden Schultern aus dem zerstörten Blumenbeet. Als er an der Pan-Statue vorbeikam, blieb er stehen, um seine Syrinx aufzuheben. Er entschied sich anders. Er hatte das Gefühl, daß er auf dieser Flöte niemals wieder würde spielen können. Jeder Ton würde ihn an Melissa erinnern.

Jason verließ den Hof, ohne sich noch einmal umzusehen. Aber ganz deutlich spürte er Myrons Blick in seinem Rücken.

Am nächsten Tag, Xenophanes hatte für Jason Übungen im Ringen, Faustkampf und Pankration angesetzt, bot der Eläer höchst unterschiedliche Leistungen. Wenn ihn die Wut auf den starrsinnigen Myron überkam, war er kaum zu halten und ließ von seinen Gegnern selbst dann nicht ab, wenn sie längst die Hand erhoben hatten. Dann wieder überfiel ihn die Trauer um den Verlust der Geliebten, und alles wurde ihm gleichgültig, selbst der Gegner, der auf ihn eindrosch oder ihn mühelos zu Boden warf.

Irgendwann nahm Xenophanes den zerschundenen Eläer beiseite und fragte kopfschüttelnd: »Was ist los mit dir, Jason? Du kämpfst, als säßen zwei Seelen in deiner Brust!«

»Vielleicht ist es so«, erwiderte Jason müde. »Vielleicht liegt es aber auch daran, daß meine Seele nur noch eine halbe ist.«

Der Alipt zog das buschige Grau seiner Brauen in die Höhe und blickte den Athleten verwundert an. »Für einen einfachen Hirten gibst du bemerkenswerte Sätze von dir, Eläer. Jedenfalls klingt es erstaunlich, vielleicht weil es so rätselhaft ist. Willst du es mir erklären?«

»Nein. Es geht nur mich etwas an.«

Xenophanes schüttelte seinen länglichen Schädel, und sein Ausdruck wurde verschlossen. »Du irrst dich. Ich bin dein Alipt. Alles, was deine Kampfkraft schwächt, geht mich etwas an. Es ist deine Pflicht, mir davon zu erzählen. Und meine Pflicht ist es, dich anzuhören.«

»Es ist nicht so einfach«, sagte Jason ausweichend. »Und ich bin noch nicht mit meinen Übungen fertig.«

Er blickte auf den großen Hof, der den Faustkämpfern, Ringern und Pankraten als Übungsplatz diente. Hier schossen die lederumwickelten Fäuste der nackten Kämpfer durch die Luft, dort wälzten sich ihre ölglänzenden Körper im Staub und waren bald mit einer dicken Dreckkruste bedeckt. Dazu blies ein schmalgesichtiger Jüngling den Aulos im schnellen Rhythmus, um die Agonisten anzuspornen. Immer wieder erschollen die Anweisungen der Alipten und Paidotriben, die unter Xenophanes arbeiteten, und ihre gegabelten Stöcke peitschten die Rücken der Kämpfer.

Xenophanes' Blick folgte dem Jasons, und der Alipt sagte: »Für heute sind deine Übungen beendet. Reinige dich!«

Jason ging zum Brunnen und nahm einen der Bronzeschaber, um den hellen Staub von der Haut zu kratzen. Dank der dicken Ölschicht gelang das recht gut. Ein paar besonders widerspenstige Schmutzstellen beseitigte er mit einem Striegel, dessen lange, harte Bronzedrähte den verkrusteten Schmutz durchdrangen wie ein Messer ein Stück weichen Käse. Ein Sklave trug einen großen Wasserkrug heran und dann noch einen, damit Jason sich vom Öl befreien konnte. Danach half der Sklave ihm beim Abtrocknen und beim erneuten Einölen, das die Geschmeidigkeit des Körpers erhalten sollte.

Kaum hatte sich Jason den einfachen Chiton übergestreift, da kam auch schon Xenophanes und führte ihn von Myrons Anwesen fort. Sie gingen neben dem Bach her, bis sie den Wald erreichten und sich im Schatten einiger Fichten und Eichen auf einem vom Sturm gefällten Baumstamm niederließen. Hier fühlte sich Jason gleich etwas besser. Im Wald war er aufgewachsen, der Wald hatte ihm stets Kraft gegeben und die Fichten und Eichen, Pans heilige Bäume, Zuversicht. Jason dachte daran, daß genau dies die Absicht des Alipten gewesen sein mochte, als er den Eläer zu diesem Platz führte.

»Das, was dich belastet, worüber du nicht sprechen willst: hängt es mit Myrons Tochter zusammen?« fragte Xenophanes zu Jasons Überraschung.

»Woher weißt du ...«

»Derzeit leben sehr viele Menschen auf Myrons Anwesen. Und wo viele Menschen auf engem Raum beieinander sind, bilden Gerüchte sich schneller, als man sie erzählt.«

»Du hast recht«, seufzte Jason und erzählte Xenophanes alles von Melissa und Myron. Der Bann war gebrochen. Außerdem tat es ihm gut, darüber zu sprechen. Jeder Satz verschaffte ihm Erleichterung, nahm etwas von dem Druck, der seine Brust zu zerquetschen drohte. Der Athlet fühlte eine ihm bis dahin unbekannte Vertrautheit zwischen sich und dem Alipten, als spräche Jason zu seinem eigenen Vater. Xenophanes hörte ihm geduldig zu, unterbrach ihn nur selten durch kurze Fragen und schwieg eine ganze Weile, nachdem Jason geendet hatte.

Während die beiden Männer schweigend nebeneinander saßen, flatterte ein Eichelhäher heran, ging in der Nähe ihrer Füße zu Boden und pickte mit seinem spitzen Schnabel mehrmals nach einer Eichel. Endlich hatte er sie gepackt, da sprang ein Eichhörnchen mit solcher Plötzlichkeit aus seinem Versteck auf den großen Vogel zu, daß diesem die Beute aus dem Schnabel fiel. Mit geschicktem Griff schnappte sich das Eichhörnchen die Eichel, drehte sich einmal um sich selbst und huschte zurück ins dichte Unterholz. Der Häher schimpfte mit lautem Gekrächze, bevor er seine Schwingen ausbreitete und davonflog.

»Der Vogel hört sich an wie Kreugas, wenn er unzufrieden ist«, bemerkte Xenophanes. »Und doch hat der Häher recht. Er und das Eichhörnchen werden sich niemals vertragen. Sie passen nicht zusammen. Es ist wider die Vernunft.« Der Alipt sah den jungen Athleten an. »So ähnlich ist es bei dir und Melissa, Jason. Eure Gefühle gaukeln euch etwas vor, das wider alle Tradition und Vernunft ist.«

»Aber wenn unsere Gefühle stärker sind als die Vernunft!«

»Du willst die Vernunft in Frage stellen wie Zenon von Elea?«

»Wer ist das?«

»Ein Philosoph wie Platon«, erklärte Xenophanes. »Zumindest so ähnlich. Manche räumen ihm nicht die geistigen Fähigkeiten Platons ein, andere schätzen Zenon gerade deshalb. Er hat sich ausführlich mit der Vernunft beschäftigt. Der Name Achilleus sagt dir doch etwas?«

»Natürlich, Mutter und Lysias haben mir viel von ihm erzählt. Achilleus war der stärkste, schnellste und schönste aller Helden, die gegen Troja zogen. Und er war unverwundbar, weil er als Kind von seiner Mutter in den Styx getaucht worden war.«

»So war es ungefähr«, brummte der Alipt. »Nur Pech für unseren Helden, daß seine Ferse, an der seine Mutter ihn hielt, nicht mit dem Wasser des Styx in Berührung kam, Aber das spielt jetzt keine Rolle. Wichtig für das Beispiel des Zenon ist die berühmte Schnelligkeit des Achilleus.« Xenophanes sah Jason forschend an. »Stimmst du mir darin zu, Eläer, daß es keinen Menschen gab und gibt, der ihm an Schnelligkeit gleichkommt.«

»Ja, Alipt.«

»Also könnte kein Mensch einen Wettlauf gegen Achilleus gewinnen?«

»Kein Mensch!«

»Und eine Schildkröte?«

»Die schon gar nicht!« lachte Jason.

»Aber wenn sie einen Vorsprung hätte, sagen wir von dreißig Fuß?«

»Den würde Achilleus mit wenigen Sätzen zunichte machen.«

»Bist du dir dessen sicher, Jason?«

»So sicher wie ich weiß, daß ich Jason von Eläos bin.«

»Nun, Zenon ist zu einem anderen Ergebnis gelangt«, verkündete Xenophanes zu Jasons Erstaunen. »Selbst wenn Achilleus nach einem Augenblick die Hälfte des Vorsprungs aufgeholt hätte, hätte sich auch die Schildkröte in dieser Zeit fortbewegt, und sei es auch nur ein winziges Stück.«

»Das sehe ich ein«, sagte Jason.

»Dann mußt du mir auch zustimmen, daß unser Held die Entfernung zur Schildkröte doch nicht ganz halbiert hat, weil das Tier sich ja, wie wir eben feststellten, ein kleines Stück fortbewegte.«

»Ja, das sehe ich ein.«

»Selbst wenn Achilleus daraufhin noch schneller läuft und die Entfernung zwischen sich und der Schildkröte verringert, diese wird sich jedesmal auch ein Stück fortbewegen. Richtig, Jason?«

»Richtig.«

»Also kann Achilleus die Entfernung niemals ganz halbieren. Richtig?«

»Richtig«, antwortete der Eläer wieder.

»Wenn er aber die Entfernung noch nicht einmal halbieren kann, dann kann er die Schildkröte auch niemals einholen oder gar überholen, mag das Rennen auch noch so lange dauern.«

Jason war verwirrt. Die Schlußfolgerung, die Xenophanes – oder Zenon – zog, schien zwangsläufig zu sein. Und doch widersprach sie allem, was der Eläer aus eigener Anschauung kannte.

»Das würde bedeuten«, sagte der junge Athlet zögernd, »daß ein zurückliegender Wettläufer einen vorauslaufenden niemals einholen kann, so langsam der vordere Mann auch sein mag, solange er sich nur fortbewegt.«

Der Alipt lächelte. »So ist es.«

»Aber das ist falsch! Wenn wir im Steinbruch üben, sehen wir, daß es sich anders verhält. Erst gestern wurde ich beim Marathonlauf vom erst weit zurückliegenden Kleomenes überholt, obwohl ich mir alle Mühe gab, es zu verhindern.«

»Ja, gestern warst du wirklich nicht so schlecht wie sonst beim Marathonlauf, was nicht heißen soll, daß du besonders gut warst.« Xenophanes stützte das bärtige Kinn auf die Lederhand und blickte Jason in die Augen. »Was das Beispiel des Zenon angeht, so zeigt es uns die Grenzen der Vernunft. Es bringt nichts, sich über sie hinwegzusetzen. Das verwirrt nur den Geist, wie du am Rennen des Achilleus gegen die Schildkröte erkennen magst.«

Jason sah den Alipten enttäuscht an. »Dann ist dein Rat also, mich Myron zu fügen?«

»Ja, denn Myrons Wort ist für Melissa ein Gesetz, dem sie sich nicht widersetzen kann. Je eher du das akzeptierst, und du mußt es doch akzeptieren, desto früher wirst du deinen Frieden wiederfinden und die Kraft, dich auf die Heiligen Spiele zu konzentrieren.«

»Vielleicht sollte ich es versuchen«, murmelte Jason.

»Das klingt nicht sehr überzeugt. Oder ist da noch etwas, das dich beschäftigt, Jason?«

»Was meinst du, Alipt?«

»Was ich sage. Von Anfang an erschienst du mir oft abgelenkt, schon vor Melissa und vor dem Unfall mit Amykos.«

»Vielleicht ist es Aelian, der mir im Kopf herumgeht.«

»Der Athlet, den du hier suchst?«

Jason nickte.

»Willst du mir nicht auch von ihm erzählen?«

Nach kurzem Überlegen kam der Eläer zu dem Schluß, daß es nicht schaden konnte. Also erzählte er zum zweitenmal innerhalb kurzer Zeit die Geschichte seines Vaters.

»Jetzt erst verstehe ich vieles«, sagte Xenophanes warm. »Ich werde dir bei der Suche nach deinem Vater helfen, Jason.

»Wirklich?« fragte der Athlet erfreut.

»Ja. In zwei Tagen reite ich mit Kreugas nach Elis, um unsere Teilnehmer für die Spiele anzumelden. Du darfst mitkommen. Falls dein Vater tatsächlich nach Elis gekommen ist und sich für die Spiele gemeldet hat, muß er in den Listen der Wettkämpfer eingetragen sein. Dann werden wir seine Spur finden!«

Das machte Jason ein wenig Mut, und er bedankte sich bei dem Alipten.

»Danke mir nicht mit Worten, sondern mit Taten. Werde ein besserer Athlet, als du heute gewesen bist, damit dir die Hellanodiken die Zulassung für die Spiele erteilen. Und versuch, Myrons Tochter zu vergessen. Erkenne an, was die Vernunft gebietet!«

Jason versprach, es zu versuchen...

... doch er vermochte es nicht.

Am Abend schlich er zu dem verlassenen Innenhof, der der Schauplatz seines kurzen Glücks mit Melissa gewesen war. Er sah das zerstörte Blumenbeet und seine Syrinx, die noch vor dem Sockel der Pan-Statue lag.

Er wagte nicht, den Hof zu betreten, weil er fürchtete, daß Myron den Ort beobachtete oder zumindest beobachten ließ. Aber er wagte auch nicht, den Ort zu verlassen. Was war, wenn Melissa doch einen Weg gefunden hatte, zu ihm zu kommen, den Geliebten aber nicht antraf? Würde sie dann nicht denken, das Wort ihres Vaters sei für ihn wichtiger als sie?

Deshalb hielt Jason sich im Schatten der Kolonnade verborgen und verbrachte Stunde um Stunde hinter eine breite Säule gehockt. Erst lauschte er dem Vogelgezwitscher, dann dem Grillenkonzert, während es kühl wurde und die Sonne langsam unterging. Sein Geist beschäftigte sich mit Melissa, mit Myron und mit der angeblichen Vernunft, von der Xenophanes heute gesprochen hatte. Das Rennen des Achilleus gegen die Schildkröte ging ihm nicht aus dem Kopf, als enthalte es einen unbekannten Schlüssel zur Lösung seines Problems.

So sehr beschäftigte er sich damit, daß er die halb hinter einem Haselnußstrauch verborgene Gestalt erst bemerkte, als sie schon eine ganze Weile im Hof gestanden haben mußte. Die Sonne war tief gesunken und hatte die Schatten so lang werden lassen, daß sie fast alles verschluckten, auch die Umrisse des menschlichen Körpers, den Jason trotz aller Anstrengung nur sehr undeutlich sah. Selbst als sich die Gestalt vom Haselnußstrauch löste, um zurück zur Kolonnade zu gehen, konnte Jason sie nicht genau erkennen. Immerhin wurde deutlich, daß es eine Frau war, nicht der stattliche, bärtige Myron. Die Frau bewegte sich auf einen Punkt des Säulengangs zu, der dem genau gegenüberlag, wo Jason sich verborgen hielt. In wenigen

Augenblicken würde sie im Dunkel verschwunden sein.

Jason steckte zwei Finger in den Mund und stieß einen kurzen schrillen Pfiff aus. Die Frau erstarrte, zögerte, wollte weitergehen. Jason pfiff erneut. Jetzt drehte sie sich um und suchte anscheinend den Hof ab. Der Eläer stand auf und winkte. Die Frau sah ihn, kam auf ihn zu, aber vorsichtig, nicht quer über den Hof, sondern sie nahm den Umweg durch die Kolonnade.

Melissa war vorsichtig! Bei dem Gedanken an die Geliebte wurde sein Herz leicht. Aber als sie näher kam, erkannte er seinen Irrtum. Es war nicht Melissa. Die Frau war kleiner und ihre Haut dunkler. Er erkannte die Dienerin, die sich damals mit Melissa über ihn und Amykos lustig gemacht hatte – Kyniska.

Als sie ihn erreichte, sagte sie mit ausdruckslosem Gesicht: »Meine Herrin Melissa läßt dich grüßen, Jason von Eläos. In ihrem Auftrag überbringe ich dir dies.« Sie zog etwas unter den weiten Falten ihres groben Himations hervor und reichte es dem Eläer. Eine schlanke Rolle, ein Pergament.

Zögernd nahm Jason es entgegen und entrollte es umständlich. Es enthielt in dunkler Tinte gemalte Zeichen, Buchstaben, deren Bedeutung ihm verschlossen blieb.

»Es ist ein Brief«, sagte Kyniska, verwundert über sein Zögern. »Willst du ihn nicht lesen? Vielleicht möchtest du, daß ich Melissa eine Antwort überbringe.«

Es fiel ihm schwer, das zu sagen, aber es war die Wahrheit: »Ich kann nicht lesen.«

»So ist das«, seufzte die Dienerin. »Soll ich dir den Brief vorlesen?«

»Ja, gern, wenn du lesen kannst.«

»Selbstverständlich kann ich das«, schnaubte Kyniska ein wenig beleidigt.

Jason überließ ihr den Brief, den sie so hielt, daß die letzten Strahlen der verlöschenden Sonne auf das Pergament fielen. Als sie die Worte verlas, die Melissa ihm übersandte, wurde die Stimme der Dienerin in Jasons Ohren zu der ihrer Herrin: »Mein Geliebter, dies ist das letzte Mal, daß ich zu Dir spreche. Es tut mir leid, daß es auf diese Weise geschieht, ohne daß wir unsere Stimmen hören und ohne daß wir einander sehen. Es tut mir so leid. Ich weiß nicht, was in meinen Vater gefahren ist. Ich traf ihn in guter Stimmung und war mir sicher, ihn dazu bringen zu können, die geplante Verbindung mit Lysikles aufzulösen. Also erzählte ich ihm alles, von unserer Liebe und auch von Deiner Suche nach Aelian. Er hörte mir ruhig zu, dann aber veränderte sich sein Gesicht plötzlich und wurde härter als ein Quader aus dem Steinbruch. Er schrie mich an und verbot mir, Dich jemals wiederzusehen. Ich soll Lysikles heiraten, in den nächsten Tagen schon. Ich kann nichts dagegen tun. Meines Vaters Wille ist das Gesetz. Versuch mich zu vergessen, Geliebter, auch wenn ich Dich niemals vergessen kann. Ich wünsche Dir alles Glück und Wohlwollen der Götter. Mögest Du Deinen Vater finden!« Kyniska rollte das Pergament zusammen und gab es Jason.

Er war so aufgewühlt von Melissas Botschaft, daß er eine ganze Weile zitternd dastand. Schließlich sagte er: »Wenn ich nur etwas tun könnte, all das zu verhindern.« In seinen Augen standen Tränen.

»Du sprichst von der Hochzeit, Herr?«

»Ja.«

»Laß dir so etwas nicht einfallen! Das einzige, was du tun könntest, wäre, Lysikles zu ermorden oder Melissa zu rauben. Im ersten Fall würde Tranion dich jagen und töten, im zweiten Fall Myron. Du kannst die Hochzeit nicht verhindern. Wenn du Melissa wirklich liebst, kannst du nur warten.«

»Warten? Worauf?«

»Du bist doch ein Athlet, der bei den Spielen viele Ölbaumkränze erringen will.«

»Ja ... und?«

»Wenn du dein Ziel erreichst, wird die Stadt Paros dich reich belohnen. Als reicher Mann bist du ein angemessener Schwiegersohn für Myron.«

Jason lachte trocken. »Was habe ich denn davon? Dann ist Melissa längst mit Lysikles verheiratet!«

»Es ist in Elis Gesetz, daß eine Frau das Haus ihres Mannes verlassen darf, wenn sie mit ihm nicht zufrieden ist, wie auch der Mann die Frau aus diesem Grund des Hauses verweisen darf. Wenn aber eine Frau ihren Mann verläßt und von ihrem Vater nicht wieder aufgenommen wird, ist sie so gut wie rechtlos. Sie kann sich dann nur als Bettlerin durchschlagen oder als niedere Hetäre. Es sei denn, sie findet einen anderen Mann, der für sie sorgt, zum Beispiel einen wohlhabenden Athleten.«

»Jetzt verstehe ich«, murmelte Jason, und sein düsteres Gesicht hellte sich ein wenig auf. »Aber bis es soweit ist ...« Er dachte an Lysikles und daran, daß der Fremde Melissa Nacht für Nacht besitzen würde, und wenn es auch nur für eine gewisse Zeit war.

»Die Zeit wird vergehen«, sagte Kyniska. »Wenn deine Liebe zu meiner Herrin so wahrhaftig und groß ist, wie du und Melissa es glauben, wird sie die Zeit überdauern. Wenn nicht, wird mit deiner Liebe auch dein Schmerz sterben.«

Jason sah trotz der ihn aufwühlenden Gefühle ein, daß Kyniska recht hatte. »Ich muß dich jetzt verlassen«, sagte die Frau mit einem Blick in den dunkel gewordenen Hof. »Soll ich Melissa eine Antwort überbringen?«

»Ja! Sage ihr, sie soll auf den Olympioniken warten, der nach Kyllene kommen wird, um sie in sein Haus zu holen.« Mehr zu sich selbst fügte er hinzu: »Jetzt weiß ich, wie Achilleus die Schildkröte besiegen kann: Er muß einfach über sie hinwegspringen!«

Die letzte Bemerkung trug ihm einen zweifelnden Blick

der Dienerin ein, bevor sie die Kolonnade entlang eilte und durch eine schmale Tür ins Haus ging.

Jason starrte auf das Pergament in seinen Händen und war glücklich, daß es nicht die Wahrheit sagte. Melissa würde wieder zu ihm sprechen!

17
Die Hochzeit

> Heiraten ist das größte Unglück.
> *Antiphanes*

Die Stadt der Elier war seit Jasons Abreise zu Myrons Anwesen noch voller geworden, auch wenn es kaum möglich schien. Das Zeltlager vor der Stadt war zu einem scheinbar unendlichen Meer aus Stoffbahnen angewachsen.

Xenophanes hielt sein Versprechen und nahm Jason mit in die Stadt, wenn auch Kreugas ein paar abfällige Bemerkungen über die »unnütze Sucherei-« und »Zeitverschwendung« machte. Xenophanes beschwichtigte ihn mit dem Hinweis, Jason sei beim Faustkampf, Ringen und Pankration am Vortag so gut gewesen, daß er sich diese Belohnung verdient habe. Das war nicht gelogen. Die Aussicht, als Olympionike nach Kyllene zu kommen und Melissa von dem ungeliebten Lysikles zu befreien, beflügelte Jason. Er bat Xenophanes am Morgen nach dem Gespräch mit Kyniska, seine schlechten Leistungen vom Vortag wiedergutmachen zu dürfen und enttäuschte ihn nicht; beim Faust- und Allkampf ergaben sich alle seine Gegner, und beim Ringen verlor Jason nur einmal, sonst war er es, der die anderen zuerst dreimal zu Boden warf.

Schon zwischen den Zelten, bevor sie die eigentliche Stadt erreichten, mußte die fünfköpfige Gruppe von den Pferden steigen und die Tiere an den Zügeln führen, weil einfach kein Durchkommen mehr war. So kämpften sich Jason, Xenophanes, Kreugas und dessen zwei Sekretäre allmählich zur Agora durch, über der sich der Hügel mit dem Tholos erhob, mit dem Jason so unliebsame Erinnerungen verband. Das runde Verwaltungsgebäude war dann auch ihr Ziel. Dort befand sich das Melderegister für die Agonisten. Und dort mußte es Aufzeichnungen über Aelian geben, falls er sich jemals für die Spiele angemeldet hatte.

Aber nicht nur das beschäftigte Jason, sondern auch Zopyra. Vergeblich hielt er in dem Menschengewimmel Ausschau nach der Hetäre. Sie mußte sich in der Stadt befinden, wenn es stimmte, was sie ihm gestern abend gesagt hatte. Seine Gedanken wanderten zurück ...

Jason verließ das Megaron nach dem Abendessen, als ihre Stimme ihn in eine finstere Scheune lockte.

»Es ist so schwer, dich zu treffen, seitdem du nicht mehr in den kleinen Hof gehst«, sagte Zopyra.

»Ich habe meine Gründe, dort nicht mehr hinzugehen.«

»Ich weiß.« Die Hetäre blickte durch das angelehnte Scheunentor besorgt nach draußen. »Ich habe nicht viel Zeit. Ich glaube, man beobachtet mich.«

»Wer?«

»Das weiß ich noch nicht genau. Morgen werde ich mir in Elis Gewißheit verschaffen, hoffe ich. Stimmt es, daß du morgen mit Xenophanes und Kreugas in die Stadt reitest?«

»Ja.«

»Das ist gut. Kreugas wird mich nicht vermissen. Ich breche kurz nach euch auf und bin vor euch wieder zurück, hoffe ich. Morgen abend nach dem Essen erwarte ich dich hier und kann dir hoffentlich mehr darüber erzählen, weshalb Amykos sterben mußte.«

Jason legte seine Hände fest auf ihre Schultern. »Was soll das heißen, Zopyra? Was ist mit Amykos?«

»Warte bis morgen, Jason! Mein Verdacht ist zu schwerwiegend. Ich habe vor einigen Tagen ein paar Diener und Sklaven so gut mit Wein versorgt, daß sie anfingen zu prahlen. Aber ich habe noch keine Gewißheit. Wenn ich jetzt meinen Verdacht äußere, bringe ich nicht nur mich in Gefahr, sondern auch sie. Und dich, sobald du es weißt. Im Moment nur soviel: Ich bin mir sicher, daß der Tod deines Freundes kein Unfall war.«

»Kein Unfall? Was willst du damit sagen, Zopyra?«

»Morgen!«

Sie steckte den Kopf durch die Toröffnung, befand die Lage für günstig und schlüpfte nach draußen.

Die Erinnerung an diese Szene kam Jason unwirklich vor. Die ganze Nacht lang hatte er sich den Kopf zerbrochen, was die Hetäre herausgefunden haben mochte – vergebens. Wieder suchte er die große Agora nach ihr ab, vergebens, bis ihm einfiel, daß sie die Stadt wahrscheinlich noch nicht erreicht hatte. Sie konnte ja erst nach Jason und seinen Begleitern aufbrechen. Und außerdem: Wenn sie in der Stadt war, würde sie bestimmt darauf achten, sich nicht in der Nähe von Kreugas und den anderen zu halten.

Die Männer der parischen Gesandtschaft ließen die Pferde bei einem der Sekretäre zurück und erstiegen die baumgesäumte Treppe, die auf den Tholoshügel führte. Mit jedem Schritt wurde Jason unwohler zumute, weil die eintönige, hoffnungslose Zeit in dem finsteren Kerker ihm wieder deutlich vor Augen trat. Die muffige Luft, das schlechte Essen und die Ratten. Er dachte an die Verhandlung vor dem Demiurgen Hyperides und daran, daß Zopyra erst gelogen und Jason dadurch belastet hatte. Konnte er ihr jetzt vertrauen? Er war sich dessen nicht sicher. Immer noch wurde er den unbestimmten Verdacht nicht los, daß sie ein gefährliches Spiel mit ihm trieb.

Dreißig Tage vor dem Beginn der Heiligen Spiele mußten alle Teilnehmer in Elis gemeldet sein. Die Frist lief übermorgen ab, und entsprechend voll war es im Register. Die Männer aus Paros mußten eine geschlagene Stunde warten, bis Kreugas und sein Sekretär dem zuständigen Demiurgen endlich die Teilnehmerliste vorlegen durften. Der Gesandtschaftsführer war dementsprechend ungehalten und verbarg das auch dem Demiurgen nicht.

Offenbar gewöhnt an kleine Reibereien in diesen Tagen, zeigte dieser sich davon unbeeindruckt, überflog die Papyrusrolle in Seelenruhe und fragte dann: »Wo seid ihr untergebracht?«

»Bei dem Edlen Myron.«

Hochachtung trat in die Augen des Demiurgen, aber seine Stimme blieb kühl. »Gut, Männer von Paros. In den nächsten Tagen wird ein Hellanodike euch besuchen, die Angaben auf eurer Liste prüfen und sich einen Eindruck davon verschaffen, ob die angemeldeten Athleten gut genug sind, um Zeus nicht zu beleidigen. Wer es nicht ist, wird von der Liste gestrichen. Ihr könnt jetzt gehen.«

»Das war alles?« fragte Kreugas unwirsch.

Der Demiurg nickte lächelnd.

Xenophanes trat vor und erkundigte sich, ob es eine Gelegenheit gab, die Melde- und Teilnehmerlisten zurückliegender Spiele einzusehen. Die gab es, und der Demiurg beschrieb den Weg zum Archiv. Da Kreugas nicht mitkommen wollte, verabredeten sie sich in dem Gasthaus, in dem Jason damals mit Xenophanes und Amykos gespeist hatte.

Jason ging mit dem Alipten ins Archiv. Nachdem Xenophanes ein großzügiges Handgeld über den Tisch geschoben hatte, zeigte sich der zuständige Demiurg sehr hilfsbereit.

»Wie heißt der Athlet, den ihr sucht?«

»Aelian aus Eläos, Sohn des Jason«, antwortete schnell Jason, von fiebriger Erregung ergriffen. Jason war der Name des Vaters seines Vaters gewesen, den Aelian in alter Tradition auf den Sohn weitergeben wollte. Auf den Sohn, von dem er nie erfahren hatte. Jasons Mutter hatte ihr Kind deshalb so genannt.

»Und wann soll er sich zu den Heiligen Spielen gemeldet haben?«

»Vor vier Olympiaden.«

»Das haben wir gleich.« Der Demiurg ging langsam an der Holzwand mit den vielen Fächern entlang, streckte plötzlich die Arme aus und zog eine dicke Holztrommel aus einem der Fächer. »In dieser Kapsel befinden sich die Melderollen der von dir bezeichneten Olympiade.«

Er sah eine Rolle nach der anderen durch, bei der vierten stutzte er. »Ja, doch, hier steht er. Die Schrift ist etwas undeutlich, aber es heißt *Aelian aus Eläos*.« Er hielt Jason die Papyrusrolle vor die Augen. »Willst du es selbst lesen?«

»Ich ...«

»Ich sehe es mir an«, sagte Xenophanes, blickte auf die Liste und nickte. »Es stimmt. Aber was bedeutet der Vermerk in roter Tinte hinter dem Namen?«

»Was?« Der Demiurg schaute wieder auf den Papyrus und las: »Ohne Erklärung nicht erschienen.« Er hob den Kopf. »Das heißt, dieser Aelian hat sich zwar für die Heiligen Spiele angemeldet, ist dort aber nicht zu den Kämpfen angetreten.«

»Weshalb nicht?« fragte Jason.

»Wenn er einen Grund angegeben hätte, stände hier nicht, *ohne Erklärung* nicht erschienen.«

»Und bei anderen Spielen?« erkundigte sich Jason. »Ist er vielleicht später angetreten?«

Der Demiurg sah die entsprechenden Listen durch. Er fand mehrere ähnlich klingende Namen, unter anderem einen Aelon aus Pleuron und einen Aelis aus Elaos, aber keinen Aelian aus Eläos.

Er wollte seine Kapseln schon wieder verschließen, da fragte Jason, einer plötzlichen Eingebung folgend: »Sind in den Listen nicht die Orte verzeichnet, wo die Athleten wohnten, damit sie von den Hellanodiken besichtigt werden konnten?«

»Ja, so ist es.«

»Und wo wohnte Aelian aus Eläos?«

Seufzend suchte der Demiurg die entsprechende Rolle wieder heraus, sah sie ein und sagte: »Aelian wohnte bei dem Edlen Timarchos.«

»Wo finde ich den?«

»Im Hades«, antwortete der Demiurg sachlich und rollte den Papyrus zusammen, um ihn in die Kapsel zu stecken. »Er ist schon lange tot. Sein großes Anwesen gehört jetzt dem Sohn seiner Tochter, dem Edlen Myron.«

Als sie gegen Abend zu Myrons Anwesen zurückkehrten, konnte Jason es aus zwei Gründen kaum erwarten. Zum einen war er gespannt auf das, was Zopyra herausgefunden hatte. Und er hoffte, Näheres über seinen Vater zu erfahren. Es mußte auf dem Anwesen doch jemanden geben, der sich an ihn erinnerte! Der Gedanke, die ganze Zeit über der richtigen Spur so nahe gewesen zu sein, machte ihn rasend.

Kaum war er aus dem Sattel gestiegen, ging er zu einem der älteren Diener Myrons – und erfuhr zu seiner Überraschung, daß zu Timarchos' Zeiten ganze Scharen von fremden Athleten auf dem Anwesen untergekommen waren, um sich auf die Heiligen Spiele vorzubereiten.

»Timarchos war ein großer Freund der Wettkämpfe und auch der Wettkämpfer«, erklärte der Alte. »Weil er Mitleid mit den ärmeren Agonisten hatte, die keiner großen Gesandtschaft angehörten – er nannte sie die Einzelkämpfer –, bot er ihnen Unterkunft und Übungsmöglichkeiten. Das änderte sich erst unter Myron, als unser Herr in enge Geschäftsverbindung mit der Insel Paros trat.«

»War Myron damals schon hier, vor vier Olympiaden?«

Plötzlich ging eine Veränderung mit dem Alten vor. Er schaute an Jason vorbei und sagte kurz angebunden:

»Nein, er kam erst später zu uns. Laß mich jetzt meine Arbeit verrichten, Herr!«

Mit eiligen Schritten verschwand er im Haus.

Das war nicht Jasons einziges seltsames Erlebnis an diesem Abend. Als er nach dem Essen in die Scheune ging, suchte er vergeblich nach Zopyra. Er wartete und wartete, und schließlich schlief er in der Scheune ein.

Zopyra kam an den nächsten beiden Abenden nicht zur Scheune und ließ sich auch sonst nicht blicken. Vorsichtig, fast nebenbei, fragte Jason den obersten Alipten nach der Hetäre.

»Ich glaube nicht, daß wir das undankbare Weib jemals wiedersehen«, antwortete Xenophanes. »Sie hat unsere Abwesenheit, als wir in der Stadt der Elier waren, dazu benutzt, ein Pferd zu stehlen und sich abzusetzen, obwohl sie eine Sklavin ist und Eigentum der Stadt Paros.«

Jason wußte nicht, was er davon halten sollte. War sie wirklich geflohen, weshalb hatte sie dann ihm gegenüber am Abend jene seltsamen Andeutungen über Amykos' Tod gemacht? Andererseits hatte sie sich auch schon in jener Nacht in Elis als wankelmütig erwiesen, als sie Jason an der Schildkrötenbrücke treffen wollte.

Zopyra blieb verschwunden. Jason, der zusehends unruhig wurde, betrieb Nachforschungen unter den Dienern und Sklaven. Er bezweifelte, daß die Hetäre die Gesandtschaft aus freien Stücken verlassen hatte. Dagegen sprach, daß sie ihre Kleider und ihre Schminksachen nicht mitgenommen hatte. Jason erfuhr es von anderen Sklavinnen, und es verstärkte noch seinen Argwohn.

Genauso rätselhaft war das Verhalten von Myrons Bediensteten, die Jason nach Aelian fragte. Entweder konnten sie sich nicht an ihn erinnern, oder sie verkündeten mit abweisender Miene, daß ihre Arbeit ihnen keine

Zeit für Plaudereien und alte Geschichten lasse. Der Eläer wurde das Gefühl nicht los, daß sie Angst vor einem Gespräch mit ihm hatten.

In den folgenden Tagen konzentrierte sich Jason ganz auf die Übungen, weil er Xenophanes nicht enttäuschen wollte. Ebensowenig wie Lysias und Aelian. Aus welchen Gründen auch immer sein Vater nicht als Agonist angetreten war, Jason wollte es wettmachen und mehr noch – er wollte gewinnen und den Kranz aus Ölbaumzweigen erringen. Für Xenophanes, für Lysias, für Aelian – und vor allem für Melissa!

Myrons Tochter blieb unsichtbar für ihn – bis zu ihrer Hochzeit. Er hatte so sehr gehofft, Myron würde es sich noch anders überlegen, oder es würde etwas dazwischenkommen. Schließlich war es allgemein Sitte, die Hochzeit erst im Wintermonat der Hera, Schutzgöttin der Ehe und der Familie, zu vollziehen. Doch Jason wurde enttäuscht. Es war Myron offenbar sehr ernst damit, Melissa mit Lysikles zu verbinden.

Es kam noch schlimmer. Da Myron alle Freien aus der Gesandtschaft von Paros zum Hochzeitsmahl geladen hatte, mußte Jason, wie alle anderen Gäste, mit dem Brautpaar das Sesambrot als Zeichen der Fruchtbarkeit brechen. Jason tat es mit Tränen in den Augen. Und er sah als einziger die Trauer in Melissas Gesicht. Für alle anderen zählte offenbar nur ihr bunt leuchtendes Brautgewand. Nachdem Lysikles und Melissa im feierlichen Umzug zur Brautkammer geführt worden waren, stahl Jason sich mutlos davon. Er wollte nicht unter demselben Dach weilen, unter dem sie sich vereinigten.

Am übernächsten Tag verließen Tranion, Lysikles und Melissa mit ihrem Gefolge Myrons Anwesen in Richtung Kyllene. Jason war froh, daß er im Steinbruch war, um sich im Laufen zu üben. Er übte noch härter, und seine Leistungen wurden merklich besser. Ob außer Kyniska, die ihre Herrin nach Kyllene begleitet hatte, jemand ahnte, daß er es mit dem Bild der Geliebten vor Augen tat?

Der Hellanodike, der die Athleten von Paros begutachten kam, ließ Jason ohne Schwierigkeiten zu allen Wettkämpfen zu. Xenophanes war stolz, daß keiner seiner Athleten abgewiesen wurde. Und auch Kreugas war hochzufrieden.

Schließlich kam der Tag, an dem alle Athleten und ihre Begleiter zur feierlichen zweitägigen Prozession von Elis zum Heiligtum des Zeus in Olympia aufbrachen. Jason fühlte sich erleichtert, Myrons Anwesen endlich verlassen zu können. Zuviel erinnerte ihn hier an Melissa.

Zweiter Teil
Olympia

18
Der Zorn des Zeus

> Einfach ist das Wort der Wahrheit.
> *Euripides*

Die zweitägige Prozession von Elis nach Olympia war für die Teilnehmer ein einziger Freudentaumel. Die allgemeine Euphorie griff auch auf Jason über, trotz der Sorgen, die schwer auf seiner Seele lasteten. Wie sollte man sich anders fühlen inmitten Tausender Menschen, die lachten, tanzten und sangen, in den Straßen hüpften und sich auf die bevorstehenden Spiele freuten! Jasons Freude hatte aber noch einen anderen Grund. Wenn er ein Olympionike wurde, wenn er den Kranz vom Ölbaum – oder auch mehrere – errang, dann würde er Melissa wiedersehen, würde sie zu seiner Frau machen!

Als die Gesandtschaft aus Paros in der Stadt der Elier eintraf, formierte sich der Festzug bereits. Myron hatte sich mit Pferden, Wagen, Fahrern, Reitern und Betreuern den Freunden von der ägäischen Insel angeschlossen. Sie kämpften sich zum Frachthafen durch, nahe der Schildkrötenbrücke und der Dunklen Stadt. Die schmerzhaften Erinnerungen, die Jason mit ihnen verband, kehrten kurz wieder, verflogen aber sehr schnell. Hier wurden die Wagen und Pferde für die Rennen auf Schiffe verladen, die den Peneios hinunterfahren und durch die Bucht von Chelonatas den Hafen von Phea ansteuern sollten. Dort sollten Pferde und Wagen an Land gesetzt werden und sich ein Stück weiter landeinwärts mit dem Festzug vereinigen. Das diente der Entlastung der Prozession, aber auch der Sicherheit von Wagen und Pferden, die sich auf dem langen Weg keine Beschädigungen zuziehen sollten.

Myron blieb an Bord eines Ploions, um den Transport

seiner wertvollen Gespanne persönlich zu überwachen. Jason war das nur recht. Seit jenem Abend, als sie einander an die Gurgel gegangen waren, schien sich die Luft vor Spannung aufzuladen, wenn der junge Athlet und der Theorodoke sich auch nur aus der Ferne erblickten. Obwohl Myron sein Ziel erreicht und Melissa mit Lysikles verheiratet hatte und obwohl das Brautpaar längst fern von Jason in Kyllene weilte, schien die Anwesenheit des Eläers Myron ein Dorn im Auge zu sein. War die angebliche Entehrung seiner Tochter durch die abendlichen Zusammenkünfte mit Jason der Grund für Myrons ablehnende Haltung? Jason schien dies übertrieben. Oder ahnte er gar, daß Jason nicht vorhatte, sich auf Dauer von der Geliebten fernzuhalten? Hatte Kyniska etwa geplaudert?

Mit Myron blieb auch die Dunkle Stadt hinter dem Wald aus Segeln und Masten zurück. Jason hatte nichts mehr vom Haus der tausend Freuden gehört, weder von Bias noch von diesem Gorgias, dem das abgebrannte Gebäude angeblich gehörte. Nur einmal hatte Kreugas dem Eläer mitgeteilt, daß er Gorgias' Forderungen beglichen habe und daß Jason sich bemühen solle, seine Schulden durch gute Leistungen bei den Spielen abzutragen. Die hervorragenden Übungsergebnisse, die der Eläer in den letzten dreißig Tagen vor dem Abmarsch nach Olympia erzielte, waren ihm Antwort genug gewesen, denn er kam nicht weiter darauf zu sprechen.

Während die Schiffe den trüben Peneios entlangsegelten und ein unaufhörlicher Menschenstrom die Stadt der Elier verließ, verschwand die riesige Zeltstadt vor den Toren von Elis mit einer Geschwindigkeit, die an Zauberei grenzte. Auf Wagen, Lasttiere oder auf Schultern ächzender Sklaven gepackt, würden die Zelte in Olympia neu entstehen.

Der Festzug bestand zum allergrößten Teil aus Männern. Die wenigen Frauen waren Sklavinnen, Hetären oder die Töchter und Helferinnen von Schaustellern. Anständige Bürger sahen es nicht gern, wenn sich ihre Töchter unter die Haufen fremder Männer mischten, und verheirateten Frauen war das Betreten Olympias während der Heiligen Spiele sogar strengstens untersagt – bei Todesstrafe.

Als Jason Xenophanes nach dem Grund dieses ihm seltsam übertrieben dünkenden Gesetzes fragte, überlegte der Alipt eine ganze Weile, bevor er antwortete: »Manche sagen, daß Hera in ferner Zeit, bevor sie die Gattin des Zeus wurde, mächtiger war als ihr späterer Gemahl. Vielleicht soll vermieden werden, daß Zeus sich durch die Anwesenheit verheirateter Frauen an seine Gemahlin und ihre einstige Macht erinnert fühlt und sich darob ärgert. Immerhin haben Hera und die Frauen ihre eigenen Festtage, und die werden auch in Olympia abgehalten.« Xenophanes grinste plötzlich und fügte hinzu: »Vielleicht haben die Männer aber nur Angst, ihre Gemahlinnen könnten beim Anblick so vieler perfekt gebauter nackter Athleten für ihre Gatten unvorteilhafte Vergleiche anstellen und dabei auf dumme Gedanken kommen.«

Viele der zurückbleibenden Frauen begleiteten den Festzug ein Stück, sangen das Lob der Athleten, warfen frischgepflückte Blumen auf sie und flochten ihnen Kränze bunter Blütenpracht, die sie ihnen strahlend überreichten. Vergeblich forschte Jason in ihren Reihen nach Zopyras Gesicht. Er hatte sehr gehofft, die Hetäre in Elis zu treffen. Vielleicht hielt sie sich dort versteckt, weil sie aus einem ihm unbekannten Grund nicht wagte, zu Myrons Anwesen zurückzukehren. Als er Zopyra nicht fand, sagte er sich, daß sie wahrscheinlich schon meilenweit von Elis entfernt war. Schließlich hatte sie schon damals in ihrer gemeinsamen Nacht davon gesprochen, der Gesandtschaft von Paros den Rücken zuzukehren.

Gegen Abend, als sich die Schar der Frauen längst verabschiedet hatte, erreichte der von den zehn Hellanodiken angeführte Festzug die Quelle von Piera, wo das Nachtlager aufgeschlagen wurde. Die Hellanodiken opferten den Göttern ein Schwein und stiegen dann, gefolgt von den Athleten, ins heilige Wasser, um die rituelle Reinigung zu vollziehen. Einige der Pilger bauten ihre Zelte auf, doch viele hielten dies für eine zu große Mühe angesichts der Tatsache, daß es am frühen Morgen gleich weitergehen sollte. Der Tag war heiß gewesen, und selbst als die Sonne sank, war es noch so warm, daß sich die meisten mit einer Decke für die Nacht begnügten.

Kaum hatte Jason sein Lager am Rand eines Ölbaumhains aufgeschlagen, als sich ein ziegenbärtiger Mann mittleren Alters neben ihm niederließ und mit dem Plektron die zwölf Saiten seiner Kithara zupfte. Er stimmte mit ungewöhnlich hoher Stimme einen Lobgesang auf Achilleus an. Leicht sprang die Melodie dahin und endete mit den Worten: »So schön, stark, schnell und siegesgewiß wie du, tapferer Held von Troias Kämpfen, scheint mir auch dieser junge Athlet zu sein, der vor meinen Füßen ruht.«

Der Kitharöde senkte den während seines Vortrags konzentriert zum Himmel gewandten Kopf, blickte Jason an und sagte: »Ich sah dich im heiligen Wasser baden, Athlet, und ich bewunderte die Schönheit und Kraft deines Körpers. Ich bin sicher, du wirst bei den Spielen mehr als einen Ölbaumkranz erringen.«

»Das möchte ich schon«, erwiderte Jason, verwundert über diese Eröffnung eines ihm gänzlich Unbekannten. Es war wohl einer aus der Vielzahl der Musiker und Künstler, die den Festzug begleiteten.

»Du wirst es schaffen, ich weiß es genau. Möchtest du, daß der Lobpreis deiner Taten auf der ganzen Insel des Pelops und darüber hinaus gesungen wird, vielleicht überall im Reich des mächtigen Kaisers Nero?«

»Darüber habe ich noch nie nachgedacht.«

»Das solltest du aber, junger Held«, erwiderte der Unbekannte in tadelndem Ton. »Was nützt einem Athleten der Erfolg, wenn niemand von seinen Taten weiß?«

»Da ist was dran«, gab Jason zu.

»Nicht wahr! Wie heißt du, Nachfahr des großen Achilleus?«

»Jason von Eläos.«

»Jason von Eläos, welch ein Name für einen Olympioniken, welch ein Klang für die Verse einer Siegerode!« schwärmte der Kitharöde augenrollend und geschäftlich verzückt. »Möchtest du, o Jason von Eläos, daß ich dich während der Spiele begleite, mir deine Erfolge notiere und daraus eine Ode dichte, die dich bekannt machen wird wie die Helden des großen Homer?«

»Eine Ode auf mich«, murmelte der Eläer, der es nicht ganz begreifen konnte, von einem Rhapsoden als Mittelpunkt eines Lobgesangs auserkoren worden zu sein.

»Ja, und was für eine! Alle anderen Oden werden neben der dir gewidmeten verblassen und …«

Der Hieb eines gegabelten Stockes traf schmerzhaft die Wange des Rhapsoden und ließ ihn heftig aufschreien.

»Du verblaßt jetzt besser auch, Ziegenbart, und zwar schnell!« sagte Xenophanes in barschem Ton, den Stock zum nächsten Schlag bereits erhoben. »Sonst prügel ich dich so durch, daß du die ganze Nacht singst, und zwar vor Schmerzen!«

»Was willst du von mir?« fuhr der Rhapsode den Alipten an. »Ich rede nicht mit dir, sondern mit dem berühmten Athleten Jason von Eläos. Was hat das dich anzugehen?«

»Ich bin Jasons Alipt und nicht gewohnt, meine Anweisungen zu wiederholen.«

»Aber was hast du denn dagegen, wenn ich eine Ode auf Jasons Siege dichte?«

»Laßt ihn erst einmal siegen, dann könnt ihr singenden

Geier euch auf ihn stürzen! Aber noch ist sein Geldbeutel so leer wie die Brüste einer Drillingsmutter.«

»Ach, so ist das«, sagte der Rhapsode enttäuscht und funkelte Jason böse an. »Das hättest du mir auch gleich sagen können, Jungchen!«

»Aber ...«, begann Jason.

Xenophanes unterbrach ihn und sagte zu dem aufstehenden Rhapsoden: »Such dir deine Opfer woanders, Saitenzupfer! Hier am Ölbaumhain lagern die Agonisten der Insel Paros, und die brauchen keine Vorschußlorbeeren.«

Der Musiker trollte sich mitsamt seiner Kithara, drehte sich in sicherer Entfernung aber um und rief: »Weder Lorbeeren noch Ölbaumzweige werdet ihr Männer aus Paros erringen. Ich verfluche euch hiermit bei allen Dämonen Ägyptens, daß ihr keinen einzigen Sieg davontragen möget. Mögen eure Arme schlaff wie zerfaserte Seile und eure Beine schwer wie weintrunkene Köpfe sein. Mögen die Hellanodiken und die Zuschauer Hohngelächter über euch träufen und besonders über dich, Jason von Eläos!« Er brach in ein meckerndes Gelächter aus, das passend zu seinem Bart wie das einer Ziege klang.

Xenophanes lehnte den Stock an einen Ölbaum, bückte sich blitzschnell nach einem faustgroßen Stein und schleuderte ihn nach dem Rhapsoden. Jason war davon ebenso überrascht wie der Musiker. Der schrie auf, ließ die Kithara fallen und griff an seinen getroffenen Kopf. Ein Loch klaffte in der Stirn, und Blut klebte an des Sängers Händen.

»Da siehst du, wie schlaff mein Arm ist!« schrie der Alipt zornig.

Der Rhapsode klaubte sein Instrument auf und wankte davon, während er jammerte und weitere Verwünschungen ausstieß.

Xenophanes wandte sich Jason zu und sagte mit ernster Stimme: »Wenn dir hier oder in Olympia jemand, der nicht zu unserer Abordnung gehört, einen Dienst anbietet, geh davon aus, daß er ein Geschäft machen will. Außerdem sollte niemand einen Lohn versprechen, bevor er nicht das Geld verdient hat, ihn auch zu gewähren.« Wegwerfend fügte er hinzu: »Außerdem ist dieser Kerl ein miserabler Sänger und ein noch schlechterer Kitharöde. Mit nur einer Hand könnte ich das Instrument besser spielen.« Er stockte, betrachtete das Lederding an seinem rechten Arm und kicherte über seine Bemerkung.

»Das wußte ich nicht, Alipt. Dieser Mann schien mir ein Freund zu sein.«

»Freunde würdigen die Verdienste des anderen, aber sie ergehen sich nicht in unbegründeten Schmeicheleien. Wahrscheinlich trägt der Ziegenbart jetzt schon dem nächsten Athleten seine Dienste an – falls er nicht damit beschäftigt ist, seine Wunde zu versorgen.« Der Alipt kicherte wieder. »Diese lächerlichen Verwünschungen!«

»Und wenn an ihnen doch etwas dran ist?« meinte Jason besorgt und fragte sich, was aus ihm und Melissa werden sollte, wenn er nicht den Ölbaumkranz und damit die Dankbarkeit der Insel Paros errang.

»Der Jammerlappen ist nicht nur ein schlechter Sänger, sondern auch ein schlechter Verwünscher. Ich habe in meinem Leben schon einige Flüche gehört, und die meisten waren besser. Von denen eben läßt sich kein Dämon beeindrucken, und schon gar keiner im fernen Ägypten.« Er musterte Jason. »Oder sind deine Arme schon schlaff wie zerfaserte Seile und deine Beine schwer wie ein weintrunkener Kopf?«

Der Eläer probierte es aus. »Nein, eigentlich nicht.«

»Wenn du von meinen Worten nicht überzeugt bist, kannst du dich an einen der Magier wenden, von denen gewiß eine ganze Schar unseren Zug begleitet. Er wird einen Gegenfluch aussprechen oder dir ein schützendes Amulett geben. Oder er tut sonst irgendwas. Magiern fällt immer etwas ein.«

Jason sah den Alipten zweifelnd an und sagte: »Ich nehme an, die Magier arbeiten auch nur gegen Bezahlung.«

»Davon kannst du ausgehen«, lachte Xenophanes. »So groß sind deren magische Kräfte nun wieder nicht, daß sie sich Geld und Gold einfach so herbeizaubern könnten.«

Die Sicherheit, mit der Xenophanes sprach, beruhigte Jason. Aber doch nicht ganz. In der Nacht quälten ihn unruhige Träume. In ihnen verlor er jeden Wettkampf. Seine Arme waren zu schwach, einen Gegner niederzuringen, und seine Beine zu schwer, einen Wettlauf auch nur zu beenden. Mit aller Macht versuchte er dagegen anzukämpfen und gewann endlich im Pankration, als er den Gegner so fest würgte, bis dieser jede Kraft verlor und zu Boden sackte. Aber dort lag gar kein muskulöser Pankrat, sondern eine schlanke Frau mit langem Lockenhaar. Melissa! Und ihre Augen waren geschlossen wie die Augen einer Schlafenden – oder einer Toten.

Der schreckliche Anblick riß Jason in die Wirklichkeit und ins Wachsein zurück. Der Morgen kündigte sich mit hellrotem Schimmer über dem graugrünen Laub des Ölbaumwäldchens an. Der Eläer konnte nicht mehr schlafen, er war völlig aufgewühlt von seinem seltsamen Traum. Was wollten ihm diese Bilder sagen? Daß er Melissa Ruhe und Frieden brachte? Oder den ewigen Frieden, den Tod?

Der zweite Tag des Festzugs verdrängte die düsteren Träume. Die Nähe des Heiligtums und die bald grüne, mal blühendbunte Schönheit des fruchtbaren Tals, durch das sich der Fluß Alpheios wand, nahmen Jason gefangen wie die meisten anderen. Aber dann kehrten die schrecklichen Bilder zurück, als Myron mit den Wagen und Pferden zur Prozession stieß. Er erinnerte ihn an Melissa. Am liebsten hätte Jason einen der Traumdeuter um Rat gefragt, die den Zug begleiteten wie Rhapsoden und Magier, Hetären und Gaukler. Aber dazu war nicht die Gelegenheit, und außerdem hatte Jason kein Geld.

Endlich, am Nachmittag, lag es vor ihnen und verdrängte die finsteren Gedanken: Olympia!

Auf den ersten Blick wirkte das Gelände am Fuß des mit hellgrünen Aleppokiefern bewachsenen Kronoshügels wie eine riesige Festung, die das breite Tal des heiligen Flusses Alpheios beherrschte. Die beeindruckende Ansammlung von Mauern, Gebäuden und Zelten lag am rechten Ufer des aus den arkadischen Bergen herabfließenden großen Stroms, in den sich am Westrand des Heiligtums ein kleinerer Fluß ergoß, der Kladeos. Die vereinigten Fluten wälzten sich zum westlichen Ende der Peloponnes, um sich dort ins Ionische Meer zu ergießen.

Simias, der neben Jason ging und schon zum dritten Mal an den Olympischen Spielen teilnahm, erklärte dem Eläer, daß die festungsartigen Mauern ein Teil der Neubauten waren, die Myrons Reichtum vermehrt hatten. »Bei den letzten Spielen gab es die Mauern und die großen Tore noch nicht. Alles sah viel offener aus. Nero scheint große Angst davor zu haben, daß jemand hier einfällt.«

»Oder daß jemand das Gelände gegen seinen Willen verläßt«, lachte der kahlköpfige Gerenos.

»Wie meinst du das?« erkundigte sich Jason.

»Es heißt, daß Nero, wenn er mit seinen stundenlangen Auftritten das Volk beglückt, streng darauf achtet, daß jeder aus dem Publikum seinen Darbietungen bis zum Ende folgt. Es sollen währenddessen schon Frauen niedergekommen sein. Leute, die klug waren, stellten sich bewußtlos oder tot und ließen sich aus dem Theater tragen.«

»Das sind doch lächerliche Gerüchte«, entgegnete Simias und schüttelte seinen ergrauten Kopf.

Gerenos grinste. »Da wäre ich mir bei Nero nicht so sicher.«

Jason widmete seine ganze Aufmerksamkeit dem seltsam bunten Wald, der den sanft ansteigenden Weg ein Stück voraus säumte. Was er für Bäume gehalten hatte, entpuppte sich als ein Heer von Menschen. Zuschauer, die im voraus in Olympia eingetroffen waren und jetzt gespannt auf die Athleten warteten.

»Wie viele mögen das sein?« fragte er.

»In Olympia versammeln sich zu den Spielen vierzig- bis fünfzigtausend Menschen«, antwortete Simias. »Natürlich sind das da vorn nicht alle.«

Vierzig- bis fünfzigtausend! Jason versuchte, sich diese Menge anhand einer Schweineherde vorzustellen. Aber so viele Schweine hatte er niemals auf einem Haufen gesehen. Die Zahl blieb für ihn unfaßbar.

Der aus Elis kommende Festzug löste sich allmählich auf. Zuschauer, Gaukler und Händler sonderten sich ab, um sich ein Lager zu suchen und ihre Stände aufzubauen. Ebenso Angehörige der großen Gesandtschaften, Quartiermeister mit Dienern und Sklaven, um die Unterkünfte für Menschen und Tiere vorzubereiten. Die Athleten, ihre Betreuer und die Theoren zogen, angeführt von den Hellanodiken, unter dem Jubel der wartenden Menge weiter. Unter den Athleten befand sich auch Myron, da nicht die Reiter und Wagenlenker als Agonisten galten, sondern die Eigentümer der Pferde. Als Architheore der Insel Paros führte Kreugas seine Gesandtschaft an, neben ihm ging Xenophanes.

Jetzt sah Jason, daß sich längst nicht alle Bauten innerhalb der Mauern befanden. Zwischen der Westmauer und dem Kladeos erstreckte sich ein gigantischer Gebäudekomplex. Simias erklärte ihm, daß dort unter anderem das Gymnasion, die Palaistra, Thermen und Gästehäuser lagen. Der Weg der Prozession, die sich jetzt nur noch aus

Hellanodiken, Theoren, Alipten, Paidotriben und Athleten zusammensetzte, führte direkt an diesen Gebäuden entlang und nicht, wie Jason erwartet hatte, in den ummauerten Bezirk der Altis.

Der Eläer sah Simias an. »Wohin gehen wir?«

»Zum Buleuterion am Südrand der Altis. Dort steht die Statue des Zeus Horkios, bei dem die heiligen Schwüre geleistet werden.«

»Ist das die berühmte Zeus-Statue des Bildhauers Phidias?«

Der Grauhaarige schüttelte den Kopf. »Nein, die steht innerhalb der Altis, im Tempel des Zeus.«

Die Hellanodiken ließen den zur Rechten des Festzugs liegenden quadratischen Bau des großen Leonidaions hinter sich und schwenkten nach links ein, an einigen Thermen vorbei zum Innenhof des Buleuterions, wo in festlicher Tracht die Priester Olympias warteten.

Beim Anblick der überlebensgroßen Statue, die den Innenhof beherrschte, konnte Jason ein Erschrecken nicht verbergen. Dort saß auf einem mächtigen Thron Zeus Horkios, Schwurgott und finsterer Bestrafer aller Meineidigen, und blickte mit grimmigem Gesicht auf die Schwörenden nieder, beide Arme wurfbereit erhoben und in jeder Hand einen großen Blitz.

Jason fühlte sich in die unheimliche Höhle der Götter zurückversetzt. Das Steingebilde, das der von Xenophanes gefesselte Eläer sich ausgemalt hatte, besaß eine gewisse Ähnlichkeit mit dieser Statue. Der einzige Unterschied war, daß der Zeus in der Höhle nur in einer Hand den Blitz gehalten und auf der anderen Schulter einen großen Adler getragen hatte. Als hätte sich der Schöpfer dieser Statue von Zeus Horkios von der sonderbaren Felsformation inspirieren lassen.

»Ist diese Figur neu?« fragte Jason und dachte daran, daß die Höhle der Götter noch nicht lange geöffnet sein konnte, war sie nach Xenophanes' Worten doch erst im Zuge der Steinbrucharbeiten entdeckt worden.

»Neu?« Simias lachte. »Neu ist nur der Anstrich, wohl zu Ehren Neros. Alles hier glänzt und leuchtet wie noch nie. Zeus Horkios thronte hier schon in den Zeiten, als die Hellenen sich noch nicht dem Herrscher Roms unterworfen hatten.«

Das versetzte Jason einen Schock. War diese Ähnlichkeit ein Zufall? Oder bedeutete sie, daß dies nicht nur eine Figur war, sondern tatsächlich eine Verkörperung des Schwurgottes? Des Gottes, in dessen Angesicht er beeiden sollte, ein Bürger von Paros zu sein und sich zehn Monate lang eingehend auf die Heiligen Spiele vorbereitet zu haben? Er sah zu den beiden großen, nach unten auf die Menschen – auf ihn – gerichteten Blitzen hinauf und schwankte bei dem Gedanken an seinen Meineid und an den Zorn des Zeus, der ihn gleich treffen würde.

Kräftige Hände stützten Jason, der Rufe hörte, die nah waren, doch für ihn wie aus weiter Ferne klangen: »Die Hitze hat schon wieder einen dahingerafft!« – »Diesmal hat sie einen der Athleten erwischt, einen starken jungen Burschen, wie es aussieht.« – »Führt ihn doch in den Schatten!« – »Bringt Wasser, rasch!«

Er fand sich im Schatten einer Kolonnade wieder, sitzend an eine Säule gelehnt. Wasser rann durch seine Kehle. Simias hielt die bronzene Kylix an Jasons Lippen, während sich zwei bange Gesichter zu ihm herunterbeugten, das eine länglich und von einem schwarzgrauen Bart umrahmt, das andere noch schmaler, geradezu eingefallen, und von zusammengewachsenen buschigen Brauen überschattet: Xenophanes und Kreugas.

»Er hält die ganze Zeremonie auf«, sagte Kreugas verärgert zu dem Alipten.

Der ließ sich davon nicht beeindrucken, musterte den Eläer besorgt und fragte: »Was ist los mit dir, mein Junge?«

Jason blickte hinüber zu der Statue des rachebereiten Schwurgottes, der ihn warnend anzublicken schien. »Es ist Zeus Horkios. Sein Blitz wird mich treffen, wenn ich ... wenn ich in seinem Angesicht lüge.« Die letzten Worte hatte er nur geflüstert, sei es aus Scham vor den Umstehenden oder aus Furcht vor dem mächtigen Gott.

»Wer zwingt dich zu lügen?« fragte der Architheore.

Jason nahm allen Mut zusammen und antwortete: »Du, Kreugas!«

»Ich?« rief der dünne Mann so laut, daß es ihm peinlich war und er sich entschuldigend nach allen Seiten umblickte. Beruhigt stellte er fest, daß die in unmittelbarer Nähe stehenden Männer zur parischen Gesandtschaft gehörten. »Wie kannst du so etwas sagen, Athlet? *Deine* Behauptung ist eine Lüge!«

Auch der Blick des Alipten ruhte auf Jason, aber nicht mißbilligend, sondern besorgt. »Erklär dich, Jason! Wir verstehen dich nicht.«

Jason erklärte es, und Kreugas meinte kopfschüttelnd: »So etwas Lächerliches habe ich noch nie gehört. Du bist ein Bürger von Paros. Ich selbst war dabei, als du die Bürgerurkunde unterzeichnet hast.«

»Aber nur, um für Paros bei den Heiligen Spielen anzutreten«, seufzte Jason. »Ich weiß nicht, ob Zeus das anerkennt.«

»Oh, bestimmt«, krähte Kreugas vergnügt. »Wenn nicht, würde bei allen Spielen ein wahres Blitzgewitter über dem Tal des Alpheios niedergehen.«

»Nun, mag sein«, erwiderte Jason. »Aber wie kann ich vor Zeus schwören, mich zehn Monate lang auf die Spiele vorbereitet zu haben? Ich weiß doch erst seit einigen Wochen, daß ich an ihnen teilnehmen werde!«

Kreugas warf einen hilfesuchenden Blick zu Xenophanes, und der Alipt sagte: »Du hast dich vorbereitet, länger als zehn Monate – ein ganzes Leben lang. Hast du dich etwa nicht unter Anleitung des Paidotriben Lysias in den Wettkampfarten geübt? Und war es dabei nicht dein heimlicher Wunsch und dein heimliches Ziel, eines Tages Agonist in Olympia zu sein?«

»Wenn man es so sieht«, gab Jason zögernd zu. »Aber sieht Zeus Horkios es auch so?«

»Sicher tut er das«, zischte ein ungehaltener Kreugas. »Er hat es schon bei vielen anderen Athleten so gesehen.« Sein Gesicht näherte sich dem Jasons, die schmalen Augen unverwandt auf den Eläer gerichtet. »Außerdem solltest du nicht vergessen, was von der Teilnahme an den Heiligen Spielen für dich abhängt, Jason!«

Das gab für den jungen Eläer den Ausschlag, wenn auch anders, als es Kreugas gemeint hatte. Nicht für Ruhm und Geld wollte er kämpfen, das war für ihn nur Mittel zum Zweck.

Doch die letzten Worte des Architheoren hatten ihm verdeutlicht, daß er Melissa für immer aufgab, wenn er nicht den olympischen Eid ablegte. War es das, wovor ihn der Traum hatte warnen wollen? Hatte er dort Melissa – das gemeinsame Leben mit ihr – getötet, weil er sich in Wirklichkeit weigerte, den Eid zu leisten?

»Also gut«, seufzte Jason und stand langsam auf. »Vielleicht habt ihr recht.«

»Sicher haben wir das.« Kreugas lächelte väterlich. Gleichwohl blieb seine Miene maskenhaft und starr.

»Wird es wirklich gehen?« fragte Xenophanes. Sein Gesicht und seine Stimme drückten wahres Mitgefühl aus.

»Ja«, sagte Jason fest.

Aber als er auf den freien Platz vor dem Buleuterion hinaustrat, vermied er es, in das drohende Antlitz der Zeus-Statue zu blicken. Er hatte seine Entscheidung gefällt, für Melissa und gegen die Wahrheit. Aber er war nicht glücklich damit. Tief in seinem Innern nagte die Furcht vor dem Zorn des Göttervaters.

Jason stand neben den unzähligen Athleten und Betreuern auf dem offenen Platz in der prallen Sonne, die aus einem leuchtend blauen Himmel herniederbrannte, und ließ die ganze Zeremonie fast unbeteiligt über sich ergehen. Niemals hätte er geglaubt, daß es ihn so unberührt lassen würde, ein Agonist der Heiligen Spiele zu werden. Aber er hoffte, auf diese Art ungeschoren davonzukommen – wenn Zeus merkte, daß er sich nichts auf seinen Betrug einbildete.

Die Hellanodiken und jede Gesandtschaft brachten dem Schwurgott ihre Opfer dar, und das Blut makelloser Eber färbte den Altar rot, wenn die Opferdiener nicht schnell genug mit den silbernen Schalen zur Hand waren. Dann traten Abordnungen und einzelne Athleten vor. Jeder Agonist mußte seinen Namen, seinen Herkunftsort und sein Alter benennen. Letzteres war für die Entscheidung wichtig, ob der jeweilige Agonist an den Wettkämpfen der Erwachsenen oder der Knaben teilnahm. Im Zweifelsfall entschieden die Hellanodiken aufgrund des Augenscheins.

Der große und starke Eläer wurde ohne Umschweife den erwachsenen Agonisten zugeteilt. Als er seinen Eid ablegen sollte, traten Xenophanes und Kreugas an seine Seite, um den Schwur zu bekräftigen. Jedem Athleten standen zwei Männer zur Seite, manchmal waren es Betreuer, oft auch Vater und Bruder.

Um Jason herum drehte sich alles, die prüfenden Gesichter der zehn Hellanodiken und der Priester, die wartende Menge, der Alipt Xenophanes, der Architheore Kreugas und Zeus Horkios, in dessen unheilverkündende Augen er ganz gegen seinen Willen blickte.

»Was ist?« zischte Kreugas. »Worauf wartest du?«

Jason gab sich einen Ruck, riß sich von den Augen los und schwor krampfig, daß er ein Bürger von Paros sei, daß er sich entsprechend den Regeln auf die Spiele vorbereitet habe und daß keine ungesühnte Bluttat auf ihm laste. Xenophanes und Kreugas bestätigten das, und es wurde von einem der Hellanodiken auf seiner Pergamentliste vermerkt.

Als Jason beiseite trat, um Simias Platz zu machen, konnte er es noch nicht ganz glauben, daß ihn nicht der Blitz des Zeus getroffen hatte. Er hätte erleichtert sein sollen, aber ihm war weiterhin elend zumute. Ob die Worte, die Xenophanes und Kreugas zu ihm gesprochen hatten, stimmten oder nicht, Jason kam sich wie ein Betrüger vor, Er fürchtete die Rache des Gottes.

19
Das Geschenk des Caesars

Immer der Erste zu sein und hervorzuragen vor anderen.
Homer

Jasons Furcht wurde von einem seltsamen Klang verdrängt, der die Luft vibrieren ließ. Ein majestätischer Doppelklang, dessen Bestandteile voneinander abwichen und doch stets zusammenpaßten, erst ganz tief, dann stieg er höher und höher, schwoll an und gewann an Kraft. Er prägte sich ein und machte jedem bewußt, daß etwas Besonderes bevorstand. Harmonisch und pompös schwang er durch die Luft.

Jason bemerkte jetzt erst, daß die im Angesicht des Schwurgottes stattfindende Zeremonie beendet war, so sehr war er der Gefangene seiner Gedanken gewesen. Die Priester und die Hellanodiken traten um die südlich des Buleuterions stehende Halle herum und starrten nach Osten. Jason und alle anderen folgten ihnen.

Noch ehe er etwas sah, hörte der Eläer die aufgeregten Rufe: »Der Caesar!«– »Nero kommt!«– »Nero, Nero, Nero!«

Xenophanes brummte mürrisch: »Da jubeln sie ihm zu, noch ehe sie ihn sehen, die Dummköpfe.«

»Nero ist beliebt«, meinte Simias. »Auch bei den Hellenen. Schließlich unternimmt nicht jeder Caesar eine Reise durch Hellas und besucht alle großen panhellenischen Spiele.«

»Und läßt sich dabei als großen Künstler feiern.« Der Alipt spie in den Sand vor seinen Füßen, und seine Augen funkelten den älteren Läufer an. »Weißt du nicht, daß der Jubel geplant ist, Simias, ausgeführt von Neros Augustianern, die hier überall im Volk verstreut stehen?«

Der grauhaarige Läufer blickte den hageren Mann zweifelnd an. »Was sind Augustianer?«

»Kannst du mir sagen, Simias, was die Prätorianer sind?« fragte Xenophanes zurück.

»Gewiß«, nickte der Graukopf. »Das ist die Leibwache Caesars.«

»Die Augustianer sind eine ähnliche Truppe, für Nero vielleicht noch wichtiger. Die Augustianer schützen nicht das Leben ihres Herrn, sondern seinen Ruhm. Die Truppe, die Nero eigens aufstellen ließ, soll fünftausend Mann stark sein.«

»Sie schützen seinen Ruhm?« wiederholte Simias ungläubig. »Wie das?«

»Indem sie auf Bestellung jubeln, so wie sie es tausendfach geübt haben. Jede Abteilung auf die ihr eigene Weise. Einige klatschen mit der flachen, andere mit der hohlen Hand. Manche summen begeistert wie die Bienen, und manche ergehen sich in Hochrufen auf den Caesar. Immer der Erste zu sein und hervorzuragen vor anderen, das ist Neros Ziel, dem der Einsatz dieser Truppe dient.« Der Alipt legte seinen Kopf schief, als horche er. »Hörst du nicht, wie sich von den Hängen und aus dem Tal alles in Heilrufen auf Nero Caesar ergeht, obwohl dieser noch gar nicht aufgetaucht ist?«

Simias schüttelte den Kopf. »Ich kann nicht glauben, daß Nero das alles organisiert hat!«

»Glaub es ruhig. Unser römischer Herrscher überläßt nichts dem Zufall und schon gar nicht seinen Ruhm! Ich denke, wir werden bei diesen Spielen noch einige Überraschungen erleben, und es werden nicht die angenehmsten sein. Um dich zu überzeugen, Simias, rate ich dir, nach gutaussehenden und edel gekleideten Jünglingen unter den Zuschauern auszuspähen, mit gut frisiertem langen Haar und einem Ring am Mittelfinger der linken Hand, dem Erkennungszeichen der Augustianer!«

Xenophanes blickte Simias und die anderen Athleten, die sich suchend umsahen, mit der Überlegenheit eines erfahrenen Olympiabesuchers an. Auch Jason forschte in den immer dichter werdenden Reihen des Publikums nach den Augustianern – und entdeckte sie in großer Zahl. Überall in kleinen Gruppen, in regelmäßigen Abständen verteilt, als hätte ein Feldherr seine Truppen zur Schlacht aufgestellt.

»Nun, seid ihr überzeugt?« Xenophanes grinste triumphierend, als er das Erstaunen in den Augen seiner Athleten bemerkte.

Sie hatten keine Zeit zur Antwort, denn jetzt sahen sie die Vorhut des kaiserlichen Aufzugs, der sich aus dem Osten näherte, wo der Hippodrom und das Stadion lagen – und die palastartige Villa, die eigens für Nero Claudius Caesar Augustus Germanicus errichtet worden war.

Zuerst erschien in blitzenden Rüstungen die Prätorianergarde, die ihren Caesar überallhin begleitete. An die tausend Soldaten marschierten unter dem goldenen Feldzeichen, das mit Bildnissen Neros und seiner Gattin geschmückt war. An ihrer Spitze die Lurenbläser, deren gewundenen großen Instrumenten die erhebenden Klänge weit entströmten.

Den Prätorianern folgte die Reiterei, kräftige dunkelhäutige Kerle auf großen, prächtig geschmückten Pferden: Neros numidische Kavallerie. Die afrikanischen Lanzenträger hinter ihnen waren noch größer und noch dunkler; die fast schwarze Haut stach ab von ihren weiß-roten Uniformen und der Bronze ihre großen Schilde. Dann kam das engere Gefolge des Kaisers: in prunkvolle Gewänder gehüllte Höflinge, Diener und Sklaven, Gelehrte, Musiker und Dichter, viele in Sänften.

Eine Gruppe gut gebauter Jünglinge streute mit schwingenden Händen Rosenblüten auf den Weg, über den sechzehn riesenhafte Schwarze eine goldverzierte Sänfte trugen. Es war die größte Sänfte, die Jason jemals gesehen hatte. Schon leer mußte sie so schwer sein, daß es acht bis zehn kräftige Träger brauchte.

Aber in den glänzenden Kissen, die Jason an Bias' Gewand erinnerten, lagen gleich drei Menschen und genossen den stürmischen Jubel, der jetzt so laut war, daß er jedes andere Geräusch verschluckte. Zwei von ihnen waren schöne Frauen und der dritte, ein huldvoll winkender und freundlich nickender Mann, mußte Nero Caesar sein.

Seine äußere Erscheinung war beeindruckend, obgleich der nicht mehr als dreißig Jahre zählende Kaiser nur mittelgroß war und starke Ansätze zur Fettleibigkeit zeigte. Wenn er der begeisterten Menge zunickte, verdoppelte sich sein ausgeprägtes Kinn, und ein wulstiger Nacken schob sich aus dem Kragen der purpurnen Toga, die vorn von einem hervortretenden Bauch ausgebeult wurde. Die fleißig winkenden, mit Ringen übersäten Hände waren fleischiger, als man es bei jemandem seiner Größe erwartete. Vielleicht, überlegte Jason, lag das Erhabene, das trotzdem von Nero ausging, an seinem Antlitz. Das glattrasierte Gesicht wurde von einer nach Künstlerart bis auf die Schulter wallenden Mähne hellgelben Haares umspielt, das beim Lichteinfall fast kupfern schimmerte, als fange der Caesar die Strahlen der Sonne auf und werfe sie auf sein Volk zurück. Mit kindlicher Unbekümmertheit blickten die blaßblauen Augen unter den schweren rotbewimperten Lidern hervor und schienen über soviel Begeisterung zu staunen. Vielleicht war es nur dieser jungenhafte Blick, der das Besondere des sonst eher derben und gar nicht edel wirkenden Antlitzes ausmachte.

Zuweilen verlor das Gesicht diese Unbekümmertheit. Ein forschender Ausdruck beherrschte die Züge, und Nero hielt etwas vor ein Auge, das aussah wie grüner Stein in einer goldenen Fassung. Jason erkundigte sich bei Xenophanes nach dem grünen Ding, als die Sänfte mit Nero an ihnen vorübergezogen und der Jubel an ihrem Standort ein wenig abgeklungen war.

»Das ist ein Smaragd, der alles für Neros schwaches Auge vergrößert, wenn er hindurchblickt. Wahrscheinlich will der Caesar kontrollieren, ob seine Augustianer-Legion auch ordentlich jubiliert.«

Zum wiederholten Mal fragte sich Jason, wieso der Alipt über alle Dinge, die mit Nero zusammenhingen, so gut Bescheid wußte.

Der dürre Läufer Ikkos kicherte: »Habt ihr gesehen, der Caesar hat gleich zwei Frauen in seiner Sänfte. Wenn ich erstmal Olympionike bin, laß ich mich auch so verwöhnen.«

»Das eine war bestimmt diese Sklavin, die er liebt«, mutmaßte Simias. »Acte heißt sie wohl.«

»Ich habe gehört, daß Nero sich nie von seiner Mutter trennt«, warf Megillos ein.

»Ihr solltet euren Köpfen ebensoviel Übung verschaffen wie euren Körpern«, grunzte Xenophanes mißbilligend, »Agrippina, Neros Mutter, ist tot, seit acht Jahren schon! Sie soll sich selbst umgebracht haben, nachdem ein von ihr angezetteltes Mordkomplott gegen den eigenen Sohn fehlschlug. Das ist wenigstens die offizielle Version.«

»Was heißt das?« fragte Megillos.

Xenophanes senkte seine Stimme. »Andere sagen, daß es genau andersherum war, daß Nero seine Mutter loswerden wollte, die sich dauernd in seine Staatsgeschäfte mischte. Enge Vertraute Neros sollen die tödlichen Klingen geführt haben. So hat Nero seine Mutter gleichsam zum zweitenmal durchbohrt.«

Die Athleten warfen dem Alipten ungläubige Blicke zu.

»Zum zweitenmal durchbohrt?« wiederholte Simias langsam. »Was soll das nun wieder bedeuten?«

»Genau das, was ihr alle denkt«, erwiderte Xenophanes.

»Unser Kaiser hat nämlich ganz besondere Vorlieben, was seine Frauen angeht. Deshalb ist er wohl auch der einzige Mann in seinem ganzen Reich, der gleich zwei Ehefrauen hat.«

»Zwei?« fragte Simias ungläubig.

Der Alipt nickte. »Ihr habt sie eben in der Sänfte neben Nero gesehen. Die eine ist Statilia Messalina, Neros rechtmäßig angetraute Gattin und die Nachfolgerin Poppaeas, die ein Kind in ihrem Bauch trug, als sie durch einen Fußtritt ihres betrunkenen Mannes starb. Und wenn ihr wissen wollt, wie Poppaea Sabina aussah, müßt ihr euch nur die andere *Frau* in der Sänfte ansehen. *Sie* ist der Verschiedenen so ähnlich, wie es der Caesar nur hinbekommen hat.«

Diese wenig aufschlußreiche Bemerkung weckte die Neugier der Athleten, und sie baten ihren Alipten um Erläuterung.

»Nun, ursprünglich war die *Frau*, die Nero in Erinnerung an seine tote Gattin zärtlich Sabina nennt, ein Strichjunge namens Sporus. Als Nero seine große Ähnlichkeit zu der geliebten Poppaea entdeckte, ließ er die besten Ärzte kommen, die aus dem Mann Sporus die Frau Sabina machten. Gut genug wohl, daß Nero kürzlich sogar die Hochzeitszeremonie mit ihr – oder ihm – vollzog.« Xenophanes blickte sich verschwörerisch um und raunte: »Wißt ihr, was man darüber sagt?«

Die Athleten blickten verständnislos auf Xenophanes.

»Manche sagen, es wäre ein Glück für die Menschen gewesen, wenn auch Neros Vater eine solche Gemahlin gehabt hätte.«

Diejenigen unter den Athleten, die den Witz verstanden, stutzten und brachen in Gelächter aus. Die anderen mußten ihn sich erklären lassen und lachten dann auch.

Bis eine wütende Stimme schalt: »Für Paros und für dich, Xenophanes, wäre es wohl ein Glück gewesen, wenn du statt deiner Hand deine Zunge verloren hättest.« Kreugas trat vor den Alipten und sah ihn böse an. »Du solltest solche Dinge nicht einmal denken, sie aber keinesfalls laut äußern. Auch Krüppel sind schon im Circus Maximus gestorben!«

Schlagartig wurde den Athleten bewußt, daß sie von Anhängern des Caesars umgeben waren. Jetzt lachte niemand mehr. Selbst Xenophanes schwieg betroffen.

Die Gesandtschaft von Paros reihte sich in den langen Zug ein, der den Sänften Neros und seiner Vertrauten – darunter sein Sekretär Ephaphroditus, der Prätorianerpräfekt Ofonius Tigellinus, der Schatzmeister Phoebus und der Zeremonienmeister Cluvius Rufus – folgte. Weit vorn begrüßten die Priester Olympias und der Rat der Elier den Herrscher mit kurzen Ansprachen, bevor sich der Zug in Bewegung setzte, um nach alter Tradition einmal die Altis zu umrunden.

Zunächst ging es an der Westseite zwischen der Umfassungsmauer der Altis und den zahlreichen Gebäuden am Ufer des Kladeos entlang – der Weg, den Jason und die anderen gekommen waren. Dann kam der Norden mit dem bewaldeten Hügel des Titanen Kronos, Vater des Zeus und der anderen Götter. Das Hellgrün der Kiefern war bunt gesprenkelt, so daß Jason erst an Baumschmuck dachte, aber es waren die Kleider der Schaulustigen. Die Prozession passierte die ordentlich nebeneinander aufgestellten Schatzhäuser, in denen viele Städte ihre Opfergaben aufbewahrten, dann im Osten das große Stadion und den Hippodrom sowie die neue Kaiservilla, gegen die selbst Myrons großes Haus verblaßte. Zwischen der Villa und dem Buleuterion lag das neu erbaute Triumphtor, durch das es schließlich in den heiligen Bezirk der Altis ging.

Die Menge verteilte sich, soweit sie in den abgegrenzten Bezirk paßte. Die Männer aus Paros hatten so dicht zur

Sänfte des Caesaren aufgeschlossen, daß sie nicht jenseits der Umfassungsmauern bleiben mußten, als Neros goldene Sänfte das größte Gebäude ansteuerte. Nicht nur dessen Mauern schienen aus weißem Marmor, auch das in Ost-West-Richtung zeigende längliche Dach strahlte in der Sonne, als sei es mit frischgefallenem Schnee bedeckt; später erfuhr Jason freilich, daß nur das Dach, die Cella und die plastischen Figuren aus Marmor bestanden, der Tempel selbst und seine fast achtzig hohen Säulen aber aus Muschelkalk erbaut und mit feinem Stuck überzogen waren.

»Ist das der berühmte Tempel des Zeus?« fragte der Eläer den neben ihm stehenden Simias.

Der Graukopf nickte und sagte etwas, aber seine Worte gingen im Geschmetter von Neros Bläsern unter. Nur Augenblicke später öffnete sich das große Portal des nach Osten zeigenden Eingangs, indem beide Hälften wie von selbst einfach in den Wänden verschwanden.

»Bewegt Zeus die Tore?« staunte der Eläer mit offenem Mund.

»Wenn man es so sehen will«, meinte Simias grinsend. »Unterstützt wird er dabei von einem ausgeklügelten Mechanismus, der durch die Hornsignale in Bewegung gesetzt wird.«

Jason hatte keine Ruhe, dieses Wunder zu bestaunen, denn schon zog ihn ein neues in seinen Bann, das größte, das er jemals geschaut hatte – die Zeus-Statue des Phidias. Viel hatte er von diesem Weltwunder gehört, wie es manche nannten, aber keine Beschreibung kam dem tatsächlichen Anblick auch nur nahe. Riesengroß war dieser Zeus, der in der Cella auf einem goldenen Thron saß, etwa siebenmal so hoch wie ein Mensch. Hätte er gestanden, hätte sein Kopf das Dach des Tempels durchstoßen.

Alles an ihm strahlte und glänzte von einem Licht, das aus ihm selbst zu strömen schien, ein wahres Gotteslicht, so hell und stark, daß sogar die außerhalb des Tempels unerbittlich brennende Sonne ihm nicht die Kraft nehmen konnte. Glänzendes Gold, funkelnde Edelsteine und schimmerndes Elfenbein waren die Materialien, die zur Erhöhung und Darstellung des Höchsten aufgewendet waren. Doch war da noch viel mehr als dieser äußere Prunk. Dieser Zeus schien kein zorniger, rachsüchtiger zu sein wie die Statue des Zeus Horkios im Buleuterion. Der Zeus des Phidias schleuderte keine Blitze. Auf der offenen Handfläche seiner ausgestreckten Rechten reckte sich grazil die geflügelte Siegesgöttin empor; obschon größer als ein Mensch, wirkte sie im Vergleich mit Zeus nachgerade unbedeutend. Die Linke des Göttervaters umklammerte einen in allen Farben leuchtenden langen Stab, das Zepter als Symbol der von Zeus beherrschten Erde; darauf thronte ein goldener Adler, König der Vögel und das heilige Tier des Zeus. Von diesem Götterbildnis ging eine ganz eigenartige Wirkung aus, die viel mehr war als die Summe seiner prächtigen äußeren Bestandteile. Obwohl die Figur unnahbar starr auf ihrem Thron saß, schien sie zu leben. Vielleicht lag das am unirdischen Gottesleuchten der erhabenen weißen Glieder und dem alldurchdringenden Funkeln der Edelsteinaugen. Jason schämte sich, als er ihren Blick auf sich spürte. Denn er war meineidig gewesen im Angesicht des Zeus Horkios.

Fast alle Menschen vor dem Tempel erstarrten bei diesem Anblick in Ehrfurcht, selbst jene, die ihn schon kannten. Dann aber kam Bewegung in die Menge, als Nero vor dem Eingang aus der Sänfte stieg, den langen Saum der Purpurtoga raffte und mit einer Behendigkeit, die bei seinem klobigen Körper erstaunte, flott die drei großen Stufen zur säulengetragenen Vorhalle erklomm. Noch einmal schmetterten die Hörner. Ihnen folgten andächtiges Schweigen und neugierige Blicke, die zwischen Nero und Zeus hin und her schwankten. Eine unerhörte Spannung lag plötzlich über der gesamten Altis. Jeder spürte, daß etwas Besonderes bevorstand, als Nero seine im Vergleich zum übrigen Körper dünn wirkenden Arme ausbreitete.

»Unermeßlich groß und überwältigend wie die Liebe, die ich für euch empfinde, ihr Männer von Griechenland, ist der Jubel, mit dem ihr Caesar empfangt«, deklamierte er mit dumpf-angestrengter Stimme. »Unermeßlich groß und überwältigend soll deshalb auch das Geschenk sein, das ich euch heute gewähre und das man bei meiner bekannten Freigebigkeit wohl erwarten darf, das aber dennoch so gewaltig ist, daß es niemand unter euch sich vorzustellen wagte.«

Der korpulente Mann wies hinter sich auf die Statue des Zeus, ließ seinen Blick, ganz Deklamator, aber nicht von der Menge abschweifen. »So gewaltig und bedeutend ist mein Geschenk, daß der Göttervater Zeus, den wir in Rom als Jupiter verehren, der einzig mögliche Zeuge für meine Schenkung an euch ist. Denn auf ewig verbürgt sein soll so die Gnade, die euch zuteil wird, eine Gnade, wie ihr sie nie zu erbitten gewagt hättet. Ihr Griechen der Provinz Achaia und des Landes, das bislang die Insel des Pelops genannt wurde und nun, wie ich wünsche und hoffe, Insel des Nero heißen soll, werdet hiermit von allen Tributen frei und sollt in euren Handlungen frei sein, wie ihr es selbst in den größten, glücklichsten und ruhmvollsten Tagen eurer Geschichte niemals wart.«

Der Caesar verstummte und ließ seine aufgerissenen Augen über die Menge schweifen, auf der Suche nach Beifall. Der ließ nicht lange auf sich warten und fiel ungestümer aus als aller vorhergehender Jubel, den Nero während der Prozession geerntet hatte. Die Begeisterung breitete sich rasend schnell aus, über die Umfassungsmauern der Altis hinweg durch das ganze Tal von Olympia, das vom Jubel der Massen widerhallte: »Heil dir, Caesar! Heil dir, Nero Claudius Caesar, Befreier von Hellas!«

Der Mann in der Purpurtoga badete in dem Jubel, ließ die Menge sich heiser schreien und fuhr mit seiner Ansprache in einem gut abgepaßten Augenblick fort, kurz bevor Gefahr bestanden hätte, daß die Jubelrufe schwächer geworden wären. Mit ausgebreiteten Armen verschaffte er sich Gehör. »Männer Griechenlands, ihr wart immer Sklaven, entweder die einer fremden Macht oder untereinander einer der des anderen. Jetzt aber sollt ihr frei sein für alle Zeiten, so wollen es Jupiter und ich!« Erneute Hochrufe setzten ein, die Nero diesmal schneller unterbrach: »Ewig werde ich bedauern, daß ich euch nicht schon zu Zeiten eurer Blüte mit meiner Güte beschenken konnte, dann hätten sich noch mehr Menschen in ihr sonnen können. Denkt nur an die vielen schlechten Zeiten eurer Vergangenheit, deren Schmerzen durch die unbeschreibliche Größe meiner Güte hätten gelindert werden können! Aber nicht aus Mitleid mit euch ebenso tapferen wie duldsamen Männern Griechenlands, sondern aus Verehrung und Liebe zu euch habe ich mich zu diesem einzigartigen Geschenk bewogen gefühlt. Liebe zu euch und Dank an eure Götter, die mich über das Meer wohlbehalten in dieses herrliche Land geführt haben, um euch meine Wohltaten zu erweisen und euch mit meiner Kunst, die ihr bald werdet genießen können, zu erfreuen. Ich weiß, daß die Götter mir weiterhin gewogen sein werden, wie mir auch eure Dankbarkeit gewiß ist.« Er seufzte tief, theatralisch. »Andere haben anderen Städten bereits die Freiheit geschenkt, aber ich, Nero Caesar, bin der einzige, der eine ganze Provinz, ein ganzes Land mit der Freiheit beglückt!«

Als der Beifall wieder mit Getöse einsetzte, beobachtete Jason, daß dabei die langhaarigen Jubelrömer den Ton angaben, die Xenophanes als Augustianer bezeichnet hatte. Der hagere Alipt gehörte zu den wenigen, die nicht in begeisterte Rufe ausbrachen; mit versteinerter Miene lauschte er Neros Vortrag. Ein anderer, der ebenfalls nicht jubelte, war Myron, der dem Zeustempel ein Stück näher stand, da die elische Gesandtschaft als Abordnung der Gastgeberstadt direkt hinter Caesars Gefolgschaft marschiert war. Fast schien es Jason, als tauschten der Alipt und der Theorodoke im stillen Einvernehmen ihre düsteren Blicke aus.

Das Geschrei wenigstens der bezahlten Menge nahm eine neue Richtung und forderte von Nero eine Kostprobe seiner künstlerischen Fertigkeiten. Der vertröstete die »Männer Griechenlands« auf den folgenden Tag, an dem die Agone der Trompeter, der Herolde und erstmals auch die der Rhapsoden und Dichter stattfinden sollten. Dann stieg er in seine Sänfte und verließ unter frenetischem Applaus die Altis durch das Triumphtor im Südosten, nahe seiner Villa.

Im heiligen Bezirk bildeten sich verschiedene Gruppen. Einige diskutierten erregt und erfreut das Geschenk des Caesars. Andere formierten sich bei den Tempeln, um ihren Schutzgöttern zu opfern.

Jason ging zum Tempel des Zeus und konnte seine Augen kaum von der glänzenden Statue in der Cella nehmen. Als er sich schließlich davon losriß, um auch den Rest des wundervollen Tempelbaus zu besichtigen, fuhr ein Schreck durch seine Glieder: Ein verstörender Schmuck zierte den Dachgiebel an der Ostseite über dem Tempeleingang. In der Mitte der weißen Steinfiguren stand wiederum Zeus, die größte der Figuren, und wachte mit strengen Augen über die Vorbereitungen zu einem Wagenrennen. Was Jason erschauern ließ, war die Tatsache, daß eines der jeweils aus zwei Tieren bestehenden Gespanne geflügelte Pferde aufwies.

Er dachte wieder an Myrons Steinbruch, an den plötzlich herabrollenden Quader, an Amykos' schrecklichen

Tod und an die Zeichnung im blutigen Sand: das geflügelte Pferd. Pegasos, wie Jason angenommen hatte. Aber es gab doch nur einen Pegasos, und dort oben über dem Eingang des Tempels standen gleich zwei geflügelte Pferde!

Mit in den Nacken gelegtem Kopf stand Jason vor dem Eingang und blickte angestrengt hinauf, so lange, bis sich die Figuren – jedenfalls für ihn – zu bewegen begannen. In Wahrheit lag es daran, daß er schwindlig taumelte.

Kräftige Arme stützten ihn, und Simias fragte besorgt, was los sei. »Die Sonne scheint dir wirklich nicht zu bekommen, Jason. Eupolos sollte dir ein Mittel geben, damit du die kommenden Tage überstehst. Komm, ich führe dich in den Schatten.« Simias zog ihn in Richtung des Tempelvordachs.

»Nein!« Der Eläer riß sich zur Verwunderung des grauhaarigen Läufers los und zeigte nach oben, zum Giebel. »Was ist das? Diese Figuren, was stellen sie dar?«

»Das weißt du nicht?« Simias zog überrascht die Brauen hoch. »Diese Skulpturen zeigen die Vorbereitungen zu dem Rennen, dem die Olympischen Spiele ihre Existenz verdanken. Jeder Athlet weiß das!«

»Du vergißt, daß ich zum ersten Mal hier bin.« Jason wischte sich mit einem Zipfel seines Chitons den Schweiß von der Stirn und setzte ein unschuldiges Lächeln auf. »Und daß ich nur ein unwissender Schweinehirte aus den epirischen Bergen bin.«

»Den Anschein hat es wirklich«, seufzte Simias und zeigte hinauf zum Giebel. »Dies dort ist das Vorspiel zum Wagenrennen des Pelops gegen den König Oinomaos. Pelops ist der Jüngling bei den geflügelten Pferden, Oinomaos der Mann bei dem anderen Gespann. Vielen gilt Pelops als Begründer der Heiligen Spiele.« Simias deutete am Zeustempel vorbei nach Nordwesten, wo ein im Vergleich zum gewaltigen Heiligtum des Zeus bescheiden wirkendes Gebäude inmitten einer Grünfläche stand. »Das da ist sein Tempel, das Pelopion, wo übermorgen die Totenopfer stattfinden.« Er legte den Kopf schief. »Sag, Jason, hast du wirklich noch nichts von diesem Rennen gehört?«

»Nein, erzähl mir bitte davon!«

»Die Geschichte spielt zu der Zeit, als Oinomaos über Elis herrschte. Seine wunderschöne Tochter Hippodameia wollte er nur dem zur Frau geben, dem es gelang, ihn im Wagenrennen von der alten Königsstadt Pisa nach der Meerenge von Korinth zu besiegen. Wer es wagte, gegen den König anzutreten, erhielt sogar einen Vorsprung von der Zeit, die Oinomaos benötigte, dem Zeus einen Widder zu opfern. Verlor der Herausforderer gleichwohl, mußte er seine Niederlage mit dem Tod büßen. Der Grund für diese Härte war eine Weissagung, die Oinomaos selbst den Tod durch den Mann ankündigte, der seine Tochter freite.«

»Aber dann war es doch doppelt dumm von Oinomaos, seinen Herausforderern auch noch einen Vorsprung einzuräumen«, wandte Jason ein. Die Geschichte hatte ihn gepackt, so wie es früher die Geschichten seiner Mutter getan hatten.

»Überhaupt nicht.« Simias lächelte. »Oinomaos wußte nämlich, daß niemand ihn schlagen konnte. Sein Vater, der Kriegsgott Ares, schenkte ihm Pferde, die schneller liefen als alle anderen: die stets vor dem Wind dahineilenden Rosse Phylla und Harpinna. Oinomaos holte mit ihnen jeden Freier ein und durchbohrte ihn mit einer Lanze, während sein Lenker Myrtilos den königlichen Wagen Seite an Seite mit dem des Herausforderers hielt.«

Der Graukopf deutete auf die Figur des Jünglings. »Pelops, der Sohn des Tantalos, liebte Hippodameia und warb um sie, als schon dreizehn andere im Wagenrennen gegen den König ihr Leben gelassen hatten. Pelops aber ließ sich nicht abschrecken.«

»Warum nicht? Was machte ihn so siegesgewiß?«

»Pelops machte es wie der König selbst und bat um göttliche Hilfe, um die seines Schutzgottes Poseidon. Der sandte ihm einen goldenen Wagen, gezogen von geflügelten Pferden, die schneller sein sollten als ...«

Die Gedanken überschlugen sich in Jasons Kopf: *Poseidon! Geflügelte Pferde!* Wieder hörte er Amykos' letzte Worte, so deutlich, als stände der blonde Läufer und nicht Simias neben ihm: *Poseidon ... die Flügel ...* Und Jason sah die blutige Zeichnung auf dem Boden des Hohlwegs. Hatte der sterbende Freund gar nicht den Pegasos gemeint, sondern die Pferde des Pelops?

»Was ist?« fragte ein zweifelnder Simias. »Hörst du mir überhaupt noch zu, Jason?«

»Doch, doch!« Der Eläer nickte aufgeregt. »Pelops erhielt also die geflügelten Pferde des Poseidon.«

»Ja. Und er ließ sich auf das Wettrennen gegen Oinomaos ein.«

»War Pelops sich seines Sieges denn so sicher? Auch die Pferde des Königs waren schließlich göttlicher Herkunft. Wie konnte der Freier wissen, daß er nicht in den Tod fuhr?«

»Eine berechtigte Frage, die sich wohl auch Pelops stellte. Um sich abzusichern, verbündete er sich mit Myrtilos, des Königs Wagenlenker. Auch Myrtilos liebte die schöne Hippodameia und sollte eine Nacht mir ihr als Preis für seine Hilfe gegen Oinomaos erhalten. Er willigte ein und ersetzte vor dem Rennen heimlich die Radpflöcke am Wagen seines Herrn durch Wachs. Am Tag des Rennens sah es erst so aus, als würde Oinomaos den Vorsprung des Pelops aufholen, trotz der geflügelten Pferde. Aber dann lösten sich die Räder am Wagen des Königs. Er wurde aus dem Gefährt geschleudert und stürzte zu Tode.«

»Und Pelops gestattete es, daß Myrtilos eine Nacht mit Hippodameia verbrachte?«

»Nein, Pelops stürzte seinen Helfer von einem Felsen ins Meer. Als Sühne für seine Taten stiftete Pelops die Leichenspiele für den König, aus denen die Heiligen Spiele in Olympia hervorgingen.«

»Nicht gerade eine ehrenhafte Tradition, die sich auf Mord und Betrug gründet«, meinte Jason.

»Das ist nicht selten der Fall. Aber viele denken so wie du. Wenn sie wollen, können sie sich an eine der anderen Geschichten über den Ursprung der Spiele halten.«

»Wie viele gibt es denn?«

»Das weiß ich doch nicht. Ich kenne sonst nur die, nach denen Herakles oder gar Zeus selbst die Spiele begründet hat. Willst du sie auch noch hören?«

»Nein, jedenfalls nicht jetzt.« Die Geschichte von Pelops, Oinomaos und Hippodameia hatte Jason schon genug Stoff zum Nachdenken gegeben. Außerdem schienen die anderen Geschichten nichts mit geflügelten Pferden zu tun zu haben, die den Eläer so sehr interessierten. »Oder kommen geflügelte Rosse in den Erzählungen von Herakles und Zeus vor?« erkundigte er sich vorsichtshalber.

»Nein«, lachte Simias. »So viele gibt es nicht. Komm, ich zeige dir die anderen Seiten des Tempels!«

Er zog Jason mit sich, an der südlichen Längsseite des Zeustempels entlang bis zur Rückseite, wo es ebenfalls einen Giebelfries mit großen Figuren gab, die Simias dem Jüngeren erklären wollte. Das Gegenstück zum alles überragenden Zeus des Ostgiebels war hier Apollon, der den Lapithen gegen die Kentauren beistand. Die Szene erinnerte Jason an Bias' Haus der tausend Freuden, wo die Lust der Kentauren auf die Frauen der Lapithen allerdings viel deutlicher dargestellt gewesen war.

»Die Geschichte kenne ich«, wehrte der Eläer den umständlichen Erklärungsversuch des anderen ab.

Aber Simias, beschlagen in den alten Geschichten, war

offenbar richtig in Schwung gekommen. Er zog Jason kreuz und quer durch den heiligen Bezirk, wie es die Menschenmengen gerade erlaubten, um ihm hier einen Tempel, da einen Altar und dort eine Statue zu zeigen. Der Eläer nickte zu allem und äußerte allenfalls einsilbige Bemerkungen, während er über die Geschichte von Pelops und den geflügelten Pferden des Poseidon nachsann.

Daß Amykos dies gemeint hatte, schien ihm einleuchtender als der Pegasos. Denn letzterer stand offenbar in keiner Verbindung zu Olympia. Aber wenn es so war, warum hatte Xenophanes dem Eläer nicht von der Pelops-Sage erzählt? Der erfahrene Alipt mußte sie doch kennen! Jason wollte ihn danach fragen, aber vergeblich hielt er nach dem hageren Mann mit der Lederhand Ausschau.

Xenophanes und Myron trafen sich im Schatten eines kleinen Ölbaumhains an der westlichen Umfriedung der Altis. Absichtlich hatten sie sich vom Trubel der Opferungen, Beschwörungen und Besichtigungen abgesetzt. Die Eröffnung, die Nero Claudius Caesar den »Männern Griechenlands« gemacht hatte, war der Grund ihres dringenden Gespräches.

»Man könnte fast annehmen, Nero kenne unsere Pläne«, brummte der stattliche Mann mürrisch, während er nervös durch seinen Bart fuhr. »Jedenfalls ist dieses *großzügige Geschenk* geeignet, unser Vorhaben zu durchkreuzen!«

»Nein, Myron!« widersprach Xenophanes scharf. »Neros Erklärung ändert nichts. Es waren nur Worte.«

»Worte?« Myrons volltönende Stimme klang zweifelnd. »Nero befindet sich in einem wahren Hellasrausch, seit er diese *Künstlerreise*, wie er es nennt, angetreten hat. Ich zweifle nicht daran, daß sein Geschenk ehrlich gemeint ist. Und die meisten anderen Hellenen werden auch nicht daran zweifeln. Wie aber, Xenophanes, willst du jemanden befreien, der es schon ist?«

»Die Schlußfolgerung, die deine Frage enthält, ist nicht zulässig, weil das nicht stimmt, worauf sie gründet.«

»Aber Nero hat gerade die Provinz Achaia für frei erklärt!« beharrte der Theorodoke.

»Darin eben liegt der Fehler«, belehrte Xenophanes den etwa gleichaltrigen Mann in herablassendem Ton. »Solange es in der Macht Neros steht, die *Provinz Achaia* für frei zu erklären, solange kann er unser Land auch jederzeit wieder zur unfreien Provinz machen, ebenfalls durch eine einfache Erklärung. Können Männer wirklich frei sein, die ihre Freiheit nur der Gutwilligkeit eines anderen verdanken, einer Gutwilligkeit, die wohl nicht mehr als eine Laune ist? Oder verlangt wahre Freiheit nicht vielmehr, daß sie von innen kommt, von denen geschaffen wird, die sie für sich in Anspruch nehmen?«

»Da ist etwas dran«, sagte Myron bedächtig. »Unsere römischen Verbündeten werden dem sicher zustimmen, denn es entspricht ihren Interessen. Wie aber überzeugen wir unsere eigenen Leute, wenn sie Neros Geschenk für wichtiger nehmen als wir?«

»Wenn unter deinen Männern Zweifler sind, dann frage sie, ob sich ein wahrer Freund der Hellenen so verhält wie Caesar!«

»Was meinst du, Xenophanes?«

»Ist das Gelände von Olympia nicht während der Heiligen Spiele für jede verheiratete Frau mit Ausnahme der Priesterin der Göttin Demeter strengstens verboten?«

»Ja, so ist es.«

»Und doch läßt Nero sich gleich mit zwei ihm angetrauten Frauen zum Tempel des Zeus tragen, auch wenn nur eine davon eine richtige Frau ist.«

»Das ist ein schweres Vergehen«, stimmte Myron zu.

»Und ist nicht während der Heiligen Spiele das Tragen

von Waffen im Land der Elier untersagt, deren eigene Soldaten ausgenommen?«

»Auch das ist wahr.«

»Und Nero läßt gleich eine ganze Armee hier aufmarschieren!«

»Aber er ist der Caesar!«

»Ich dachte, er kommt als Agonist zu den Wettkämpfen, als Gleicher unter Gleichen«, meinte Xenophanes höhnisch. »Übrigens, was dies betrifft, so sollte jeder Zweifler an unserer Sache Nero in den nächsten Tagen genau beobachten. Ich jedenfalls bin gespannt, wie er seine Ölbaumzweige erringt. Denn *daß* er sie erringt, daran zweifle ich nicht!«

»Du sprichst von Betrug?«

Hohn und Spott im grauen Gesicht des Alipten verstärkten sich noch. »Denke über die Rede des Caesars nach, Myron! Hat er nicht selbst unsere Dankbarkeit im Gegenzug für die Freiheit von Hellas eingefordert? Wie lange, glaubst du, währt diese geliehene Freiheit, wenn Nero nichts von unserer Dankbarkeit spürt?«

»Es stimmt, Xenophanes, du hast recht«, antwortete der Theorodoke nach kurzem Nachdenken. »Nichts hat sich geändert. Wir werden Nero die Dankbarkeit der Hellenen zeigen – auf unsere Weise!« Sein Gesicht verschloß sich finster.

»Gut so, mein Freund«, sagte Xenophanes zufrieden und legte die gesunde Hand auf die Schulter des anderen. »Wir müssen zusammenhalten, um gegen den mächtigen Nero Caesar zu bestehen!«

20
Die Sehnsucht und der Tod

> Wenn man einander nicht sehen,
> seine Gedanken nicht austauschen
> und nicht zusammen sein kann,
> stirbt das Gefühl der Liebe.
>
> *Epikur*

An den nächsten beiden Tagen bekam Jason weniger von den Heiligen Spielen mit, als er es sich gewünscht hätte. Da sein erster Einsatz als Agonist erst am Nachmittag des dritten Tages beim Fünfkampf erfolgen sollte, bestand Xenophanes darauf, daß er die ersten Tage so verbrachte wie die Zeit auf Myrons Anwesen: mit harten Übungen. Tagsüber sah er kaum etwas anderes als den großen Gebäudekomplex zwischen der westlichen Umfriedung der Altis und dem Ufer des Kladeos. Dort standen die Gästehäuser für die Agonisten, Thermen sowie die Plätze für die Übungen: die Palaistra und das große Gymnasion mit der überdachten Laufbahn.

Der erste Tag der Heiligen Spiele gehörte den Agonen der Bläser und Herolde sowie den auf Neros Wunsch eigens eingeführten Agonen der Tragöden und Kitharöden, in denen er selbst antrat. Abends hörte Jason von den Auftritten des Caesars, die im neuen Theater stattfanden, für das eine Menge Baumaterial aus Myrons Steinbruch zum Südwesthang des Kronoshügels geschafft worden war.

Die Darbietungen des Herrschers waren eine Sensation und lockten mehr Menschen an, als auf den Tribünen Platz fanden, die sich in einem großen Halbkreis an die Erhebung schmiegten. Die zu spät Gekommenen standen und hockten rings um das Theater auf der Anhöhe, um dem leidenschaftlichen Gesang des seine goldene Kithara zupfenden Herrschers oder seinen in wechselnden Masken vorgetragenen Tragödienversen zu lauschen. Wenn er die Rolle einer Frau spielte, trug seine Maske die Züge der verstorbenen Poppaea Sabina, die auch die Züge des geschlechtsumgewandelten Sporus waren. Obwohl Neros Stimme den Anstrengungen des langen und lauten Vortrags nicht gewachsen war, wurde er als bester Kitharöde und als bester Tragöde jeweils mit dem Ölbaumzweig ausgezeichnet.

»Nur die Griechen haben ein feines Ohr für Musik und sind allein würdig, sich an meiner Kunst zu laben«, leitete der beglückte Kaiser die Verkündung seines Sieges ein, die von den Hellanodiken mit einem weiteren Ölbaumzweig belohnt wurde, mit dem sie einen vor Glück den Tränen nahen Nero zum besten Herold kürten.

Erst spät am Abend, als Neros Stimme und die der anderen Agonisten längst verklungen waren, betrat Jason die noch immer belebte Altis. Es zog ihn zum Zeustempel, vor dessen Eingang er lange stand und hinauf zu den Figuren am Giebel starrte, besonders zu den geflügelten Pferden. Doch sosehr er auch überlegte, ob dies die Flügel des Poseidon waren, von denen Amykos im Todeskampf gesprochen hatte, er kam zu keiner Erkenntnis.

Rastlos durchstreifte Jason die Altis und das umliegende Gelände. Wann immer der junge Eläer einen Mann erblickte, der ihm nach Alter und Rang geeignet erschien, etwas über den Athleten Aelian zu wissen, fragte er nach seinem Vater, ohne ihre verwandtschaftliche Beziehung zu enthüllen. Die Antwort war stets gleich und wurde oft nur mit einem Kopfschütteln ausgedrückt.

Der zweite Tag der Spiele gehörte den Wettkämpfen der Jugendlichen im Stadionlauf, Ringen, Faustkampf und Pankration. Jason sah diese Agone nicht. Xenophanes schickte ihn und die anderen Läufer vormittags über die kürzeren Distanzen und nachmittags über die Strecke des für den sechsten und letzten Wettkampftag angesetzten Marathonlaufs.

Auf der Länge von etwas mehr als fünfeinhalb Meilen führte der Weg um das Gelände von Olympia und um den Kronoshügel herum und war von den Teilnehmern insgesamt fünfmal zu bewältigen. Erst lag Jason mit Simias vorn, der aber in der dritten Runde davonzog. Kurz darauf wurde Jason von Gerenos überholt. Dann kam auch noch der anfangs so lahme Kleomenes mit einer angesichts der bereits zurückgelegten Entfernung erstaunlichen Leichtfüßigkeit herangeeilt, so voll frischer Kraft, daß alle anderen Läufer ihn bald nur noch von hinten sahen.

Xenophanes war von doppelter Freude erfüllt, einmal über Kleomenes' gutes Ergebnis, zum anderen über den Ölbaumzweig, den ein jugendlicher Ringer aus Paros erstritten hatte. Der erste Sieg für die Insel!

Jason nutzte die gute Stimmung des Alipten, um ihn nach dem Wagenrennen zwischen Pelops und Oinomaos zu fragen. »Weshalb hast du mir nicht gesagt, daß auch die geflügelten Pferde des Pelops von Poseidon stammen?«

»Daran habe ich gar nicht gedacht, schließlich hat Amykos nur *ein* geflügeltes Pferd in den Sand gemalt«, brummte der hagere Mann und maß Jason mit argwöhnischem Blick. »Glaubst du etwa noch immer, Amykos sei ermordet worden? Brütest du die ganze Zeit darüber nach?«

»Ja, Alipt. Als ich vorgestern die Figuren am Giebel des Zeustempels sah, konnte ich nicht anders. Alles stand wieder so frisch vor mir.«

»Kein Wunder, daß du heute so schlecht gelaufen bist. Ich habe dir doch gesagt, du sollst dich einzig und allein auf die Wettkämpfe konzentrieren!« Seine gesunde Linke hob den gegabelten Stock wie zum Schlag, und Xenophanes sah aus wie ein Vater, der den ungehorsamen Sohn bestrafen will. Aber er besann sich, senkte langsam die Hand und murmelte: »Du mußt es wissen, Jason. Wenn du dir nicht mehr Mühe gibst, wirst du keinen einzigen Ölbaumkranz dein eigen nennen!«

Dieser Satz traf schärfer als jeder kräftige Schlag mit der Stockgabel. Wenn Jason bei den Agonen versagte, würde der Rat von Paros ihm die Belohnung versagen und damit – ohne es zu ahnen – das Leben an der Seite Melissas!

Darüber brütete Jason noch nach, als er sich in den wohltuenden Wässern der Kladeosthermen von den Anstrengungen des Tages erholte. Er aalte sich mit Simias, Gerenos und Megillos in einem Warmwasserbecken, als eine dünne Stimme seinen Namen rief: »Jason von Eläos?«

»Hier bin ich«, antwortete der Eläer.

Ein halbwüchsiger Junge mit ungewöhnlich ausgeprägtem Nacken, mehr noch als der Neros, trat an den Rand des Beckens und fragte: »Wer von euch ist Jason von Eläos?«

»Ich.« Jason wischte das Wasser aus seinen Augen, legte die nackten Arme über den Beckenrand auf die warmen Platten des beheizten Fußbodens und schaute zu dem Jungen auf. »Und wer bist du?«

»Ich heiße Appian und arbeite als Wasserträger in der Zeltstadt am Kronoshügel, Herr.«

»Schön, Appian. Was aber willst du von mir.« Jason wies auf das Becken, in dem er stand. »Hier gibt es genügend Wasser.«

Simias, Gerenos und Megillos lachten lauthals über den Scherz.

»Ich will dir kein Wasser bringen, Herr. Ich soll dich zu einer Unterredung bitten. Ein Schauspieler aus der Zeltstadt möchte dich sprechen.«

»Ich kenne niemanden dort, schon gar keinen Schauspieler. Wie heißt er?«

»Er nannte mir nicht seinen Namen. Er gab mir nur

einen Sesterz und den Auftrag, dich zu ihm zu führen.« Der Junge fummelte an seinem speckigen Chiton herum und streckte eine schwielige Hand aus, in der eine Messingmünze mit dem Bildnis Neros lag. »Wenn ich dich zu ihm bringe, bekomme ich noch eine Münze, sagte er.«

»Weshalb will er mich sprechen?«

»Das hat er mir nicht gesagt.«

Jason schlug ungeduldig mit der flachen Rechten auf die warme Steinplatte, an der er sich mit der anderen Hand festhielt. »Wie sieht der Mann aus, weißt du das wenigstens?«

»Nein«, lautete die überraschende Antwort.

»Nein? Aber du hast ihn doch gesprochen, wenn ich dich recht verstehe. Und dabei hast du ihn nicht gesehen?«

»Doch, Herr. Aber er trug eine Maske, wie sie bei Aufführungen üblich ist, als er mich heranwinkte und mir den Auftrag erteilte.«

»Eine seltsame Geschichte«, murmelte der Eläer.

Plötzlich strahlte der Wasserträger. »Da fällt mir noch was ein. Falls du zweifelst, soll ich dir ausrichten, daß die Biene nicht bis zum Winter Zeit hat.«

»Die Biene?« kicherte Gerenos und breitete die Arme zu Flugbewegungen aus. »Was denn für eine Biene? Hatte der Mann etwa nicht nur eine Maske, sondern auch Flügel?«

»Genau das hat er gesagt, und Flügel hatte er auch nicht«, antwortete Appian vollkommen ernsthaft.

»Was soll das mit dieser Biene bloß bedeuten?« fragte Gerenos.

Für Jason aber war es keine Frage mehr: *Die Biene – Melissa!*

Der Schauspieler, wer immer er auch war, mußte eine Nachricht von der Geliebten für ihn haben. Das war der Grund für die Geheimniskrämerei.

Der Eläer stemmte sich hoch und stieg aus dem Becken.

»Ich werde mir diesen Schauspieler einfach ansehen, das ist wohl am einfachsten.«

»Warte!« rief Simias. »Ich begleite dich, Jason. Diese Geschichte gefällt mir nicht!«

»Nicht nötig.« Der Eläer winkte hastig ab. »Ich komme schon klar.« Er trocknete sich mit einem der bereitliegenden weißen Tücher ab, streifte den kurzen Chiton über und stieg in die Sandalen, an die er sich in letzter Zeit gewöhnt hatte.

Kaum hatte er mit Appian das Badehaus verlassen, da hatte es auf einmal der rotschöpfige Megillos sehr eilig, das Bad ebenfalls zu beenden. Er verließ die Thermen und lief nach Norden, wo das Prytaneion lag. Dort war die eigens für die Heiligen Spiele zusammengezogene Wachtruppe stationiert. Um Nero Caesar zu schützen, hatte die Stadt Elis einen Teil der Stadtwachen nach Olympia abkommandiert, wo sonst nur die peitschenbewehrten Mastigophoren für Ordnung sorgten.

Als Jason in Appians Begleitung aus dem Badehaus trat, hatte die Sonne ihre Tagesbahn fast beendet. Das allmählich verlöschende Licht warf lange Schatten über das Tal des Alpheios. Es sah unwirklich aus. Auf einmal zweifelte Jason doch, ob es richtig gewesen war, Simias' Begleitung abzulehnen. Schon einmal war er durch ein ominöses Treffen in eine schlimme Falle geraten, als er am Hafen von Elis statt Zopyra die Schläger des Bias' traf.

Appian führte den Eläer am Rande der Altis entlang, vorbei an der Palaistra und dem Gymnasion zur Linken sowie dem Prytaneion und den nördlichen Thermen zur Rechten, zu der großen Zeltstadt am Fuß des Kronoshügels. Eigentlich war es nur ein Teil der riesigen Zeltstadt, deren leuchtende Stoffbahnen das ganze Tal schmückten. Die Aufstellung der Zelte folgte keinen festen Regeln.

Jeder hatte sich seinen Platz da gesucht, wo er ihn gerade fand. Viele Menschen hatten ganz auf ein Dach über dem Kopf verzichtet. Es war die wärmste Zeit des Jahres, und die tagsüber drückende, atemabschnürende Luft wurde in der Nacht recht angenehm. Manch einer genoß sie, während er unter freiem Himmel lag und die Sterne beobachtete.

Noch aber war die Luft zu heiß zum Genießen. Sie brannte auf der Haut und in den Lungen, dörrte die Kehle aus. Das merkte auch Jason auf seinem schweigsamen Marsch, der immer weiter nach Norden führte, das Gymnasion zurückließ und schließlich die hinteren Ausläufer der Zeltstadt erreichte, wo das Gelände nicht mehr sanft, sondern plötzlich steil anstieg.

Jason blieb stehen. »Was soll das bedeuten, Appian? Du hast gesagt, der Schauspieler erwartet mich in der Zeltstadt am Kronoshügel. Hier sind die letzten Zelte. Wo aber steckt dieser Schauspieler?«

»Dort!« Appians Rechte und sein ausgestreckter Arm bildeten eine Linie, die zu einem hellen Fleck in der Phalanx der Aleppokiefern wies, einer leuchtenden Oase inmitten des unendlichen Grüns. Es war ein kleiner Hain aus Orangen. »Der Schauspieler sagte, er erwartet dich im Orangenhain.«

»Warum hast du mir das nicht vorher gesagt?« Jason musterte den Jungen mit aufmerksamem Blick.

»Ich ... ich hielt es nicht für wichtig.« Appian schien leicht verwirrt, aber nicht von einem schlechten Gewissen geplagt.

»Na schön«, knurrte Jason. »Geh voran, Appian. Führe mich zu diesem Schauspieler!«

Der Wasserträger ging weiter, der Athlet hintendrein. Sorgsam musterte Jason das vorausliegende Gelände, konnte aber nichts Verdächtiges entdecken. Wenn es ein Hinterhalt war, dann war er gut vorbereitet.

»Hier bin ich.«

Die Stimme klang dumpf und kam von links. Jason fuhr herum. Eine schlanke Gestalt stand dort, trotz der Hitze mit einem langen Chiton und einer darüber gelegten Chlamys bekleidet, auf die das lange Haar nach Künstlerart in Locken herunterfiel. Vor dem Gesicht prangte die von Appian beschriebene Maske mit traurigem Gesichtsausdruck. Dicke haselnußgroße Tränen rollten ihr von den Wangen.

»Da ist der Athlet«, verkündete Appian überflüssigerweise. »Bekomme ich jetzt den zweiten Sesterz?«

Die maskierte Gestalt nickte nur, und eine schmale Hand hielt die Münze zwischen schlanken Fingern. Zögernd trat Appian näher und nahm die Bezahlung in Empfang. Abwartend stand er da, sein Kopf pendelte von seinem Auftraggeber zu Jason und zurück.

»Du kannst gehen«, sagte die dumpfe Stimme hinter der Maske. »Aber schweige hierüber, wie ich es dir befahl!«

Appian schluckte, nickte und verschwand zwischen den Orangenbäumen. Offenbar flößte die maskierte Gestalt ihm Angst ein.

Jason hatte sich noch nicht bewegt, war es dafür innerlich um so mehr. Die Gestalt vor ihm, die hellen Locken, die schmalen Hände und dann die Stimme, trotz der Dämpfung durch die Maske. Er hätte schwören können …

Die Gestalt trat näher. Die Hände fuhren zum Kopf, nahmen die Maske ab – und Melissa stand vor Jason. Einen Augenblick nur, dann lagen sie sich in den Armen.

Lange hatten sie ohne Worte, nur durch Berührungen und Blicke miteinander gesprochen, als Melissa sagte: »Ich konnte nicht länger ohne dich sein, Jason. Da bin ich fort, auf einem von Tranions schnellsten Pferden.«

»Hast du meine Antwort auf deinen Brief nicht erhalten?«

»Doch. Aber ich konnte nicht mehr warten. Ich wußte nicht, wann du kommst. Und ich wollte nicht, daß es zu lange dauert – zu lange für unsere Gefühle.«

»Hältst du sie für so schwach?«

»Nein ... aber ...« Melissa schüttelte den Kopf. »Ich weiß nicht, wie ich es ausdrücken soll.« Sie legte eine Hand auf ihre Brust. »Ich hatte Angst. Angst, daß du mich vergessen könntest. Liebe entsteht durch die Nähe des anderen, durch seine Worte und seine Gedanken.«

»Ich liebte dich vom ersten Augenblick an, ohne deine Worte und deine Gedanken zu kennen. Ich kannte sie nicht und wußte doch, daß es auch meine waren.«

»Es war nicht nur die Angst. Da ist noch ein Gefühl, ebenso stark, vielleicht stärker noch.« Sie blickte zu Boden. »Ich hatte solche Sehnsucht – ich verlange nach dir, Jason!«

Seine Hände ergriffen ihre, hielten sie fest. »Wir werden von hier fortgehen, sofort. Du weißt, daß verheirateten Frauen der Aufenthalt in Olympia während der Heiligen Spiele verboten ist.«

Melissa nickte. »Aber ich kann noch nicht gehen, nicht sofort. Ich muß erst mit meinem Vater sprechen und ihm alles erklären.«

»Unmöglich! Es ist zu gefährlich für dich!«

»Man sieht mir nicht an, daß ich verheiratet bin – hoffe ich. Und dann habe ich noch das.« Sie hielt die Maske hoch. »Ich kaufte sie am Rand der Zeltstadt einem Schauspieler ab.«

»Sehr interessant«, rief eine fremde Stimme.

Sieben Bewaffnete brachen aus dem Unterholz und kreisten die Liebenden ein. Sechs Speerspitzen richteten sich auf Jason und Melissa. Der siebte Mann, der eben gesprochen hatte, trug nur ein Schwert, und der rote Federkamm auf dem goldbezogenen Helm wies ihn als Lochagen aus.

»So sehen wir uns also wieder, Jason von Eläos.« Das

breite, vollbärtige Gesicht des Kallikles grinste den Athleten ohne Wohlwollen an und wandte sich dann der jungen Frau zu. »Und dich kenne ich auch, du bist die Tochter des Edlen Myron, die vor kurzem erst einen Kaufmann aus Kyllene geheiratet hat!«

Jason starrte den Lochagen entgeistert an. »Was tust du in Olympia?«

»Sonderdienst zur Aufrechterhaltung der Ordnung und zum Schutz des Caesars. Scheint mir auch bitter nötig zu sein.« Kallikles' Blick wanderte von Jason zu Melissa. »Eine verheiratete Frau während der Heiligen Spiele! Wißt ihr nicht, was mit so einer geschieht?« Die Zunge des Lochagen leckte über seine spröden Lippen. »Die Priester steigen mit ihr auf den Felsen Typaion und stoßen sie von dort in den Abgrund. Ein sicherer Tod!«

Das zu verkünden, bereitete Kallikles offenbar große Freude. Aber Jason wurde das Gefühl nicht los, daß es dem Lochagen dabei weniger um Melissa ging als um ihn. Vom ersten Augenblick an hatte der Offizier den Schweinehirten nicht gemocht, auch wenn der Grund für Jason ein Rätsel war.

Jason und Melissa mußten aufstehen und wurden aus dem Orangenhain geführt. Dabei stießen sie auf einen rotschöpfigen Jüngling, der mit scheuem Blick unter einer großen Kiefer stand.

»Megillos!« stieß Jason überrascht hervor und blieb stehen. »Du hier?« Dann dämmerte es ihm. »Hast du uns verraten?«

»Wir geben viel Geld aus, um den Caesar zu schützen«, antwortete Kallikles anstelle des Läufers. »In jeder olympischen Gesandtschaft gibt es Männer, die von uns bezahlt werden, damit sie uns alles Auffällige berichten. Weiter jetzt!«

»Wohin?« fragte Jason, als er eine harte Speerspitze in seinem Rücken spürte.

»Zu den Priestern Olympias.« Die Klinge des Lochagen spielte mit Melissas Chlamys. »Sie werden der Hübschen hier die Sehnsucht schon austreiben!«

21
Der Haß und der Tod

Ein Wahrzeichen nur gilt: sich zu wehren für das Vaterland.
Homer

Als die Sonne längst hinter den Hügeln versunken war, schlich eine untersetzte Gestalt zu den kaiserlichen Stallungen in der Nähe des Hippodronis. Der junge Hellene, der einen dunklen Chiton trug und dem eine mittelgroße Ledertasche von der Schulter hing, nutzte geschickt jeden der zahlreichen Schatten, um sich dem neuen Gebäude aus strahlend weißem Marmor zu nähern.

Für den Caesar nur das Beste! dachte er verächtlich. *Sogar für seine Pferde!*

Der einsame Prätorianer, der vor dem breiten Tor stand und sich mehr auf sein Pilum stützte, als daß er es hielt, gähnte herzhaft und sah mißmutig über die Dächer der Stallungen nach Westen, wo die Sonne vor fast einer Stunde untergegangen war. Vermutlich schätzte er die Zeit bis zu seiner Ablösung. Er schulterte den Speer, rückte den Schild zurecht und begann seine nächste Runde um den Stallkomplex.

Als der Soldat um die Ecke verschwunden war, sprang der untersetzte Jüngling auf und huschte zu dem großen Tor. Es bestand aus zwei Flügeln, und beide waren fest verschlossen.

Der junge Mann öffnete die Ledertasche und zog einen großen Bronzeschlüssel heraus, der an einem Ende in einem Ring und am anderen in vier Zinken auslief. An dem Doppelflügeltor befand sich in Kopfhöhe eine Bronzeplatte mit einer Öffnung. Der Hellene führte das Schlüsselende mit den Zinken dort ein und atmete hörbar auf, als der Schlüssel einrastete. Die Männer, die den Schlüssel durch Bestechung besorgt hatten, hatten ganze Arbeit geleistet.

Er steckte einen Finger durch den Ring und zog dann heftig an dem Schlüssel. Ein metallisches Klicken verriet, daß der Riegel auf der anderen Seite des Tores aufsprang. Der Hellene lächelte, zog den Schlüssel aus dem Schloß und öffnete einen der beiden Flügel gerade soweit, daß er sich in den Stall zwängen konnte. Dort schloß er das Tor wieder, und tiefe Dunkelheit umhüllte ihn. Er steckte den Schlüssel zurück in die Tasche und überlegte, ob er das Tor wieder verriegeln sollte. Er entschied sich dagegen. Optisch war von außen kein Unterschied zu bemerken, und er wollte jedes unnötige Geräusch vermeiden.

Ein paar Pferde wieherten, als sie den Eindringling witterten, beruhigten sich aber schnell wieder. Vielleicht lag es daran, daß der Mann viel mit Pferden zu tun hatte und ihren strengen Geruch nie ganz los wurde. Menschen mochte er durch sein teures ägyptisches Lotosparfüm täuschen, die feinen Nasen der Tiere nicht.

Der Eindringling zog eine Öllampe aus der Ledertasche und dann einen kleinen Tonkasten, dessen perforierten Deckel er vorsichtig öffnete. Das Kästchen enthielt glimmenden Efeu. Mit sanftem Blasen entfachte er die Glut und entzündete mit ihrer Hilfe die Lampe.

Er hielt sie hoch und blickte sich um. Rechts standen die Pferde, die angesichts des unerwarteten Lichts und des Feuergeruchs erneut zu wiehern begannen. Links die Wagen für die morgigen Rennen. Er wandte sich nach links, ging an den Fahrzeugen entlang und blieb vor dem größten, prachtvollsten stehen. Gold und Edelsteine überall an der Karosserie, so fein und winzig, daß sie nicht zu unverhältnismäßigem Gewicht führten, stachen funkelnd in die Augen des Betrachters. Das mußte der Wagen sein!

Der Mann ging neben ihm in die Knie, stellte die Tasche ab, packte sein Werkzeug aus und begann mit der Arbeit, das Bild des feisten Nero vor Augen, wie er es wagte, den »Männern Griechenlands« die Freiheit zu schenken.

Endlich hatte er den ersten Radpflock gelockert und zog ihn mit der Zange heraus. Er nahm eines der dunklen Wachsstücke aus der Tasche und hielt es über die Ölflamme, bis es weich und formbar war. Daraus wurde ein neuer Radpflock, den er mit dem Hammer festklopfte. Das gehärtete Wachs würde das Rad halten, für kurze Zeit jedenfalls. Dann würde es soweit erhitzt sein, daß es nachgab …

Turpilius ging immer schneller, je länger die Runde um die Stallungen dauerte. Es mußte bald an der Zeit für seine Verabredung sein. Und die wollte er sich auf keinen Fall entgehen lassen. Eine solche Versüßung des sonst so öden nächtlichen Wachdienstes!

Er hatte die Frau am Nachmittag kennengelernt, als er während der wenigen dienstfreien Stunden durch die Zeltstadt am Kronoshügel streifte. Sie war die Begleiterin eines Korinthers, der als Schwert- und Feuerschlucker auftrat. Und sie gefiel Turpilius sofort. Er ihr auch, wie er bei seinem Annäherungsversuch feststellte. Leider mußte er zurück zum Dienst. Da kam ihm die Idee, sich die eintönige Wachzeit vor Caesars Wagen und Pferden durch ein kleines Abenteuer zu verkürzen.

Als er die Vorderseite des großen Stalls erreichte, war er enttäuscht. Weit und breit nichts von ihr zu sehen. Schade, es wäre zu schön gewesen. Mit einem Seufzer schlenderte er zu dem großen Tor, lehnte den Schild gegen die Wand und stützte sich auf den Speer. Er seufzte erneut – noch vier Stunden Wachdienst!

Da nahm er eine Bewegung war. Ein Schatten, der sich aus den anderen löste und zu einer Gestalt wurde, die auf den Stall zuging. Eine kleine Gestalt mit einem ovalen

Gesicht, das von braunen Locken umrahmt wurde. Sie war doch noch gekommen!

»Wie geht es dir, Soldat?« fragte die Korintherin mit breitem Lächeln. Sie stand so dicht vor ihm, daß er ihren Duft einatmete, süß und schwer.

»Sehr gut, jetzt, wo du da bist.« Turpilius musterte sie mit Wohlgefallen. Unter dem einfachen Gewand zeichneten sich pralle weibliche Formen ab, ganz wie er es mochte. »Wie heißt du eigentlich?«

»Hedeia.«

Der Römer wiederholte den ihm fremden griechischen Namen und sagte: »Das klingt gut. Was bedeutet es?«

»Angenehm.«

»Hedeia – die Angenehme!« Er lächelte, lehnte den Speer neben den Schild und legte eine Hand auf ihre Brust. »Es stimmt, du fühlst dich wirklich sehr angenehm an.«

Sie traf keine Anstalten, ihn zurückzuweisen, sondern fragte: »Und wie lautet dein Name, Römer?«

»Man nennt mich Turpilius.«

»Und was heißt das?«

»Der Wüste!« Er grinste über das ganze Gesicht und knetete jetzt mit beiden Händen ihre großen Brüste.

Unter dem Druck verlor die Frau das Gleichgewicht. Sie stolperte rückwärts, bis sie die Stallwand im Rücken spürte. Der Prätorianer hielt sich an ihr fest und preßte seinen schweren Körper gegen ihren.

Hedeia spürte seine wachsende Erregung, die gegen ihren Unterleib drückte. Sie führte eine Hand dorthin, betastete das versteifte Glied und flüsterte: »Das ist aber eine mächtige Waffe, Soldat!«

»Sie schlägt auch tiefe Wunden!« Seine Hände wanderten an ihrem Leib hinunter, umfaßten ihr ausgeprägtes Gesäß und preßten ihren Unterleib noch enger an seinen. »Am liebsten würde ich dich auf der Stelle nehmen, im Stehen!«

»Was hindert dich?«

Der Römer blickte sich um. »Jemand könnte uns sehen.

»Und was jetzt?«

»Nero Caesar hat sich einen großen Stall für seine Pferde und Wagen bauen lassen. Da ist auch genügend Platz für uns.« Er fischte einen länglichen Gegenstand von seinem Gürtel. »Als Wächter habe ich nämlich einen Schlüssel.«

Turpilius löste sich von der Frau und ging zum Tor. Aber noch bevor er das Bartende des Schlüssels in die dafür vorgesehene Öffnung einführen konnte, schwang der eine Flügel durch den Druck seiner Hand einen Spalt auf. Der Römer erstarrte.

»Das Tor ist doch offen«, wunderte sich die Frau. »Wieso ...«

Der Prätorianer brachte sie durch eine hastige Handbewegung zum Schweigen und flüsterte: »Still, keinen Laut! Da stimmt was nicht. Warte hier auf mich!«

Er zog den Flügel noch ein Stück weiter auf und trat in die Dunkelheit. Als er ein hämmerndes Geräusch hörte und von links einen Lichtschimmer bemerkte, zog er das Schwert aus der Scheide an seiner rechten Hüfte.

Turpilius schlich an den Wagen entlang auf den Lichtschimmer zu. Die verfluchte Dunkelheit! Er stieß mit der linken Schulter gegen einen Pfeiler, und sein Panzer klirrte. Das Hämmern hörte auf. Wer immer da hinten war, hatte er den Prätorianer bemerkt?

Der Soldat duckte sich und lief schneller. Vor ihm tauchte eine Gestalt auf, beschienen von einer kleinen Flamme. Ein untersetzter Jüngling sprang vom Boden auf und schleuderte dem Römer einen Hammer entgegen. Der Prätorianer sah das Wurfgeschoß in dem schlechten Licht zu spät, und es traf ihn mit einem harten Schlag an der Stirn. Er sackte aufstöhnend in die Knie, ließ das Schwert fallen und preßte beide Hände gegen die Stirn. Blut sickerte zwischen seinen Fingern hervor.

Der Hammerwerfer stürzte auf sein Opfer zu und hieb mit einer Brechstange nach ihm. Es war ein junger Grieche mit aufgeworfenen Lippen und schmalen Augen.

Turpilius warf sich zur Seite und riß den rechten Fuß hoch, mitten zwischen die Beine des Angreifers. Der Grieche stöhnte laut und strauchelte. Seine Eisenstange schrammte am Goldbesatz des großen Rennwagens entlang. Ein paar der kleinen Edelsteine sprangen ab; die matten Fünkchen versanken im Schmutz. Ein zweiter Tritt gegen ein Schienbein des Griechen, und der Jüngling stürzte auf den Boden.

Als der Gestrauchelte keuchend auf die Knie kam, blitzte die Klinge des Römers vor seinen Augen auf. Turpilius hatte sein Schwert aufgehoben, unterdrückte den Schmerz in seinem Kopf und schwang die Waffe. Hart traf die flache Klinge die Stirn des Hellenen und schleuderte seinen Kopf zurück, gegen die Karosserie des Rennwagens. Sofort brachte Turpilius einen weiteren Hieb mit der flachen Klinge an, der den Eindringling endgültig außer Gefecht setzte.

Turpilius hielt sich mit einer Hand an dem Wagen fest – dem Wagen des Caesars, den Nero selbst im Hippodrom lenken wollte. Als seine Augen über das Werkzeug streiften, begriff der Prätorianer, was der bewußtlose Grieche hier gewollt hatte.

Dem Römer dämmerte, was für ein Glückspilz er doch war. Ohne seine Verabredung mit der Schaustellerin hätte er den Eindringling vielleicht gar nicht bemerkt! Jetzt aber hatte er Nero das Leben gerettet! Die Belohnung, die ihn dafür erwarten würde, war allemal einen Brummschädel und ein verpatztes Stelldichein wert.

Er blickte abschätzig auf den Bewußtlosen und murmelte: »Vielen Dank, Griechlein.«

»Warum hast du mir das angetan?« brüllte Myron mit bebender Stimme und bebendem Körper.

Wie ein von der Sehne gelassener Pfeil schnellte seine Rechte vor, traf Melissa im Gesicht und warf sie zu Boden. Jason wollte vorspringen und Myron zurückhalten, aber die auf ihn gerichteten Speere der Wachen hinderten ihn. Doch auch so schlug der Theorodoke nicht mehr zu. Der Zorn hatte sich entladen und verschwand aus seinen Zügen, in die Traurigkeit und Furcht traten.

Sie befanden sich in einem Raum des Theokoleons, das Wohnung und Amtssitz der drei obersten Priester von Olympia war. Diese drei ehrwürdigen Männer mit Namen Melesias, Adeimantos und Sosandros saßen auf thronartigen Sitzen hinter einem großen Tisch, blickten ernst drein und tauschten sich immer wieder im Flüsterton aus.

Kallikles hatte die Ertappten und den Verräter hergebracht und seinen Bericht erstattet. Die Oberpriester des Zeusheiligtums hatten schon einigermaßen entsetzt ausgesehen, als sie von der frevelhaften Anwesenheit einer verheirateten Frau erfuhren, noch entsetzter freilich bei der Mitteilung, daß sie die Tochter des angesehenen Theorodoken Myron war. Eilig hatten sie nach ihm geschickt.

Melissa kauerte auf allen vieren, hob den Kopf und sah den Vater unsicher an, nicht ängstlich, sondern verwirrt über sein Verhalten. Blut rann aus einem Mundwinkel und tropfte auf den Boden. Jason konnte ihre Schmerzen nachfühlen, kannte er doch Myrons gewaltige Kraft von jenem Zusammenstoß, bei dem er den Vater der Geliebten fast erwürgt hätte.

»Warum hast du mir das angetan?« fragte Myron seine Tochter noch einmal. »Habe ich dir nicht alles gegeben, was du wolltest? Größere Freiheit als du hat keine Tochter aus gutem Haus in ganz Elis genossen.« Er schüttelte verzagt den bärtigen Kopf. »Vielleicht war gerade das mein Fehler. Ich hätte strenger sein müssen.«

»Auch ich habe aus Liebe gehandelt«, flüsterte Melissa und blickte zu Jason auf.

»Aber du bist die Frau eines anderen! Du hast Schande über dich, über Lysikles und auch über mich gebracht, als du deinem Mann fortliefst, um zu ... zu diesem hier zu gehen!« Mit ausgestrecktem Finger und zitternder Hand zeigte Myron auf den Eläer.

»Die größte Schande hat deine Tochter über uns und über den mächtigen Zeus gebracht, Myron«, sagte der Priester Melesias und warf einen finsteren Blick zu der rechts von ihm stehenden Statue eines überlebensgroßen Zeus, in der Linken das Herrscherzepter, in der Rechten den todbringenden Blitz. »Du weißt, daß dieser Frevel nur durch das größte aller Opfer getilgt werden kann: den Tod der Frevlerin!«

»Nein!« schrie Jason und sprang vor. Ein Speerschaft traf ihn hart am Hinterkopf und schleuderte ihn zu Boden.

Myron bückte sich, als wolle er dem Eläer aufhelfen, dann aber straffte der Theorodoke seinen Körper rasch wieder und sagte zu den Priestern: »Trefft kein vorschnelles Urteil, ihr hohen Priester des mächtigen Zeus! Hört erst an, was ich euch zu sagen habe. Aber nicht so viele Ohren sollten es hören. Kann ich zu euch allein sprechen?«

Melesias beriet sich kurz mit den beiden anderen Priestern und verkündete: »Dein Wunsch wird angesichts deines Standes und deines Ansehens erfüllt, Edler Myron.« Er sah Kallikles an. »Lochage, sorge dafür, daß die Frevlerin unter Bewachung in einen anderen Raum gebracht wird. Die beiden Agonisten können gehen.«

»Sie können gehen?« wiederholte Kallikles ungläubig und zeigte auf Jason. »Soll dieser Frevler ohne Strafe ausgehen?«

»Wofür sollte er bestraft werden?«

»Dafür, daß es sich mit der Frau eines anderen – *mit einer verheirateten Frau* – im Heiligtum des Zeus getroffen hat!«

Haß sprach aus seinen Worten und seinen Augen, für Jason unerklärlich. Der Lochage schien dem Eläer aus einem Grund, den wohl nur der Offizier selbst kannte, den Tod zu wünschen.

»Nicht dieser junge Agonist hat den Frevel begangen, sondern die Frau«, beschied ihm Melesias trocken. »Der Mann ist frei!«

Widerwillig führte Kallikles Jason und Megillos hinaus, während ein paar der Wachen Melissa wegbrachten. Als Jason ihr nachblicken wollte, stieß Kallikles ihn unsanft weiter und raunte ihm ins Ohr: »Laß dein Herz nicht zu früh vor Freude hüpfen, Eläer. Dein Schätzchen steht noch vor dem Felsen Typaion, und wir beide, verlaß dich drauf, sind uns heute nicht zum letzten Mal begegnet!«

Als Jason und Megillos allein vor dem säulengetragenen Eingang des Theokoleons standen, schwiegen beide. Jason dachte an Melissa und daran, was ihr Vater den Priestern wohl sagen mochte, um seine Tochter vor dem Todessturz zu retten. Erst als Megillos sein beschämtes Gesicht zum Gehen abwandte, erinnerte sich Jason seiner und fragte: »Wohin willst du?«

»Ins Gästehaus. Es ist schon spät. Xenophanes mag es nicht, wenn wir zu wenig schlafen.«

»Mehr hast du mir nicht zu sagen?«

»Was ... soll ich dir sagen?«

»Du könntest dich entschuldigen für das, was du getan hast. Oder es zumindest erklären!«

»Kallikles hat es doch schon erklärt. Es ist meine Aufgabe, den Wächtern des Heiligtums alles Auffällige zu melden. Ich werde dafür bezahlt.«

»Du hast mich für Geld verraten?«

»Ich habe dich nicht verraten, Jason, weil ich dir nichts schulde, schon gar keine Treue. Du bist ein viel besserer

Läufer als ich, aber andere sind noch besser. Ich werde keinen Ölbaumkranz erringen. Ich werde die Stadt Paros enttäuschen und noch mehr meine Familie. Unweigerlich werde ich Schande über sie bringen, wenn ich heimkehre, wie die Schande jeden überfällt, der als Verlierer von den Heiligen Spielen zurückkommt. Niemand wird mich mit Ehrungen, Geschenken und Geld überhäufen. Alles, was ich bekommen werde, ist Hohn und Verachtung. Und da soll ich auf das Geld verzichten?«

Dann ging der armselige Rotkopf, und Jason hielt ihn nicht. Worüber hätte er noch mit ihm sprechen sollen?

Mit dem Rücken gegen eine der hohen Säulen gelehnt, saß Jason vor dem mit prächtigen Reliefs verzierten Eingang des Theokoleons, starrte hinauf zu den Sternen und wartete auf eine Nachricht über den Spruch der Priester. Bis irgendwann der Mann unter das Vordach trat, müde und mit eingefallenen Schultern, der es wissen mußte.

»Myron!« Jason sprang auf und trat vor den anderen. »Was ist mit Melissa? Wie haben die Priester entschieden?«

Seltsamerweise lag kein Haß in den dunklen, spähenden Augen des Theorodoken, die Jason lange betrachteten. Es verwirrte den Eläer, daß er in dem Blick fast so etwas wie Mitgefühl zu lesen glaubte.

»Melissa wird nicht auf den Typaion steigen müssen«, sagte Myron schließlich und nahm eine unendlich schwere Last von Jasons Herz. »Sie muß Olympia verlassen, heimlich, diese Nacht noch, und niemand darf etwas von dem Frevel erfahren. Dem Lochagen und seinen Männern wurde strengstes Stillschweigen befohlen. Gleiches gilt für dich und diesen Megillos. Richte es ihm aus!«

»Das werde ich«, versprach Jason. »Wie hast du die Priester überzeugt?«

»Sagen wir besser, daß sie sich wohl oder übel überzeugen ließen«, brummte Myron und zeigte auf die umliegenden Gebäude und auf die nahe Westmauer der Altis. »Eine

Menge Neubauten und nicht Ausbesserungen wurden für den Besuch Neros in Angriff genommen. Dazu bedurfte es sehr vieler Steine aus meinem Steinbruch. Viel Geld schuldeten mir die Priester Olympias. Die Rechnung war noch längst nicht beglichen. Jetzt ist sie es!«

»Und Melissa?«

»Sie wird zu Lysikles zurückkehren, was sonst? Ich hoffe, er zeigt Verständnis und nimmt sie wieder bei sich auf. Natürlich darf nicht bekannt werden, daß Melissa dich hier getroffen hat, Jason. Wir werden sagen, sie wollte ihre Gespanne beim Rennen sehen. Ihre Leidenschaft für die hippischen Agone ist allgemein bekannt. Es ist auch eine gute Ausrede für die Priester, falls etwas über Melissas Anwesenheit durchsickert. Ich habe ihnen gesagt, einige der von mir gemeldeten Gespanne gehören in Wahrheit ihr. Das macht Melissa, auch wenn sie eine Frau ist, nach den Regeln der Heiligen Spiele zu einer Wettkämpferin.« Ein düsteres Feuer trat in die müden Augen des Theorodoken, und sein Blick brannte sich tief in Jason. »Du wirst Melissa niemals wiedersehen, Eläer, versprich es mir!«

»Das kann ich nicht. Ich liebe sie mehr als ...«

»Deine Liebe zu ihr bringt nur Unglück!« fuhr Myron dazwischen. »Genügt dir das heutige Erlebnis nicht? Schwöre mir bei Zeus, daß du Melissa niemals wiedersiehst!«

»Ich verstehe dich nicht, Myron!« schrie Jason verzweifelt. »Ist es eine solche Schande für dich, einen Schweinehirten zum Schwiegersohn zu haben? Ich bin hier, um den Ölbaumkranz des Olympioniken zu erringen, dann werde ich kein einfacher Hirte mehr sein!«

»Etwas zu tun ist keine Schande, wenn es eine ehrenvolle Arbeit ist und wenn man es richtig tut. Auch Paris hat Schweine gehütet. Das brachte ihm kein Unglück. Aber die Liebe zur falschen Frau brachte es ihm, denn Helena war nicht für ihn bestimmt, war die Frau eines anderen. Deshalb ist es gleichgültig, ob du Olympia als Hirte oder als Olympionike verläßt, Melissas Hand wirst du niemals gewinnen!«

»Du sagst immer wieder dasselbe, aber du verschweigst mir den Grund!«

Myrons Augen wurden wieder stumpf. »Ich denke, du hast ein Recht, es zu erfahren. Aber nicht jetzt, ich muß mich um Melissas Abreise kümmern. Wir treffen uns morgen abend nach der Opferfeier für die Toten.«

»Wo?«

»Am Fuß des Kronoshügels, am Ostende der Schatzhausterrasse, wo diese ans Stadion grenzt, ist ein kleiner Zypressenhain. Erwarte mich dort, Jason. Aber jetzt geh in dein Gästehaus. Tu es für Melissa! Wenn ihre Anwesenheit hier bekannt wird, ist es fraglich, ob die Priester ihr Leben schützen können.«

Schwer wie nach einem Marathonlauf waren Jasons Beine und sein Kopf betäubt, als er zur Unterkunft der parischen Gesandtschaft ging. Kaum nahm er den Weg wahr, die ihm begegnenden Menschen schon gar nicht. Erst als sich Speerspitzen auf ihn richteten, schaute er um sich und versuchte, seinen Verstand zu klären. Im ersten Augenblick dachte er, Kallikles sei mit seinen Männern gekommen, die angedrohte Rache – für was auch immer – zu vollziehen. Dann erkannte er die römischen Uniformen und die im Fackelschein glitzernden Panzer der Prätorianergarde. Drei Soldaten umstanden ihn wenige Schritte vor dem Eingang des Gästehauses. Ihre verschlossenen, feindseligen Gesichter wirkten bedrohlich. Jetzt erst bemerkte der Eläer, daß eine für die späte Stunde ungewöhnliche Betriebsamkeit im Gästehaus herrschte: Überall gab es Lichterschein, lautes Rufen und den schweren Tritt eisennägelbeschlagener Soldatenstiefel.

»Antworte endlich!« forderte einer der Prätorianer und machte Jason bewußt, daß er etwas gefragt worden war. »Wie ist dein Name, Grieche?«

»Jason von Eläos.«

»Und was suchst du hier?«

»Ich wohne in diesem Haus.«

»Aber du sagtest, du seist Jason von Eläos. In diesem Haus ist die Gesandtschaft aus Paros untergebracht.«

»Zu eben dieser Gesandtschaft gehöre ich, auch wenn ich in der Gegend von Eläos geboren bin.«

»Dann, Jason von Eläos, erkläre ich dich für verhaftet, im Namen Nero Caesars, der es nicht gern hat, wenn man seine Rennwagen zerstört!«

Sie führten den verwirrten Eläer ins Haus zu einem rotgesichtigen Zenturio, der Jason ohne Umschweife fragte, wo er so spät noch gewesen sei.

»Spazieren«, antwortete Jason, der die Wahrheit verschwieg, um Melissa nicht zu gefährden. »Ich habe mir die prachtvollen Bauten der Altis angesehen.«

»Das kann man auch tagsüber«, knurrte der Zenturio und maß den Athleten mit zweifelndem Blick. »Da ist es außerdem heller, und man kann diese *prachtvollen Bauten* besser sehen.«

»Aber tagsüber habe ich keine Zeit, da muß ich mich auf die Wettkämpfe vorbereiten. Deshalb habe ich die Altis nach dem Abendessen besucht.«

»Sicher hast du dafür Zeugen, vielleicht einen Freund, der dich begleitet hat?«

»Nein, ich war allein dort.«

»Das ist schlecht, sehr schlecht sogar«, seufzte der Zenturio. »Für dich! Es macht dich verdächtig, an der Verschwörung gegen den Caesar beteiligt zu sein.«

»Was für eine Verschwörung?« rief Jason. »Ich weiß gar nicht, worum es geht!«

»Versuch nicht dich herauszureden! Ihr seid aufgeflogen, du und deine Kumpane. Denn unser vor den kaiserlichen Stallungen postierte Prätorianer war überaus aufmerksam. Er hat den Attentäter überwältigt.«

»Ich weiß nichts von einem Attentäter. Und wenn ihr mir nicht glaubt, kann ich es wohl nicht ändern.«

»Glaub ihm ruhig, Zenturio«, sagte eine Stimme in Jasons Rücken. »Der Attentäter scheint allein gehandelt zu haben. Er hat das ausgesagt, und Spuren von Mittätern wurden nicht gefunden.«

Jason wandte den Kopf und sah einen braunhäutigen Prätorianer in der Tür stehen.

»Wer sagt das, Optio?« fragte der Zenturio.

»Ofonius Tigellinus. Der Präfekt schickt mich, dir mitzuteilen, daß die Soldaten das Gästehaus von Paros verlassen sollen, der Fall ist geklärt.«

»Wenn es der Befehl des Präfekten ist«, meinte der Zenturio achselzuckend und wandte sich wieder Jason zu. »Du hast Glück, Eläer. Ich hatte mich gerade entschlossen, dich zu foltern, um deine Zunge zu lösen.« Prüfend sah er Jason an. »Denn irgend etwas verheimlichst du!«

Während die Soldaten abrückten, fanden sich die Leute von Paros zu heftig diskutierenden Gruppen zusammen. Niemand schien etwas Genaues zu wissen, und immer wilder wuchsen sich die Gerüchte aus. Kreugas und Xenophanes, die zum Verhör abgeholt worden waren, sollten demnach bereits hingerichtet worden sein, und mit ihnen jeder zehnte Mann aus Paros. Doch als die Männer einander ansahen, konnte niemand feststellen, wer die Hingerichteten sein sollten.

Dann kehrten Xenophanes und Kreugas zurück, bei bester Gesundheit, aber bei schlechtester Laune. Sie riefen die Männer im Megaron zusammen, und Kreugas erklärte, was geschehen war. Er berichtete von dem Versuch, den Wagen zu beschädigen, mit dem Nero selbst am kommenden Tag das eigens für ihn eingeführte Rennen der

Zehnspänner bestreiten wollte. »Ein Mann aus unserer Mitte hat die Radpflöcke entfernt, um sie durch Wachs zu ersetzen. Das ist Hochverrat, ein eindeutiger Mordanschlag auf den Caesar!«

Stimmen wurden laut und fragten nach dem Namen des Täters.

»Es ist Hippias«, antwortete Kreugas.

Jason dachte an den untersetzten Reiter und Wagenlenker, der beim Wettrennen in Myrons Hippodrom durch seine Verbohrtheit den Unfall verursacht und Melissa in Todesgefahr gebracht hatte. Hippias war ein Geck, ein eitler Prahler und Hitzkopf, aber solch eine Tat, einen wohlüberlegten und von langer Hand geplanten Anschlag auf das Leben Neros, hätte er ihm nicht zugetraut.

Für alle schien es überraschend zu sein. Gewiß, Nero hatte nicht nur Freunde unter den »Männern Griechenlands«. Der Alipt Xenophanes mochte die Römer und den Caesar nicht, wie seine abfälligen Äußerungen belegten. Aber Abneigung war eine Sache, ein Attentat eine andere. Wie ein Schock lastete Kreugas' Mitteilung auf der Versammlung, die erregt plappernden Stimmen verstummten, und betretenes Schweigen folgte.

»Ihr seht betrübt aus, Männer, und ihr habt Grund dazu«, fuhr der Architheore fort. »Die Schande, die Hippias fortan befleckt, fällt auf uns, aus deren Reihen er kam, und auf ganz Paros zurück. Wir zogen nach Olympia, um Ruhm für unsere Stadt zu ernten, nicht den zweifelhaften Ruf, die Heimat eines Caesarenmörders zu sein.«

Die Männer riefen, daß sie Ruhm ernten und jetzt um so mehr Ölbaumkränze erringen wollten. »Schon morgen früh bei den hippischen Agonen werden wir es beweisen!«

»Wir Männer von Paros werden an den hippischen Agonen nicht teilnehmen«, erwiderte Kreugas mit Grabesstimme.

»Warum nicht?« rief einer.

»Wozu haben wir die Pferde und Wagen hergebracht?« fragte ein anderer.

»Wir haben noch andere Reiter und Wagenlenker außer Hippias!« bemerkte ein dritter.

»Es stand lange auf Messers Schneide«, sagte der dürre Architheore. »Tigellinus, der Präfekt der Prätorianergarde, schien geneigt, alle Männer aus Paros für die Tat eines einzelnen verantwortlich zu machen und des Hochverrats anzuklagen. Der blinde Haß eines einzigen Mannes hätte fast uns allen den Tod gebracht. Erst nachdem er sich mit Nero selbst beraten hatte, ließ der Präfekt davon ab. Caesar begnügt sich mit dem Leben des Hippias. Aber er fordert als Wiedergutmachung sämtliche Wagen und Pferde von uns. Unsere Tiere sollen übermorgen, am Tag des Hekatombenopfers, dem Zeus als zusätzliches Opfer dargebracht werden, um Hippias' Verbrechen zu sühnen.«

Protestierende Stimmen wurden laut, und Kreugas beschwichtigte sie durch das Ausstrecken eines Arms. »Es ist, wie es ist. Zu murren hat keinen Sinn. Wir werden bei den hippischen Agonen nur als Zuschauer anwesend sein. Nehmt es als Ansporn, bei den anderen Wettkämpfen um so mehr Ölbaumkränze zu erringen!«

Der Architheore schickte seine Männer ins Bett, aber Jason schlief kaum in dieser Nacht. Unruhig wälzte er sich auf der zerwühlten Bettstatt von einer Seite auf die andere und dachte an Melissa. Und wenn seine Gedanken mal nicht bei der Geliebten waren, beschäftigten sie sich mit Hippias und seiner Tat.

Die Radpflöcke von Caesars Wagen durch Wachs zu ersetzen, das war wie in der Geschichte von Pelops und Oinomaos – die Geschichte mit den geflügelten Pferden! War das bloß ein Zufall? Oder hatte Amykos Jason das mitteilen wollen, bevor er starb?

22
Der Zufall und der Tod

Beherrscht indes der Zufall diese ganze Welt?
Euripides

Am dritten Tag der Spiele sollte Jason nachmittags im Fünfkampf antreten und sich am Vormittag ausruhen.

Deshalb durfte er den hippischen Agonen zuschauen und begleitete Kreugas, Xenophanes und die anderen Männer aus Paros, die es sich nicht entgehen lassen wollten, Nero Caesars Künste als Wagenlenker zu bestaunen. Die Angehörigen der parischen Gesandtschaft spürten viele bittere Blicke auf sich ruhen. Offenbar hatte sich Hippias' Schandtat bereits herumgesprochen.

Jason kümmerte das nicht. Melissas Schicksal beschäftigte ihn. War es Myron gelungen, seine Tochter noch in dieser Nacht voller ungeahnter Aufregungen aus Olympia fortzuschaffen? Jason hoffte, dies bei seinem abendlichen Treffen mit dem Theorodoken zu erfahren.

Der Einzug Neros und seines Gefolges in den Hippodrom fand unter größtem Jubel statt. Die Hochrufe auf den »Befreier von Hellas«, wie die mehr als fünfzigtausendköpfige Menge auf den Erdwällen rund um die Rennbahn den Caesar nannte, wollten gar kein Ende nehmen. Sichtlich beglückt ließ sich der Imperator auf der neuen Ehrentribüne in Höhe der Zielsäule nieder, zu seiner Rechten Statilia Messalina, zur Linken die angebliche Sabina. Da Nero selbst erst beim letzten Agon dieses Vormittags, dem Rennen der Zehngespanne, als Wagenlenker auftrat, verfolgte er die anderen Agone als Zuschauer.

Bei seinem Einzug wurde Nero von einer Zenturio der Prätorianergarde begleitet. Weitere Gruppen römischer Gardisten und elischer Wächter standen überall im Hippodrom verteilt. Überall gab es Anzeichen verstärkter Sicherheitsmaßnahmen. Fürchtete man einen neuen Anschlag auf den Caesar?

Das Rennen der Fohlen über sechs Stadien begann und wurde von einem Tier aus dem kaiserlichen Rennstall gewonnen. Neros Freude war groß, noch größer, als seine Fohlen auch beim Rennen der Zweigespanne über achtzehn und beim Rennen der Viergespanne über achtundvierzig Stadien siegten. Die Menge freute sich mit dem Kaiser, lauthals, euphorisch.

Dann gingen die ausgewachsenen Pferde ins Rennen über zwölf Stadien. Wieder war es ein Tier, dessen Reiter eine Tunika in leuchtendem Grün – der Farbe des kaiserlichen Rennstalls – trug, das als erstes die Anlaufstrecke hinter sich brachte und auf die eigentliche Rennbahn hinausschoß. Nero klatschte begeistert in die Hände, und kindliche Freude überzog sein breites Gesicht.

»Der Caesar hat Glück«, meinte der dürre Ikkos, der dicht bei Jason etwa in der Mitte von Ziel- und Wendesäule saß.

»Wenn seine Pferde weiter so gut laufen, nimmt er viele Ölbaumkränze mit nach Rom.«

»Glück?« Der zwischen Jason und Ikkos sitzende Xenophanes betrachtete den Läufer wie einen Idioten. »Du hältst es doch nicht etwa für Zufall, daß die kaiserlichen Tiere und Gespanne jedes Rennen gewinnen?«

»Vielleicht ist es kein Zufall«, gestand Ikkos ein. »Vielleicht hat Nero ganz einfach die besten Pferde, Wagen und Agonisten.«

Der Alipt grinste verächtlich. »Er kann darauf hoffen, daß die meisten Menschen hier im Hippodrom tatsächlich so leichtgläubig sind wie du.«

Der Läufer lief rot an. »Was soll das heißen, Alipt?«

Xenophanes sah sich um, warf dem ein gutes Stück entfernt sitzenden Kreugas einen vorsichtigen Blick zu und senkte seine Stimme: »Du hast es wohl nicht mitbekommen. Aber unser Gesandtschaftsführer erhielt Besuch von einem Mann, der ihm Geld bot, eine Menge Geld, wenn die Pferde und Gespanne aus Paros beim Rennen nicht gewinnen. Ich nehme an, auch die anderen Gestütsbesitzer und Architheoren erhielten solchen Besuch. Und ich nehme an, es kam Nero nicht ungelegen, daß er uns unter Berufung auf Hippias' Anschlag von den Pferde- und Wagenrennen ausschließen konnte.«

Der Blick des dürren Läufers hing ungläubig an dem Alipten. »Willst du damit sagen, dieser Mann, der uns bestechen wollte, wurde von Nero geschickt?«

»Das habe ich nicht gesagt, Ikkos, niemals. Der Mann hat sich nicht vorgestellt und trug auch nicht die Uniform eines Prätorianers oder den Ring eines Augustianers. Ich erzähle nur, was sich ereignet hat. Die Schlüsse daraus ziehe selbst. – Da, sieh doch nur!«

Zum dritten- und letztenmal rissen die Reiter ihre Tiere vor dem Ostende des Hippodroms um die Wendesäule und schickten eine Wolke dichten Staubs in den blauen Himmel. Der Reiter mit der grünen Tunika lag fast zwei Pferdelängen vor dem Feld, hielt diesen Vorsprung auch auf den letzten beiden Stadien und ritt als erster an der Bronzestatue Hippodameias vorbei, die den Sieger von der Zielsäule aus anlächelte. Auch Nero lächelte, erhob sich auf der mit einem riesigen Sonnensegel überspannten Ehrentribüne und beugte sich zu seinem Reiter vor. Der hatte das Pferd auf der Auslaufstrecke gewendet und nahm aus Neros Hand einen kleinen Lederbeutel als kaiserlichen Dankesbeweis entgegen.

»Darin sind bestimmt goldene Münzen oder Edelsteine, auf jeden Fall eine hübsche Summe«, sagte Xenophanes. »Aber die Besitzer der Pferde, die nicht gewonnen haben, haben vermutlich mehr erhalten.«

»Was macht dich so sicher?« fragte Ikkos.

»Hast du nicht gesehen, wie sie ihre Tiere absichtlich zurückgehalten haben, die meisten zumindest?«

»Ich weiß nicht ...«, antwortete Ikkos zögernd.

Er beobachtete die folgenden Rennen ebenso neugierig wie Jason, der das Gespräch mit angehört hatte. Als sowohl beim Agon der Zweigespanne über achtundvierzig Stadien als auch bei dem der Viergespanne über zweiundsiebzig Stadien die kaiserlichen Wagen das Rennen als Sieger abschlossen, mußte Jason zugeben, daß einiges für die Behauptungen des Alipten sprach. Auffällig war, daß Neros Wagen von Anfang an vorn lagen und von keinem Gegner ernsthaft bedrängt wurden. Zu den Wagenlenkern, die es zumindest zu versuchen schienen, gehörte der kräftige Pontikos, der für Myron ins Rennen ging.

Nach der Tradition der Olympischen Spiele wären die hippischen Agone mit dem Rennen der Viergespanne beendet gewesen. Die Zuschauermassen hätten sich aus dem Hippodrom gedrängt, um sich ein wenig auszuruhen und zu stärken, bevor sie am Nachmittag in das an den Hippodrom grenzende Stadion strömten, um dem Fünfkampf beizuwohnen, bei dem auch Jason antreten würde.

Heute war es anders. Die Menschen harrten gespannt auf ihren Plätzen aus, denn das bedeutendste Wagenrennen stand noch bevor: das der Zehngespanne.

Zu den wenigen, die ihre Plätze verließen, gehörten Nero und sein Zeremonienmeister Cluvius Rufus. Der erste, um sich auf das Rennen vorzubereiten. Der zweite trat unter Horngeschmetter in den Sand der Aphesis, wo zwischen den in Richtung der Agnaptoshalle keilförmig auseinanderdriftenden Startkästen ein Zeusaltar stand, auf dem ein goldener Adler mit ausgebreiteten Schwingen thronte.

Cluvius Rufus verbeugte sich vor der Tribüne, auf der die Hellanodiken und die Priester Olympias saßen, und verkündete dann mit weithin hallender Stimme: »Unbestechliche Hellanodiken, weise Priester, Männer Roms und Griechenlands! Nero Claudius Caesar Augustus Germanicus, der in Rom als großartiger Wagenlenker anerkannt ist, will seine Künste auch unter den unbestechlichen Augen des Zeus beweisen. Um ihn und um euch zu ehren und zu danken, werden bei diesen Spielen erstmals die von zehn jungen Pferden gezogenen Wagen um den Ölbaumkranz streiten, in einem über achtzig Stadien gehenden Rennen. Das Gespann des kaiserlichen Rennstalls lenkt Nero Caesar selbst!«

»Das ist nichts, was wir nicht schon wissen«, brummte Xenophanes, aber seine Stimme wurde vom tosenden Beifall der Masse verschluckt, die Neros Namen zu skandieren begann, ohne Unterlaß und mit jedem Mal lauter, drängender.

Endlich zeigte sich der Caesar, der das erste von elf in den Hippodrom rollenden Gespannen lenkte, unter noch anschwellendem Jubel. Er hatte die Purpurtoga abgelegt und trug nur eine kurze, grüne Tunika sowie nach Art der römischen Wagenlenker ein goldenes Band im Haar. Mit den um die Tunika geschlungenen Zügelenden, dem darin steckenden Messer und der Peitsche in der Rechten sah er verwegen aus, fast wie ein berufsmäßiger Wagenlenker, wären die Griffe von Messer und Peitsche nicht aus glänzendem Gold gewesen wie auch alle Verzierungen an der Karosserie seines Wagens.

Die Zehngespanne nahmen wegen ihrer ungewöhnlichen Breite nicht in den Startkästen Aufstellung, sondern davor, und zwar schräg zur Fahrtrichtung, damit alle Platz hatten. Nur der goldene Wagen rollte gleich über die Anlaufstrecke und an der Zielsäule vorbei auf die Rennbahn, um eine Ehrenrunde zu drehen. Nero genoß es, wie der ohrenbetäubende Beifall über ihm zusammenschlug.

»Er läßt sich schon vor dem Rennen als Sieger feiern«, sagte Xenophanes, »wahrscheinlich in dem Wissen, daß sein Sieg feststeht.«

Nach Beendigung der Ehrenrunde brachte der Caesar seinen Wagen in die Startposition. Die Rufe verebbten, die Menschen waren plötzlich so still wie ein schlafendes Kind. Alle, Zuschauer und Wagenlenker, beobachteten gespannt den bronzenen Delphin auf der Startstange. Der zuständige Hellanodike am Rande des Startfelds gab das Handzeichen, und der neben ihm stehende Trompeter schmetterte ein Signal in den Hippodrom. Gleichzeitig betätigte ein Helfer den Mechanismus, der die Stange mit dem Delphin in den Boden fahren ließ, während weiter hinten beim Zeusaltar eine andere Stange nach oben schoß und einen goldenen Adler in die Lüfte trieb.

Mit lautem Geschrei und dem Knallen der Peitschen trieben die Wagenlenker ihre Gespanne über die Anlaufstrecke, Nero ganz vorn. Die Zielsäule mit der Hippodameia-Statue markierte den Beginn der eigentlichen Rennstrecke und halbierte zugleich den zur Verfügung stehenden Raum, in dem sie den Hippodrom in zwei Bahnen aufteilte, eine für die Fahrt zur Wendesäule und eine für die Fahrt zurück. Nero und ein paar andere Lenker, die einen kleinen Vorsprung vor dem Rest der Wagen herausgeschlagen hatten, schwenkten in die Rennbahn ein.

Die übrigen Wagen aber behinderten sich aufgrund der ungewohnten Breite ihrer Gespanne gegenseitig beim Kampf um den besten Platz. Ein Wagen schrammte an der rechten Rennbahnbegrenzung entlang, ließ Funken stieben, verlor ein Rad und stürzte um. Ein anderer kam nicht weit genug nach rechts und schlingerte auf die Hippodameia-Säule zu, bis die Pferde vor ihr zurückschreckten; der Wagen hüpfte in die Luft, und der Lenker fiel hinten hinaus. Andere Gespanne verhedderten sich mit den verunglückten, so daß schon bei Erreichen der eigentlichen Rennstrecke fünf Wagen auf der Strecke blieben. Alle Aufmerksamkeit der Zuschauer galt jetzt dem Tumult, der rund um die Hippodameia-Säule herrschte. Das laute Wiehern der verwirrten Pferde. Wagenlenker, die in den Trümmern vor den Hufen ihrer erregten Tiere Schutz suchten und hastig ihre Messer zückten, um sich aus der Umschlingung der Zügel zu befreien. Helfer, die in den Sand des Hippodroms sprangen, um den verunglückten Agonisten beizustehen und die Bahn für die restlichen sechs Gespanne freizumachen, die in der ersten von zwanzig Runden auf das Ostende der Rennstrecke zurasten.

Hunderttausend neugierige Augen richteten sich auf die Wendesäule. Nero steuerte sie als erster an, wurde aber von einem Wagen aus Naxos, der nur von Schimmeln gezogen wurde, dicht bedrängt.

»Ausgerechnet Naxos!« schimpfte Ikkos über die Rivalen von der Nachbarinsel. »Die bekommen noch den Siegeskranz, während unsere Wagenlenker zum Zusehen verurteilt sind!«

Es sah so aus, als würde der Wagen aus Naxos den des Kaisers noch vor Erreichen der Wendesäule einholen, aber das Bild änderte sich auf einmal. Die zehn Schimmel scheuten ohne ersichtlichen Grund, wollten ausbrechen, wußten aber nicht wohin. Der Wagenlenker zerrte wie wild an den Zügeln und rief seinen Tieren beruhigende Worte zu. Er schaffte noch die Wende um die Säule, konnte sein Gefährt aber nicht mehr ganz herumreißen. Es krachte gegen die Absperrung vor den Zuschauern und beendete das Rennen in einem Durcheinander aus zersplitterndem Holz und erschrocken herumspringenden Pferden. Der Wagenlenker geriet unter ihre Hufe und wurde, blutüberströmt, von hastig herbeispringenden Helfern von der Bahn getragen, während Nero die erste Runde in unangefochtener Führung beendete.

»Naxos ist draußen und kann sich dafür bei Taraxippos bedanken«, sagte Xenophanes.

»Bei wem?« fragte Jason.

»Bei Taraxippos, auch genannt der Pferdeschreck.«

»Wer ist das?«

Der Alipt zeigte auf den Altar, der gegenüber der Wendesäule am Ostende des Hippodroms vor einem Tunnel stand, der durch den die Rennbahn begrenzenden Wall führte. »Siehst du die Statue auf dem Altar, Jason?«

»Ja, sieht ziemlich scheußlich aus.«

Das war noch untertrieben. Der übermenschengroße Dämon, der auf dem Altar kauerte, hatte die schrecklichste Fratze, die Jason jemals gesehen hatte. Lang ragte die Zunge aus dem halb geöffneten, wölfisch lächelnden Riesenmaul; die Augen rollten zugleich in alle Richtungen, und bekränzt war der aus der Unterwelt bleckende Schrecken von Totenschädeln und züngelnden Schlangen, die wirre Haarpracht des Dämons. Es nahm nicht wunder, daß sich die Pferde aus Naxos bei diesem Anblick erschreckt hatten. Als sie auf den Dämon zujagten, mußte es für sie ausgesehen haben, als springe er ihnen entgegen.

»Häßliche Tat gebiert Häßliches«, meinte Xenophanes. »Der Altar des Dämons Taraxippos steht für die Rache, die Oinomaos und Myrtilos, Betrüger und Betrogene zugleich, an denen nehmen, die beim Rennen betrügen. Es heißt sogar, Oinomaos soll an der Stelle begraben sein, wo dieser Altar steht. Sein Geist erschrecke die vorbeilaufenden Pferde aus Zorn darüber, daß er beim Rennen gegen Pelops hintergangen wurde.«

»Aber hat der Wagenlenker aus Naxos denn betrogen?« fragte Jason naiv.

Xenophanes zuckte mit den Schulten und wandte den Kopf, um Ikkos einen spöttischen Blick zuzuwerfen. »Vielleicht war es auch nur Zufall.«

Ikkos erwiderte den Blick verärgert, fast furchtsam. »Man soll nicht spotten über den Sohn des Poseidon!«

»Poseidon?« Jason wurde hellhörig. »Was hat das mit dem Meeresgott zu tun?«

»Der Gott des Meeres ist auch der Gott der Pferde, worüber wir uns bereits unterhielten«, antwortete der Alipt. »Der Sage nach soll er Taraxippos gezeugt haben.«

Poseidon! Immer wieder der Gott des Meeres und der Pferde! Seit Amykos' Tod verfolgten Poseidon und seine geheimnisvollen Flügel Jason. Doch er sah keinen Zusammenhang zwischen den letzten Worten seines toten Freundes und dem Unfall des Wagens aus Naxos – bis sich das dritte Unglück dieses Rennens ereignete. Es geschah in der siebten Runde ...

Eine ganze Weile hatte Nero seinen Vorsprung vor den vier Verfolgern gehalten. Aber dann schälte sich unaufhaltsam ein Wagen aus dem Feld heraus, dessen Fahrer Jason und seine Begleiter kannten. Der kräftige Mann war Pontikos, der Leiter von Myrons Rennstall; augenscheinlich auch ein begabter Wagenlenker. Zu Beginn der fünften Runde gelang es ihm, Anschluß an Caesar zu finden. Jetzt liefen Myrons Pferde unverwandt auf der Höhe von Neros goldenem Wagen.

»Er versucht es tatsächlich!« preßte Xenophanes angespannt hervor.

Offenbar hatte Nero mit seinen Bestechungsversuchen nicht bei allen Gespannbesitzern Erfolg gehabt. Pontikos meinte es mit seinem Versuch, Nero zu überholen, ersichtlich ernst. Dicht beieinander preschten die beiden Wagen auf die Wendesäule zu, und die beiden Rivalen schwangen mit verbissenen Gesichtern die Peitschen.

Was immer man von Nero halten mochte, er konnte mit dem Zehngespann umgehen. Er hielt seinen Vorsprung, umrundete die Wendesäule als erster und hüllte Pontikos dabei in eine Staubwolke, die Myrons Wagenlenker kurzweilig die Sicht nahm und um eine Wagenlänge zurückfallen ließ. Aber Pontikos gab nicht auf und trieb seine zehn Pferde an, dem Caesar auf den Fersen zu bleiben.

In der sechsten Runde ging Pontikos kurz vor der Wendesäule zum Angriff über. Nero ließ sich nicht überholen, aber der Verfolger war diesmal nicht abzuschütteln. Durch ein gewandtes Ausweichmanöver entging er der vom kaiserlichen Gespann aufgewirbelten Staubwolke und klebte weiterhin eng an dem goldenen Wagen.

Beim nächsten Wendemanöver an der Hippodameia-Säule verließ ihn das Glück. Myrons Pferde schienen nicht ganz so zu wollen wie ihr Lenker, und Nero konnte unter dem Jubel seiner zahlreichen Anhänger den Vorsprung auf zwei Wagenlängen vergrößern.

Die siebte Runde: Der goldene Wagen lag einsam an der Spitze, als er auf die Wendemarke gegenüber dem Taraxippos-Altar zuraste. Nero gönnte seinen Tieren keine Erholung und blickte mehrfach über die Schulter, um sich zu vergewissern, daß er den gefährlichen Verfolger abgehängt hatte. Offenbar steckten ihm Pontikos' fast erfolgreiche Überholversuche in den Knochen.

Vielleicht vermochte Nero den Pferden wegen dieser Ablenkung nicht genug Aufmerksamkeit zu schenken. Vielleicht waren es aber auch die ruhelosen Geister von Oinomaos und Myrtilos oder der von Poseidon gezeugte Dämon. Jedenfalls scheuten Neros Pferde in ähnlicher Weise vor dem Pferdeschreck wie zuvor die Tiere aus Naxos.

Die Schreie der Menge vereinten sich zu einem einzigen Aufstöhnen, als der goldene Wagen ins Schleudern geriet. Wie ein Besessener zerrte der Caesar an den Zügeln und schaffte es im letzten Augenblick, sein Gespann vor der Absperrmauer herumzureißen, die dem Wagenlenker aus Naxos zum Verhängnis geworden war. Die Zuschauer atmeten schon erleichtert auf, da stürzte Nero unvermittelt aus dem Wagen. Er hatte bei den Anstrengungen, sein Gespann auf der Bahn zu halten, das Gleichgewicht verloren.

»Jetzt schleifen ihn die Pferde zu Tode!« rief Xenophanes erregt.

Doch Neros Pferde waren auf einen solchen Unfall vorbereitet. Sobald sie merkten, daß ihr Herr nicht mehr im Wagen stand, hielten sie an, mitten auf der Bahn. Der Caesar hing noch in den um seinen fülligen Leib geschlungenen Zügeln. Er machte keine Anstalten, sein Messer zu ziehen und sich zu befreien, auch nicht, als Myrons Gespann im vollen Lauf auf ihn zuhielt.

Obwohl Pontikos wild an seinen Zügeln zerrte, hielten seine Tiere nicht an. Sie wollten am goldenen Wagen vorbei weiterlaufen, genau über den reglosen Körper Neros ...

Die Welt drehte sich um Nero: die sandbedeckte Rennbahn, die zu einer einzigen Masse verschmelzenden Zuschauer, der tiefblaue Himmel über Olympia, die Wendesäule und der Dämon auf dem Altar. Dann ein harter Aufprall, als er auf den Rücken stürzte. Ein seltsames Gefühl in seiner Brust, als würde jegliche Luft aus seinen Lungen gepreßt.

Er dachte an das Messer an seiner Hüfte und wollte sich von den Zügeln befreien. Aber er konnte nicht atmen und sich nicht rühren. Sein Geist lebte, sein Körper war tot. Wenigstens hatten die Pferde seines Gespanns angehalten.

Dann sah er das Verhängnis in Gestalt des anderen Wagens, dieses unverschämten Kerls, der ihn schon seit Runden durch den Hippodrom jagte. Und er hörte das Trommeln der vierzig Hufe, die auf ihn zuflogen.

Die Luft kehrte in Neros Lungen zurück. Jetzt das Messer! Aber es ging nicht. Er konnte nicht aufstehen, nicht nach dem Messer an seiner Hüfte greifen, nicht einmal einen Finger bewegen.

Hilflos sah er, wie das Gespann des kräftigen, muskulösen Griechen um die Wendesäule bog. Warum hielt der Idiot nicht an? Wollte er den Caesar töten?

Einige orientalische Magier hatten ihm einst erzählt, im

Augenblick des Todes laufe das Leben rückwärts an einem Menschen vorbei. Das stimmte so halb, aber woher hätten sie es so genau wissen können. Das Leben lief an Nero vorbei, aber vorwärts ...

Das erste, an was er sich erinnerte, war das schöne Gesicht seiner Mutter Agrippina, obwohl sie von ihrem Bruder Caligula in die Verbannung geschickt worden war, als Nero noch keine zwei Jahre zählte. Seine Tante Lepida hatte sich bis zu Agrippinas Rückkehr um Nero gekümmert. Aber Lepida verblaßte vollends neben der alles begehrenden und alles beherrschenden Agrippina. Wie auch Neros Vater Gnaeus Domitius Ahenobarbus verblaßte, der keine drei Jahre nach Neros Geburt starb und sich wohl auch nicht um den Sohn gekümmert hätte, wäre sein Leben länger gewesen.

Doch Agrippina verblaßte nie. Sie prägte Neros Leben wie kein anderer Mensch. Sie hatte versucht, ihn zu ihrem Geschöpf zu machen, wie sie alles und alle um sich herum zu dem ihrigen verwandeln wollte. Die Welt sollte für Nero nur aus Agrippina bestehen, die ihm Mutter war, Ratgeberin, Beherrscherin und sogar Geliebte. In einer Sänfte, mitten in den Straßen Roms, nur durch einen Vorhang vor fremden Blicken geschützt, hatte sie sich vor dem halbwüchsigen Sohn entkleidet und ihn, den zukünftigen Herrscher, dadurch für immer an sich zu binden versucht, daß sie sich ihm hingab, wie sie es schon bei ihrem Bruder Caligula getan hatte.

Damals war Nero knapp siebzehn. Es war das Jahr, in dem der Caesar, Agrippinas Onkel Claudius, der zugleich ihr Gatte war, starb. An Gift, wie es hieß. Aber man munkelte es nur hinter vorgehaltener Hand, wie man auch nicht offen über Agrippinas gute Beziehungen zu der berüchtigten Giftmischerin Locusta zu sprechen wagte. Trotz seiner Jugend, auf seinen Wangen sproß gerade der erste rötliche Flaum, hielt Nero eine feierliche Gedächtnisrede für Claudius, die die Herzen der Senatoren höher schlagen ließ. Alle sahen in ihm den neuen Herrscher, dabei schrieb die Rede sein Lehrer Seneca.

Ja: Seneca der Philosoph, der Rhetoriker. Seneca, der über die Armut schrieb und den Reichtum liebte. Seneca, der machtgierige Künstler, der Agrippina verdrängte und Neros Beziehung zu Acte förderte, obgleich sie eine Sklavin gewesen war. So war Agrippina plötzlich nicht mehr Herrscherin über Rom und nicht mehr die Frau im Bett ihres Sohnes. Sie fand sich nicht damit ab, drohte sogar damit, Britannicus zum Herrscher zu machen, den Sohn des Claudius aus der Ehe mit Valeria Messalina. Nero wandte sich an Locusta, und der junge Britannicus starb.

Mit Agrippina, der geliebten Mutter und lästigen Rivalin, war das nicht so einfach. Sie kannte die Wirkung des von ihr selbst gern eingesetzten Giftes und wußte sich dagegen immun zu machen. Aber fünf Jahre nach Claudius und vier Jahre nach Britannicus starb auch sie, durch das Schwert. Als Nero sie vor sich liegen sah, nackt und befleckt vom Blut, mußte er an die Sänfte denken, in der er seine Mutter erstmals befleckt hatte – und sie ihn.

Andere Frauen bestimmten fortan sein Glück, zumindest die Freuden seiner Liebe. Statilia Messalina, aber noch mehr ihre Vorgängerin Poppaea Sabina, für die er sich von der blassen, niemals begehrten Octavia scheiden ließ. Poppaea Sabina, die ihm sogar ein Kind gebar; aber es war nur ein Mädchen, und es starb noch im Jahr seiner Geburt. Zwei Jahre später wurde Poppaea wieder schwanger und hätte ihm vielleicht einen Thronfolger geboren. – Aber was mußte sie sich dann mit ihm anlegen, ihn ankeifen wie einen gewöhnlichen Handwerker, daß er zu spät und betrunken heimkam! Was konnte er, der vom Wein selig Berauschte, dazu, daß er wütend wurde, seinen Stiefel mit aller Macht in ihren schwangeren Leib stieß! Poppaea krepierte elendiglich, aber sie lebte in dem schönen, lieblichen Sporus weiter.

Nero bekam alle Frauen und alle Männer, die er begehrte, denn er hatte die Macht. Aber die anderen wollten sie ihm nehmen, verschworen sich vor zwei Jahren gegen ihn. Man sprach von der Pisonischen Verschwörung, weil dieser kleingeistige Emporkömmling aus dem Neuadel, der Anwalt Gaius Calpurnius Piso, angeblich ihr Kopf gewesen war – der neue Caesar nach dem Willen seiner Gefolgschaft. Dabei war er nur der Strohmann intriganter, machtgieriger Römer, die ihren Caesar verrieten. Aber er, der große Nero, bestrafte sie alle. Die ihn verraten hatten oder die er zumindest für Verräter hielt, mußten sterben. Alle wurden hingerichtet ... der geistreiche Petronius, der Prätorianerpräfekt Faenius Rufus, Neros alter Freund und Saufkumpan Claudius Senecio und sein langjähriger Lehrer und Vertrauter Seneca.

Der alte Adel, der sich von Neros Reformen um seine angestammten Rechte betrogen fühlte, ließ auch nach der Zerschlagung der Verschwörung nicht locker. Aber selbst das einfache Volk, das immer hinter Nero gestanden hatte, wandte sich auf einmal gegen ihn. Die Tölpel aus den Armenvierteln warfen ihm sogar vor, Rom angezündet zu haben, um sich von den Flammen zu einer Ode inspirieren zu lassen. Und warum? Weil er die Gelegenheit genutzt hatte, sich aus den Ruinen einen neuen, größeren, prächtigeren Palast zu bauen, den sie neidisch Domus Aurea nannten, das Goldene Haus. Dieses undankbare Gelump, für das er sich immer eingesetzt hatte!

Alles in Rom wandte sich gegen ihn. Aber wenn ihn die Römer nicht wollten, er, Nero, war nicht auf sie angewiesen! Er fühlte sich schon längst mehr als Künstler denn als Herrscher. Und so brach er denn auf zur langen Reise in die Heimat der Künste, ins Land der Schönheit und des Geistes, das Land der Griechen, damit sie seine wahre

Größe bewunderten, die einzigen, die dazu fähig waren.

Aber jetzt sah es eher so aus, als würden sie ihn töten ...

Der griechische Wagen hatte die Wendesäule hinter sich gelassen. Die zehn Pferde hielten stracks auf Nero zu, ohne ihre Geschwindigkeit zu vermindern. Als ihr Anblick durch einen plötzlichen Schatten verwischt wurde, hielt Nero den Augenblick seines Todes für gekommen. Düster stand Charon vor ihm, wollte ihn mit sich nehmen.

Aber vergeblich wartete Nero auf den großen Schmerz und auf das große Vergessen. Die Hufe, die seinen Kopf zertraten, die Wagenräder, die seinen Leib zermalmten – er spürte sie gar nicht. Dicht vor seinen Augen stand der Schatten, vor dem die Pferde scheuten und anhielten, als der Caesar es nicht mehr für möglich hielt. Dann beugte sich der Schatten über Nero ...

Dies war ein Schauspiel, das die Menge nicht erwartet hatte, das ihr wahrlich alles abverlangte: Schweiß, Nerven, Tränen, unartikulierte Schreie, sogar Zusammenbrüche, wo Hitze und Aufregung zuviel waren.

Nero Caesar stürzte aus seinem Wagen. Nero Caesar lag reglos, wie tot im Sand des Hippodroms. Nero Caesar wurde das Opfer eines anderen Wagens, der direkt auf ihn zuhielt.

Dann sprang ein kräftiger Mann auf die Rennbahn, geradewegs vor den gestürzten Herrscher, breitete die Arme aus und brüllte so laut, daß es selbst die tobende Menge vernahm. Und die Pferde aus Myrons Stall, für die sein Gebrüll bestimmt war, hörten es auch. Sie erschraken, wie er es beabsichtigt hatte, scheuten zurück, nur wenige Augenblicke vor dem Zeitpunkt, da sie ihn und Nero überrannt hätten.

Der Mann, ein bärtiger Soldat aus Elis, zog sein Schwert, beugte sich über den Caesar und durchtrennte die Zügel.

Er hob den Imperator auf, stellte ihn auf die Füße, stützte ihn und trug ihn doch mehr zu hilfreichen Händen am Rande der Rennbahn. Jetzt erst erkannte Jason das Gesicht des Retters, das Gesicht des Lochagen Kallikles. Er verschwand in der Menge und mit ihm Nero.

Myrons Gespann mit Pontikos stand vor dem verunglückten goldenen Wagen. Auch die anderen drei Gespanne, die noch im Rennen waren, hielten dort an, weil ihnen der Weg versperrt wurde.

Plötzlich erscholl wieder Jubel. Nero zeigte sich auf seiner Tribüne, etwas unsicher auf den Beinen zwar, aber tapfer lächelnd. Das Volk war begeistert, noch mehr, als es den Retter Kallikles neben dem Caesar erblickte.

Und noch mehr, als es die Entscheidung der Hellanodiken vernahm: »Das Rennen gilt als beendet, denn es wurde so einschneidend unterbrochen, daß eine Fortsetzung keinen Sinn macht. Da zu dem Zeitpunkt der Unterbrechung Nero Claudius Caesar eindeutig vorn lag, ist er zweifelsfrei der Sieger!«

Das Volk raste vor Begeisterung, angestachelt durch die unermüdlichen Augustianer. Nero lachte und weinte vor Glück und hüpfte trotz seiner Schwäche vor Freude umher wie ein Kind, das am Geburtstag seine Geschenke erhält. Das Geschenk der Hellanodiken für ihn war ein Ölbaumzweig. Den Siegerkranz würde er, wie alle anderen Olympioniken, am sechsten und letzten Tag der Spiele erhalten, wenn bei der Abschlußfeier die große Siegerehrung stattfand.

Xenophanes hatte zunächst schweigend dagesessen. Jetzt schimpfte er: »Unerhört, das hat es noch nie gegeben! Ein Gespann, das aus eigener Schuld verunglückt und das Rennen stört, wird zum Sieger erklärt. Ich habe doch gleich gewußt, daß es nicht mit rechten Dingen zugeht!«

Ikkos, von der Begeisterung der Menge mitgerissen, entgegnete: »Ich finde es gerecht. Nero lag doch vorn! Was kann er dafür, daß seine Pferde zufällig vor dem Dämon scheuten?«

Jason schwieg, aber seine Gedanken hörten nicht auf zu sprechen. Ein Zufall! Ein Unfall! War es das wirklich? Konnte Nero Caesar, Beherrscher der Welt, durch einen Zufall sterben, zumindest beinah? War es bei Amykos' Tod genauso gewesen – nur ein unglücklicher Zufall, ein zufälliger Unfall? Oder stand alles in einem Zusammenhang?

23
Die Rache der Götter

> Wer das Rechte tut, dem stehen die Götter bei.
> *Menander*

Der Fünfkampf am Nachmittag geriet für Kreugas und Xenophanes zu einer Enttäuschung. Von den Athleten der großen Insel gelangte nur einer in die fünfte und entscheidende Runde, den Ringkampf, aber Sieger wurde ein sehniger Jüngling aus Athen.

Jason mußte gegen einen erfahrenen Athleten aus Messana antreten, den er mit Mühe beim Werfen des Diskus und des Speers schlug. Aber beim Weitsprung hatte Jason Pech: Er knickte beim letzten der fünf Teilsprünge ein und stürzte auch noch so unglücklich, daß eins der beiden Sprunggewichte, die jeder Agonist in Händen hielt, sein Knie aufschlug. Er kam zwar in die vierte Runde, den Stadionlauf, aber sein verletztes Knie nahm ihm jede Aussicht auf einen Sieg und damit auf den Ölbaumkranz.

Jason selbst war es gleichgültig, daß der Jubel der Zuschauer auf den grasbedeckten Erdwällen rund um das Stadion nicht ihm galt. Der Ölbaumkranz war ihm schon nicht mehr wichtig gewesen, als er antrat. Er sah keinen Grund mehr, sich anzustrengen. Wozu den Siegerkranz erringen, wenn Melissa für ihn unerreichbar war?

Sein ganzes Denken kreiste um das Schicksal der Geliebten, als er abends zu der Verabredung mit ihrem Vater ging. Jason umrundete das Prytaneion und die nördlichen Thermen, um am Fuß des Kronoshügels entlang zum Treffpunkt an der Schatzhausterrasse zu gehen.

Jenseits der Mauern auf der Altis fanden zur selben Zeit die Totenopfer für Pelops statt. Mit Blumen bekränzte Menschen wiegten sich zu rhythmischen Flötenklängen, sangen klagend und näherten sich in langen Schlangen dem Pelopion, um dem Begründer der Heiligen Spiele und dem Namenspatron der Peloponnes schwarze Hengste, Stiere und Eber zu opfern. Ihre feierlichen Gesänge und Gebete schollen weit über die Altis hinaus und wurden vom Hügel des Kronos als Echo zurückgeworfen, während Jason an den Schatzhäusern vorbeiging, größeren und kleineren Vierecksbauten mit und ohne Säulenvorhallen, in denen die bedeutenderen Städte ihre wertvollen Weihegeschenke aufbewahrten. Die Wächter der einzelnen Häuser hatten sich in der Mitte der großen Steinterrasse zusammengehockt, unterhielten sich lachend und beachteten den Vorübergehenden kaum.

Am östlichen Ende der Terrasse lag der verabredete Treffpunkt, ein kleiner Zypressenhain. Im Schatten der Tempelbäume ließ Jason sich auf einen halbrunden Steinblock nieder. Sein verletztes Knie schmerzte, obwohl Eupolos eine heilende Salbe daraufgestrichen und es mit einem festen Verband umwickelt hatte. Er mußte lange warten, bis die Gesänge auf der Altis verklangen und Schritte sich näherten, die nicht vorübergingen. Der Chiton und die Chlamys in schmucklosem Schwarz, das Gewand für die Totenfeier, verliehen dem großen Mann, der zwischen die Bäume trat, das Aussehen eines Todesboten.

Mit ernstem Gesicht blieb Myron vor Jason stehen und sagte: »Rückst du ein Stück zur Seite, damit ich mich neben dich setzen kann? Ich möchte dir eine Geschichte erzählen.«

Jason rückte und fragte: »Wie geht es Melissa?«

»Sie ist in Sicherheit, unterwegs zu ihrem Mann.« Myron raffte den Saum der Chlamys hoch und setzte sich. »Was ich dir jetzt erzähle, Jason, ist nur für deine Ohren bestimmt. Erst wollte ich es für mich behalten, weil es besser gewesen wäre für uns alle. Aber ich mußte es Melissa sagen, um sie davon zu überzeugen, daß ihr Platz bei Lysikles ist. Darum sage ich es auch dir – und weil du ein Recht darauf hast.

Es ist die Geschichte eines jungen Mannes aus den Bergen, weit entfernt von hier, der eines Tages die weite Reise auf sich nahm, um bei den Heiligen Spielen des Zeus um den Ölbaumkranz zu streiten. Eine ähnliche Geschichte wie deine eigene, Jason. Er hatte wenig Geld, sehr wenig, aber großes Glück, daß es nahe der Stadt der Elier einen wohlhabenden Theorodoken gab, der armen Agonisten Unterkunft und Verpflegung gewährte. Viele Agonisten kamen bei ihm unter und konnten gegeneinander antreten, um sich auf die Wettkämpfe in Olympia vorzubereiten.

Dieser junge Mann aus den Bergen war ein hervorragender Kämpfer und hatte gute Aussichten, im Ringen, im Faustkampf und im Pankration den Ölbaumkranz zu gewinnen. Der Theorodoke wollte gern seinen eigenen Sohn als Sieger in diesen Wettkämpfen sehen und bat den jungen Mann, nicht an den Kämpfen teilzunehmen. Der Mann aus den fernen Bergen willigte ein, verließ die Stadt der Elier und ermöglichte dem Sohn des Theorodoken den Sieg in den drei Kampfarten.«

»Warum tat er das?« fragte Jason.

»Weil ihm der Theorodoke einen Lohn versprochen hatte, der ihm mehr bedeutete als jeder Ölbaumkranz. Dieser Lohn war die Hand seiner Tochter. Der junge Mann hatte sich unsterblich in sie verliebt. Sie erwiderte seine Liebe, aber wie konnte der arme Bergbauer hoffen, die Tochter des reichen Edelmannes zur Frau zu bekommen? Er konnte diesen Handel nicht ablehnen, bedeutete er doch das Glück seines Lebens!«

Myron beugte sich vor und sah traurig zu Boden. »Aber die Götter lassen sich nicht verhöhnen, schon gar nicht der mächtige Zeus, der über die Spiele wacht. – Der junge

Mann mußte dem Theorodoken versprechen, erst nach zwei Jahren zurückzukehren, mit anderem Namen und anderem Gesicht, damit der Handel nicht auffiel. Er schlug sich als Gelegenheitsarbeiter durch den ganzen Norden der Peloponnes, ließ sich einen dichten Bart und lange Haare wachsen und kehrte nach der vereinbarten Zeit unter anderem Namen nach Elis zurück, um der Schwiegersohn des Theorodoken zu werden. Das wurde er und auch sein Erbe, denn der Sohn des Edlen fiel kurz nach seinem dreifachen Sieg in Olympia dem Mordanschlag eines Gegners zum Opfer, dem er beim Pankration die Männlichkeit nahm.«

»Bias!« entfuhr es Jason, und bei dem Gedanken an den Eunuchen, der in dieser Geschichte auf einmal wieder auftauchte, wurde ihm unheimlich.

»Ja, Bias nannte sich der Mörder später. Aber das ist für unsere Geschichte bedeutungslos. Bedeutung hat nur der Umstand, daß der Sohn des Theorodoken starb. Es zeigt, wie furchtbar Zeus den Betrug strafte, den der Edelmann und der arme Bauer ausgeklügelt hatten. Der Bauer heiratete die Geliebte und wurde kurz darauf Herr des großen Besitzes und des noch größeren Vermögens, als sein Schwiegervater durch einen Erdrutsch im Steinbruch starb. Dabei wurde eine seltsame Höhle freigelegt, in der die Götter sich selbst Statuen schufen.«

»Die Höhle der Götter«, murmelte Jason. »Ich kenne sie.«

»Dann weißt du auch, daß sie von einer Zeusstatue beherrscht wird. Für den jungen Mann bestand hinfort kein Zweifel mehr, daß Zeus sich zur Rache entschlossen hatte. Auch an ihm! Seine Frau gebar ihm ein Kind, eine Tochter, erkrankte dabei aber so schwer, daß sie keine weiteren Kinder bekommen konnte. Sie erholte sich nie ganz von dieser Krankheit und starb wenige Jahre darauf.«

Je länger Myron erzählte, desto mehr zog die Geschichte

Jason in ihren Bann, faszinierte und erschreckte ihn zugleich. Er kannte Teile dieses Berichts, Melissa hatte sie ihm erzählt. Allmählich setzten sie sich zu einem Gesamtbild zusammen. Aber dieses Bild gefiel ihm weniger und weniger, es verhieß ihm nichts Gutes.

»Der junge Mann, von dem du erzählst, bist du selbst, nicht wahr?«

»Ich war es, bevor ich zu Myron wurde. Ein glücklicher junger Mann, der ganz unvermittelt zu Reichtum, Ansehen und der liebenswertesten Frau kam.« Der Theorodoke vergrub den Kopf in beiden Händen. »Aber ganz glücklich und unbeschwert war ich nie, weil ich fühlte, daß mein Verrat bestraft werden würde. Der Verrat an Zeus, weil ich nicht an den Spielen teilnahm, und der Verrat an Hera, weil ich ... meine Frau verließ.«

»Deine Frau?« fragte Jason, obwohl er bereits ahnte, daß Myron nicht von der Tochter des Theorodoken sprach, sondern von ...

»Leaina«, sagte Myron leise. »Aber das ahnst du sicher schon, nicht wahr, Jason?« Er sah ihn an und bat wortlos um Verzeihung. »Ich muß dir wohl nicht mehr sagen, daß mein richtiger Name Aelian ist.«

»Du ... mein Vater ...«

Jasons Stimme versagte. Er dachte daran, wie nah er seinem Vater schon seit Wochen war; daran, daß er ihn fast umgebracht hätte. Immer hatte er sich vorgestellt, daß sein Vater durch äußere Gewalt an der Rückkehr nach Eläos gehindert worden war, daß ihm etwas zugestoßen war. Aber er hatte die ganze Zeit über in Wohlstand hier gelebt, während Jason und seine Mutter in den rauhen Bergen jeden Sommer und jeden Winter um ihr Dasein kämpfen mußten ... Immer deutlicher stand dieses Bild vor seinen Augen: auf der einen Seite Reichtum und Überfluß des Großgrundbesitzers, auf der anderen Kälte, Hunger, der Überlebenskampf in den eläischen Bergen, der frühe Tod seiner Mutter, die nicht aufgehört hatte, sich um Aelian zu grämen. Das war herzzerreißend und ungerecht; der alte Mann hatte sie alle verraten. Jason schrie: »Weißt du, was du Mutter angetan hast? Weißt du, wie oft sie geweint hat, nachts, wenn sie mich schlafend glaubte? Wie gut sie von dir sprach und von ihrer Liebe zu dir, die nie verloschen ist? Von der Liebe zu einem Mann, dem sie nichts bedeutete!«

»Töte mich, wenn du willst«, sagte Myron erstickt. »Ich werde mich diesmal nicht wehren. Du hast das Recht dazu. Versprich mir nur, daß du Melissa niemals wiedersiehst!«

Jason bemerkte, daß er seine Hände um Myrons Hals gelegt hatte und zudrückte, außer sich wie damals im Hof von Myrons Haus. Das war sein Vater. Erschrocken ließ er von dem Mann ab. Dann erst wurde ihm vollständig klar, was Myrons – Jason konnte ihn nicht Aelian nennen, es wäre ihm wie ein Verrat an dem Aelian seiner Vorstellung vorgekommen – Eröffnung bedeutete. »Melissa! Sie ist …«

»Deine Schwester. Zumindest deine Halbschwester. Sie hat mir erzählt, wie sehr ihr euch zueinander hingezogen fühltet, von eurer ersten Begegnung an. Daß dasselbe Blut in euren Adern fließt, ist vielleicht der Grund dafür. Aber es ist auch der Grund dafür, daß ihr euch niemals wiedersehen dürft. Die Rache der Götter hat schon genug Unheil angerichtet. Du und Melissa, ihr dürft euch nicht auch noch an den Göttern versündigen. Sie stehen nur dem bei, der das Rechte tut. Das Elend muß ein Ende haben!«

»Bei den Göttern selbst sind Bruder und Schwester Mann und Frau!« versuchte Jason einzuwenden. »Kronos hat seine Schwester Rhea geheiratet. Ihre Kinder Zeus und Hera sind Geschwister. Und auch die vielen Kinder des Zeus liebten einander und heirateten einander.«

»Was soll das, Jason? Willst du den Frevel begehen, dich mit den Göttern zu messen? Das geht niemals gut aus! Sie mögen uns mit all ihrem Gezänk manchmal menschlicher erscheinen als wir selbst, aber vergiß nicht, daß sie unsterblich sind. Das ist der Unterschied. Sie büßen vielleicht für ihre Fehler; aber sie leben weiter. Wir Menschen büßen auch, aber oft genug mit dem Leben und zumindest mit dem Glück!«

»Ja, mit dem Glück«, sagte Jason bitter. »Mutter hat mit *ihrem* Glück gebüßt, für deine Tat!«

»Ich verstehe, wenn du dich und deine Mutter verraten fühlst. Aber was dich betrifft – ich wußte nichts von dir, als ich nach Süden zog, um an den Heiligen Spielen teilzunehmen. Und Leaina ...« Myron holte tief Luft, bevor er weitersprach: »Auch wenn du mir nicht glaubst, ich habe sie immer geliebt und niemals vergessen. Aber Philainis, Melissas Mutter, war die Frau, auf die ich gewartet hatte, ohne es zu wissen. Vielleicht kannst du es ein wenig nachfühlen, wenn du an deine erste Begegnung mit Melissa denkst. Philainis und ich wußten sofort, daß wir füreinander bestimmt waren. Deshalb entschied ich mich für sie und gegen Leaina. Heute weiß ich, daß es ein Fehler war. Aber es ist zu spät, etwas daran zu ändern.«

»Philainis und du, ihr habt euch für eure Liebe entschieden. Melissa und ich sollen das nicht dürfen?«

»Wir waren nicht Bruder und Schwester! Unser Frevel war groß, eurer würde unendlich viel schwerer wiegen. Glaub mir, Jason, euer vermeintliches Glück wäre von Unglück überschattet!«

Jason schwieg lange und dachte über Myrons Worte nach. Schließlich nickte der junge Eläer langsam.

»Ich merke, du siehst es ein«, sagte Myron erleichtert. »Darf ich dich um einen Gefallen bitten?«

»Um noch mehr?«

»Nur um noch etwas Zeit. Erzähle mir von dir und Leaina!«

»Auf einmal interessiert dich unser Leben?«

»Ich sagte doch, ich habe Leaina nie vergessen. Daß ich einen Sohn habe, erfuhr ich erst, als du auf mein Anwesen kamst und dich nach Aelian erkundigtest.«

Jason erzählte lange von dem Leben in den Bergen von Eläos, von sich, von seiner Mutter und von Lysias. Der Theorodoke lauschte andächtig und stellte nur hin und wieder eine Zwischenfrage. Er schien ein ganzes Leben durchzumachen. Das Leben, das er um der Liebe willen preisgegeben hatte.

»Ich danke dir, Jason«, sagte er schließlich mit feuchten Augen.

»Und was soll ich jetzt tun?« Er hätte das seinen Vater gern früher gefragt.

»Du bist ein guter Kämpfer, ich habe dich bei den Übungen heimlich beobachtet. Erringe den Ölbaumkranz für dich und für Paros. Dann wirst du ein Leben führen können, das dir sonst verschlossen bleibt. Wir beide sind nicht dazu geschaffen, ein Leben lang Schweine zu hüten.« Myron stand auf. »Verzeih mir, wenn ich dich noch einmal bitte, über dies alles zu schweigen. Aber es ist besser so. Der Schatten meines verwerflichen Handelns würde auch auf Melissa fallen.«

»Melissa hat eingesehen, daß wir uns nicht mehr wiedersehen dürfen?«

»Ich hoffe es«, antwortete Myron und ging.

Jason war allein, wieder einmal.

Am vierten Tag fanden keine Agone statt. Der Vollmondtag gehörte den Opfern und Feierlichkeiten zu Ehren des Zeus, und alle nahmen daran teil. Auch Jason. Da Nero nach dem regulären Zeusopfer der hundert Stiere die beschlagnahmten Pferde opfern wollte, hatte er auf der Anwesenheit der vollständigen Gesandtschaft von Paros bestanden. Eine halbe Zenturie der Prätorianergarde, die noch vor Sonnenaufgang am Gästehaus erschien, sorgte für mindestens pflichtgemäße Erfüllung dieses Befehls.

Anführer der Prätorianer war Kallikles, der statt der Uniform der elischen Wachen jetzt die der Kaisergarde trug. Das war Neros Dank für seine Rettung. Es war ein ungewohnter Anblick: Wo gestern noch der Vollbart das Gesicht des Lochagen bedeckt hatte, sah man heute die bleiche glattrasierte Haut eines schlechtgelaunten Zenturios.

Auf Neros Wunsch folgten die Männer aus Paros in der Festprozession gleich hinter dem kaiserlichen Gefolge und der elischen Gesandtschaft. Nicht weit voraus ging Myron mit den anderen elischen Theorodoken. Er würdigte Jason keines Blickes und behandelte seinen Sohn wie den Fremden, der er wieder und für alle Zukunft für ihn war.

Zum Klang der Auloi und Trompeten zogen die Menschen auf demselben Weg wie bei der Eröffnung der Spiele um die Altis herum und marschierten dann durch das neue Triumphtor in der Südmauer auf das heilige Gelände. Nero selbst führte die Prozession an, mit ihm die purpurgewandeten Hellanodiken, die Zeuspriester und die höchsten elischen Würdenträger. Sie scharten sich um einen großen Hügel, der zwischen dem Pelopion und der Schatzhausterrasse aus der festgestampften Asche früherer Brandopfer entstanden war: der Altar des Zeus.

Nach Gesängen und Tänzen zu Ehren des Göttervaters, die von Gruppen der einzelnen Abordnungen aufgeführt wurden, ehrten ihn die Priester durch Lobpreisungen. Dann wurden die hundert Stiere von den Führern der olympischen Gesandtschaften paarweise zum Altar geführt, immer ein roter und ein weißer. Weitere Männer der betreffenden Abordnung überreichten den Tempeldienern die kostbaren Weihegeschenke. Der jeweilige Architheore sprach eine Danksagung zu Zeus und bat ihn um ein günstiges Zeichen.

Die Opferschlächter schwangen ihre schweren Goldbeile, um das Leben jedes Tieres mit einem Schlag auszulöschen. Die Opferstecher beendeten das Werk, indem sie den umstürzenden Rindern die Kehlen durchschnitten und das herauslaufende Blut in silbernen Schalen auffingen. Anschließend säbelten sie den Tieren die Beine ab und schnitten die Leiber auf. Auch hier wurde das herausrinnende Blut aufgefangen und dann vorsichtig die Innereien herausgenommen. Die abgeschnittenen Beine verbrannten auf dem Altar, und das mit Weihrauch vermischte und in die Flammen gegossene Blut ließ über der Altis eine dunkle Wolke entstehen, groß, schwer und von durchdringendem Geruch. Die Opferseher untersuchten derweil die Innereien und verkündeten, was sie daraus für die Zukunft der opfernden Stadt lasen. Was von den Stieren noch geblieben war, wurde von Opferhelfern weggetragen, um es für das abendliche Festmahl herzurichten.

Als sämtliche hundert Stiere geschlachtet, Ströme dicken Bluts fässerweise geflossen waren und die Wolke über der Altis so groß war wie der Vorbote eines schweren Wintersturms, trat der Oberpriester Melesias vor und sprach mit lauter Stimme: »Zum ersten Mal wird bei der heiligen Feier zu Ehren des Zeus ein besonderes Opfer dargebracht. Nero Claudius Caesar will damit Zeus für seine Güte danken, denn unser höchster Gott hat ihn vor einem hinterhältigen Mordanschlag bewahrt. Dieser Frevel, die Verletzung der Ekecheiria, soll dadurch gesühnt werden, daß die fünfzig prächtigsten Hengste aus der Stadt Paros, der Heimat des Attentäters, geopfert werden.«

Prätorianer und Sklaven der parischen Gesandtschaft führten die Pferde heran, und in der Menge machte sich Unmut breit. Unmut über den Anschlag und über die Männer aus Paros – aber vereinzelt auch Unmut darüber, daß Nero sich und sein Leben wichtig genug nahm, den immer gleichen Ablauf des heiligen Rituals zu ändern.

Wieder floß Blut und verbrannte Fleisch. Der Gestank vermischte sich mit dem wohltuenden Geruch des Weihrauchs zu einem süßlichen Todesatem, der bei einigen Zuschauern Husten und Würgen auslöste. Vielen Männern aus Paros, besonders den Wagenlenkern und Reitern, standen Tränen in den Augen. Sie weinten um die ihnen vertrauten Pferde und um die Siegeskränze, die sie niemals nach Paros bringen würden.

Das Unheimlichste an der ganzen Szene war für Jason der Umstand, daß sich die Pferde klaglos zur schnellen Hinrichtung führen ließen. Sie scheuten nicht vor dem Blut der anderen Tiere, nicht vor dem grell auflodernden Flammenschein und nicht vor dem ungewohnten Geruch zurück. Später erfuhr der Eläer, daß man den Tieren zur Beruhigung Haselwurzsaft unter das Futter gemischt hatte.

Als das letzte der fünfzig Pferde geschlachtet war, trat Nero selbst vor die Menge und achtete nicht darauf, daß er seine Purpurtoga mit Blut und Asche besudelte. Er hatte die goldene Kithara an einem smaragdbesetzten Lederriemen über die linke Schulter gehängt, spielte mit dem goldenen Plektron in der Rechten eine aufsteigende Tonfolge und verkündete: »Zeus will ich nun lobpreisen, den höchsten und edelmütigsten der Götter, den Schöpfer und Herrscher, der weise Gespräche führt mit der an seiner Seite thronenden Themis.«

Und Nero besang Zeus ausgiebig mit einer Stimme, die nicht übel war, aber ein wenig zu dumpf für die Höhen und zu schwach für die Tiefen. Den Zuhörern fiel das Stehen bereits schwer, als der kaiserliche Künstler endlich schloß: »Gebietender Sohn des Kronos, sei gnädig, ehrwürdiger Herrscher!«

Noch einmal zupfte das Plektron in der Rechten die zwölf Saiten der Kithara, und die dicken Finger der Linken dämpften den Klang, dann verstummte die Melodie, und

Nero blickte beifallheischend in die Gesichter der Menge. Die Augustianer zollten ihn zuerst, laut und frenetisch. Sie ließen ihren Caesar, den großen Künstler und Dichter hochleben, und alle anderen fielen ein.

Fast alle anderen. Einige schwiegen aus Empörung darüber, daß Nero Beifall für eine religiöse Hymne einheimste, die allein Zeus ehren sollte.

Der Caesar verbeugte sich wie ein Schauspieler auf der Bühne und rief mit strahlendem Gesicht: »Ich danke euch, ihr kunstsinnigen Männer Griechenlands. Ich bin über alle Maßen glücklich, dieses heilige Fest mit euch zu teilen, denn Musik, die im Verborgenen erklingt, hat keinen Wert.«

Die Opferseher machten sich wieder ans Werk, um die Innereien der edelsten unter den getöteten Hengsten zu untersuchen. Die Seher machten lange Gesichter und zogen schließlich die drei Oberpriester zu Rate. Auch deren Mienen wirkten nicht gerade froh, als sie sich endlich umdrehten.

Melesias sagte mit tiefer, ernster Stimme: »Die Vorzeichen sehen düster aus, o Caesar. Sie verheißen Ströme von Blut und Tränen und lautes Waffengeklirr!«

»Meinen die Vorzeichen die Spiele morgen?« fragte Nero. »Die Kämpfe Mann gegen Mann und den Waffenlauf?«

»Nein, o Herr, sie sprechen von einer ferneren Zeit und meinen dein Blut und deine Tränen.«

»Was soll das bedeuten?« Neros rötliches Gesicht war eine Spur blasser geworden. »Enthalten die Vorzeichen keine deutliche Aussage?«

»Doch«, erwiderte Melesias mit sichtlichem Unbehagen. »Sie sprechen eine klare und unmißverständliche Warnung an dich aus, Caesar: Hüte dich vor dem dreiundsiebzigsten Jahr!«

»Vor dem dreiundsiebzigsten Jahr«, murmelte Nero und

überlegte mit ernster Miene, umwölkter Stirn und zusammengekniffenen Lippen. Plötzlich hellte sich sein Gesicht wieder auf. »Was kümmert mich solche Warnung? Will ich alt werden, daß meine Knochen klappern und meine Glieder selbst im heißen Sommer zittern?« Er wandte sich zum Zeustempel, hob beschwörend die dünnen Arme und rief im Tonfall gespielten Ernstes: »O göttlicher Zeus, bewahre mich vor meiner eigenen Greisenhaftigkeit!«

Die Menge atmete erleichtert auf, daß der Caesar das böse Vorzeichen so leichtnahm. Aber einige blickten weiterhin ernst, darunter Xenophanes, der leise sagte: »Und bewahre uns, mächtiger Zeus, vor den Spöttern und Frevlern!«

Xenophanes war immer noch ernst, als er abends zu der kleinen Nußbaumgruppe im Südwesten jenseits der Altis, der Musik und der Gesänge trat. Jason war vor dem lauten Trubel hierher geflohen. Er hatte nur wenig Hunger gehabt und nur wenig von dem Fleisch der geopferten Rinder gegessen.

»Denkst du darüber nach, wie du morgen bessere Ergebnisse erzielen kannst, Jason?« Der hagere Mann blieb vor dem Jüngling stehen, der, mit dem Rücken an den breitesten der Baumstämme gelehnt, auf dem Boden hockte. »Gestern waren deine Leistungen mehr als bescheiden. Morgen ist der schwerste Tag für dich. An sich hättest du vormittags an den Wettläufen und nachmittags an den drei Kämpfen teilnehmen sollen, aber ich fürchte, mit dem Laufen wird es nichts!«

Jason spürte den Blick des Alipten auf seinem verbundenen Knie, und er hörte den deutlichen Vorwurf, der in den Worten mitschwang. »Es war ein Unfall, nicht meine Schuld«, versuchte er sich zu verteidigen. »Ich bin beim Weitsprung eingeknickt.«

»Ich weiß, ich habe es mit angesehen. Aber es war doch deine Schuld! Dein Geist war nicht bei der Sache, Jason, sonst wäre das nicht geschehen. Was geht dir im Kopf herum? Sind es immer noch Amykos' geheimnisvolle letzte Worte von den Flügeln des Poseidon?«

»Ja, das auch«, gab Jason mit einem langen Seufzer zu. »Aber das ist es nicht nur.«

»Was noch?«

Jason erschrak, als er merkte, daß er sich fast verraten hätte. »Nichts, was für dich wichtig ist, Alipt«, sagte er schnell.

»Alles, was deine Leistungen beeinträchtigt, geht mich etwas an, Eläer. Ich sage es dir nicht zum erstenmal.« Die Härte verschwand aus seiner Stimme, als Xenophanes fortfuhr: »Du kannst mir vertrauen, Junge. Erzähl mir, was los ist!«

Jason holte tief Luft. Es war nicht einfach, dem Mann mit der Lederhand zu widersprechen. »Es ehrt mich, Alipt, daß dein Ohr für mich da ist. Aber ich möchte die Sache lieber für mich behalten!« Der Eläer hatte den Kopf in den Nacken gelegt und blickte ruhig zu Xenophanes auf, fest entschlossen, dem Blick des anderen nicht als erster auszuweichen.

Der Wutausbruch des Alipten, mit dem Jason fest gerechnet hatte, erfolgte nicht. Xenophanes nickte verständnisvoll. »Hat Myron dir also die Wahrheit gesagt?«

»Was meinst du?« entgegnete Jason, ein beklemmendes Gefühl in der Brust.

»Ich meine eure verwandtschaftlichen Beziehungen. Soll ich deutlicher werden?«

Der Eläer versuchte, seine Überraschung und sein Erschrecken nicht zu zeigen. »Ich weiß wirklich nicht, wovon du sprichst, Alipt.«

»Gut, dann nenne ich Myron und dich Vater und Sohn. Ist das deutlich genug?«

Das war es offenbar. Jason gab seine Anstrengungen auf, den Unwissenden zu spielen. »Du weißt es! Woher?«

Xenophanes hob seine Lederhand und lächelte bitter. »Ich mag ein Krüppel sein.« Er tippte mit dem Lederding an seine Augen. »Aber ich bin nicht blind.« An ein Ohr. »Ich bin nicht taub.« Gegen die Stirn. »Und ich bin nicht ganz dumm. Lange genug bin ich im Geschäft, um zu wissen, daß der reiche Theorodoke Myron einst der arme Freier eines angesehenen Mädchens war, der Theorodokentochter Philainis. Und ich kenne gewisse Gerüchte, über einen jungen Athleten, der sich wenige Jahre zuvor in Philainis verliebte und ganz plötzlich verschwand, noch ehe er bei den Spielen antreten konnte, obwohl er sehr gute Aussichten auf den Ölbaumkranz hatte. Ich habe bemerkt, wie sonderbar Myron dich beobachtete, als er selbst sich unbeobachtet glaubte. Und mir fiel auf, wie stark und unnachgiebig er sich gegen eine Verbindung Melissas mit dir wandte, obwohl er selbst doch als Mittelloser ein wohlhabendes Weib zur Frau bekam. So kannte ich den großzügigen, seine Tochter über alles liebenden Myron bisher nicht. Als du mir erzähltest, wer jener Aelian, den du suchst, wirklich ist, war mir die Sache ziemlich klar. Wenn man sich dann noch dein Gesicht betrachtet, dazu das von Myron und sich seinen Bart wegdenkt, kann es keinen Zweifel mehr geben.«

»Warum hast du es mir nicht gesagt?«

»Ich war der Meinung, es sei eine Sache zwischen Myron und dir.«

»Woher weißt du, daß Myron es mir gesagt hat?«

»Wie ich schon bemerkte, ich halte meine Ohren offen. So hörte ich, daß ihr euch gestern abend getroffen haben sollt. Und am Abend zuvor wurde Myron überraschend ins Theokoleon gerufen. Dorthin, wo die Wachen, wie man sich erzählt, ein junges Paar gebracht haben.«

»Du hast gut geraten, Alipt.«

»Ich rate nicht«, erwiderte Xenophanes fast empört. »Ich betrachte die Tatsachen, wäge sie ab und ziehe daraus die einzig mögliche Schlußfolgerung.«

»Dann bist du klüger als ich. Ich wäre vielleicht niemals auf die Wahrheit gekommen.«

»Du bist nicht dumm, Jason. Aber dein Verstand war von den Gedanken an Amykos und an Melissa so vernebelt wie heute die Altis vom Rauch der verbrannten Opfertiere.«

»Das ist wahr.« Jason blickte Xenophanes durchdringend an und schüttelte den Kopf.

»Woran denkst du?« fragte der Alipt.

»Verzeih, Xenophanes, wenn ich so offen spreche. Aber mehrmals dachte ich, du seist vielleicht mein Vater. Hauptsächlich lag das daran, daß in deiner Stimme ein eläischer Akzent mitschwingt, während man bei Myron gar nichts davon bemerkt.«

Xenophanes machte in kürzester Zeit eine erschreckende Veränderung durch. Sein Gesicht wirkte noch ernster, noch grauer, mit harten, wie in Stein gemeißelten Zügen. Es sah aus wie das Gesicht einer Statue – oder das eines Toten. Er schwankte, als drohe er zu fallen, hielt sich dann aber mit der gesunden Hand an dem Baum fest, unter dem Jason saß. Der hagere Körper des Alipten erbebte wie ein Vulkan vor dem Ausbruch.

»Was hast du, Alipt?« Jason sprang auf und ergriff, um Xenophanes zu stützen, den Arm mit der ledernen Hand. »Geht es dir schlecht?«

»Es ist schon gut«, antwortete der Ältere leise und machte sich von Jason los, die Berührung schien ihm unangenehm zu sein. »Ich dachte nur einen Augenblick, wie es wäre, wenn du wirklich mein Sohn wärst.«

»Findest du diese Vorstellung so erschreckend?«

»Nein. Ich habe keinen Sohn und sah in dir vielleicht so etwas wie einen Ersatz. Erschreckend ist nur der Grund, weshalb ich keinen Sohn habe.«

»Weshalb nicht?«

»Er starb, als er etwa in deinem Alter war. Und in der Tat hast du mich mehr als einmal an ihn erinnert.«

»Wenn er noch so jung war, woran starb er dann?«

Xenophanes benötigte eine ganze Weile, um Kraft für die Antwort zu sammeln. Er starrte auf das Lederding und sagte: »Ich habe Kimon getötet, mit dieser Hand. Ich schlug sie mir ab, aber das war keine Sühne. Ich kann es nicht ungeschehen machen – niemals.« Sein Gesicht verhärtete sich noch mehr, und er preßte seine Lippen zu einem schmalen Strich zusammen. »Diese verfluchten Römer!«

»Ich weiß, es ist deine Geschichte«, sagte Jason vorsichtig. »Aber wenn du sie mit mir teilen willst, ich werde sie für mich behalten.«

»Ja«, erwiderte Xenophanes leise und nachdenklich. »Vielleicht ist es gut, darüber zu reden. Zu lange verschließe ich es schon in meiner Brust.«

Er ließ sich neben dem Eläer nieder und fuhr fort: »Deine Vermutung über meinen Akzent stimmt, Jason. Damals war ich Paidotribe in Argyros, also nicht weit von Eläos entfernt. Ich hatte schon immer heißes Blut, und Kimon erbte es von mir. In meiner Jugend war ich selbst ein recht guter Athlet, habe es aber nie bis zu den großen Spielen in Olympia, Delphi, Korinth oder Nemea geschafft. Kimon jedoch besaß alle Anlagen zum Perionodiken. Ich arbeitete hart mit ihm, um dieses Ziel zu erreichen. Um so mehr überraschte mich eines Tages seine Mitteilung, er wolle nicht an den Spielen teilnehmen, sondern in die römische Armee eintreten. Soldat zu sein sei schon immer sein Wunsch gewesen. Wir stritten uns, einer wurde lauter als der andere. Schließlich wollte Kimon das Haus im Streit verlassen, um seinen Wunsch zu verwirklichen. Ich stellte mich vor die Tür und versperrte ihm den Weg ...«

Xenophanes, der an Jason vorbei ins Tal des Alpheios geblickt hatte, sah den Jüngling traurig an. »Kimon war alles, was mir geblieben war, nachdem mir eine Epidemie meine Frau, meine Tochter und meinen anderen Sohn genommen hatte. Er wollte sich an mir vorbeidrängen, aber ich hielt ihn fest. Wir stürzten zu Boden und rangen miteinander. Kimon lag auf mir und hielt plötzlich ein Messer in der Hand. Meine Rechte packte die Faust Kimons, um ihm das Messer zu entreißen. In diesem Augenblick wollte er sich von mir lösen. Er stürzte und fiel in seine eigene Klinge. Als ich nach ihm sah, war er schon tot.«

Jeglicher Glanz in den Augen des Alipten erlosch, grau und tot der Blick. »Was soll ich noch sagen? Ich verließ mein Haus, meine Stadt, meine Heimat und kehrte niemals zurück. Ich änderte meinen Namen und glaubte, dadurch, daß ich ein anderer wurde, alles vergessen zu können. Aber es gelang nicht, der Schmerz wurde immer größer. Eines Tages, ich war auf einem großen Anwesen in Aetolien als Arbeiter untergekommen, überwältigte mich der Schmerz. Ich wollte den Schmerz töten, indem ich mit einer Axt die Hand abschlug, die Kimon den Tod gebracht hat. Ich sah auf das Blut, das aus meinem Arm schoß, und verlor das Bewußtsein. Als ich wieder erwachte, lag ich im Haus meines Herrn, der Arm war verbunden.«

Wieder sah der Alipt auf das braune Leder an seinem Arm. Sein Blick brach sich in unbestimmten Fernen. »Ein Freund meines Herrn hatte das Anwesen besucht, ein weiser Mann, Arzt und Philosoph. Er ist der einzige Mensch außer dir, dem ich meine Geschichte erzählte. Er heilte meine Verletzung und brachte mich zu einem Ledermacher, dem ich das Ding an meinem Arm verdanke. Der weise Mann lehrte mich, mit dem zu leben, was ich getan habe, es als Teil von mir anzunehmen. Ich fragte ihn, wie ich meine Schuld wiedergutmachen könne. Er sagte, das könne ich nicht. Ich könne nur versuchen, die Götter und mich selbst mit mir zu versöhnen, indem ich anderen Menschen helfe. Ich fragte ihn, wie, und er sagte, mit dem, was ich am besten kann. Also bildete ich wieder junge Athleten aus.« Xenophanes legte die gesunde Hand auf Jasons Schulter. »Athleten wie dich, Jason. Und immer, wenn mich jemand an Kimon erinnerte, war mein Herz froh und traurig zugleich.«

Der Blick des Alipten kehrte in die Wirklichkeit zurück. »Ich werde deine Anmeldung für die Läufe morgen zurückziehen. Mit dem Knie hättest du keine Aussicht auf einen Sieg. Du würdest dich nur unnötig schwächen. Willst du beim Ringen, beim Pankration und beim Faustkampf antreten?«

»Ich weiß nicht ...«

»Wenn du es tust, dann für sich selbst, Jason. Dein Leben geht weiter. Vielleicht erhältst du nie wieder eine solche Möglichkeit, die epirischen Berge hinter dir zu lassen!«

Die Worte des Alipten, die denen Myrons ähnelten, waren wahr, aber sie gaben nicht den einzigen Grund ab, weshalb Jason in Olympia blieb und am nächsten Tag am Ringen, am Pankration und am Faustkampf teilnahm.

Noch waren nicht alle Geheimnisse geklärt. Der junge Eläer spürte, daß es nur hier geschehen konnte. Es lag in der Luft. Er konnte es riechen wie daheim in den Bergen den nahen Winter, wenn die Luft naß, kalt und schwer war vom Schnee, den sie herantrug. Nur noch zwei Tage dauerten die Heiligen Spiele. In diesen zwei Tagen würde etwas geschehen, das den Nebel vertrieb, der über Amykos' Tod und den rätselhaften Flügeln des Poseidon lag. Davon war Jason überzeugt, ohne einen einzigen konkreten Grund nennen zu können. Als hätte Amykos ihn in den Träumen besucht und Jason zum Ausharren bewegt.

Der Vormittag brachte für die Leute aus Paros einen Erfolg, als der dürre Ikkos über sich selbst hinauswuchs und den Ölbaumzweig im Doppellauf errang. Aber der Nachmittag schien zu einer Enttäuschung zu werden, jedenfalls für Jason.

Sein erster Gegner im Ringen war ein wahrer Stier von einem Mann, ein durch übermäßiges Essen auseinandergegangener Syrakuser, gegen den sogar Koroibos anmutig gewirkt hätte. Viele Ringer waren von dieser Statur, die es einem erlaubte, den Gegner durch bloßes Gewicht umzuwerfen. Jason hatte gelernt, solchen Fleischbrocken auszuweichen, sich ihren Griffen zu entziehen und ihre Unbeweglichkeit auszunutzen, um sie zu Fall zu bringen. Aber heute gelang es ihm nicht. Dem Syrakuser mußte das leichte Humpeln des Eläers aufgefallen sein. Er griff an Jasons Knie und sandte einen solch überwältigenden Schmerz durch seinen Körper, daß der Eläer sich auf dem Boden wiederfand. Das geschah noch zweimal, und das Ringen war für Jason beendet.

Den Ölbaumzweig erhielt schließlich ein kantiger Umbrier. Alle Römer im Stadion überschütteten ihn mit Beifall, auch Nero, der unter dem schützenden Sonnensegel auf der Ehrentribüne zwischen Statilia Messalina und Sabina/Sporus inmitten seines Gefolges saß, beschützt von den Prätorianern. Ganz nah bei dem Caesar stand Kallikles und beobachtete wachsam die Umgebung. Als Jason nach seinem dritten Fall unter den Hohnrufen der Menge vom Kampfplatz hinkte, überzog ein befriedigtes Lächeln das grobe Gesicht des vormaligen Lochagen.

Während Eupolos Jasons Knie am Rande des Stadions mit einem schmerzlindernden Mittel bestrich, kam Xenophanes zu ihnen und fragte Jason, ob er aufhören wolle.

Der Eläer schüttelte den Kopf und zwang sich trotz der stechenden Schmerzen in seinem Bein zu einem Lächeln. »Weißt du nicht mehr, Alipt? Das Leben geht weiter!«

Zu Beginn des Pankrations sah es so aus, als hätte Jason die richtige Entscheidung getroffen. Er bezwang seinen ersten Gegner, einen jungen Korinther, indem Jason ihn auf dem Boden in den Würgegriff nahm und ihm die Luft abpreßte, bis der andere die Hand hob.

In der nächsten Runde mußte der siegreiche Eläer gegen einen älteren Mann antreten, einen untersetzten Kahlkopf aus Makedonien. Sie belauerten sich eine Weile, bis der Makedone plötzlich vorschoß und seine Faust gegen Jason schickte. Das war ein Täuschungsmanöver: Dann sandte er einen harten Tritt gegen Jasons verletztes Knie; offenbar hatte er beim Ringen genau beobachtet, was mit dem jüngeren Athleten los war. Der Eläer widerstand dem Schmerz, aber sein Zögern reichte dem anderen, Jasons Haar trotz der Kürze zu packen und seinen Kopf nach unten zu ziehen. Ein spitzes, hartes Knie rammte sich in Jasons Gesicht, wieder und wieder, dann ein erneuter Tritt gegen das empfindliche Knie des Eläers.

Jason lag am Boden, der Makedone saß auf ihm und schlug unermüdlich auf seinen Kopf ein. Blut verschleierte Jasons Blick. Er sah kaum noch die Fäuste, die ihn in schneller Folge trafen. »Ergib dich!« keuchte der Kahlkopf immer wieder.

Jason tat es nicht und verlor das Bewußtsein. Er kam erst wieder zu sich, als mehrere Männer ihn zu Eupolos trugen, der sein Gesicht mit einem weichen Schwamm vom verkrusteten Blut befreite, bevor er die zahlreichen Wunden versorgte. Wieder fragte Xenophanes Jason, ob er aufhören wolle, und wieder weigerte er sich.

Jasons erster Gegner beim Faustkampf war ein dunkelhäutiger Ägypter, der stark und wild war. Zu wild: Seine Bewegungen waren unbeherrscht. Immer wieder ließ Jason ihn ins Leere laufen und nutzte seine Verwirrung, um ihm ein paar harte Schläge zu verpassen. Mehrmals ging der Ägypter zu Boden, bis er nicht mehr aufstand.

Neue Runden brachten neue Gegner und neue Fäuste, die Jason trafen und ihn mehr als einmal zu Boden schickten. Aber er stand immer wieder auf und kämpfte weiter, bis der andere nicht mehr aufstand oder die zittrige Hand erhob. Jason aber besiegte in Wahrheit gar nicht den jeweiligen Gegner. Für ihn hatten die Männer andere Gesichter: die aufgeschwemmten Züge des Eunuchen Bias, die aufgeworfenen Lippen des hochmütigen Hippias, das derbe Gesicht von Kallikles, das verformte Antlitz des Giganten Koroibos, die hohlen Wangen von Kreugas, auch die Gesichter von Myron und Lysikles tauchten auf. Der Eläer schlug mit aller Wut, die sich in ihm aufgestaut hatte und lange genug ohnmächtig hatte bleiben müssen, auf seine Gegner ein. Er geriet, zusätzlich angestachelt von den schnellen Rhythmen der die Kämpfe begleitenden Aulosspieler, in einen wahren Rausch, spürte keinen Schmerz, nur das erhebende Gefühl, seine Fäuste fliegen zu lassen.

Daß er in die Endausscheidung um den Ölbaumzweig gekommen war, bemerkte er erst, als der Herold es mit volltönenden Worten verkündete. Xenophanes lächelte seinem Athleten zufrieden zu, als der Herold Jasons Namen ins Stadion rief.

Sein Gegner im letzten Kampf war ein Römer namens Titus Valerius Maximus, der Favorit Neros, dessen Gefolgschaft bei der Namensnennung begeistert applaudierte. Die überall im Stadion verteilten Augustianer sorgten dafür, daß sich der Jubel auf die Masse der Zuschauer übertrug. Der nicht mehr ganz junge Agonist, der vor Neros Tribüne trat und sich vor dem Caesar verneigte, machte seinem Rufnamen Maximus alle Ehre. Jason war groß, aber der muskelbepackte Römer war ein Riese. Begleitet von stürmischem Jubel, ging Maximus zum Kampfplatz. Seine Hände blinkten in der Sonne wie Eisen.

Auch Xenophanes sah es und fragte: »Was ist das? Hat er eiserne Finger?«

Jason kniff die Augen zusammen und sah spitze Dornen aus dem Leder um seine Hände und Unterarme ragen. »Es sind keine Finger, sondern Eisennägel.«

»Ich habe es geahnt«, grollte Xenophanes. »Das sind römische Gladiatorensitten, der Heiligen Spiele unwürdig.«

Er blickte zu den Männern in Purpur hinüber. »Ich rede jetzt ein ernstes Wort mit den Hellanodiken!«

Nach kurzer Zeit kehrte der Alipt mit noch umwölkterem Gesicht zurück. »Diese feigen Kerle kuschen vor dem Caesar. Sie wagen es nicht, gegen das Tragen der Eisennägel einzuschreiten.«

»War das ihre Antwort?«

»Ja. Wenn du nicht gegen Maximus antreten willst, sollst du es lassen, haben sie gesagt. Dann wird der Römer kampflos zum Olympioniken erklärt.«

»Nicht, wenn ich es verhindern kann!« erwiderte Jason wütend.

»Noch kannst du es dir überlegen. Ich würde es dir nicht verübeln, wenn du unter diesen Umständen auf den Kampf verzichtest.«

»Nein, ich werde kämpfen!«

Sein ganzes Leben lang hatte Jason von Olympia gehört und an die Heiligen Spiele gedacht, bei denen nach strengen Regeln zu Ehren des Zeus gekämpft wurde. Er wollte nicht zulassen, daß sich die Römer ihre eigenen Regeln schufen. Er empfand es als ungerecht, daß Melissa zum Tode verurteilt werden sollte, weil sie gegen die Gesetze Olympias verstieß, dem Günstling Neros aber sollte es durchgehen. Und da war noch etwas: Jason selbst war nicht ehrlich gewesen, als er den olympischen Eid leistete. Durch seinen Kampf gegen Maximus wollte er auch Zeus Horkios versöhnlich stimmen.

»Gut«, sagte Xenophanes. »Ich achte deine Entscheidung und bin stolz auf dich. Zeig es diesem Römer! Laß deine Hände zu den rächenden Fäusten der Götter für diesen Frevel werden!«

Er gab den Hellanodiken ein Handzeichen, daß Jason zum Kampf bereit war, und verließ den Kampfplatz. Ein Trompetensignal kündigte den Beginn des Kampfes an. Die Menge verstummte und blickte gespannt auf die beiden Agonisten, die sich vorsichtig umkreisten.

Die Hände und Unterarme des Römers erinnerten Jason an Igel, so zahlreich waren die Nägel. Aber nur einige blitzten im Sonnenlicht, an den anderen klebte das getrocknete Blut besiegter Gegner.

»Komm schon, Griechlein, bring es hinter dich«, knurrte Neros Favorit und entblößte Zähne, von denen fast jeder zweite golden funkelte. Er mußte ein erfahrener Kämpfer sein, daß er so viele Zähne verloren hatte. Und ein erfolgreicher, daß er sich so teure Ersatzzähne leisten konnte. »Je eher du dich von mir schlafen legen läßt, desto eher ist es für dich vorbei! Oder hast du Angst vor mir?«

»Nicht so große, daß ich mich hinter eisernen Nägeln verstecken müßte!«

»Du wirst die Nägel gleich spüren!« rief der riesige Römer, sprang schnell nach vorn und ließ die Rechte auf Jasons Kopf zufliegen.

Der Eläer hatte mit so einem wütenden Angriff als Antwort auf seine Herausforderung gerechnet. Er tauchte geschickt unter dem Arm des Gegners weg, drehte sich und stieß seine Rechte in den Magen des Römers. Dessen Fleisch war fest und bestand fast nur aus harten Muskeln. Ein ärgerlicher Fluch kam über Maximus' Lippen, aber kein Schmerzenslaut.

Der Römer erholte sich schnell von der Überraschung. Schneller, als Jason gedacht hatte. Bevor der Eläer sich noch außer Reichweite bringen konnte, erwischte ihn die eisengespickte Linke an der rechten Schulter und riß das Fleisch auf.

Jasons Blut spritzte, und die Menge schrie auf, erst vor Überraschung, dann vor bluttrunkener Begeisterung.

»Wie schmeckt dir mein Eisen, Griechlein?«

Der Eläer hielt den Mund und sparte seine Kräfte für den Kampf auf. Und der wurde noch hart. Jason konnte nicht richtig angreifen, weil die Nähe zu Maximus gefährlich war. Der Riese verfügte über die größere Reichweite, und einer seiner Treffer war wegen der Nägel viel schwerwiegender als ein Treffer des Eläers. Fast jeden Angriff bezahlte der Jüngling aus den epirischen Bergen mit einer blutigen Wunde. Jasons Schultern und Arme, seine Brust und sein Rücken, sein Gesicht – überall rissen die Eisennägel sein Fleisch auf, und sein Blut tropfte in den Sand des Kampfplatzes.

Maximus aber wirkte kaum mitgenommen. Die paar schweren Treffer, die Jason landen konnte, schienen ihm nichts ausgemacht zu haben. Immer schneller kamen die Angriffe des Römers, vorangepeitscht vom jubelnden Publikum. Immer öfter knirschte der Sand zwischen Jasons Zähnen. Kaum war er aufgestanden, ging er erneut zu Boden. Sein Kopf dröhnte, als blase eine Trompete in jedes Ohr.

Wieder stürzte er, von einer ganzen Schlagserie getroffen. Wieder stand Maximus über ihm, bereit, beim ersten Aufstehen erneut zuzuschlagen. Von den nägelgespickten Lederriemen tropfte Blut auf Jason – sein eigenes Blut.

»Du bist erledigt, Griechlein«, grinste der Römer mit den golden blitzenden Zähnen. »Geh heim, Bübchen, und wein dich bei deinen Eltern aus!«

Wut packte Jason. Wut auf Maximus und alle, die ihn verspottet, bedroht und ausgenutzt hatten, seit er nach Elis gekommen war. Wieder stiegen ihre Gesichter – Koroibos, Bias, Kallikles, Kreugas, Hippias, Myron, Lysikles – vor ihm auf und verschmolzen mit dem schweißglänzenden Gesicht des Römers. Mit einem Aufschrei sprang Jason hoch und stieß beide Fäuste mit aller Kraft in das verabscheute Gesicht.

Der überraschte Riese taumelte rückwärts, verlor das Gleichgewicht und landete im Sand. Als er sich erhob, trafen kurz hintereinander Jasons Rechte und Linke seine Wange. Die Lederstreifen über Jasons Knöcheln rissen das Fleisch auf, und erstmals floß das Blut des zurückweichenden Römers.

Als er es in seinem Mundwinkel schmeckte, heulte er vor Zorn auf und stürmte vor. Ein schneller Ausweichschritt Jasons, und der Römer strauchelte ins Leere. Jason sandte ihm eine Rechts-Links-Kombination nach, traf dieselbe Wange wie zuvor, und das von der Faustwehr herausgerissene Fleisch legte den Knochen frei.

Maximus hielt den Kopf schief und schielte verwirrt auf den Blutstrom, der über seine Schulter und seinen Arm floß. Jason sprang ihn von der anderen Seite an und ließ seine Fäuste mit solcher Schnelligkeit gegen den Kopf des Römers fliegen, daß dieser gar nicht dazu kam, sich zu wehren. Irgendwann sackte er auf die Knie, starrte den Eläer mit einem Blick voller Unverständnis an und kippte zur Seite. Dort lag er, völlig reglos. Er atmete noch, war also nicht tot, nur bewußtlos.

Diese unerwartete Entwicklung lähmte die Menge. Erst nach einer ganzen Welle kam ein erster zaghafter Applaus aus der parischen Ecke auf. Dann schlossen sich immer mehr dem Beifall an, und schließlich klatschte auch Nero pflichtschuldig in die wurstigen Hände.

Der Jubel hüllte Jason ein. Wie durch einen Schleier hörte er das Schmettern der Trompeten und die Stimme des Herolds, die seinen Namen und den der Stadt Paros nannte. Ein Hellanodike trat vor ihn und überreichte ihm feierlich den Ölbaumzweig, für den er bei der großen Siegerehrung den begehrten Kranz erhalten sollte.

Die parischen Athleten stürmten auf Jason zu und

hoben ihn begeistert auf ihre Schultern, um ihn im Triumph einmal durch das Stadion zu tragen. Zum erstenmal seit jenem Abend, an dem er vergeblich auf Melissa gewartet hatte, fühlte Jason sich unbeschwert glücklich.

Bei seiner Runde durch das Stadion wurde er auch an den Würdenträgen von Elis vorbeigetragen. Sein Blick traf den Myrons, und Stolz leuchtete unverhüllt in den Augen seines Vaters.

Die Euphorie, die Jason nach seinem Sieg erfaßte, hielt nicht lange vor. Zu stark waren die Schmerzen, die ihn peinigten, überall in seinem Körper. Obwohl Eupolos sich um den Eläer mit einer Fürsorge bemühte, die der Mutter eines Neugeborenen Ehre gemacht hätte, fühlte sich Jason kaum besser. Xenophanes stattete ihm einen kurzen Besuch ab und entschied: »Du nimmst morgen nicht am Marathonlauf teil, Jason. Du hättest keine Aussicht auf den Sieg, sondern würdest dich nur quälen.«

Obgleich der Tag so anstrengend gewesen war, fand Jason nachts keinen Schlaf. Unruhig wälzte er sich in dem großen Raum, den er sich mit einem halben Dutzend anderer Athleten teilte, auf seinem Bett hin und her. Schließlich hielt er das Atmen und Schnarchen der anderen nicht mehr aus und verließ den Raum. Er trat auf den Hof, über den man die von den Bewohnern der umliegenden Gästehäuser benutzten Thermen erreichte. Die frische Luft würde ihm vielleicht die ersehnte Müdigkeit bringen.

Schritte näherten sich und Schatten, die sich unterhielten. Es waren zwei Männer, die aus dem Badehaus kamen. Zu dieser späten Stunde? Das war überaus ungewöhnlich und weckte Jasons Vorsicht. Er folgte einer plötzlichen Eingebung und kauerte sich hinter den großen Marmorsockel einer überlebensgroßen Dionysos-Statue.

Die beiden anderen Männer gingen an ihm vorbei, ohne ihn zu bemerken. Das Licht der Gestirne beleuchtete ihre Gesichter: das feiste Antlitz des kahlköpfigen Pharmakopolen Eupolos und die ausdruckslosen Züge des Läufers Kleomenes. Das lange schwarze Haar des Athleten war feucht und klebte an seiner fliehenden Stirn.

»Ich werde dich noch mit einem speziellen Gemisch einölen«, sagte der Pharmakopole zu dem anderen. »Danach wirst du gut schlafen und morgen so frisch und erholt aufwachen, wie es ein Teilnehmer am Marathonlauf nur sein kann.«

Was Kleomenes erwiderte, verstand Jason nicht. Zu schnell entfernten sich die beiden Männer. Er hatte sich offenbar ohne Grund versteckt. Kleomenes, auf dem Paros' ganze Hoffnung für den wichtigen Sieg im Marathonlauf ruhte, hatte ein spätes Bad genommen, vielleicht angereichert mit besonderen Essenzen aus Eupolos' Sudküche. Jetzt gingen die beiden zurück ins Gästehaus, wo Kleomenes einen großen Raum ganz für sich allein hatte. Jedenfalls nahm Jason an, daß der Raum groß war, von innen gesehen hatte er ihn noch nicht. Kleomenes' Unterkunft lag nicht bei denen der anderen Athleten, sondern im Trakt der Betreuer unmittelbar neben Xenophanes' Zimmer. Die Erfolge des Läufers bei den Übungen hatten seinen Sonderstatus noch gefestigt. Er erschien jetzt nicht einmal mehr zu den gemeinsamen Essen der Athleten, sondern bekam alle Speisen aufs Zimmer gebracht.

Jason blieb hinter dem marmornen Dionysos hocken. Kleomenes hatte die Erinnerung an den Mann wachgerufen, den der schwarzhaarige Läufer ersetzen sollte: Amykos. Der Eläer blickte zu den Sternen hinauf und fragte sich, was der verstorbene Freund zu Jasons Sieg beim Faustkampf gesagt hätte.

Es dauerte nicht lange, und er hörte wieder die Stimme von Eupolos. Jason wollte schon aufstehen und ihn nach einem Schlafmittel fragen, als er etwas sah, daß ihn zurückschrecken und sich erneut hinter den Sockel der Statue ducken ließ. Der Mann, der in Begleitung des Pharmakopolen zur Therme ging, war eindeutig Kleomenes. Aber das eben noch nasse Haar des Läufers war jetzt trocken. Das Sternenlicht war hell genug, um die schwarzen Locken zu erkennen, die bis auf seine Schultern fielen.

Verwirrt starrte Jason den beiden anderen nach und beschloß, in seinem Versteck auszuharren, bis sie aus den Thermen zurückkehrten. Das geschah nach etwa einer halben Stunde – und jetzt war Kleomenes' Haar wieder naß!

Jason hielt sich vor den beiden verborgen und kehrte eine ganze Weile nach ihnen ins Gästehaus zurück. Sein nächtlicher Streifzug hatte nicht den gewünschten Erfolg gebracht, sondern das Gegenteil bewirkt. Der Eläer war noch ruheloser und dachte über die seltsame Begebenheit nach. Wieso hatte Kleomenes zweimal hintereinander gebadet? Und wie konnte sein Haar zwischen den beiden Bädern so rasch trocknen?

24
Die Marathon-Entscheidung

> Eine nicht offenkundige Verbindung ist stärker
> als eine offenkundige.
> *Heraklit*

Nero schien sich für den Göttervater höchstselbst zu halten, so selbstzufrieden hockte er auf dem thronartigen Stuhl im Pronaos des Zeustempels und blickte auf die zweihundert Athleten, die in zehn Reihen zwischen dem großen Tempel und der Echohalle warteten – die Marathonläufer. Sie standen eng zusammengedrängt, denn die Statuen, die vor dem Zeustempel und vor der langen Halle wachten, ließen ihnen nur wenig Raum. Die Hellanodiken hatten die Plätze in den Reihen nach den Laufergebnissen vergeben, die von den Athleten bei der Begutachtung für die Teilnahmezulassung erzielt worden waren. Jason stand in der siebten Reihe.

Er war zeitig aufgestanden und hatte Xenophanes noch vor dem Frühstück darum gebeten, am Marathonlauf teilnehmen zu dürfen. Als sich der Alipt verwundert zeigte, erklärte Jason, daß er sich während der Nacht gut erholt habe und der Meinung sei, den Lauf überstehen zu können. Zögernd willigte Xenophanes ein und sagte: »Es ist deine Gesundheit, Jason. Du mußt wissen, ob du es wagen willst.«

Und der Eläer wollte es wagen – aus einem Grund, den er Xenophanes verschwiegen hatte. Jason wollte hinter das Geheimnis kommen, das Kleomenes umgab. Das nächtliche Erlebnis vor dem Badehaus hatte die Erinnerung an die vielen Ungereimtheiten in Zusammenhang mit Kleomenes in dem Eläer wachgerufen. Er hatte lange darüber nachgedacht und glaubte, kurz vor der Lösung des Rätsels zu stehen. Ein Rätsel, das aus vielen kleinen Teilen bestand.: Koroibos' Ermordung, Jasons nächtliche Entführung durch den geheimnisvollen Bias, Amykos' angeblicher Unfalltod, Zopyras Verschwinden und Kleomenes, der ein so hervorragender Läufer und doch fast unbekannt war. Aber noch fehlten zu viele Steinchen, um das Mosaik als ein Ganzes erkennen zu können. Weil er die hier, beim Marathonlauf, zu finden hoffte, riß Jason sich trotz seiner Schmerzen zusammen und ging heute an den Start. Er wollte in der Nähe von Kleomenes sein, der in der ersten Reihe stand.

Es war der Morgen des sechsten und letzten der heiligen Tage, dem Tag der Abschlußfeier und der Siegerehrung. Als erster Sieger sollte der des Marathonlaufs gefeiert werden, mit dem goldenen Kranz aus Neros Hand. Der Caesar selbst wollte auch das Startzeichen zu dem von ihm ersonnenen Wettlauf geben und hatte sich daher hier eingefunden.

Zunächst aber zupfte er auf seiner goldenen Kithara und sang eine Hymne auf »die tapferen Helden Griechenlands«, die vor fünfeinhalb Jahrhunderten unter ihrem Führer Miltiades die Perser bei Marathon schlugen. Er pries sie und den Boten, der vom Schlachtort nach Athen lief, dort den Sieg verkündete und tot zusammenbrach. Und er schloß: »Sein Andenken mag eure Beine beflügeln, wackere Agonisten Olympias, die ihr fünfmal das Heiligtum umrundet, sowie das Purpurtuch den heiligen Boden berührt.«

Er vertauschte die Kithara mit einem purpurnen Tuch, das er weithin sichtbar hochhielt. Bis in die Fingerspitzen ein Schauspieler, spreizte Nero Daumen und Zeigefinger auf unnachahmliche Art. Das Tuch fiel auf den stucküberzogenen Boden des Pronaos.

Unter den Anfeuerungsrufen der die Altis füllenden Zuschauer stürmten die Läufer auf das Triumphtor zu.

Das war zwar der größte Durchgang der neuen Einfriedung, aber bei weitem nicht groß genug für alle. Vor dem Tor entstand ein heilloses Durcheinander, ein Drängen, Zerren und Schubsen, und einige Läufer landeten unsanft auf dem Boden.

Jason stand am Ende des unübersichtlichen Haufens nackter menschlicher Glieder und wartete geduldig, bis das Wirrwarr sich klärte. Er wollte seine Kraft nicht im Kampf um einen zweifelhaften Vorsprung verschwenden, der schon nach wenigen Stadien wieder verloren sein konnte. Je eher er seine Kräfte einzuteilen begann, desto größer war seine Aussicht, die achtundzwanzig Meilen überhaupt zu überstehen. An einen Sieg wagte er nicht zu denken.

Kleomenes stand in der Nähe und wartete ebenfalls ab. Ob er sich große Aussichten auf den Sieg einräumte? Sicher schickten auch andere Städte hervorragende Langstreckenläufer in den Kampf um den goldenen Kranz. Hinzu kam eine Menge Einzelbewerber, angelockt von der Aussicht auf Ruhm und Reichtum, denn es hieß, Nero wolle den Sieger nicht nur bekränzen, sondern auch mit goldenen Münzen überschütten, die er eigens für diesen Anlaß hatte prägen lassen: Eine Seite zeigte sein Bild, die andere das des Zeus.

Als einer der letzten schlüpfte Jason dicht hinter Kleomenes durch das Triumphtor aus weißem Marmor. Fünfmal würden die Läufer das Gelände von Olympia und damit auch den heiligen Bezirk der Altis umrunden, aber erst nach der fünften Runde würden sie wieder durch das Triumphtor zum Zeustempel laufen, wo der Schnellste aus den Händen Neros den goldenen Kranz empfangen würde.

Jason befand sich so dicht neben Kleomenes, daß er das eingravierte Zeichen an der rechten Seite des breiten Lederbandes erkennen konnte, mit dem der Läufer sein schulterlanges Lockenhaar zusammenhielt. Es war ein Adler mit ausgebreiteten Schwingen, das Symbol der Schnelligkeit und der Unüberwindbarkeit. Der Adler hatte den Kopf zur Seite gedreht, so daß es aussah, als blicke er nach vorn auf die zu überwindende Strecke.

Der Eläer lächelte dem anderen Läufer zu, aber Kleomenes bewahrte seine Sonderbarkeit, wandte den Blick ab und schloß sich jenseits des Tores ohne besondere Eile dem Ende des Läuferfeldes an. Er lief so zurückhaltend, daß es selbst Jason zu langsam war. Wenn er, nur um in der Nähe des anderen zu bleiben, auch seinen Laufstil übernahm und ein so gemächliches Tempo wie dieser vorlegte, würde er mit Sicherheit den Anschluß verlieren. Schon nach der Umrundung der Altis, als Jason zwischen dem Fuß des Kronoshügels und den Fluten des Kladeos entlanglief, ließ er nicht nur das Halbrund des für Nero erbauten Theaters, sondern auch Kleomenes hinter sich zurück. Aber wie er den schwarzlockigen Läufer kannte, würde er irgendwann wieder auftauchen, seine aufgesparten Kräfte entfalten und an Jason vorbeiziehen wie die munteren Fluten des kleinen Flusses, der sich nur ein kurzes Stück weiter unten in den schweren, trüben Wässern des Alpheios verlor.

Noch herrschte überall Gedränge, im Feld der zweihundert Läufer auf der schmalen Strecke zwischen Fluß und Erhebung ebenso wie unter der zigtausendköpfigen Zuschauermenge, die viele Reihen tief Körper an Körper und Kopf an Kopf den Hügel einnahm. Aber je weiter sich die Läufer von Olympia entfernten, desto mehr zogen sich ihr Feld und die Schaulustigen auseinander. Einem Hellenen ging es immer um den Sieg, auch und gerade bei den Spielen. Zweiter oder Dritter zu sein war nicht besser als Vorletzter oder Letzter. Die Zuschauer wollten allein den Sieger sehen. Also drängten sich die meisten Menschen um die Altis zusammen. Nur noch vereinzelte Gruppen saßen weiter hinten am Hang des Kronoshügels, hatten sich Vorräte mitgenommen und unterhielten sich über die vorbeieilenden Athleten. An der Nordseite des Hügels, die der Altis abgewandt war, gab es gar keine Schaulustigen mehr.

Jason bewältigte die erste Runde ohne größere Anstrengung, das war nicht überraschend. Lang und mühsam waren stets die letzten Runden, wenn die Füße mit jedem Schritt schwerer wurden und die Lungen bei jedem Atemzug heftiger stachen. Die Zuschauermenge wuchs wieder an und bejubelte die Agonisten.

Der Eläer hatte Kleomenes ebenso aus den Augen verloren wie alle anderen parischen Läufer. Zuletzt war er am Osthang des Kronoshügels von Simias und Gerenos überholt worden, die munter nebeneinander trabten. Sie hatten ihn angegrinst, und der kahlköpfige Gerenos hatte gerufen: »Was ist, Jason, willst du dir keinen zweiten Ölbaumkranz erkämpfen, noch dazu einen aus Gold?«

»Erst in der fünften Runde«, hatte Jason geantwortet und sie ohne Neid ziehen lassen. Wenn er nicht mit der Geschwindigkeit lief, die ihm angemessen erschien, würde er bald gar nicht mehr laufen. Das leise Klopfen in seinem verletzten Knie erinnerte ihn an seinen geschwächten Zustand.

Die Altis flog an ihm vorbei: Menschen, Gesichter, Lärm, Gebäude, weiter außerhalb des heiligen Bezirks die bunte Pracht der Zelte, dann wurde es wieder ruhiger zwischen Kronoshügel und Alpheios.

In der zweiten Runde steigerte Jason seine Geschwindigkeit mehr und mehr. Wollte er wenigstens die Möglichkeit erwägen, den goldenen Kranz zu erringen, mußte er allmählich darangehen, sich zur Spitze des jetzt weit auseinandergezogenen Läuferfeldes vorzuarbeiten. Er dankte den Göttern, daß sein Knie mitspielte. Das Klopfen wurde nicht stärker.

Als er in der vierten Runde am Nordhang des Kronoshügels entlanglief, hatte er die größte Schnelligkeit erreicht, die er sich zutraute. Zwei Köpfe tauchten vor ihm auf, der kahle von Gerenos und der graue von Simias. Sie liefen noch immer nebeneinander, als Jason sie überholte und fragte: »Wollt ihr den goldenen Kranz nicht mehr haben?« Keiner der beiden verzog eine Miene.

Jason selbst verging das Grinsen wenig später, als Kleomenes an ihm vorbeiflog wie der Adler an der linken Seite seines Stirnbandes. Der lockenhaarige Läufer wirkte tatsächlich, als verleihe der Vogel ihm Kraft. Er lief so frisch und unbeschwert, als sei er gerade erst gestartet. Mit jedem Schritt entfernte er sich von dem Eläer, wie es ein Adler mit jedem Flügelschlag getan hätte.

Ein Adler! Das Bild des Adlers auf dem Stirnband stand wieder vor Jasons innerem Auge. Etwas stimmte nicht damit. Er versuchte, sich daran zu erinnern, wie er an Kleomenes' Seite durch das Triumphtor gelaufen war. Es fiel ihm leicht, wie immer ließ die ungehinderte Bewegung auch seinen Geist ungehindert fließen. Deutlich sah er das Bild, wie er neben Kleomenes die Altis verließ und ihm ein schüchternes Lächeln sandte: der lockenumwallte Kopf mit der fliehenden Stirn, darum das Stirnband mit dem Adler auf der rechten Seite.

Auf der *rechten* Seite! Ja, das war der Unterschied. Der Adler hatte an der rechten Seite des Kopfes gesessen, und jetzt saß er auf der linken. Vorhin hatte der Vogel nach vorn geschaut, jetzt blickte er zurück, zu Jason.

Die Erklärung war simpel: Kleomenes hatte das Stirnband verdreht, oder er hatte es abgenommen und neu aufgesetzt. Jason überlegte, weshalb ihn diese einfache Tatsache so aufwühlte. Kleomenes hatte sich von Anfang an auffällig benommen, und jetzt die scheinbar unwichtige Sache mit dem Stirnband – es paßte ins Bild, auch wenn es sich noch nicht zusammenfügte.

Jason hatte sich am äußersten Rand seiner Möglichkeiten gewähnt, als er Simias und Gerenos überholte, aber jetzt wurde er noch schneller. Er ignorierte das Stechen in seinen Lungen und seinen Seiten, die ihn nach unten ziehende Schwere der Füße und das stärker werdende Klopfen im Knie. Alles in ihm konzentrierte sich auf zwei Dinge: Kleomenes nicht aus den Augen zu verlieren und den Schlüssel zu dem Geheimnis zu finden, das über Amykos' Tod lag.

Poseidon ... die Flügel ... Der Satz hallte in Jason nach. Auch der Adler hatte Flügel, aber das paßte nicht zu Poseidon. Wenn schon zu einem Gott, dann gehörte der Adler zu Zeus. So wie im Tempel auf der Altis und in der unheimlichen Höhle der Götter.

Die Altis kam wieder in Sicht. Nero saß auf einer überdachten Terrasse seiner Villa und hielt einen goldenen Becher in der Hand. Unter den Schaulustigen befanden sich die meisten Männer aus Paros. Die Gesichter von Kreugas, Rupolos und Xenophanes huschten an Jason vorbei ...

... und in seinem Kopf begannen die vielen kleinen Steine endlich, sich zu einem Bild zu formen. Er lief dicht hinter Kleomenes, während er die längst wieder verschwundenen Gesichter der Bekannten sah und ihre Stimmen hörte.

Kreugas nach dem mißglückten Anschlag auf Neros Wagen: *Der blinde Haß eines einzigen Mannes hätte fast uns allen den Tod gebracht.*

War es wirklich nur der Haß eines einzigen Mannes? Hatte nicht auch Xenophanes bei jeder Gelegenheit betont, wie sehr ihn die Römer anwiderten? Zum Beispiel gestern bei dem ungewöhnlich persönlichen Gespräch im Schatten der Nußbäume: *Diese verfluchten Römer!*

Grund genug, sie zu hassen, hatte er wohl. Auch wenn sie keine direkte Schuld an Kimons Tod traf, konnte Jason verstehen, daß Xenophanes sie trotzdem für das Schicksal seines Sohnes mitverantwortlich machte. Ein Haß, der sich über die Jahre in Xenophanes festgefressen hatte, mit jedem Jahr tiefer und fester.

Nur der Haß eines einzigen? Bei vielen Männern aus Paros hatte Jason ähnliches gehört. Und nicht nur bei denen aus Paros. Was hatte er doch zu dem jungen Agis bei seiner Ankunft in der Stadt der Elier gesagt: *Vielleicht läßt Nero für sein Gefolge auch noch Schuhe anfertigen.* Und Agis hatte geantwortet: *Vater würde vergiftete Nägel in die Sohlen schlagen. Vater hält nicht viel davon, daß wegen Nero die ganzen Spiele auf den Kopf gestellt werden. Er sagt, es sei eine Gotteslästerung, die Heiligen Zeus-Spiele, die seit uralten Zeiten alle vier Jahre stattfinden, einfach um zwei Jahre nach hinten zu verschieben, nur weil das besser in den Reiseplan des Caesars paßt.*

Ähnlich äußerte sich Xenophanes beim Rennen in Myrons Hippodrom: *Römer sollten Römer bleiben und sich nicht als Hellenen verkleiden, um bei unseren Spielen die Siegerkränze einzuheimsen. Was Nero auf seiner Reise durch Hellas treibt, ist eine Verhöhnung der Götter.* Und gestern vor dem Kampf gegen Maximus: *Zeig es diesem Römer! Laß deine Hände zu den rächenden Fäusten der Götter für diesen Frevel werden!*

Wenn Xenophanes für die Eisennägel schon die rächenden Fäuste der Götter beschwor, mußte er dies für die Taten Neros nicht erst recht tun? Und mit ihm all die anderen, denen das Verhalten des Caesars mißfiel.

Jason spürte, daß er auf der richtigen Fährte war. Aber noch fehlten zu viele Teile in dem Mosaik. Teile, die mit Amykos zu tun hatten und mit einem Ersatzmann, der zum letztenmal am Kladeos entlanglief und gerade leichtfüßig einen schlanken Ägypter überholte. Die Distanz zwischen den beiden parischen Läufern hatte sich vergrößert.

Der Eläer strengte sich an, trotz der immer heftigeren

Schmerzen im Knie; aus dem warnenden Klopfen war ein durchdringendes Stechen geworden. Er hörte seine und die Schritte des Ägypters nicht, als er ihn überholte. Nur seinen rasselnden Atem und das Pochen des Blutes in seinen Ohren.

Alles andere war leise, undeutlich verzerrt – wie Amykos' letzte Worte: *Poseidon ... die Flügel ...* Pegasos? Oder die Pferde des Pelops? Wahrscheinlich letztere, denn sie standen in einem Zusammenhang mit den Olympischen Spielen. In einem eher unrühmlichen, wie Jason fand, gründeten sich die Spiele doch auf einen Sieg, der durch doppelten Betrug errungen worden war.

Betrug! Doppelt! Mit einem Mal stand Jason die Lösung vor Augen, auch wenn sie unglaublich erschien. Aber es paßte!

Eine *Verschwörung!* ... und wiederum nicht zufällig hatten die Verschwörer den Marathonlauf für ihre Tat gewählt. Bei Marathon hatten die Hellenen einst ihren ersten Sieg gegen die Perser errungen, von dem eine Signalwirkung für ganz Hellas ausgegangen war. Solch ein Signal wollten die Verschwörer mit ihrer Tat heute auch setzen.

Und nicht zufällig trug Kleomenes das Stirnband mit dem Adler. Er war nicht nur das Symbol für Schnelligkeit, sondern auch das Tier des Zeus und der Bote von Donner und Blitz. Sein Träger brachte die Rache des Göttervaters für allen Frevel der Römer. Und sein Träger war Kleomenes!

Kleomenes wirkte nicht nur, als sei er in der vierten Runde frisch gestartet, er war es auch, obwohl er mit Jason und den anderen schon in der ersten Runde von der Altis losgelaufen war. Die Szene stand deutlich vor Jasons Augen: Am unbelebten Nordhang des Kronoshügels lief ein langsamer Kleomenes, der weit hinter alle anderen zurückgefallen war. Niemand sah ihn, mit Ausnahme einiger verborgener Augen im Unterholz. In dem Unterholz, in dem der Läufer mit einem Sprung verschwand. Ein anderer setzte an seiner Stelle das Rennen fort, ein Doppelgänger. Der zweite Kleomenes hatte das Stirnband vom ersten übernommen, um die Täuschung perfekt zu machen. Dabei hatte er es in der Eile verkehrt aufgesetzt, mit dem Adler auf der linken Seite. Oder er hatte von vornherein ein identisches Stirnband getragen, nur nicht so wie der erste Kleomenes. Das kam aufs selbe heraus.

War das irrsinnig? Hatten die gnadenlose Sonne und die Anstrengung Jason verrückt gemacht, daß er solche Gedanken sponn? Nein, es mußte so sein. Daß Kleomenes sich abends manchmal nicht an das Geschehen und die Gespräche des Morgens erinnerte, daß er mal langsam lief und mal schnell, daß er auf dem linken Fuß hinkte und kurze Zeit später auf dem rechten, daß er in der letzten Nacht zweimal gebadet hatte, daß sein Haar so schnell getrocknet war – all dies ließ nur die eine Erklärung zu.

Es paßte ins Bild wie auch die Flügel des Poseidon. Was dem Pelops die geflügelten Pferde des Meeresgottes gewesen waren, das war hier der zweifache Kleomenes: der Betrug als Mittel zum Sieg. Doch bei diesem Sieg ging es um mehr als um den goldenen Ölbaumkranz. Dazu war der Aufwand zu groß. Deshalb hätte man Amykos nicht umgebracht!

Amykos war ein hervorragender Langstreckenläufer gewesen mit guten Aussichten, den Marathonlauf zu gewinnen, ohne Doppelgänger. Hatten sie ihn gefragt? War er deshalb am Tag seines Todes so bedrückt gewesen? Hatte Amykos an diesem Tag oder am Abend zuvor abgelehnt, seinen Caesar zu ermorden? Denn daß es um Neros Tod ging, daran zweifelte Jason nicht mehr. Hippias' Anschlag war alles andere als *dem blinden Haß eines einzigen Mannes* zuzuschreiben. Es war der erste Versuch gewesen. Die Mörder wollten sichergehen, so wie Pelops beim

Rennen gegen Oinomaos sichergegangen war. Der Begründer der Olympischen Spiele hatte sich nicht nur auf die geflügelten Pferde verlassen, sondern zusätzlich auf die von Myrtilos durch Wachs ersetzten Radpflöcke. Genauso hatte es Hippias versucht.

Aber wie sollte der zweite Versuch aussehen? Gut, die Verschwörer hatten dem Ausführenden ihres Mordplans gleichsam Flügel wachsen lassen. Als Sieger des Marathonlaufs kam er dem Caesar so nah wie kein anderer Außenstehender. Aber was dann? Nero würde von seinen wachsamen Prätorianern umgeben sein. Was konnte ein einzelner Mann, wie alle Läufer splitternackt und ohne Waffen, gegen die bewaffnete Elitetruppe ausrichten?

Wenn er Caesar mit bloßen Händen zu töten versuchte, hätte er schneller ein Schwert zwischen den Rippen, als er seine Tat ausführen konnte. Nein, der Mörder brauchte eine Waffe. Aber es gab keine Möglichkeit, sie zu verstecken, so völlig unbekleidet. Falsch, Kleomenes – oder wie immer er in Wahrheit heißen mochte – war nicht unbekleidet, er trug das Stirnband!

Lächerlich, dachte Jason sofort darauf, darunter konnte der Attentäter keine Waffe verstecken. Wirklich nicht? Während er auf Kleomenes' Fährte am Nordhang des Hügels entlanglief, hörte Jason wieder Stimmen. Sie flüsterten ihm die Lösung zu ...

Agis: *Vater würde vergiftete Nägel in die Sohlen schlagen.*

Zopyra: *Mit seinen Mitteln kann Eupolos einen Menschen innerhalb von Augenblicken gesund machen oder umbringen.*

Zopyra war verschwunden. Vielleicht nicht freiwillig. Hatten die Verschwörer sie verschwinden lassen, weil sie zuviel über Amykos' Tod herausgefunden hatte? Weil sie kurz davor stand, alles Jason zu verraten?

Doch im Augenblick brachte Zopyra ihn nicht weiter. Eupolos, der Hexenmeister der Salben und Tränke, war der letzte Stein im Mosaik. Jason erlebte wieder die Augenblicke voller Todesangst, als der große Skorpion frei durch die Giftküche des Pharmakopolen kroch. Der schwarze Kerberos! Und Eupolos sagte: *Das Gift tötet einen Menschen innerhalb weniger Stunden, manchmal auch in weniger als einer Stunde. Aber in der richtigen Verdünnung und Mischung mit anderen Mitteln kann es sehr gesund sein.* Wenn das Gift des Skorpions in der richtigen Verdünnung und Mischung gesund war, konnte es dann nicht auch in der richtigen Mischung und Verstärkung innerhalb kürzester Zeit töten? Wenn jemand das hätte bewerkstelligen können, dann Eupolos. Aber wie würde Kleomenes den Anschlag durchführen?

Das Stechen im Knie, in den Seiten und in den Lungen wurde immer schmerzhafter, wie von tausend kleinen Nadeln. Gleich erreichten sie das Stadion, aber Jason kam Kleomenes einfach nicht näher, konnte den Abstand nur mit Mühe halten. Zu beiden Seiten standen die dichten Reihen der Zuschauer und feuerten die beiden vorderen Läufer an. Ja, sie hatten es geschafft, sich an die Spitze zu setzen!

Jason dachte immer öfter ans Aufgeben. Was lag ihm am Leben des Caesars, dieses eitlen Mannes, der einem Land so leicht die Freiheit schenkte, wie er auf seiner goldenen Kithara spielte? Aber wenn Nero etwas zustieß, konnte es unabsehbare Folgen für alle Hellenen haben. Außerdem bedeutete ein Mord auf der Altis den schlimmsten Frevel überhaupt. Zeus war schon genug beleidigt worden in den letzten Tagen, es mußte ein Ende haben!

Konnte er es schaffen, Kleomenes einzuholen? Die Geschichte von Achilleus und der Schildkröte kam ihm in den Sinn. Sie stimmte nicht. Ein Mann konnte den anderen überholen, wie Kleomenes eindrucksvoll belegte. Aber der Eläer vermochte ihn nicht einzuholen, denn Kleomenes war Achilleus und Jason nur die Schildkröte.

Also stehenbleiben und das, was er sich während des

Laufes zusammengereimt hatte, den Umstehenden erzählen? Zwecklos, sie würden nicht schnell genug auf der Altis sein, um Nero zu warnen. Ein Pferd oder ein Maultier konnte er weit und breit nicht entdecken. Also weiter! Trotz der Nadeln, die ihn peinigten, immer weiter!

Plötzlich wußte er die Antwort auf die letzte Frage – die nach der Mordwaffe. Die Erinnerung an die Begegnung mit dem Riesenskorpion brachte ihn darauf. Ein Skorpion benutzte den Stachel an seinem Schwanz. Warum sollte nicht auch ein Mensch einen Stachel benutzen, klein genug, um ihn unter einem Stirnband zu verbergen!

Die Erkenntnis kam spät, zu spät. Jason umrundete mit letzter Kraft die weitläufigen Anlagen der kaiserlichen Villa und blickte bang zu der Terrasse hinauf, von der aus Nero das Rennen verfolgt hatte. Der Caesar und sein Gefolge waren nicht mehr dort. Natürlich nicht: Nero würde wieder im Pronaos des Zeustempels thronen, um den Sieger zu bekränzen – Kleomenes!

Der Mann mit dem Stirnband rannte unter dem Jubel der Menge auf das Triumphtor zu. Ja, er lief nicht, er rannte, so frisch waren seine Kräfte. Vielleicht ahnte er auch, daß der ihn unerbittlich verfolgende Jason hinter das Komplott gekommen war. Bevor er unter dem großen Tor verschwand, blickte er seinen Verfolger über die Schulter abwägend an.

Jason erreichte das Tor und lief hindurch auf die Altis. Hier hatten die hohen Würdenträger eine enge Gasse gebildet, die zum Eingang des Zeustempels führte. Nero saß inmitten seines Gefolges und der Prätorianer. Neben ihm stand ein Diener mit einem glänzenden Kissen, auf dem der goldene Kranz lag.

Kleomenes durchlief die Gasse und steuerte auf den Tempeleingang zu.

Jason entdeckte dicht bei dem Caesar den neuen Zenturio Kallikles. Er wollte dem ehemaligen Lochagen eine

Warnung zurufen, aber dazu reichten seine Kräfte nicht mehr aus.

Kleomenes hatte es geschafft und fiel vor Nero auf die Knie. Der Caesar erhob sich von seinem Thron und griff nach dem Goldkranz.

Jason lief weiter, obwohl der Sieg vergeben war. Er dachte nicht daran, daß seine Schlußfolgerungen falsch sein könnten, daß er sich lächerlich machte, wenn er so tat, als gebe es noch etwas zu gewinnen. Er konnte nur noch an eines denken: den Anschlag zu verhindern.

Der goldene Ölbaumkranz bedeckte Kleomenes' Lockenhaupt. Nero wollte noch etwas sagen, aber plötzlich stand der Marathonsieger auf und faßte sich an den Kopf, wollte scheinbar den Siegespreis zurechtrücken.

Jason hatte den Tempel fast erreicht. Befremdete Blicke richteten sich auf den Läufer, der doch längst erkannt haben mußte, daß es nichts mehr zu gewinnen gab.

Hinter Nero saß die beeindruckende Statue des Zeus in der Cella und sandte ihr leuchtendes Licht durch den Tempel. In diesem Licht blitzte etwas Dünnes in Kleomenes' Hand auf, nicht mehr als fingerlang. Eine mit Gift bestrichene Nadel – der tödliche Stachel!

Die anderen schienen es nicht zu bemerken, nur Jason, der damit gerechnet hatte. Er lief die Stufen des Tempels hoch, als Kallikles einen Befehl ausstieß. Hatte der Zenturio den vermeintlichen Marathonsieger endlich durchschaut? Nein, die Prätorianer richteten ihre Speere gegen Jason!

Der Eläer lief weiter, schlug die Waffen beiseite und sprang Kleomenes in dem Augenblick an, als dieser den Giftdorn in Neros nackten Arm stoßen wollte. Die beiden Läufer prallten gegen den Caesar. Der verlor das Gleichgewicht und fiel in die Arme seiner Prätorianer.

Jason wälzte sich mit Kleomenes am Boden, bemüht, die Hand mit dem Giftdorn von sich und Nero fernzuhalten.

Aber dann kamen die Soldaten und zogen den Eläer weg. Sie hielten nicht Kleomenes für den Attentäter, sondern Jason!

Der Sieger des Marathonlaufes sprang auf und wandte sich dem Caesar zu, der gerade wieder auf die Beine kam.

»Er will Nero töten!« schrie Jason und riß sich von den Gardisten los.

Er umklammerte Kleomenes von hinten, riß dessen rechten Arm zurück – den Arm mit der Hand, die den Giftdorn hielt. Die Nadelspitze ritzte Jasons nackten Unterarm. Es tat kaum weh.

Aber dann spürte Jason die Wirkung des Giftes. Die Menschen um ihn herum veränderten sich, ihre Glieder verzerrten sich ins Groteske. Die Stimmen wurden schnell und schrill oder langsam und tief, in jedem Fall unverständlich. Das Leuchten der großen Zeusstatue hüllte ihn ein und blendete seine Augen, daß er nichts mehr sah. Die Welt versank in gleißendem Licht, dem übergangslos tiefe Nacht folgte.

25
Das Urteil

Das Geschenk eines bösen Menschen bringt kein Glück.
Menander

Die Nacht war voller wilder Träume. Alles war unwirklich, paßte nicht zusammen. Auch nicht die Gestalten, die diese Träume bevölkerten: absonderliche Kreaturen, nicht Mensch, nicht Ungeheuer, im ständigen Wandel ihres Aussehens und ihrer Form begriffen.

Aber dann schälte sich aus all diesen Traumgespinsten ein Gesicht heraus, das Bestand hatte vor jeder Veränderung. Ein schönes, sanftes Gesicht, zu dem zarte Hände gehörten. Die Hände pflegten Jason, legten feuchte Wickel auf seine Stirn, tupften ihn ab, wenn er in Schweiß ausbrach, flößten ihm Wasser ein und streichelten zärtlich sein Haar, wenn er im Fieberwahn schrie und seinen erschöpften Körper krümmte.

Jason kannte dieses Gesicht, das ihn so liebevoll anblickte. Er strengte sich an, versuchte sich zu erinnern und flüsterte schwach: »Melissa ...«

Die roten Lippen öffneten sich zu einer Antwort, aber Jason verstand die Worte nicht. Seine Ohren waren wie verstopft und verzerrten alle Geräusche. Wieder überfiel ihn die Nacht.

Als er erneut die Augen öffnete, fühlte er sich besser. Sein Blick erfaßte den kleinen, fast schmucklosen Raum, in dem er lag. Er war allein. Durch die Fensteröffnung strömte frische Luft herein. Der Ausblick auf die grünen Hügel kam ihm bekannt vor.

Langsam erhob er sich von dem breiten Bett. Seine Knie waren ziemlich weich, aber er schaffte es bis zum Fenster und blickte hinaus auf den muntern Fluß und die Hügellandschaft dahinter. Der Fluß war der Kladeos. Jason befand sich auf dem olympischen Gelände, in einem der Gästehäuser westlich der Altis.

Allmählich kehrte seine Erinnerung zurück, an die Heiligen Spiele, an den Marathonlauf, an Kleomenes und den schlanken Dorn in seiner Hand. Und an das Gesicht, das er in den wenigen halbwegs wachen Augenblicken seines Schlafes gesehen hatte.

»Jason, was tust du da? Du bist noch zu schwach zum Aufstehen!« Die besorgte Stimme einer Frau.

»Melissa!« Jason drehte sich um. Schwindel packte ihn. Er mußte sich an der Wand abstützen, um nicht umzufallen. Langsam schwang der Raum aus.

Eine schlanke Frau mit schwarzem Haar, ihr Gesicht geprägt von hohen Wangenknochen und schrägen Augen. Sie trug einen locker fallenden, schmucklosen Chiton. Sie stützte ihn und führte ihn zum Bett zurück.

»Zopyra, ich ...«

»Es tut mir leid, daß ich nicht Melissa bin.« Sie standen am Bett. »Leg dich langsam hin, ich stütze dich. Und versuch zu schlafen. Wer schläft, gesundet.«

Jason legte sich hin. Es tat gut, die Beine nicht länger zu belasten. Aber er schloß die Augen nicht. »Schlafen? Ich kann jetzt nicht schlafen. Ich habe so viele Fragen.« Er blickte zum Fenster. »Es ist früher Morgen. Habe ich die ganze Nacht geschlafen?«

»Die ganze Nacht?« Zopyra sah verwirrt aus, dann nickte sie langsam. »Ja, die ganze Nacht. Und die drei Nächte davor.«

Jason blickte die Hetäre ungläubig an. »Vier Nächte?«

Die Frau nickte wieder.

»Das heißt«, murmelte er, während er überlegte, »es sind auch vier Tage vergangen.«

»Zwangsläufig.« Zopyra lächelte schwach und holte eine mit den Motiven eines Wagenrennens verzierte Kylix von der Anrichte neben der Tür. »Trink das, Jason, es wird dir guttun!«

»Was ist das?«

»Zerstoßener Ziegenkäse mit Honig und verdünntem Wein.«

Er trank ein paar Schlucke, dann schob er die Kylix weg, als ihn erneuter Schwindel packte.

»Keine Sorge, Jason, du mußt dich nur erst wieder an Nahrung gewöhnen. Das Gift hat dir ordentlich zugesetzt. Wir können den Göttern danken, daß die Nadel deine Haut nur geritzt hat. Das Gift war unglaublich stark. Man hat es an einem Ochsen ausprobiert, der mit der Nadel gestochen wurde. Nach kurzer Zeit fiel das Tier um und war tot.«

»Das Gift des schwarzen Kerberos«, sagte Jason leise. »Deshalb habe ich so lange geschlafen.« Er blickte zu Zopyra auf. »Wie kommst du hierher, Zopyra? Und wie geht es Nero?«

»Eines hängt mit dem anderen zusammen.« Sie stellte die Kylix auf den Boden und legte ein feuchtes, kühlendes Tuch auf seine heiße Stirn. »Der Caesar wurde nicht verletzt, jedenfalls nicht durch den Giftdorn. Nur als er zu Boden stürzte, hat er sich die Hand verstaucht. Er ist in großer Sorge, ob er rechtzeitig genug auf der Kithara spielen kann, um bei den Pythischen Spielen in Delphi den Lorbeerzweig zu erringen. Schließlich möchte Nero für sein Leben gern Perionodike werden!«

»Wenn das sein größtes Problem ist«, stöhnte Jason.

»Nun, zur Zeit kümmert er sich um die Verschwörung. Deshalb bin ich auf freiem Fuß. Ich floh, als die Prätorianer die Dunkle Stadt auf den Kopf stellten. Kaum eines von den zweifelhaften Häusern dieses Eunuchen dürfte jetzt noch stehen.«

Aus ihren Worten sprach Genugtuung. »Ich habe mir das beste Pferd aus seinem Stall genommen und kam hierher ... um dich zu sehen.«

»Der Eunuch. Meinst du Bias?«

»Ja, Bias! Ich war seine Gefangene. Es geschah an dem Tag, als ich in die Stadt der Elier ritt, um einen Informanten zu treffen. Aber es war eine Falle, so wie man dich damals an der Schildkrötenbrücke in die Falle gelockt hat. Wie man auch Koroibos in eine Falle lockte. Sie überwältigten mich und brachten mich zu Bias. Ich weiß nicht, ob sie den Auftrag hatten, mich zu töten. Aber bei Bias stirbt es sich nicht so leicht. Er will vorher seinen Spaß haben ...« Sie stockte, ihr Gesicht zuckte, ihre Hände zitterten. »Dieser Teufel hat Sachen mit mir getrieben, an die Koroibos nicht im Traum gedacht hätte. Aber Bias braucht das.« Sie lachte verächtlich. »Wie sonst sollte er seine Gelüste befriedigen?«

Jason spürte Mitleid mit Zopyra. Er legte eine Hand auf ihren nackten Arm, und sie lächelte ihn an. Ihm wurde klar, daß ihn mehr als Mitleid bewegte; es war so etwas wie Zuneigung, das was ihnen aus ihrer gemeinsamen Nacht geblieben war.

»Was hat Bias mit der Verschwörung zu tun?« fragte er.

»Er hilft den Verschwörern, für sehr gute Bezahlung, nehme ich an. Für Geld tut der Eunuch so ziemlich alles.«

»Die Verschwörer«, murmelte Jason. »Was weißt du über sie?«

»Hellenen und Römer stecken unter einer Decke.«

»Wieso Römer?«

»Nero ist nicht sehr beliebt beim Adel und beim Senat. Er hat sich durch sein eigenwilliges Verhalten eine Menge Feinde gemacht. Vor zwei Jahren erst gab es eine große Verschwörung. Als sie aufflog, rollten viele Köpfe. Wer nicht starb, wurde in die Verbannung geschickt, vorzugsweise auf die Ägäischen Inseln. So kamen die römischen Verschwörer in Kontakt mit der Widerstandsbewegung, die sich auf Paros entwickelt hat.«

»Aber weshalb dieses Attentat, wo doch Nero die Freiheit der Hellenen verkündet hat?« fragte Jason. »Weshalb sind die Hellenen der Verschwörung treu geblieben?«

»Paros ist bekannt für seinen weißen Marmor. Die Steinbrüche stehen unter kaiserlicher Verwaltung, woran auch die Freiheitserklärung nichts ändert. Die parischen Adelsfamilien, denen die Steinbrüche früher gehörten, würden die guten Geschäfte gern wieder selbst machen.«

»Dann riskieren die reichen Männer aus Paros einen Krieg gegen Rom, nur um ihren persönlichen Gewinn zu mehren?«

»So ist es. Ich nehme an, schon mehrere Kriege sind auf diese Art entstanden.«

Prüfend blickte Jason die Frau an, die nach einer kleinen Weile unruhig zur Seite sah. »Welche Rolle spielst du in diesem Stück, Zopyra?«

»Nur eine kleine, wenn auch keine, die mir unbedingt gefällt. Jedenfalls nicht im ersten Akt. Ich habe dich mit Absicht in die Falle an der Schildkrötenbrücke gelockt, aber ich wußte nicht, worum es ging. Ich war nicht eingeweiht in die Verschwörung. Ich hatte keine Ahnung, daß man Koroibos ermorden und dich als seinen Mörder hinstellen wollte. Man hatte mir nur gesagt, du müßtest in der Nacht zur Brücke bei der Dunklen Stadt kommen. Ich gehorchte, wie es sich für eine Sklavin, noch dazu eine gesuchte Mörderin, geziemt. – Als ich das Haus des Schuhmachers verließ, tat mir schon leid, was ich getan hatte. Schon damals empfand ich mehr für dich als für jeden anderen ...« Sie hatte leise gesprochen. Ihr letzter Satz verklang stimmlos.

»Warum ausgerechnet für mich?«

»Ich weiß es nicht genau. Kann man Gefühle erklären, Jason? Vielleicht, weil du zärtlich zu mir warst und mir etwas gegeben hast. Alle anderen Männer benutzten mich nur, um sich zu nehmen, was sie wollten. Nach dem, was Kreon mir angetan hat, glaubte ich nicht, jemals Zuneigung für einen Mann empfinden zu können. Aber als ich dich traf, wußte ich, daß ich mich geirrt hatte.«

»Warum bist du dann nicht umgekehrt und hast mich gewarnt?«

»Ich habe daran gedacht, es aber nicht gewagt. Die Angst vor dem, was Koroibos oder Xenophanes mit mir anstellen würden, war zu groß.«

»Xenophanes? Was hat er damit zu tun?«

»Er war es, der mich zu dir sandte, Jason.«

»Xenophanes macht mit Kreugas und Eupolos gemeinsame Sache?« rief er empört.

»Nein, nicht mit Kreugas. Der Architheore gehörte nicht zu den Verschwörern. Sein ganzes Bemühen galt einzig dem Erfolg bei den Olympischen Spielen. Xenophanes war der führende Verschwörer innerhalb der parischen Gesandtschaft.«

Jason hatte den Alipten gemocht und benötigte einige Zeit, um das zu verarbeiten. Dann fragte er: »Wurde Koroibos aus demselben Grund umgebracht wie Amykos?«

»Die Gründe sind ähnlich. Koroibos kam hinter die Verschwörung und erpreßte Xenophanes. So hat es Bias mir erzählt. Amykos wurde gefragt, ob er den Caesar töten wolle. Er lehnte empört ab – und mußte sterben, damit er nichts verriet. Xenophanes fand Ersatz in zwei mittelmäßigen Läufern, die er Kreugas geschickt unterschob: Kleomenes und sein Zwillingsbruder Kleomedes.«

»Wo ist Xenophanes jetzt? Hat Nero ihn verhaften lassen?«

»Ja, ihn und alle anderen aus Paros, von Kreugas bis zum Sklavenjungen. Wir beide sind die einzigen, die nicht festgenommen wurden.«

»Auch Kreugas? Du sagtest doch, er sei unschuldig.«

»Nicht für Nero und Tigellinus. Für sie sind alle beteiligt, die aus Paros kommen oder der parischen Abordnung geholfen haben. Sogar Myron wurde verhaftet. Man munkelt übrigens, daß Pontikos mit voller Absicht auf Nero zugehalten hat, als dieser am Boden des Hippodroms lag. Auch soll Neros Unfall mit Absicht herbeigeführt worden sein. Einige Verschwörer, wird behauptet, hielten sich in den Kellern hinter dem Taraxippos-Altar verborgen und machten durch irgendwelche Geräusche Neros Pferde scheu. Ich habe es nicht gesehen, aber es muß knapp für den Caesar gewesen sein.«

»Sehr knapp«, bestätigte Jason und dachte daran, wie Kallikles im letzten Augenblick Myrons Pferde aufgehalten hatte. Konnte es sein, gehörte neben Xenophanes auch Myron zu den Verschwörern? »Wo sind die Gefangenen des Caesars?«

»Da, wo der Caesar auch ist, in der Stadt der Elier. Genauer gesagt, auf Myrons Anwesen. Ausgerechnet dort hat Nero sein Quartier aufgeschlagen. Es heißt, dort will er zu Gericht sitzen über die Verschwörer und ihre Angehörigen.«

Die Verschwörer und ihre Angehörigen! Angst überfiel Jason. Angst um Myron – seinen Vater Aelian. Und noch mehr um Melissa! Er schlug die Decke weg und setzte sich auf. »Wo ist dein Pferd, Zopyra?«

»Warum? Was hast du vor?«

»Ich muß nach Elis, Nero von seinem Plan abbringen!«

Zopyras Lippen bebten. »Liebst du Melissa so sehr?«

»Sie ist meine Schwester, und Myron ist mein Vater.«

Zopyra verstand. Sie gab ihm das Pferd, auf dem sie aus der Dunklen Stadt geflohen war, einen großen, rassigen Schecken. Vergebens beschwor sie Jason, nicht zu reiten, weil er noch zu schwach sei, aber er hörte nicht auf sie. Dann wollte sie ihn wenigstens begleiten, doch die meisten Agonisten hatten Olympia schon verlassen, und schnelle Pferde waren hier rar geworden. Sie hätte ihn nur aufgehalten.

»Paß wenigstens gut auf dich auf«, sagte sie mit Tränen

in den Augen und reichte ihm ein von ihr zusammengeschnürtes Verpflegungsbündel. »Und sieh zu, daß du nicht Bias unter die Augen kommst. Er könnte sein Pferd zurückhaben und sich an dem, der es reitet, rächen wollen.«

»Bias? Wurde er denn nicht verhaftet?«

»Nicht, als ich aus Elis fortritt. Er hat viele Freunde. Oder sagen wir besser, er hat eine Menge Leute in der Hand. Die Prätorianer räucherten seine Lasterhöhlen aus, er aber entkam. Ich weiß nicht, wo er jetzt steckt.«

Jason ritt, so scharf er konnte, angetrieben von der Sorge um Myron und Melissa. Am frühen Nachmittag legte er nur eine kurze Rast ein. Aber er überschätzte seine Kräfte. Ein paar Stunden nach der Rast fühlte er, wie seine Glieder erschlafften. Trotz aller Mühe schaffte er es nicht, sich im Sattel zu halten. Und wieder begann eine lange Nacht.

Der Morgen weckte ihn mit kräftigen Sonnenstrahlen und plärrendem Vogelgezwitscher. Er blinzelte ins Licht und stellte fest, daß er auf einer abschüssigen Lichtung lag. Keine zehn Schritte entfernt stand der Schecke und graste friedlich.

Ein idyllisches Bild, aber Jason war nicht in der Stimmung, es zu genießen. Er verfluchte seine Schwäche und die verlorene Zeit. Am liebsten hätte er sich sofort auf den Rücken des Schecken geschwungen. Aber er mußte etwas für seinen geschwächten Körper tun und holte deshalb einen Laib Gerstenbrot und ein Stück Ziegenkäse aus dem Verpflegungsbündel. Wasser fand er in einem nahen Wildbach. Er aß und merkte, wie es ihm guttat.

Weiter ging der Ritt. Er hatte noch mehrere Schwächeanfälle auszustehen, aber er biß die Zähne zusammen und hielt sich an den Knäufen des römischen Sattels fest.

Am frühen Nachmittag erreichte er Myrons Anwesen,

das jetzt einem Feldlager glich. Überall standen Zelte, Feldzeichen waren aufgepflanzt, und schwerbewaffnete Prätorianer gingen zwischen ihnen umher. Nero war vorsichtig geworden. Eine Gruppe Soldaten hielt Jason an.

»Wo ist der Caesar?« fragte der Eläer ohne Umschweife.

»Was willst du von Nero Claudius Caesar?« entgegnete ein breitschultriger Zenturio.

»Ich muß ihm etwas Wichtiges mitteilen.«

»Wer bist du überhaupt?«

»Jason von Eläos. Der Mann, der Nero vor dem Giftanschlag gerettet hat.«

Der Zenturio nickte, als er den Reiter erkannte. »Nero ist im Hippodrom. Wir bringen dich hin.«

Der Zenturio stellte einen berittenen Begleittrupp zusammen. Mit fünf Soldaten brachte er Jason zu Myrons Hippodrom. Was der Eläer dort sah, verschlug ihm den Atem ...

Die Rennbahn war dunkel angefüllt mit Köpfen. Ein Strom menschlicher Köpfe, die sich leise bewegten. Kleine Wellen unter dem Wind: Lebende Köpfe! Überall lagen sie, beteten, flehten Caesar um Gnade an oder schrien in Todesangst. Die Leiber waren nicht zu sehen, waren eingegraben in den harten Boden.

Er kam näher, erkannte einzelne unter den murmelnden klagenden Köpfen. Alle waren sie dort eingegraben: Kreugas, Xenophanes, Eupolos, Simias, Gerenos, Megillos, Phanas, Ikkos und die anderen Athleten, Betreuer, Diener und Sklaven der parischen Gesandtschaft. Auch die Attentäter: Pontikos, Hippias und die Zwillinge, Kleomenes und Kleomedes. Andere, die er gar nicht kannte, vermutlich Leute von Bias. Und die Menschen von Myrons Hof, allen voran der Theorodoke selbst, Melissa, Lysikles und sogar dessen Vater Tranion. Nero schien fest entschlossen zu sein, die Verschwörung mit Stumpf und Stiel auszurotten.

Vor Zufriedenheit glänzend, saß Caesar unter dem unvermeidlichen Sonnensegel, umgeben von seinen beiden »Frauen« und dem engeren Gefolge sowie von einem Trupp Prätorianer. Auf dem Weg zu ihm kamen die Reiter dicht an Xenophanes vorbei. Jason kämpfte sein Entsetzen nieder, blickte den bärtigen Kopf aus turmhoher Entfernung an und fragte nur: »Warum?«

Mühsam legte Xenophanes den Kopf in den Nacken. »Die verfluchten Römer müssen verschwinden!« zischte er. »Wenn Nero gestorben wäre, hätten wir es geschafft.«

»Haben die verbannten Römer in der Ägäis euch das versprochen, Neros Tod gegen die völlige Freiheit, auch die der parischen Marmorbrüche?« Xenophanes antwortete nicht und kniff seine Lippen bitter zusammen.

»Das hier habt ihr nun erreicht!« schrie Jason verzweifelt und sah zu Myron und Melissa hinüber, die ihn still anblickten.

»Ist dir das gleichgültig, Xenophanes?«

»Nicht wir haben das erreicht, sondern du!« erwiderte der Alipt. »Wäre der Anschlag erfolgreich gewesen, wäre alles anders gekommen. Überall in Hellas waren freiheitsliebende Männer zum Aufstand bereit. Du hast alles verdorben, Jason.« Seine Stimme verlor ihren Klang.« Und du allein hast auch das hier zu verantworten!«

»Weiter!« drängte der berittene Zenturio, faßte die Zügel von Jasons Pferd und zog es mit sich zu Neros Tribüne. Dort sprang der Prätorianeroffizier aus dem Sattel, nahm vor seinem Imperator in gerader Haltung Aufstellung, schlug die rechte Faust gegen den Brustpanzer und erstattete Meldung.

»Oh, bringt meinen Retter zu mir«, winkte Nero huldvoll mit fleischiger, ringbestückter Hand. »Er soll neben mir stehen und zuschauen, wie die Verschwörer bestraft werden.«

Jason stieg ab und wollte sich Nero nähern, aber ein

anderer Zenturio trat zwischen sie – Kallikles! »Zieh dich aus, Eläer!« herrschte er Jason an.

»Was soll das, Zenturio?« fragte Nero ein wenig ungehalten. »Die Heiligen Spiele sind vorbei, der junge Athlet muß sich nicht ausziehen, um an einem Agon teilzunehmen.«

Kallikles wandte sich zu Nero um. »Verzeih, o Caesar, aber ich will verhindern, daß ein weiterer Anschlag auf dich ausgeführt wird.«

»Von diesem da?« Ein wurstiger Finger zeigte auf Jason. »Aber er hat mein Leben gerettet!«

»In diesen Tagen solltest du niemandem trauen, Caesar«, beharrte der ehemalige Lochage. »Dieser Eläer ist mir schon mehrmals unangenehm aufgefallen. In Elis saß er sogar wegen Mordes an einem anderen Athleten im Kerker.«

»So?« Nero zog schwerfällig eine Braue hoch. »Wirklich?«

»Ich wurde freigelassen, als sich meine Unschuld herausstellte«, rief Jason.

»Meinetwegen, Kallikles«, seufzte der Caesar gelangweilt. »Walte deines Amtes!«

Jason mußte seinen Chiton abstreifen und wurde von Kallikles peinlich genau durchsucht. Die rauhen Hände des Zenturios ließen keine Stelle von Jasons Körper unberührt. Schließlich durfte er den Chiton wieder anziehen und vor den Caesar treten.

»Such dir einen Platz aus, von dem du gut sehen kannst, Athlet.« Nero lächelte leutselig. »Das Schauspiel beginnt gleich.«

»Was für ein Schauspiel?« fragte Jason.

»Warte es ab!«

Der Caesar gab den Trompetern ein Zeichen, und ihr Geschmetter öffnete den Durchlaß in der Felswand, durch den die Wagen einfuhren. Zehn Zweispänner nahmen vor den Startkästen Aufstellung. Es waren Rennwagen, aber ausgestattet wie alte persische Streitwagen. Jason drehte sich fast der Magen um, als er die langen, leicht gebogenen Klingen sah, von denen aus jeder Radnabe drei sprossen.

»Nein, das darfst du nicht tun!« schrie Jason, der Neros blutrünstigen Plan erkannte.

»Findest du nicht, daß es die angemessene Art der Bestrafung ist? Sie wollten mich beim Wagenrennen töten, jetzt töte ich sie – durch Rennwagen.«

Der Caesar war von dem Wortspiel angetan und gluckste beschwingt. Alle fielen darin ein, selbst Kallikles. Nur Jason nicht.

Nero sah ihn verblüfft an. »Was ist mit dir, Athlet? Hast du keinen Sinn für Humor?«

»Nicht, wenn ich das da sehe«, antwortete Jason mit einem angewiderten Blick auf die Rennbahn. »Unter diesen Menschen mögen viele Verschwörer sein, aber es sind auch viele Unschuldige darunter. Ich selbst kann dir welche benennen, o Caesar!«

»Es sind zumindest Freunde und Verwandte der Verschwörer«, meinte Nero mit plötzlich frostiger Stimme. »Schon das allein macht sie schuldig.« Er maß Jason mit strengem Blick. »Auch du wärst unter diesen Eingegrabenen, Athlet, hätte das Schicksal dich nicht dazu ausersehen, deinem Caesar das Leben zu retten. Im Gegenzug habe ich dir deines geschenkt. Laß es damit gut sein!«

»Nein!« begehrte Jason auf und sah zu Melissa und Myron hinüber. »Das kann ich nicht. Ich …«

»Genug!« brüllte Nero, und sein feistes Gesicht lief vor Zorn rot an. »Ich habe das Urteil über die Verschwörer gefällt und werde es nicht ändern.« Wieder wandte er sich den Trompetern zu. »Anfangen!«

Eine neues Signal schallte über den Hippodrom und kehrte vom nahen Steinbruch als Echo zurück. Alle zehn Wagen fuhren gleichzeitig an, langsam, gewannen schnell an Fahrt. Und die scharfen Klingen an den Rädern drehten sich schneller und schneller.

Jason sprang von der Tribüne und rannte den Wagen nach. Aber sie waren zu schnell, hatten die ersten der Eingegrabenen erreicht und trennten die Köpfe mit den langen Klingen ab. Das war noch der schmerzloseste Tod. Andere Köpfe gerieten unter die Räder oder Hufe und wurden entsetzlich verstümmelt.

»Nein, aufhören!« schrie Jason entsetzt und rannte zu der Stelle, wo er seinen Vater und seine Schwester sah.

Etwas traf ihn hart am Hinterkopf. Er taumelte und ging zu Boden.

»Dreckiger Aufrührer!« zischte Kallikles mit erhobenem Schwert.

Wieder traf die stumpfe Klinge Jasons Schädel, diesmal mit aller Gewalt. Der Eläer war noch geschwächt von dem Gift, und der zweite Schlag war zuviel. Dunkelheit erlöste ihn von dem entsetzlichen Anblick der Wagen, deren Klingen sich erbarmungslos durch fünfhundert Menschenleben fraßen.

Dritter Teil
Rom

26
Das leere Haus

Es lacht der Tor, auch wenn es nichts zu lachen gibt.
Menander

Die Straßen Roms lagen jenseits der schweren Vorhänge, die das Innere der Prunksänfte vor neugierigen Blicken schützten. Die geübten Träger ließen kaum Erschütterungen zu. Die beiden Menschen in der Tragbahre spürten nur ein sanftes Wiegen. Vielleicht empfand Nero das so, weil er tatsächlich in den Armen seiner Mutter lag, während die Sänfte in nordöstlicher Richtung durch Rom geschleppt wurde, zum Prätorianerlager zwischen der Via Nomentana und der Via Collatina. Claudius, der Caesar, war tot, und der siebzehnjährige Nero strebte seine Nachfolge an. Sobald er die mächtige Prätorianergarde hinter sich wußte, war das Ziel so gut wie erreicht.

Ursprünglich sollte Nero auf seinem prächtigsten Pferd bei den Prätorianern vorreiten, damit sie einen gebührenden Eindruck von ihrem zukünftigen Imperator erhielten. Aber die schweren Regengüsse, die aus großen dunklen Herbstwolken über Rom herfielen, hatten Agrippina veranlaßt, eine Sänfte zu rufen. Das kam ihr zupaß, gab es ihr doch Gelegenheit, die Reise an der Seite ihres Sohns zu machen, wo sie auch sein wollte, wenn er über das Römische Reich herrschte.

Nero wußte bereits, daß Claudius durch Gift gestorben war. Er wußte auch, daß seine Mutter ihren Ehemann getötet hatte, damit er seine Adoption Neros nicht widerrief. Agrippina wollte an der Macht bleiben, gleich ob an der Seite ihres Ehemannes oder ihres Sohnes. Sie war fest entschlossen, auf Nero denselben Einfluß zu nehmen wie auf Claudius – mit allen Mitteln.

Das spürte er sehr deutlich, als ihre schlanke Hand über seinen Arm und seine Brust strich. Es war nicht das erstemal, daß er Zärtlichkeiten von ihr empfing, die sich für einen fast erwachsenen Mann nicht geziemten. Seine Gefühle bei diesen Berührungen waren zwiespältig. Er hegte einen gewissen Widerwillen bei der Vorstellung, mit seiner Mutter so intim zu sein. Andererseits war Agrippina eine schöne, begehrenswerte Frau. Er konnte nicht verhindern, daß sein Körper auf ihr forderndes Streicheln reagierte.

»Die Prätorianer werden hinter dir stehen, mein Sohn. Du bist in den letzten Jahren zu einem stattlichen Mann herangereift. Die Soldaten werden stolz sein, einem solchen Caesar zu dienen.«

Ihr Lächeln und der Ton ihrer Stimme waren warm, wie ihre Hand, die langsam an ihm herunterstrich. Aber Nero wußte zugleich, daß Agrippina Wärme und Zuneigung besser vortäuschen konnte als der beste Tragöde. Sie hatte es zur Genüge bewiesen, auch ihrem Stiefsohn Britannicus, den sie mit mütterlichen Zärtlichkeiten überhäufte, den sie aber hinter seinem Rücken bei Claudius und bei den Senatoren nach allen Regeln der Kunst als geistesschwachen Epileptiker anschwärzte.

Die Zuneigung zu ihrem eigenen Sohn, zu Nero, mochte echt oder nur gespielt sein, jedenfalls verfehlten die Liebkosungen ihre Wirkung nicht. Zwischen seinen Beinen beulte sich der Stoff von Toga und Tunika zusehends aus, was Agrippina zu einem noch breiteren Lächeln veranlaßte.

»Wir gehören zusammen, du und ich«, flötete sie. »Wir sind vom selben Blut. Gemeinsam können wir die Welt beherrschen. Wir können alles erreichen, wenn wir uns vereinen. Das denkst du doch auch, mein Sohn?«

»Ja.« Nero krächzte mehr, als daß er sprach. Sein Mund war trocken, seine Kehle rauh.

»Ich liebe dich, Nero!«

Die Mutter beugte sich über den Sohn, hüllte ihn mit ihrer Wärme und ihrem erlesenen Lavendelduft ein, küßte ihn auf beide Wangen, dann auf den Mund. Während sie sich noch über ihn beugte, streifte sie ihr Gewand ab, entblößte ihre gleichmäßigen weißen, noch immer festen Brüste.

Nero zuckte zurück, als er die Wunden sah, tief in Agrippinas Fleisch gegraben. Blut floß heraus, benetzte ihr Gewand und auch das Neros. Der Jüngling erbleichte.

»Was hast du, mein Sohn?« Agrippina lachte. »Scheust du vor den Wunden zurück, die ich in deinem Namen empfing. Erwiderst du so meine Zuneigung?«

Sie lachte lauter und krümmte sich zusammen, vielleicht vor Lachen, vielleicht auch vor Schmerz. Ihr ganzer Oberkörper war jetzt von blutenden Wunden entstellt. Aus den Wunden kroch etwas heraus: kleine schwarze Tiere, mehr und mehr, als bestände das Innere ihres Körpers aus nichts anderem. Es waren Ameisen, geflügelte Ameisen. Sie schwirrten durch die ganze Sänfte, hüllten alles in ihre sirrende Schwärze, überfielen Nero zu Tausenden, krabbelten auf ihm herum, in ihn hinein, verstopften Ohren, Augen, Nase und Mund. Er bekam keine Luft mehr. In Todesangst schrie er ...

... und erwachte in völliger Stille. Das Sirren der fliegenden Ameisen war ebenso verklungen wie Agrippinas Hohngelächter, wie das Fußgetrappel der Sänftenträger und das Prasseln des schweren Herbstregens in jenem fernen Jahr, als Nero von den Prätorianern zum neuen Caesar ausgerufen wurde. Sie hatten es gern getan, hatte Agrippina doch jedem Soldaten ein Handgeld von fünfzehntausend Sesterzen versprochen.

»Agrippina!«

Er rief es laut, erhielt aber keine Antwort. Der starke Duft nach Lavendel, den er mit seiner Mutter verband, war gänzlich verflogen. Nero blickte sich suchend um. Seine Mutter war nicht da.

Wie denn auch, vor neun Jahren war sie gestorben durch das Schwert von Neros altem Freund, dem Flottenbefehlshaber Anicetus. Das Bild seiner toten Mutter hatte ihn nie verlassen. Nach ihrem Tod war er nach Bauli geeilt, in ihr Landhaus, hatte dort versonnen den wunderschönen Körper betrachtet, der ihn geboren und der ihm einst solche Wonnen bereitet hatte – der jetzt völlig leblos war. In seine Trauer mischte sich die Wut auf Agrippina, die ihn in ihrer Herrschsucht so weit getrieben hatte, daß er sich ihrer einfach entledigen mußte.

Seitdem verfolgte ihn der Schatten Agrippinas in seinen Träumen. Wie die Schatten anderer, denen die Nähe zum Caesar den Tod gebracht hatte. Mit jeder Nacht wurde es schlimmer. Er ging möglichst spät zu Bett aus Furcht vor den Heimsuchungen durch Agrippina, Poppaea, Octavia, Britannicus, Seneca, Petronius und all den anderen, die ihn mit Vorwürfen überhäuften. Ihn, den Caesar! Daß sie es überhaupt wagten! Er würde sie hinrichten lassen, allesamt!

Nero kicherte. Das ging ja nicht mehr, sie waren längst tot. Ach, schmerzhaft empfand er den Verlust so vieler geliebter Menschen, und aus dem Kichern wurde übergangslos ein Weinen. Lange hockte Nero in dem großen Bett und heulte hemmungslos vor sich hin.

Bis ihn wunderte: Warum kam niemand, um den Caesar zu trösten? Wo waren seine Freunde, Berater, Diener, Sklaven, Geliebten, und seine beiden Frauen, Statilia Messalina und Sabina? Wo waren die Tausende von Menschen, die seinen großartigen neuen Palast, die Domus Aurea, bevölkerten?

Die Domus Aurea? Dies war nicht sein gewohntes

Schlafgemach. Seine Erinnerung kehrte zurück. Nero wußte wieder, daß er sein Goldenes Haus fluchtartig verlassen und sich in einen kleinen Palast bei den Servilianischen Gärten begeben hatte. Hier befand er sich in der Nähe des Hafens von Ostia, wo Schiffe klargemacht wurden, die ihn notfalls fortbringen konnten, vielleicht nach Ägypten oder nach Achaia, wo man, wenn schon nicht den Caesar, dann doch den Künstler Nero mehr zu würdigen wußte als hier im geistlosen Rom.

Ja, der große Nero Claudius Caesar befand sich auf der Flucht und hatte sich aus Angst, das aufgebrachte Volk könne die Domus Aurea stürmen, oder ein Stoßtrupp Galbas käme mit dem Auftrag, den Caesar zu meucheln, aus seinem Herrschersitz davongestohlen ... Einmal mehr dachte er fast verwundert darüber nach, wie es so weit gekommen war. Schon in Achaia hatten ihn schlimme Nachrichten erreicht: Von Aufständen in den entfernten Winkeln des Reiches, aber auch von Widerständen in Rom selbst, im Senat und innerhalb des Adels. Erst hatte er nichts darauf gegeben – als Caesar war er mittlerweile daran gewöhnt, daß nicht jeder mit seinen Entscheidungen einverstanden war. Außerdem wollte er sich auf seiner Reise ganz den Wettkämpfen und den Künsten widmen. Aber dann überstürzten sich die Hiobsbotschaften, so daß er Hals über Kopf zurückkehren mußte. Zwanzig Tage benötigte üblicherweise ein Schiff zum Überqueren der Adria. Nero hatte seinen Matrosen das Letzte abverlangt und es in sieben Tagen geschafft. Zu spät ...

Erst hatte sich Vindex mit seinen Legionen in Gallien gegen den Caesar erhoben. Jetzt, nach Vindex' Tod, setzte Galba den Aufstand fort und stand mit seinen Truppen schon kurz vor der Tiberstadt. Einzelne Haufen von Galbas Leuten waren schon in Roms Vororten gesehen worden, plündernd und brandschatzend.

Mit einem plötzlichen Schauer dachte Nero zurück an

das Zeusopfer bei den Olympischen Spielen. An das schlimme Orakel, das er in seinem Unwissen verlacht hatte: *Hüte dich vor dem dreiundsiebzigsten Jahr!* Es waren noch mehr als vierzig Jahre, bis Nero Dreiundsiebzig wurde. Was sollte er sich jetzt schon fürchten? Also hatte er gedacht und gelacht. Er hatte selbst dann noch gespottet, als das Orakel in Delphi dieselbe Warnung aussprach. Jetzt wußte er, wovor die Götter ihn gewarnt hatten: vor dem alten, dreiundsiebzigjährigen Galba, der auf Rom vorrückte, um neuer Caesar zu werden.

Niemand schien mehr bereit, für seinen Caesar zu kämpfen, selbst die Präfekten seiner Garde nicht. Tigellinus war plötzlich erkrankt und hatte Rom verlassen. Nymphidius Sabinus machte Nero kaum Mut. Nero hätte früher etwas gegen die Aufständischen unternehmen müssen, sagte er. Das lange Zögern des Herrschers hätte das Volk und die Soldaten zermürbt. Niemand glaube mehr daran, daß die Götter mit Nero seien.

Nero bettete den Kopf in die Hände und begann von neuem zu schluchzen. Niemand verstand ihn. Er war Künstler, kein Soldat. Seine Waffen waren seine Stimme und die Kithara, nicht Gladius und Pilum. Mit dem Eisen in der Hand fühlte er sich unwohl.

Da kam ihm eine aufmunternde, ja geradezu glänzende Idee. Das war es: Er mußte ganz allein Galbas Truppen entgegentreten und ihnen ein Klagelied singen! Er stellte sich vor, wie die Soldaten gerührt vor ihm auf die Knie fielen, ihn um Verzeihung anflehten und ewige Treue gelobten.

»Nein, sie würden es nicht verstehen«, seufzte er, während er zusah, wie seine steten Tränen den Fleck auf dem Seidenkissen vergrößerten. Diese Bauerntölpel hatten keinen Sinn für Kunst, für Musik, für seine göttliche Stimme. Sie waren keine Griechen.

Nero konnte nichts mehr tun. Oder doch? War es nicht

besser, selbst über sein Ende zu bestimmen, als es sich von anderen aufdrängen zu lassen?

Er beugte sich zur Seite und tastete nach der goldenen Kapsel, die er auf den Nachttisch gelegt hatte, bevor er ins Bett ging. In den letzten Tagen hatte er sich von dieser Kapsel nicht getrennt. Sie enthielt ein Pulver der berüchtigten Locusta, das einem Menschen in wenigen Augenblicken den Tod brachte. Er fand die Kapsel nicht. War sie zu Boden gefallen? Er beugte sich soweit hinaus, daß er fast aus dem Bett gerutscht wäre, aber er konnte die Kapsel nicht entdecken. Es zuckte freudig in ihm auf. War das ein Wink der Götter? War sein Ende doch noch nicht gekommen?

Aber die ihn durchflutende Euphorie währte nur kurz. Dann bemerkte er, daß noch andere Dinge fehlten: Vasen, Schalen, Becher, die Ringe, die er vor dem Schlafen abgelegt hatte. Alles, was nur einigermaßen wertvoll war. Man hatte Caesar beraubt!

Er rief laut nach den Wachen, nach seinen Dienern, doch niemand kam. Langsam dämmerte es ihm: Seine letzten Getreuen hatten ihn verlassen. Zuvor hatten sie ihn im Schlaf bestohlen.

Warum auch nicht? Er war so gut wie tot. Was brauchte er Gold, Silber und Edelsteine!

Sie hatten sogar seine Siegestrophäen mitgenommen. Vergeblich suchte Nero die Tür des großen Raums, in dem die eintausendachthundert Siegerpreise aufbewahrt wurden, mit denen er auf seiner Reise durch Achaia ausgezeichnet worden war. Sie waren ihm wichtiger als alles Gold. Sie bedeuteten seine Anerkennung als großer Künstler, etwas, nach dem er sich schon immer gesehnt hatte. Beglückende, ihn verzaubernde Bilder stiegen auf, Bilder von seiner triumphalen Rückkehr aus dem Land der Griechen.

Wie er auf einem von sechs Schimmeln gezogenen

Triumphwagen in Neapel einzog, der Stadt, in der er seine Künstlerlaufbahn begonnen hatte. Die Neapolitaner hatten einen Durchbruch in die Stadtmauer geschlagen, ein eigenes Stadttor für den Perionodiken, wie es bei den Griechen Brauch war.

Dann Jubel und Ovationen überall, in seiner Geburtsstadt Antium und in Albanum, wo das Heiligtum des Jupiter Latiaris die Albaner Berge krönte.

Und dann endlich der Triumphzug durch Rom, mit dem Wagen, auf dem schon Augustus seine Triumphe gefeiert hatte. Die Straßen waren mit Safran bestreut, und seltene Vögel stiegen zu Ehren des siegreichen Heimkehrers auf. Aus dem Circus Maximus riß man einen Bogen heraus, und der Triumphzug nahm durch die Lücke den Weg zum Velabrum und zum Forum. Verliebt sah er sich um, gekleidet in ein Purpurgewand mit Goldsaum, einen azurnen, mit goldenen Sternen bestickten Mantel um die Schultern. Auf dem Haupt trug er einen der Ölbaumkränze, die er in Olympia errungen hatte. In der Hand hielt er einen der Lorbeerzweige aus Delphi. Vor seinem Wagen gingen eintausendachthundert Herolde, jeder mit einem der von Nero gewonnenen Preise. Hinter ihm marschierte seine Künstlerlegion. Die Augustianer überboten sich bei ihren Lobpreisungen auf den Caesar. Das Volk fiel in die Heilrufe ein und bückte sich nach den Goldmünzen und den mit Blumen und Bändern verzierten Leckereien, die Nero in die Menge werfen ließ. Vorbei ...

Vor einem Jahr noch war Nero mitten auf seiner Reise durch Achaia gewesen und hatte sich gerade auf seinen Auftritt in Olympia vorbereitet. Und jetzt fand er nicht einmal mehr die Tür zu dem Raum mit seinen Siegespreisen. So schnell verging der Ruhm?

Natürlich war die Tür nicht da! Er wähnte sich in Gedanken im Goldenen Haus, wo die Preise aufbewahrt wurden, nicht hier in dieser Notzuflucht.

Nero gab sich einen Ruck und sprang aus dem Bett. Irgendwo mußte es Menschen geben! Nicht alle konnten ihn verlassen haben.

Der Gang, auf den er trat, war leer. Wie seine Gemächer. Keine Diener, keine Leibwächter, die doch vor der Tür stehen und sein Leben schützen sollten. Das ganze Haus schien menschenleer zu sein.

Überall brannten Lampen, auch im kleinsten Raum, in der hintersten Ecke. Weil ihm die Lampen nicht ausgereicht hatten, hatte Nero auf den Gängen zusätzliche Fackeln anbringen lassen. Er fürchtete die Dunkelheit, die Nacht, die Zeit der schlimmen Träume.

Einmal schrak er zusammen, als er eine unvermutete Bewegung wahrnahm. Er bemerkte, daß es nur sein eigener Schatten an der Wand war, und kicherte.

»Mir erscheint diese Nacht nicht so fröhlich wie dir, Caesar.«

Das Kichern erstarb, und Nero erschrak über die Stille. Er dachte an ein Gespenst. Ja, ein Gespenst ging um in Europa – aber war das nicht die spöttische Stimme von Petronius gewesen? Nein, eigentlich war die Stimme zu jung. Aber bei Geistern wußte man das nie so genau.

Der Mann, der aus einem Seitengang trat, war tatsächlich noch jung. Und er schien kein Geist zu sein, was Nero ein wenig beruhigte.

Trotz seiner Jugend hatten sich tiefe Linien in das gutgeschnittene Gesicht des hochgewachsenen, breitschultrigen Fremden gegraben. Um die braunen Augen lag ein trauriger Zug als Ausdruck des großen Leides, das der Mann in seinem jungen Leben schon erfahren hatte.

Er trug eine grobe Tunika, ein auf den Rücken geschnalltes Päckchen und in der Hand einen bronzenen Kasten, in den zahlreiche Löcher gestanzt waren.

»Wer bist du?« fragte der Imperator.

Der Fremde trat vor, damit das Licht der Lampen und

Fackeln noch besser auf sein Gesicht fiel. »Erkennst du mich wirklich nicht, Caesar? Denk zurück an deinen Auftritt in Olympia und an den Marathonlauf!«

»Der Marathonlauf ...« Nero grübelte, dann riß er die Augen auf. »Ja, jetzt erkenne ich dich. Du bist der Grieche, der mir das Leben gerettet hat!« Der Caesar strahlte von einem Ohr zum anderen. »Das ist ein gutes Vorzeichen. Die Götter haben dich gesandt, damit du mir ein zweites Mal beistehst!«

»Falsch«, sagte Jason von Eläos. »Ich bin gekommen, um dich zu töten!«

27
Der Rächer

Wenn die Götter schimpflich handeln, sind sie keine Götter.
Euripides

Nach langer Reise war der Rächer endlich an seinem Ziel angelangt. Er war gekommen, um die rächende Hand der Götter zu sein, ein letztes Mal. Falls es überhaupt Götter gab. Konnten Götter das Schreckliche zulassen, das sich in Myrons Hippodrom ereignet hatte?

Niemals würde Jason den Anblick vergessen, der sich ihm bot, als er aus der Ohnmacht erwachte. Der Sand der Rennbahn war aufgewühlt von Pferdehufen und Rädern, getränkt vom Blut und übersät mit den abgeschlagenen, zerfetzten Köpfen.

Nero und die Seinen hatten den Hippodrom nach der Bluttat verlassen, wie der Zuschauer das Theater nach dem Ende des Schauspiels verließ. Sie hatten den Eläer einfach zurückgelassen.

Jason taumelte über die Rennbahn, rutschte immer wieder in der glitschigen Masse von Blut und Teilen menschlicher Körper aus, bis er von Kopf bis Fuß besudelt war. Um sich herum Unfaßbares: Hälse, die kopflos aus dem Boden ragten wie unfertige Skulpturen eines Bildhauers; daneben die Köpfe, manchmal noch ganz, mit glasigen Augen, die ewige Todesangst festhielten, manchmal so verstümmelt, daß sie kaum noch zu erkennen waren.

Und dann etwas, das im stillen Protest des Todes aus dem Boden stieß. Es erinnerte an eine Hand, eine Hand aus Leder. Xenophanes mußte im Todeskampf ungeahnte Kräfte freigesetzt haben, daß er die eingegrabene Hand freibekommen hatte. Es hatte ihm nichts genutzt. Sein Kopf war nicht ganz vom Körper getrennt worden, hing schief neben dem Hals, mit geöffnetem Mund, als schreie er noch immer den Haß auf die Römer hinaus. Jason stand zerrissen vor ihm. Er hatte ihn betrogen, dennoch empfand Jason Trauer um den Toten. Es war die Trauer um den Xenophanes, den er gekannt hatte, nicht um den, der hinter dem Mordanschlag auf Nero stand und diesen Schrecken verschuldet hatte.

Jason glitschte und stolperte weiter; suchend blickte er sich um, angetrieben von einer Hoffnung, die nur dem Herzen entsprang, nicht dem Verstand. Er wußte das, und deshalb hoffte er. Schließlich sah er das Gesicht, das auch im Tod noch wunderschön war. Als wollten sie diese Schönheit bewahren, hatten die Klingen der Streitwagen Melissas Kopf säuberlich vom Rumpf getrennt und ihn sonst unverletzt gelassen. Umspielt vom lockigen Haar, mit den vollen Lippen und den braungrünen Augen, die Jason anblickten. Nur das Leuchten war aus ihnen verschwunden.

Er wandte sich ab, streifte mit seinem Blick nur kurz Myrons zerfetzten Schädel und übergab sich, wieder und wieder, konnte gar nicht mehr damit aufhören.

Trotz des Entsetzlichen, das ihn umgab, blieb er. Wenn er jetzt ging, würde die Trennung von seiner Schwester und seinem Vater endgültig sein. Dieses Wissen kettete ihn an das Schlachtfeld, bis zum Abend.

Als die Sonne niedersank, kam Zopyra. Sie war ihm nachgereist, einmal mehr. Und einmal mehr kümmerte sie sich um ihn und pflegte ihn gesund.

Sie hatte eine Menge Geld aus Bias' Haus mitgenommen, als sie floh. Damit konnte Jason eine Reise auf einem Handelsschiff bezahlen, das ägyptisches Getreide nach Kyllene brachte, dort Flachs für Sizilien lud, um auf der Dreiecksinsel wiederum Getreide zu laden, das im hungernden Rom reißenden Absatz fand.

Das Schiff lag noch in Portus nahe der Hafenstadt Ostia

und würde am kommenden Tag die Segel gen Hellas setzen. Jason hatte seine Rückfahrt schon bezahlt, ohne zu wissen, wie schnell er seine Aufgabe erledigen konnte. Aber er wollte Zopyra nicht zu lange warten lassen.

Das Zentrum des Römischen Reiches wurde von Aufständen, Seuchen und Hungersnöten heimgesucht, denen es sich, von glühender Sommerhitze geplagt, apathisch hingab. Plünderungen, Raubzüge und Vergewaltigungen waren an der Tagesordnung. Nero Caesar hatte jede Macht über sein Reich, seine Hauptstadt und sein Volk verloren.

Wer sich nicht marodierend an den Schandtaten beteiligte, wartete auf Galba und seine Truppen, die aus der Provinz Hispana Tarraconensis anrückten. Der alte Galba würde die Ordnung wiederherstellen und als neuer Caesar in Neros prunkvollen Palast einziehen, darauf konzentrierten sich alle Hoffnungen. Und Galba war stark genug, sein Ziel zu erreichen. Otho, der Statthalter von Lusitanien und ehemalige Gemahl von Neros zweiter Frau Poppaea, hatte sich ihm angeschlossen.

Nicht nur das Volk, auch der Senat und der Adel setzten auf Galba. Er kam aus einer alten Adelsfamilie und würde dem Adel folglich die ihm von Nero Stück für Stück entzogenen Vorrechte zurückgeben.

Zwar war Galba schon reichlich alt und wurde in letzter Zeit in Rom immer wieder als fauler, vor Nero kuschender Nichtsnutz verschrien, getreu seinem angeblichen Wahlspruch: »Niemand kann wegen Nichtstun belangt werden.« Aber das mochte üble Nachrede sein, von Nero in die Welt gesetzt, der das Todesurteil für den lästigen Alten längst unterschrieben hatte.

In seiner Jugend hatte sich Galba als ein strenger, unnachsichtiger Mann mit ordnender Hand einen Namen gemacht, als Feldherr und Statthalter in Gallien und Afrika. Da gab es diese Geschichte, die sich in Afrika ereignet hatte, als einer seiner Soldaten seine gesamte Getreideration für gutes Geld verkaufte. Galba hatte strengstens untersagt, daß die Kameraden dem geldgierigen Legionär etwas von ihren Rationen abgaben, und der Mann verhungerte.

Mit der gleichen Strenge, so hofften die Römer, würde Galba für ihr Wohl, für ihre Stadt und für ihr Weltreich sorgen. Schließlich hatte Galba, ob von Neros Todesurteil dazu gezwungen oder nicht, seine Tatkraft bewiesen, als er seine Truppen gegen den Caesar in Marsch setzte, während Nero wie erstarrt vor Schreck in seinem Palast hockte, seine Kithara quälte und in langatmigen Elegien die Undankbarkeit seines Volkes beklagte.

Der junge Hellene, der durch das scheinbar unendliche Gewirr von Roms Straßen irrte, fiel in diesem Chaos niemandem auf. Auch nicht seine Frage nach Neros Goldenem Haus, die er immer wieder stellte. Ein Fremdling, der den Caesar vor dessen nahem Ende noch einmal sehen wollte, wenigstens seinen prächtigen Palast, das war nicht ungewöhnlich. Aber als Jason die große Palastanlage erreichte, war Nero nicht mehr dort. Nur noch Plünderer, die sich mit den Schätzen des Caesars für tatsächlich erlittenes oder vorgebliches Unrecht entschädigten.

Ratlos sah Jason dem Treiben zu. Die lange Reise schien vergeblich gewesen zu sein, in zweifacher Hinsicht. Nero war fort, vielleicht schon unterwegs nach Ägypten, dessen Statthalterschaft er sich von Galba erflehen wollte, wie man munkelte. Aber selbst wenn Jason ihn fand, hatte sein Handeln dann noch einen Sinn? Konnte er sich noch am ersten Mann des Römischen Reiches rächen, wenn dieser zum letzten Mann geworden war?

Dann hörte Jason die Gerüchte, Nero solle sich bei den Servilianischen Gärten aufhalten. Das gab seinem Haß und seiner Rachsucht ein neues Ziel und unterdrückte die Zweifel. Er setzte seine Suche fort und fand Neros neuen Unterschlupf, als auch dieser schon geplündert war – von

Neros eigenen Dienern, die im Schutz der Nacht das Weite suchten. Es gab keine Wachen mehr, die den jungen Eläer aufhielten. Ungehindert schlich er durch den Palast.

Jetzt stand er vor dem einst so mächtigen Mann – einer verwirrten, zitternden Kreatur, barfüßig, nur mit einer verschwitzten Tunika bekleidet. Das hellblonde Haar klebte am Schweiß des dicken Kopfes, die blaugrauen Augen blinzelten den Eindringling unsicher an.

»Mich töten? Warum willst du mich töten?« Nero nagte an seiner Unterlippe und verstand es nicht. »Hat Galba dich geschickt? Dann geh zu ihm und sag ihm, Nero ist bereit, das Reich mit ihm zu teilen. Galba mag Roms Armeen führen, ich werde das Reich in der Kunst führen und Hymnen auf Galba dichten.«

»Galba schickt mich nicht.«

»Wer dann?«

»Die Götter. Zeus, den du verspottet hast, als du seine Heiligen Spiele zu deinen eigenen machtest.«

»Zeus? Aber ich habe ihm geopfert. Fünfzig Pferde brachte ich ihm dar, und zu seinen Ehren trat ich in Olympia auf.«

Nero verstand ihn nicht. Aber das war nicht das Schlimmste. In Jason nagten die eigenen Zweifel an seiner Mission.

Immer wieder dachte er an den falschen Eid, den er vor Zeus Horkios abgelegt hatte. War das Blutbad, das Nero in Myrons Hippodrom veranstaltet hatte, die Strafe des Schwurgottes gewesen? Denn wenn er nicht geschworen hätte, wäre das Attentat gelungen: Nero wäre am Gift des Skorpions krepiert, die Aufständischen hätten Hellas befreit, und niemals, niemals hätte es das Massaker im Hippodrom gegeben. Aber er hatte geschworen. So war Nero das Werkzeug des Zeus gewesen, ihn dafür zu bestrafen. Und jetzt war Jason das Werkzeug zur Vernichtung Neros.

Aber er war sich dessen nicht sicher. Zeus' Strafe hatte jedes Maß überstiegen. Sein Meineid hatte den Tod vieler zur Folge gehabt, die nicht die geringste Schuld an dem Attentat traf. Ein Gott, der so Vergeltung üben konnte, verdiente keine Verehrung: *Es brauchte und durfte ihn nicht geben.* Aber gab es ihn nicht, war alles nur noch schlimmer. Wenn die Götter keine Schuld traf, dann traf sie ihn, Jason von Eläos, ganz allein. Er hatte sie alle getötet, die Schuldigen und die Unschuldigen, den Vater und die Schwester, indem er Nero rettete und den Haß des Caesars auf die Verschwörer erst ermöglichte.

Damals, während des Marathonlaufes, hatte Jason nicht groß darüber nachgedacht, was er tat. Das Attentat schien ihm ein Frevel an den Göttern zu sein, den es zu verhindern galt. Er hätte dasselbe getan, wäre das Gift nicht für den Caesar, sondern für einen Bauern oder einen Handwerker bestimmt gewesen. Inzwischen sah er die Sache anders. Es war ein Fehler gewesen, sich in die Angelegenheiten der Mächtigen einzumischen, von denen er nichts verstand; Angelegenheiten, bei denen es keine Rolle spielte, ob die Götter existierten, deren Gesetze vermeintlich gebrochen wurden. Und doch wollte er es jetzt noch einmal tun, sich einmischen, um mit eigener Hand zu vollenden, was er in Olympia verhindert hatte.

Jason stellte den Bronzekasten auf den Boden, nahm das Bündel von seinem Rücken und packte es aus. »Unter den Menschen, die auf deinen Befehl getötet wurden, Caesar, befanden sich auch mein Vater und meine Schwester. Dafür werde ich dich töten.«

»Das wußte ich nicht, wirklich!« Ehrliches Erschrecken zeichnete das feiste Gesicht.

»Du wolltest es auch gar nicht wissen. Du wolltest ein Blutbad sehen und hast es bekommen. Mich hast du nicht angehört.« Jason streifte die Faustwehren über seine Hände und Unterarme. Er hatte sie bei einem Ledermacher anfertigen lassen. Entgegen allen Regeln für den Faustkampf steckte bei diesen ledernen Schuhen für die Hände auch jeder Finger in einer Lederhülle. Das Leder war nach römischer Art mit Eisennägeln gespickt.

»Was hast du vor?« fragte Nero ängstlich. »Willst du im Faustkampf gegen mich antreten? Darin bin ich nicht geübt. Aber wenn du willst, tragen wir unseren Zwist im Kitharaspiel oder im Wagenrennen aus!«

»Anfangs dachte ich daran, dich totzuprügeln wie einen tollwütigen Hund.« Jason hielt einen Arm hoch, und die spitzen Nägel glänzten im Licht der Lampen. »Deshalb ließ ich die Nägel durch das Leder treiben. Aber dann kam mir eine bessere Idee …«

»Niemand wird Nero Caesar schlagen!« rief eine dunkle Stimme, und eilige Schritte näherten sich aus einem der Gänge. Das Licht fiel auf den mit einem roten Federbusch geschmückten Helm eines Prätorianers.

»Meine Garde!« rief Nero erleichtert, und augenblicklich nahm sein Blick einen verschlagenen, rachsüchtigen Ausdruck an. »Meine Prätorianer werden mich vor dir beschützen, Grieche. Sie werden dich verhaften und als abschreckendes Beispiel ans Kreuz nageln, wie ich es mit diesen Christen getan habe!«

»Ich bin allein, Caesar«, sagte der Zenturio. »Aber das wird genügen, dem Eläer endlich ein Ende zu bereiten.«

Jason und Nero sahen Kallikles erstaunt an.

»Allein?« fragte Nero. »Wieso? Warum hast du nicht den Wachtrupp mitgebracht?«

»Weil kein Wachtrupp mehr hier ist. Deine Soldaten haben dir den Rücken zugekehrt, Caesar. Sie sind zu Galba und Otho und zu Nymphidius Sabinus übergelaufen, die alle unter einer Decke stecken.«

»Du beschuldigst Nymphidius Sabinus, deinen Präfekten?« fragte Nero entsetzt.

»Ja, er hat dich auch verlassen«, antwortete Kallikles kühl mit einer ausholenden Bewegung, die den ganzen Palast zu umfassen schien. »Oder siehst du ihn hier irgendwo?«

Nero blickte sich um, lange und forschend, als könnten seine Augen die Mauern durchdringen. Ihm dämmerte die Erkenntnis, und er hauchte: »Nein, du hast recht, mein treuer Kallikles. Alle haben sich gegen mich verschworen, sogar die Präfekten meiner Garde. Tigellinus läßt mich im Stich, und Nymphidius verrät mich.« Neros Blick blieb an dem ehemaligen Lochagen hängen. »Aber du bist mir treu, Kallikles, dafür danke ich dir. Ich ernenne dich hiermit zum neuen Präfekten meiner Garde!«

Auf dem derben Gesicht des Zenturios zeichnete sich keine Freude ab, eher Unmut. »Dann bin ich jetzt Präfekt von nichts.«

»Ich werde eine neue Garde aufstellen, wenn wir erst in Ägypten sind!«

»Mag sein«, knurrte Kallikles und zog sein Schwert. »Erst einmal schaffe ich diesen lästigen Schweinehirten aus dem Weg!«

Er machte einen Satz nach vorn und ließ die Klinge auf Jason niederfahren. Der sprang mit der geübten Geschicklichkeit des Athleten zur Seite und schlug seinen Unterarm gegen den des Zenturios, um den Schlag abzulenken. Kallikles stöhnte vor Schmerz auf, als sich die Nägel der Faustwehr in sein Fleisch bohrten. Er wich zurück und sah Jason wütend an.

»Der Schweinehirte wagt es, mich zu schlagen? Jetzt werde ich dich erst recht töten!«

»Warum? Seit wir uns das erstemal sahen, haßt du mich. Nenn mir den Grund, Kallikles!«

»Die Welt braucht Ordnung, um zu bestehen, aber Menschen wie du bringen Unordnung in die Welt. Von Anfang an habe ich gewußt, daß du ein Unruhestifter bist, einer, der den Frieden stört und alles, was andere Menschen sich aufgebaut haben. Als Lochage der elischen Wachen war ich erfahren in solchen Dingen, und ich sah es dir an. Deshalb wollte ich dich aufhalten. Diese Nacht gibt mir recht. Jetzt bist du sogar hier, um den Caesar zu töten, den Herrn der Welt!«

»Ich scheine nicht der einzige zu sein, der dieses Ziel verfolgt.«

»Spotte nur!« rief Kallikles und machte zur selben Zeit einen Ausfall. »Das Spotten wird dir vergehen!«

Wieder riß Jason die Rechte hoch, um den Waffenarm des Zenturios abzublocken, doch der Angriff kam zu schnell. Die Klinge fraß sich durch den Schaffellbesatz, in dem die Faustwehr in der Mitte des Unterarms auslief, und dann durch Jasons Fleisch und Knochen. Seine Hand mit der nagelgespickten Faustwehr baumelte nur mehr an einigen Sehnen.

»Das schnelle Ende einer Athletenlaufbahn.« Kallikles grinste böse. »Oder hast du schon mal einen einarmigen Olympioniken gesehen, Eläer? Aber keine Angst, ich bewahre dich davor, so weiterleben zu müssen!«

Jason überwand den Schwindel, an dem der Anblick seiner Verstümmelung fast mehr schuld war als diese selbst, und sprang den Zenturio an, bevor dieser zum entscheidenden Hieb ausholen konnte. Jason schlug die Linke – jetzt seine einzige Hand – in das grobe Gesicht.

Mit einem gurgelnden Laut taumelte der Prätorianer zurück, bis er mit dem Rücken gegen eine Wand stieß. Er preßte die Linke vor das schmerzende Gesicht. Als er sie endlich wegnahm, waren Hand und Gesicht von etwas verklebt, das nur seine Augen sein konnten. Denn die Augenhöhlen waren leer.

Die Nägel der Faustwehr hatten ihn geblendet, wie es

einst Odysseus mit dem Kyklopen Polyphemos getan hatte.

»Das Licht!« rief Kallikles entsetzt. »Wo ist das Licht?«

»Nicht das Licht fehlt dir«, klärte Nero ihn auf. »Sondern deine Augen.«

Wieder tastete die Hand des Zenturios über sein Gesicht und, ganz vorsichtig, über die leeren Augenhöhlen, die mit Schleim verklebt waren. Er stieß einen gellenden Schrei aus, in den alles, seine Stärke, Treue, Schmerz, Haß auf die Unordnung, in der diese ganze Welt stöhnend auseinanderbarst, sich mischte.

»Dieser verfluchte Hund, ich hätte ihn schon in Elis töten sollen!«

Erneut sprang Kallikles vor und schlug wie ein Besessener mit dem Schwert durch die Luft, immer wieder. Er kam nicht einmal in Jasons Nähe, dafür entging Nero nur knapp einem Hieb des Blinden.

»Paß doch auf, Zenturio!« zischte der wütende Caesar und stieß Kallikles zur Seite.

Der Prätorianer verlor das Gleichgewicht, fiel auf die Knie und dann ganz zu Boden. Er rollte auf die Seite und blieb dort liegen. Die Schwertklinge steckte in seinem Hals.

»Die Götter sind gegen mich«, jammerte Nero bei dem Anblick. »Sie haben mir den letzten und treuesten meiner Prätorianer genommen. Was soll ich jetzt tun?«

Jason beugte sich über den toten Zenturio und zog das Schwert aus dem Hals.

»Ja, tu du es!« rief Nero aus.

»Was?«

»Erschlag mich, durchbohr mich, nur töte mich und erlöse mich endlich! Es hat doch alles keinen Sinn mehr …«

»Wenn du das willst, warum bist du Kallikles eben ausgewichen?«

Während Nero wieder zurückwich, legte Jason seinen zerfetzten Arm auf den Boden und riß mit der Linken einen langen Stoffstreifen aus der roten Tunika des Zenturios. Damit band er den Unterarm ab, so fest, bis es schmerzte. Seine Linke ergriff wieder das Schwert. Er nahm genau Maß und trennte mit einem schnellen Schlag die nutzlose Hand vom Stumpf. Blut schoß in einem dicken Strahl heraus. Der Eläer biß die Zähne zusammen und kämpfte gegen Schmerz und Übelkeit, bis der Blutstrom versiegte. Die Abschnürung hielt und rettete ihn vor dem Verbluten.

Gegen den Schmerz ankämpfend, der von seinem Arm aus den ganzen Körper überflutete, taumelte er zu einer der Wandfackeln und hielt den blutigen Stumpf in die Flamme. Die Folge war ein noch größerer Schmerz, dem er kaum noch zu widerstehen vermochte. Und ekelerregender Gestank von verbranntem Fleisch. Schweiß brach auf seiner Stirn aus, lief am ganzen Körper herunter. Er zog den Arm aus der Flamme, als er es nicht mehr länger aushielt, und hoffte, daß die Wunde ausreichend gegen eine Entzündung geschützt war.

Angewidert und fasziniert zugleich sah Nero zu. »Du wärst ein guter Gladiator geworden, Grieche! Selbst mit einer Hand könntest du in der Arena manchen Sieg davontragen.«

Jason hörte nicht auf ihn, legte das Schwert weg und versuchte, den Bronzekasten zu öffnen, was mit nur einer Hand nicht einfach war. Endlich gelang es ihm, und die faustwehrgeschützte Linke nahm vorsichtig den Inhalt heraus.

Die Faszination auf Neros Gesicht verschwand, aber der Widerwille blieb, als er das schwarze, achtfüßige Tier sah, das Jasons Hand ihm entgegenstreckte. »Was ... ist das?«

»Ein schwarzer Riesenskorpion«, sagte Jason. »Deine Prätorianer hätten ihn verhungern lassen.«

»Meine Prätorianer? Wieso?«

»Das Tier gehörte Eupolos, dem Pharmakopolen der parischen Olympia-Abordnung. Aus seinem Gift gewann er das Mittel, das dich töten sollte. Deine Soldaten verhafteten Eupolos und ließen das arme Tier allein in seinem Käfig.«

»Das arme Tier?« rief Nero mit schriller Stimme und trat entsetzt einen Schritt zurück, als sich der lange Schwanz mit dem Stachel gefährlich nah vor seinem Gesicht krümmte. »Sein Stich kann tödlich sein!«

»Trotzdem verspürt es Hunger.« Jason folgte dem Caesar und hielt den Skorpion vor sich; den Eläer schützte das dicke Leder der Faustwehr. »Was seinen Stich betrifft, so wirst du gleich wissen, welche Auswirkungen er hat. Bevor Kallikles erschien, wollte ich dir erklären, wieso ich davon absah, dich zu erschlagen. Ich finde es angemessener, dich so zu töten, wie die Männer aus Paros es ursprünglich geplant hatten.«

Zu Jasons Überraschung wichen Abscheu und Angst aus den feisten Zügen zugunsten einer fast kindlich wirkenden Erleichterung. »Ja, tu es, vollende, was du in Olympia verhindert hast! Dich haben wirklich die Götter geschickt. Feige Diebe nahmen mir das Gift, das ich für meine letzte Stunde aufbewahrte. Du bringst mir die Erlösung!« Der Herr der Welt fiel vor Jason auf die Knie, riß die fleckige Tunika von seiner Brust und bot dem Eläer sein nacktes rosiges Fleisch dar. »Bewahre mich vor der Schande und dem Schmerz, als Staatsfeind hingerichtet zu werden!«

»Als Staatsfeind?« fragte Jason ungläubig. »Du, der Caesar?«

»Für den verräterischen Senat ist Galba bereits der neue Caesar. Mich aber, ihren wahren Herrscher, haben diese treulosen Hunde zum Staatsfeind erklärt. Weißt du, was das heißt?«

»Nein, was?«

»Wenn sie mich lebendig fangen, ziehen sie mich aus, stecken meinen Hals in eine Gabel und prügeln mich mit Ruten zu Tode. Mich, Nero Caesar! Kannst du dir das vorstellen?«

»Ja, du hast es verdient.«

Die Verwirrung in Neros Augen währte nur kurz, dann blickten sie Jason wieder bettelnd an. »Tu du es, Grieche! Bereite ein schnelles Ende!«

Jason fragte sich, ob diese wimmernde Kreatur, die sich vor ihm am Boden wand, wirklich der Mann war, der als Caesar die Welt beherrscht hatte. Der Eläer hatte die weite Reise unternommen, um Neros maßlosem Treiben endlich Einhalt zu gebieten, um ihm zu zeigen, daß auch ein Caesar sterblich war. Und jetzt fand er einen halb wahnsinnigen Mann vor, der jeden Augenblick tausend Tode starb und doch schon längst gestorben war. Die Strafe, die er Nero zugedacht hatte, würde für den Caesar nur Erlösung sein.

Jason senkte seinen Arm und setzte den schwarzen Skorpion auf den Boden, wo er sich rasch in den schützenden Schatten flüchtete. »Hier ist deine neue Heimat, Kerberos. Nahrung findest du hier reichlich, bestimmt jede Menge Ratten.«

»Was tust du, Grieche?« fragte Nero. »Warum tötest du mich nicht?«

»Ich kam, um dich zu bestrafen, nicht um dir zu helfen!«

»Habe ich denn weder Freund noch Feind? Wenn du mich nicht tötest, werden es bald andere tun!«

»Dann denk in den Stunden, die dir noch bleiben, an die Todesangst der Menschen, die auf deinen Befehl gestorben sind!«

Jason drehte sich um und verließ den Palast, über dessen Dächern schon der Morgen graute. Er fühlte sich seltsam, nicht enttäuscht, sondern erleichtert. Vielleicht waren die Götter doch gerecht, daß Nero solch ein Ende fand.

28
Der Tod eines Künstlers

> Da wälzt er sich her und sich hin,
> und röchelnd verhaucht er des Lebens Rest.
> *Euripides*

Ostia und Portus, der natürliche und der künstliche Hafen an der Tibermündung, befanden sich in Aufruhr. Immer neue Menschenströme kamen aus dem Landesinnern, um sich an Bord eines Schiffes und damit in die erhoffte Sicherheit zu begeben. Es waren Anhänger Neros, die jetzt, da der Sturz des Kaisers gewiß schien, vor der Rache Galbas und Othos flüchteten. Sie belagerten die Schiffe, feilschten um die knappen Plätze, und einige versuchten sogar, gewaltsam an Bord zu kommen.

Als Jason das große Frachtschiff, mit dem er hergekommen war, über eine der belagerten und von kräftigen Seeleuten verteidigten Planken betrat, beschwerten sich viele der Römer auf dem Kai.

»Was ist da los?« donnerte die Stimme des bulligen Kapitäns über Schiff und Menge. »Ich habe doch gesagt, es kommt keiner mehr an Bord, der ...« Er stutzte, als er Jason erkannte. »Ah, der Athlet, das ist etwas anderes.«

»Warum?« keifte eine dick geschminkte Matrone vom Kai herauf. »Warum ist dieser abgerissene Strolch besser als wir? Wir können mehr bezahlen!«

»Aber er hat schon bezahlt, als ihr noch gar nicht daran gedacht habt, Rom zu verlassen«, erwiderte der Kapitän. »Wenn einer von euch unerlaubt den Fuß an Bord setzt, werfe ich ihn eigenhändig ins Wasser!«

Er legte einen Arm um Jason. »Komm mit, Eläer. Ich hätte nicht gedacht, daß du tatsächlich rechtzeitig zur Abfahrt hier bist.«

»Ich habe bezahlt, aber du warst nicht verpflichtet zu warten.«

»Ich hätte ein schlechtes Gewissen gehabt, wenn ich deinen Platz zweimal verkauft hätte«, grinste der Kapitän. »Obwohl es ein gutes Geschäft gewesen wäre. Überhaupt habe ich schon daran gedacht, die Ladung gegen Flüchtlinge auszutauschen. Da ließe sich vielleicht mehr verdienen.«

»Warum tust du es nicht?«

»Ich habe Amphoren voll guten Weins geladen, den werde ich überall los. Aber die da?« Er zeigte auf die laute Menge. »Wer will die haben. Nachher bleibe ich auf denen noch sitzen!«

Noch größerer Lärm lockte die beiden Männer zurück an die Reling. Die Menge hatte sich um einen Reiter versammelt, der gerade eingetroffen war und für klingende Münze eine Botschaft verkündete, die sich rasend schnell von Mund zu Mund verbreitete: »Nero ist tot!«

»Wie ist das geschehen?« fragte die Matrone, die eben mit dem Kapitän gestritten hatte. »Haben Galbas Truppen das Goldene Haus gestürmt?«

»Im Goldenen Haus war er längst nicht mehr«, winkte der Reiter ab. »Die letzte Nacht seines Lebens verbrachte Nero in einem Palast bei den Servilianischen Gärten. Aber auch da schien es ihm nicht mehr sicher, nachdem seine Diener und sogar seine Prätorianer geflohen waren. Tigellinus hat sich abgesetzt, und Nymphidius ist zu Galba übergelaufen. Den letzten, einen Zenturio, hat man geblendet und erstochen in der Nähe von Neros Schlafgemach gefunden. Man sagt, Nero habe ihn aus Wut über den Verrat seiner Garde umgebracht. Aber das glaube ich nicht. Nero hatte ja nicht mal den Mut, das Schwert gegen sich selbst zu erheben.«

Kaum einer fiel in das meckernde Gelächter des Boten ein. Als dieser sah, daß sein Witz hier, unter den verbliebenen Anhängern des Caesars, fehl am Platze war, setzte er ein ernstes Gesicht auf und fuhr fort: »Nur noch wenige Getreue blieben bei Nero, sein Sekretär Epaphroditus, die Freigelassenen Phaon und Neophitus sowie jene Sabina, die wir alle besser unter dem Namen Sporus kennen.« Auch diese Spitze wurde nicht wohlwollend aufgenommen. »Weil der Ort nicht mehr sicher war, bot Phaon dem Caesar sein Landhaus zwischen der Via Salaria und der Via Nomentana am vierten Meilenstein vor der Stadt als Zuflucht an. Dorthin ritten sie im grauenden Morgen, Nero in einen alten Mantel gehüllt, ein Schweißtuch zur Tarnung vors Gesicht gepreßt.«

Der Mann legte eine Pause ein und wartete auf die drängenden Nachfragen der Menge, um weitere Münzen einzusammeln. »Was dann geschah, wollt ihr wissen? Nicht mehr viel. Die Flucht hatte wenig genutzt. Ein Bote brachte die Nachricht zu Phaons Gut, daß die Häscher des Senats schon unterwegs seien.«

»Um Caesar zu töten?« rief die Matrone dazwischen.

»Nein, sie sollten ihn lebend fangen und zu seiner Hinrichtung bringen. Neros Begleiter drängten ihn, seinem Leben selbst ein Ende zu bereiten, weil das würdevoller sei, als sich öffentlich zu Tode peitschen zu lassen. Nero schien das einzusehen und ließ vor seinen Augen eine Grube mit seinen Körpermaßen ausheben – sein Grab. Dabei rief er immer wieder laut: ›Was für ein Künstler stirbt in mir!‹ Als die Grube bereit war, steckte er den Dolch nach kurzem Prüfen der Klinge wieder in die Scheide und meinte, seine Stunde sei noch nicht gekommen – der Feigling!«

Der Bote erntete einige finstere Blicke und fuhr schnell fort: »Dann hörten Nero und seine Begleiter den Galopp der Häscher. Wieder zückte unser gewesener Herrscher den Dolch, setzte ihn an seine Kehle – und wieder brachte er es nicht über sich, zuzustoßen. Da sprang Epaphroditus herbei und führte ihm die Hand beim Stoß. Nero lebte noch, als die Häscher ankamen, hielt sie im Todeswahn für die Seinen und lobte ihre Treue. Das war der letzte Irrtum eines Lebens im Irrtum, denn es verließ ihn.«

Die Geschichte war beendet, aber die Menschen waren noch lange nicht zufrieden und wollten Einzelheiten über Einzelheiten hören. Münze um Münze fiel in die Hand des Reiters und lockerte immer wieder seine Zunge.

Jason hatte genug gehört, wandte sich ab und ließ sich an einer Außenwand der Kabinenaufbauten auf Deck nieder. Er dachte an die wimmernde Kreatur, der er im Morgengrauen begegnet war. Es wäre gnädig gewesen, ihn zu töten. Aber er war nicht nach Rom gekommen, um Gnade zu erweisen.

»Die Geschichte kann einen mitnehmen«, sagte der Kapitän, der mit einer großen Tonamphore über der Schulter ankam und sich neben Jason niederließ. »Nicht jeder erlebt den Tod eines Caesars mit, nicht wahr?«

»Nein, nicht jeder.«

Der Kapitän klemmte die Amphore unter den linken Arm, entkorkte sie mit der Rechten und ließ den Korken achtlos fallen. »Trinken wir auf das unbeschwerte Leben des kleinen Mannes und auf die neue Zeit unter Galba – oder unter wem auch immer. Wenn mein Schiff das nächstemal nach Rom kommt, ist vielleicht schon wieder ein anderer Caesar.«

Mit jeder Hand umfaßte er einen Henkel der schweren Amphore, führte die Öffnung an die Lippen und ließ eine große Portion Wein in seinen weit aufgesperrten Schlund laufen. Daß dabei ein Teil der Flüssigkeit an seinem Kinn hinab auf seine Tunika floß, störte ihn nicht. Als er fertig war, wischte er zufrieden mit der Hand über den nassen Mund, rülpste laut und gab die Amphore an Jason weiter. »Hier, trink einen Schluck, Eläer, der Wein ist wirklich gut!«

Das große Tongefäß stieß gegen Jasons Brust. Um es am

Umfallen zu hindern, umfaßte er es instinktiv mit beiden Händen. Dabei kam der Stumpf mit dem blutigen Tuch zum Vorschein, das Jason um den rechten Unterarm gebunden hatte. Der Kapitän sperrte den Mund noch weiter auf.

»Dir ... dir fehlt eine Hand!«

»So ist es.«

»Als du nach Rom kamst, hattest du sie noch.«

»Richtig.«

Plötzlich grinste der stattliche Mann. »Ah, ich verstehe. Es wäre wohl besser, über die Hand nicht zu reden, wie?«

»Man soll über vergossenen Wein nicht trauern.«

»Ja, Eläer, ein guter Grundsatz.« Der Kapitän blickte zum Festland, wo er in der Ferne das große Rom wußte. »Kein Grund zum Jammern, du hast recht. Wo ein Caesar sein Leben und sein Weltreich verliert, ist unsereins mit bloß einer Hand noch gut bedient. Ich kenne Seeleute, die hervorragend damit zurechtkommen. Es gibt sogar schon künstliche Hände.«

Jason nickte. »Ich kannte einen Mann mit einer Hand aus Leder. Vielleicht lasse ich mir auch so etwas machen.«

»Leder? Hm, nicht schlecht. Wenn du damit über den Körper deiner Liebsten streichst, wirst du ganz neue Gefühle in ihr wecken.«

»Ja«, sagte Jason nur und dachte an Zopyra, die in Kyllene auf ihn wartete. Sie hatte ihn unbedingt begleiten wollen, aber er hatte darauf bestanden, die Reise allein zu unternehmen. Diese Reise war der Abschied von Melissa und Myron – Aelian. Danach erst begann das neue Leben, und es konnte ein gutes Leben werden. Ein Leben nach der Katastrophe, die ihn und Zopyra verband. Ein Mann konnte viele schlechtere Frauen haben als sie, aber nur wenige bessere.

Die Linke hielt einen Henkel, den Stumpf des rechten Arms schob er durch den anderen, Jason hob die Amphore hoch und trank.

EPILOG

Wenn mein Schiff das nächstemal nach Rom kommt, ist vielleicht schon wieder ein anderer Caesar.

Wir können nicht mehr sagen, wann der trinkfreudige Kapitän aus Melos die Häfen Roms wieder ansteuerte, aber in seinen Worten lag etwas Prophetisches. Das Jahr 69 n. Chr. ging als »Vierkaiserjahr« in die Geschichtsschreibung ein, und drei der vier dafür verantwortlichen Herrscher fanden in diesem Jahr den Tod.

Der erste war Galba, der Neros Nachfolge antrat, aber die in ihn gesetzten Hoffnungen nicht erfüllte. Der gichtgeplagte Greis sorgte nicht für die gewünschte neue Ordnung, die von Galba angestrebte Zusammenarbeit mit dem Senat scheiterte, und sein berüchtigter Geiz machte ihn bei seinen Truppen alles andere als beliebt. Als der kinderlose Galba einen Sohn adoptierte, fühlte sich sein Mitverschwörer Otho übergangen und ließ Galba ermorden. Vier Mörder sollen es gewesen sein, aber hundertzwanzig Aspiranten auf die Belohnung durch den neuen Caesar Otho wurden bei diesem vorstellig.

Neros letzter Wunsch, man möge seine Leiche nicht verstümmeln, wurde beachtet. Seine ehemalige Geliebte Acte und seine Ammen Egloge und Alexandria bezahlten zweihunderttausend Sesterzen, damit er auf einem Gartenhügel über dem Marsfeld bestattet wurde. Galbas Kopf dagegen wurde vom Rumpf getrennt, Otho als Beweis der Tat überbracht und später an zwei Sklaven verschenkt, die den kahlen Schädel zum Ballspielen benutzten.

Während Otho der neue Caesar in Rom wurde, entschieden sich die Legionen in Germanien, Gallien, Spanien und Britannien für den niedergermanischen Statthalter Aulus Vitellius, der gegen Rom zog. Otho wartete nicht auf die Verstärkung aus den ihm freundlich gesinnten Balkan-

und Orientprovinzen, suchte zu hastig die Entscheidungsschlacht und wurde geschlagen. Er bewies mehr Mut als Nero und führte ohne Hilfe das Schwert, das seine Brust durchbohrte.

Vitellius konnte seine Caesarenwürde in Rom nur acht Monate genießen, denn im Osten des Reiches riefen meuternde Truppen Vespasian zum neuen Caesar aus. Ein blutiger Bürgerkrieg kostete fünfzigtausend Römer das Leben. Einer davon war Vitellius, der im betrunkenen Zustand von einem wütenden Mob gelyncht wurde. Das geschah im Dezember 69, und noch im selben Monat erklärte der Senat Vespasian zum Augustus und zum Vater des Vaterlandes.

Vespasian sorgte für Ordnung im Römischen Reich und ließ die durch den großen Brand in Schutt gelegten Teile der Hauptstadt wieder aufbauen. Er regierte bis 79 und wäre sogar, an einer Darmkrankheit leidend, friedlich im Bett gestorben, wäre er nicht der Auffassung gewesen, ein Caesar müsse stehend sterben – er ließ sich im Augenblick seines Todes von Höflingen aufrichten. Zu Vespasians Maßnahmen, die er zur Festigung des Reiches traf, gehörte, daß er Neros Freiheitserklärung für die Provinz Achaia rückgängig machte und daß er von Elis die zweihundertfünfzigtausend Drachmen zurückforderte, die Nero dafür bezahlt hatte, trotz seines Unfalls beim Pferderennen zum Sieger erklärt zu werden.

Statilia Messalina bewies ihre Klugheit nicht nur, als sie ihren Gatten Nero rechtzeitig verließ, sondern auch, als sie das Heiratsangebot des Kurzzeit-Caesaren Otho ablehnte. Noch in der Regierungszeit Domitians (81–96) nahm sie am Leben der feineren Gesellschaft Roms teil.

Die beiden Präfekten Tigellinus und Nymphidius Sabinus hatten weniger von ihrer Untreue. Tigellinus, der tatsächlich krank war – er hatte Krebs –, wurde von Neros Anhängern als Verräter und von Neros Gegnern als Verbrecher gejagt; in den Bädern von Sinuessa aufgespürt, durchschnitt er mit einem Rasiermesser seine Kehle. Nymphidius Sabinus wollte alle austricksen und sich selbst zum Herrscher aufschwingen, während Galba noch auf Rom vorrückte; aber einmal hatten auch die Soldaten Roms genug davon, ewig Caesaren abzuschlachten und neue auszurufen, und so schlachteten sie den neuen – Nymphidius – ab, bevor er sich ausrufen lassen konnte.

Epaphroditus war noch Sekretär des Caesars Domitian, hatte aber das Pech, daß dieser von einer notorischen Attentatsscheu geplagt wurde und den Mann, der Neros Hand beim Todesstoß geführt hatte, vorsorglich zum Tode verurteilte.

Sporus/Sabina schlug sich anfangs ebenso geschickt durch wie Neros »andere Gattin« Statilia Messalina und wurde erst der/die Geliebte Nymphidius', dann Othos. Vitellius ließ sich von ihm/ihr nicht becircen, sondern ihn/sie öffentlich zur Schau stellen, woraufhin er/sie Selbstmord verübte.

Die Olympischen Spiele der Alten Zeit wurden 394 durch den Kaiser Theodosius I. verboten, nachdem er 391 schon alle heidnischen Kulte verbieten ließ. Trotz ihrer im Laufe der Jahrhunderte immer stärkeren Ausrichtung auf die Wettkämpfe hatten sich die Spiele ihren religiösen Anklang bewahrt. Und da Christen nicht weniger radikal sind als Christenverfolger, ließ Theodosius II. 426 per Erlaß alle heidnischen Tempel zerstören, auch die Kultbauten in Olympia.

Anhang

Von Eliern, Eleern und Elisern —
Über Echtes und Erfindung

Dieses Buch ist ein historischer Roman, also findet die Handlung vor historischer Kulisse statt, die möglichst genau einzufangen aber mein Bestreben gewesen ist. Im Zuge einer flüssigen, kompakten Handlung habe ich Ereignisse und wörtliche Zitate Neros verlegt. Die uns überlieferte Freiheitserklärung für die Provinz Achaia fand in Korinth am Abschluß der Reise statt und der vor dem 73. Jahr warnende Orakelspruch in Delphi; aber wenn die Orakel nicht nur Schwindel waren, darf man unterstellen, daß sich das historische delphische und das fiktive olympische nicht widersprochen haben.

Im folgenden ein paar weitere Hinweise auf Tatsächliches und Erfundenes. Aufschlüsselung darüber bieten auch das Glossar und die Zeittafel.

Neros große Künstlertournee hat stattgefunden, und tatsächlich wurden alle großen panhellenischen Spiele zeitlich für ihn verlegt, vorgezogen oder wiederholt. Die Um- und Neubauten in Olympia zu Ehren Neros sind historisch, Myron und sein Steinbruch entstammen aber meiner Phantasie. Nero hat wirklich das Wagenrennen mit Zehngespannen in Olympia eingeführt, ist dabei verunglückt und gleichwohl zum Sieger erklärt worden. In der Literatur finden sich auch Hinweise darauf, sein Gespann sei bei der Wendemarke absichtlich erschreckt worden. Betrachtet man diese Umstände und die in enger zeitlicher Verbindung mit ihnen stehende historische Piso-Verschwörung, erscheint mir die hier geschilderte Verschwörung, die ein Produkt meiner Phantasie ist, als nicht besonders fernliegend.

Nicht bezeugt ist die Einführung des Marathonlaufs durch Nero. Sportgeschichtlich Interessierte wissen, daß der Marathonlauf erst in den Spielen der Neuzeit olympische Disziplin wurde. Angesichts der Unbekümmertheit, mit der Nero das olympische Programm nach seinem Gutdünken umgestaltet hat, und angesichts seiner Verehrung für alles Griechische – und damit sicher auch für die Helden von Marathon – schien mir die Einführung des Laufes an dieser Stelle vertretbar. Und wenn etwas historisch nicht überliefert ist, spricht das nur für die Lückenhaftigkeit jeder Forschung, nicht aber zwangsläufig gegen eine historische Gegebenheit. Hier darf man nicht vergessen, daß die Elier aus Scham über die Ereignisse im Jahre 67 n. Chr. diese Spiele aus den offiziellen Annalen Olympias gestrichen haben; diesem Verschweigen könnte auch ein Marathonlauf zum Opfer gefallen sein. Bei der Entfernung für den Marathonlauf habe ich mich an die heutige gehalten, wiewohl in der Literatur die tatsächlich zurückgelegte Entfernung des siegverkündenden Läufers nach der Schlacht bei Marathon auch mit zwanzig Meilen angegeben wird. Die im Roman erwähnten Meilen sind römische, so daß eine Meile ungefähr 1,48 Kilometern entspricht; multipliziert man diese Entfernung mit achtundzwanzig, kommt man der heutigen Distanz des Marathonlaufs von 42,2 Kilometern recht nahe.

Ansonsten ist der hier geschilderte Ablauf der Olympischen Spiele weitgehend historisch, wobei zu beachten ist, daß Zusammensetzung und Reihenfolge des Programms im Laufe der Jahrhunderte wechselten. So fand ursprünglich das Pankration nach dem Faustkampf statt, bis sich an beiden Kämpfen teilnehmende Athleten beschwerten, daß der Faustkampf sie zu sehr mitnehme, um für den Allkampf noch in guter Form zu sein; die Reihenfolge wurde dann geändert.

Auch daß in der antiken Welt nur der Sieg zählte und Dabeisein für einen unterlegenen Athleten gar nichts war, entspricht den Tatsachen und dem hellenistischen Charakter, der stets darauf aus war, sich mit anderen zu messen. Folgerichtig ging es in den Wettkämpfen auch nicht um Zeiten (bei den Läufen) oder Entfernungen (bei den Fünfkampfdisziplinen Weitsprung, Diskus- und Speerwurf), sondern nur darum, den jeweiligen Gegner zu übertrumpfen.

Griechische und römische Begriffe sind teilweise in ihrer alten, teilweise in eingedeutschter Schreibweise wiedergegeben; zum Teil folgte ich dabei dem Gebräuchlichen, zum Teil handelte ich willkürlich und folgte meinem eigenen Sprachempfinden. Bei den Namen von Personen und Gottheiten habe ich größtenteils die antike Version gewählt, bei Örtlichkeiten kam es auf den Einzelfall an. Wer meint, daß die *Elier* eigentlich *Eleer* geschrieben werden, hat auch recht; in der Literatur finden sich beide Varianten und sogar die *Eliser*. Aber da ich schon einen *Eläer* zum Helden der Geschichte wählte, wollte ich ihn nicht mit *Eleern* umgeben.

Griechen wurden die Griechen von den Römern genannt, sie selbst nannten sich Hellenen. So wie die Provinz Achaia ein römischer Begriff war.

Über Nero und seinen Charakter gibt es viele unterschiedliche Meinungen. Daß er in den zwei Jahrtausenden der Geschichtsschreibung, die sich mit seiner Regierungszeit befaßt hat, meistens nicht gut wegkam, ist verständlich. Die antiken Autoren, die sich Nero widmeten – Tacitus (55–116 n. Chr.), Sueton (70–150) und Cassius Dio (150–235) –, standen in der Tradition der senatsgelenkten römischen Republik und waren von Neros Eskapaden daher nicht besonders angetan. Daß die christliche Geschichtsschreibung Nero nicht zu ihrem Liebling erkor, verwundert angesichts der Christenverfolgung nach dem Brand von Rom nicht. Moderne Historiker versuchen das Bild zu wandeln und stellen besonders Neros erste Regierungsjahre heraus, in denen der junge Caesar sich als reformfreudig und volksverbunden zeigte.

Die nach ihm über Rom herrschten, wüteten in vielerlei Beziehung noch schlimmer, so daß die vierzehn Jahre unter Nero schnell verklärt wurden, das Volk von seiner Wiederkehr träumte und tatsächlich ein paar falsche Neros versuchten, sich die posthume Popularität des letzten julisch-claudischen Herrschers zunutze zu machen.

Daß eine eindeutige Beurteilung Neros unmöglich ist, darf nicht verwundern, denn er war nicht nur Kaiser und Künstler, Reformer und Despot, sondern vor allem ein Mensch.

Jörg Kastner

Glossar

Achilleus: schönster, schnellster und stärkster der Helden in Homers »Ilias«; die Römer schrieben den Namen »Achilles«.
Agon: Wettkampf.
Agonist: Wettkämpfer.
Agora: Markt- und Versammlungsplatz.
Aias: Der auch als »Ajax« bekannte Recke war laut Homers »Ilias« nach Achilleus der stärkste Grieche im Trojanischen Krieg.
Alipt: Trainer, Betreuer, Masseur; hier im erstgenannten Sinn gebraucht.
Altis: eingefriedeter heiliger Bezirk in Olympia, auf dem sich die meisten Tempel und Altäre befanden.
Aöde: Berufssänger.
Aphesis: Startanlage des Hippodroms.
Aphrodite: Göttin der Liebe, Schönheit und Fruchtbarkeit.
Apollon: Gott der Wahrheit, der Reinheit, der Weissagung, des Saitenspiels und Gesangs; Licht- und Sonnengott.
Architheore: Führer einer olympischen Gesandtschaft.
Artemis: Tochter des Zeus und Schwester des Apollon, Schutzherrin der Tiere, Wälder und Hügel.
As: römische Bronzemünze mit der Kaufkraft von einem Brotlaib; vier Asse entsprachen einem Sesterz.
Askylops: Der bei Homer noch sterbliche Arzt wurde später als Gott der Heilkunde verehrt; ihm gehörten die Venen der Gorgo.
Athene: Göttin der Kriege; Schutzherrin der Weisheit, der Künste und des Handwerks.
Aulos: verbreitetes Musikinstrument, eine Art Schalmei mit Doppelrohrblatt wie bei einer Oboe. Mehrzahl: Auloi.

Barbiton: Saiteninstrument zur Gesangsbegleitung bei Feierlichkeiten.
Biga: zweispänniger Wagen.
Buleuterion: Ratsgebäude.

Cella: Innenraum eines Tempels.
Chimäre: feuerspeiendes Ungeheuer, teils Ziege, teils Schlange, teils Löwe.
Chiton: hemdartiges Gewand (Gegenstück zur römischen Tunika), das in verschiedenartiger Länge und Trageart als Ober- oder Unterkleidung getragen wurde.
Chlamys: mantelartiger knielanger Überwurf, der durch eine Spange zusammengehalten wurde.

Demiurg: mehrdeutiger Begriff (wörtlich: öffentlicher Arbeiter); in Elis die Bezeichnung für hohe Beamte.
Diaulos: Doppellauf über zwei Stadien.
Dolichos: Langlauf über zwanzig Stadien (nach anderen Quellen über vierundzwanzig).

Ekecheiria: Waffenstillstand während der Olympischen Spiele.
Eros: ungestümer Liebesgott, teilweise als Sohn der Aphrodite bezeichnet.

Garum: Die würzige Suppe aus an der Sonne angefaulten Sardellen, die vergoren, gewürzt und verkocht wurden, zählte neben dem Gerstenbrei zum Standardessen der einfachen Hellenen, da Fische im nahen Meer zuhauf zu finden waren.
Gladius: römisches Schwert mit mittellanger, breiter Klinge.
Gorgo: Das auch als »Medusa« bekannte Ungeheuer hatte Stoßzähne und statt Haaren Schlangen, so schrecklich anzusehen, daß jeder bei dem Anblick zu Stein erstarrte. Perseus überlistete die Gorgo und schnitt ihr den Kopf

ab. Das Blut der einen Vene galt als heilspendend, das der anderen als tödlich.

Grammatist: Lehrer für Sprache und Schrift.

Gynaikon: abgetrennter Wohnbereich der Frauen, für fremden Besuch nicht zugänglich; dort hielten sich zumeist angesehene Frauen auf, die sich nicht in der Öffentlichkeit oder auf abendlichen Festen zeigten.

Hades: Gott der Unterwelt; später auch Begriff für die Unterwelt selbst.

Harpyien: häßliche, frauenköpfige Vogelungeheuer.

Hekatombenopfer: Opfer der 100 Stiere, das Zeus am Vollmondtag der Olympischen Spiele dargebracht wurde.

Helena: Tochter des Zeus und der Leda, Frau des Königs Menelaos; schönste Frau Griechenlands; sie folgte ihrem Geliebten Paris nach Troja und löste damit laut Homer den Trojanischen Krieg aus.

Hellanodike: Kampfrichter (wörtlich: Griechenrichter) bei den Olympischen Spielen.

Hellenen: So nannten sich die Griechen selbst (nach einem kleinen Stamm Südthessaliens), und ihr Land nannten sie »Hellas«.

Hephaistos: hinkender Sohn von Zeus und Hera, Gott des Feuers und der Schmiedekunst, Gatte der Aphrodite.

Hera: Schwester und Frau des Zeus; Schutzherrin von Ehe, Hochzeit und Geburt.

Heraion: Tempel der Hera.

Hermes: Schutzgott der Reisenden, Kaufleute und Diebe; als Götterbote mit geflügeltem Schuhwerk, breitkrempigem, geflügeltem Hut und Heroldsstab ausgerüstet.

Herodot: (um 484 – um 420 v. Chr.) schrieb ein neunbändiges Werk über den griechisch-persischen Krieg und gilt als »Vater der Geschichtsschreibung«.

Heroen: Sagenhelden, die nicht selbst Götter waren oder nur von einem göttlichen Elternteil abstammten.

Hetäre: Freundin, Gefährtin, Geliebte. Diese drei Übersetzungen kennzeichnen die vielfältigen Auslegungsmöglichkeiten des griechischen Begriffes »hetaira«. Die H. war keineswegs nur die Dirne, sondern konnte sowohl die wohlsituierte Mätresse als auch eine der japanischen Geisha ähnliche Unterhalterin sein, was natürlich einer entsprechend anspruchsvollen Schulung bedurfte. In der altgriechischen Gesellschaft kam der Ehefrau die Stellung der Haushüterin zu, vom gesellschaftlichen Leben aber war sie weitgehend ausgeschlossen. Hier kam die H. ins Spiel und erfüllte eine wichtige soziale Funktion, indem sie dem Mann Geliebte und Gesprächspartnerin war. Aber wie die Ehefrau hatte auch die H. gegenüber freien Männern eine rechtlich schwache Stellung.

Himation: Obergewand in Form eines Mantels/Umschlagtuches.

Hippodrom: Pferderennbahn.

Hispana Terraconensis: römische Provinz, die Teile des Ostens und des Nordens der Pyrenäen-Halbinsel umfaßte.

Homer: Dem berühmten griechischen Dichter, der im 8. Jahrhundert v. Chr. im ionischen Kleinasien lebte, werden die »Ilias« und die »Odyssee« zugeschrieben.

Hoplites: Waffen-/Hoplitenlauf über zwei Stadien (da später nur noch mit dem Schild ausgeführt, ist Waffenlauf eine etwas ungenaue Bezeichnung).

Hydria: bauchiges Gefäß mit drei Henkeln.

Jupiter Latiaris: Schutzgott des Latinerbundes.

Kentauren: Fabelwesen, halb Mensch, halb Pferd.

Kerberos: fürchterlicher Wachhund der Unterwelt, meistens mit drei Köpfen und Schlangenschwanz dargestellt, laut Hesiod sogar fünfzigköpfig.

Kithara: zwölfsaitiges Musikinstrument, dessen Resonanzkasten vorn flach und hinten gewölbt war und das man an einem Schulterriemen trug.
Kitharöde: Kitharaspieler.
Krater: Mischkrug für Wein und Wasser.
Kronos: Titan, der alle seine Kinder verschlang, nur Zeus nicht. Dieser wurde von seiner Mutter Rhea verborgen und brachte K. später dazu, seine Geschwister auszuspucken. Zeus und die Geschwister besiegten das Geschlecht der Titanen nach langem Krieg.
Krotalon: kastagnettenähnliches Musikinstrument.
Kyklopen: menschenfressende Riesen mit nur einem Auge mitten auf der Stirn.
Kylix: Trinkschale.
Kymbala: aus zwei Becken bestehendes Musikinstrument.

Lamie: weibliches Ungeheuer, das Jünglinge anlockte, um ihnen das Blut auszusaugen.
Laphithen: Volksstamm, der in der griechischen Mythologie durch seinen Kampf gegen die Kentauren bekannt wurde. Der Versuch der Kentauren, bei der Hochzeit der Tochter des L.-Königs Peirithoos die Lapithinnen zu entführen, wurde dank Apollons Hilfe zurückgeschlagen. In der Kunst wurde das zum Thema des Kampfes wilder Natur (Kentauren) gegen die Zivilisation (L.).
Lekythos: Salbgefäß.
Lochage: griechischer Offizier.
Lure: lange, gewundene Bronzetrompete.

Mastigophore: Peitschenträger, der in Olympia für Ordnung sorgt.
Mauerbrecher: Einbrecher (viele griechische Häuser hatten so dünne Wände, daß ihr Durchbrechen leichter war als das Aufbrechen der Türen).

Megaron: Fest- und Versammlungshalle eines Hauses, gewöhnlich im Erdgeschoß.
Metöke: freier Ausländer, der in einer Stadt lebte und arbeitete, ohne das Bürgerrecht zu erhalten.

Naiade: Fluß- oder Seenymphe.
Nauhupfer: Mannshure, Lustknabe.

Obolos: 1. Gewichtseinheit = 0,73 Gramm. 2. Eine altgriechische Scheidemünze. 3. Toten in den Mund gelegtes Fährgeld für die Überquerung des Styx. 4. Beitrag, Entgelt.
Odysseus: Held von Homers »Odyssee«, die seine zehnjährige Irrfahrt nach der Einnahme Trojas schildert.
Olymp: Mit einer Gipfelhöhe von 2900 Metern der höchste Berg Griechenlands, galt dieser Bestandteil einer Gebirgskette zwischen Thessalien und Makedonien als Sitz der Götter.
Optio: Stellvertreter eines Zenturios; auch mit selbständigen Aufgaben betrauter römischer Offizier.

Paidagoge: Erzieher, Unterricht erteilender Sklave.
Paidotribe: Sportlehrer, Trainer; hier in der erstgenannten Bedeutung gebraucht.
Palaistra: Ringschule.
Pan: gehörnter, bocksbeiniger Hirtengott, Erfinder der Panflöte.
Peloponnes (Insel des Pelops): Südgriechenland, mit Mittelgriechenland durch den Isthmos von Korinth verbunden, geprägt von Gebirgen, Flußtälern und meeresnahen Ebenen.
Peplos: bis zu den Füßen reichendes Kleidungsstück der griechischen Frauen, nach Zuschnitt und Trageweise sehr verschieden.

Perionodike: Den Ehrentitel des Umlaufsiegers erhielt ein Athlet, der in allen vier großen panhellenischen Spielen eines Umlaufes – also einer Periode – einen Preis errungen hatte. In der römischen Kaiserzeit kamen noch die Aktischen Spiele von Nikopolis (27 v. Chr.), die Sebasta von Neapel (2 n. Chr.) und die Kapitolien von Rom (86 n. Chr.) hinzu. Außerdem wird angenommen, daß in den musischen Wettstreiten ersatzweise ein Sieg bei den Heraia in Argos gewertet wurde, da mit Ausnahme von Neros Gastspiel solche Agone in Olympia nicht ausgetragen wurden.

Perseus: siehe *Gorgo*.

Petasos: breitkrempiger Filzhut, als Sonnenschutz getragen.

Petronius: römischer Senator, Statthalter in Bythien, Konsul und vor allen Dingen Lebemann; als solcher wurde er zu Neros »arbiter elegantiae« (Meister des Geschmacks), bis er sich 66 n. Chr. in den Folgen der Piso-Verschwörung auf Neros Befehl die Pulsadern öffnen mußte.

Pharmakopole: Apotheker.

Phidias: berühmter Bildhauer (um 490/480–430/420 v. Chr.), der die große Zeusstatue für den Zeustempel in Olympia schuf. Diese Statue, in der Antike als eines der »sieben Weltwunder« gerühmt, wurde schon von Caligula begehrt und nach dem Verbot der Olympischen Spiele durch Theodosius nach Byzanz verschleppt, wo sie später zerstört wurde.

Pilos: spitze oder kegelförmige Mütze.

Pilum: schwerer römischer Wurfspeer mit langer Eisenspitze.

Platon: Schüler des Sokrates, Philosoph (427–347 v. Chr.)

Plektron: Hilfsmittel zum Spielen der Kithara oder Lyra.

Pletbron: Längenmaß, das 29,60 Metern entsprach.

Ploion: griechisches Handelsschiff.

Polyphemos: Kyklop, der die Gefährten des Odysseus verspeiste, weshalb dieser ihn mit Wein betrunken machte und ihn blendete.
Poseidon: Gott des Meeres, des Wassers, der Erdbeben und der Pferde.
Pronaos: Vorhalle eines Tempels.
Prytanezon: Verwaltungsgebäude.

Quadriga: vierspänniger Wagen.

Rhapsode: Sänger epischer Dichtung.
Rhea: Gattin des Titanen Kronos, Mutter des Zeus.
Rok: Riesenvogel aus der persischen Mythologie.

Salpinx: trompetenähnliches Musikinstrument.
Seneca: römischer Schriftsteller, Philosoph und Staatsmann; Lehrer und Ratgeber Neros, der wiederum S. nach Aufdeckung der Piso-Verschwörung 65 n. Chr. den Befehl gab, sich die Pulsadern zu öffnen.
Sesterz: römische Messingmünze; mit zwei Sesterzen konnte ein Römer seine Lebensgrundbedürfnisse für einen Tag bezahlen.
Sina: China (auch »Sinae«).
Sokrates: Philosoph und Lehrer (um 470–399 v. Chr.).
Spondophore: elischer Bote zur Verkündung der Ekecheiria.
Stadion: nicht nur Wettkampfstätte, sondern auch danach ausgerichtete Längeneinheit, im allgemeinen etwa 178 Meter; das olympische Stadion belief sich auf ungefähr 192 Meter, die dortige Wettlaufstrecke von der Ablaufschwelle bis zum Ziel auf genau 192,27 Meter.
Styx: tatsächlicher Fluß in Arkadien, der zugleich als Grenzfluß zur Unterwelt galt.
Symposion: geselliger, feucht-fröhlicher Abend der griechischen Männer, zu denen ihre Frauen und Töchter keinen Zugang hatten, wohl aber Hetären und Lustkna-

ben; das breite Spektrum eines Symposions reichte von der philosophischen Diskussion bis zur Orgie, wobei das eine das andere nicht ausschloß.

Syrinx: Hirtenflöte (Panflöte) aus Schilfrohr.

Tantalos: Sohn des Zeus und der Pluto, Vater des Pelops. Weil er die Götter herausforderte, mußte er die berüchtigten Tantalosqualen erdulden, die in den Quellen verschiedenartig ausgestaltet sind.

Thete: Tagelöhner.

Themis: Göttin der Riten und der Gerechtigkeit.

Theokoleon: Haus der drei Oberpriester des olympischen Zeusheiligtums. Theore: Gesandter; sowohl der offizielle Festgesandte, der von seiner Stadt nach Olympia geschickt wurde, als auch der Festbote, der zur Verkündung der Spiele ausgesandt wurde.

Theorodoke: einer der Honoratioren, die sich um Festgesandtschaften kümmerten.

Tholos: rundes Gebäude mit konischem Dach.

Toga: großes Tuch, das als Kleidungsstück für bessere Gelegenheiten von den Römern derart über die Tunika geworfen wurde, daß diese ganz verdeckt war.

Tunika: das typische römische Kleidungsstück; ein gegürteter, bis etwa ans Knie reichender, meist kurzärmliger Hemdkittel.

Tympanon: tamburinartiges Musikinstrument.

Zenturie: s. Zenturio.

Zenturio: Befehlshaber einer 80 Mann starken Zenturie, einem heutigen Hauptmann vergleichbar, allerdings bei den Römern weniger als Offizier angesehen denn als Bindeglied zwischen Offiziers- und Mannschaftsstand.

Zeus: höchster der griechischen Götter, der in verschiedener Ausgestaltung verehrt wurde, so als Schwurgott »Horkios«; die Römer machten ihn zu ihrem Jupiter.

Zeittafel

776 v. Chr.	Das erste gesicherte Datum für die Abhaltung der Heiligen Spiele in Olympia, das schon im 2. Jahrtausend v. Chr. eine Kultstätte war. Die offizielle Zählung der Olympiaden beginnt. Erster überlieferter Olympionike ist Koroibos aus Elis, das auch die Schutzherrschaft über die Spiele übernimmt.
676 oder 660 v. Chr.	Pisa eignet sich die Schutzherrschaft über die Olympischen Spiele an.
586 v. Chr.	Beginn der Isthmischen Spiele von Korinth.
582 v. Chr.	Beginn der Pythischen Spiele von Delphi.
573 v. Chr.	Beginn der Nemeischen Spiele.
Um 570 v. Chr.	Elis erobert Pisa und eignet sich die Austragung der Olympischen Spiele wieder an.
490 v. Chr.	Schlacht bei Marathon.
471 v. Chr.	Gründung der Hauptstadt Elis.
468 bis 456 v. Chr.	Bau des Zeustempels in Olympia durch den elischen Architekten Libon, finanziert durch Beutegelder eines lokalen Krieges.
Um 438 bis 430 v. Chr.	Der athenische Bildhauer Phidias erschafft seine Zeusstatue für den olympischen Zeustempel.
338 v. Chr.	Nach der Niederlage der Hellenen gegen die Makedonen bei Chaironea beginnt die makedonische Herrschaft über Hellas.

168 v. Chr.	Rom besiegt Makedonien.
148 v. Chr.	Makedonien wird zur römischen Provinz.
146 v. Chr.	Hellas wird zur römischen Provinz. Verschiedene Staaten, wie Athen und Sparta, erhalten offiziell den Status unabhängiger Bündnispartner Roms.
4 v. Chr.	Tiberius läßt ein Viergespann an den Olympischen Spielen teilnehmen.
14 n. Chr.	Augustus stirbt, und Tiberius wird neuer Caesar.
37 n. Chr.	Tiberius stirbt, und Caligula wird neuer Caesar. Am 15. Dezember wird Nero als Sohn von Gnaeus Domitius Ahenobarbus und Agrippina der Jüngeren in Antium geboren; sein Name lautet noch Lucius Domitius Ahenobarbus.
39 n. Chr.	Agrippina wird wegen der Verstrikkung in eine Verschwörung gegen ihren Bruder Caligula in die Verbannung geschickt. Ihr Sohn Lucius kommt in die Obhut von Domitia Lepida, einer Tante mütterlicherseits.
40 n. Chr.	Gnaeus Domitius Ahenobarbus stirbt.
41 n. Chr.	Caligula stirbt, und Claudius wird neuer Caesar. Agrippina wird aus der Verbannung geholt.
48 n. Chr.	Claudius läßt seine Gattin Messalina ermorden.
49 n. Chr.	Claudius heiratet Agrippina. Lucius wird mit Octavia, Tochter des Claudius und der Messalina, verlobt.

50 n. Chr.	Claudius adoptiert Lucius, der fortan den Namen Nero trägt.
53 n. Chr.	Nero wird mit Octavia verheiratet.
54 n. Chr.	Claudius stirbt, und Nero wird neuer Caesar.
55 n. Chr.	Nero vergiftet Britannicus und beginnt eine Liebschaft mit der ehemaligen Sklavin Claudia Acte.
59 n. Chr.	Nero läßt Agrippina ermorden.
62 n. Chr.	Nero läßt sich von Octavia scheiden und heiratet Poppaea Sabina. Octavia wird auf Neros Befehl ermordet.
63 n. Chr.	Geburt und Tod der Tochter von Nero und Poppaea.
64 n. Chr.	Rom brennt, und Nero verfolgt die Christen als Brandstifter.
65 n. Chr.	Die schwangere Poppaea stirbt. Aufdeckung der Pisonischen Verschwörung gegen Nero. Nero zwingt seinen alten Lehrer und früheren Sekretär Seneca zum Selbstmord.
66 n. Chr.	Aufdeckung der Verschwörung des Vincianus und des Corbulo gegen Nero. Nero heiratet Statilia Messalina und bricht zu seiner großen Künstlerreise nach Griechenland auf.
67 n. Chr.	Nero nimmt an den 211. Olympischen Spielen teil, die zu diesem Zweck um zwei Jahre verschoben wurden.
68 n. Chr.	Alarmierende Nachrichten über die Unzufriedenheit des Adels und des einfachen Volkes holen Nero nach Rom zurück. Er läßt sich als Periodonike feiern. Erhebung des Julius Vindex in Gallien, dem sich Galba an-

	schließt. Nero stirbt am 9. Juni, und Galba wird neuer Caesar.
69 n. Chr.	Vierkaiserjahr: Galba stirbt, und Otho wird neuer Caesar; Otho stirbt, und Vitellius wird neuer Caesar; Vitellius stirbt, und Vespasian wird neuer Caesar.
324 n. Chr.	Das Christentum wird im Römischen Reich zur Staatsreligion erhoben.
379 n. Chr.	Theodosius I. wird römischer Kaiser.
393 n. Chr.	Die letzten Olympischen Spiele der Antike finden statt.
394 n. Chr.	Ein Edikt des Theodosius verbietet die Weiterführung der Olympischen Spiele, die als heidnische Veranstaltung angesehen werden. Der Zeus des Phidias wird ins Lauseion von Konstantinopel geschafft.
395 n. Chr.	Theodosius I. stirbt. Das Römische Reich wird ins Ost- und Weströmische aufgeteilt.
408 n. Chr.	Theodosius II. wird römischer Kaiser. Er und sein weströmischer Kollege Honorius verfügen die Zerstörung sämtlicher den Göttern geweihter Orte und Tempel in Griechenland.
426 n. Chr.	Die Verfügung von 408 wird erneuert und der Zeustempel von Olympia in Brand gesetzt.
476 n. Chr.	Der Zeus des Phidias fällt einem Großbrand in der oströmischen Hauptstadt Konstantinopel zum Opfer.
522 und 551 n. Chr.	Erdbeben zerstören das olympische Gelände.

1896 n. Chr.	In Athen finden die ersten Olympischen Spiele der Neuzeit statt.
1996 n. Chr.	In Atlanta feiern die Olympischen Spiele der Neuzeit ihr hundertjähriges Bestehen.

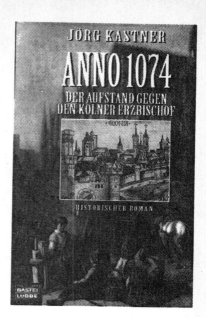

Band 14 139
Jörg Kastner
Anno 1074
Deutsche
Erstveröffentlichung

Erzbischof Anno war im elften Jahrhundert einer der mächtigsten Männer im Deutschen Reich. Als er aber im Jahre 1074 einen angesehenen Kölner Kaufmann unter fadenscheinigen Vorwänden ins Gefängnis warf, wuchs die Empörung in der Stadt. Anno verschanzte sich im Dom und floh schließlich vor den Aufständischen nach Neuss. Dort scharte er Männer um sich, die bereit waren, den Aufstand mit allen Mitteln niederzuschlagen.

Jörg Kastner, Autor der erfolgreichen Germanen-Saga, erzählt packend und anschaulich über die historisch verbürgten Auseinandersetzungen und entwirft in seinem Roman ein faszinierendes Panoroma dieser bewegenden Epoche.

Band 13 922

Jörg Kastner
Marbod
Originalausgabe

Verrat und Zwietracht herrschen unter den germanischen Stämmen. Armin, Herzog der Cherusker, muß um seine Stellung fürchten, denn sein machthungriger Onkel Inguiomar macht sie ihm streitig und verbündet sich mit Marbod, dem legendären Markomannenkönig. Auch die Römer unter Drusus Caesar, Sohn des Kaisers Tiberius, wollen ihre jüngste Niederlage gegen die Cherusker in der Varusschlacht wieder wettmachen und die Germanenstämme spalten. Die abtrünnigen Cherusker und die römischen Eroberer bedeuten eine doppelte Gefahr für Armin.

In der Zwietracht der Germanen liegt ihre größte Schwäche – wird sie auch ihr Untergang sein?

Sie erhalten diesen Band im Buchhandel, bei Ihrem Zeitschriftenhändler sowie im Bahnhofsbuchhandel.